LE FLEUVE DES ÉTOILES

Du même auteur

La Tapisserie de Fionavar
1- *L'Arbre de l'Été*. Roman.
 Lévis: Alire, Romans 060, 2002.
2- *Le Feu vagabond*. Roman.
 Lévis: Alire, Romans 061, 2002.
3- *La Route obscure*. Roman.
 Lévis: Alire, Romans 062, 2002.

Une chanson pour Arbonne. Roman.
 Beauport: Alire, Romans 044, 2001.
Tigane (2 vol.). Roman.
 Beauport: Alire, Romans 018 / 019, 1998.
Les Lions d'Al-Rassan. Roman.
 Beauport: Alire, Romans 024, 1999.

La Mosaïque sarantine
1- *Voile vers Sarance*. Roman.
 Lévis: Alire, Romans 056, 2002.
2- *Seigneur des Empereurs*. Roman.
 Lévis: Alire, Romans 057, 2002.
Le Dernier Rayon du soleil. Roman.
 Lévis: Alire, Romans 086, 2005.
Ysabel. Roman.
 Lévis: Alire, Romans 108, 2007.
Sous le ciel. Roman.
 Lévis: Alire, GF 20, 2012.
 Lévis: Alire, Romans 161, 2014.

LE FLEUVE
DES ÉTOILES

GUY GAVRIEL KAY

traduit de l'anglais
par
ÉLISABETH VONARBURG

ALIRE

Illustration de couverture

Photographie
BETH GWINN

Diffusion et distribution pour le Canada
Messageries ADP
2315, rue de la Province, Longueuil (Québec) Canada J4G 1G4
Tél.: 450-640-1237   Fax: 450-674-6237

Pour toute information supplémentaire
LES ÉDITIONS ALIRE INC.
120, côte du Passage, Lévis (Qc) Canada G6V 5S9
Tél.: 418-835-4441   Fax: 418-838-4443
Courriel: info@alire.com
Internet: www.alire.com

Les Éditions Alire inc. bénéficient des programmes d'aide à l'édition de la
Société de développement des entreprises culturelles du Québec (SODEC),
du Conseil des Arts du Canada (CAC) et reconnaissent l'aide financière du
gouvernement du Canada par l'entremise du Fonds du Livre du Canada
(FLC) pour leurs activités d'édition. Nous remercions également le gouvernement du Canada de son soutien financier pour nos activités de traduction
dans le cadre du Programme national de traduction pour l'édition du livre.

Gouvernement du Québec – Programme de crédit d'impôt pour l'édition
de livres – Gestion Sodec.

River of Stars

© **2013** GUY GAVRIEL KAY

By arrangement with Trident Media Group

Dépôt légal: 4ᵉ trimestre 2014
Bibliothèque et Archives nationales du Québec
Bibliothèque et Archives Canada

© **2014** ÉDITIONS ALIRE INC. pour la traduction française

Pour Leonard et Alice Cohen

TABLE DES MATIÈRES

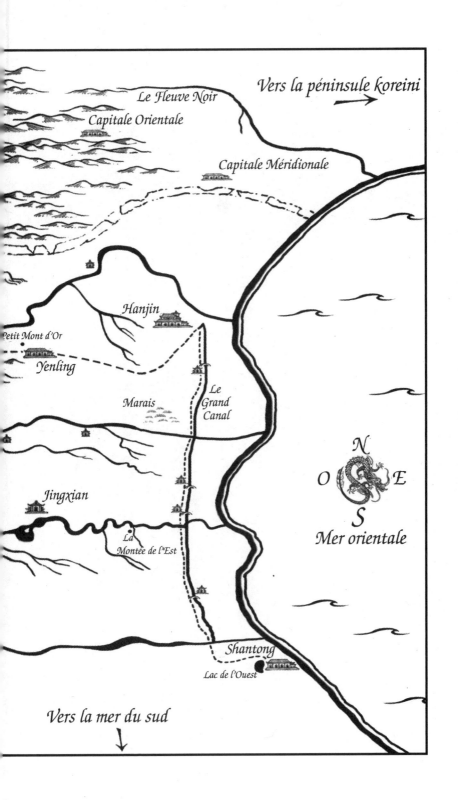

Vers la péninsule koreini

Le Fleuve Noir

Capitale Orientale

Capitale Méridionale

Hanjin

Petit Mont d'Or

Yenling

Marais

Le Grand Canal

N

O E

S

Mer orientale

Jingxian

La Montée de l'Est

Shantong

Lac de l'Ouest

Vers la mer du sud

Principaux personnages

*(Liste partielle, personnages généralement identifiés
par leur rôle lors de leur première apparition)*

À la cour

L'Empereur de Kitai, WENZONG
CHIZU, son fils et héritier
ZHIZENG ("Prince Jen"), son neuvième fils

HANG DEJIN, premier ministre de Kitai
HANG HSIEN, son fils

KAI ZHEN, vice-premier ministre de Kitai
YU-LAN, son épouse
TAN MING, une de ses concubines
WU TONG, un eunuque allié de Kai Zhen et un commandant
de l'armée
SUN SHIWEI, un assassin

Ailleurs en Kitai

REN YUAN, un employé dans le village de Shengdu, dans l'ouest
REN DAIYAN, son fils cadet

WANG FUYIN, sous-préfet de Shengdu
TUAN LUNG ("Maître Tuan"), enseignant fondateur d'une académie à Shengdu

ZHAO ZIJI, un officier de l'armée

LIN KUO, un gentilhomme de la cour
LIN SHAN, sa fille unique
QI WAI, l'époux de Shan

XI WENGAO ("Maître Xi"), ancien premier ministre, un historien

LU CHEN, ami de Xi Wengao, un poète exilé
LU CHAO, le frère de Chen, également exilé
LU MAH, le fils de Chen

SHAO BIAN, une jeune femme de la ville de Chunyu, sur le
      Grand Fleuve
SHAO PAN, son frère cadet

SIMA PENG, une femme de Gongzhu, un hameau proche du
      Grand Fleuve
ZHI-LI, sa fille

MING DUN, un soldat
KANG JUNWEN, un soldat, échappé des territoires occupés

SHENWEI HUANG, un commandant de l'armée

Dans la steppe
TE-KUAN, Empereur des Xiaolus
YAO-KAN, son cousin et principal conseiller

YAN'PO, kaghan des tribus altaï
WAN'YEN, chef de guerre des Altaï
BAI'JI, frère de Wan'yen

PAIYA, kaghan des Khashin

O-PANG, kaghan des Jeni
O-YAN, son frère cadet

PREMIÈRE PARTIE

CHAPITRE 1

Une fin d'automne, tôt dans la matinée. Il fait froid, de la brume monte du sol de la forêt, enveloppant les grands bambous verts du bosquet, étouffant les sons, dissimulant les Douze Pics, à l'est. Sur le sentier, les feuilles rouges et jaunes tombent des érables. Les cloches du temple, à la lisière de la ville, semblent lointaines lorsqu'elles sonnent, comme en provenance d'un autre monde.

Il y a des tigres dans la forêt, mais ils chassent la nuit, ils n'auront pas faim maintenant, et c'est un petit bosquet. Les habitants de Shengdu, même s'ils craignent les grands félins et si les plus âgés déposent des offrandes sur les autels du dieu tigre, se rendent malgré tout dans la forêt pendant le jour, quand c'est nécessaire, pour aller chercher du bois de chauffage ou pour chasser, à moins que ne soit connue la présence d'un mangeur d'hommes. Une terreur primitive s'empare d'eux alors, les champs restent en friche et les théiers intacts tant que la bête n'a pas été abattue, ce qui peut demander beaucoup d'efforts et, parfois, il y a des morts.

Le garçon était seul dans le bosquet de bambous, en ce matin étouffé de brouillard, avec un vague et faible soleil qui s'immisçait entre les feuilles : une lumière essayant de se déclarer sans vraiment y parvenir. Il brandissait une épée de bambou qu'il s'était fabriquée et il était en colère.

Cela faisait deux semaines qu'il était mécontent et chagrin, en ayant à son avis des raisons absolument légitimes, par exemple son existence en ruine telle une cité mise à sac par des barbares.

En cet instant cependant, parce qu'il possédait une certaine tournure d'esprit, il tentait de décider si la colère le rendait meilleur ou pire au maniement de l'épée de bambou. Et serait-ce différent avec son arc ?

L'exercice auquel il s'adonnait ici, et qu'il s'était inventé, était une épreuve, un entraînement, une discipline, et non un jeu d'enfant (il n'était plus un enfant).

À sa connaissance, nul n'était au courant de ses visites à ce bosquet. Certainement pas son frère, ou il l'aurait suivi pour se moquer de lui – et probablement casser l'épée de bambou.

Le défi qu'il s'était lancé incluait de feindre et de pivoter vivement en brandissant l'épée de bambou trop longue et trop légère avec toute la force possible, coups de taille et coups d'estoc, sans toucher aucun des arbres qui l'entouraient dans la brume.

Il s'y employait depuis deux ans déjà et avait usé ou brisé d'innombrables épées de bois. Elles gisaient éparpillées autour de lui. Il les laissait sur le sol inégal pour se rendre l'exercice plus difficile. Dans n'importe quel combat réel, le terrain aurait présenté de tels obstacles.

Il était grand pour son âge, peut-être un peu arrogant – trop de confiance en lui –, et sombrement, irrémédiablement déterminé à être l'un des grands hommes de son époque, qui rendrait par sa vertu la gloire à un univers amoindri.

C'était aussi le deuxième fils d'un employé des archives à la sous-préfecture de Shengdu, à la frontière occidentale de l'empire kitan de la Douzième Dynastie – ce qui revenait assez à éliminer la possibilité de satisfaire une telle ambition dans le monde tel qu'on le connaissait.

À cette vérité s'ajoutait maintenant un fait indéniable et déterminant : le seul enseignant de la sous-préfecture avait fermé son école privée, l'Académie de la Montagne de Yingtan, et il était parti deux semaines plus tôt vers l'est (à l'ouest, il n'y avait nulle part où aller), pour y trouver peut-être fortune, ou à tout le moins un moyen de se nourrir.

Il avait déclaré à sa poignée d'élèves qu'il deviendrait peut-être un maître des rites en usant des rituels ésotériques de la Voie Sacrée pour affronter esprits et fantômes. Il existait des préceptes pour cela, avait-il dit, c'était même le genre d'existence conseillée à qui avait essayé les examens sans obtenir le statut de *jinshi*. Maître Tuan avait semblé amer et sur la défensive en leur confiant cela. Il n'avait cessé de boire pendant ces deux dernières semaines.

Le garçon n'avait su comment prendre ces déclarations. Il connaissait l'existence des fantômes et des esprits, bien entendu, mais il n'avait pas eu conscience que son maître savait quoi que ce fût à leur sujet. Il n'était pas sûr que Tuan Lung en sût réellement quelque chose, s'il avait plaisanté avec lui et ses compagnons ou s'il avait simplement été irrité.

Ce que le garçon savait, c'était qu'il n'y avait plus aucun moyen pour lui de poursuivre son éducation et que, sans ces leçons et un bon maître (et bien plus encore), on ne pouvait jamais se qualifier pour les épreuves de la fonction publique de la préfecture, et moins encore les réussir. Et s'il ne passait pas ces premières épreuves, son ambition secrète de se rendre à la capitale pour les examens de *jinshi* ne valait pas même la peine de rester éveillé la nuit.

Quant à ces exercices dans la forêt, son rêve étincelant et farouche de hauts faits guerriers, de regagner honneur et gloire pour la Kitai… Eh bien, les rêves, c'était ce qui arrivait quand on dormait. Il ne distinguait désormais aucune voie qui aurait pu le mener à apprendre à se battre, à commander des soldats, à vivre ou même à mourir pour la gloire de la Kitai.

De bien des manières, c'était une époque terrible. Il y avait eu une comète dans le ciel, au printemps, et une sécheresse estivale s'était ensuivie dans le nord. Les nouvelles arrivaient fort lentement dans la province du Szechen, le long du Grand Fleuve ou depuis les montagnes. Une sécheresse ajoutée à la guerre dans le nord-ouest, cela faisait une année bien dure.

La sécheresse avait persisté pendant tout l'hiver. Ordinairement, le Szechen était connu pour sa pluie. En été, la campagne cuisait dans les vapeurs humides, les feuilles dégouttaient sans fin, literie et vêtements ne séchaient jamais. La pluie diminuait en automne et en hiver, mais elle ne cessait pas… dans les années normales.

L'année n'avait pas été normale. La cueillette du thé, au printemps suivant, avait été désespérément maigre, et pour le riz et les légumes les champs étaient bien trop secs. Les récoltes de l'automne avaient été fort peu abondantes, c'en était effrayant. Aucun répit non plus dans les impôts. L'Empereur avait besoin d'argent, une guerre était en cours. Maître Tuan avait également eu des opinions sur le sujet, des opinions parfois bien téméraires.

Il avait toujours poussé ses élèves à apprendre l'Histoire, mais sans en être esclaves. Les comptes rendus historiques, disait-il, étaient rédigés par ceux qui avaient des raisons d'offrir leur propre point de vue sur les événements.

Il leur avait expliqué que Xinan, la capitale de glorieuses dynasties, avait autrefois compté deux millions d'habitants, et qu'il n'y vivait plus désormais que cent mille ou à peu près, éparpillés dans les ruines. Le Tagur, à l'ouest, de l'autre côté des défilés, avait été un empire rival, longtemps auparavant, féroce et dangereux, avec des chevaux splendides. Et maintenant, avait dit Maître Tuan, c'était seulement un groupe de provinces querelleuses et de retraites religieuses fortifiées.

Après l'école, parfois, assis avec ses élèves les plus âgés, il buvait le vin qu'ils lui versaient avec respect, et il chantait. Il chantait: *Les royaumes vont, les royaumes viennent. La Kitai demeure, éternelle…*

Le garçon avait une ou deux fois interrogé son père là-dessus, mais son père était un homme prudent et réfléchi, qui gardait ses opinions par-devers lui.

On allait subir la famine, cet hiver, sans rien de la récolte de thé à échanger avec les offices gouvernementaux contre du sel, du riz ou des céréales venus du Grand Fleuve en aval. L'État était censé garder pleins ses greniers, en donner dans les périodes de disette, parfois remettre les dettes, mais ce n'était jamais assez ou jamais assez tôt – pas quand les cultures tournaient mal.

Et ainsi, cet automne, il n'y aurait pas de cash, les pièces de monnaie trouées attachées à leur fil, ni de feuilles de thé illicitement soutirées au monopole gouvernemental pour être vendues dans les passes des montagnes afin de payer l'éducation d'un fils, si intelligent et vif fût-il, et malgré le prix qu'attachait son père au savoir.

Savoir lire, savoir manier le pinceau pour la calligraphie, la poésie, apprendre par cœur les classiques du Maître du Cho et de ses disciples... Tout cela était bien vertueux, mais on tendait à l'abandonner lorsque la famine menaçait.

Cela signifiait qu'un maître lettré qui s'était bel et bien qualifié pour les examens à la capitale n'avait aucune chance de se bâtir une existence. Tuan Lung avait essayé les épreuves de *jinshi* par deux fois à Hanjin avant d'abandonner et de revenir chez lui dans l'ouest (un voyage de deux ou trois mois, indépendamment du mode de voyage) afin de fonder sa propre école pour les garçons qui désiraient devenir des employés de l'État, avec peut-être parmi les plus exceptionnels un candidat *jinshi* valide.

Avec une école sur place, il était au moins possible de passer l'épreuve provinciale et peut-être, si on la réussissait, l'examen impérial que Lung avait tenté – et peut-être même qu'on le passerait avec succès et "entrerait dans le courant" pour rejoindre le vaste monde de la cour et de la bureaucratie. Ce que Lung n'avait point fait puisqu'il était revenu au Szechen, n'est-ce pas ?

Du moins y était-il revenu jusqu'à deux semaines plus tôt.

Son départ était la source de la colère et du désespoir du garçon, depuis le jour où il avait dit adieu à son maître et l'avait regardé s'éloigner de Shengdu sur un âne noir aux pattes blanches, le long de la route poussiéreuse qui menait au monde.

Le garçon s'appelait Ren Daiyan. On l'avait appelé Petit Dai presque toute sa vie, et il tentait de convaincre tout le monde de cesser d'utiliser ce nom. Son frère s'y refusait en riant. Les frères aînés sont ainsi – c'était ce qu'en comprenait Daiyan.

Il avait commencé à pleuvoir cette semaine-là, bien trop tard, quoique, si cela continuait, le printemps offrirait peut-être une mince promesse pour ceux qui survivraient à l'hiver, tout proche.

On noyait les filles nouvelles-nées dans la campagne environnante, murmurait-on. On disait "baigner l'enfant". Même si c'était illégal (mais ne l'avait pas toujours été, selon Maître Tuan), cela arrivait, et c'était un des signes les plus certains de ce qui se préparait.

Le père de Daiyan lui avait confié qu'on savait la situation vraiment grave lorsqu'on mettait aussi les garçons nouveaux-nés à la rivière. Et au pire, quand il n'y avait plus d'autre nourriture... Ses mains avaient esquissé un geste et il n'avait pas complété sa phrase.

Daiyan pensait savoir ce qu'avait voulu dire son père, mais il n'avait pas insisté. Il n'aimait pas y songer.

Dans la brume et les vapeurs qui s'élevaient du sol, dans l'air matinal frais et humide et la brise qui venait de l'est, le garçon fendait l'air de son épée de bambou, pirouettait, donnait de grands coups d'estoc. Il imaginait son frère recevant ces coups, puis des barbares kislik, avec leur crâne rasé et leur longue bande de cheveux sans attache, dans la guerre du nord.

En ce qui concernait l'effet de sa colère sur ses talents d'épéiste, conclut-il, elle le rendait plus rapide mais moins précis.

Toujours gains et pertes. Entre rapidité et contrôle, il y avait un écart auquel on devait s'ajuster. Il n'en irait pas de même avec son arc, estima-t-il. La précision y était impérative, même si la vitesse devait être aussi importante pour un archer affrontant de nombreux adversaires. Il était d'une habileté exceptionnelle à l'arc, quoique l'épée ait été de loin l'arme la plus honorée en Kitai à l'époque maintenant disparue où l'on respectait les talents guerriers. Les barbares comme les Kislik ou les Xiaolus tuaient avec des flèches, montés à cheval, puis s'enfuyaient comme les couards qu'ils étaient.

Son frère ignorait qu'il possédait un arc ou il s'en serait emparé en tant que Fils Aîné. Il l'aurait alors presque certainement brisé ou l'aurait laissé s'abîmer, puisque les arcs nécessitent de l'entretien et que Ren Tzu n'était pas du genre soigneux.

C'était le maître de Daiyan qui lui avait donné l'arc. Il le lui avait présenté un peu plus d'une année auparavant, alors qu'ils étaient seuls après les classes de la journée, en déroulant le tissu de chanvre brut qui l'enveloppait. Il avait aussi donné à Daiyan un livre expliquant comment l'encorder correctement, en prendre soin, fabriquer des tiges et des pointes de flèches. Avoir des livres ici, dans leur Douzième Dynastie, était une indication que le monde changeait. Maître Tuan l'avait dit à de nombreuses reprises : avec l'impression à la planche, même une sous-préfecture aussi éloignée que la leur pouvait avoir de l'information, des poèmes imprimés, les œuvres du Maître du Cho, si on savait lire.

C'était ce qui avait rendu possible son école.

Cet arc avait été un don privé, comme la douzaine de pointes de flèches en fer et le livre. Daiyan en savait assez pour cacher l'arc, puis les flèches qu'il avait commencé à fabriquer après avoir lu le livre. Dans l'univers de la Douzième Dynastie, aucune famille honorable n'aurait laissé un fils devenir soldat. Il le savait. Il le savait à chacun de ses souffles.

Cette seule pensée aurait été déshonorante. L'armée kitane était composée de paysans qui n'avaient aucun choix. Trois hommes dans une ferme ? L'un d'eux s'en allait à l'armée. Il y avait peut-être un million de soldats, plus même puisque l'empire était de nouveau en guerre, mais depuis les féroces leçons apprises plus de trois cents ans auparavant, on comprenait (on comprenait *clairement*) que c'était la cour qui contrôlait l'armée, et que l'accession de n'importe quelle famille à n'importe quelle sorte de statut ne pouvait passer que par les examens de *jinshi* et la fonction publique. Se joindre à l'armée, et même penser ou rêver être un guerrier, si l'on possédait la moindre fierté familiale, revenait à plonger ses ancêtres dans la disgrâce.

C'était ainsi en Kitai, et depuis un certain temps.

Une rébellion militaire avait causé quarante millions de morts, la destruction de la plus brillante des dynasties, la perte de vastes et lucratives parties de l'empire... Ce qui pouvait susciter un changement de point de vue.

Xinan, autrefois l'éblouissante gloire de l'univers, était réduite à l'état de triste ruine. Maître Tuan leur avait décrit les murailles défoncées, les rues dépavées, les canaux bouchés à la puanteur maléfique, les demeures éventrées par les flammes, les palaces jamais rebâtis, les jardins et les places marchandes envahis par les herbes, les parcs emplis de ronces et de loups.

Les tombes impériales, près de la cité, avaient été pillées depuis bien longtemps.

Tuan Lung y était allé. Une seule visite suffisait, leur avait-il dit. Il y avait à Xinan des fantômes irrités, l'évidence calcinée des anciens incendies, des débris et des ordures, des animaux dans les rues. Des gens vivaient blottis dans une cité qui avait abrité une brillante cour régnant sur le monde entier.

Tant d'aspects de leur présente dynastie, leur avait expliqué Maître Tuan, découlaient, telle une rivière, de cette rébellion d'autrefois. Certains moments peuvent définir non seulement leur propre époque mais aussi ce qui les suit. Les Routes de la Soie qui traversaient les déserts, on les avait perdues, les barbares les avaient coupées. Aucun trésor ne se déversait plus en Kitai, dans les villes marchandes ou à la cour, à Hanjin. Fini, les légendaires danseuses aux yeux verts, aux cheveux dorés, à la musique séductrice. Fini, le jade et l'ivoire, les fruits exotiques, les riches pièces d'argent entre les mains des marchands pour acheter la soie convoitée de la Kitai et l'emporter dans l'ouest à dos de chameau à travers les sables.

La Douzième Dynastie kitane, sous son radieux et glorieux empereur, ne gouvernait ni ne définissait plus le monde connu. Plus maintenant.

Tuan Lung avait enseigné tout cela à une poignée de ses élèves mais jamais en classe. À Hanjin, à la cour, on prétendait encore régner sur le monde, avait-il dit, et les questions des examens attendaient les réponses correspondantes. *Comment un sage ministre use-t-il des barbares afin de contrôler les barbares ?*

Même les guerres contre les Kislik, on semblait ne jamais pouvoir les gagner. Les paysans recrutés formaient une vaste armée, mais non une armée entraînée, et l'on n'avait jamais assez de chevaux.

Et si l'on appelait "présent" le tribut payé deux fois par an aux Xiaolus bien plus dangereux, dans le nord, cela ne changeait pas ce qu'il était en réalité, avait déclaré le maître à travers son vin de la fin de journée. C'était de l'argent et de la soie envoyés pour acheter la paix, par un empire encore riche mais aussi diminué spirituellement que rétréci dans l'espace.

Des propos dangereux. Ses étudiants lui versaient du vin. Il chantait : *Nous avons perdu nos rivières et nos montagnes.*

Ren Daiyan, à quinze ans, rêvait la nuit de gloire et brandissait une épée de bambou dans la forêt, à l'aube, en imaginant être le commandant envoyé pour reprendre leurs territoires perdus. Le genre de fantaisie seulement possible dans l'esprit d'un adolescent.

Personne, disait Maître Tuan, ne jouait plus au polo afin de parfaire ses talents équestres, au palais ou dans les parcs de Hanjin, comme il en avait été autrefois dans le parc clos du palais de Xinan ou sur les pelouses de la cité. Des fonctionnaires ceinturés de rouge ou de vermillon ne tiraient plus de fierté de leur capacité à monter à cheval, ou à s'entraîner avec arcs ou épées, en rivalisant entre eux. Ils laissaient pousser l'ongle du petit doigt de leur main gauche pour montrer au monde leur dédain de telles occupations et ils tenaient fermement en laisse leurs commandants d'armées. C'était dans leurs propres rangs de lettrés qu'ils choisissaient les chefs militaires.

Après avoir entendu cela pour la première fois, Daiyan se le rappelait, il avait commencé à venir dans ce bosquet lorsque ses tâches et la pluie le permettaient, et à se fabriquer des épées. En adolescent qu'il était, il avait prêté un serment : s'il passait les examens et entrait à la cour, il ne se laisserait jamais pousser l'ongle du petit doigt.

Il lisait de la poésie, il mémorisait les classiques, il en discutait avec son père, qui était doux, sage et prudent et n'avait jamais pu seulement rêver de passer les examens.

Le garçon comprenait bien que Maître Tuan était un homme amer. Il l'avait bien vu dès le début de l'école, fils cadet intelligent auquel on apprenait à écrire correctement, à apprendre les enseignements des Maîtres. Intelligent, diligent, déjà pourvu d'un beau coup de pinceau. Peut-être un candidat valide pour les examens. Le rêve de son père pour lui. Le rêve de sa mère. Une telle fierté, si un fils se rend jusque-là. Cela pouvait les mettre sur la voie de la fortune.

Daiyan le comprenait. Enfant, il avait été observateur. Sur le point de quitter l'enfance, il l'était toujours.

Plus tard ce même jour, de fait, cette enfance prendrait fin.

Après trois ou quatre coupes de vin de riz, leur honorable maître s'était parfois mis à réciter des poèmes ou à chanter des chansons tristes sur la conquête xiaolue des Quatorze Préfectures, deux cents ans plus tôt – *La Perte des Quatorze* –, les contrées qui s'étendaient sous les ruines de la Grande Muraille, au nord. La muraille ne signifiait plus rien, désormais, disait-il à ses élèves, les loups la traversaient à loisir, comme les moutons qui broutaient de part et d'autre. Ses chansons distillaient une nostalgie à déchirer le cœur. Car c'était là, dans ces terres perdues, que gisait l'âme abandonnée de la Kitai.

Ainsi le disaient les chansons, même s'il était dangereux de les chanter.

Plus tard dans la matinée, Wang Fuyin, sous-préfet de cette même ville de Shengdu dans la province du Szechen, en cette vingt-septième année du règne de l'Empereur Wenzong de la Douzième Dynastie, était chagrin au-delà de toute expression.

Il ne se gênait pas pour s'exprimer, sauf dans ses rapports au préfet, qui était d'une très bonne famille et l'intimidait. Mais l'information qui venait de lui parvenir était si malvenue, et si dépourvue d'ambiguïté dans ce qu'elle exigeait de lui, qu'il en restait sans voix. De toute manière, il n'y avait personne aux alentours sur qui se passer les nerfs – ce qui constituait en fait l'essence du problème.

Lorsqu'on se présentait dans n'importe quel *yamen* de Kitai, venu de n'importe quel village, avec des allégations de meurtre, la séquence des actions à entreprendre pour l'administration publique de ce *yamen* était aussi détaillée que possible dans une bureaucratie à la rigidité célèbre.

Le shériff-chef de la sous-préfecture quittait le village en question avec cinq archers pour le protéger et maintenir l'ordre dans ce qui pouvait s'avérer un lieu de désordres. Il enquêtait et effectuait son rapport. Il devait partir le même jour, si la nouvelle atteignait le *yamen* avant le milieu de la journée, ou sinon à l'aube suivante. Les cadavres se décomposaient vite, les suspects prenaient la fuite, les preuves pouvaient disparaître.

Si le shériff se trouvait occupé ailleurs lorsque arrivait un tel message (et il l'était, ce jour-là), le magistrat responsable de la justice devait aller enquêter en personne, avec les cinq archers et les mêmes contraintes de temps. Si ce magistrat, pour une raison quelconque, se trouvait également absent ou indisposé (c'était le cas), c'était au sous-préfet de se charger sans retard du voyage et de l'enquête, y compris toutes investigations nécessaires.

Ce qui, hélas ! désignait Wang Fuyin.

Aucune absence de clarté dans les règles. Manquer à s'exécuter pouvait signifier une bastonnade avec le gros bambou, une rétrogradation et même le renvoi de la fonction publique, si vos supérieurs ne vous aimaient pas et cherchaient une excuse.

La fonction publique, c'était ce dont Wang Fuyin avait rêvé après avoir réussi les examens de *jinshi*. Se voir attribuer un poste de sous-préfet, même dans une région sauvage de l'ouest, c'était un pas en avant, un pas important sur une route qui pourrait mener à Hanjin et au pouvoir. On ne voulait pas échouer dans ce genre de situation ou dans n'importe quel autre. Il était facile d'échouer. On pouvait choisir de s'aligner sur la mauvaise faction ou avoir les mauvais amis dans une cour impériale aux divisions féroces. Le sous-préfet Wang Fuyin n'avait encore aucun ami à la cour, bien entendu.

Il y avait trois employés au *yamen*, ce matin-là, qui classaient des documents, lisaient de la correspondance, ajoutaient aux registres des impôts. Et tous devaient avoir vu un misérable paysan effrayé arriver sur son âne, couvert de boue et trempé, *avant* midi, puis l'avoir entendu parler d'un homme tué au Village de la Famille Guan – un long, difficile et dangereux voyage de presque une journée vers l'est, du côté des Douze Pics.

Plus d'une journée, probablement, songeait Wang Fuyin : on resterait une nuit en route dans un taudis détrempé infesté de rats et de puces et dépourvu de plancher, avec les animaux gardés à l'intérieur, une poignée de mauvais riz comme repas, un vin gâté ou pas de vin du tout, et du thé décoloré, tandis que tigres et bandits rugissaient dans la nuit froide.

Eh bien, les bandits ne rugissaient sans doute pas, se corrigea Fuyin en homme d'une précision tatillonne. Mais tout de même…

Il regarda le pâle soleil qui émergeait de la brume. Une pluie légère était tombée pendant la nuit, pour la troisième fois d'affilée, les dieux en fussent loués, mais la journée tournait en une douce journée d'automne. C'était aussi, de manière indéniable, le matin, et les employés devaient connaître les protocoles.

Le shériff était parti pour le nord deux jours plus tôt afin de régler une affaire d'arriérés d'impôts, du côté des passes dans les collines. Un exercice parfois aléatoire. Il avait pris huit archers. Il était censé en prendre cinq, mais c'était un froussard, selon Wang Fuyin, et même s'il avait prétendu vouloir ainsi entraîner les plus récentes recrues, il renforçait seulement sa protection. Outre les fermiers mécontents des impôts, les brigands étaient endémiques dans les contrées occidentales. Il y en avait en effet partout en Kitai, et toujours davantage quand les temps étaient durs. Des textes exposaient comment s'occuper des hors-la-loi ; Fuyin en avait lu quelques-uns pendant son long voyage vers l'ouest, mais, depuis son arrivée, il avait décidé que les textes ne servaient à rien. On avait besoin de soldats, de chevaux et de bons renseignements. Rien de tout cela ne se trouvait jamais sur place.

Et le juge non plus, c'était parfois le sentiment de Wang Fuyin.

Ayant pris sa propre escorte de cinq archers, leur honorable juge passait sa "retraite" mensuelle de trois jours à l'Abbaye des Cinq Tonnerres de la Voie Sacrée, à la poursuite de l'illumination spirituelle. Il avait apparemment négocié ce privilège avec le préfet, des années auparavant, Wang Fuyin ignorait comment. Ce que Fuyin savait, s'étant arrangé ensuite pour s'informer, c'était que la voie du magistrat vers l'illumination consistait essentiellement en du temps passé avec des femmes, ou une femme en particulier, au couvent adjacent au monastère.

Fuyin en éprouvait une extrême jalousie. Sa propre femme, issue d'une meilleure famille que la sienne et qui ne se faisait pas faute de le lui rappeler, avait été fort chagrine de sa nomination dans la région. Elle le lui avait laissé savoir pendant le voyage et tous les jours depuis leur arrivée, un an plus tôt; ses paroles tombaient telles les ennuyeuses gouttes de la pluie depuis les avant-toits de leur petite demeure.

L'unique endroit de Shengdu doté de chanteuses était lamentablement peu attrayant pour un homme qui avait connu les meilleures maisons du district des plaisirs, dans la capitale. Wang Fuyin ne gagnait vraiment pas assez d'argent pour se permettre une concubine, et il avait encore à se figurer comment organiser ses propres retraites spirituelles au couvent jouxtant l'Abbaye des Cinq Tonnerres.

Son existence était bien dure.

Le messager du village avait mené son âne à l'abreuvoir situé devant le *yamen* et le laissait boire. Il buvait aussi, la tête dans l'eau à côté de celle de son âne. Wang Fuyin resta impassible tout en ajustant avec soin les manches et le collet de sa tunique, puis il entra à grands pas dans le *yamen*.

« Combien reste-t-il d'archers ici ? » demanda-t-il à l'aîné des commis.

Ren Yuan se leva (il avait d'excellentes manières) et s'inclina avant de répondre. Les commis locaux n'étaient pas "dans le courant", ce n'étaient pas de véritables fonctionnaires. Avant les réformes, aussi récemment que vingt ans plus tôt, on ne les avait pas payés, ils se rapportaient à un *yamen* pour une durée de deux ans, recrutés parmi les plus hauts rangs des fermiers et villageois du cru. Les "Nouvelles Directives" du Premier Ministre Hang Dejin avaient changé tout cela – malgré une opposition considérable. Ce qui n'avait été qu'un aspect du conflit à la cour, lequel détruisait et exilait encore bien du monde. D'une certaine manière – cette pensée subversive advenait parfois à Wang Fuyin –, ce n'était pas si mal d'être bien loin à l'ouest en ce moment. On pouvait se noyer dans le courant, à Hanjin, ces temps-ci.

« Trois archers en ce moment, honorable seigneur, répondit son commis principal.

— Eh bien, il m'en faut cinq, répliqua le sous-préfet avec froideur.

— Vous pouvez y aller avec quatre. C'est dans le règlement. Quand la nécessité se présente, et ainsi de suite. On rédige simplement un rapport. »

C'était le commis subalterne préposé aux impôts. Il ne s'était pas levé. Fuyin ne l'aimait pas.

« Je le sais, dit-il (il l'avait oublié, en fait). Mais nous n'en avons que trois, et cela n'est pas d'un grand secours, n'est-ce pas, Lo Fong ? »

Les trois employés se contentèrent de le regarder sans rien dire. Le pâle soleil pénétrait dans le *yamen* par les fenêtres et les portes ouvertes. C'était devenu une belle matinée d'automne. Wang Fuyin avait envie de battre quelqu'un à coup de bambou.

Il lui vint une idée. Elle était née de l'irritation, de la situation, et du fait que Ren Yuan se tenait directement devant lui à son bureau, mains jointes, tête baissée d'un air mal assuré, avec sa tête grise, sa calotte noire usée et les simples épingles qui la tenaient.

« Ren Yuan, où est votre fils ? »

Le commis leva les yeux, les baissa de nouveau en hâte, mais pas avant que le sous-préfet Wang y ait vu, de manière satisfaisante, une certaine appréhension.

« Ren Tzu a accompagné le shériff Lao, honorable seigneur.

— Je sais. »

Le fils aîné du commis suivait un entraînement de garde. On avait besoin de jeunes hommes forts quand on s'occupait de collecter les impôts. Fuyin en personne aurait le dernier mot en ce qui concernait l'engagement de Tzu. Le garçon n'était pas très intelligent, mais on n'avait nul besoin de l'être, pour certaines tâches. Les salaires payés aux commis, même selon les Nouvelles Directives, étaient minimes. Un bénéfice collatéral, cependant, était la possibilité d'avoir des fils qui entreraient au *yamen*. C'était ainsi qu'on procédait désormais.

« Non, dit Fuyin, songeur. Je pensais à votre fils cadet. Je puis en avoir l'usage. Quel est son nom ?

— Daiyan ? Il n'a que quinze ans, honorable sous-préfet. C'est encore un étudiant.

— Plus maintenant », déclara Fuyin, acerbe.

Il regretterait l'absence du lettré résident, Tuan Lung. Ce n'était pas devenu un ami, mais sa présence à Shengdu avait été... un avantage. L'épouse de Fuyin elle-même l'avait approuvée. Lung était instruit, bien élevé quoiqu'un peu prompt à l'ironie, il connaissait l'histoire et la poésie, avait de toute évidence l'expérience de Hanjin et il lui fallait manifester du respect envers le sous-préfet, ce qui était agréable, puisqu'il avait raté par deux fois les examens et que Fuyin les avait réussis dès son premier essai.

« Maître Wang », dit le commis en chef, avec une autre courbette, « j'ai espoir que mon indigne fils cadet devienne un jour un courrier et peut-être même un commis au *yamen*, oui. Mais je n'aurais osé vous le demander avant qu'il ne soit plus âgé... Peut-être deux ans ou même trois. »

Les autres commis écoutaient avec avidité. Les événements avaient certainement brisé l'ennui de la monotonie. Un meurtre dans le Village de la Famille Guan, et maintenant ceci ! On employait quatre, souvent cinq courriers au *yamen* – deux se trouvaient présentement à la porte, prêts à courir porter des messages en ville. Les aspirations de Ren Yuan pour son fils étaient raisonnables, de même que les délais envisagés (c'était un homme raisonnable). Mais le sous-préfet n'en était pas là en cette malencontreuse matinée, avec la perspective d'une morne chevauchée, d'une mauvaise nuit et d'un cadavre au bout de la route.

« Oui, tout cela pourrait arriver, dit-il de son ton le plus judicieux, mais en cet instant précis, j'en ai besoin pour autre chose. Le garçon peut-il se tenir à cheval ? »

Ren Yuan cligna des yeux. Il avait un long visage ridé à l'expression anxieuse. « Un cheval ? »

Le sous-préfet secoua la tête avec lassitude. « Oui. Envoyez un courrier le chercher. Je le veux sans retard, avec ce dont il aura besoin pour la route, quoi que ce soit. Et son arc, ajouta-t-il avec vivacité. Il doit apporter son arc.

— Son arc ? » dit le malheureux père.

Mais sa voix révélait deux choses : et d'une, il savait exactement ce que le sous-préfet avait maintenant en tête. Et de deux, il était au courant pour l'arc.

Wang Fuyin était au courant quant à lui parce que c'était son devoir de connaître ce genre de détails. Il importait qu'il fût informé. Le père devait avoir eu ses propres sources d'information quant à ce que le garçon pensait sans aucun doute être un secret.

Si le sous-préfet avait eu un demi-sourire plus efficace pour traduire une supériorité amusée, il l'aurait utilisé ici. Mais selon sa femme, lorsqu'il s'essayait à ce genre d'expression, il avait l'air de souffrir de maux d'estomac. Il se contenta d'un autre petit hochement de tête.

« Il tente de maîtriser le tir à l'arc. Je ne doute pas que vous le sachiez. » Il lui vint une idée. « En vérité, j'imagine que Maître Tuan vous a informé à l'époque de son désir d'offrir ce présent au garçon. »

Une autre hypothèse perspicace, confirmée par l'expression du père. Cela ne changeait rien à ce jour misérable, mais on pouvait en tirer de minces plaisirs, incluant l'appréhension du commis. Eh bien, vraiment ! Si Ren Yuan estimait le voyage dangereux pour son fils, qu'en serait-il donc pour son supérieur ? On aurait pu s'indigner !

Wang Fuyin choisit d'être indulgent : « Allons, allons, ce sera une expérience utile pour lui, et j'ai vraiment besoin d'un quatrième archer. » Il se tourna vers le troisième commis : « Envoyez un courrier chercher le garçon. Quel est son nom, déjà ?

— Daiyan, répondit le père à mi-voix.

— Trouvez Ren Daiyan, où qu'il soit. Dites-lui qu'on a besoin de lui au *yamen* et qu'il apporte l'arc que Maître Tuan lui a donné. » Le sous-préfet se permit un demi-sourire, après tout : « Et des flèches, bien entendu. »

Le cœur de Daiyan s'était mis à battre avec force dès l'instant où le coureur du *yamen* l'avait trouvé sur le chemin du retour, dans les champs, non loin du bosquet de bambous.

Ce n'était pas par crainte du voyage. À quinze ans, on ne *craint* pas une telle occasion : quitter la ville à cheval, archer temporaire et garde de l'honorable sous-préfet, maintenir l'ordre pour l'Empereur ! Qui aurait pu en être effrayé ?

Non, sa crainte avait été celle d'un adolescent : que ses parents désapprouvent ce qu'il avait fait, soient irrités qu'il eût gardé secret le temps passé avec l'arc, à tirer sur des cibles, à fabriquer des flèches, ses matinées avec les épées de bambou.

En l'occurrence, ils avaient été au courant tout du long.

Maître Tuan leur avait parlé de son présent, apparemment, avant de le lui offrir. Il l'avait expliqué en disant que c'était une manière de canaliser l'indépendance et l'énergie de Daiyan, de guider son esprit vers l'équilibre, de renforcer sa confiance en soi... et que tout cela serait peut-être important lorsqu'il poursuivrait ses études pour les examens, Hanjin peut-être, la cour.

La mère de Daiyan le lui avait confié lorsqu'il était arrivé en courant à la maison avec le courrier, qui avait attendu dehors. Elle avait parlé si vite que Daiyan avait à peine eu le temps de tout absorber. Ses parents connaissaient tous deux ses rituels matinaux dans la forêt ? Eh bien, il fallait s'en aller quelque part ailleurs afin d'y réfléchir. Une telle information peut transformer votre univers, la vision qu'on en a.

Et, apparemment, le sous-préfet aussi était au courant. Et avait convoqué Daiyan – par son nom ! – pour être un de ses gardes pendant une randonnée vers un des villages. Une affaire de meurtre !

La Reine Mère de l'Ouest pouvait-elle tourner vers lui son visage, après tout ? Pouvait-il être digne d'une telle bonne fortune ?

Sa mère avait été efficace, comme toujours. Elle avait masqué ses sentiments par des gestes pressés. Elle lui avait empaqueté un sac de vivres et du thé froid, ainsi que des habits de rechange (appartenant à son·père, en fait : ils étaient maintenant de la même taille), pour qu'il ne les embarrasse pas chez des étrangers et avec le sous-préfet. Son expression n'avait pas changé – pas devant le courrier qui attendait – lorsque Daiyan était revenu avec l'arc et le carquois pris dans leur cachette dans l'appentis. Il lui avait pris le sac des mains. Il s'était incliné par deux fois. Elle s'était inclinée rapidement en retour. Il avait dit au revoir.

« Fais honneur à ta famille », avait-elle dit, comme toujours.

Il avait hésité en la regardant. Elle avait levé les mains alors, dans un geste dont elle avait été coutumière lorsqu'il était plus jeune : elle lui avait tiré les cheveux, pas assez fort pour faire mal ou déloger ses épingles mais pour le toucher. Il était sorti. En repartant avec le coureur, il avait jeté un regard en arrière et l'avait vue sur le seuil de la porte.

Au *yamen*, quand ils étaient arrivés, son père avait eu l'air craintif.

Daiyan ne comprenait pas bien pourquoi : ils n'allaient pas si loin, seulement au Village de Guan. Ils y seraient presque certainement avant le crépuscule. Mais le père de Daiyan était un homme susceptible de paraître satisfait ou inquiet à des moments où l'on était d'une humeur tout à fait différente autour de lui. C'était déroutant pour un adolescent, l'avait toujours été.

Le sous-préfet n'était pas content. De fait, il était visiblement irrité. Wang Fuyin était un homme grassouillet, paresseux, tout le monde le savait, et il devait être irrité parce qu'il était forcé d'effectuer ce voyage en personne, au lieu d'envoyer le shériff ou le juge et d'attendre confortablement leur rapport.

Ce n'était pas une raison pour son père d'avoir l'air aussi bouleversé ou de s'efforcer de le cacher. Ren Yuan n'était pas doué pour dissimuler ses émotions ou ses pensées. Son caractère aimable n'était pas toujours une qualité non plus, avait depuis longtemps décidé son fils cadet.

Mais il l'en aimait d'autant plus.

Le milieu de l'après-midi, un souffle de vent plus froid. Ils se dirigèrent vers l'est, quittant Shengdu pour entrer dans le vaste monde. Le fleuve avait disparu à leur droite, même s'ils pouvaient le sentir au-delà de la forêt, une présence, des chants d'oiseaux différents, des vols d'oiseaux différents. Des gibbons hurlaient sans cesse depuis les pentes abruptes au nord de la route.

Il y avait des rossignols dans ces bois. Le frère de Daiyan y était venu en chasser. À Hanjin, à la cour, on voulait des rossignols pour un immense jardin que faisait construire l'Empereur. Les officiels payaient des sommes considérables pour ces oiseaux. Une folie, bien sûr. Comment un oiseau en cage pouvait-il survivre au voyage depuis le Szechen ? Il leur faudrait descendre le fleuve par les gorges, puis être emportés par des courriers impériaux jusque dans le nord. Si les courriers chevauchaient vite... La simple idée de cages cahotant sur une selle était à la fois amusante et triste. Daiyan aimait les rossignols. On se plaignait parfois qu'ils vous tenaient éveillé la nuit, mais lui n'y voyait pas d'inconvénient.

Dans le lointain, avec la disparition de la brume et l'éclat du jour, les Douze Pics se dressaient, farouches. Il n'y en avait que onze, évidemment. Daiyan avait renoncé bien longtemps auparavant à compter les explications qu'on en donnait. Les pics étaient sacrés à la fois dans les enseignements du Maître du Cho et dans ceux de la Voie Sacrée. Daiyan n'en avait jamais été aussi proche. Il n'était jamais parti aussi loin de Shengdu – et n'était-ce pas une pensée attristante que, à quinze ans, on ne fût jamais allé à plus de quelques heures de cheval de sa ville ? Il n'avait jamais chevauché aussi loin. C'était une aventure en soi.

Ils allaient plus vite qu'il ne l'avait imaginé. Le sous-préfet, de toute évidence, détestait sa monture. Tous les chevaux, plus vraisemblablement ; il avait beau avoir choisi une jument à l'allure placide et à la large croupe, son mécontentement n'avait cessé de croître depuis leur départ de la ville. Un homme qui préférait les rues des villes aux chemins de campagne, comme on disait.

Wang Fuyin jetait d'incessants coups d'œil à droite, à gauche, derrière eux. Il sursautait quand les cris des gibbons devenaient plus stridents, même si ces cris étaient presque constants et n'auraient plus dû surprendre désormais. C'étaient des sons étranges et tristes, Daiyan devait l'admettre. Les gibbons pouvaient avertir de la présence d'un tigre, cependant. D'où leur importance. C'était aussi de la viande pendant les famines, mais on avait du mal à les capturer.

Le sous-préfet insistait sur des arrêts afin de descendre de cheval et de s'étirer. Alors, en se tenant sur la route, il semblait prendre conscience de leur solitude dans ces étendues sauvages, lui et seulement quatre gardes, avec le fermier du Village de la Famille Guan quelque part derrière eux avec son âne. Wang Fuyin, pas très agile, ordonnait alors à l'un d'eux de l'aider à remonter en selle, et ils repartaient.

Il avait rendu très clair son sentiment : il n'aimait pas être là à écouter les hurlements d'animaux sauvages et il ne voulait pas y rester plus longtemps que nécessaire. Ils allaient donc vite. Le Village de la Famille Guan n'allait pas leur offrir grand-chose, mais devait bien être mieux qu'une solitaire piste automnale entre falaise et forêt, avec le jour qui déclinerait bientôt.

Le fermier avait pris beaucoup de retard derrière eux. Peu importait. Ils savaient où se situait le village, et ce n'était pas comme si le sous-préfet devait attendre un villageois monté sur un âne. Il y avait un homme mort là où ils allaient, et qui savait ce qu'il y avait entre l'endroit où ils se trouvaient et ce cadavre ?

Et puis, au détour d'une courbe, avec le soleil dans le dos, ils virent tous une chose – ou plusieurs – qui s'y trouvait bel et bien. S'y tenait, plus précisément.

Quatre hommes étaient sortis de la forêt sur leur droite. Aucun chemin visible pour arriver ou repartir, ils étaient simplement là, tout d'un coup, sur la piste devant eux. Et ils la bloquaient.

Trois d'entre eux avaient dégainé des épées, vit Daiyan. L'autre portait un bâton aussi épais qu'un poing. Ils étaient vêtus de manière rudimentaire, pantalons et tuniques tenus par des ficelles, et l'un d'eux était pieds nus. Deux d'entre eux étaient des hommes de très forte carrure. Ils semblaient tous fort capables de se débrouiller au combat ou dans n'importe quelle autre occurrence. Ils étaient absolument silencieux.

Et il n'y avait aucun doute quant à leur nature.

Daiyan constata que son cœur battait avec régularité, ce qui était intéressant. Il se sentait étrangement calme. Il entendait les gibbons au-dessus de leurs têtes. Ils semblaient plus bruyants, comme agités. Peut-être l'étaient-ils. Les oiseaux avaient fait silence.

Le sous-préfet poussa une exclamation de colère et d'effroi, leva une main pour arrêter leur progression. Ils s'immobilisèrent à une vingtaine de pas des hors-la-loi qui leur bloquaient la voie. Bien sûr, des hors-la-loi. Et téméraires, pour accoster un groupe de cinq hommes à cheval. À cette pensée, Daiyan se retourna sur sa selle.

Il y en avait trois de plus sur la route derrière eux. À la même distance. Tous pourvus d'épées, ceux-là.

On pouvait essayer de passer au travers. Ces hommes étaient à pied. On pouvait galoper droit sur ceux d'en avant, et peut-être...

Ça n'allait pas arriver. Pas si le sous-préfet Wang Fuyin était l'un des cavaliers. Ce devait être pour lui que les brigands étaient venus : un sous-préfet pouvait rapporter une rançon considérable. Daiyan et les autres gardes étaient sans importance.

Ce qui signifiait qu'ils ne valaient pas la peine d'être laissés en vie.

Dans la mesure où il put reconstituer les moments suivants, en y repensant, ce fut cette pensée qui le poussa à l'action. Ce n'était pas délibéré, planifié, il ne pouvait dire avoir calculé quoi que ce fût. Un peu effrayant, en vérité.

Avant de pouvoir vraiment dire qu'il avait pris conscience de ses actes, il avait tiré son arc, encoché une flèche et abattu le premier homme qui se tenait devant eux. Son premier mort, son premier homme expédié à travers les hautes portes de la nuit. Son premier fantôme.

La deuxième flèche s'envola, un deuxième homme mourut avant que quiconque eût pu réagir au premier. À ce point, l'un des brigands poussa un cri. La troisième flèche de Daiyan volait déjà, toujours décochée droit devant.

La vitesse était importante pour les archers. Il se rappela l'avoir pensé dans la forêt, le matin même, dans une autre existence.

Il restait un homme devant eux après cette flèche. Plus tard, Daiyan développerait et enseignerait la manière d'affronter des ennemis divisés en plusieurs groupes, que ce soit une poignée d'hommes ou une armée, mais d'instinct il le fit correctement ce jour-là.

Il y eut un autre cri – derrière lui. Mais il abattit le quatrième homme avant de faire virevolter son cheval d'une pression de genoux, tira une autre flèche et abattit le plus proche de ceux qui avaient décidé de les charger, derrière. Toujours tuer le plus près d'abord, enseignerait-il plus tard.

Cet homme-là mourut à dix pas de lui, brandit encore un moment son épée puis s'écroula sur la piste. Il avait la flèche plantée dans la poitrine. Pas grand-chose comme armure, ces brigands. Daiyan ne se le rappelait pas, mais il l'avait probablement noté, sinon il aurait peut-être visé la figure.

Les deux autres bandits hésitèrent en voyant qu'ils se trouvaient soudain dans une mauvaise situation. Hésiter n'est pas le meilleur des choix. Daiyan abattit le sixième homme juste avant que celui-ci ne ralentît pour commencer à virer vers la forêt. Pas une flèche aussi précise : elle frappa le brigand à la cuisse. Il tomba avec un hurlement haut perché, bizarrement strident.

Le dernier des bandits courait vers la forêt. Il mourut à la lisière des arbres.

Toute l'affaire n'avait duré que quelques instants. Des images brouillées, un éclair, accompagné tout du long par les cris des gibbons. L'extrême étrangeté d'une durée si lente qu'il avait pu voir (et se rappellerait) les gestes individuels, les expressions – et en même temps d'une si impossible rapidité.

Daiyan tenait pour acquis qu'il avait respiré pendant tout ce temps – le souffle est important, dans le tir à l'arc –, mais ne pouvait dire s'il l'avait vraiment fait. Pas plus qu'il n'avait eu conscience d'un mouvement, ou de quoi que ce fût, de la part du sous-préfet ou des autres gardes. Pas après le premier cri d'outrage apeuré de Wang Fuyin. Ses flèches avaient abattu sept hommes. Les siennes. Mais c'était une description trop facile. Des hommes avaient été en vie, et ils étaient maintenant morts. Il les avait tués. On peut diviser son existence en avant et en après avec un tel événement, songea-t-il.

On n'avait jamais tué personne. Et puis, on avait tué.

Il est bien connu, et inévitable, que des légendes prennent forme autour des débuts de ceux qui deviennent célèbres ou fameux. Les histoires peuvent devenir fantaisistes, amasser des détails macabrement exagérés: c'est là ce qu'est une légende. Une centaine d'hommes abattus par un seul. Une ville ennemie aux murailles hautes comme trois fois un homme, escaladées la nuit, en solitaire. Un poème immortel rédigé par un enfant aux dons surnaturels, avec l'encre et le pinceau de son père. Une princesse impériale séduite dans une cour de palais, près d'une fontaine, et qui se languit d'amour ensuite.

En ce qui concerne Ren Daiyan et sa première rencontre avec des hors-la-loi sur une piste à l'est de Shengdu, un jour d'automne – le jour où il partit de chez lui et transforma toute son existence –, le conte a conservé une considérable exactitude.

C'est parce que le sous-préfet Wang Fuyin, qui devait plus tard devenir lui-même une figure remarquable, rapporta l'incident dans une dépêche officielle tout en relatant aussi son enquête couronnée de succès: l'arrestation et l'exécution d'un meurtrier dans un village des environs. Le sous-préfet Wang détaillait assez précisément la manière dont il avait conduit l'enquête. C'était ingénieux et il en fut félicité. Cette enquête réussie, de fait, mettrait aussi Wang Fuyin sur sa nouvelle voie. Il devint, selon ses propres déclarations, un homme différent à partir de ce jour, imbu d'une nouvelle motivation et d'une nouvelle perspective.

Il répéta l'histoire de Ren Daiyan et des hors-la-loi dans les mémoires rédigés à la fin de sa vie, en s'inspirant des copies soigneusement conservées de ses premiers comptes rendus, datant de ces jours où il venait de commencer sa carrière, dans la lointaine province du Szechen.

Il était aussi exigeant et précis dans son vieil âge que dans sa jeunesse, et il fut toute sa vie très fier de sa prose solide et de sa calligraphie. Dans ses mémoires, le nombre des hors-la-loi resta de sept. Ren Daiyan y eut toujours quinze ans (et non douze, comme dans d'autres versions). Wang Fuyin rapporte même qu'un des bandits avait seulement été blessé par Daiyan. Un autre de leurs archers avait bondi – de manière dramatique – de son cheval pour expédier ce septième homme là où il était tombé.

Fuyin, la tête blanche à l'époque de ces écrits, s'était permis un brin d'ironie en décrivant cette "courageuse" action d'arrière-garde. Il était bien connu alors pour son esprit, pour la clarté de ses exposés, pour ses ouvrages sur les enquêtes judiciaires (qui étaient devenus des textes utilisés par tous les magistrats de Kitai), et pour avoir survécu au chaos de leur époque.

Il n'y avait pas tellement de survivants parmi ceux qui avaient été au centre du pouvoir en ce temps-là, ou proches du pouvoir. Il lui avait fallu du talent, du tact, la capacité de bien choisir ses amis, et une bonne dose de chance.

D'une manière ou d'une autre, la chance est toujours de la partie.

Daiyan eut immédiatement conscience que son existence venait de changer. Ce qui s'ensuivit, sur cette piste solitaire entre forêt et falaises, semblait en vérité une destinée, nécessaire, et non une question de choix. C'était davantage comme si le choix avait été fait pour lui, il n'était que l'agent de son exécution.

Il descendit de son cheval. Il alla reprendre ses flèches dans les corps des hommes abattus. Le soleil avait baissé à l'ouest, illuminant la piste, bordant le ventre des nuages d'un liseré brillant. Le vent soufflait. Daiyan se rappellerait s'être senti glacé et avoir pensé que c'était peut-être en réaction à ce qui venait de se passer.

On n'avait jamais tué. Et puis on avait tué.

Il reprit d'abord les flèches dans les cadavres des hommes qui s'étaient trouvés derrière eux. L'un d'eux juste à la lisière des arbres. Puis il alla tirer les quatre flèches des hors-la-loi tombés sur la piste devant eux, ceux qu'ils avaient vus en premier. Sans y réfléchir outre mesure, il retourna le corps du plus gros des deux et prit les deux épées et leurs fourreaux de cuir dans le dos de l'homme.

Ces épées semblaient très lourdes. Il s'était entraîné avec du bambou, après tout. Il plaça les deux fourreaux sur son dos, en ôtant son carquois pour y glisser les flèches et en lui arrangeant ensuite une position avec l'arc, à la recherche de son équilibre sous le poids nouveau des épées. Il faudrait du temps pour s'y habituer, songea-t-il, debout sur la route dans le vent et le soleil qui commençait à baisser.

Rétrospectivement, il prendrait conscience qu'il avait déjà compris alors ce qui lui était arrivé en ce lieu, en ces instants.

C'était en rapport avec la manière dont tout avait été si facile. Sans effort, intuitif : la prise de la décision, puis la séquence des mouvements. Savoir exactement où tirer en premier, et ensuite, et ensuite. Ils avaient été vivants et menaçants, ces hommes. Ils étaient morts. Et en si peu de temps. C'était étrange, quelle brusque déchirure une poignée d'instants peut introduire dans le tissu d'une existence. Tout cela, ce monde d'arcs et d'épées, c'était l'élément qui lui était destiné, ces moments le lui avaient montré, et il devait trouver un endroit où en poursuivre la maîtrise. On avait ses rêves, les rêves d'un adolescent. Et ensuite...

Les oiseaux commençaient à chanter de nouveau. Les gibbons n'avaient jamais cessé de crier.

Il avait jeté un unique regard par-dessus son épaule, il s'en souvenait, du côté de Shengdu, où se trouvaient ses parents, puis il avait abandonné sa première vie pour s'engager dans la forêt, sous les arbres sombres, bien plus sombres que son bosquet de bambous, à l'endroit exact d'où les brigands étaient sortis devant eux si peu de temps auparavant.

CHAPITRE 2

L'armée de la Kitai comptait un très grand nombre d'hommes, mais ce n'étaient pas de bons soldats et ils n'avaient pas de bons chefs. La plupart étaient des fermiers, des fils de fermiers, désespérément malheureux d'être si loin de chez eux à combattre dans les territoires du nord.

Ils connaissaient le millet, le blé et les deux récoltes annuelles de riz, les jardins de légumes, les vergers de fruits, les fermes à soie, la culture et la récolte du thé. Un bon nombre avait travaillé dans les mines de sel, et à ceux-là l'armée offrait une meilleure existence que le quasi-esclavage et la mort précoce qu'ils avaient connus et auxquels ils s'attendaient.

Presque aucun d'entre eux n'avait la moindre idée de la raison pour laquelle ils allaient combattre les barbares kislik, en marche à travers le vent jaune et le sable qui piquait et coupait chaque fois que le vent gagnait en force. Les tentes et les piquets de tente s'arrachaient dans ce vent-là. Les Kislik avaient des chevaux et ils connaissaient bien ces contrées, le terrain, le climat. Ils pouvaient attaquer et battre en retraite, vous massacrer et disparaître.

Pour la majorité des deux cent mille hommes de l'Armée Impériale de Pacification, les barbares pouvaient bien garder ce pays glacial.

Mais le sage et illustre Empereur qui régnait à Hanjin avec le mandat du ciel avait estimé que les Kislik étaient présomptueux et arrogants et qu'ils avaient besoin d'une sévère leçon. Ses conseillers y avaient vu des opportunités, gloire et pouvoir, la possibilité de s'élever dans la hiérarchie. Pour quelques-uns, cette guerre était aussi une épreuve, une préparation pour le véritable ennemi, qui était l'empire encore plus présomptueux des Xiaolus, au nord de la Kitai.

On avait un traité avec les Xiaolus, il existait depuis deux cents ans (brisé parfois mais jamais de manière irréparable). Selon ses termes, le peuple de la steppe tenait toujours les Quatorze Préfectures conquises, au pied de la Grande Muraille de Kitai.

Le père et le grand-père du glorieux Empereur n'avaient pu les reprendre, par la diplomatie ou par la menace des armes, même s'ils s'y étaient tous deux essayés. L'offrande même d'une princesse n'y avait pas suffi. Les Xiaolus savaient ce qu'ils détenaient : en conservant ces contrées de collines, avec leurs passes étroites, ils assuraient que toutes les cités au nord de la Kitai étaient ouvertes à des cavaliers lancés au galop dans une vaste plaine. Ils tenaient ce qui restait de la Grande Muraille, laquelle ne signifiait plus rien désormais, n'était plus qu'une marque en ruine de ce qu'avait été la Kitai.

Rendre tout cela pour une princesse ?

Si l'on y regardait de près, et si l'on y réfléchissait, il y avait là les germes de ce qui s'en venait non seulement dans le vaste tumulte du temps mais, de manière très spécifique, pour les soldats qui s'avançaient avec obstination dans le nord-ouest, à travers les vents et la mouvance des sables en direction d'Erighaya, la capitale des Kislik, de l'autre côté du désert s'étendant à l'ouest de la boucle du Fleuve Doré.

Ces troupes avaient l'ordre d'assiéger et de détruire Erighaya et de ramener les chefs kislik à Hanjin dans les fers. Elles devaient s'emparer des femmes et des filles de la steppe pour servir et assouvir l'armée, devenir des esclaves et donner ainsi une leçon aux barbares du nord-ouest devant la glorieuse et massive puissance de la Kitai et de son Empereur.

On avait oublié un détail, cependant, tandis qu'on se dirigeait vers le nord. On avait vraiment oublié un détail.

Pendant le printemps qui précédait cette expédition vers le nord, une jeune fille marchait avec son père dans l'excitation chaotique d'une cité particulièrement achalandée.

On pouvait considérer comme une folie, comme une fièvre collective, la manière dont Yenling, deuxième ville de l'empire, se transformait pendant le Festival de la Pivoine. Chaque printemps, pendant les deux semaines où s'ouvrait l'impératrice des fleurs, il était presque impossible de se déplacer dans les rues et les allées de Yenling ou de trouver une chambre dans une auberge. Les maisons grandes et petites se remplissaient de membres de la famille et d'invités venus d'ailleurs. Pour des sommes considérables, on offrait de l'espace aux étrangers, trois ou quatre par lit, ou un matelas sur le sol. Un endroit où dormir pendant le délire de l'interlude printanier, avant le retour à la vie normale.

Pendant le festival, il n'y avait rien qui ressemblât à une vie normale.

Des tentes et des pavillons hâtivement dressés emplissaient la rue du Temple de Longue Vie, jusqu'à la porte principale de l'ouest, ainsi que les deux côtés de la rue de la Digue de la Lune ; on y vendait des pivoines. Les Yao Jaunes, affectueusement appelées "Dames du Palais", et les Wei Rouges coûtaient des milliers de cash pour un unique et parfait bouton. C'étaient les greffons les plus splendides, les plus fameux, et seuls les gens les plus riches pouvaient s'en prévaloir. Mais il y avait des variétés moins extravagantes. Les Zuo Violettes, les Écarlates du Ruisseau Secret, les Marron de Ceinture, les Perles aux Neuf Pétales, les minuscules pétales de l'exquise Shuoun. On pouvait trouver quatre-vingt-dix sortes différentes de pivoines à Yenling lorsque le soleil revenait au printemps, et leur éclosion était une occasion festive, quoi qu'il pût arriver par ailleurs dans l'empire, à ses frontières, dans le reste du monde.

Dès qu'apparaissaient les premiers boutons, un circuit de poste expresse commençait, lancé vers l'est chaque matin sur la voie centrale de la route impériale qui lui était réservée. Il y avait six stations entre Yenling et Hanjin. Avec de rapides relais, cavaliers et chevaux pouvaient parcourir la distance en une journée et une nuit, pour transporter les fleurs, afin que le Fils du Ciel pût en partager la splendeur.

Yenling célébrait ses pivoines depuis plus de quatre cents ans, et la pivoine était la fleur impériale depuis plus longtemps encore.

Les philosophes ascétiques s'en gaussaient, déclarant que c'était un artifice – les pivoines étaient des greffes, une création humaine et non naturelle. On les dédaignait comme voyantes et sensuelles, d'une *féminité* trop séductrice pour justifier l'exaltation, surtout si on les comparait à l'austère et mâle bambou ou à la fleur de prunier.

On connaissait ces opinions, mais elles importaient peu, même à la cour. L'obsession des pivoines était devenue une sagesse (ou une folie) populaire qui l'emportait sur les réflexions des sages.

Tous ceux qui le pouvaient s'en venaient à Yenling au temps du festival. On arpentait les rues avec des fleurs piquées dans le chapeau. Les aristocrates se faisaient porter dans leurs chaises, ainsi que les membres haut placés de la fonction publique, avec leur longue tunique. Les simples marchands se massaient dans les ruelles, les fermiers se rendaient en ville pour admirer les fleurs et se distraire. Les jardins les plus importants rapportaient beaucoup d'argent à leurs propriétaires tandis qu'on vendait des pivoines à leurs portes ou dans les rues.

Les Wei, artisans de la fleur, chargeaient dix cash juste pour entrer dans leur jardin emmuré et prendre la petite barque afin de traverser l'étang jusqu'à l'île où ils cultivaient leurs plus belles pivoines. La famille engageait des gardes : on était battu si on touchait un bouton.

La greffe de boutons parfumés et parfaits demandait un immense talent. On payait pour se promener dans le méandre des sentiers afin de voir et de respirer cette extravagante profusion. On faisait la file pendant des heures, puis on revenait de jour en jour afin de suivre comment tout changeait. Et même avec des femmes, aux cheveux ornés de boutons éclatants. Le Festival de la Pivoine à Yenling, c'était le moment de l'année et le lieu où les restrictions croissantes aux déplacements des femmes se trouvaient annulées, tout simplement parce qu'on ne pouvait les appliquer.

C'était le printemps. Il y avait des foules bruyantes et excitées, et le parfum entêtant des fleurs aux extravagantes couleurs. Il y avait la musique des flûtes, des chants, des danseurs dans les rues, des jongleurs, des conteurs, des dresseurs d'animaux. On vendait vin et nourriture dans des baraques, et les foules étaient enclines à la gaîté – et, lorsque le crépuscule tombait, à des comportements d'une indéniable immoralité dans les cours, les ruelles et les chambres, et pas seulement dans le quartier des plaisirs.

Une autre raison pour les philosophes de se lamenter sur la folie et la fleur.

Shan marche avec son père dans un vertige d'excitation, en essayant de ne pas le montrer. Ce serait enfantin et manquerait de dignité. Elle se concentre pour tout *voir,* tout absorber, enregistrer tous les détails. Les chansons réussissent ou échouent dans les détails, à son avis. Ce sont davantage qu'un simple accord de paroles et de mélodies. C'est l'acuité de l'observation qui met une œuvre à part, la rend digne de... la rend digne de tout, en vérité.

Elle a dix-sept ans ce printemps. Sera mariée l'année suivante à la même saison. Encore une pensée lointaine, essentiellement, mais non déplaisante.

En cet instant précis, cependant, elle se trouve à Yenling avec son père parmi la foule matinale du festival. Images, sons, odeurs (des fleurs partout, la presse des corps, gloire et assaut, songe-t-elle). Elle n'est vraiment pas la seule femme présente, mais elle a conscience des gens qui la regardent tandis que son père et elle se fraient un chemin pour revenir depuis les murailles de la cité jusqu'en haut de la rue du Temple de Longue Vie.

On a commencé à la regarder deux ans plus tôt. On devrait être amoureux d'elle, ou un poète, pour la décrire comme belle, mais il y a semble-t-il quelque chose dans son maintien, dans la manière dont elle marche, dont son regard se porte sur ce qui l'entoure, personnes ou objets, qui attire sur elle l'attention d'autrui. Elle a des yeux bien écartés, un long nez, de longs doigts. Elle est grande pour une femme. Elle le tient de son père.

Lin Kuo est un homme aux membres fort longs aussi mais si effacé qu'il se tient légèrement courbé depuis aussi longtemps qu'elle peut se souvenir, comme s'il niait toute fierté pour sa taille ou s'apprêtait sans cesse à une courbette respectueuse. Il a passé les examens de *jinshi* à sa troisième tentative (parfaitement honorable), mais n'a jamais reçu d'affectation, même dans les provinces. Il y a de nombreux candidats tels que lui, des diplômés sans poste. Il porte la tunique et la ceinture des fonctionnaires, et le titre de "gentilhomme de la cour", ce qui signifie simplement qu'il n'a pas d'office. Il reçoit le salaire mensuel attaché à son titre. Il est doté d'une calligraphie tout à fait acceptable et vient d'imprimer un petit ouvrage sur les jardins de Yenling, ce qui est la raison de sa présence en ville.

Il n'a pas d'ennemis évidents – c'est important, ces temps-ci – et semble ne pas avoir conscience d'être un sujet d'amusement pour certains. Sa fille, peut-être plus observatrice, s'en est rendu compte cependant.

La bonté lui est naturelle, et il craint un peu le monde. Sa seule manifestation d'esprit aventureux est d'avoir éduqué sa fille unique comme un garçon. Ce n'est pas une décision triviale et dépourvue de conséquence, si l'on attribue de l'importance à une existence individuelle.

Shan a lu les classiques et les poètes, les majeurs et les mineurs, depuis les débuts de l'écrit en Kitai. Elle a une très bonne écriture cursive et son écriture formelle est encore meilleure. Elle chante, évidemment, et sait jouer du *pipa* – la plupart des femmes de bonne famille le peuvent –, mais elle écrit aussi des chansons, la nouvelle forme *ci*, qui émerge en cette Douzième Dynastie, des mots greffés (comme les pivoines ! songe-t-elle soudain) sur des mélodies bien connues provenant de la campagne ou des quartiers de plaisir.

Son père a même fabriqué des arcs pour elle comme pour lui, avec des flèches. Ils ont pris des leçons ensemble d'un archer à la retraite qu'il a déniché, une autre réaction silencieuse contre les coutumes de l'époque, où tout homme bien élevé, à plus forte raison sa fille ! dédaigne avec hauteur n'importe quelle tradition militaire.

C'est inconvenant pour une fille, bien entendu. Quant à la musique, elles sont censées pincer d'un air charmant les cordes du *pipa* en chantant les paroles écrites par des hommes. Les femmes qui chantent ainsi sont en général des artistes et des courtisanes. Il en a toujours été ainsi.

Lin Kuo a promis sa fille au cours de l'hiver, en y consacrant beaucoup de soigneuse réflexion, à un homme dont il pense qu'il acceptera ce qu'elle est et en sera heureux. C'est plus que ne peut en espérer une fille.

Shan aime son père sans réserve, inconditionnellement, même si elle n'entretient pas d'illusions sur ses limitations.

Elle aime le monde aussi, ce matin, sans illusions non plus – ou du moins c'est ce qu'elle croit, avec fierté. Elle est très jeune.

Elle porte dans ses cheveux une pivoine écarlate, elle en tient une jaune à la main et se dirige avec son père vers la demeure de l'homme auquel celui-ci est venu rendre visite. Ils ont une invitation en bonne et due forme : Lin Kuo ne se présenterait pas sans cela.

Deux ans et demi ont passé, en cette éclatante matinée, depuis que l'adolescent Ren Daiyan, jeune également mais sans croire qu'il comprend le monde (pas encore), s'est enfoncé dans une forêt à l'est de son village, avec un arc et des flèches ensanglantées, et les deux épées d'un homme qu'il a tué.

Personne n'était aussi respecté en Kitai que Xi Wengao, de Yenling. Les traits taillés à coups de serpe et la chevelure désormais blanche, ce qu'il en restait, il connaissait son statut et n'était pas exempt d'en tirer de la fierté. On vit son existence aussi honorablement que possible, on en est récompensé, parfois, en étant reconnu de son vivant.

C'était un fonctionnaire et un lettré, l'historien officiel de la dynastie, et un poète. Il avait même écrit des chansons dans sa jeunesse, avait rendu la variété *ci* presque acceptable pour les écrivains sérieux. (D'autres de son cercle avaient poursuivi dans cette voie, poussant la forme plus loin encore.)

Il était renommé pour sa calligraphie et pour avoir fait avancer la carrière de ses disciples à la cour. Il était fameux pour aimer la beauté, incluant celle des femmes, et il avait occupé presque tous les postes importants au cours des années, y compris celui de Premier Ministre du dernier empereur puis, brièvement, du fils qui régnait à présent.

Ce "brièvement" en disait long, bien entendu.

Dans son jardin, alors qu'il attendait ses invités, il buvait à petites gorgées du thé du Szechen dans une tasse vert céladon – ce vert superbe, en l'honneur de la saison. L'une des visites de la matinée avait été pour lui une source de grand chagrin, l'autre promettait de constituer une diversion. Dans la lumière de fin de matinée, il songeait aux empereurs, aux factions de la cour et à la trajectoire d'une vie humaine. On peut vivre trop longtemps, tout comme on peut avoir une vie trop courte.

Certaines existences ne suivent pas de trajectoire, en réalité, pas aux yeux du monde. Oui, tout le monde pouvait passer d'un enfant trébuchant sur ses petites jambes à un homme vigoureux, et puis devenir quelqu'un pour qui un changement de température ou une simple promenade jusqu'au pavillon de son jardin éveillait de la douleur dans les genoux et les reins, mais cela ne constituait pas l'arc d'une carrière. Un fermier n'avait pas de trajectoire, il avait de bonnes et de mauvaises années, selon le temps, les sauterelles ou, au moment des semailles, un fils recruté dans l'armée pour marcher vers des guerres lointaines.

Mais un fonctionnaire de Kitai pouvait s'élever et tomber – et s'élever de nouveau, et retomber, selon l'humeur de la cour, une bataille perdue à l'ouest ou une comète apparue dans le ciel pour effrayer un empereur. Il pouvait même être exilé – une chute de bien plus haut, tel un objet céleste dégringolant vers la terre.

Ce genre de chute pouvait tuer, si l'on se voyait envoyé dans le sud, dans les contrées des maladies et de la pourriture. De ses amis s'y trouvaient présentement. S'ils étaient encore vivants. Les lettres arrivaient rarement de la mer des pêcheurs de perles. C'était un grand chagrin. Il avait aimé ces hommes. Le monde était bien dur. On devait l'apprendre.

Il était exilé lui-même, évidemment, mais seulement ici, seulement à Yenling, où il était né. À une certaine distance de la cour et de l'influence, mais sans que cela constituât une pénible épreuve.

Il était trop bien connu, trop largement admiré pour que Hang Dejin et ses partisans eux-mêmes en demandent davantage à l'Empereur. Même un premier ministre décidé à transformer les habitudes d'un millier d'années savait à quoi s'en tenir : on ne poussait pas aussi fort.

En toute honnêteté, il était peu probable que le Premier Ministre Hang désirât sa mort. Ils avaient échangé des lettres et même de la poésie. Des années auparavant, mais tout de même. Ils avaient débattu des politiques à suivre devant le dernier empereur, avec courtoisie, quoique ce ne fût pas le cas pour le fils, l'empereur actuel. Les temps changeaient. Les trajectoires. Son vieux rival Hang était... vieux, désormais, lui aussi. Sa vue baissait, disait-on. D'autres plus jeunes, plus froids, se tenaient maintenant près du trône.

Xi Wengao avait malgré tout reçu l'ordre de quitter Hanjin, le palais et son office. On lui avait concédé sa maison personnelle et son jardin, ses livres et pinceaux, la pierre à encre et le papier. On ne l'avait pas chassé dix mille *li* dans le sud, dans un endroit d'où personne ne revenait.

On n'exécutait plus les fonctionnaires tombés en disgrâce dans la Douzième Dynastie de Kitai, sous l'Empereur Wenzong. C'eût été barbare, songea-t-il avec une ironie désabusée, et leur Empereur était d'une culture exquise. On renvoyait simplement les membres de la faction disgraciée, si loin parfois que leur fantôme ne pouvait pas même revenir menacer qui que ce fût.

L'un des deux hommes venus lui rendre visite aujourd'hui était en route pour un sauvage exil : au-delà du Grand Fleuve et des contrées riches en rizières, au-delà de deux chaînes de montagnes, à travers d'épaisses et humides forêts, loin, jusque dans l'île basse et empoisonnée qui ne faisait partie de l'empire que de nom. C'était à Lingzhou qu'étaient expédiés les pires délinquants politiques. Ils étaient censés écrire leurs dernières lettres ou poèmes dans son étuve brûlante et y périr.

Celui qui s'y rendait présentement avait été l'un de ses élèves autrefois, un partisan, même s'il avait dépassé de loin ce stade. Un autre qu'il avait aimé. Peut-être (probablement?) celui qu'il avait aimé par-dessus tout. Il était important de conserver son équanimité aujourd'hui, s'admonesta sévèrement Maître Xi. Il briserait un rameau de saule en guise d'adieu, l'ancienne coutume, mais il ne devait pas se déshonorer ou affaiblir l'autre avec des larmes de vieillard.

C'était pour cette raison qu'il avait invité l'autre visiteur. Pour changer de ton, d'humeur. Imposer la retenue qui préservait la dignité, l'illusion que ce n'était pas une ultime rencontre. Il était vieux, son ami était banni. La vérité, c'était qu'ils ne grimperaient plus ensemble dans les hauteurs au Neuvième Jour du Neuvième Festival pour célébrer l'amitié en buvant trop de vin.

Il importait de ne pas y penser.

Les vieillards pleurent trop aisément.

Il vit l'une des servantes, la jeune, qui s'en venait de la maison à travers le jardin. Il préférait se voir apporter ses messages par des femmes et non par son intendant. C'était inhabituel, mais il se trouvait chez lui, il pouvait élaborer ses propres protocoles, et il prenait tant de plaisir à voir cette femme-ci – vêtue de soie bleue aujourd'hui, la chevelure élégamment relevée par des épingles (l'un et l'autre étaient inhabituels aussi, c'était *seulement* une servante), alors qu'elle s'approchait le long de la courbe menant au pavillon où il se trouvait assis. Il avait incurvé tous les sentiers lorsqu'il avait conçu son petit jardin, tout comme les chemins l'étaient à la cour. Les démons ne peuvent se déplacer qu'en ligne droite.

Elle s'inclina par deux fois en annonçant le premier visiteur. Le visiteur amusant, en l'occurrence. Xi Wengao n'était pas vraiment d'humeur à être amusé, mais il ne voulait pas être désespérément triste lorsque l'autre visiteur se présenterait. Trop de souvenirs évoqués pour ce matin de printemps.

Puis il vit que Lin Kuo était accompagné et son humeur changea légèrement. Une source d'immédiate ironie intérieure.

Il avait toujours été capable d'ironie à son propre égard. Un trait de grâce qui rachète un peu, chez un homme de pouvoir. Mais comment se faisait-il que, même en ce jour, à son âge, la vision d'une très jeune fille au frais visage prêt à affronter le monde, gracieuse et maladroite à la fois (elle était de grande taille pour une femme), posée au seuil de l'existence, pouvait l'enchanter encore autant?

Autrefois, il y avait très longtemps – un autre souvenir, d'une autre nature –, ses ennemis avaient tenté de le chasser du pouvoir en prétendant qu'il avait incestueusement séduit une jeune cousine. Il y avait eu procès. L'accusation avait été mensongère, et l'on avait échoué, mais on avait été ingénieux dans la machination, et il y avait eu une période au cours de laquelle ses amis avaient craint pour lui. C'était pendant les années où la laideur des affrontements entre factions avait commencé à coûter des vies à la cour. Ses accusateurs avaient présenté une chanson au procès, en prétendant qu'il l'avait écrite pour sa jeune cousine. C'était même une bonne chanson; on devait respecter ses ennemis dans cette cour. Mais la réelle ingéniosité avait été de choisir de l'attaquer ainsi, compte tenu de son amour bien connu des femmes.

Toute sa vie. Sa trop longue vie.

Cette douce et timide cousine était morte des années plus tôt, épouse et mère. Ses propres épouses étaient mortes toutes les deux. Il avait préféré la seconde. Deux concubines étaient parties aussi, et il les pleurait. Il n'en avait pas pris de troisième. Deux fils, morts aussi. Il avait connu trois empereurs. Trop d'amis et trop d'ennemis pour les nommer ou s'en souvenir.

Et pourtant, la jeune fille qui s'approchait avec la longue silhouette pressée de Lin Kuo lui fit poser sa tasse verte et se lever, en dépit de ses genoux, pour les accueillir tous deux debout. C'est *bien*, songea-t-il. On pouvait être mort de son vivant, perdre tout goût pour la vie, et il ne le voulait point. Il avait des opinions bien arrêtées sur la direction dans laquelle Hang Dejin et ses partisans menaient l'Empereur avec leurs Nouvelles Directives, et il était assez vain pour croire que ses opinions importaient, même à présent. Il haïssait cette longue et stupide guerre contre les Kislik, pour commencer.

Lin Kuo s'inclina par trois fois, en s'immobilisant puis en s'avançant, ce qui était flatteur mais exagéré de la part d'un *jinshi* lettré et d'un invité. Sa fille demeura comme il convenait deux pas en arrière et accomplit les deux courbettes prescrites. Puis, après une hésitation, elle en offrit une troisième.

Xi Wengao frotta sa fine barbe et s'abstint de sourire : elle avait imité son père, par respect, pour être de concert avec lui, mais avait clairement été encline à arrêter au niveau adéquat de salutation.

Pas une seule parole prononcée, et c'était déjà une jeune fille intéressante. Pas d'une beauté classique, mais un visage vif et curieux. Il la vit jeter un coup d'œil à la tasse céladon sur le plateau laqué, puis embrasser du regard les détails du pavillon. Il avait fait peindre les panneaux supérieurs par San Tsai dans le style de Chang Dao de la Septième Dynastie.

Tsai aussi était mort. L'année précédente. Un autre ami disparu.

« Conseiller, c'est un grand honneur de vous rencontrer de nouveau. » Lin Kuo avait une voix claire et agréable. Wengao n'était plus un conseiller de l'Empereur, mais ne voyait pas d'inconvénient à être appelé ainsi.

« L'honneur est mien, assurément, répondit-il avec politesse, que vous favorisiez de votre estimée présence la demeure d'un triste exilé. Et en amenant… ?

— Ma fille, conseiller. Son nom est Shan. Je désire depuis longtemps lui montrer le Festival de la Pivoine et j'ai eu la présomption de l'amener avec moi pour rencontrer Votre Excellence.

— Aucune présomption. Vous êtes la bienvenue, mon enfant. » Il sourit, cette fois.

Elle ne lui rendit pas son sourire. Une expression attentive. « C'est un privilège pour moi, messire, d'être en présence de l'homme qui a joué en notre temps un rôle essentiel dans l'élévation du statut des paroles de chansons. J'ai lu votre essai sur la forme *ci*, avec profit, et ce fut une illumination. »

Xi Wengao battit des paupières. C'est bien, se dit-il de nouveau. Précieux. Que l'existence puisse encore vous surprendre.

Même de la part d'un homme, pour une première remarque, ç'auraient été des paroles bien assurées, une déclaration marquant une suprême confiance en soi. Mais c'était là une fille. Une jeune fille, de toute évidence non mariée, une pivoine dans les cheveux, une autre à la main, et elle se tenait là dans son jardin, en spécifiant que, de tout ce qu'il avait fait...

Il s'assit, en désignant une chaise à Lin Kuo. Le grand gaillard s'assit après une autre courbette. Sa fille resta debout, en se déplaçant un peu derrière lui. Wengao lui jeta un coup d'œil : « Je confesse qu'un essai n'est pas normalement ce pour quoi je m'attends à être salué. »

Lin Kuo eut un rire indulgent : « Elle écrit des *ci* elle-même, conseiller. Elle désire vous le dire depuis un certain temps, je le soupçonne. »

Sa fille s'empourpra. Des parents peuvent embarrasser leurs enfants, mais Kuo avait parlé avec une évidente et sympathique fierté. Et Xi Wengao, pour bien des raisons, n'avait jamais souscrit aux extrêmes limitations proposées par les maîtres du Cho à la liberté qu'on permettait en ces temps aux femmes. Il connaissait trop le passé, d'abord. Il aimait trop les femmes, ensuite. Le friselis de leurs voix, la danse de leurs regards, leurs mains, leur parfum. La manière dont certaines pouvaient en un éclair déchiffrer l'humeur d'une réunion puis l'orienter. Il avait connu de telles femmes. Il en avait aimé quelques-unes.

« J'aurai plaisir à lire ou à entendre ses *ci*, alors », dit-il. Puis un don, une bonté : « Mais allons, allons, laissez-moi le voir ! Vous avez terminé votre livre, m'avez-vous écrit. Est-ce vrai, Maître Lin ? »

Au tour du père de rougir. « À peine un livre ! Un simple essai, un exercice de style, des commentaires sur quelques jardins de la ville. Y compris bien entendu votre serein refuge.

— Serein ? Cet espace mal entretenu ? On peut à peine le considérer comme un véritable jardin. Je n'ai pas de pivoines, pour commencer. » Il plaisantait.

« Pourquoi, messire, si je puis le demander ? »

La jeune fille avait des yeux bien écartés – et ce regard direct... De sa main gauche, elle tenait une pivoine jaune.

Elle l'avait glissée dans la manche de sa robe lorsqu'elle s'était inclinée, les bras croisés, l'en avait tirée ensuite. Il était homme à remarquer ce genre de détail. Elle était vêtue de vert pour le printemps, une nuance très semblable à celle de ses tasses.

« Je les déshonorerais, Demoiselle Lin. Je n'ai ni le talent ni la patience de faire pousser ni de greffer l'impératrice des fleurs, et n'ai point de jardinier pourvu de ces dons. Il me semble sage, pour un vieux lettré, d'organiser un jardin autour de la retenue et de la simplicité. Les pivoines sont trop passionnées pour moi, désormais.

— Vos écrits sont vos fleurs. » C'était assurément assez gracieux de la part de Lin Kuo. On pouvait sous-estimer le bonhomme, songea Wengao. Et d'abord, amener une fille capable de parler comme elle venait de parler suggérait de la complexité.

De la complexité. L'existence de Xi Wengao avait été écartelée entre l'attrait séducteur de celle-ci et son propre appétit pour la simplicité. Le palais et ses conflits mortels, et puis la solitude, où il pouvait prendre son pinceau et écrire.

S'il avait choisi d'être à Yenling, ç'aurait été différent. Mais il ne l'avait point choisi, et Hang Dejin était toujours Premier Ministre, à mettre en place ses Nouvelles Directives avec un groupe d'associés plus jeunes, de plus en plus féroces. La Kitai était en guerre sous leur férule – une guerre stupide et futile – et le gouvernement d'un empereur distrait était engagé dans la vulgarité du commerce, jusqu'à des prêts à des fermiers (que ceux-ci le désirent ou non). Et maintenant, on parlait de la révision des examens de *jinshi* que lui-même, Wengao, avait mis en place.

Il n'était donc pas heureux d'être exilé en cet instant, non.

Il entendit un bruit du côté de la maison, se détourna vivement. Et vit Lu Chen – le cher visage familier. Il était arrivé.

Son protégé, son ami, souriait – comme toujours, semblait-il – en s'approchant derrière la servante en bleu. Il était en route, escorté par des gardes, vers ce qui devait être son trépas.

Une leçon, là, un amer poème : on peut s'éjouir de la visite inattendue d'une jeune fille par un matin de printemps, mais on ne pouvait éviter d'avoir le cœur brisé par ce qui arrivait dans la foulée de cette mince silhouette.

Chen avait perdu du poids. Ce n'était pas étonnant, compte tenu des circonstances. Une tunique de voyageur en chanvre brun habillait mal sa silhouette amaigrie. Son attitude était la même que toujours, cependant, alors qu'il s'approchait du pavillon et s'inclinait : cordiale, ouverte ; content du monde, il était prêt à s'y engager ou à en être amusé. En le regardant, on n'aurait jamais dit que c'était le plus profond des penseurs contemporains, le maître poète reconnu de leur époque. Célébré comme l'égal des géants de la Troisième et de la Neuvième Dynastie.

Il partageait aussi, Wengao le savait, l'appréciation légendaire de certains de ces poètes pour le bon vin (ou un vin de qualité inférieure, quand l'occasion le demandait).

Wengao se leva de nouveau, de même que Lin Kuo en hâte. Pour son propre léger amusement, il n'avait pas alerté le gentilhomme de la cour de l'arrivée d'un autre invité, ni, évidemment, de l'identité de celui-ci.

Mais toute personne ayant des rapports avec le monde littéraire ou politique connaissait Lu Chen – et son présent destin. Wengao se demanda un instant si la fille aussi, puis il vit l'expression de celle-ci.

Il éprouva un petit tressaillement d'envie, comme la langue enflammée d'un feu très ancien. Elle ne l'avait pas regardé ainsi. Mais il était vieux, vraiment vieux. Il pouvait à peine se lever d'un siège sans une petite grimace. Chen n'était pas un jeune homme – sous sa calotte de feutre noir, ses cheveux et sa fine barbe bien taillée grisonnaient, mais il n'avait pas des genoux qui faisaient de la marche un exercice ambitieux. Son dos était bien droit, c'était encore un homme séduisant, même si son visage était plus maigre qu'il ne l'aurait dû et semblait maintenant las, si on le connaissait et l'observait avec attention.

Et c'était celui qui avait écrit "Quelques vers sur le Festival des Mets Froids" et les poèmes de la "Falaise Rouge", entre autres.

Wengao était correctement (quoique de manière judicieuse) fier de ses propres poèmes, au fil des années, mais c'était aussi un bon lecteur et un juge avisé, et il savait quels vers méritaient de passer à la postérité. Qui méritait le regard de cette jeune fille, à l'instant.

« Vous buvez du thé, mon cher ami ? » s'exclama Chen d'un ton faussement affligé. « Moi qui comptais sur votre vin épicé !

— On va vous en apporter, répliqua Wengao avec gravité. Mes médecins m'ont déclaré que le thé me convient mieux à cette heure de la journée. Je prétends parfois les écouter. » Il jeta un rapide coup d'œil à la servante. Elle hocha la tête et repartit vers la maison.

« Du thé me servirait probablement mieux aussi. » Chen se mit à rire. Il se détourna. « Le gentilhomme de la cour Lin Kuo, je crois ? Votre défunte épouse était une de mes lointaines parentes.

— En effet, honorable sire. Il est gracieux de votre part de vous en souvenir et de me reconnaître.

— Vraiment pas ! » Chen rit de nouveau. « C'était la meilleure famille du Szechen. Nous étions des lettrés en devenir, pauvres mais sérieux. »

Faux en ce qui concernait la famille, Wengao le savait, mais typique de Chen. Il offrit lui-même l'autre présentation :

« Et voici demoiselle Lin Shan, la fille de Maître Lin et de sa défunte épouse. Il l'a emmenée voir les pivoines.

— Comme il le doit bien, acquiesça Chen. La splendeur des fleurs n'a besoin de nul autre ornement, mais nous ne pouvons avoir trop de beauté. »

Le père semblait heureux, ce qui était amusant. La fille…

« Vous êtes trop bon, Maître Lu. Suggérer que j'aie quelque beauté à ajouter à Yenling au printemps est un mensonge de poète. »

Le sourire de Chen se fit radieux, son plaisir n'était de toute évidence pas feint. « Vous pensez donc que les poètes sont des menteurs, Demoiselle Lin ?

— Je crois qu'ils le doivent. La vie et l'histoire doivent être adaptées aux besoins de nos vers et de nos chansons. Un poème n'est pas une chronique d'historien. » Elle regardait

Wengao en parlant ainsi et se permit, pour la première fois, un timide sourire.

Nos.

Wengao la dévisagea. Il aurait aimé, encore une fois, être plus jeune. Il pouvait *se rappeler* avoir été plus jeune. Il avait mal aux genoux. Et au dos, en se tenant ainsi debout. Il se rassit, avec précaution.

Lu Chen s'avança vers la chaise pour l'aider. Il en faisait un geste de respect, de courtoisie envers un mentor, et non une réponse à un besoin. Wengao lui sourit et fit signe aux deux autres de s'asseoir. Il n'y avait que trois sièges. Il n'avait pas su que la jeune fille serait là.

Cette jeune fille était étonnante.

Comme il ne pouvait s'en empêcher, il demanda, trop vite : « Mon vieil ami, combien de temps avons-nous avec vous ? »

Chen ne laissa aucunement son sourire s'éteindre : « Ah ! Cela dépend de la qualité du vin quand il arrivera. »

Wengao secoua la tête : « Dites-moi. »

Il n'y avait nul secret ici. Les deux Lin devaient savoir – tout le monde le savait – que Chen avait été exilé à l'île de Lingzhou. Le Vice-Premier Ministre Kai Zhen – un homme que Wengao méprisait – était maintenant chargé de ces affaires, disait-on, à mesure que le Premier Ministre prenait de l'âge.

Wengao avait entendu dire qu'existaient à Lingzhou des dizaines de variétés d'araignées ou de serpents qui pouvaient vous tuer et que le vent du soir apportait des maladies. Il y avait des tigres.

Chen déclara avec calme : « J'imagine pouvoir rester une ou deux nuits. Quatre gardes m'accompagnent, mais aussi longtemps que je poursuis mon chemin vers le sud et leur offre à boire et à manger, on me permettra de m'arrêter pour rendre visite à mes amis, je crois.

— Et votre frère ? »

Le frère cadet, également un *jinshi* lettré, avait pareillement été frappé d'exil (la parenté y échappait rarement), mais pas aussi loin, et pas dans un lieu où l'on s'attendait à le voir trépasser.

« Chao est à la ferme près du Grand Fleuve avec sa famille. Je vais aller de ce côté. Mon épouse se trouve avec eux. Nous avons des terres, il peut les cultiver. Ils mangeront peut-être des châtaignes, certains hivers, mais... »

Il laissa sa phrase en suspens. Lu Chao, son frère cadet, avait une épouse et six enfants. Il avait passé les examens à un âge étonnamment précoce, au troisième rang, l'année où son frère était arrivé premier. Il avait reçu les honneurs subséquents, occupé une fonction très importante, et servi par deux fois d'émissaire dans le nord, pour rencontrer les Xiaolus.

Il avait aussi protesté avec constance, en prenant la parole à la cour et en rédigeant des notes de service, contre les Nouvelles Directives de Hang Dejin, en présentant de bons arguments élaborés avec soin et avec passion.

On payait le prix de ce genre de comportement. Contestation et opposition n'étaient plus acceptables. Mais Lu Chao n'était pas le poète et le penseur qui avait donné forme au climat intellectuel de leur époque. Il avait donc été exilé, oui, mais on lui permettrait d'essayer de survivre. Comme Wengao lui-même dans son jardin, dans sa ville natale. Sans aucun doute, Kai Zhen devait se congratuler d'être un homme compatissant, le judicieux serviteur de l'Empereur, attentif aux enseignements des Maîtres.

Il était parfois difficile d'échapper à l'amertume. Il s'efforça de rester impassible. Ils vivaient en des temps terribles.

Son invité se tourna vers la jeune fille, en disant, pour alléger l'atmosphère : « En ce qui a trait aux poètes et aux mensonges, vous avez raison, Demoiselle Lin, mais ne seriez-vous pas d'accord que, même si nous modifions les détails, nous aspirons peut-être à une vérité plus profonde, et non à n'offrir que des faussetés ? »

Elle rougit derechef, ainsi directement interpellée. Mais elle gardait la tête bien droite. Elle était la seule debout, derrière le siège de son père, encore. « Quelques poètes, peut-être. Mais dites-moi, quel homme a écrit des vers sur des courtisanes ou des dames du palais capables de trouver leur bonheur en elles-mêmes, et non en train de dépérir ou de verser des larmes sur des balcons, chagrines de la disparition de leurs amants ? Tout le monde pense-t-il que c'est la seule vérité de leur existence ? »

Lu Chen réfléchit, lui prêtant sa totale attention. « Cela signifie-t-il que ce n'est en rien une vérité ? Si l'on écrit à propos d'une dame en particulier, doit-on vouloir qu'elle représente toutes les femmes ? »

Sa voix était telle que se la rappelait Wengao, vive et bienveillante. Il était ravi d'être engagé dans un débat, même par une jeune fille. Coup et parade, comme à l'épée. Nul ne savait plus user d'une épée, à la cour. La Kitai avait changé ; les hommes avaient changé. Pourtant, c'était une femme qui débattait ainsi avec Chen. En l'écoutant, on devait se rappeler que c'était une jeune fille.

« Mais si une seule histoire se trouve contée, éternellement, et aucune autre, de quelle vérité décideront les lecteurs ? » demanda-t-elle. Elle hésita, et Wengao discerna ce qui devait – *vraiment ?* – être une étincelle malicieuse dans son regard. « Si un grand poète nous dit qu'il est à la Falaise Rouge de la légendaire bataille et qu'il se trouve en fait à cinquante ou cent *li* en amont, que penseront les voyageurs des époques ultérieures lorsqu'ils iront à cet endroit ? »

Elle baissa les yeux en joignant modestement les mains.

Wengao éclata de rire et applaudit en signe d'approbation, en se balançant. Il était notoire que Lu Chen s'était en effet trompé sur l'endroit où il se trouvait, en bateau sur le Grand Fleuve avec des amis, un soir de pleine lune. Il avait décidé que ses compagnons et lui avaient dérivé sous les falaises de la fameuse bataille de la Troisième Dynastie… et il avait été dans l'erreur.

Chen souriait à la jeune fille. C'était un homme qui pouvait être amené à manifester une furieuse passion, mais pas dans une conversation telle que celle-ci. Ici, à jouer avec les mots et les idées, il était dans son élément, et ravi. On aurait presque pu oublier où il allait.

Une ou deux nuits, avait-il dit pouvoir rester.

Chen se tourna vers le père de la jeune fille, qui souriait aussi mais avec prudence. Lin Kuo devait être prêt à battre en retraite. Mais Chen s'inclina dans sa direction en disant :

« J'honore le père d'une telle fille. Vous veillerez à bien la marier, Gentilhomme de la Cour ?

— Je pense y avoir vu, répondit le père. Elle est promise à Qi Wai, le fils de Qi Lao. Ils seront mariés après la Nouvelle Année.

— La famille Qi ? Le clan impérial ? Quel degré de parenté ?

— Au sixième degré. C'est donc permis. »

Jusqu'au cinquième degré de parenté avec l'Empereur, les membres du clan impérial ne pouvaient se marier qu'avec la permission de l'office de la cour dont ils étaient la charge. Dépassé ce degré, ils menaient une existence plus normale, quoique ne pouvant occuper des fonctions publiques ou passer les examens. Et ils devaient tous vivre dans l'enceinte du clan, à Hanjin, à l'arrière du palais. La lignée impériale avait toujours été un problème pour les empereurs, surtout ceux qui n'étaient pas totalement assurés de leur position sur le Trône du Dragon. Autrefois, les mâles les plus proches dans la lignée avaient été supprimés (bien souvent dans de vastes moissons sanglantes), mais la Douzième Dynastie kitane se glorifiait d'être civilisée.

Bien sûr, elle s'en glorifiait, songea Wengao en observant son ami. En ces temps-ci, le clan était simplement tenu enfermé à l'écart du monde, chacun de ses membres pourvu d'un traitement mensuel, de dots pour les femmes, du coût des rites funéraires – et tout cela constituait un sérieux problème budgétaire, maintenant qu'ils étaient si nombreux.

« Qi Wai ? dit-il. Je ne le connais pas. J'ai rencontré le père, je crois. Le fils est intelligent, puis-je l'espérer ?

— C'est un jeune historien, il collectionne les antiquités. »

C'était la jeune fille, parlant en son propre nom et en celui de son futur époux. Inconvenant, bien entendu. Xi Wengao avait déjà décidé qu'il s'en moquait. Il était un peu épris. Il *voulait* l'entendre parler.

« Voilà qui semble prometteur, remarqua Chen.

— Je n'infligerais pas l'indiscipline de ma fille à un homme que je croirais incapable d'accepter sa nature, dit le père. Je vous prie de pardonner son impertinence. » De nouveau, malgré la teneur de ses paroles, on pouvait entendre sa fierté.

« Vous le devriez en effet, s'écria Lu Chen. Elle vient juste de me rappeler l'une de mes plus graves erreurs poétiques ! »

Un bref silence pendant que le père tentait de décider si Chen était véritablement offensé.

« Ces poèmes sont merveilleux, reprit la jeune fille, les yeux encore baissés. Je les ai appris par cœur. »

Chen lui sourit : « Et ainsi suis-je soulagé, si aisément. Les hommes sont trop facilement apaisés par une femme intelligente.

— Les femmes, murmura-t-elle, n'ont guère d'autre choix que d'apaiser. »

Ils entendirent un bruit. Aucun d'entre eux n'avait vu s'approcher la servante vêtue de soie bleue. Wengao la connaissait fort bien (elle passait parfois la nuit à le réchauffer). Elle n'était pas très satisfaite, en cet instant. C'était prévisible aussi.

Le vin serait bon. Ses gens savaient quels vins offrir à des invités et Lu Chen était connu pour être l'un de ses invités favoris.

Wengao et la jeune fille (bien entendu) burent du thé. Lin Kuo se joignit à Lu Chen pour boire le vin épicé, par courtoisie envers le poète, décida Wengao. On apporta des mets. Ils s'attardèrent dans la lumière matinale en écoutant chanter les oiseaux de son jardin, dans un belvédère décoré d'œuvres de San Tsai, peintes dans le style d'une époque révolue.

Shan a conscience que la servante, au jardin, ce matin, ne l'aime guère, même si une servante (et même une servante favorite) ne devrait pas le laisser transparaître. La fille croit sans doute ne rien révéler. Mais il y a pour une servante une certaine manière de se tenir, ou de répondre avec juste un peu de lenteur à des requêtes ou à des ordres. Il y a même des manières de défaire les bagages d'un invité dans la chambre offerte pour la nuit, et l'on peut déchiffrer des messages dans ce genre de détails.

Elle y est habituée. Depuis un moment, c'est vrai de presque toutes les femmes qu'elle rencontre, quel que soit

leur rang ou leur statut. Les hommes, Shan a tendance à les
mettre mal à l'aise ou à les amuser. Les femmes ne l'aiment
pas.

À ce stade de son existence, elle n'est pas entièrement
certaine que son père lui ait vraiment fait un présent avec la
manière dont il a choisi de l'éduquer.

Certains présents sont complexes, a-t-elle décidé depuis
longtemps. Des riens peuvent transformer une vie, a écrit
un poète, et c'est la vérité, mais il est également vrai, de
manière évidente, que des non-riens peuvent avoir le même
effet. La mort de son frère a été un événement important,
dans leur famille sinon dans le monde. Dans les années
subséquentes, la seule enfant restante, la mince et intelligente
fille, a reçu, petit à petit d'abord – une expérience, à la façon
dont un alchimiste de la Voie Ésotérique pourrait chauffer
graduellement un liquide dans un ballon –, puis de manière
plus décisive, l'éducation qu'on offrait à un garçon s'il avait
l'intention d'essayer de passer les examens de *jinshi* et de
revêtir la robe d'un fonctionnaire public.

Elle n'allait rédiger aucun examen, évidemment, ni porter
des tuniques ceintes d'aucune ceinture marquant un rang,
mais son père lui a donné le savoir nécessaire. Et il a per-
fectionné son talent pour écrire, tout comme les coups de
pinceau de sa calligraphie.

Les chansons, les *ci*, elle les a découvertes par elle-même.

Elle est plus assurée que son père désormais dans le
maniement du pinceau. S'il est vrai, comme l'ont dit et
écrit certains, que la nature la plus intime d'un être se manifeste dans sa calligraphie, la prudence et le manque d'assurance de son père sont bien décelables dans son écriture
formelle, nette et droite. C'est seulement lorsqu'il voyage
et écrit des lettres chez lui en cursive que transparaît sa passion pour la vie (seules Shan et sa mère ont déjà vu cette
écriture-là). Lin Kuo dissimule au monde cet aspect de sa
personnalité, dans son écriture, dans sa grande silhouette
efflanquée, aimable et légèrement voûtée.

Elle, son écriture, formelle et cursive, est plus audacieuse,
plus affirmée. Trop pour une femme, elle le sait. Tout est
ainsi dans son existence.

La servante s'est retirée sur son ordre, un peu trop lentement encore. Et elle a laissé la porte légèrement entrebâillée sur le couloir sombre. Shan songe à la rappeler, mais s'en abstient.

La chambre se trouve à l'arrière de la demeure, tout près du jardin. La maison de Maître Xi est trop délibérément modeste pour avoir une aile distincte destinée aux femmes, moins encore un pavillon, mais les hommes sont à l'avant. Elle ne sait si leur hôte et le poète sont allés se coucher. Son père, oui. Père et fille se sont retirés ensemble de la salle à manger, afin de laisser les deux vieux amis seuls à la lueur des lampes, avec du vin. Ce n'était pas un geste qui demandait à être discuté. Tant de chagrin ici, même si Xi Wengao s'est beaucoup efforcé de le dissimuler.

Des bruits nocturnes résonnent dans le jardin. Un battement d'ailes, le cri d'un hibou, des criquets, le vent dans les feuilles ou dans un carillon tubulaire. Shan s'aperçoit que leur hôte a laissé deux livres pour elle dans la chambre. Une lampe est allumée pour lire, si elle le désire, avec une longue mèche. Un texte sur un rouleau, l'autre est un livre imprimé à la reliure bellement cousue. Il y a un bureau, une chaise. Le lit est large, avec des rideaux ; sur le repose-tête incurvé en céramique bleue sont peints des boutons blancs de fleurs de pruniers.

Maître Xi est assez âgé pour simplement prendre plaisir à ce qu'elle est, sans en être perturbé. Il semble trouver amusant son savoir. Ce n'est pas nécessairement la réaction qu'elle désire. Mais elle a dix-sept ans et elle est une fille. Quelle réaction attendre ?

Peut-être, en son for intérieur – un désir jamais exprimé à haute voix –, ce qu'elle veut vraiment, c'est que ses chansons, les *ci* qu'elle s'efforce de ciseler, soient lues ou entendues, et prises en compte selon leurs mérites – ou leur absence de mérite. Elle n'est pas vaniteuse, elle sait à quel point elle est encore ignorante.

Au souper, Lu Chen a dit qu'il aimerait les entendre chanter.

C'est sur bien des plans le maître de tous les hommes de leur temps, poètes et penseurs en tout cas. Et pourtant, il souriait aisément, riait avec abandon, en plaisantant pendant

tout le repas, buvant à la santé de tous (et même pour elle !)
des coupes de vin régulièrement remplies. Obligeant l'humeur
générale à la légèreté, les emmenant de ce côté. De ce côté,
oui, mais sans vraiment y parvenir.

Il se rend à l'île de Lingzhou. On s'attend à ce qu'il y
meure. C'est ce qui arrive là-bas. Un pesant chagrin alourdit
Shan, presque une panique intérieure lorsqu'elle y songe.
Et une autre émotion qu'elle ne parvient pas à identifier.
Un sentiment de deuil ? Le vin amer d'une perte à venir ? Elle
se sent étrange, elle a presque envie de pleurer.

Les hommes brisent des rameaux de saule quand ils se
séparent de leurs amis, un geste d'adieu, une prière au ciel
pour leur retour. Mais le peut-on avec quelqu'un qui part
pour l'endroit où se rend Lu Chen ? avec l'obstacle de tant
de rivières et de montagnes ?

Elle a été trop audacieuse, ce matin, dans ces premiers
moments de l'entretien. Elle le sait, elle le savait alors même
qu'elle parlait. Elle s'était sentie remplie d'admiration respectueuse à l'arrivée de Lu Chen, bouleversée mais farouchement
décidée à ne pas céder à ces émotions ni à les montrer.
Parfois, elle en a conscience, elle éprouve un tel désir d'être
vue et entendue qu'elle force la rencontre, déclare sa présence. Regardez-moi ! peut-elle s'entendre crier. Et nul n'a
envie d'être ainsi forcé.

D'une certaine manière, elle est trop le contraire de son
père, qui se tient parmi les gens comme s'il était prêt à
reculer, disant avec sa posture, ses mains jointes : "je ne suis
pas là si vous ne le désirez point".

Elle l'aime, elle l'honore, elle veut le protéger, elle veut
qu'il soit lui-même bien vu, même s'il est plus content de
se retirer dans les ombres. Ils sont seuls ensemble au monde.
Jusqu'à ce qu'elle se marie et quitte leur demeure.

Il est trop facile d'écarter Lin Kuo comme un homme
dénué d'importance, songe sa fille pour la centième fois et
plus. Même son petit ouvrage sur les jardins d'ici, présenté
aujourd'hui à Maître Xi. Bien sûr, cc n'cst pas une œuvre
importante, mais c'est fait avec soin, avec esprit, et offre
des observations qui pourraient durer : un portrait verbal de
Yenling, d'une partie de la cité, en ces années de la dynastie

de l'Empereur Wenzong, puisse-t-il régner mille ans sur le Trône du Dragon.

On l'appelle de nouveau Trône du Dragon. Elle doit être lasse, ou même épuisée, ses pensées dérivent. Elle sait pourquoi le trône a retrouvé son nom. Elle l'a appris à cause de son père. Ce genre d'information est là pour elle, dans sa tête. Peut-on *désapprendre*? redevenir autre chose? une fille comme les autres?

Lors de la fondation de leur dynastie, les sages et les philosophes de la cour ont décrété que la glorieuse Neuvième Dynastie était en partie tombée parce qu'elle avait dévié des comportements corrects, trop indulgente envers les manières et les symboles des femmes. Et la plus grave de ces déviations avait été de renommer le trône impérial "Trône du Phœnix".

Le Phœnix est le principe féminin, le Dragon le principe masculin.

L'impératrice Hao, au début de la Neuvième Dynastie, avait introduit ce changement alors qu'elle régnait comme régente au nom de son jeune fils, puis régnait malgré lui lorsqu'il était devenu plus vieux et avait voulu – en vain – gouverner en son propre nom.

Il était plutôt mort. Empoisonné, croyait-on généralement. Le nom et la décoration du trône de la Neuvième Dynastie n'avaient pas été rendus à leur statut initial après que l'impératrice Hao était allée rejoindre les dieux. Et puis, à l'apogée de la gloire de cette dynastie, il y avait eu le général An Li, maudit en Kitai et dans les cieux, avec sa terrible rébellion. Même après le retour final de la paix, la gloire n'avait plus jamais été la même. Tout avait changé. Même la poésie. On ne pouvait plus écrire ni penser de la même façon après huit années de mort et de sauvagerie, et tout ce qu'on avait perdu.

Le lion dans la nature, les loups dans les cités.

Et ensuite, des années plus tard, cette dynastie amoindrie avait fini par s'émietter, de sorte que guerre et chaos avaient encore davantage ensanglanté la Kitai, pendant un siècle de brèves dynasties vouées à l'échec et de royaumes fragmentés.

Jusqu'à ce que la Douzième se lève, la leur, dans toute sa gloire nouvelle.

Une gloire plus restreinte, attention, avec la perte et l'effritement de la Grande Muraille, les barbares au sud, les Routes de la Soie perdues pour la Kitai, comme les Quatorze Préfectures.

Mais on avait de nouveau appelé le trône "Trône du Dragon" et conté des histoires édifiantes à propos de ce qui se passait si l'on concédait trop d'influence aux femmes. Au palais ou chez soi. Les femmes devaient demeurer dans leurs quartiers, n'offrir aucune opinion à propos de... rien, en vérité. Elles s'habillaient de manière plus sobre, désormais. Plus de longues et larges manches, plus d'éclatantes couleurs, de robes largement décolletées, de parfums enivrants à la cour ou dans un jardin.

Shan vivait ces réalités et elle en connaissait les origines : les théories, les écrits, les disputes, les interprétations. Elle connaissait les grands noms, leurs travaux et leurs exploits. Elle était versée en poésie, avait mémorisé des vers de la Troisième et de la Septième Dynastie, et de la Neuvième avant et après la rébellion.

On se rappelait certains vers, à travers tout ce qui était arrivé. Mais qui sait quels mots et quels hauts faits dureraient ? Qui prend ces décisions ? Survivre au fil des années, est-ce une affaire d'accident autant que d'excellence ?

Elle se tient près du bureau et de sa lampe, soudain très lasse, elle n'a pas l'énergie de traverser la pièce et de fermer la porte laissée entrebâillée par la servante. La journée a été intense.

Elle a dix-sept ans et sera mariée l'an prochain. Elle ne croit pas (même si elle peut être dans l'erreur) qu'aucun des deux hommes ait pleinement compris le choix soigneux de son père pour elle, un époux appartenant au clan impérial.

En Kitai, une belle-fille est la servante des parents de son mari. Elle quitte sa propre demeure et devient une figure de moindre importance dans la leur. Les parents peuvent même la renvoyer (en conservant sa dot) si l'on juge qu'elle n'est pas assez respectueuse. Son père le lui a épargné, sachant ce qu'elle est (ce qu'il a fait d'elle). Les membres du clan impérial ont davantage de serviteurs qu'ils ne peuvent en désirer, payés par l'office de la cour qui les administre.

Ils ont des médecins, des artistes pour les divertissements, des alchimistes, des cuisiniers. Des astrologues, quoique seulement le jour et avec une permission spéciale. Ils ont des chaises à porteurs, simples ou doubles, lorsqu'ils désirent (encore avec permission) quitter l'enceinte proche du palais où ils sont censés passer toute leur existence. Il y a des budgets pour les vêtements et les ornements des banquets et des cérémonies où leur présence est requise. Ce sont des créatures à parader, des symboles de la dynastie. Ils sont ense-velis dans le cimetière du clan – qui se trouve ici, à Yenling. Il n'y a pas assez de place à Hanjin. "D'un cimetière à un autre", a-t-on dit.

Une femme qui entre dans le clan par mariage vit une existence différente. Et ce peut être une *bonne* existence, selon la femme, son époux, la volonté du ciel.

Elle aura un mari dans un peu moins d'un an. Elle l'a rencontré. C'est inhabituel aussi, quoique non interdit – et de telles affaires se conduisent autrement dans le clan impé-rial. Le diplôme de *jinshi* de son père et son titre de gentil-homme de la cour lui ont donné bien assez de statut pour s'adresser, par l'entremise d'intermédiaires, à une famille du clan. Tout le monde ne désire pas marier ses enfants aux rangs impériaux. C'est une telle séquestration, encadrée de cérémonies et de réglementations, tellement de gens vivant si proches les uns des autres à mesure que leur nombre augmente !

Mais pour Shan, c'est une sorte de promesse. Parmi ces gens, déjà marqués comme étant à part, ses propres diffé-rences pourraient se diluer, des fils de soie tissés avec d'autres. C'est une possibilité.

Et Wai – Qi Wai – est lui-même quelqu'un qui étudie, son père l'a déterminé. Un peu différent, aussi, semble-t-il. Un homme (encore un adolescent, en réalité), qui a déjà voyagé à la campagne, avec permission, à la recherche de stèles et de bronzes anciens qu'il a rapportés pour les cataloguer.

Ce n'est pas un fils habituel de l'indolent clan impérial, poursuivant vin et plaisirs dans les quartiers de plaisirs de Hanjin parce qu'il ne peut entretenir aucune ambition. Parfois, peut-être surtout par ennui, certains ont dérivé dans des intrigues contre le trône. On les a exécutés pour cette raison.

Qi Wai a été raide mais courtois, assis avec sa mère et sa tante, la seule fois où ils se sont rencontrés, en prenant le thé, après l'évolution satisfaisante des premières négociations. Le père de Shan lui avait bien fait comprendre (et à eux aussi, pense-t-elle): pour lui, le mariage reposait sur deux jeunes gens se trouvant ou anticipant des affinités.

Shan pensait que ç'avait été le cas ce jour-là.

Il avait semblé plus jeune qu'elle, mais il avait en fait un an de plus. Il était grassouillet, avec au menton l'amorce éparse d'une barbe de lettré. La tentative de dignité que cela impliquait était d'abord amusante puis sympathique. Il avait de petites mains lisses. Sa voix était basse mais claire. Il doit se sentir intimidé aussi, se rappelle-t-elle avoir songé.

Elle s'était donné de la peine pour bien paraître, ce qu'elle ne faisait pas toujours, mais son père avait œuvré avec diligence et avec soin pour arranger cette rencontre, et il méritait qu'elle se donnât cette peine. Et puis, c'était intéressant. Elle avait porté de la soie *liao* bleue, une coupe sobre, des épingles à cheveux d'or et de lapis-lazuli. Ses boucles d'oreilles en lapis, aussi. Elles avaient appartenu à sa mère.

Elle avait permis à Wai de voir son esprit à l'œuvre pendant leur conversation. Il était au courant de son éducation excentrique, à ce moment-là, mais elle n'avait pas été ostentatoire dans ses réflexions comme elle l'était parfois pour provoquer une réaction.

Cet homme, Qi Wai, qui serait apparemment son époux, avait parlé d'une stèle rare de la Cinquième Dynastie qu'il avait découverte au nord de l'ancienne capitale, près de la frontière des Xiaolus. Elle s'était demandé s'il tentait de l'impressionner par sa bravoure, parce qu'il s'y était rendu, puis elle avait décidé qu'il ne pensait pas de cette manière. La paix était établie depuis longtemps, du commerce, un traité. Il était allé là où il avait entendu dire qu'on trouvait des antiquités. La frontière ne lui était pas venue à l'esprit.

Il s'était animé en parlant de cette stèle funéraire, de ce qui y était inscrit. La vie et les actes de quelque fonctionnaire mort depuis longtemps. Il fallait qu'elle la voie, l'avait-il pressée, demain, peut-être?

Même au cours de cette première rencontre, Shan avait songé qu'elle devrait sans doute être celle qui aurait du sens pratique, dans cette union.

Elle le pouvait, avait-elle pensé aussi. Wai avait reconnu la citation d'un poème qu'elle avait offerte sans emphase, mais ce n'était pas un vers très répandu, et il avait semblé à l'aise de discuter avec une femme de la manière dont les reliques du passé l'excitaient. Elle avait décidé qu'il y avait pires passions à partager avec un époux.

L'idée du *partage* n'était habituellement pas partie prenante du mariage (celle de la passion non plus, en vérité).

Un autre don de son père à Shan, apparemment. Ce garçon était encore jeune, un peu excentrique et intense, mais il grandirait ; elle grandirait aussi. La mère n'avait pas semblé trop terrible, même si elle avait manifesté la désapprobation habituelle quant à l'éducation de Shan. C'était toujours là.

Shan s'était inclinée devant son père en lui disant qu'elle serait honorée d'épouser Qi Wai si la famille Qi l'approuvait et qu'elle espérait donner naissance à des petits-enfants qu'il pourrait éduquer comme il l'avait éduquée. Elle y tient. Elle peut l'imaginer.

Ce soir, pourtant, en écoutant les criquets dans la nuit, elle se sent à la fois triste et agitée. C'est sans doute un peu à cause de l'endroit où ils se trouvent. Yenling au temps du festival peut susciter trop d'excitation pour n'importe qui. Sans mentionner les hommes qu'elle a rencontrés aujourd'hui : celui dans la demeure duquel ils vont dormir et l'autre.

Elle n'aurait jamais dû parler comme elle l'a fait de ses poèmes de la "Falaise Rouge". À quoi pensait-elle donc ? Il a dû décider à l'instant, dans le belvédère, qu'elle était une jeune fille vaine et présomptueuse, la preuve qu'il est erroné d'éduquer les femmes. Il avait ri et souri, il avait engagé la conversation, mais les hommes peuvent agir ainsi et penser tout autrement.

Elle lui a bel et bien dit qu'elle avait mémorisé les deux poèmes. Elle espère qu'il s'en souviendra et acceptera cela comme les excuses, partielles, qu'elle avait voulu que ce fût.

Il fait noir de l'autre côté des fenêtres de papier de soie. Pas de lune cette nuit ; les criquets continuent, le vent, mais

les oiseaux se sont tus. Elle jette un coup d'œil au lit. Elle
n'a plus sommeil. Elle contemple les livres sur le bureau
lorsqu'elle entend un pas dans le corridor.

Elle n'a pas peur. Elle a le temps de s'étonner de ne pas
avoir fermé cette porte après tout, quand il entre.

« J'ai vu la lumière », murmure-t-il.

Une demi-vérité. Sa chambre à lui se trouve à l'avant de
la maison, de l'autre côté de la salle à manger ; il doit être
venu de ce côté-ci pour avoir vu la lumière. L'esprit de Shan
fonctionne de cette manière. Son cœur bat à tout rompre,
remarque-t-elle. Elle n'a vraiment pas peur cependant. Les
mots comptent. On ne pense ni n'écrit "peur" lorsque ce
n'est pas le terme approprié.

Elle porte encore la veste bleue à boutons dorés du
souper, avec des phœnix brodés. Ses cheveux sont encore
relevés, mais sans la fleur, à présent, qui a été déposée dans
un vase près du lit.

Elle s'incline. On peut toujours commencer par une
courbette.

Sans sourire, il déclare : « Je ne devrais pas être ici. »

Bien sûr, il ne le devrait pas. C'est une offense à la courtoisie – envers elle, son père, leur hôte.

Elle ne le dit pas. Elle dit plutôt : « Je n'aurais pas dû
laisser la porte ouverte. »

Il l'observe. Ses yeux sont graves au-dessus de son long
nez et de la barbe bien taillée, noir et sel, qu'il porte au
menton. Ses cheveux à lui sont également relevés, pas de
calotte, les hommes l'ont ôtée pour le repas, un geste visant
à indiquer la liberté à l'égard des contraintes. Il y a des
rides au coin de ses yeux. Shan se demande combien de vin
il a bu, comment cela l'affecte. Les histoires, très répandues,
disent que cela ne l'affecte pas, ou guère.

« J'aurais vu un rai de lumière sous la porte. J'aurais pu
frapper.

— Je vous aurais ouvert. »

Elle s'entend le dire et en est stupéfaite. Mais pas effrayée.

Il se trouve toujours près de la porte, n'est pas entré plus
loin.

« Pourquoi ? » demande-t-il, toujours à mi-voix. Il a été jovial toute la journée pour eux trois. Pas maintenant. « Pourquoi auriez-vous ouvert ? Parce qu'on m'envoie en exil ? »

Elle se surprend à hocher la tête : « C'est aussi votre raison d'être là, n'est-ce pas ? »

Elle l'observe à son tour pendant qu'il y réfléchit. Est heureuse qu'il n'ait pas opposé une dénégation trop rapide, ce qui est flatteur. « Une des raisons, murmure-t-il.

— Une raison pour moi aussi, alors », dit-elle depuis le bureau où elle se tient, près du lit, près de la lampe et de deux fleurs.

Quelque chose pousse un cri strident, soudain et très fort dans le jardin. Shan sursaute, se reprend. Elle est trop énervée – non que ce soit surprenant. Quelque chose vient de mourir dehors.

« Un chat en chasse, dit-il, peut-être un renard. Cela arrive, même au milieu de la beauté et de l'ordre.

— Et sans beauté, pas d'ordre ? »

Elle regrette ses paroles alors même qu'elle les énonce. La voilà encore en train de forcer.

Mais il sourit. C'est la première fois depuis qu'il est entré. « Je ne vais pas dans l'île avec l'intention d'y trépasser, Demoiselle Lin. »

Elle ne sait que répliquer. *Ne dis rien, pour une fois*, s'admoneste-t-elle. Il l'observe depuis l'autre côté de la pièce. Elle n'arrive pas à déchiffrer ce regard. Elle n'a apporté que des épingles à cheveux ordinaires pour ce voyage, mais elle porte les boucles d'oreilles de sa mère.

« Des gens vivent à Lingzhou, vous le savez. Je viens de dire la même chose à Wengao. »

Des gens qui y ont grandi, songe-t-elle. Qui se sont accoutumés aux maladies s'ils ont survécu à leur enfance, à la pluie interminable et fumante, à la chaleur.

« Il y a des araignées. »

Il a un sourire malicieux. Elle le voulait, se demande s'il le sait. « D'énormes araignées, en effet. De la taille d'une maison, paraît-il.

— Et elles dévorent les gens ?

— Les poètes, m'a-t-on dit. Deux fois par an, quantité d'araignées s'en viennent de la forêt sur la place d'un village, et on doit leur donner un poète à dévorer, sinon elles ne repartiront pas. Il y a une cérémonie. »

Elle se permet un bref sourire : « Une raison de ne pas écrire de poésie ?

— On me dit que les prisonniers du *yamen* sont obligés de composer des vers pour recevoir leurs repas.

— Quelle cruauté. Et cela les qualifie comme poètes ?

— Les araignées n'ont pas de sens critique, à ce que j'ai compris. »

Il sera prisonnier là-bas, une autre sorte de prisonnier. Pas dans une prison, mais surveillé et interdit de départ. Cette fantaisie n'est pas aussi amusante qu'il le désire, songe Shan.

Il semble arriver à la même conclusion. « Je vous ai demandé si vous pourriez m'offrir une ou deux de vos chansons, vous vous en souvenez ? »

Si elle s'en souvient ? Les hommes peuvent dire les choses les plus étranges. Mais elle secoue la tête. « Pas maintenant. Pas ainsi.

— La poésie convient bien à une chambre. Les chansons plus encore. »

Elle secoue la tête de nouveau, obstinée, les yeux baissés.

« Pourquoi ? » demande-t-il avec gentillesse.

Elle ne s'était pas attendue à de la gentillesse. Elle croise son regard à travers la pièce. « Parce que ce n'est pas pour cela que vous êtes venu. »

À son tour de rester muet. Dehors, à présent, c'est essentiellement le silence aussi, après cette mort dans le jardin. Le vent dans les pruniers. Une nuit de printemps. Et maintenant, Shan en prend conscience, elle est effrayée, malgré tout.

Il n'est pas facile de se frayer un chemin dans le monde en insistant sur de nouvelles voies. Elle n'a jamais été touchée par un homme. Elle doit être mariée l'année prochaine.

Et cet homme est bien plus vieux que son père, il a un fils plus âgé qu'elle, une première épouse disparue, une deuxième qui vit avec la famille de son frère, car Lu Chen ne l'emmènera pas dans l'île avec lui – même s'il prétend ne pas s'en aller dans le sud pour y mourir. Il a eu des concubines, a écrit des poèmes pour elles, comme pour des courtisanes des quartiers des plaisirs. S'il nomme une fille à la lanterne rouge dans un poème, paraît-il, elle peut tripler ses prix. Shan ignore s'il va emmener une femme dans le sud.

Elle ne le croit pas. Son fils va y aller, pour lui tenir compagnie. Et peut-être un jour ensevelir son père ou ramener le corps dans le nord pour les funérailles, si on le lui permet.

« Je ne suis ni vain ni si dépourvu de manières, dit Lu Chen, pour avoir imaginé autre chose qu'une conversation ici ce soir. »

Elle prend une inspiration et alors (comme avec ces paroles) sa crainte semble s'être évanouie, aussi rapidement qu'elle était née. Elle peut même sourire, avec précaution, les yeux baissés.

« Pas même imaginé ? » demande-t-elle.

Elle l'entend rire, sa récompense. « Voilà qui est mérité, dit le poète. Mais, Demoiselle Lin... » L'intonation a changé, Shan relève les yeux. « Nous pouvons imaginer bien des choses mais ne pas toujours permettre à ces visions d'entrer dans le monde. Nous vivons tous ainsi.

— Le devons-nous ?

— Je crois que oui. Le monde s'écroule, sinon. Il y a des hommes que j'ai imaginé tuer, par exemple. »

Elle peut en deviner un ou deux. Elle inspire de nouveau, pour se donner du courage. « Je crois... je crois que vous pensez m'honorer en venant ici. En partageant ces pensées. Je sais la distance qui nous sépare, à cause de mon sexe, de mon âge, de mon inexpérience. Je désire seulement vous dire que je ne suis pas... que vous n'avez nul besoin de... »

Elle a soudain le souffle court. Secoue la tête avec impatience. Se force. « Vous n'avez nul besoin de tenir pour acquis que je serais offensée si vous entriez dans cette chambre maintenant, Maître Chen. »

Voilà. Les mots ont été prononcés. Et le monde ne s'est pas fracassé. Aucune autre bête n'a crié dehors. Aucune chute de soleils enflammés, abattus par les flèches des légendes.

Et elle ne vivra pas, non, elle ne vivra pas une existence définie ou contrôlée par ce qu'autrui pense ou dit. Parce que c'est cette vie, ce chemin, difficile et solitaire, sur lequel l'a mise son père – sans jamais comprendre qu'il en serait ainsi, sans jamais en avoir l'intention lorsqu'il a commencé à l'éduquer et qu'ils ont découvert, ensemble, qu'elle était plus rapide, plus intelligente et peut-être plus profonde que presque tous les hommes de leur connaissance.

Mais pas davantage que celui-ci. Il l'observe avec une expression différente à présent. Mais il n'a pas avancé, et quoi qu'elle soit, si audacieuse qu'elle se force à être, elle ne peut traverser cette chambre pour aller à lui. C'est au-delà de ses capacités.

Il dit, de manière inattendue : « Vous me donneriez envie de pleurer, Demoiselle Lin, en pensant à ce que sera votre existence. »

Elle bat des paupières : « Ce n'est pas ce que je désirais.

— Je le sais » Une ombre de sourire. « Le monde ne vous permettra pas d'être ce que vous pourriez être. Vous le comprenez ? »

Elle lève le menton. « Il ne vous l'a pas permis. Pourquoi devrait-il me le…

— Ce n'est pas pareil. Vous le savez. »

Elle le sait. Baisse la tête.

« Nul besoin pour vous de le mettre au défi avec chacun de vos souffles, à chaque rencontre. Vous vous briserez, comme sur des rochers.

— Mais vous l'avez fait. Vous avez lancé des défis. Vous ne vous êtes jamais retenu de dire ce que vous pensiez que les ministres ou l'Empereur lui-même devaient…

— Encore une fois, ce n'est pas pareil. On m'a permis de trouver comment je voyais le monde et de l'exprimer. Cela implique des risques, des temps changeants donnent naissance à des fortunes changeantes, mais ce n'est malgré tout pas comme ce qui vous attend. »

Elle se sent ramenée à la raison et pourtant étrangement rassurée, soutenue. Il la *voit*. Elle s'oblige à croiser son regard. « Est-ce toujours ainsi que vous réagissez lorsqu'une femme vous offre… »

Il l'interrompt une troisième fois, d'une main levée, cette fois. Sans sourire. Elle se tait et attend.

Et il lui offre un présent (elle se le rappellera toujours ainsi) :

« Aucune femme, aucun homme, ne m'a jamais vraiment offert ce que vous venez de m'offrir. Je détruirais ce don en l'acceptant. Il est nécessaire, pour vous comme pour moi, que je me retire maintenant. Je suis, croyez-le je vous prie, honoré au-delà de toute expression ou de tout mérite, et je serai également honoré de lire vos écrits lorsque vous choisirez de me les envoyer. »   .

Shan avale sa salive avec difficulté. L'entend ajouter : « Vous m'êtes une raison de plus pour vouloir survivre à Lingzhou et en revenir. J'aimerais vous voir vivre votre vie.

— Je ne... » Parler lui est difficile. « Je ne crois pas être bien intéressante à observer. »

Lu Chen sourit, ce sourire fameux, lié à l'intransigeance du courage : « Je crois que si », déclare-t-il.

Il s'incline devant elle. Par deux fois. Et quitte la pièce.

En refermant sans bruit la porte derrière lui.

Elle reste là où elle était. Elle a conscience de son souffle, du battement de son cœur, éprouve son corps d'une manière nouvelle. Elle voit la lampe, les livres, les fleurs, le lit.

Une autre inspiration difficile. Sa bouche est une mince ligne déterminée. Elle ne vivra *pas* la vie que d'autres choisissent pour elle.

Elle traverse la pièce, va ouvrir la porte.

Le couloir est sombre, mais la lumière de sa chambre s'y répand. Lu Chen se retourne en l'entendant, une silhouette qui se découpe à mi-chemin dans le couloir. Shan s'avance. Elle regarde la forme noire dans les ombres que le monde lui présente (qu'il leur présente à tous). Mais il y a de la lumière. Derrière elle dans la chambre. Et, parfois, il peut même y avoir de la lumière devant. Il s'est immobilisé. Elle peut voir qu'il la regarde. Il y a de la lumière pour qu'il la voie là où elle se tient.

« *Je vous en prie ?* » dit-elle.

Et elle tend une main, vers un homme de bien, dans l'obscurité d'une demeure qui n'est pas la sienne et d'un monde qui l'est.

Chapitre 3

Zhao Ziji, officier militaire attaché à la garnison de la préfecture de Hsiang, dans les rizières centrales au sud du Grand Fleuve, transpirait dans sa cuirasse tandis que son groupe avançait dans la chaleur du cœur de l'été. Il la portait sous une tunique de chanvre ceinte d'une corde, avec un pantalon ample et un chapeau de marchand à large bord – un déguisement. Il avait la gorge aussi sèche qu'un os dans le désert, et il éprouvait une féroce irritation envers les paresseux incompétents qu'il menait vers le nord et le fleuve comme autant d'agneaux à travers un terrain dangereux. Il était même en peine de se rappeler d'autres occasions où il avait été aussi mécontent.

Peut-être dans son enfance, quand ses sœurs l'avaient vu pisser, une fois, et avaient commencé à se moquer de la taille de ses parties intimes. Il les avait battues toutes les deux pour cela, ce qui était son droit, mais ça n'arrête jamais la moquerie une fois qu'elle a commencé, n'est-ce pas?

Et ensuite on agissait de manière irréfléchie, quand on était assez vieux, et on se joignait à l'armée dans un district bien loin de chez soi, afin d'échapper totalement à ces rires et aux sobriquets afférents. Mais même là, on pouvait reposer sur sa couchette, dans un baraquement, et imaginer que quelqu'un arrivait de chez soi au matin pour entrer dans la Compagnie et vous saluer d'un jovial "Hé, Ziji Courtebite!", vous gâchant l'existence ici aussi.

Ce n'était même pas *vrai*, d'abord. Aucune chanteuse n'avait jamais fait ce commentaire! Et aucun soldat non plus, en pissant près de lui dans un champ ou une des latrines, n'avait haussé un sourcil, dans aucune des compagnies où il avait servi ou qu'il avait commandées. Dire ça d'un gamin de onze ans avait été absolument injuste de la part de ses sœurs.

L'une d'elles était morte, il ne lui souhaiterait ni n'en penserait du mal, de crainte d'irriter son fantôme. L'autre avait épousé un homme dont Ziji comprenait qu'il était dur avec elle lorsqu'il buvait, avec une belle-mère au caractère aigre. Il aurait dû ressentir de la sympathie. Ce n'était pas le cas. On prononce certaines paroles, on inflige des dommages permanents à quelqu'un, et votre propre destin peut prendre un autre cours. Ziji le croyait fermement.

Il croyait aussi – en vérité, il le savait avec certitude – que la contrée accidentée qu'ils traversaient maintenant, avec le présent d'anniversaire de leur préfet au Vice-Premier Ministre Kai Zhen, et trois rossignols dans une cage pour le jardin de l'Empereur, était tout simplement une *pépinière* de hors-la-loi.

Les cages avaient été difficiles à dissimuler. Elles se trouvaient dans des sacs, attachées sur les ânes. Il espérait que les rossignols n'allaient pas crever. Ce ne serait pas bon pour lui.

Il regardait sans cesse de tous côtés. Il imaginait constamment des bandits qui jaillissaient de l'herbe brunie bordant la piste, armés, sauvages, ou de derrière des monticules, des taillis d'arbres ou de la forêt plus sombre qu'ils longeaient.

Il avait douze hommes, dont sept étaient des soldats. Ils s'étaient déguisés, eux et le trésor qu'ils transportaient. À pied, ils portaient des charges de voyageurs, avec seulement six ânes pour tout le matériel. Ils avaient l'air de petits marchands qui s'étaient unis pour voyager vers le fleuve, pas assez riches pour monter des chevaux, d'une richesse pas assez évidente pour justifier le vol – mais assez nombreux pour dissuader des bandits de commettre une folie. Les hors-la-loi préféraient les proies faciles aux véritables affrontements.

D'un autre côté, Ziji n'était pas certain que ses hommes se battraient si l'on en arrivait là. Des jours plus tôt, il avait commencé à regretter de s'être mis de l'avant pour commander le détachement envoyé par le préfet. Bien sûr, c'était un honneur. Bien sûr, s'ils arrivaient à Hanjin et y étaient bien reçus (ou reçus tout court), ça rejaillirait sur le renom du préfet – et celui de Zhao Ziji. C'était comme ça qu'on montait en grade, n'est-ce pas ? qu'on gagnait éventuellement assez pour prendre femme et avoir des fils.

Ou bien c'était ainsi qu'on se faisait tuer dans un territoire de bandits au cours d'un été recuit. Ou qu'on endurait les marmonnements irrités des soldats et fonctionnaires qu'on commandait et poussait à travers cette chaleur de gril vers la sécurité d'un bateau. Une fois sur l'eau, ils pourraient descendre jusqu'au Grand Canal. Une fois dans une barge de canal, ils seraient essentiellement en sécurité et rendus à la capitale.

Mais on devait d'abord arriver au fleuve, et ils en étaient encore à deux nuits de distance, estimait l'officier Zhao. Ce soir, ils pourraient rejoindre un village qu'il connaissait. Le lendemain, il faudrait sans doute camper à la dure, allumer du feu, organiser des tours de garde. Il menait son groupe à marche forcée, car sinon ce seraient trois nuits et non deux. Pas une bonne idée.

Les deux dernières années, les présents d'anniversaire de la Préfecture de Hsiang au Vice-Premier Ministre – qui y avait été en poste pendant de nombreuses années – n'étaient pas arrivés à l'illustre ministre Kai, patron honoré de l'honorable préfet de Hsiang.

Ziji avait terrorisé le groupe avec de menaçantes histoires de tigres et de bandits, des rumeurs de fantômes et d'esprits-renards tapis sur cette piste dans la nuit. Il craignait quant à lui les esprits-renards. Mais certains membres de ce groupe étaient des fonctionnaires, mécontents d'avoir été instruits par le préfet qu'ils devraient obéir à un soldat pendant tout le trajet vers Hanjin. Une fois là, le magistrat du groupe prendrait le contrôle, mais pas avant qu'ils aient franchi les murailles de la ville. Il n'y avait eu aucune ambiguïté dans leurs ordres, à leur départ. Ziji en avait fait la condition lorsqu'il s'était porté volontaire. Personne d'autre n'avait voulu de cette tâche, pas après les deux dernières années.

Tous les membres du détachement s'étiolaient telles des fleurs printanières dans la sécheresse de l'été. Eh bien, il souffrait aussi. Il ne les aiguillonnait pas pour son propre plaisir dans la dure lumière blanche du soleil. Il aurait volontiers voyagé de nuit, mais le danger était bien trop grand.

Ça ne cessait pas de se plaindre ! On aurait cru qu'ils seraient assez fins pour conserver leur énergie. Il leur avait promis une halte au milieu de la journée, et ce n'était pas encore midi. D'un autre côté, songeait-il en sentant l'odeur de sa propre sueur, et comme elle détrempait sa cuirasse sous la tunique, on en était bien proche, et il y avait toutes ces histoires de chefs de détachement massacrés par leurs hommes. Après quoi, ceux qui avaient survécu racontaient toujours que le chef avait été saoul, incompétent, avait manqué de respect envers son préfet ou même l'Empereur. Toujours le même genre d'accusations.

Il avait entendu ces histoires. Il en avait même cru quelques-unes, par le passé. Plus maintenant.

« Halte sur cette colline, devant ! » cria-t-il brusquement.

Sa voix était un croassement crevassé. Il s'éclaircit la gorge et répéta l'ordre. « Il devrait y avoir de l'ombre, reprit-il, et on verra des deux côtés de là-haut. Mais on redoublera l'allure en repartant, pour arriver au village pour la nuit. Je vous préviens maintenant ! »

Ils étaient trop épuisés pour des acclamations. Ou trop fâchés contre lui. Depuis la veille, le magistrat avait insisté pour monter un des ânes. Il était plus âgé, cela ne portait pas atteinte à leur déguisement, mais c'était lui que les autres allaient voir sans cesse pour des échanges à mi-voix, avec des coups d'œil en biais à Ziji. S'imaginaient-ils qu'il ne pouvait les voir ?

Dans l'ensemble, une halte était sans doute sage. Ça ne ferait aucun bien à sa carrière s'il était assassiné par sa propre troupe – eh, il était encore capable de plaisanter ! Son fantôme pourrait les torturer, mais ce ne serait pas d'un grand secours pour une promotion ou, un de ces jours, une épouse.

Sa mémoire était bonne, après trois voyages jusqu'au fleuve : il y avait un espace plat au sommet de cette montée. La pente était longue, mais la promesse du repos les y mena.

De là-haut, il pouvait bel et bien voir la route poussiéreuse, des deux côtés, au nord et au sud. Il y avait une forêt épaisse à l'est et un petit bosquet de chênes à l'ouest. Ziji se laissa tomber à l'ombre d'un des chênes après avoir mené aussi les ânes à l'ombre. Il aimait les animaux et il savait qu'ils souffraient. Il avait entendu dans son village un saint prêcheur itinérant, un de ceux qui venaient du haut plateau du Tagur (autrefois un empire, disaient d'aucuns), déclarer à la foule loqueteuse que, si l'on se conduisait mal dans son existence, on reviendrait sous la forme d'un animal, pour réparer ses erreurs. Le jeune Ziji ne l'avait pas entièrement cru, mais il se rappelait la piété toute simple de cet homme en robes rouge sombre, et depuis il traitait ses animaux aussi bien que possible. Ils ne marmonnaient pas, *eux*, et ne complotaient pas contre vous.

Un brusque souvenir lui revint. Avec un effort accompagné d'un juron, il s'obligea à se lever et à aller ôter le tissu qui recouvrait les cages. Celles-ci étaient en or battu et ornées de gemmes, bien trop précieuses pour être exposées, mais il n'y avait personne pour les voir ici et les oiseaux risquaient de mourir sous le couvert, par cette chaleur. Ils n'allaient pas chanter, pas dans des cages à midi.

Avant de revenir à son arbre en passant devant des hommes affalés, épuisés, certains déjà endormis, constata-t-il, Ziji s'avança sur la route, dans le soleil brutal, pour regarder des deux côtés.

Il poussa un juron féroce. Le magistrat, en train de boire à une gourde d'eau, lui adressa un regard foudroyant. Le très raffiné magistrat de la préfecture de Hsiang n'aimait pas le parler des soldats. Eh bien, va te faire enculer avec une pelle. Si tu n'aimes pas comment les soldats parlent, essaie donc de passer le fleuve sans eux !

Et sans avoir affaire à l'arrivée imminente d'une autre troupe qui s'en venait sur la route derrière eux. Ils n'avaient pu les voir pendant qu'ils étaient dans l'à-plat. D'en haut, ils le pouvaient. C'était pour cela qu'un foutu *soldat* avait attendu d'atteindre cet endroit pour une halte.

Il croassa à l'un de ses hommes de recouvrir les cages. Ceux qui gravissaient la longue montée, sans se cacher, sur une route en milieu de journée, étaient presque certainement une autre troupe de marchands, mais des marchands pouvaient parler tout autant que n'importe qui de cages à rossignols dorées couvertes de gemmes.

L'autre groupe manifestait une anxiété normale en atteignant le point de la pente où une douzaine d'hommes environ étaient visibles, assis ou étendus entre les arbres près de la route.

Ziji était retourné s'asseoir contre son chêne. Son épée courte était dissimulée sous sa longue tunique ample. Il savait que les autres soldats de la troupe, si mécontents fussent-ils, n'avaient pas non plus envie d'être tués et seraient alertes. Mais le magistrat se leva, autoritaire et stupide, et esquissa une courbette proclamant, pour quiconque en savait assez pour la reconnaître, qu'il n'était pas un humble marchand en voyage.

« Salutations à votre compagnie. Avez-vous du vin ? » demanda-t-il.

Ziji sursauta, se retenant avec peine de jurer.

« Non, s'exclama le chef de l'autre groupe. Pas du tout ! Nous n'avons rien que vous puissiez vouloir dérober ! Vous ne tueriez pas pour de l'eau ?

— C'est déjà arrivé. » Le magistrat émit un gloussement devant ce qu'il jugeait être un trait d'esprit.

« Il y a un ruisseau pas très loin devant, s'écria un des autres membres du groupe, il n'est pas asséché ! Vous n'avez pas besoin…

— Nous ne vous voulons aucun mal », dit Ziji de là où il était assis.

Les autres, six hommes, des gens de la campagne, portaient leurs marchandises sur leur dos, pas même un seul âne avec eux. Ziji ajouta : « Prenez l'autre côté de la route. Il y a assez d'ombre pour tout le monde. Nous allons repartir bientôt.

— Vous allez au fleuve ? » demanda l'autre chef, moins inquiet à présent. Il était rasé de près, plus vieux que Ziji, et parlait de manière brusque mais sans rudesse. Ziji hésita. Il ne voulait pas de compagnie – il serait alors trop facile que leur supercherie soit révélée, et toute conversation portant sur leur identité ou celle de leur marchandise serait dangereuse.

« Oui », dit le magistrat, toujours plein d'autorité. Il était clairement irrité qu'on se soit adressé à Ziji. « Je crois que c'est à deux ou trois jours d'ici », ajouta-t-il.

L'autre groupe avait commencé à se rendre de l'autre côté de la route, dans l'ombre. Leur chef s'attarda un peu, en sueur comme eux tous, la tunique tachée. Il s'adressa de nouveau à Ziji et non au magistrat. « On ne va pas aussi loin. On a des habits de chanvre pour le village, un peu plus haut, et la ferme de vers à soie à côté. »

Des habits de paysans. Ils n'en tireraient pas lourd, mais quand les temps sont durs, on fait ce qu'on peut.

« Ceux qui filent la soie portent du chanvre », cita-t-il.

L'autre cracha sur la route : « Bien vrai. »

Il traversa la route pour rejoindre son parti. Ziji vit que ses propres hommes les observaient de près. Il en fut satisfait. La crainte de la mort pouvait rendre un homme plus attentif, même quand il était émoussé par la chaleur et la fatigue.

Un peu plus tard, alors que Ziji commençait à envisager de lever son monde pour continuer, ils virent une autre silhouette s'approcher dans la montée.

Cet homme-là était seul. Un jeune, sous un chapeau de paille de cultivateur de rizière, sans chemise sous le soleil brûlant, qui transportait deux gros baquets couverts, à chaque bout de la perche pesant sur sa nuque exposée. Malgré le poids, il montait d'un pas régulier, avec la vigueur de la jeunesse.

Étant seul, il constituait une cible facile. D'un autre côté, il n'avait de toute évidence rien qui vaille d'être volé, et les bandits avaient tendance à ne pas déranger les paysans, pour éviter que les villageois ne se retournent contre eux et n'aident la milice. Dans l'ensemble, les serviteurs de la loi étaient davantage haïs en ces temps d'impôts et de conscription pour la guerre du nord-ouest que ceux qui s'attaquaient aux marchands et aux voyageurs.

Ziji ne se leva pas. Il se rendait compte toutefois qu'il avait commencé à saliver en voyant ces baquets.

« Tu as du vin à vendre ? cria l'un de ses soldats incon-
sidérément.

— Pas à nous, en tout cas ! » grinça Ziji. Il y avait des
subterfuges anciens, sur la route, et il en connaissait assez.

« Non, dit le jeune homme d'une voix forte en arrivant
au sommet de la colline. C'est pour la ferme de vers à soie.
Je fais ça tous les jours, ils nous paient cinq cash pour chaque
baquet.

— Nous allons te sauver le voyage, quelle que soit la
distance. Nous te donnerons dix cash tout de suite ici »,
déclara le magistrat. Il était sur ses pieds.

« Non ! » intervint Zhao Ziji.

Il se leva aussi. C'était difficile, ça. Il pouvait presque
goûter le vin, la douceur de ce vin.

« Pas d'importance que vous le fassiez ou non », dit le
paysan sans chemise, obstiné. « Ils m'attendent, chez Risheng,
et ils me paient. Je vous donne ces baquets, je perds leur
commerce, et mon père me bat. »

Ziji hocha la tête : « Compris. Continue, mon garçon.
Bonne chance.

— Attends ! »

C'était le chef de l'autre groupe, émergeant des arbres
de l'autre côté de la route. « On te donnera quinze cash pour
un seul baquet. Tu portes l'autre à la ferme et tu le leur
donnes gratuitement. Tu y as gagné, ils ont un baquet de vin
pour rien, tout le monde est content !

— Pas nous ! » s'écria le magistrat. Les hommes de Ziji
maugréaient.

Le porteur de vin hésita tandis que le chef de l'autre
troupe s'en venait vers lui. Quinze cash, c'était beaucoup
payé pour un baquet de vin de campagne, et son fardeau
serait allégé pour le reste d'une très chaude journée. Ziji vit
que le garçon se débattait dans ces réflexions.

« Je n'ai pas de louche », dit ce dernier.

Le marchand éclata de rire : « On a des louches, pas
d'importance. Allons, prends mon argent et verse-nous du
vin. Répartis le reste dans tes deux baquets et allège ta
marche. Ça va être une après-midi encore plus chaude. »

C'était la vérité. Et c'était ce qu'il fallait dire, songea Ziji. Il avait terriblement envie d'une gorgée, mais il ne voulait pas mourir en la prenant et il connaissait trop d'histoires.

« Nous te donnerons vingt cash ! s'écria le magistrat.

— Absolument pas ! » lança Ziji d'un ton sec. On ignorait son autorité, et il ne pouvait le permettre. « Nous n'achetons rien. » Presque un crève-cœur, prononcer ces paroles.

« Ils ont offert les premiers, de toute manière », dit le jeune homme, pas un marchand, de toute évidence. Il se tourna vers les autres : « Bon, alors. Quinze cash dans ma main, et vous avez votre baquet. »

L'affaire fut rondement menée. Les autres marchands sortirent des arbres tandis que leur chef comptait les pièces pour le garçon. Ziji était conscient de deux choses : son extrême soif et la haine qui roulait vers lui, émanant de son propre groupe, comme une explosion de chaleur.

Les autres marchands décrochèrent le baquet de sa perche, ôtèrent le couvercle sur la route sans attendre, ce qui était stupide, songea Ziji. Ils se mirent à boire chacun son tour avec une grande louche. Une fois le couvercle ôté, on pouvait sentir l'odeur du vin doux et pâle. Ou bien c'était son imagination.

Avec six hommes qui buvaient aussi vite (bien trop, par une journée chaude), ce fut vite fini. Le dernier homme souleva le baquet de vin à deux mains pour l'incliner vers sa bouche. Ziji vit le vin s'égoutter sur son menton. Ils n'avaient même pas versé une libation pour les esprits de l'endroit.

Ziji n'était pas très content de tout cela. Commander, ce n'était pas toujours aussi agréable qu'on pouvait le penser, décida-t-il.

Et puis, alors que le marchand de vin comptait avec soin les pièces qu'on lui avait données, Ziji vit l'un des hommes de l'autre groupe de marchands se glisser derrière le vendeur et, en riant, ôter le couvercle de l'autre baquet. « Cinq cash pour cinq louches ! » s'écria-t-il, et il enfonça la louche.

« Non ! s'écria le garçon. Ce n'est pas ce qu'on a dit ! »

Le marchand hilare ramassa le lourd baquet maintenant ouvert et courut avec maladresse vers la forêt. Du vin déborda, vit Ziji avec regret.

« Donnez-lui dix cash ! lança l'homme par-dessus son épaule. C'est plus qu'il n'en mérite !

— Non ! s'écria de nouveau le garçon. C'est de l'escroquerie ! Ma famille vous guettera quand vous reviendrez ! »

Ça, c'était une menace réelle. Qui sait combien de gens comptait cette famille, combien d'amis ils avaient – et les marchands devraient retourner chez eux par le même chemin. Ils allaient effectivement à la même ferme à soie que le vendeur. L'homme qui était parti avec le baquet avait commis une erreur.

« Ramène le baquet, cria leur chef en venant de toute évidence à la même conclusion. Pas d'escroquerie ! »

On ne s'y risquera pas, plutôt, songea Ziji, amer. L'homme qui s'était échappé avec le baquet en avait subrepticement bu, avait-il remarqué. Il revenait à présent avec réticence de la forêt, de l'ombre où, dès le début, ils auraient dû boire posément et à l'abri du soleil.

« Juste une autre ! s'exclama-t-il en enfonçant la louche.

— Non », s'écria de nouveau le garçon en courant vers lui pour, d'une tape, arracher la louche des mains de l'homme. Elle tomba dans le vin ; il l'en sortit et la jeta au loin d'un geste furieux.

« Laissez-le tranquille, dit le chef. Nous sommes des gens honnêtes, et je ne veux pas d'une embuscade sur le chemin du retour demain. »

Il y eut un bref silence.

« Vingt-cinq cash pour ce qui reste de ce baquet ! » s'écria soudain le magistrat du groupe de Ziji. « Je les ai là ! »

Le garçon se tourna vers lui. C'était une somme ridicule, trahissant qu'ils avaient avec eux bien trop d'argent pour leur sécurité s'ils pouvaient se permettre une telle extravagance.

Mais Ziji avait vraiment très soif, à présent, et il avait remarqué un détail. Le second baquet avait peut-être été empoisonné, le premier étant une ruse, gardé inoffensif. Mais un homme qui venait d'en boire se tenait devant eux, hilare et content de lui.

« Oui, on vous donnera ça », dit Ziji, prenant sa décision. Il ne voulait pas être tué par ses hommes et il avait vraiment envie d'une portion ou deux de vin. Il ajouta : « Et demain, tu pourras apporter deux baquets de vin à la ferme à soie et les offrir pour rien au lieu des dix cash. On te pardonnera, tu le sais. Et puis, tu peux t'en retourner chez toi tout de suite. »

Le garçon le dévisagea. Puis hocha la tête : « Très bien. Vingt-cinq cash. Payez d'abord. »

Les hommes de Ziji poussèrent une acclamation, contents pour la première fois de la journée. Le magistrat fouilla en hâte dans sa robe et, dévoilant une bourse bien trop ronde, compta les pièces. Les autres s'étaient tous levés et regardaient tandis qu'il laissait tomber les pièces dans la paume du jeune marchand de vin.

« Le baquet est à vous, dit celui-ci. Seulement le vin, en fait. J'ai besoin du baquet. »

L'un des hommes de Ziji le ramassa et, avec plus de bon sens que les véritables marchands, le porta dans l'ombre. Un autre sortit en hâte deux louches du paquetage d'un des ânes. Ils se pressèrent tous autour du baquet.

Avec la retenue presque inhumaine d'un vrai chef, Ziji demeura où il était. « Gardez-moi deux louches à la fin », lança-t-il en se demandant si cela lui gagnerait de la bonne volonté de leur part.

Et en se demandant s'ils lui garderaient deux louches.

L'autre troupe était retournée de l'autre côté de la route en bavardant et en riant avec bruit. Ç'avait été une aventure, et ils avaient bu très vite. Ils allaient probablement s'offrir un somme à présent.

Le jeune marchand de vin s'écarta des deux groupes pour se trouver de l'ombre en attendant son baquet. On venait de lui faciliter la journée. Il pouvait rebrousser chemin et rentrer chez lui.

Ziji observa ses hommes autour du vin, qu'ils buvaient trop vite. Le magistrat, c'était à prévoir, venait de prendre une troisième part. Personne n'allait le lui reprocher. Sauf Ziji, peut-être. À contrecœur, il se leva. Il aurait préféré qu'ils procèdent de la manière appropriée et apportent le baquet à leur chef, avec les deux dernières portions.

Il poussa un soupir. On agissait rarement de manière correcte ces temps-ci. On vivait une bien triste époque. Il jeta un coup d'œil à la forêt, de l'autre côté de la route.

Les six marchands étaient tous en train de s'avancer sur la route. Trois d'entre eux portaient des épées. Deux tenaient désormais leur bâton de marche comme une arme. Le jeune marchand de vin se dressa à son tour. Il traversa la route pour rejoindre les marchands, sans se presser. L'un d'eux lui tendit un arc et un carquois rempli de flèches. L'homme souriait.

Ziji ouvrit la bouche pour lancer un avertissement.

Au même instant, le magistrat s'écroula lourdement dans l'herbe. Un instant après, l'un des hommes de Ziji. Et un troisième.

En un instant d'une alarmante brièveté, ils étaient tous étalés dans l'herbe, comme drogués. Évidemment, drogués, songea Zhao Ziji. Il affrontait sept hommes, seul.

« Ça ne vaut pas la peine de mourir », dit le jeune marchand de vin avec douceur. Il semblait, de manière improbable, avoir pris la direction des événements. Il visait Ziji de son arc. Et ajouta : « Quoique, si vous insistez ou avez le sentiment de n'avoir nulle raison de continuer à vivre, je vous tuerai.

— Comment… ? balbutia Ziji.

— Avec une flèche ! » L'homme bien rasé qui avait semblé être le chef des marchands s'esclaffait.

« Non, Fang. Il veut dire, comment avons-nous fait. C'est un soldat qui pense. Il y en a quelques-uns. » Les manières du vendeur de vin sans chemise avaient changé. Il ne semblait plus si jeune.

Ziji les regarda tour à tour. Il n'avait pas bu de vin, mais il se sentait pris dans un vertige de consternation et de crainte.

« Deux louches, dit le jeune homme. De la poudre de shanbao dans la deuxième quand Lao a rapporté le baquet et l'a trempée dedans. Mais je ne l'ai pas laissé boire, vous vous rappelez ? »

Ziji se rappelait.

« Comment… comment saviez-vous… »

Le marchand de vin qui n'en était pas un secoua la tête avec impatience.

« Vraiment ? Une troupe vient de Hsiang chaque été en direction de la capitale. Les présents pour Kai Zhen. Vous croyez que les paysans ne sont pas assez malins pour le comprendre ? qu'ils ne nous laisseraient pas savoir quand vous êtes partis, en quel nombre, comment vous étiez déguisés ? pour une petite part du butin ? et pour se venger du ministre qui a créé le Réseau des Fleurs et des Pierres qui tue les gens et détruit la campagne pour construire un jardin à Hanjin ? »

On repassera pour les déguisements, songea Ziji. Il essaya d'imaginer quelle menace pourrait avoir un sens pour ces hommes. Il prit un moment, mais rien ne lui vint.

« Vous êtes aussi bien de me tuer. »

Le silence tomba sur la route. Ils ne s'étaient pas attendus à une telle déclaration.

« Vraiment ? » dit le jeune homme.

Ziji désigna le magistrat du menton : « Je tiens pour acquis qu'ils sont drogués, pas mourants ? Celui-ci me blâmera quand il se réveillera. Le préfet le croira. C'est un fonctionnaire. Je suis seulement...

— Un soldat », dit le jeune homme. Il semblait songeur à présent. « Il n'a pas besoin de se réveiller. »

Il pivota et visa de sa flèche le magistrat étalé dans l'herbe.

Ziji secoua la tête : « Non. Il n'a rien fait de mal. L'erreur était mienne. On ne buvait pas ce vin, vous n'auriez pas attaqué douze hommes avec seulement sept.

— Bien sûr que oui, dit l'archer. La moitié d'entre vous aurait été abattue par flèche avant le combat, et cette moitié-là aurait été tous vos soldats. Les autres ne servent à rien et vous le savez. Dites-moi, voulez-vous qu'il meure ? »

Ziji secoua la tête : « Ça ne me sert en rien, et il est seulement gourmand, pas mauvais en soi.

— Ils sont tous mauvais », lança un des hors-la-loi. Il cracha par terre. Le faux marchand de vin garda le silence.

« Et puis, poursuivit Ziji, ils raconteront tous la même histoire, et c'était à moi de les empêcher de boire ce vin.

— On va tous les tuer. » Pas le marchand de vin, un des bandits.

« Non, dit Ziji. Seulement moi. C'est à moi de payer. Je serai peut-être exécuté si je reviens, de toute manière. Puis-je avoir un moment pour prier ? »

Le marchand de vin avait une expression étrange. Il semblait jeune à nouveau. Il était bel et bien jeune. « Nous n'avons pas besoin de vous tuer. Joignez-vous à nous. »

Ziji le regarda fixement.

« Pensez-y, poursuivit le jeune homme. Si vous êtes dans le vrai, vous n'avez aucun avenir dans cette préfecture ou dans l'armée et vous serez peut-être exécuté. Au moins, avec nous, c'est une vie.

— Je n'aime pas ça, dit l'un des autres.

— Pourquoi ? » Le jeune homme ne quittait pas Ziji des yeux. « C'est ainsi que je me suis joint à vous, autrefois. Et comment es-tu devenu un brigand du Marais, Kui ? En errant de village en village à la recherche d'un travail honnête ? »

Il y eut des rires.

Du moins Ziji savait-il maintenant à qui il avait affaire. Les Brigands du Marais étaient la plus importante troupe de bandits en Kitai, au sud du Grand Fleuve. Chaque année, on envoyait à Hanjin une requête pressante pour l'octroi d'une armée qui s'en occuperait. Chaque année, la requête était ignorée. Une guerre était en cour : les préfectures du sud étaient censées s'occuper elles-mêmes des brigands locaux.

Mais c'était la vérité, songea Ziji : il n'y avait plus rien pour lui dans les baraquements. Soit parce qu'il serait exécuté ou battu et emprisonné par un préfet enragé, soit simplement parce qu'il ne monterait jamais en grade désormais. On l'enverrait probablement au combat.

Il le dit : « Je pourrais aller me battre contre les Kislik. »

L'autre hocha la tête : « Vraisemblablement, c'est là qu'on vous enverra. Ils ont besoin de soldats. Vous avez entendu parler du désastre ? »

Tout le monde en avait entendu parler. Ce n'était pas une nouveauté. On avait ordonné une incursion en profondeur à travers le désert, en direction d'Erighaya, des chevaux et des fantassins, loin en territoire ennemi, et puis l'offensive s'était arrêtée devant les murailles de la cité kislik parce que – stupéfiant – on n'avait pas apporté les machines de siège. On les avait oubliées. Personne n'avait vérifié. C'était fou, une histoire absolument improbable, et c'était la vérité.

Quelle sorte d'armée pouvait bien agir ainsi ? Ziji se l'était demandé quand les nouvelles avaient atteint leurs baraquements. La Kitai avait régné sur le monde entier, l'avait soumis, autrefois. Les dirigeants de partout avaient envoyé des présents, des chevaux, des femmes, des esclaves.

Les lignes de ravitaillement avaient été coupées derrière l'armée du nord-ouest. Plus de la moitié de ses soldats étaient morts pendant la retraite depuis Erighaya. Près de soixante-dix mille hommes, avait entendu dire Ziji. Un chiffre terrifiant. Ils avaient massacré leurs commandants sur la route du sud, avait-on rapporté. Ils les avaient dévorés, disaient certains. Des hommes affamés, dans un désert bien loin de chez eux.

Et le Vice-Premier Ministre Kai Zhen, qui avait décidé de cette campagne, recevait des cadeaux d'anniversaire de toute la Kitai, prévus pour arriver à l'automne à la cour.

« N'y retournez pas, dit le jeune archer. Nous pouvons mettre à profit de bons soldats. L'Empereur doit être informé que ses serviteurs et leurs politiques sont mauvais et incompétents. »

Ziji l'examina. Une existence pouvait changer bien vite. Tourner comme une roue à eau sur une colline isolée, dans la chaleur de l'été.

« C'est ce que vous faites ? » demanda-t-il avec peut-être un peu trop d'ironie pour quelqu'un face à une flèche. « Vous envoyez des notes de service à l'Empereur ?

— Il y en a qui vont dans la forêt pour de l'argent. De la nourriture. Certains pour vivre libres. Certains pour tuer. Moi... Certains d'entre nous essaient de dire quelque chose, oui. Assez de voix, on pourrait nous entendre. »

Ziji continuait à le dévisager : « Quel est votre nom ? » Il ne savait pas trop pourquoi il posait cette question.

« Ren Daiyan, répondit l'autre aussitôt. On m'appelle Petit Dai.

— Vous n'êtes pas si petit. »

L'autre sourit : « J'étais jeune quand j'ai commencé, à l'ouest d'ici. Et puis, j'ai une petite bite. »

Les autres éclatèrent de rire. Ziji battit des paupières, parcouru d'une sensation étrange.

« Vraiment ?

— Bien sûr que non ! » s'écria un des hors-la-loi. Quelqu'un lança une plaisanterie grossière, le genre de plaisanterie que Ziji connaissait pour les avoir entendues dans les baraquements, de soldats trop longtemps privés de femmes.

Quelque chose bougea en lui, comme si une clé avait tourné dans une serrure.

« Je m'appelle Zhao Ziji », dit-il. Et pour la première fois de sa vie, il ajouta : « On m'appelle Ziji Courtebite.

— Vraiment ? Ho ! Nous sommes nés pour être compagnons ! s'écria l'homme nommé Ren Daiyan. *Pour chercher les femmes et le vin et vivre à jamais !* » Les paroles d'une très ancienne chanson.

Dans l'éclat de rire qui s'ensuivit, Zhao Ziji s'avança sur la route et devint un hors-la-loi.

De manière étonnante, il avait l'impression d'arriver chez lui. Il regarda le jeune homme – Ren Daiyan avait sûrement dix ans de moins que lui – et il sut en cet instant qu'il suivrait cet homme toute sa vie, jusqu'à ce que lui ou l'autre ou les deux en viennent à trépasser.

CHAPITRE 4

Lin Shan se force à attendre avant d'essayer de nouveau, tendue vers l'harmonie intérieure, assise à son bureau dans une totale immobilité. Les trois premières tentatives de lettre n'ont pas été satisfaisantes. Elle est consciente que la tension, l'appréhension, l'importance de ce qu'elle écrit affectent son coup de pinceau.

Ce ne peut être permis. Elle prend une profonde inspiration, les yeux fixés sur l'arbre lotus qu'elle a toujours aimé, dans la cour. C'est très tôt dans la matinée, en automne. À sa fenêtre, l'enceinte est tranquille, malgré la presse habituelle dans l'espace assigné aux membres de la famille impériale.

Elle est seule dans leur demeure. Son époux est parti dans le nord à la recherche de stèles à acheter ou à transcrire, de bronzes, d'artefacts pour leur collection. C'est désormais une collection ; ils commencent à être connus ainsi. Qi Wai voyage encore près de la frontière, du côté des territoires possédés (depuis longtemps maintenant) par les Xiaolus. Tout devrait bien se passer. On est en paix – une paix achetée chaque année. Le père de son époux leur a confié que l'essentiel de l'argent kitan revient grâce au commerce avec les villes frontalières marchandes, celles qui sont autorisées. Il approuve ces tributs, même si, dût-il les désapprouver, il ne le dirait pas. Les membres de la famille impériale vivent sous surveillance, avec circonspection.

Dans les relations avec les Xiaolus, l'Empereur kitan est encore "l'oncle" et l'Empereur des Xiaolus son "neveu".

L'oncle offre avec bonté des "présents" au neveu. C'est une fiction, un mensonge courtois, mais les mensonges peuvent avoir leur importance dans le monde, Lin Shan en est venue à le comprendre.

Le monde est terrible.

Elle s'admoneste intérieurement. Les pensées amères n'apporteront pas le calme. Elle a ruiné son premier essai de lettre non seulement de son pinceau anxieux mais avec une larme qui est tombée sur la page et a brouillé les traits du mot *conseiller*.

Sur le bureau se trouvent les Quatre Trésors de la Salle de Littérature : la pierre à encre, le bâtonnet d'encre et le papier, les pinceaux. Son époux lui a rapporté une pierre à encre rouge, un cadeau pour le Festival de la Nouvelle Année. Elle est magnifique et ancienne, de la Quatrième Dynastie, croit-elle. Mais pour cette lettre-ci, elle utilise sa propre pierre à encre, celle de son enfance. Celle que son père lui a donnée. Une sorte de magie l'habite peut-être, une puissance spirituelle qui rend son encre plus persuasive.

Elle en a besoin, ou son cœur va se briser.

Elle reprend le bâtonnet, verse l'eau du flacon dans le creux de la pierre. Elle écrase le bâtonnet d'encre noire dans la pierre, de la main gauche, comme son père le lui a appris.

Elle sait exactement ce qu'elle veut dire dans cette lettre, combien de caractères et combien d'encre seront nécessaires. On en écrase toujours un peu plus qu'on n'en a besoin, a-t-elle appris, toujours de son père. Si l'on est obligé d'en écraser davantage pour finir, la texture à la fin du texte sera différente de celle du début, un défaut.

Elle repose le bâtonnet. Soulève le pinceau de sa main droite, le trempe dans l'encre. Elle se sert du pinceau en poil de lapin ici : c'est celui qui donne les caractères les plus précis. Du poil de mouton est plus audacieux, mais même si elle désire que cette lettre semble confiante de sa propre vertu, c'est tout de même une supplique.

Elle est assise comme elle doit l'être. Elle adopte la position dite du Poignet Oreiller, la main gauche sous le poignet droit. Ses caractères doivent être de petite taille, précis, et non larges et assurés (pour cela, elle aurait utilisé la position dite À Poignet Levé). La lettre sera rédigée en calligraphie formelle. Bien sûr.

Le pinceau d'un écrivain est l'arc d'un guerrier, les lettres qu'il forme sont les flèches qui doivent frapper leur cible sur la page. Le calligraphe est un archer ou un général sur un champ de bataille. Quelqu'un l'a écrit il y a longtemps. Elle se sent ainsi ce matin. Elle est en guerre.

Son pinceau est suspendu directement au-dessus du papier, vertical. Chaque doigt joue un rôle. Sa prise est ferme. La force du bras et du poignet doit être contrôlée, sûre.

Contrôlée, sûre. Il est impératif de ne pas pleurer. Elle regarde à nouveau par la fenêtre. Une unique servante est apparue, qui balaie la cour dans la lumière matinale. Un autre pinceau, le balai.

Elle commence.

La vision du Premier Ministre de Kitai était devenue son grand problème. Il ne dormait pas facilement la nuit et il ne marchait plus comme autrefois, mais quel vieillard le fait ? Trop de vin lui donnait des migraines, qui commençaient alors même qu'il buvait, sans attendre poliment au matin suivant. De telles tristesses relèvent de ce que le temps inflige aux hommes lorsque leurs cheveux blanchissent et que leur main d'épée faiblit, comme l'avait écrit un poète.

Le Premier Ministre de Kitai n'avait jamais porté d'épée. L'idée même était, brièvement, amusante. Et les officiers supérieurs de la cour ne marchaient plus guère (ou pas du tout) dans le palais ou à l'extérieur. Il avait une chaise à porteurs munie de coussins, couverte, ornée de complexes dorures, et des porteurs pour le mener là où il avait besoin d'aller.

Et il pouvait détruire autrui sans toucher une lame.

Non, l'infirmité qui importait, c'était sa vision. C'était lire des lettres, des rapports d'impôts, des documents venant des préfets, des notes de service, des rapports d'informateurs, qui était devenu un défi. Il avait un nuage au bord de chaque œil, à présent, qui rampait vers le centre comme un brouillard sur l'eau à l'approche de la terre. On pouvait transformer cette image en symbole pour un poème, mais seulement si l'on voulait laisser autrui savoir ce qui se passait, et il ne le voulait pas. C'était une question de sécurité.

Son fils l'aidait. Hsien quittait rarement ses côtés, et ils avaient des subterfuges pour dissimuler son problème. Il importait, dans cette cour, de ne pas être vu comme si âgé ou si frêle qu'on ne pouvait pas même lire les documents matinaux des fonctionnaires.

Il croyait en partie que certains de ceux qui auraient été heureux de son départ s'étaient mis à utiliser délibérément une calligraphie minuscule pour révéler sa difficulté. Ç'aurait été ingénieux, en vérité, dans ce cas, le genre de stratégie qu'il aurait pu utiliser lui-même autrefois. Il n'avait guère d'illusions dans son existence. Les empereurs étaient capricieux, instables. Le pouvoir n'était pas une condition fiable.

Hang Dejin songeait souvent à prendre sa retraite.

Il en avait demandé la permission à l'Empereur bien des fois au cours des années, mais c'étaient des stratagèmes, une prise de position publique face à une opposition à la cour. "Si l'Empereur, dans sa sagesse, pense son serviteur dans l'erreur, j'implore avec honte sa permission de me retirer."

Il aurait été choqué si l'une de ces requêtes avait été acceptée.

Tout récemment, il avait commencé à se demander ce qui arriverait s'il offrait de nouveau sa démission. Les temps changeaient, les hommes changeaient. La longue guerre avec les Kislik tournait mal. L'Empereur ignorait encore l'étendue du désastre. S'il l'apprenait, quand il l'apprendrait, il pourrait y avoir des conséquences – il y en aurait à coup sûr. Il fallait gérer la situation. C'était faisable, il y avait des manières de procéder, mais Dejin savait qu'il n'était plus l'homme qu'il avait été seulement trois ans plus tôt.

Si le blâme de la guerre retombait sur lui – et c'était une possibilité –, cela signifierait presque certainement la disgrâce et le départ ou pis encore.

Dans ce cas, le Vice-Premier Ministre, Kai Zhen, serait certainement son successeur. Et il dominerait la Kitai, compte tenu d'un empereur qui préférait la peinture, la calligraphie (la sienne était largement considérée comme la plus élégante du monde) et le jardin extravagant qu'il faisait bâtir au nord-est du palais.

Le jardin, le Genyue, et le Réseau des Fleurs et des Pierres qui le fournissait avaient été l'idée de Kai Zhen. Une idée brillante, sur bien des plans. Dejin l'avait approuvée à l'origine, en bénéficiant pendant un certain temps de la distraction de l'Empereur. Il y aurait peut-être désormais un prix à payer.

La question était : qui le paierait ?

Le Vice-Premier Ministre Kai s'imaginait probablement qu'il régnait, à présent, songea Dejin avec une sèche ironie. Après tout, il n'y avait plus qu'un vieillard presque aveugle entre lui et l'Empereur, et même si Zhen pouvait dire qu'il rendait honneur à son supérieur pour l'initiative des réformes politiques, il y avait peu de doute dans l'esprit de Hang Dejin : son cadet le voyait désormais comme affaibli, entravé dans ses actes par des coutumes démodées.

Des coutumes démodées comme la retenue, la courtoisie, le respect, songea Dejin, toujours sarcastique. Il était devenu riche au pouvoir, habitué à son statut et à la crainte qu'il inspirait, mais il n'avait pas recherché son rang dans *l'intention* d'acquérir de la richesse.

Il avait considéré ses différends avec Xi Wengao et les autres conservateurs comme une bataille pour ce qu'aurait dû être la Kitai, ce qu'elle devait être pour le bien de l'empire et de son peuple. C'était une pensée pieuse et complaisante, il en avait conscience, mais c'était aussi – se disait-il – la *vérité*.

Il secoua la tête. Son fils lui jeta un coup d'œil, une forme en mouvement, brouillée, puis se tourna de nouveau vers sa propre pile de documents. L'amertume n'était pas un état d'esprit utile, se rappela Dejin. On commettait des erreurs quand c'était ce qui vous poussait. On énonçait sans y avoir convenablement réfléchi des paroles qu'on pouvait être amené à regretter. Il avait souvent provoqué ce genre de témérité chez des rivaux. Il savait comment user chez autrui de la colère, de la passion, de l'outrage.

La lumière était bonne dans leur salle de travail aujourd'hui, du côté ouest de la principale cour du palais. Autrefois, sous la Neuvième Dynastie, à Xinan, avant que la cité tombe en ruine, les fonctionnaires disposaient d'un édifice entier au palais : la Cour du Myrte Violet.

Ici, à Hanjin, si magnifique fût la cité, l'espace était insuffisant pour cela. De l'espace, c'était une partie de ce qu'on avait perdu dans tout l'empire, et pas seulement dans la capitale surpeuplée. On avait perdu des territoires dans le nord, dans le nord-ouest, perdu la protection de la Grande Muraille, perdu des tributs, perdu l'accès aux routes commerciales vers l'ouest (et leur contrôle !), et l'accès aux richesses qu'elles avaient apportées, année après année.

Plus d'un million d'âmes vivaient à Hanjin ou près de ses murailles – sur une superficie qui constituait seulement une fraction de ce que Xinan avait compris dans son enceinte trois siècles plus tôt.

Si l'on se rendait aux ruines de l'ancienne capitale, si l'on en traversait les portes fracassées pour se tenir parmi les ronces, l'herbe et les pierres brisées, si l'on entendait l'appel des oiseaux et voyait les bêtes qui bondissaient le long de l'immensité de ce qui avait autrefois été la voie impériale, presque cinq cents pas de large... On pouvait être pardonné de penser que l'artère principale de Hanjin, depuis le palais jusqu'à la porte sud était...

Eh bien, elle était de quatre-vingts pas de large, pour être précis.

Il l'avait fait mesurer peu après son arrivée à la cour, toutes ces années auparavant. Quatre-vingts pas pour une rue très large, tout à fait convenable pour les processions et les festivals. Mais ce n'était pas Xinan, n'est-ce pas ?

Et la Kitai n'était pas la Kitai d'autrefois.

Et alors ? avait-il pensé à ce moment, et il le pensait toujours, la plupart du temps. Devaient-ils courber la tête, honteux, à cause de ce qui était arrivé des siècles avant leur naissance ? arracher ce qu'il leur restait de cheveux grisonnants ? se rendre aux barbares et leur donner leurs femmes ? leurs enfants, comme esclaves ?

Le Premier Ministre émit un grognement pour écarter de telles pensées. Le monde venait à vous comme il venait, on faisait avec ce qu'on avait.

Il vit son fils lever de nouveau la tête des papiers sur lesquels il travaillait. Dejin fit un geste : rien d'important, signala-t-il à Hsien, continue de travailler.

Il y avait deux messages sur son propre bureau. Son fils les lui avait donnés sans commentaire. Il les avait lus tous les deux, dans la bonne lumière. Excellente calligraphie dans les deux cas, l'une familière et célébrée, l'autre nouvelle pour lui.

Ces lettres étaient une des raisons qui le remplissaient d'amertume nostalgique en cet éclatant matin d'automne. L'automne était une bonne saison à Hanjin, la chaleur et la poussière jaune de l'été s'éloignaient, les vents d'hiver ne soufflaient pas encore. Les pruniers fleurissaient tardivement. Toute une série de festivals à anticiper. Il n'était pas homme à regarder les danses ou les participants porteurs de lanternes colorées, mais il aimait son vin comme tout un chacun et il appréciait les mets des festivals, même s'il devait maintenant prendre garde à ce qu'il mangeait et buvait.

Les lettres lui étaient adressées personnellement, l'une rédigée par une lointaine et problématique relation, l'autre avec une extrême et déférente politesse. Toutes deux étaient des suppliques et portaient sur le même sujet. Elles l'irritaient par ce qu'elles révélaient, car c'était une nouvelle pour lui et n'aurait pas dû l'être.

Ce n'était pas comme si le Premier Ministre de Kitai devait examiner le destin de chaque membre du parti d'opposition. Ils étaient bien trop nombreux, il avait des tâches et des fardeaux plus importants. Il avait lui-même mis en route le processus de disgrâce et d'exil de la faction évincée, plus de vingt-cinq ans auparavant, sans un instant de doute. Des stèles gravées, copiées sur la calligraphie du nouvel et jeune Empereur, cette exquise calligraphie appelée l'Or Fin, avaient identifié les bannis. On avait placé les stèles devant le *yamen* de chaque préfecture de l'empire. Quatre-vingt-sept noms la première fois, cent vingt-neuf la seconde. Il se rappelait les chiffres. Il avait examiné ces noms lui-même ou les avait choisis.

L'empire, la cour, le monde sous le ciel avait eu besoin de clarté et de directives après une période turbulente. Peut-être

y avait-il eu autrefois quelque mérite à une certaine caco-
phonie à la cour, les allées et venues des factions en faveur
puis en disgrâce, mais Hang Dejin avait été certain de sa
propre vertu et de la sagesse de sa politique. Il avait considéré
ses opposants non seulement comme dans l'erreur mais
aussi comme dangereux – une force destructrice de la paix,
de l'ordre et des changements dont avait besoin la Kitai.

Il fallait pour l'empire que ces gens fussent condamnés
au silence et à la disparition.

D'ailleurs, c'étaient eux qui avaient commencé ! Les conservateurs avaient été au pouvoir entre le trépas du dernier
empereur et l'arrivée de son successeur à l'âge adulte, pendant
les années où avait régné l'Impératrice Douairière. Ils avaient
tout renversé et provoqué l'exil de la faction de Hang Dejin
et des Nouvelles Directives.

Il avait passé plusieurs années à écrire de la poésie et
des lettres depuis son domaine campagnard près de Yenling,
banni de la cour, du pouvoir, de l'influence. Il était resté
riche (le pouvoir apportait la richesse, c'était une loi de la
nature), il n'avait jamais goûté de nouveau aux vicissitudes
oubliées quand il avait passé les examens de *jinshi*, mais il
avait été très loin des couloirs du palais.

Puis l'Empereur Wenzong était monté sur le trône. Et il
avait rappelé à la cour le sage Hang Dejin, qui avait été son
tuteur. Réinstitué comme Premier Ministre, Dejin avait infligé aux conservateurs le sort qu'ils leur avaient imposé, à
lui et à ses gens. Certains des exilés étaient des hommes
qu'il avait admirés, même au cours de leurs affrontements.
On ne pouvait suivre ses sentiments lorsque les enjeux étaient
aussi importants.

Ils avaient été exilés. Au-delà des fleuves, au-delà des
montagnes. Ils étaient morts, parfois. La réforme aurait
toujours des opposants, des hommes farouchement attachés
aux anciennes coutumes, soit par croyance réelle, soit parce
que ces coutumes avaient fait la fortune de leur famille.

Peu importait. C'était ce qu'il avait fini par comprendre.
Quand on transforme un empire, on ne peut être tout le temps
en train de regarder par-dessus son épaule les intrigues, les

ruses de l'opposition; les inquiétudes, si un empereur paniqué par l'apparition d'une comète, un printemps ou un été, se lançait dans une frénésie de rituels apaisants – droit dans les bras des anciennes coutumes. Il fallait un champ bien dégagé devant et derrière, aucun danger. Les comètes l'avaient évincé du pouvoir par deux fois, dans ses premières années, une fois sous le dernier empereur, l'autre avec Wenzong. L'imprévisibilité est la prérogative de ceux qui siègent sur le Trône du Dragon. Leurs loyaux conseillers doivent en limiter les conséquences.

C'était pourquoi l'idée de Kai Zhen, un jardin impérial, avait été si brillante. Dejin avait alloué des fonds et des ressources considérables au nouvellement créé Réseau des Fleurs et des Pierres. Pas assez, en l'occurrence, pas assez. Les montants croissaient. Le Genyue s'était développé de manière incontrôlée. C'était le cas de tous les jardins, mais...

Le travail humain requis dans tout l'empire et le niveau d'imposition exigé avaient commencé à devenir écrasants. Et avec l'Empereur ébloui par son jardin, il était trop tard pour prédire la taille du projet ou y mettre fin, malgré la rébellion qui grondait dans le sud-ouest et les bandes de hors-la-loi de plus en plus nombreuses dans les forêts et marécages.

L'Empereur savait ce qu'il voulait pour son jardin, et l'on ne pouvait dire à un empereur qu'il n'allait pas l'obtenir. Il voulait des rossignols du Szechen, par exemple, des centaines. Enfants et adultes les chassaient, privant les forêts du chant des oiseaux. Wenzong voulait une montagne, un symbole des Cinq Montagnes Sacrées. Il voulait du bois de cèdre et de santal venu du sud, un pont entièrement fait d'or menant à une île aux pavillons de marbre, d'onyx et de bois de rose, dans un lac artificiel. Il voulait des arbres en argent sur l'île, parmi les vrais arbres.

Parfois, on mettait des événements en marche, comme une rivière, et s'il y avait des inondations ou des embâcles...

Certains des actes de Dejin ou de ceux qu'il avait permis au cours des années avaient peut-être été moins que parfaitement avisés et réalisés. Quel homme vivant, maintenant ou jamais, prétendrait à la perfection?

Le Premier Ministre de Kitai ajusta sa robe noire bordée de fourrure. Une brise se glissait par la fenêtre et il attrapait froid trop aisément ces temps-ci.

En guise de diversion, il avait essayé, peu de temps auparavant, d'imaginer ce qu'il y avait de bon à la vieillesse. Tout ce qu'il avait trouvé, c'était qu'on était peut-être moins à la merci des désirs de la chair. Nul ne lui enverrait une femme pour le détourner de ses buts par la séduction. Plus maintenant.

Il relut la seconde lettre avec cette pensée.

Puis il fit appeler ses porteurs et s'en alla à la recherche de l'Empereur.

L'Empereur de Kitai se promenait dans son jardin.

Il aimait à le faire chaque fois que le temps était beau, et c'était le cas, une douce matinée d'automne à l'approche du Neuvième Jour du Neuvième Festival. Certains à la cour estimaient qu'il n'aurait jamais dû marcher dehors, il le savait. Ils ne comprenaient pas bien, à son avis. Comment pouvait-on apprécier et corriger les allées, les sentiers détournés et les perspectives d'un jardin si l'on n'y marchait pas en personne ?

Quoique… appeler l'endroit où il se promenait un "jardin" étirait le sens du terme presque au-delà de toute signification. L'espace enclos ici était si extravagant et pourtant si habilement agencé qu'il était impossible, à moins de se rendre jusqu'à ses murs, de savoir quelles en étaient les limites.

Même à ses marges, les arbres avaient été plantés en bosquets denses afin de dissimuler où commençaient les murailles de Hanjin. La garde du palais patrouillait à l'extérieur, là où les portes du jardin menaient dans la ville, ou au palais et à ses cours, à l'ouest. On ne pouvait les voir de l'intérieur du Genyue.

C'était tout un monde qu'il créait ici. Des collines et des lacs édifiés avec soin ; puis édifiés de nouveau, quel qu'en fût le coût, après consultation des géomanciens. Des sentiers en spirale autour de montagnes qu'on lui avait élevées, avec des chutes d'eau qui pouvaient être activées selon son bon plaisir. Il y avait des belvédères et des pavillons dissimulés dans les profondeurs des bosquets, pour de la fraîcheur en été, ou placés là où le soleil tomberait en automne ou au printemps. Chacun d'eux était équipé en outils du peintre ou de l'écrivain. L'Empereur pouvait à tout moment être saisi du désir de prendre son pinceau.

Une nouvelle magnificence parait maintenant le Genyue, un objet essentiel, un objet clé. Un rocher si large et si haut (la taille de quinze soldats !), si magnifiquement constellé de cratères et de stries – on l'avait apporté d'un lac, l'Empereur ne savait comment –, que, on pouvait véritablement le dire, il était l'image même d'une des Cinq Montagnes Sacrées. Un jeune sous-préfet en poste dans le voisinage en avait entendu parler et avait assuré sa fortune en alertant les administrateurs du Réseau des Fleurs et des Pierres.

Il avait apparemment fallu un an pour l'arracher aux profondeurs du lac et l'apporter à Hanjin, par voie de terre puis le long du Grand Fleuve et des canaux. Un certain degré de labeur et de dépenses devait être lié à une entreprise aussi massive. L'Empereur ne s'occupait pas de tels détails, bien entendu.

Il avait prêté *beaucoup* d'attention à l'endroit où avait été installé le colossal rocher-montagne. Quelques décès malheureux étaient survenus dans le Genyue pendant le déplacement du roc jusqu'à l'endroit approprié, bien précis, qui lui avait été attribué. Wenzong avait d'abord voulu qu'il domine une colline artificielle dont il aurait émergé, pour le maximum d'effet, mais il avait dû être déplacé après consultation avec les géomanciens de la Voie Obscure et leurs calculs des auspices.

Il aurait sans doute dû les consulter avant la première installation. Eh bien, ma foi, les décisions étaient d'une telle complexité dans ce jardin. Il visait à en faire le miroir de la Kitai, à créer un centre spirituel pour son empire, à l'ancrer solidement dans les bonnes volontés du ciel. Cela relevait du devoir d'un empereur envers ses sujets, après tout.

Mais maintenant… Maintenant, le rocher se trouvait là où il le désirait.

Wenzong s'assit dans un de ses pavillons, essentiellement constitué d'ivoire incrusté de jade, et, le cœur joyeux, il contempla son puissant rocher.

La compassion de l'Empereur Wenzong était renommée : apprendre la mort de ces ouvriers – ici, dans son jardin – l'avait peiné. Il n'était pas censé être au courant, il le savait. Ses conseillers veillaient avec zèle à le protéger des chagrins qui auraient pu alourdir le trop généreux cœur impérial. Le Genyue devait être un havre de calme pour lui, un refuge loin des soucis que le monde infligeait à ceux qui portent le fardeau de la responsabilité.

Dans son style fameux de calligraphie, l'Or Fin, l'Empereur venait de trouver une manière ingénieuse de former les treize traits du mot *jardin* pour suggérer un sens qui transcendait le sens ordinaire lorsqu'on évoquait son propre jardin. C'était une mesure de la subtilité impériale, avait déclaré son conseiller le plus intime, que l'auguste Empereur y soit parvenu au lieu d'imaginer ou de demander un terme entièrement nouveau pour ce qui était édifié ici sous son sage et bienveillant regard.

Kai Zhen, le Vice-Premier Ministre, était fort judicieux dans ses observations, estimait l'Empereur Wenzong. C'était Kai, bien entendu, avec l'eunuque Wu Tong (tout récemment commandant de l'Armée de Pacification contre les Kislik, dans le nord-ouest), le responsable du Réseau des Fleurs et des Pierres qui permettait la création de ce jardin. L'Empereur n'était pas homme à oublier une telle loyauté.

Il y avait des rossignols ici, on les entendait le soir. Bien tristement, certains étaient morts l'hiver précédent. On allait essayer de les garder en vie cet hiver, à l'intérieur, et le ministre Kai avait assuré qu'il y en avait davantage en route, en ce moment même, depuis les climats plus chauds, pour gracieusement orner son jardin de leur musique du sud.

Une jolie phrase, avait songé l'Empereur.

Le Premier Ministre Hang Dejin, le tuteur de son enfance, son conseiller de longue date comme celui de son père, prenait de l'âge. Une réflexion mélancolique, automnale. Un autre chagrin dans le cœur impérial. Mais la vie était ainsi sous le ciel, comme les Maîtres du Cho le leur avaient enseigné à tous. Qui pouvait éviter sa fin ?

Eh bien, il y avait effectivement des manières de s'y essayer. L'Empereur suivait une autre tradition impériale en absorbant chaque jour une série d'élixirs préparés pour lui par les maîtres occultes de la Voie Obscure à son service. Kai Zhen avait souvent et de manière éloquente exprimé son espoir qu'ils s'avèrent efficaces.

Il y avait eu également des séances à la lueur des bougies, pendant lesquelles le chef de ces prêtres (Kai Zhen l'avait présenté au palais) invoquait l'âme du révéré père de Wenzong pour lui demander d'approuver les mesures prises pour le gouvernement de l'empire, incluant le Genyue et la nouvelle musique qu'on élaborait pour l'exécution des rites impériaux.

Accorder les instruments rituels d'une manière dérivée de la longueur du médius, de l'annulaire et du petit doigt de la main gauche de l'Empereur avait été, selon la déclaration de l'âme paternelle, une idée d'une céleste harmonie. L'Empereur en avait été profondément touché. Il se rappelait avoir été au bord des larmes cette nuit-là.

Ses propres talents, en vérité, n'étaient point ceux d'un homme incliné à peser le sujet des impôts et de l'administration des villages, ou à se demander si l'armée était constituée de recrues ou de milices rurales, comment on choisissait les dirigeants, à la campagne, ou comment on arrangeait les prêts aux fermiers – et imposait les remboursements. Il prêtait attention aux questions posées aux candidats des examens de *jinshi*, en avait même élaboré certaines. Et il prenait plaisir à assister aux derniers jours des examens dans ses robes jaunes de cérémonie. Très tôt, il avait été un peintre et un calligraphe. Connu pour l'un et l'autre talents, célébré pour l'un et l'autre, bien avant d'être monté sur le trône. Il avait désiré le Trône du Dragon parce que celui-ci se trouvait là, tout simplement, et lui appartenait de plein droit, mais ses passions résidaient ailleurs.

Il avait assurément accompli son devoir d'empereur. Il avait engendré de nombreux fils et leur avait fait apprendre les enseignements de la Voie et du Maître du Cho. Il satisfaisait les femmes impériales, une le matin, deux la nuit, selon la séquence que lui présentait le Registraire du Palais Intérieur, se refusant l'orgasme, ainsi qu'il le devait, excepté, comme on l'en avait avisé, avec les plus innocentes et les plus jeunes d'entre elles. De cette manière, selon ses conseillers ésotériques, l'essence féminine de ces épouses et concubines ne drainerait pas sa propre essence mais la renforcerait.

Cela aussi constituait un fardeau et une responsabilité. Sa force était celle de la Kitai, sa vertu la vertu d'un empire.

Il exécutait les rites impériaux avec foi. Il était revenu au style de gouvernement de son père, après la période infortunée pendant laquelle sa mère avait régné. Parce que cela avait été le rêve de son père (ainsi le lui avait-on expliqué), il avait lancé une guerre contre les ingrats Kislik du nord-ouest et il s'en informait de temps à autre. Mais il importait pour un empereur d'avoir des conseillers diligents et dignes de confiance, afin que l'esprit de l'Empereur puisse s'épanouir, florissant, dans le grand jardin du monde, sous les neuf cieux. Au-delà de tous ses devoirs, le bien-être de l'Empereur, l'essor de son âme, affectait le bien-être de toute la Kitai.

C'était ainsi que l'avait exprimé Kai Zhen, à peine quelques jours plus tôt dans ce même pavillon, qui était maintenant le préféré de Wenzong, car il donnait sur le nouveau rocher-montagne.

L'Empereur avait l'intention d'offrir un présent au ministre Kai : un petit tableau qu'il avait peint ici, un paysage printanier avec du bambou en fleur, une alouette, des collines bleues. Le Vice-Premier Ministre l'avait admiré avec éloquence.

Les tableaux de l'Empereur étaient le présent le plus convoité de la Kitai.

C'était un grand dommage, étaient-ils tombés d'accord en le regardant ensemble, que le Premier Ministre Hang ne fût plus capable désormais d'en distinguer les détails. Il souffrait des afflictions de l'âge, avait suggéré Kai Zhen, tout comme l'automne et l'hiver succèdent à l'éclat du printemps. Un jardin comme le Genyue pouvait enseigner de telles leçons.

Ce jardin était – tout le monde le disait – une prodigieuse merveille du monde. Un miroir en miniature de la Kitai, ce qui était son but. Tout comme le bien-être et les justes actions de l'Empereur étaient essentiels dans la préservation du mandat du ciel, il en serait de même, avaient décidé ses conseillers, pour un jardin impérial conçu afin d'inclure l'envergure et l'équilibre de la Kitai : il *préserverait* ce vaste équilibre.

C'était tellement évident.

La passion de Wenzong pour cet extraordinaire accomplissement n'était pas une affectation, une manière d'éviter tâches et soucis. Non. Ses efforts ici, ses instructions personnelles aux paysagistes et aux architectes, se trouvaient au centre, au cœur même de son devoir envers son peuple !

Ainsi songeait l'Empereur de Kitai, assis dans un pavillon d'automne sous le soleil de la matinée, devant le panorama de sa nouvelle montagne. Il contemplait l'idée d'en peindre un tableau, cœur et esprit au repos, quand il entendit un bruit étrange le long du chemin où un jardinier s'était éloigné en balayant des feuilles. L'Empereur jeta un coup d'œil à ses gardes. Ils regardaient droit devant eux, impassibles. Il entendit de nouveau le bruit.

Ce jardinier, si l'Empereur ne se méprenait point, était en train de pleurer.

Le Premier Ministre Hang Dejin trouva l'Empereur, comme prévu, dans le pavillon situé devant la montagne. Ce qu'il vit, cependant, était des plus inattendu. Il pensa d'abord que sa vue faiblissante le trahissait encore, mais alors qu'il descendait avec précaution de sa chaise à porteur pour poser ses chaussons sur le chemin bien balayé, il se rendit compte qu'il n'en était rien.

L'Empereur se tenait au bord de son pavillon. Il n'écrivait pas, il ne peignait pas, il ne contemplait pas son rocher-montagne. Il regardait un homme prostré sur le chemin à ses pieds.

L'homme prostré tremblait de terreur. Compte tenu du fait qu'il était – de manière fort évidente – un simple jardinier du palais (son râteau était posé près de lui), en la présence immédiate et bien réelle de l'Empereur de Kitai, cette terreur était facile à comprendre. Les gardes impériaux s'étaient approchés. Tous étaient immobiles, main sur la garde de leur épée, le visage tel celui de guerriers de pierre.

L'Empereur aussi avait une expression de froideur, vit Dejin lorsqu'il fut à portée. Ce n'était pas une expression habituelle à Wenzong. Il pouvait être exigeant ou distrait, mais paraissait rarement irrité. Il l'était à présent.

Plus tard, Hang Dejin serait amené à penser (et l'écrirait même dans une lettre à un vieil ami) comment le choix accidentel d'un certain moment peut avoir une grande influence sur la manière dont se déroulent les événements du monde. On pouvait y voir l'œuvre du ciel, ces moments n'étant en rien des accidents, ou l'on pouvait les considérer comme le signe des limites placées par les dieux à ce que les mortels, fussent-ils sages, étaient à même de contrôler.

Dejin penchait pour la seconde hypothèse.

S'il n'était pas venu trouver l'Empereur ce matin-là avec deux lettres dans sa robe, si le Vice-Premier Ministre avait tenu compagnie à Wenzong lorsque le jardinier avait été convoqué en l'impériale présence, des affaires importantes auraient connu un déroulement différent. Il l'écrivit dans sa lettre.

Il se prosterna selon l'étiquette. L'Empereur Wenzong avait aimablement stipulé que ses hauts conseillers n'avaient pas besoin d'observer tout le protocole de la cour lorsqu'ils étaient avec lui dans son jardin, mais l'instinct avait soufflé à Hang Dejin qu'il s'agissait d'un moment d'importance, et il offrit les trois prosternations. Son esprit travaillait toujours aussi vite, malgré la raideur de son corps. Il ne comprenait pas ce qui s'était passé ici et il le devait.

« Premier Conseiller, dit l'Empereur, nous sommes heureux de vous voir. Nous vous aurions envoyé quérir. Approchez. » Très formel, y compris avec le titre ancien. Tout avait un sens pour ceux qui savaient comment le trouver.

« Je suis honoré d'anticiper le désir de l'Empereur », déclara Dejin en se relevant pour s'avancer. « La tranquillité de l'Empereur a-t-elle été troublée ? »

De toute évidence, mais il fallait poser la question afin de recevoir une réponse et d'avoir une chance de démêler toute l'affaire.

« Cet homme, ce… jardinier l'a troublée », dit Wenzong.

Dejin pouvait voir l'agitation de l'Empereur, dont une main allait et venait sur une colonne d'ivoire, la caressant d'un geste régulier.

« Et votre Sereine Excellence lui a permis de vivre ? Une autre indication de la bienveillante compassion de l'Empereur qui…

— Non. Écoutez-nous. »

L'Empereur venait de l'interrompre. C'était stupéfiant. Hang Dejin enfonça ses mains dans ses manches en baissant la tête. Puis, en écoutant, il comprit. Et le Premier Ministre de la Kitai vit, telle une flèche de soleil perçant des nuages orageux, l'éclat d'une occasion à saisir.

Il avait convoqué le jardinier en sa présence, déclara l'Empereur, à cause du bruit pénible de ses pleurs. Il l'avait directement interrogé et avait appris que l'ouvrier versait des larmes pour son fils, dont la mort venait de lui être rapportée. Le fils, semblait-il, s'était trouvé dans l'Armée de Pacification, parmi les recrues envoyées attaquer la capitale des Kislik, dans le nord-ouest.

Le jardinier venait de lui dire, poursuivit l'Empereur, ce qu'apparemment tout Hanjin savait : la moitié de l'armée kitane avait été détruite il y avait déjà quelque temps, pendant sa retraite d'Erighaya. Elle avait été, semblait-il, insuffisamment équipée et mal commandée.

Hang Dejin, en son for intérieur, trouva remarquable, et extrêmement erroné, que le jardinier fût encore vivant après avoir autant parlé à l'Empereur. C'était une présomption intolérable méritant la décapitation. Où en était arrivé le monde si des serviteurs de jardin pouvaient se comporter ainsi ? En même temps, il éprouva un élan d'émotion chaleureuse envers l'homme étendu face contre terre, transpirant à travers sa tunique. Il arrivait parfois qu'on reçût de l'aide, une illumination, de sources tout à fait imprévues.

« Nous venons de voir confirmer cette information dérangeante par le chef de notre garde », conclut l'Empereur.

Sa voix était froide et pincée. Il était vraiment très irrité. Les gardes regardaient droit devant eux, toujours alertes en la présence du jardinier. Dejin ne pouvait identifier leur chef avec certitude, les uniformes étant tous identiques. Et même les visages le paraissaient, pour ses faibles yeux. Wenzong le préférait ainsi quant à ses gardes, pour l'harmonie.

Le chef – quel qu'il fût – avait apparemment fait écho à l'histoire relatée par le jardinier. Ce n'était pas une histoire récente. Les premières nouvelles du désastre avaient atteint Hanjin l'année précédente. Tous les serviteurs l'avaient entendue désormais.

Pas l'Empereur.

« Mon seigneur, dit Hang Dejin avec précaution, c'est la lamentable vérité, l'Armée de Pacification a souffert de terribles pertes. »

L'Empereur de Kitai abaissa sur lui un regard morose. C'était un homme de grande taille et il se tenait trois marches plus haut dans le pavillon. Sa chaise et son écritoire se trouvaient derrière lui. Le rocher-montagne qui avait détruit des champs et tué tant d'hommes (on n'en parlait pas) se dressait plus loin, illuminé par le soleil, magnifique. Une petite brise traversait les airs.

« Vous étiez au courant, Conseiller ? »

Une occasion à saisir, et il fallait observer la plus extrême prudence. Mais Hang Dejin était au palais depuis longtemps, à l'apogée de toute la réussite possible. On ne se rendait pas là et on ne survivait pas sans savoir comment agir en de tels moments.

« Je le savais, parce que j'ai pu l'apprendre par mes propres sources, Céleste Seigneur. Les rapports de l'armée sont allés au Vice-Premier Ministre. Il ne les a pas encore présentés devant le conseil ou à la cour. L'Empereur se rappellera que la responsabilité de l'Armée de Pacification incombait à l'eunuque Wu Tong et a été confiée directement à celui-ci par son avocat et patron, le ministre Kai. Ceci à la requête personnelle de Kai Zhen, à laquelle je ne me suis pas opposé. Il ne m'appartenait donc pas d'amoindrir l'honorable Kai Zhen en parlant de cette tragédie à l'Empereur avant qu'il ne… décide de le faire lui-même. »

"Décide de le faire" était une excellente touche, songea Hang Dejin. "Amoindrir" aussi.

Ce qu'il venait de dire était la stricte vérité. Simplement, ce n'était pas l'essentiel de la vérité. Bien sûr, Dejin avait su ce qui s'était passé dès que la nouvelle en était arrivée, bien sûr, il ne l'avait pas transmis à l'Empereur, mais il s'était agi d'un accord tacite partagé par tous ceux qui dirigeaient la Kitai à cette cour. Le désastre d'Erighaya pouvait tous les mettre en péril si Wenzong l'envisageait d'une certaine manière. Ils s'étaient tous rangés derrière cette guerre, pour diverses raisons. Ce cauchemar pouvait tout détruire, les réformes, leurs propres positions. Il pouvait ramener les conservateurs au pouvoir! Xi Wengao! Les frères Lu!

De telles nouvelles pouvaient avoir cet effet. Une armée expéditionnaire de vastes proportions envoyée prendre une capitale barbare mais qui n'assurait pas ses lignes d'approvisionnement... et qui *oubliait* l'équipement de siège, pour quand elle serait arrivée devant les murailles?

Qu'est-ce que cela exigeait, pour les responsables? Quelle forme d'exécution serait appropriée, même si le général de cette armée était le bien-aimé Wu Tong, celui qui avait mis au point le réseau permettant l'édification de ce jardin?

Wu Tong lui-même s'était enfui au sud en avant de son armée. Il se trouvait encore à l'ouest et se tenait loin de la cour. Toujours en vie. Continuant à expédier artefacts et arbres pour le Genyue.

Ce que Dejin avait entendu dire, informations dérangeantes, c'était que pendant la retraite dans le désert, harcelés par les barbares tout au long de leur chemin vers le sud, les soldats kitans, rendus fous par la soif, avaient commencé à tuer leurs officiers et à boire leur sang.

À la campagne, les gens se mangeaient les uns les autres et mangeaient leurs enfants pendant les périodes d'extrême famine, triste vérité d'un monde de dureté. Mais que la discipline d'une armée kitane s'écroule aussi totalement? C'était terrifiant. Cela rappelait toutes les histoires de ce que pouvaient les armées – et leurs généraux – si elles n'étaient pas fermement tenues en main et contrôlées.

Mieux valait, d'une certaine manière, un général incompétent, avide et vain de sa personne comme Wu Tong qu'un chef brillant assuré de l'amour de ses soldats. *Ses* soldats. Pas ceux de l'Empereur.

Ce choix entre deux maux, songea Hang Dejin, était devenu une part intégrale de la présente dynastie, et tous à la cour y étaient impliqués.

On gardait ces pensées pour soi. Ce qu'il dit, tandis que l'Empereur l'observait avec froideur, ce fut : « Mes plus humbles excuses, Céleste Seigneur. Que la sérénité de ce jardin dût être entachée par de telles nouvelles m'est un grand chagrin. Ferai-je ôter ce jardinier de l'impériale présence ? Il doit être puni, bien entendu.

— Le jardinier reste », déclara Wenzong. D'un ton trop abrupt. Le moment vacillait encore. « Son fils est mort. Il ne sera pas puni. Il nous a simplement dit la vérité. » Une pause. « Nous avons fait quérir Kai Zhen. »

En entendant cela – seulement le nom, sans le titre –, le Premier Ministre dut exercer toute sa maîtrise de soi pour ne pas sourire. Pour plus de sécurité, il baissa la tête, comme assagi et acquiesçant à la majesté de la volonté impériale. Après une pause savamment calculée, il murmura : « Si l'estimé Vice-Premier Ministre doit bientôt être avec nous, peut-être mon seigneur sera-t-il assez bon pour assister son serviteur dans la lecture de deux lettres que j'ai reçues aujourd'hui. La calligraphie, dans les deux cas, est exceptionnelle. »

Il tendit la seconde lettre en premier, celle dont les coups de pinceaux ne seraient pas familiers.

Il savait encore comment parler à Wenzong. Bien sûr. Il avait été le tuteur de son enfance.

L'Empereur lui prit la lettre. Y jeta un coup d'œil distrait, puis plus attentif. Après s'être assis à son bureau de marbre vert sombre, il se mit à la lire.

« C'est là une calligraphie pleine de caractère. Un homme de conviction et d'intégrité. »

Il fallait le dire rapidement, pour ne pas laisser à l'Empereur l'impression d'avoir été dupé : « C'est une femme, Gracieux Seigneur. J'ai été moi aussi fort surpris. »

L'expression de Wenzong eût été divertissante en un moment moins important. La lumière était bonne, et il était assez proche – Dejin pouvait encore voir. La bouche de l'Empereur s'ouvrit au-dessus de sa fine barbe noire, comme pour une exclamation. Puis elle se referma et il revint à la lettre de Dame Lin Shan, fille du gentilhomme de la cour Lin Kuo.

Il y eut une pause, un moment immobile. Dejin entendait la brise jouer dans les feuilles des arbres et des chants d'oiseaux d'automne, et le souffle effrayé du jardinier, toujours prostré sur le chemin, toujours en train de trembler. Hang Dejin regardait son empereur lire. Il le vit savourer les coups de pinceau, et sourire, puis sembler surpris et consterné. À ces deux expressions, l'une chassant l'autre sur l'impérial visage, il sut qu'il avait gagné. Il y avait encore des plaisirs dans l'existence, des petits et des grands.

Wenzong leva les yeux : « Sa calligraphie est à la fois ferme et gracieuse. Nous trouvons cela inattendu. »

Dejin avait su que ce serait sa première remarque. Les hommes sont ce qu'ils sont, leurs passions se trahissent.

Il hocha la tête avec respect, sans rien dire.

L'Empereur regarda de nouveau la lettre, puis Dejin : « Et la seconde ? Vous en avez mentionné deux ?

— La seconde est de Xi Wengao, mon seigneur. Il ajoute sa voix à cette supplique.

— Votre vieil ennemi vous écrit des lettres ? » Un léger sourire impérial.

« Mon vieil adversaire, Céleste Seigneur. J'ai trop de respect pour lui, comme le sait l'Empereur, pour le traiter d'ennemi.

— Il vous a banni lorsque vous étiez au pouvoir, et vous l'avez exilé à son tour.

— Chez lui, mon seigneur. Loin de la cour, où ses campagnes causaient du tort à l'empire. Mais pas…

— Pas jusque dans le sud. » L'Empereur souleva la lettre. « Pas à l'île de Lingzhou. Qu'a fait cet homme, Lin Kuo, pour mériter un tel sort ? »

Un véritable cadeau. Le monde pouvait vous offrir des occasions, et c'était presque une disgrâce de ne pas les cueillir comme des fruits.

« Si nous en croyons sa fille et Maître Xi, et je dirais
que je les crois, il a rendu visite à Xi Wengao à Yenling,
afin de lui présenter un livre qu'il avait écrit sur des jardins.

— Des jardins ? »

Cela faisait partie du cadeau, évidemment, du fruit qui
pendait du prunier en cette matinée d'automne.

« Oui, mon seigneur. Mais cela s'est trouvé arriver le jour
où Lu Chen est passé à Yenling dire adieu à son mentor
avant de se rendre à Lingzhou pour son propre exil. C'était
il y a bien des années. L'ordre d'exiler Lin Kuo vient d'être
émis, toutefois.

— Lu Chen. Un autre de vos ennemis.

— Un autre homme dont j'ai considéré les opinions mal
avisées et dangereuses. Mon seigneur, j'ai de sa poésie dans
ma chambre. »

L'Empereur hocha la tête. « Et ce Lin Kuo a maintenant
l'ordre de se rendre à Lingzhou ? Pour avoir rendu visite à
Xi Wengao ?

— Il y a des années de cela. Au mauvais moment. L'Empereur a lu la lettre. Il menait sa jeune fille voir les pivoines.
Et apportait son livre sur les jardins en présent à Maître Xi.

— Ah oui. Nous nous en souvenons, à présent. Nous
connaissons cet ouvrage », dit l'Empereur de Kitai.

Une autre prune qui tombe dans la main.

« Je l'ignorais, Céleste Seigneur. » C'était la vérité.

« Il nous l'a fait offrir après complétion. Nous l'avons
feuilleté. Une conception agréable, une belle reliure. Dépourvu d'intuition quant à la nature spirituelle des jardins, mais
un charmant cadeau. Il mentionnait le jardin de Xi Wengao,
je crois.

— C'est ce que j'ai compris, mon seigneur.

— Et il est allé le lui offrir ?

— Peut-être aussi lui présenter sa fille. »

À ce rappel, Wenzong examina de nouveau la lettre.
« Extraordinaire. » Il releva les yeux. « Bien entendu, il n'est
pas *convenable* pour une femme d'écrire ainsi.

— Non, mon seigneur. Bien sûr que non. C'est, comme
vous le dites si bien, extraordinaire. Je crois que le père l'a

éduquée, puis lui a donné des tuteurs. » La lettre de Xi Wengao le mentionnait.

« Vraiment ? Cela fait-il de lui un homme subversif ? »

Une remarque inattendue. On doit toujours être sur ses gardes. Il y a tant de dangers ici.

« Peut-être, mon seigneur. Je crois plutôt que cela fait de lui un père attentionné.

— Il aurait dû voir à la marier, alors.

— Elle est mariée, mon seigneur. À Qi Wai, du clan impérial. Au sixième degré. C'est ce que dit Xi Wengao. »

Un coup d'œil vif. Les empereurs sont attentifs, quand on mentionne le clan impérial. « Une union honorable.

— Bien sûr, mon seigneur. »

Une autre pause. On entendait encore le souffle oppressé du jardinier. Dejin avait en partie envie de le voir disparaître, mais l'homme serait encore utile, bientôt, il le savait.

« Nous trouvons cette requête filiale persuasive, et d'un pinceau évocateur, déclara l'Empereur.

— Oui, Céleste Seigneur.

— Pourquoi notre conseiller enverrait-il un homme simple comme celui-là dans l'île de Lingzhou ? »

C'était comme mordre dans une prune à la peau ferme et bien tendue, tant le goût en était net et doux.

« Je n'ai encore, hélas, aucune réponse à cela, pour ma plus grande honte. Je ne savais rien de tout ceci jusqu'à ces deux lettres, ce matin. J'ai permis au ministre Kai de prendre les commandes en ce qui concerne l'administration des membres restants de la faction conservatrice. Il a adressé une pétition pour obtenir cette responsabilité et j'ai été trop bon pour la lui refuser. J'ai peut-être été dans l'erreur, je le confesse.

— Mais Lingzhou ? Pour avoir visité quelqu'un dont il avait décrit le jardin dans un livre ? On nous dit... Nous comprenons que c'est un endroit très dur, cette île de Lingzhou.

— C'est aussi ce que je comprends, mon seigneur. »

Tout en prononçant ces paroles, Dejin eut une idée soudaine. Et une autre, plus profonde, dans son sillage. Avant d'être trop prudent et de se taire, il énonça sa première pensée : « Ce pourrait être vu comme un acte de la célèbre compassion impériale, si le poète Lu Chen avait maintenant la permission de quitter l'île, Auguste Seigneur. Il s'y trouve depuis un moment. »

Wenzong le regarda : « C'est là qu'il est ? Lu Chen ? »

Il était entièrement possible que l'Empereur l'eût oublié.

« En effet, Céleste Seigneur.

— C'était le chef de cette faction. Avec Xi Wengao. Vous l'y avez exilé vous-même, n'est-ce pas ?

— La première fois, en effet, répondit promptement Dejin. Au sud du Grand Fleuve. Mais quand ses poèmes politiques ont continué d'être écrits et de circuler, on l'a exilé plus loin. C'est… un homme difficile.

— Les poètes le sont parfois », dit l'Empereur d'un ton pensif. Il était satisfait de sa propre observation, Dejin pouvait l'entendre.

« Je n'ai pas donné l'ordre de l'envoyer à Lingzhou, mon seigneur. De l'autre côté des montagnes, c'est ce que j'avais suggéré. L'envoyer dans l'île a été la décision du conseiller Kai. Il a également ordonné que ses écrits soient rassemblés et détruits.

— Et pourtant vous en avez dans votre chambre. » L'Empereur souriait.

Une pause dosée avec soin. Un sourire penaud. « En effet, mon seigneur.

— Nous aussi. Peut-être », remarquait l'Empereur de Kitai avec un plus large sourire. « Devrions-nous être nous-même exilé ? »

L'un des gardes impériaux se souviendrait de ces paroles, plus tard.

« Nous nous rappelons ses vers, ajouta Wenzong. *La cour de l'Empereur est pleine de sages, pourquoi donc tout va-t-il plus mal ? / J'aurais mieux fait de périr, promise au dieu du fleuve.* Vous connaissez ce poème ?

— Oui, Révéré Seigneur. » Bien sûr qu'il le connaissait. Ç'avait été une attaque dirigée contre lui.

« C'était pendant un débordement du Grand Fleuve, n'est-ce pas ?

— En effet.

— Nous avons envoyé des secours, n'est-ce pas ?

— Vous en avez envoyé, mon seigneur. Très généreusement. »

L'Empereur hocha la tête.

Ils entendirent un bruit. Dejin trouvait intéressante la manière dont son ouïe semblait s'être améliorée à mesure que sa vision faiblissait. Il se retourna. La silhouette de Kai Zhen se dessinait sur le chemin ; il s'approchait, à pied, venant de la porte du palais. Dejin put le voir hésiter en constatant sa présence et la figure prostrée de quelqu'un devant l'Empereur.

La plus brève des hésitations, cependant, à peine un ralentissement dans l'allure, on aurait pu la manquer si l'on n'y avait prêté attention. Le Vice-Premier Ministre était aussi lisse, aussi poli que le jade vert travaillé par les meilleurs artisans de la Kitai, maîtres de leur art, dans une tradition vieille de mille ans.

Ensuite, alors qu'il retournait au palais dans sa chaise à porteurs, le Premier Ministre Hang méditerait attentivement sur ce qui venait de se passer. Revenu dans son bureau, entouré de papiers et de rouleaux, avec de nombreuses lampes allumées pour lui rendre la vision plus aisée, il discuterait avec son fils et prendrait des arrangements pour la protection d'une certaine personne – et pour qu'on trouve et exécute le jardinier. L'homme en avait trop entendu, prostré sur le sol pendant tous les échanges avant et après l'arrivée de Kai Zhen au pavillon. Il devait être sans éducation, mais il n'était pas muet, et les temps étaient dangereux.

Quelques jours plus tard, il apprendrait que cet homme n'avait pas été retrouvé. Ce n'était de toute évidence pas un imbécile. Il s'était avéré très difficile de même établir son identité. Aucun d'eux, dans la matinée, n'avait demandé son nom, évidemment, et il y avait, on en informa le Premier Ministre Hang, quatre mille six cents hommes employés dans le jardin de l'Empereur.

On finirait par découvrir son identité grâce aux registres du superviseur du Genyue – un homme du nord. Les gardes envoyés à sa demeure la trouveraient vide, avec tous les signes d'un départ précipité. Le jardinier était parti, sa femme et sa fille aussi. Aucun de ses voisins ne savait où. Ce n'avait pas été un homme loquace. Les gens du nord ont tendance à ne point l'être.

Il y avait un fils adulte qui vivait hors les murs. On l'interrogea. Il ignorait où ses parents et sa jeune sœur étaient allés, ou du moins le maintiendrait-il jusqu'à ce qu'il meure sous la question.

C'était décevant.

Occuper un poste haut placé pendant tant d'années signifiait qu'on avait commis et continuerait à commettre des actes parfois déplaisants. Des actes en désaccord avec les idéaux de la philosophie. Il était nécessaire, à de tels moments, de se rappeler que son devoir était envers l'empire, et que la faiblesse au pouvoir pouvait miner la paix et l'ordre.

Si difficile cela fût-il à un homme vertueux d'ordonner la mort de quelqu'un simplement pour avoir entendu une conversation, il était encore plus désagréable de découvrir que l'ordre, une fois donné, n'avait pas été exécuté.

Il songerait aussi aux gardes impériaux qui s'étaient tenus là dans la matinée. C'étaient des favoris en qui l'Empereur avait confiance, toujours en sa compagnie, non des hommes dont on pouvait ordonner l'exécution. Pas sans conséquence. Il les avait fait promouvoir, à la place.

On faisait son possible.

CHAPITRE 5

« Vice-Premier Ministre Kai », déclara l'Empereur de Kitai en son jardin, ce matin-là, « Nous sommes mécontent. »

Kai Zhen, qui se tenait en contrebas sur le chemin bien balayé, inclina la tête d'un air chagrin. « Mon seigneur, je vis pour corriger tout ce qui a pu le causer, toute erreur commise par vos serviteurs. Dites-moi seulement de quoi il s'agit ! »

L'expression de Wenzong demeura froide : « Nous pensons que ce sont les erreurs du Vice-Premier Ministre qui ont troublé notre matinée. »

Même avec sa mauvaise vue, Dejin avait pu voir Zhen lancer un bref regard dans sa direction, puis revenir à l'Empereur. Danse un peu, avait-il songé. Une malice indigne de lui, peut-être, mais il en avait des raisons.

Il regarda Kai Zhen s'agenouiller. Il lui envia sa facilité de mouvement. La barbe et la chevelure du Vice-Premier Ministre étaient encore noires, son dos bien droit. Ses yeux, sans aucun doute, avaient une vision perçante.

Avec impatience, Wenzong lui fit signe de se relever. Zhen observa une pause calculée puis il se dressa, la tête toujours baissée, les mains dissimulées avec soumission dans ses manches. Dejin se demanda si elles tremblaient. C'était possible.

En contemplant le sentier de gravier bien lissé et le jardinier toujours prostré là, Zhen déclara : « Nos destinées sont entre les mains de l'Empereur, toujours. Ce m'est un chagrin si j'ai erré à votre service.

— L'excès, dit l'Empereur Wenzong, peut être une erreur aussi bien que la négligence. »

Hang Dejin battit des paupières. C'était une phrase élégante. Wenzong pouvait encore surprendre. Même s'il valait mieux ne pas s'attarder sur le fait que l'Empereur lui-même négligeait ses devoirs. Pour commencer, cette habitude avait permis à Dejin de contrôler et de modeler la Kitai pendant toutes ces nombreuses années.

Kai Zhen, aussi lisse que de la soie, murmura : « Mon zèle à votre service peut en effet me conduire à une excessive dévotion. Je l'admettrai. »

Mais Wenzong était d'une humeur sombre et tranchante. Il secoua la tête devant cette élégante dérobade. « Pourquoi le gentilhomme de la cour Lin Kuo est-il exilé à l'île de Lingzhou ? »

Dejin put presque sentir le soulagement de Zhen. Ce dernier savait à présent à quoi il avait affaire. Un sujet mineur, aisément réglé.

« L'Empereur est si généreux ! Offrir un conseil impérial sur des affaires mineures de l'État ! Ses serviteurs en sont remplis d'humilité ! » Il avait une voix chaude ; c'était un homme séduisant. Nul n'en aurait dit autant de Hang Dejin, même dans sa jeunesse.

« Nous avons vu des pétitions pour sa défense. Nous aimerions savoir pourquoi notre bienveillance bien connue a été compromise en cette affaire. »

Voilà qui mettait les choses dans une lumière différente. On pouvait voir Zhen assimiler ce changement. Il s'éclaircit la voix. « Céleste Seigneur, la tâche de vos serviteurs consiste assurément à vous défendre ainsi que l'empire. Alors que les dangers croissent autour de nous et...

— Quel danger représentait le gentilhomme de la cour Lin Kuo, Vice-Premier Ministre Kai ? »

Une autre interruption. L'Empereur était d'une humeur dangereuse.

Une réelle hésitation, pour la première fois, alors que Zhen en prenait compte à nouveau. « Je... Il était allié aux conservateurs, évidemment, mon seigneur. Cette faction malfaisante résolue à détruire toute paix !

— Il a écrit un ouvrage sur les jardins de Yenling. Il nous l'a envoyé l'an dernier. Nous l'avons lu et approuvé. »

À ce stade, songea Hang Dejin dans un silence satisfait, en maîtrisant parfaitement son expression, le Vice-Premier Ministre Kai croirait comprendre qu'il saisissait la gravité du moment.

« Mon seigneur, il a rendu visite à l'exilé Xi Wengao.

— Il y a des années ! Nombre de gens lui rendent visite. Il lui a offert une copie de son livre. Le jardin de Maître Xi y est décrit. Nous posons de nouveau la question, qu'a donc fait Lin Kuo ? Vraiment. *À l'île de Lingzhou !*

— Le... le poète banni se trouvait là le même jour ! Ils ont rencontré Lu Chen en route vers l'exil. C'était... c'était évidemment pour un complot ! »

Il était temps de prendre la parole. « Xi Wengao, dont nous ne contesterons pas l'honneur, a écrit pour dire que le gentilhomme de la cour n'avait aucunement idée que Lu Chen serait présent. Il écrit qu'il se désolait pour son ami et avait demandé à Lin Kuo de rester avec lui ce jour-là pour alléger son humeur. Lin Kuo avait amené sa jeune fille, maintenant mariée dans le clan impérial. Elle écrit la même chose. Quel complot avez-vous découvert qui a été élaboré ce jour-là ? »

Il n'y avait rien d'aussi évident que de la haine dans le regard que Zhen adressa à Dejin, mais ç'aurait pu être glaçant – si l'on n'avait été son supérieur, et habitué à de tels regards, depuis le temps. Et on n'avait pas encore atteint le moment crucial de cette matinée. Lui le savait. Pas Zhen.

« Xi Wengao a toute sa vie été loyal envers ses amis et ses partisans, dit Kai Zhen.

— Un trait, répliqua l'Empereur, que nous admirons. » Il fit une pause. « Nous choisissons de vous instruire en cette affaire. L'exil de Lin Kuo sera annulé et on lui en enverra note à l'instant. Il sera élevé de deux rangs dans la fonction publique, comme compensation, et se verra accorder les ajustements convenables de salaire et de logement. Sa fille et l'époux de celle-ci viendront nous rendre visite dans notre jardin. Nous désirons rencontrer cette femme. Sa calligraphie est exceptionnelle. À partir d'aujourd'hui, tous les noms proposés et les châtiments décrétés pour ce qui reste de la faction conservatrice seront passés en revue par le Premier Ministre. Nous sommes mécontent, Vice-conseiller. »

Naturellement, Kai Zhen s'agenouilla derechef. Assez près du jardinier, de fait. Il pressa son front dans le gravier du chemin.

« Ma vie vous appartient, Céleste Seigneur ! s'écria-t-il.

— Nous le savons. »

Wenzong pouvait être impressionnant, songea Dejin, quand il était amené à s'impliquer dans son pouvoir. Ce qui arrivait rarement. On pouvait parfois le regretter.

« Restez où vous êtes, et dites-nous où se trouve le général Wu Tong, le commandant que vous avez choisi dans le nord-ouest. Expliquez pourquoi il n'a pas été escorté à la cour pour nous apprendre ce qui est arrivé dans la guerre avec les Kislik. Nous avons appris ce matin, d'un *jardinier*, ce que tout Hanjin semble savoir ! »

Il ne prenait pas la peine (c'était l'Empereur) de dissimuler son irritation.

Et c'était là la véritable et mortelle menace de la matinée, Kai Zhen devait maintenant le comprendre, songea Dejin. Son cœur devait battre follement dans sa poitrine, il devait être en sueur, ses entrailles devaient tressaillir de terreur.

Il était sûrement conscient du fait qu'il pouvait perdre tout pouvoir, perdre son rang et peut-être même périr en ce jour. Ou être exilé à l'île de Lingzhou.

Sur l'île, le même jour, bien loin dans le sud, par-delà les pics et les fleuves, les rizières, les marais et les jungles, de l'autre côté d'un détroit aux vagues écumeuses hérissées par le vent, à peine même dans le territoire de la Kitai, on offrait de nouveau des prières reconnaissantes après la fin des pluies d'été.

Elles étaient arrivées à Lingzhou avec le vent d'ouest au cours du troisième mois et avaient duré jusqu'à l'automne. C'étaient en général le déluge, l'humidité et la chaleur humide, tout comme les maladies qu'ils apportaient, qui étaient mortels, surtout pour les gens venus du nord. Ceux qui étaient nés au sud de la chaîne côtière, et les natifs de

Lingzhou même, pouvaient s'arranger des maladies et de l'affaiblissement qui accompagnaient un été ruisselant, en un lieu que beaucoup considéraient comme adjacent à l'autre monde.

Il y avait des serpents géants. Ce n'était pas une légende. Ils traversaient en rampant les allées boueuses des villages et s'étiraient le long des branches dégoulinantes de la forêt aux sombres feuillages. Il y avait des araignées venimeuses, de nombreuses variétés, certaines si petites qu'on les voyait à peine alors qu'elles vous tuaient. On ne mettait jamais, jamais des bottes ou des chaussures sans les secouer, prêt à s'écarter d'un bond.

Il y avait des tigres, uniques au sud. Leur rugissement emplissait parfois les lourdes nuits de l'île sous leurs nuages d'étoiles. Un son qui paralysait, disait-on, lorsqu'on l'entendait de trop près. Ils tuaient beaucoup de gens chaque année. Être attentif ne suffisait pas quand le dieu tigre avait prononcé votre nom.

Il y avait des fantômes, mais des fantômes, il y en avait partout.

Des fleurs merveilleuses poussaient en énormes boutons aux couleurs éclatantes, aux parfums capiteux. Mais il était dangereux d'aller se promener dehors pour les voir dans des prairies ou à la lisière de la forêt et, pendant le déluge estival, c'était impossible.

Même à l'intérieur, au pire de la pluie et du vent, l'existence devenait précaire. Les lanternes se balançaient follement et s'éteignaient. Les bougies des autels pouvaient se renverser. Des incendies s'allumaient dans des huttes tandis que la pluie s'abattait dehors et que le tonnerre grondait la colère des dieux. On pouvait se retrouver assis dans la soudaine obscurité de midi, alors qu'on élaborait des poèmes dans sa tête ou les énonçait à voix haute, en haussant le ton afin de dominer le tambour fracassant de la pluie, pour le fils loyal qui était venu au bout du monde vous tenir compagnie.

Lorsque le calme revenait et qu'il devenait possible d'écrire, Lu Chen prenait pinceau et papier, écrasait son encre et s'occupait à des descriptions, dans des poèmes ou des lettres pour le nord.

Il manifestait dans sa correspondance une bonne humeur résolue, pleine de défi. Il ignorait totalement si ces lettres atteindraient leurs destinataires (principalement son frère Chao et aussi sa femme, qui vivaient tous deux dans la ferme, au sud du Grand Fleuve), mais il n'avait pas grand-chose à faire dans l'île, sinon écrire, et ç'avait toujours été l'essence même de son être.

De la poésie, des essais, des lettres, des notes de service pour la cour. Une habitude ancrée dans l'esprit. Il possédait quelques livres, endommagés par l'humidité après plusieurs années. Il avait mémorisé presque tous les classiques du Cho, cependant, et des poèmes en nombre considérable. Il avait écrit autrefois, longtemps auparavant, qu'il pensait sincèrement pouvoir être content n'importe où. Cette croyance était sévèrement mise à l'épreuve. Avec sa capacité à rire ou à amener autrui à rire.

Le papier était difficile à trouver. Un temple logeant six moines de la Voie s'élevait à la lisière du village ; le plus vieux admirait Lu Chen et connaissait sa poésie. Chen se rendait souvent au temple, attentif à l'endroit où il posait le pied sur le chemin boueux qui longeait la forêt. Ils buvaient le vin de l'île, râpeux et jaunâtre, et ils discutaient. Il aimait parler à des hommes intelligents. Il aimait parler à n'importe qui.

De temps en temps, l'un des moines se rendait sur le continent – une traversée dangereuse pendant la saison des pluies –, pour aller chercher des nouvelles et du ravitaillement, et il s'arrangeait pour lui trouver du papier ; jusqu'à présent, les administrateurs qui s'y trouvaient (le nouveau était très jeune et très mécontent, ce qui n'était pas surprenant) n'avaient pas mis fin à ces courses, même si, bien entendu, ils étaient au courant.

Ils n'avaient aucune instruction là-dessus, à ce stade. C'était encore à envisager. La haine entre les factions pouvait aller jusque-là. Il se trouvait dans l'île, n'est-ce pas ? Il était une preuve de cette haine. Il pensait en réalité, mais sans jamais le dire, que c'était peut-être une femme qui avait voulu le faire envoyer là afin qu'il y meure. Aucun moyen d'en être certain, mais c'était présent à son esprit. Dès le début, il avait décidé qu'il serait contrariant quant à sa mort.

Les moines emportaient aussi ses lettres de l'autre côté du détroit et les confiaient à d'autres qui traversaient la barrière montagneuse par de minces et croulants passages jetés au-dessus d'abîmes, dans les hurlements des gibbons. C'était ainsi que les lettres retournaient dans le monde depuis ces lointains.

En remerciement de leurs bontés, il avait inscrit un poème sur les murs de leur temple.

Lu Chen était si connu que, lorsque la nouvelle en atteignit le continent, des gens viendraient, même à Lingzhou, pour y voir la calligraphie de Lu Chen. On ferait des offrandes au temple. On resterait un jour ou deux, en payant. C'était ainsi que les choses tendaient à se dérouler. Il avait déjà écrit des poèmes sur des murs. Sa présence ici pourrait profiter à certains.

Les coups de pinceaux du poème, écrit au printemps précédent, disparaissaient déjà dans l'humidité cependant. Ils n'avaient pas survécu à une seule pluie d'été. Une leçon à y voir, sans doute, quant aux aspirations humaines à créer quelque chose de durable. Il essayait d'en être amusé. Il était capable, d'habitude, de trouver du divertissement dans le monde.

Sur le mur, il avait écrit sur l'énergie humaine, la résilience, l'amitié, des fleurs rouges et jaunes à la lisière de la forêt, et sur les fantômes.

Un fantôme s'attardait dans sa cabane. Une femme.

Il l'avait vue deux fois sur le toit, il en était certain : une fois au lever du soleil, alors qu'il sortait, une fois à son retour, au crépuscule. Elle ne semblait pas malveillante. Ce n'était pas un de ses fantômes à lui, il en était sûr, qui les aurait suivis dans l'île. Elle appartenait au village, à l'île, à cette cabane. Nul n'en savait rien lorsqu'il avait posé la question. On ne lui avait donné aucun nom.

Il avait vu ses cheveux dénoués. Ils couvraient son visage. Une tournure souvent utilisée en poésie parlait des cheveux d'une courtisane, tel un nuage. Ceux de ce fantôme semblaient plutôt de la fumée.

Il avait ajouté une bougie pour elle sur leur autel. Ils avaient dit les prières, avec des offrandes, en souhaitant le repos à son âme inquiète. Elle n'avait pas été ensevelie, vraisemblablement. Cela pouvait arriver à un individu comme à des milliers d'hommes sur un champ de bataille.

Il se faisait du souci pour son fils. Au début de l'été passé, Lu Mah s'était mis à tousser le soir, quand il se couchait, et pendant toute la nuit. La toux s'était apparemment calmée avec la saison sèche, mais Lu Chen sentait bien que ce pouvait être son espoir de père, et non la vérité.

Il était tôt dans la matinée, ce jour-là, il ne pleuvait pas et la chaleur n'était pas encore montée. Bientôt temps de se lever. Ils effectuaient des exercices tous les matins, Mah et lui, chaque fois que c'était possible – au grand amusement des villageois, qui se rassemblaient souvent pour les observer. Avec des élans et des virevoltes, ils brandissaient des bâtons et simulaient des combats devant la cabane, en tenant parfois les bâtons comme des épées. « Je peux encore être un bandit ! s'écriait-il (il l'avait écrit à son frère, en ironisant à ses propres dépens), je ranimerai la mémoire du jeune Sima Zian ! »

Son fils riait. C'était bon à entendre.

Intéressant, le nombre de fois où l'on se référait spécifiquement à la Neuvième Dynastie. Comme s'ils avaient tous été marqués (amoindris ?) par les accomplissements glorieux de ce passé datant de quatre cents ans, par la rébellion et par la chute.

Sima Zian, l'un des maîtres poètes du temps, avait vécu essentiellement avant la rébellion. "Un gouffre dans le monde", ainsi un autre poète avait-il décrit la guerre civile subséquente. Le monde, songeait Lu Chen exilé dans l'île de Lingzhou, vous présentait constamment des gouffres – ou des pics déchiquetés.

Il essayait de décider comment persuader Mah de repartir. Lui seul était exilé. La disgrâce d'un père pouvait détruire la vie de ses enfants, mais un tel sort était surmontable, il y avait des précédents, avec le passage du temps et les transformations de la cour. Le problème, c'était que le garçon ne voudrait pas partir, il en était sûr. Et d'abord, ce n'était plus un enfant. Lu Mah était d'âge à passer les examens de *jinshi* (il n'y serait pas autorisé, vu les circonstances) et certainement à prendre ses propres décisions. Il ne défierait jamais un ordre direct de son père, mais Chen n'était pas prêt à lui briser le cœur en lui ordonnant de s'en aller.

Il se rappelait encore son voyage jusqu'à la capitale avec son propre père (mort depuis longtemps et bien regretté) et son frère. Il avait eu vingt-trois ans. Trois mois de voyage jusqu'à Hanjin, pour se préparer à passer ces examens. Il était arrivé premier, cette année-là. Chao, de deux ans son cadet, s'était classé troisième. De tels résultats vous lançaient dans la vie telle une flèche – et parfois on atterrissait en des lieux étranges. Les flèches peuvent s'égarer.

Il venait un temps, songeait-il, étendu sur sa couche, où les années vécues, les souvenirs, s'étiraient bien plus loin derrière vous que les années possibles à imaginer dans l'avenir.

Il resta encore un moment couché, à penser à son épouse défunte et à celle qui vivait encore, et aux femmes qu'il avait aimées. Il y avait une jeune fille, ici, qui s'occupait de leur cabane. Elle ne partageait pas sa couche. Celle de son fils, oui, pendant ses visites aux moines dans leur temple. C'était mieux ainsi. Ses pensées dérivèrent à une autre jeune fille, celle qui s'était trouvée dans la demeure de Wengao, à Yenling. Sa dernière visite à Wengao.

Devant la porte de sa chambre, elle s'était offerte à lui, une nuit de printemps, pendant le Festival de la Pivoine. La lumière se déversait dans le couloir. Il avait jeté un regard derrière lui (un souvenir si net !) pour contempler à quel point elle était *jeune*. Et il avait compris ce qu'elle faisait. Une illumination, comme une lampe. Il s'était incliné en secouant la tête : « Ma gratitude éternelle, mais je ne puis accepter un tel don. »

Elle devait être mariée maintenant, depuis des années. Peut-être pourvue d'enfants. Elle lui avait offert son innocence, cette nuit-là, dans sa tristesse, pour lui donner de la force dans son terrible voyage et une fois arrivé à Lingzhou.

Elle avait été remarquablement intelligente, il s'en souvenait, pour une personne aussi jeune. Bien au-delà du fait que ç'avait été une femme, une jeune fille. Il avait déjà rencontré des femmes intelligentes après tout.

Un bien trop grand présent, ce qu'elle avait offert. Il avait plus de facilité à donner qu'à recevoir. Il ne suivait pas non plus les enseignements de la Voie Obscure en ce qui concernait l'art de l'amour ; l'Empereur, oui, c'était de notoriété publique. On ne passait pas une nuit avec une femme, avait-il toujours pensé, pour l'éventuelle énergie mystique qu'on pouvait en obtenir.

On le faisait pour les plaisirs qu'on pouvait partager.

Il n'était pas très fort pour suivre les doctrines. Il l'admettrait volontiers. Il l'avait dit aux moines, lors de sa première visite, lorsqu'ils avaient fait sonner leur grosse cloche pour la prière. Il avait offert ses prières avec eux, sincèrement mais à sa propre manière. Ses doctrines à lui, c'étaient la compassion, les caractères tracés par le pinceau, la peinture, la conversation, les amitiés qui duraient, la famille. Le rire. La musique. Le service de l'empire. Le vin. La beauté des femmes et des fleuves sous les étoiles. Même si l'on s'imaginait être à la Falaise Rouge de la légende et qu'on se trompait.

On devait être capable aussi de se moquer de soi.

En regardant la lumière poindre à l'est, il sourit. C'était un bon souvenir, ce couloir dans la demeure de Xi Wengao, tous ces printemps passés. Elle avait été généreuse, et lui vertueux. On pouvait s'attacher à ces moments et les contempler dans le jour, au matin.

Il était temps de se lever, avant que la chaleur devînt accablante. Il revêtit sa tunique de chanvre, usée à la corde, trop grande pour lui avec le poids qu'il avait perdu. Il mit son chapeau, comme toujours, après avoir relevé et épinglé ses cheveux qui s'éclaircissait. Il ne regardait plus dans les miroirs. Après avoir allumé les bougies, il versa trois libations de vin, pria pour l'âme de ses parents et celle de son épouse devant le petit autel qu'ils avaient édifié ici, au bout du monde. Il pria aussi pour la femme fantôme. Que s'adoucisse et passe ce qui lui avait refusé le dernier repos, dans le pardon ou l'oubli.

Mah s'était levé plus tôt, comme de coutume. Il avait fait cuire du riz et des châtaignes sur le feu de la pièce d'en avant, et il avait réchauffé du vin jaune pour son père.

« Je crois que nous verrons le soleil aujourd'hui, déclara Lu Chen. Je propose que nous rassemblions notre sauvage compagnie de bandits et nous emparions de la forteresse du malfaisant seigneur de ce district.

— Nous l'avons fait hier », dit son fils en lui rendant son sourire.

Les concubines de Kai Zhen se lamentaient dans le quartier des femmes tels des fantômes sans sépulture. Le Vice-Premier Ministre de la Kitai – jusqu'à ce matin-là – pouvait les entendre à travers la cour. Leurs voix se mêlaient et se heurtaient de manière fort peu mélodieuse. Il possédait une très vaste demeure (il en possédait plusieurs), mais leurs lamentations étaient vraiment très bruyantes.

Il avait envie de se lamenter aussi, à vrai dire. Ou de tuer quelqu'un. Il marchait de long en large dans sa principale salle de réception, de la fenêtre au mur à la fenêtre, sans cesse, trop agité pour s'asseoir, manger, prendre du vin, composer des lettres. Quelles lettres pourrait-il bien écrire ?

Son univers venait de disparaître. Avait explosé comme l'un de ces nouveaux engins qui lançaient des flèches enflammées par-dessus les murailles des villes assiégées.

Wu Tong, son protégé, son allié dans le Réseau des Fleurs et des Pierres et au cours de leur ascension commune vers le pouvoir, n'avait pas emporté des armes de siège dans son assaut contre la capitale des Kislik.

Parfois la vérité, bien connue et vérifiée, restait impossible à écrire.

L'eunuque et ses commandants avaient-ils été rendus fous par les vents du désert ? tourmentés jusqu'à la folie par quelque esprit malin désireux de les détruire ? et de détruire Kai Zhen plus encore ?

Comment oubliait-on *des armes de siège* quand on s'en allait assiéger une ville ?

L'affaire de ce matin, ce gentilhomme de la cour, l'auteur de cet insignifiant ouvrage sur des jardins, dont il pouvait à peine se rappeler le nom, c'était trivial, ce n'était rien ! Ou ç'aurait dû l'être. Quelle possibilité y avait-il qu'un empereur obsédé par le placement idéal d'un nouveau rocher du

Szechen, ou l'alignement d'une rangée d'arbres pagodes, prît le temps de lire une lettre ou se souciât de l'exil d'un être insignifiant ?

Et même dans ce cas, même si le maudit aveugle lui rapportait l'affaire pour ses propres sombres raisons, il aurait dû suffire de se prosterner, d'exprimer une contrition sans fond et d'annuler l'ordre d'exil en expliquant le tout comme une question de zèle au service de l'Empereur. Il ne parvenait même pas à se rappeler ce qui l'avait irrité le jour où il avait ordonné l'île de Lingzhou pour une non-entité. Il pouvait à peine se rappeler l'avoir fait.

Comment un tel homme pouvait-il avoir une quelconque importance dans le déroulement du monde ? Il n'en avait pas. Justement ! Même avec une lettre apparemment bien écrite par la fille contre nature de cet homme – dont l'existence était une tache sur la conduite bienséante pour une femme –, Wenzong n'aurait pas dû aller plus loin qu'un haussement de l'impérial sourcil, sous son bonnet, en suggérant de rendre l'exil moins pénible.

Si ce n'avait été de l'armée, de la désastreuse retraite d'Erighaya à travers le désert, de l'absence des engins de siège, de la mort de soixante-dix mille hommes...

Des officiers dévorés, de leur sang bu pendant la marche vers le sud.

Et même alors, si ce n'avait été d'un *jardinier* anonyme, inconnu, impossible même à imaginer (Kai Zhen était si outragé qu'il s'en étouffait presque), versant des larmes au voisinage de l'Empereur...

Comment avait-il même *osé* ? C'était d'une injustice qui défiait l'expression ! Kai Zhen avait été proche, si brillamment proche, d'avoir tout ce qu'il voulait, tout ce qu'il désirait, tout ce qu'il avait jamais aspiré à posséder.

Et presque tout ce que voulait son épouse, aussi. Mais elle en voulait toujours davantage. C'était ancré dans son être, ce manque. Ils n'en parlaient jamais de vive voix, mais elle songeait souvent à la coiffe d'une impératrice, il le savait.

Cette pensée lui fit jeter un rapide regard par-dessus son épaule. Il avait désormais l'intuition de sa présence dans une pièce, même si elle se déplaçait absolument sans bruit, nul glissement de robes sur le sol ni claquement de sandale, aucun souffle, aucun tintement des clés ou cliquetis d'éventail à sa taille.

Son épouse était une créature silencieuse lorsqu'elle se mouvait, et terrifiante.

Ils étaient seuls dans la salle. Celle-ci était richement décorée. Des bronzes de la Cinquième Dynastie, de la porcelaine, du corail de la mer du sud, des sièges en bois de santal, des lambris à incrustations d'ivoire, une écritoire en bois de rose, et, accrochés aux murs, des poèmes calligraphiés de sa propre main exceptionnelle. Kai Zhen avait bon goût et un œil avisé. C'était aussi un homme extrêmement riche, sa fortune ayant crû rapidement après qu'il eut, avec Wu Tong, conçu les Fleurs et les Pierres. Ils s'étaient rencontrés dans cette idée et s'étaient élevés ensemble avec elle, comme des profondeurs d'un lac, vers de transcendants sommets.

Kai Zhen était venu à Hanjin et à la cour de la même manière que ses splendides rochers ou ses arbres magnifiques. Il était plus proche de l'Empereur que le Premier Ministre, désormais, l'était depuis deux années selon son estimé. Il effectuait cette évaluation de manière fréquente. Il n'y avait fallu que de la patience, tandis que la vue du vieil homme lui manquait de plus en plus, et encore, et davantage, et que croissait sa lassitude sous le poids de son office.

Tout allait tomber entre les mains de Kai Zhen.

Il regarda son épouse de l'autre côté de la salle. Son cœur trembla devant la fureur d'agate noire qu'il pouvait lire dans les yeux de Yu-lan. Elle possédait une immense capacité de rage. Il avait l'impression que ses yeux mêmes étaient immenses. On aurait dit qu'ils pouvaient avaler la salle, et lui-même, attirer tout dans le noir oubli de leurs profondeurs.

Les concubines pouvaient gémir et se lamenter. Elles étaient encore dans le quartier des femmes, aussi stridentes que des gibbons. Mais sa mince femme, lovée sur elle-même, accumulerait son poison tel un serpent, dans une fureur mortelle, et elle frapperait.

Elle l'avait toujours effrayé. Depuis le matin où ils s'étaient rencontrés pour la première fois et avaient été officiellement fiancés. Puis au cours de leur nuit de noces, qu'il se rappellerait jusqu'à sa mort. Les actes qu'elle avait posés, de manière choquante, les mots qu'elle avait prononcés. Depuis cette nuit-là, Yu-lan excitait en lui le désir le plus intense qu'il eût jamais connu, alors même qu'il la craignait. Peut-être parce qu'il la craignait.

Bien triste pour un homme si sa passion était encore plus intense, même à présent, pour son épouse de bien des années que pour les jeunes et succulentes concubines ou courtisanes anxieuses et pressées de lui plaire de toutes les manières imaginables.

Elle prit une inspiration, son épouse. Il l'observait. Elle portait de la soie *liao*, rouge sombre, ceinturée de maillons d'or, qui enserrait sa silhouette de près, comme il sied aux femmes bien élevées, et montait jusqu'à la gorge. À ses pieds, des chaussons dorés. Elle se tenait dans une totale immobilité.

Les serpents se tiennent ainsi, songea Kai Zhen en la contemplant. Certains serpents du nord émettaient un son cliquetant, comme les dés dans le cornet du joueur, avant de frapper.

« Pourquoi le Premier Ministre n'est-il pas mort ? » demanda-t-elle.

Sa voix lui faisait parfois penser à l'hiver. La glace, le vent, les ossements dans la neige.

Il vit, après coup, que les mains de Yu-lan tremblaient. Cela ne lui ressemblait pas, indiquait à quel point elle était perdue dans sa rage. Pas dans sa peur. Elle n'avait pas peur, sa femme. Elle haïrait et désirerait sans fin, elle serait emplie d'une furie qu'elle ne pourrait apparemment tout à fait contrôler, mais elle n'aurait pas peur.

Lui, oui. Il avait peur en cet instant même en se remémorant les événements du jardin, dans la matinée. Si peu de temps écoulé, et pourtant ils semblaient se trouver de l'autre côté d'un vaste fleuve sans traversier pour le ramener. Il voyait ce qui se tenait devant lui sur cette rive-ci, et c'était la ruine.

On avait élevé une stèle en son honneur dans la cité de sa naissance. Il se l'imaginait renversée, fracassée, recouverte par les ronces, et les louanges qui y avaient été inscrites perdues dans l'écoulement du temps et de la mémoire.

Il regarda son épouse, entendit les femmes sangloter avec une ardeur intacte de l'autre côté de la cour.

« Voulez-vous que je le fasse abattre dans le Genyue ? Au côté de l'Empereur, avec les gardes tout près ? » Un ton sans accroc, ironie ou sarcasme, mais il ne se sentait pas à son meilleur en cet instant, et il savait que ce n'était pas ce qu'elle avait voulu dire.

Elle leva le menton : « Je le voulais empoisonné l'an dernier. Je vous l'ai dit. »

En effet. Kai Zhen avait bien conscience que, d'eux deux, elle pouvait être considérée comme la plus masculine, la plus directe. Il était enclin à la subtilité, à l'observation, à l'action indirecte. Trop féminin, si l'on suivait les Maîtres du Cho. Mais il avait toujours *jugé* et cru que, à cette cour, et dans n'importe quelle cour kitane, la maîtrise revenait d'habitude au plus subtil.

À moins que n'arrive ce qui était arrivé ce matin.

« C'était l'armée, mon épouse. Une fois que les généraux de Wu Tong ont manqué à…

— Non, mon époux ! Une fois que *Wu Tong* a échoué ! Et c'est *vous* qui avez placé cet eunuque à la tête d'une armée. Je vous avais dit que c'était une erreur. »

Elle l'avait bien dit. C'était affligeant.

« Il avait gagné des batailles auparavant ! Et c'est mon plus loyal allié. Il me doit tout, il n'aura jamais de famille. Auriez-vous préféré un commandant qui réclamerait toute la gloire ? qui reviendrait en briguant du pouvoir ? »

Elle éclata d'un rire dur : « J'aurais préféré un commandant qui aurait emporté les armes nécessaires à un siège ! »

Un argument valide.

Il répliqua, en détestant l'intonation qu'il pouvait percevoir dans sa voix : « C'était ce jardinier ! S'il n'avait pas été…

— Ç'aurait été quelqu'un d'autre. Il fallait dénoncer Wu Tong, mon époux ! Dès que nous avons entendu la nouvelle. Avant que quelqu'un vous dénonce avec lui. »

Ce qui venait justement de se produire.

« Et, ajouta-t-elle d'une voix glaciale, il fallait que le vieillard soit abattu.

— Il se *retirait* ! s'écria Zhen. C'était dans l'ordre des choses. Il *veut* se retirer. Il peut à peine voir ! Pourquoi risquer un assassinat alors que tout allait nous tomber entre les mains ? »

Il avait dit *nous* délibérément. Il était incapable de l'affronter quand elle était de cette humeur. Elle était trop féroce, il désespérait trop. Parfois un tel affrontement l'excitait, les excitait tous deux, et ils finissaient nus et enlacés sur le parquet, ou avec elle qui le chevauchait, engloutissant son sexe tandis qu'il se renversait dans le siège en bois de santal. Pas aujourd'hui. Elle n'allait pas lui faire l'amour aujourd'hui.

L'idée lui traversa l'esprit – telle une lame – qu'il pouvait mettre fin à ses jours. Peut-être laisser une lettre demandant clémence et pardon pour ses jeunes fils ? Peut-être les laisserait-on vivre à Hanjin, à la cour.

Il ne voulait pas se tuer. Il n'était pas ce genre d'homme. Yu-lan l'était – il y songea soudain. Elle pouvait aisément ouvrir la bouche à l'instant et lui déclarer, dans sa prochaine phrase, qu'il devait mourir.

Elle ouvrit la bouche. « Il est peut-être encore temps, dit-elle. Si le vieil homme meurt maintenant, l'Empereur aura besoin immédiatement d'un premier ministre, un homme qu'il connaît et qu'il sait capable de gouverner. Il pourrait alors décider… »

C'était parfois un plaisir, un soulagement presque érotique, de la voir se tromper si magistralement, de voir la flèche de ses pensées si loin de la cible.

« Il est une demi-douzaine de tels hommes à Hanjin, mon épouse. Et l'un d'eux est le fils de Hang Dejin.

— Hsien ? Cet enfant ? »

Ce fut à son tour de rire, avec amertume : « Il a presque mon âge, femme.

— C'est encore un enfant ! Sous le contrôle de son père. »

Kai Zhen cessa alors de la regarder pour se tourner vers la fenêtre et les arbres de la cour. Il dit à mi-voix : « Nous avons tous été sous le contrôle de son père. »

En se retournant vers elle, il vit ses mains devenir des poings. « Vous abandonnez ? Vous allez simplement vous rendre là où l'on vous enverra ? »

Il esquissa un geste de la main : « Ce ne sera pas pénible, j'en suis presque certain. On nous renverra peut-être seulement chez nous, de l'autre côté du Grand Fleuve. Et l'on revient d'exil. Hang Dejin l'a fait. Xi Wengao aussi, pour un temps. Nous avons déjà été exilés, mon épouse. C'est alors que j'ai mis au point les Fleurs et les Pierres. Vous le savez bien. Même Lu Chen, l'ordre de le libérer de Lingzhou a été donné ce matin.

— *Quoi* ? Non ! Il ne peut… »

Elle se tut, visiblement secouée. Il lui avait fait part des événements de la matinée, de son exil, mais non de cela. Elle haïssait le poète avec une intensité meurtrière. Kai Zhen n'avait jamais su pourquoi.

Il eut un sourire sans joie. Étrange comme il prenait plaisir à la voir se trahir ainsi. Elle respirait avec bruit. La glace avait disparu à présent. Elle était très désirable soudain, malgré tout. C'était sa faiblesse à lui. Elle était sa faiblesse.

Il la vit remarquer, après un moment, le changement qui s'était opéré en lui, tout comme il l'avait décelé en elle. Ils étaient bien appariés sur ce plan. Ils s'étaient portés l'un l'autre jusqu'au seuil du pouvoir ultime. Et maintenant…

Elle fit un pas vers lui. Elle se mordait une lèvre. Elle ne le faisait jamais pour rien. Qu'ils soient seuls ou parmi d'autres, cela avait un sens.

Kai Zhen sourit, en même temps qu'il sentait s'accélérer le rythme de son pouls. « Tout ira bien. Cela peut prendre un peu plus de temps maintenant, mais ce n'en est pas fait de nous, mon épouse.

— Mais de quelqu'un d'autre, oui. Vous devez me consentir une mort.

— Pas le vieil homme, je vous l'ai dit. C'est trop…

— Pas le vieil homme. »

Il attendit.

« La fille. C'est sa lettre qui a tout déclenché. »

Il fut surpris de nouveau. Il la regarda fixement.

« Cette fille est une disgrâce, poursuivit Yu-lan. Une offense aux femmes décentes. Elle a offert à notre fille d'écrire de la poésie !

— Quoi ? Je l'ignorais.

— Elles se sont rencontrées dans un banquet. Ti-yu lui a répondu que la poésie n'était pas une activité convenable pour une femme. L'autre, cette Li Shan, lui a ri au nez.

— Je l'ignorais, répéta-t-il.

— Et maintenant... maintenant elle écrit une lettre qui nous apporte la catastrophe ! »

Ce n'était pas la stricte vérité, songea Kai Zhen, mais son épouse s'était avancée d'un autre pas, élégante, chatoyante. En pleine lumière à présent.

« Certes. » Ce fut tout ce qu'il parvint à dire.

« Laissez-moi m'en charger », murmura Yu-lan. Une phrase aux multiples significations, il s'en rendait compte.

Elle était arrivée en parlant ainsi tout près de lui, et elle n'était pas tellement plus petite que lui qu'elle ne pût lui prendre la tête entre ses mains étroites pour la courber vers elle. Elle lui mordit la lèvre inférieure, comme souvent lorsqu'ils commençaient. Souvent, elle le mordait jusqu'au sang.

« Ici, mon épouse ? Dans notre salle de réception ?

— Ici. Maintenant. Je vous en prie, mon seigneur », murmura-t-elle à son oreille. Sa langue toucha la sienne. Ses mains commencèrent à s'affairer, avec lui, avec ses vêtements.

Je vous en prie, mon seigneur. De l'autre côté de la cour, de belles et jeunes concubines, des corps baignés et parfumés pour lui, attendaient le destin qui les avait rattrapés. La lumière automnale se déversait dans la salle par les fenêtres de l'ouest. C'était déjà la fin de l'après-midi. Il ferait froid cette nuit à Hanjin.

Kai Zhen s'éveilla. Il faisait noir. Il comprit qu'il s'était assoupi parmi les coussins éparpillés. Il essaya de se redresser. Il se sentait languide, apaisé. Il avait des égratignures sur un bras. Il en sentait aussi sur son dos.

Il entendit un oiseau chanter, un son grêle dans le froid. Les concubines s'étaient tues à présent. Yu-lan était partie.

Il savait dans quel but. Elle commettait une erreur, et il le savait aussi. Il n'avait tout simplement pas le sentiment qu'il y pouvait quoi que ce fût.

C'était un homme doté d'une vaste assurance, compétent, calculateur. Il y avait seulement deux personnes qu'il ne pouvait contrôler. Sa femme, et un vieil homme presque aveugle.

Il se leva et ajusta ses vêtements. Il fallait ordonner d'allumer les lampes dans cette salle. L'oiseau solitaire continuait à chanter comme s'il niait avec courage la froidure universelle. Kai Zhen entendit un toussotement discret à l'entrée.

« Oui, dit-il, venez. Et apportez de la lumière. »

Trois serviteurs entrèrent avec de fines bougies. Ils devaient avoir attendu devant la salle. Auraient attendu toute la soirée si nécessaire. Il était – il avait été – sur le point de devenir l'homme le plus puissant en Kitai.

L'un des serviteurs, son intendant, tenait un plateau laqué juste à l'entrée de la salle. Kai Zhen hocha la tête. Les chagrins de la journée fondirent de nouveau sur lui, mais il ne les fuirait plus. Il ouvrit la lettre scellée sur le plateau, la lut à la lueur d'une lampe maintenant allumée sur son écritoire.

Il ferma les yeux. Les rouvrit.

« Où se trouve la dame mon épouse ?

— Dans ses appartements, mon seigneur, répondit l'intendant. Dois-je requérir sa présence ? »

Inutile. Il la connaissait. C'était accompli, maintenant.

Deux personnes au monde. Yu-lan. Et le vieil homme qui lui avait écrit cette lettre.

La journée terminée, la soirée, la nuit à venir. L'oiseau dehors, songea-t-il, n'était ni brave ni vaillant. Il était d'une indicible stupidité. Il ne suffisait pas de chanter pour nier la froideur du monde.

CHAPITRE 6

Sun Shiwei ne savait pas grand-chose des guerriers kan-lins. Ils avaient disparu depuis deux cents ans, ou quelque chose de ce genre, mais il pensait souvent qu'il aurait aimé en être un. Il se serait entraîné avec eux, vêtu de noir, dans leur sanctuaire de la Montagne du Tambour de Pierre, perdue maintenant pour la Kitai dans les Quatorze Préfectures aban-données. Il aurait participé à leurs rituels, quelle qu'en fût la nature, dormi avec leurs guerrières aux corps durs et souples, et appris leurs façons secrètes de tuer.

Il était doué pour ça, tuer, mais seul un imbécile pouvait croire qu'il n'y avait pas des moyens d'y être meilleur, et d'après ce qu'il avait toujours compris, légendes et histoires, les Kanlins avaient été les meilleurs. Des courriers, des émissaires, des témoins à la signature de traités, des gardiens de documents et de trésors, des guides et des gardes... bien des rôles.

Mais c'était les assassins qu'il aimait. Quel dommage, leur disparition ! Et qu'il n'y ait pas de renseignements con-venables sur eux. Ils n'écrivaient jamais rien, les Kanlins. C'est ce qui rend quelque chose secret, en partie. Ça avait du bon sens.

Il aurait bien aimé être capable de courir le long d'un mur pour monter sur un toit. Qui n'aurait pas aimé ça ? Bondir dans une cour et poignarder quelqu'un qui se croyait en sécurité dans son enceinte parce que portes et fenêtres étaient verrouillées et les murs hauts. Et hop, grimper sur un autre mur et avoir disparu avant même que l'alarme puisse être donnée. « C'était Sun Shiwei ! » aurait-on murmuré, terrifié. « Qui d'autre aurait pu agir ainsi ? Les portes étaient barrées ! »

Il aurait bien aimé ça.

Mais il fallait cesser de rêvasser. Il était en mission, il avait une tâche à accomplir.

Il faisait noir dans l'enceinte du clan impérial. C'était peut-être grand, mais c'était surpeuplé. Tout le monde se plaignait, là-dedans. Ce n'était pas la tâche de Sun Shiwei d'évaluer les conditions de vie de la famille impériale, et il n'en avait pas envie, mais ça l'aidait bien, que tant de gens continuent à se promener entre les résidences individuelles et les cours, même après la tombée de la nuit.

On entrait et on sortait, aussi. Aucune des portes de l'enceinte n'était encore fermée. C'étaient surtout les plus jeunes hommes qui se glissaient dehors. Un acte officiellement interdit mais généralement permis, sauf quand il y avait eu des troubles en ville. Ils allaient surtout chercher du vin et des filles. Quelquefois, ils allaient souper chez des amis. Et on amenait des femmes ici, et des musiciens. Les gardes, aux quatre portes, ne s'en souciaient pas particulièrement, aussi longtemps que leur revenait leur part de l'argent qui changeait de mains.

D'autant mieux pour lui, évidemment. Il était arrivé avec un groupe de filles gloussantes, avait même réussi à en tripoter une ou deux, s'était attiré un rire impertinent de l'une d'elles. Il n'avait pas les moyens pour ce genre de femmes, bien sûr – pas celles qu'on invitait ici. Pour les Sun Shiwei du monde, un bref contact à travers de la soie, c'était tout ce qu'on pouvait attendre de courtisanes de cette classe.

Il était déjà venu dans l'enceinte impériale, il connaissait son chemin. Il avait escorté son employeuse et sa fille à des réunions de femmes, il était resté pour les ramener. Il avait mis l'occasion à profit pour se repérer, au cas où il en aurait jamais besoin. Au cas où viendrait une soirée comme celle-ci. Il était doué, même s'il ne pouvait escalader un mur à la course ou effectuer une de ces virevoltes mystiques et sacrées qui tuait quatre personnes d'un coup. Il pouvait sans doute en tuer trois avec un mur dans le dos comme protection. Il n'aurait pas conservé son emploi s'il n'avait pas été doué pour. Son employeuse était exigeante. Dure et froide, d'une méfiante retenue dans les compliments et, ce qui était troublant, très désirable.

Il avait passé bien des nuits sans dormir, en vérité, à l'imaginer venue à sa rencontre dans le noir, se glissant dans sa chambre, refermant sans bruit la porte derrière elle, son parfum dans la petite pièce... Il y avait du feu en elle, il en était certain. Il y a des choses qu'un homme peut voir.

Un homme pouvait aussi se retrouver tranché en deux, s'il énonçait ce genre d'idée où que ce soit.

Ses réflexions lui échappaient de nouveau, apparemment. C'était comme ça quand on devait attendre trop longtemps dans l'ombre. Il se trouvait dans un passage couvert entre des cours, vêtu pour une nuit froide (prévoyance qui faisait partie de son talent pour son métier), et avait une excuse toute prête pour quiconque s'arrêterait et poserait des questions. Peu probable ici. On allait et venait sans cesse. Le clan impérial était d'une certaine manière honoré, on en séquestrait et surveillait les membres, mais on les ignorait par ailleurs presque en tout – à moins qu'ils ne créent du trouble. Dans ce cas, souvent, on les tuait.

En ce qui concernait Shiwei – pas qu'on l'ait jamais consulté –, on pouvait bien tous les noyer ou s'en servir pour la pratique du tir à l'arc, et la Kitai s'en serait bien mieux portée. Ce clan coûtait chaque année d'énormes sommes à l'empire, tout le monde le savait. Il aurait gardé quelques-unes des femmes, peut-être. Les femmes de l'aristocratie avaient leurs propres manières de se comporter et il les appréciait, ce qu'il en avait vu.

« Toi. Qu'est-ce que tu fais là ? »

Shiwei conserva son expression neutre. Le garde tenait une torche, c'était seulement une ronde de routine ; il était grassouillet et son manteau était de travers.

« J'attends des filles. Pour les ramener. » Il restait dans l'ombre.

« Tu vas attendre longtemps. »

Shiwei émit un petit rire : « Comme d'habitude. »

La torche se leva. Il vit le visage rond du garde ; le garde au visage rond le vit.

« Je te connais », dit celui-ci – ce qui était bien malheureux. « Tu es au service du Vice-Premier Ministre, pas pour le quartier des plaisirs. Je t'ai vu avec sa femme ici quand... »

Quand il faut tuer, on tue, et il faut savoir quand un tel moment se présente. Shiwei ne pouvait pas laisser vivre ce garde : celui-ci ferait son rapport plus tard, pouvait l'identifier. C'était inattendu, irritant. Et ça changeait ses délais, aussi.

Il tira le poignard de la poitrine du garde, lentement, en tenant l'homme debout contre lui, à l'abri de l'arche, tout en continuant à parler à mi-voix, des paroles dépourvues de sens, au cas où quelqu'un passerait dans le voisinage. Il avait saisi la torche des mains du mort avant que ce dernier la laisse tomber. Une torche à terre, la flamme qui s'élève, ça attirerait l'attention, aussi sûr que les âmes des morts volent dans la nuit. Le feu était l'ennemi partout.

Shiwei avait choisi l'endroit avec soin. Au bord de la cour où se trouvait la demeure qu'il visait. À couvert, avec un recoin plus loin dans le passage, où il pouvait traîner un mort et l'étendre par terre, plus ou moins hors de vue. Plus ou moins, c'était ce qu'il aurait de mieux. Et ça voulait dire qu'il devait agir maintenant au lieu d'attendre que la foule diminue et que les occupants de l'enceinte soient en général endormis – incluant ceux de la maison d'en face, où il se rendait.

Il ne regrettait pas d'avoir tué le garde. Il regrettait les complications afférentes. On pouvait être encore éveillé dans cette maison. La femme qu'il était venu tuer l'était peut-être.

Il connaissait cette maison, il était presque certain de connaître la chambre. C'était pour ça qu'il était venu tôt, au lieu d'attendre l'obscurité. Il avait prétendu délivrer une lettre (seulement du papier) à la porte après avoir obtenu des indications d'un garde, un autre que ceux qui l'avaient regardé arriver avec les chanteuses.

Finalement, il avait vu la femme entrer dans la cour et la traverser pour se rendre chez elle en compagnie d'une servante, pas de mari en vue. Elle était allée dehors sans son mari, était rentrée au crépuscule, totalement effrontée. Il n'y avait plus de moralité chez les femmes, il l'avait souvent pensé.

Les maisons se ressemblaient assez dans l'enceinte. Les variations dépendaient du statut et du degré de proximité avec l'Empereur. Quelques-unes étaient très grandes, avec plus d'une cour à l'intérieur de leurs murs, mais pas celle-ci.

La chambre de la femme – ou des époux, si le mari absent y allait jamais pour se donner du plaisir avec elle – devait se trouver du côté du quartier des femmes, à droite et à l'arrière. Shiwei avait eu l'intention d'escalader le mur de leur cour puis de grimper dans la chambre. Il avait même repéré les prises pour ses mains et ses pieds pendant qu'il attendait.

Plus possible maintenant. Trop de monde dans les environs pour escalader un mur en toute sécurité, même de nuit. On pourrait penser qu'il était un amant en visite et on ne s'en soucierait pas, mais peut-être que non. Et il y avait la lune, presque pleine. Il n'aurait pas choisi une nuit de lune, mais ce n'était pas lui qui choisissait en l'occurrence, hein ?

On lui avait dit de donner à l'affaire l'aspect d'un viol – un prédateur brutal de l'enceinte qui aurait assailli la fille, pour la tuer ensuite. Il n'aurait pas de mal avec ça. Elle devrait être morte d'abord, pour le silence et la sécurité, mais il l'avait déjà fait.

Il quitta le passage voûté pour traverser la cour, sans se presser. En arrangeant la durée et l'angle pour ne jamais passer près de quelqu'un, mais sans le rendre évident. Il aurait aimé porter du noir. Les guerriers kanlins portaient toujours du noir. Ç'aurait été plaisant d'apparaître ainsi à ses victimes : une sombre apparition, un froid fantôme, surgi dans la nuit pour les détruire.

Mais du noir aurait été trop repérable. On n'était plus au temps jadis. Il ne pouvait être remarqué et rester sauf. Il était habillé comme devait l'être une escorte de musiciens et de chanteuses : en brun et vert, tunique et pantalon, une calotte souple et pas d'arme visible ; on ne portait pas d'arme visible dans l'enceinte du clan, à moins d'être un idiot. Il y avait du sang sur son manteau à présent, mais il faisait nuit et l'étoffe était sombre.

Et il n'y pouvait rien, hein ?

Il ne pouvait escalader le mur et risquer d'être vu. Il se demanda si un Kanlin de haut niveau aurait su comment s'y prendre, être invisible assez longtemps, ou sentir le moment précis où personne ne regardait. Si leur entraînement leur enseignait ça. Il fut presque attristé à cette idée.

Mais il y avait d'autres moyens d'atteindre son but. Il alla droit à la porte de la maison. L'entrée se trouvait dans un renfoncement, sous un linteau comme toutes les autres, et l'obscurité y régnait. On n'attendait pas d'invités, pas de torches allumées à l'extérieur. Il fit semblant de frapper, au cas où un passant jetterait un coup d'œil, mais sans bruit. Il n'était pas fou. Il alla pêcher dans sa poche intérieure l'outil qu'il utilisait pour les portes, mais essaya d'abord la poignée.

Elle bougea avec un petit cliquetis. Il y avait peut-être des fous ici, mais ils vivaient à l'intérieur de l'enceinte, dans cette maison, ils ne se tenaient pas cette nuit dans les bottes de Sun Shiwei.

Les membres du clan impérial devaient avoir quantité d'objets de prix dans leurs demeures, mais ils vivaient dans une si sublime certitude d'être chéris et protégés qu'ils ne verrouillaient même pas leurs portes. Il se demanda brièvement quel genre de vie on menait pour voir le monde ainsi.

Il poussa le battant, qui ouvrait sur un couloir obscur. Il leva une main comme s'il saluait quelqu'un, entra, referma la porte en silence, sans se presser du tout. Une fois à l'intérieur, il reprit son souffle. Ce serait facile à présent. Il était hors de vue et là où il devait être.

Un filet d'excitation lui courait dans les veines. Il l'effaça. Pas encore. Il fallait d'abord tuer la femme, et il y aurait des serviteurs ici, ou même à l'étage. Elle pouvait même être au lit avec l'un d'eux, en l'absence du mari. Ou peut-être avec une autre femme. Elles étaient comme ça, disait-on, les épouses dans le clan impérial.

Pas de lumière au rez-de-chaussée, aucun bruit de mouvement. Il était peut-être juste assez tard pour que tout le monde dorme, après tout. Il se dirigea sans bruit vers l'endroit où il savait trouver l'escalier, puis il monta en testant chaque marche. L'une d'elles craqua légèrement sous la pression prudente, et il l'évita en passant directement à la marche suivante. On apprend des tours, quand on pratique assez longtemps ce métier.

Il tira son poignard, déjà ensanglanté. Il aurait dû le nettoyer mais n'en avait pas eu le temps. Il préférait une lame propre. Ça lui semblait... eh bien, plus propre. Le palier. Des couloirs à gauche et à droite avec un coude de chaque côté. Le quartier des femmes serait à droite. Toujours pas de serviteurs, pas de lumières. On était bel et bien endormi.

Il se dirigea vers la droite tandis que ses yeux s'ajustaient à l'obscurité, vit des rouleaux de calligraphie pendus au mur, évita avec soin des tables trop grandes qui supportaient apparemment des vases en bronze. Il ralentit. S'il se cognait dans une de ces tables, le bruit pourrait réveiller quelqu'un, amener des hommes à la course depuis le rez-de-chaussée, des gens du dehors, et tout serait raté.

Il ne se cogna dans rien. Il était fier de bien voir dans le noir, un talent utile dans sa profession. Il tourna dans le long corridor menant à l'arrière de l'édifice. Ouvert sur la droite, avec une balustrade au-dessus de la petite cour. Des rayons de lune. Il aperçut encore des bronzes en contrebas, dehors, et ce qui semblait une stèle funéraire au centre.

Il n'avait pas la moindre idée de ce que ces gens faisaient avec ce genre d'objets, mais pourquoi aurait-il dû s'attendre à en avoir une ou pourquoi s'en serait-il soucié ? Il était une arme, eux étaient des cibles. Enfin, cette femme l'était. On lui avait dit que le mari importait peu. C'était l'épouse qui avait offensé. Il ne savait pas comment. Ce n'était pas de ses affaires de le savoir.

Le couloir tournait à gauche puis de nouveau à droite vers l'endroit où se trouvait la chambre à coucher, à l'arrière. À droite, au-dessus de la cour. Il y aurait un balcon. Il s'immobilisa de nouveau pour tendre l'oreille. Les craquements et les plaintes d'une maison la nuit. Des bruits en provenance des espaces publics, derrière lui. Un cri, et il se raidit, mais c'était un cri amusé, suivi d'un autre encore plus animé. Des hommes qui revenaient ou qui partaient – il n'était pas encore trop tard pour ça. Il n'était jamais trop tard pour les quartiers de plaisirs. Il irait peut-être par là ensuite.

Il devrait d'abord changer d'habits. Et il serait peut-être repu. Cette idée lui fit battre le cœur plus vite de nouveau. Il était assez proche maintenant pour que ça ne dérange pas. On travaille mieux quand on est essentiellement calme, mais aussi alerte, assez excité pour être plus rapide que de coutume.

Il ouvrit la porte de la chambre. La lune à la fenêtre la plus éloignée, assez pour voir la forme endormie dans le lit à baldaquin, sous les couvertures. Encore des bronzes. Un de chaque côté du balcon. Les rideaux de soie étaient tirés à la fenêtre, mais en lui laissant assez de lumière. Il y avait une petite brise. De toute évidence, la femme ne craignait pas le froid d'une nuit d'automne. Ou la visite d'un homme depuis son balcon.

Il ne venait pas par là. Il était déjà dans la chambre. Deux longues enjambées jusqu'au lit, et elle devait mourir avant qu'il se fasse plaisir dans la certitude du silence et de l'obscurité. Non que le poignard ne soit pas une autre forme de plaisir. Il traversa la pièce, lame à la main. Frappa de bas en haut, fermement, rapidement. Une fois, deux fois…

Une douleur fracassante, tel un coup de tonnerre, sur la nuque. Une vague de noir, et puis le noir total.

Des lampes étaient allumées. La lueur tremblait et oscillait, la chambre aussi. Il était allongé, la face contre le parquet. Ses mains étaient liées dans son dos d'une manière experte. On lui avait enlevé ses bottes.

Il le sut en dernier, un choc, parce qu'on lui frappa la plante d'un pied avec un bâton. Il poussa un cri de douleur.

« Comme je le pensais. » La voix d'une femme debout derrière lui. « Je vous avais dit que je ne le tuerais pas.

— Vous l'auriez pu. » Une voix d'homme. Sans colère, plutôt une observation. « Et nous devons lui poser nos questions.

— Vous le tuerez ensuite ? demanda la femme.

— Il ne m'appartient pas de le dire », répondit l'homme.

Sun Shiwei tourna la tête, mais il ne pouvait voir personne. Il avait le sentiment qu'il y avait plusieurs gens dans la pièce. La femme avec le bâton, et au moins trois hommes. Il pouvait voir le lit à sa droite en tout cas. Il avait poignardé les coussins placés sous les couvertures. L'un d'eux était tombé à terre près de lui, fendu en deux.

Il ignorait où se trouvait son poignard. Il n'allait sûrement pas le récupérer. Et si ses bottes avaient disparu, c'était pareil pour sa deuxième lame.

À travers l'extrême douleur qui tambourinait dans sa tête, une prise de conscience émergea et prit forme : on avait totalement anticipé sa venue. Il poussa un grognement, cracha avec maladresse, compte tenu de sa position. Le crachat lui coula sur le menton.

« Je m'engagerai dans l'armée ! » dit-il.

Un autre coup appuyé sur son autre pied. Il poussa un autre glapissement.

« Vraiment ? entendit-il la femme dire. Et pourquoi l'armée impériale voudrait-elle d'un assassin ? » Après une pause, elle ajouta : « Une question erronée. Pourquoi voudrait-on d'un assassin aux pieds fracturés ?

— Faites attention. » Encore la même voix d'homme. « Nous avons besoin qu'il parle. Et selon ce qu'il dira…

— Vous le laisserez vivre ? Vraiment ? »

Il n'y eut pas de réponse. L'homme avait peut-être hoché ou secoué la tête – impossible à dire. Sun Shiwei, à travers la douleur de sa tête et de ses deux pieds, sauta sur l'occasion.

« Je combattrai pour la Kitai, dit-il d'une voix éraillée, j'irai me battre dans le nord-ouest ! »

On pouvait s'échapper de l'armée, on pouvait y monter en grade, on serait vivant !

« Peut-être le castrer ? » demanda la femme, songeuse. « Ce serait acceptable. » Sa voix ne sonnait pas comme celle de Dame Yu-lan, mais pas non plus comme l'aurait dû celle d'une dame.

« C'est à d'autres d'en décider, gracieuse dame. Un magistrat est en route. Peut-être d'autres de rang plus élevé. Je ne suis pas sûr. »

Un bruit résonna dans le corridor. Des pas qui s'arrêtaient à la porte, une ombre sur la lumière d'une lampe.

« Il y a un garde mort de l'autre côté de la cour, messire. On a trouvé le corps. Tué à l'arme blanche, probablement un poignard. »

Sun Shiwei poussa intérieurement un juron féroce. Il reprit son souffle avec difficulté, en essayant de penser à travers la douleur et la panique. Il fallait être loyal envers ceux qui vous payaient, mais si on était mort, la loyauté ne servait pas à grand-chose de l'autre côté, hein ?

« Ah. Voilà pourquoi il est venu si tôt. » Encore la femme ! Comment pouvait-elle être aussi assurée et comment pouvait-elle le *savoir* ? Elle ajouta : « Ce cadavre prouvera que ce n'est pas simplement un ivrogne en colère cherchant à violer une femme en l'absence de son époux. »

C'était ce qu'il avait eu l'intention de dire ! Personne n'avait été tué, aucun dommage à personne. Envoyez-moi à l'armée, aurait-il répété. L'armée avait besoin de soldats, n'importe quels soldats.

Plus difficile maintenant, avec ce garde mort. En fait, ça devenait impossible.

« Remarquez, ajouta la femme d'un ton réfléchi, nous savons exactement ce qu'il était venu faire. Vous nous permettrez de remercier le Premier Ministre plus tard, mon époux et moi, j'espère ? Il m'a sauvé la vie.

— Vous l'avez fait vous-même en grande partie, Dame Lin. » La voix de l'homme invisible était respectueuse. Shiwei ne pouvait toujours voir aucun d'entre eux. Il avait été dupé et assommé par une femme, c'était clair à présent.

« Seulement avec votre avertissement, dit-elle. Je suis chagrine pour ce garde. Ce ne devait pas être prévu et cela a sans doute forcé cet assassin à modifier ses plans. »

Exactement ! songea Shiwei. Ça m'a forcé !

« Il ne devait pas avoir prévu d'autre dommage, seulement de me tuer puis de me violer ensuite », poursuivit la femme. Elle manifestait un calme contre nature.

« *Ensuite* ? dit l'homme.

— Pour assurer mon silence. L'indignité infligée à mon corps aurait servi à dissimuler la raison de ma mort. »

Va te faire foutre, pensa Shiwei. Toi et ton sans-couilles de mari !

Cette dernière pensée le ramena cependant à sa présente situation et à des paroles qu'on venait de prononcer, sur la castration.

« Je dirai tout », marmonna-t-il, toujours en essayant de regarder autour de lui pour voir à qui il avait affaire.

« Bien sûr, dit l'homme derrière lui. Tout le monde parle sous la question. »

Shiwei eut l'impression qu'il allait s'étouffer sur ce qui lui serrait soudain la gorge. Son cœur battait à toute allure. Il avait mal à la tête.

Il dit à toute allure : « C'était le Vice-Premier Ministre ! C'était Kai Zhen qui... »

Il poussa un hurlement. La femme l'avait frappé sur les mollets.

« Mensonge. Tu es l'instrument de son épouse, et non le sien. Kai Zhen est bien des choses, mais il n'est pas aussi stupide. Pas le jour même de son exil.

— Tu nous diras la vérité plus tard », dit une autre personne, qui parlait pour la première fois. Une voix incolore. Un fonctionnaire ? La cour, quelqu'un qui avait un rang ?

« Je... je peux vous le dire tout de suite ! Qu'avez-vous besoin que je dise ? »

L'homme éclata de rire. De *rire* !

« Vous n'avez pas besoin de me torturer ! Je parlerai. Oui, c'était sa femme. Dame Yu-lan, c'était. Vous n'avez pas besoin de la torture ! »

Un silence plus long. La femme, pour une fois, ne disait rien. Ce fut la troisième personne qui parla de nouveau, en fin de compte.

« Bien sûr que si, déclara l'homme avec gravité. Personne ne croira une confession s'il n'y a pas torture. Et tu mourras sans doute ensuite. Sous la question, un regrettable accident, à la façon habituelle. C'était extrêmement stupide, comme l'a dit Dame Lin. Et trop prévisible. »

Il avait presque une intonation de regret. Pas pour la torture à venir, mais comme pour la folie des hommes et des femmes en ce monde.

« Si c'est le cas, dit la femme, s'il ne doit pas être castré et envoyé à l'armée, puis-je le frapper encore ? Je crains d'être fort irritée. C'est peut-être stupide aussi, mais... »

Sun Shiwei serra fortement les paupières. L'homme à la voix froide reprit la parole d'un ton judicieux : « Il était venu détruire votre honneur et mettre fin à vos jours. Ce peut être permis, je pense, gracieuse dame.

— Merci » l'entendit-il répondre.

Puis elle se pencha et parla directement à Shiwei, tout près de sa tête ensanglantée : « Ceci est pour mon père. Pour ce qu'ils ont essayé de lui infliger. Sache-le. »

Elle se redressa. Il vit son ombre. Puis la douleur la plus épouvantable le frappa, sur un pied puis sur l'autre, deux coups administrés à pleine force cette fois, fracassant les os, et il perdit totalement conscience.

Des siècles plus tôt, le dernier guerrier kanlin de la Montagne du Tambour de Pierre était mort sur le large sommet plat de leur montagne sacrée, dans le nord. Des brèches avaient auparavant percé la Grande Muraille en bien des endroits.

Les derniers Kanlins avaient tenu très longtemps, mais ils avaient finalement été débordés par les barbares – le peuple des Xiaolus, qui commençait à se constituer.

Le sanctuaire montagneux fut pillé et incendié.

Les Kanlins du Tambour de Pierre – environ quatre-vingts, croit-on, à la toute fin – avaient choisi d'être abattus là, de périr en combattant plutôt que de retraiter vers le sud et d'abandonner leur montagne sainte à la steppe.

C'était un épisode complexe dans l'Histoire, et ceux qui façonnaient et enregistraient les dogmes officiels de cette Douzième Dynastie y trouvaient quelque difficulté. Les Kanlins vêtus de noir avaient été des mystiques aux croyances ésotériques et d'une indépendance notoire. Ils autorisaient des femmes à s'entraîner et à combattre, et à vivre librement parmi eux. Nombre de leurs pratiques, et pas seulement en ce qui concernait les femmes, divergeaient des comportements considérés comme acceptables. C'était aussi une association militaire autant que religieuse, et tout un chacun savait ce qui était arrivé sous la Neuvième Dynastie à cause des chefs militaires. On avait peut-être à l'époque permis aux guerriers kanlins leurs sanctuaires isolés et non taxés, mais c'était une ère différente, un monde différent.

D'un autre côté, ils avaient été honorables, loyaux et d'une incontestable bravoure, et les derniers, au sommet du Tambour de Pierre, hommes et femmes, étaient morts pour la Kitai dans une des Quatorze Préfectures perdues et tant regrettées.

On devait permettre à cet épisode d'avoir un sens.

On avait décidé que nul ne serait puni ou critiqué pour avoir évoqué cette ultime résistance sur la Montagne du Tambour de Pierre – pour avoir écrit un poème ou une pièce de théâtre de rue à ce sujet. Mais la dernière défense de la montagne ne donnerait lieu en aucune manière à un rituel de deuil officiellement sanctionné. On estima préférable de laisser les Kanlins glisser tranquillement de l'Histoire dans la légende, les croyances paysannes, comme les femmes-renards ou ces mondes des esprits qu'on dit cachés sous les racines des chênes dans les forêts.

À n'importe quelle époque, la bonne gouvernance implique ce genre de décisions délicates.

Elle est enfin seule. Tous les hommes sont partis : celui qui était venu l'assassiner, les gardes, les soldats, le fonctionnaire supérieur envoyé par le Ministère des Rites, un homme froid et lugubre. La maison lui appartient de nouveau. Elle essaie de décider si c'est encore la même maison.

Elle attend qu'on lui apporte du thé. Personne ne dort. Elle se trouve au rez-de-chaussée, dans la petite salle de réception – rendue plus petite encore par les bronzes qu'ils ont collectionnés, elle et Qi Wai.

Les serviteurs sont en train de nettoyer sa chambre, d'emporter les soies et les coussins déchiquetés par le poignard. Ils feront brûler de l'encens pour effacer l'odeur de tant d'hommes dans une chambre de dame, et la présence de tant de violence.

Cette violence a été en partie la sienne. Elle n'est pas tout à fait sûre de la raison pour laquelle elle a tant insisté.

C'est lié à l'exil de son père, se dit-elle, et c'est sûrement vrai, même si ce n'est peut-être pas toute la vérité. Elle s'est servie d'un bâton de son mari, pas son favori mais l'autre. Il est lourd.

Son bâton favori à lui l'accompagne. Wai est absent. Elle demeure assise près du feu, en essayant de décider si elle sera capable de lui pardonner de ne pas avoir été là cette nuit. Oui, il avait planifié ce voyage il y a quelque temps. Ils se préparaient tous deux à se rendre dans l'ouest, vers Xinan et les collines qui la dominent, les tertres funéraires d'empereurs du lointain passé. Puis elle avait appris la nouvelle à propos de son père – son exil scandaleux, inqualifiable, à Lingzhou – et, bien entendu, elle n'allait se rendre nulle part après cela.

Wai n'aurait pas dû partir non plus. Elle avait du mal à écarter cette pensée. Un époux, un beau-fils, il aurait dû rester et user de ce qu'il pouvait avoir d'influence pour aider.

Le problème, c'était qu'il n'avait aucune influence, et la dure vérité que, si son beau-père était désigné comme traître membre de la faction abhorrée, c'était une mauvaise nouvelle pour Qi Wai, et le mieux pour lui était d'être aussi distant que possible de l'exil de Lin Kuo.

Il était sensé pour Qi Wai de quitter Hanjin.

Cela ne voulait pas dire qu'elle devait le lui pardonner.

Elle s'était servie de son bâton pour frapper l'assassin alors que, venu près de son lit, il éventrait les coussins (elle aurait dû être là, elle aurait aisément pu être en train de dormir là). On l'avait instruite de ne pas le frapper de toutes ses forces, il devait rester vivant.

Elle l'avait frappé de toutes ses forces.

Et il avait survécu. Comme elle l'avait pensé, même si elle ne s'en souciait guère à ce moment-là. En soi, c'était dérangeant. Qu'elle puisse tuer ou non, indifférente à l'issue de son geste.

Le thé arrive enfin. La principale servante est agitée, elle tremble. Les serviteurs n'ont pas encore eu le temps de bien assimiler les événements. Elle non plus. Elle essaie encore de comprendre, et d'accepter, la rage qui est montée en elle cette nuit en regardant l'homme à ses pieds sur le parquet de sa chambre, mains liées dans le dos.

C'est vraiment à propos de son père, décide-t-elle. L'assassin n'est pas celui qui a ordonné l'exil de Lin Kuo (bien sûr que non!), mais il était partie prenante de cet acte malfaisant, la seule qu'elle pouvait voir, toucher, frapper – des pieds à fracturer. Elle avait senti les os se briser.

Elle avait demandé qu'il soit castré. Elle l'avait vraiment voulu.

C'est effrayant, ce qu'il peut y avoir de colère en soi.

L'assassin serait mort à la fin de la nuit, lui avait dit l'homme lugubre du Ministère des Rites. Et la dame Yu-lan devrait être arrêtée au matin. On savait avec assez de certitude, avait-il déclaré avant son départ, que cet homme avait été l'instrument de la dame, et non de son époux. L'exil de Lin Kuo était le fait de Kai Zhen, mais non ceci.

Elle regarde sa servante verser le thé sans son aisance habituelle, en se penchant avec une souplesse gracile. Son époux aime la grâce de cette servante. Qi Wai aime ce trait chez les femmes, elle le sait. Elle n'est pas elle-même spécialement gracieuse, elle n'y a pas été entraînée, elle n'a pas non plus des manières calmantes, apaisantes. Il prise son intelligence, elle le sait, il aime avoir sa compagnie dans ses expéditions à la poursuite de rouleaux, de tripodes de bronze, d'armes, de coupes à vin, d'artefacts de lointaines dynasties, mais elle n'apporte pas la paix à son esprit.

Elle n'est guère en paix elle-même. Ce n'est pas sa nature. Elle n'a pas encore décidé quelle est sa nature. Elle est une personne qui peut parler de castrer un assaillant et lui briser les os des pieds.

Il était venu la tuer. Et la violer. Ils avaient eu l'intention d'envoyer son père mourir à l'île de Lingzhou. Les hurlements de l'assassin ne l'avaient pas bouleversée. Peut-être plus tard. Elle renvoie sa servante, prend sa tasse de thé. Elle entendra peut-être ces cris en esprit. Elle le craint.

Son père ne sera pas exilé, maintenant. Elle a une lettre qui le confirme, sur le bureau de l'autre côté de la pièce. La lettre l'avait avertie que Dame Yu-lan pouvait envoyer une personne aux intentions malveillantes chez elle cette nuit.

On lui procurerait des gardes. On l'informait aussi que le céleste Empereur, dans sa suprême compassion, avait lui-même annulé l'ordre d'exil du gentilhomme de la cour Lin Kuo. Celui-ci devait plutôt se voir décerner un rang supérieur.

Le serein et exalté Empereur désirait aussi qu'on exprime ses félicitations personnelles à Dame Lin Shan pour la belle tenue de ses coups de pinceau. On lui ordonnait de se rendre en sa présence au Genyue l'après-midi suivant. On discuterait de calligraphie et d'autres sujets. Des gardes impériaux viendraient la chercher, la prévenait la lettre. Celui qui l'avait rédigée suggérait qu'elle voudrait peut-être apporter de ses propres chansons, écrites de sa propre main, pour les offrir à l'Empereur.

La lettre était signée par Hang Dejin, le Premier Ministre de la Kitai.

L'Empereur désire la voir. Dans son jardin. Elle doit apporter ses chansons. Cela dépasse l'entendement. Si elle ne comprend pas sa propre nature, comment peut-elle espérer comprendre le monde ?

Elle se met à pleurer. Elle en est mécontente, mais il n'y a personne d'autre dans la pièce à présent, et elle se le permet donc. C'est le milieu de la nuit. La lune flotte à l'ouest. Elle boit le thé chaud et parfumé du Szechen dans une salle d'automne illuminée par trois lampes, remplie d'anciens bronzes, et elle regarde ses larmes tomber dans sa tasse.

Peut-être y a-t-il une chanson à écrire là-dessus. Elle se demande où se trouve son époux cette nuit, s'il est arrivé à Xinan.

Elle se demande si l'assassin est déjà mort.

Sun Shiwei perdrait et regagnerait conscience, en souffrant de considérables agonies, pendant toute la nuit et les premières heures de la matinée grise et venteuse qui finirait par venir. Il leur dit, en effet, tout ce qu'ils désiraient savoir. Ils s'assurèrent, en effet, qu'il meure de manière accidentelle sous la question.

Plus tard au cours de cette matinée, alors que la pluie commençait à tomber, huit membres de l'armée du palais impérial se présentèrent aux portes de la demeure du Vice-Premier Ministre en disgrâce Kai Zhen.

En les voyant, une petite foule se rassembla dans la rue. On recula sous les ordres des gardes tendus et irrités, mais on ne se dispersa pas complètement. Des chiens se promenaient et aboyaient, espérant des rogatons. Deux des chiens se mirent à se battre et furent séparés avec des coups de pied et des malédictions. La pluie tombait toujours.

Quatre des gardes entrèrent lorsque les portes furent ouvertes. Ils reparurent peu de temps après. L'un d'eux s'adressa à son commandant. Il était évident, même pour ceux qui observaient à distance, que celui-ci était à la fois furieux et craintif. On pouvait le voir se frapper nerveusement la cuisse.

Finalement, il aboya des ordres d'une voix grêle dans la pluie fine. Les quatre mêmes gardes franchirent les portes. Lorsqu'ils revinrent, deux d'entre eux portaient ce qui semblait être un corps enveloppé de lin. Le commandant avait toujours l'air mécontent. Ils s'éloignèrent, en observant autant que possible leur ordre de marche, dans la rue boueuse.

Une histoire commença à se répandre. C'était fréquent à Hanjin. Ils étaient venus arrêter Yu-lan, l'épouse du Vice-Premier Ministre. Elle avait apparemment envoyé un assassin dans l'enceinte du clan impérial la nuit précédente. C'était profondément choquant. Ses raisons d'agir ainsi n'étaient pas claires. L'homme avait été capturé et questionné pendant la nuit. Il avait dénoncé Dame Yu-lan avant de mourir.

Elle s'était ôté la vie dans sa propre demeure plutôt que d'être arrêtée.

Une décision compréhensible, en l'occurrence. Elle avait peut-être espéré se voir permettre d'être ensevelie dans le cimetière de sa famille, dans le sud. Il n'en serait pas ainsi. Elle fut incinérée près de l'enclave palatiale et ses cendres furent jetées dans l'un des canaux.

Les enseignements du Cho et ceux de la Voie Sacrée en sont d'accord : même si cela crée un fantôme inquiet, ce n'est pas seulement permis, c'est nécessaire. Comment sinon l'État pourrait-il vraiment punir ou dissuader les malfaisants qui méritent la mort ? On doit prolonger le châtiment au-delà de ce monde dans le monde des esprits. L'âme de ces criminels ne doit pas se voir accorder le repos.

Kai Zhen, tombé en disgrâce et banni, quitta Hanjin deux semaines plus tard avec sa maisonnée grandement réduite. On estimait qu'il n'avait pas participé aux actes de son épouse ni essayé d'en être complice. Son exil n'était pas exceptionnellement sévère : au sud du Grand Fleuve, à la campagne, près de Shantong, où il possédait une maison parmi les fermes à soie. Il avait perdu son revenu et son rang dans la bureaucratie, bien entendu. Ainsi que les nombreuses manières d'accroître sa richesse qui avaient accompagné sa position. Mais il avait passé des années au pouvoir et aurait un exil confortable.

En se rendant dans le sud, il portait les habits du deuil, laissait dénoués ses cheveux qu'il ne lavait pas, mangeait seul et peu, et on le vit verser des larmes. Il évitait ses enfants, ses concubines, les amis ou partisans qui avaient essayé de le rencontrer tandis que la famille voyageait en cette fin d'automne humide et que le temps commençait à se refroidir. Son chagrin concernant son épouse était évident. Certains l'estimèrent louable après un long mariage ; d'autres le jugèrent excessif, non conforme à la bonne conduite et à la retenue convenable ; d'autres encore déclarèrent qu'il manifestait ainsi une trop grande affection pour une meurtrière criminelle, et aggravait de la sorte ses propres erreurs.

Tard par une nuit froide, dans une ville marchande à cinq jours du Grand Fleuve, l'une de ses concubines, pas la plus jeune mais encore dans la fleur de l'âge, prend sur elle ce qui doit être considéré comme un risque. Elle y a consacré ses réflexions depuis un certain temps.

Elle quitte le quartier des femmes dans la demeure où ils se sont arrêtés et traverse la cour dans le noir, en frissonnant, pour se rendre là où dorment les hommes. Elle se rend à l'entrée de la chambre occupée par Kai Zhen. Elle reprend son souffle, puis elle frappe avec douceur, mais ouvre la porte et entre sans attendre de réponse.

Il est seul. Un feu est allumé. Elle avait vu la lumière, elle savait qu'il ne dormait pas. Elle serait venue quand même.

Il est à son bureau, dans une robe de chambre doublée, il écrit à la lueur d'une lampe. Elle ignore quoi. Elle s'en moque. Il se retourne, surpris.

Elle se force à ne pas s'incliner. Elle se tient très droite et dit ce qu'elle a répété : « Vous êtes un grand homme de notre époque. Nous sommes honorés de vous servir, d'être près de vous. Cela m'est à moi grand chagrin de vous voir ainsi. »

Dire *moi*, c'est ce qui est important, dangereux et présomptueux. Elle le sait. Il le saura.

Il se lève en posant son pinceau. « Eh bien, en ce moment, la grandeur ne semble pas faire partie de mon...

— La grandeur est en vous. »

Elle l'a interrompu de manière délibérée. Elle a un modèle pour cela. Il y a trois ans qu'elle vit dans sa maisonnée. Elle joue bien de la flûte et du *pipa*. Elle est de grande taille, mince et extrêmement ingénieuse. On commente souvent sa peau lisse. Elle est ambitieuse, aussi, plus qu'elle ne saurait dire (ou ne le dirait jamais). L'épouse, l'épouse morte et disparue, avait souvent interrompu Kai Zhen lorsqu'ils étaient ensemble et ne se savaient pas observés.

« C'est... c'est aimable à vous de...

— Aimable ? » Elle s'approche de deux petits pas. Cela aussi, elle l'a observé chez l'épouse. L'épouse défunte. C'était comme une danse, se rappelle-t-elle avoir pensé, une sorte de rituel entre eux. Les affaires des hommes et des femmes le sont souvent, elle s'en est rendu compte.

Il carre les épaules, se tourne vraiment vers elle, abandonnant le bureau.

« Quand les tigres se rapprochent dans la forêt, dit-elle, songent-ils à être aimables ?

— Des tigres ? »

Mais la voix de Kai Zhen a changé. Elle connaît les hommes, elle connaît cet homme-ci.

Elle ne parle plus. S'approche seulement de lui, ces petits pas, comme si elle glissait. Elle porte le parfum qu'elle a pris dans la demeure de Hanjin lors de leur départ. Il appartenait à l'épouse, l'épouse disparue. C'est un autre risque, mais il faut risquer, si l'on désire obtenir quoi que ce soit de la vie.

Elle lève les mains, attire vers elle la tête de Kai Zhen.

Lui mord un coin de la lèvre inférieure. Sans douceur. Elle ne l'a jamais fait, l'a seulement observé, invisible.

Puis elle approche sa bouche de son oreille et lui murmure les paroles auxquelles elle a réfléchi, qu'elle a élaborées, pendant des jours et des jours, au cours du voyage.

Elle sent qu'il réagit, que son souffle se suspend, que son sexe se durcit contre elle. Et c'est très excitant d'avoir eu raison.

Elle lui donne du plaisir cette nuit-là, dans le fauteuil près du bureau, sur le parquet, sur le lit, et prend son propre et véritable plaisir plus intensément que jamais auparavant, alors qu'elle était seulement une concubine parmi d'autres, terrifiée d'être négligée et de disparaître dans le vide d'une longue existence gaspillée.

Ces craintes ont disparu au matin.

On dit, à la maison de campagne où ils s'installent, et plus largement plus tard, qu'elle est de quelque terrifiante manière le fantôme de Yu-lan – à qui l'on n'a jamais accordé de tombe – revenu dans le monde.

Il l'épouse au printemps. On n'a pas à observer intégralement les rites du deuil pour quelqu'un qui a été déclaré criminel. Ses fils sont mécontents mais ne disent rien. Que pourraient bien dire des fils?

Elle fait fouetter deux des femmes de la maison avec des bâtons de bambou, cet hiver-là, pour avoir murmuré à son propos; et une jolie concubine, trop intelligente et plus jeune qu'elle, est marquée au visage et renvoyée.

Que l'idée du fantôme se répande ne la dérange pas, ces murmures furtifs ou ces bavardages avinés. Cela lui confère une autre sorte de pouvoir: elle est associée à un esprit dangereux. Un pouvoir sur Kai Zhen, sur tous.

Elle s'appelle Tan Ming, et elle *compte*. Elle est déterminée à ce que tout le monde le sache avant la fin, quels que soient le moment ou la manière de celle-ci. Elle allume une bougie et prie chaque matin, sans faute, pour Yu-lan. Son époux la croit vertueuse.

Même après toutes ces années, même après un autre été, la chaleur de Lingzhou frappait encore Lu Chen chaque jour. Impossible de s'y préparer en se rappelant le jour précédent, semble-t-il, si l'on vient du nord. Et ce n'était pas comme s'il venait de l'extrême nord, des territoires où commence la Kitai. Il était né dans la province du Szechen. La famille Lu venait d'un climat humide et chaud : pluie, orages, forêts aux feuilles dégoulinantes, brouillard et brumes qui montaient du sol. Il comprenait ce genre de climat. Ou il pensait le comprendre, avant de venir dans l'île.

Lingzhou était un autre monde.

C'était plus dur pour Mah. Son fils était né à Shantong, sur la côte, pendant le temps où Chen y avait été préfet. Les meilleures années, pensait-il souvent. Une ville sophistiquée, entre la mer et la merveilleuse sérénité du Lac de l'Ouest. Ce lac créé de main d'homme avait été la joie de Chen : la dérive des bateaux de plaisance, de la musique, tout le jour, toute la nuit, les collines qui l'encadraient du côté du continent, les maisons de chanteuses sur la rive proche de la cité. Des retraites élégantes et bien dotées consacrées au Cho et à la Voie Sacrée parsemaient le rivage, leurs toits verts et jaunes, leurs courbes élancées, les cloches qui sonnaient pour la prière, au son porté par l'eau. Il y avait des feux d'artifice sur le lac, pendant les festivals, de la musique sur les bateaux de plaisance toute la nuit, des lanternes qui flottaient sur l'eau...

Ce n'était pas un endroit qui vous préparait à l'île de Lingzhou. Ici, n'importe quel exercice devait être effectué le plus tôt possible le matin, avant que la chaleur vous frappe de torpeur, de lassitude, de siestes agitées sur une couche trempée de sueur.

Ils s'adonnaient à leur routine de l'aube, lui et son fils, sa fantaisie habituelle qu'ils assaillaient une maléfique forteresse, lorsqu'un moine arriva en courant (en courant !) du temple, à l'autre extrémité du village.

Apparemment, si on devait l'en croire, et le comprendre, car il bégayait sous le choc, il était arrivé quelque chose de miraculeux. L'honorable Lu Chen et son honorable fils étaient priés de venir voir.

Le groupe habituel de villageois s'était assemblé pour les voir s'exercer. Lu l'aîné, le poète, était célèbre, et amusant aussi ; cela valait la peine de venir les voir. Ce même groupe les suivit à travers le village en direction de l'ouest, et d'autres se joignirent à eux en route, longeant le *yamen* (pas encore ouvert pour la journée ; la hâte administrative n'était jamais nécessaire ici), pour s'engager dans le chemin menant au temple – avec prudence, à l'affût des serpents.

Des événements, et moins encore des miracles hautement déclarés comme tels, n'étaient pas monnaie courante sur l'île.

Des fleurs rouges et jaunes, humides et lourdes,
La lisière de la forêt, le sentier sous la pluie.
Je me souviens de pivoines à Yenling.
Mais ce sud est bien différent du nord.

Un fantôme irrité peut-il voyager aussi loin ?
Traverser le détroit, affliger l'existence d'un exilé ?
Ou Lingzhou ne s'attache-t-elle qu'à ses seuls morts,
Où qu'ils puissent être nés ?

Pendant la saison des pluies, nous perdons les étoiles.
Nous ne perdons pas l'amitié ni la loyauté.
De bonnes conversations, la courtoisie, les vertus de cette
    époque
Comme elles le sont toujours à toute époque en Kitai.

Je songe à des amis lointains et mon cœur est douloureux.
Je bois du vin avec de nouveaux compagnons,
Ils ont ouvert leur porte à un étranger.
La bonté est un oiseau aux plumes éclatantes dans les
    branches.

Nous écoutons leur cloche lorsqu'elle sonne.
Nous buvons et ils remplissent notre coupe.
Je me jugerai honoré et béni
Quoi qu'il advienne de mes derniers jours.

Il l'avait écrit au printemps sur le mur du temple, en cursive, de larges lettres, rapides, avec le pinceau épais. Le poème était né comme s'il s'était découvert en s'écrivant. Lu

Chen était connu pour improviser ainsi. C'étaient rarement ses meilleurs poèmes, mais ils possédaient une autre sorte de valeur, l'immédiateté du lieu et du moment, alors que l'encre noire donnait une autre sorte d'existence au mur.

Il le faisait pour ses amis et pour le plaisir. Il avait vécu en poésie toute sa vie : révisée avec soin ou rapidement improvisée, ivre ou sobre, par des nuits noires, des nuits de lune, des matins de brume, au cœur du pouvoir ou dans la rébellion, ou en exil, finalement, à Lingzhou.

Les moines avaient contemplé le mur, les mots. Ils lui avaient touché les mains en s'inclinant à de nombreuses reprises. Deux d'entre eux avaient pleuré. Il avait suggéré de boire pour célébrer. En disant qu'il avait vraiment envie de vin, ce qui était seulement la vérité. Un moine avait traversé le village pour revenir avec Lu Mah. Ç'avait été une longue soirée et une longue nuit où l'on avait mangé et bu. Pas le meilleur des vins, mais ce n'était pas toujours ce qui importait le plus. Ils avaient dormi sur place, lui et son fils, sur des lits de camp placés dans une chambre d'invité, et on les avait escortés chez eux au lever du soleil.

C'était l'une des occasions où il avait vu le fantôme sur le toit de la cabane.

Puis, un peu plus tard, les pluies étaient arrivées, l'humidité et les écoulements avaient immédiatement délayé les lettres sur le mur, elles avaient pâli. La dernière fois qu'il s'était rendu au sanctuaire, elles avaient presque disparu.

Il n'en était plus ainsi, il le voyait à présent.

Le poème était revenu. Il était net et clair sur le mur du temple, comme s'il y avait été peint la veille. Il reconnaissait sa calligraphie. Quel homme ne reconnaîtrait pas sa propre manière ? Personne n'était venu pour écrire de nouveau son poème. Nul ne le pouvait.

Ses caractères, qui s'étaient effacés jusqu'à devenir des taches incohérentes, étaient simplement de retour, dans la cursive du poète Lu Chen, souvent proclamé l'égal des géants de la Neuvième Dynastie, selon d'autres, pas lui.

Mais il savait, alors qu'il se tenait silencieux, dérouté, rempli d'humilité, en contemplant ses propres mots, en écoutant les moines murmurer des prières et des incantations pressantes, alors qu'il échangeait un regard avec son fils, il savait que quelque chose, une créature du monde des esprits avait été là, était là en cet instant même, et que c'était – peut-être à la fin d'une existence ? – un suprême présent.

"Honoré et béni", avait-il écrit.

Il se demanda si cela signifiait que sa mort était proche. C'était possible.

"Mes derniers jours", avait-il écrit.

Cela prit du temps, les distances et les obstacles étaient extrêmes, mais le message expédié de Hanjin et qui le rappelait de l'île, lui permettant de revenir jusqu'au domaine où son frère et lui possédaient une ferme, atteignit Lingzhou au printemps suivant. Il y avait une date sur la lettre puisque c'était un document impérial, et ils surent donc qu'elle avait été rédigée le jour même où le Miracle du Poème avait été découvert sur le mur du temple.

À ce moment, des voyageurs avaient commencé à arriver pour voir les mots.

Ils purent partir pour le nord avant l'arrivée des pluies – Lu Chen, son fils et la jeune servante qui avait demandé à les accompagner. Ils passèrent la saison humide dans la ville de Fujou, près des montagnes du sud, parmi les rizières en terrasse. Ils traversèrent les montagnes à l'automne, par de hautes pistes tortueuses. Ils furent deux à atteindre la demeure du frère de Lu Chen qui était aussi la sienne, juste après le Festival de la Nouvelle Année, tard par une douce journée d'hiver, alors que la lune se levait.

La jeune fille était morte à Fujou.

Lu Chen avait vu un autre fantôme cette après-midi-là – il n'aurait pu jurer que c'était le même que dans l'île, mais il le croyait, ce qui était étrange et glaçant. Il avait également vu un renard à découvert, d'un rouge orangé dans le crépuscule, qui le regardait fixement tandis qu'il se promenait la soirée d'avant.

Il penserait toujours, à cause de tout cela, que la mort de la jeune fille lui avait été destinée à lui. Que des esprits étaient intervenus, écartant de lui la trajectoire de la flèche divine pour trouver la jeune fille, puisque la flèche d'un immortel, une fois décochée, doit toujours frapper quelque part.

Ils l'avaient ensevelie selon les rites, avec respect. Mah était en deuil. Lu Chen offrit des prières pour elle pendant le reste de son existence, avec celles pour ses parents, son épouse défunte et ses enfants morts, et celle pour le fantôme, qui était peut-être elle, désormais.

L'un de ses derniers poèmes, parmi les plus chéris, parlait de l'âme d'une femme sous la forme d'un héron gris, perdu sur le versant d'une montagne, loin de son foyer.

L'autre poème, celui sur le mur à Lingzhou, ne s'effaça jamais plus tant que le temple dura. Il était là, et attira les visiteurs pendant toute la durée de la dynastie et après la fin de celle-ci, et après la fin de la suivante. Il survécut à toutes les pluies, à tous les orages, aux inondations, aux calamités, jusqu'à ce que l'édifice prît feu, une nuit d'hiver sans lune, quand un acolyte s'endormit en s'occupant des feux nocturnes et qu'un vent se leva.

On ne vit plus jamais de fantôme sur le toit ou près de la cabane où Lu Chen, le célèbre poète de la Douzième Dynastie, avait vécu le temps de son exil sur l'île, bien longtemps auparavant.

DEUXIÈME PARTIE

CHAPITRE 7

Aucun poète ne prétendrait à l'originalité pour une image de ruisseaux devenant fleuves dans l'espace et dans le temps, comment ceux qui détruisent les champs avec leurs crues, ou se précipitent avec un bruit de tonnerre à travers les gorges et dans les chutes, sont au début des filets d'eau dans les rocs des montagnes, ou des courants souterrains qui trouvent la surface et se mettent à couler à travers les terres à la rencontre de la mer.

L'idée que ces fleuves se rejoignent pour constituer une force unique ne peut prétendre non plus être originale. La preuve est toujours dans les mots – et les coups de pinceau qui les forment. Il n'existe qu'un nombre limité d'idées et de motifs dans le monde.

Les fleuves commencent bel et bien de la manière la plus imperceptible. Les grands événements et les transformations du monde sous le ciel débutent souvent aussi de cette façon, et leurs origines ne sont perçues que par qui se donne la peine de jeter un regard rétrospectif sur le passé.

Une autre idée familière à tous – historiens, poètes, fermiers et même empereurs –, c'est à quel point on voit clairement lorsqu'on regarde en arrière.

L'une des coutumes de la steppe – on ignorait quand cela avait commencé – était que les kaghans des tribus offrant leur soumission à un kaghan plus puissant dansaient pour lui aux cérémonies pendant lesquelles on payait tribut et hommage.

La danse était un acte exécuté par des femmes – servantes, esclaves, artistes engagées, courtisanes – ou par des hommes soumis exposant leur sujétion aux yeux de tous.

Te-kuan, quatorzième empereur des Xiaolus, était un homme fier et dangereux, surtout quand il avait bu. Il était aussi à l'aise lorsqu'il tuait de sa propre main que lorsqu'il laissait d'autres le faire à sa place.

Il ne savait ni lire ni écrire, mais il avait des administrateurs capables de l'un et de l'autre, et c'était dans la nature d'un empereur, à son avis, certainement sur la steppe. En tant que chef de son peuple, de leur empire, il lui était demandé d'être assez fort pour contrôler ses cavaliers et leurs commandants, pour soumettre ou neutraliser les tribus et peuples avoisinants, les obliger à payer tribut et assurer que les Kitans, au sud, si nombreux fussent-ils, le craignent assez pour effectuer leurs propres très larges paiements au nord en argent et en soie.

Te-kuan n'avait aucun problème si les Kitans appelaient "présent" ce paiement. C'était à eux que les mots importaient, et non aux Xiaolus. Dans la steppe, on avait d'autres sujets de réflexion.

"Frère aîné, frère cadet", c'étaient maintenant les termes kitans pour désigner les deux empereurs. Jusqu'à deux années plus tôt, ç'avait été "oncle" et "neveu".

Les conseillers de Te-kuan avaient effectué ce changement. Il s'en souciait peu quant à lui, même s'il comprenait que, lorsqu'on avait affaire aux Kitans, il était sensé de les pousser d'une manière qu'ils comprenaient, de les forcer à s'abaisser de plus en plus. Et ainsi, à présent, il était un frère cadet recevant des présents d'un frère aîné, des mains d'émissaires, chaque printemps.

Il savait, le monde entier savait, ce qu'il était en réalité, un chef de guerre acceptant le tribut d'un empire terrifié. Un empire dont les armées n'étaient pas même capables de défaire les Kislik dans leur désert du nord-ouest.

Les Kislik n'étaient rien ! Te-kuan pouvait les détruire quand il le voulait, mais il valait mieux – ses conseillers l'en avaient persuadé – les laisser avoir leur dure et lugubre contrée et lui payer aussi un tribut.

Ils étaient devenus un problème, bien sûr. Ils étaient mécontents de payer aussi bien les Kitans que les Xiaolus pour avoir le droit de survivre. Ils avaient décidé de résister à celui qu'ils jugeaient le plus faible, bien que plus nombreux. La nouvelle avait fait sourire Te-kuan. Il avait encore souri en apprenant le désastre kitan sous les murs d'Erighaya. Soixante-dix mille soldats? Un gaspillage de vies si consternant qu'on avait peine à l'appréhender. Les Xiaolus n'avaient pas autant de cavaliers à perdre, mais eux, ils savaient se battre. Quand on pouvait se permettre de perdre autant de soldats, cela signifiait qu'on ne se souciait pas d'eux. C'était l'avis de Te-kuan.

Cette guerre, qui avait également épuisé les Kislik, avait affaibli les deux empires voisins du sien. Ils avaient fait la paix cette année, finalement. Ils commerçaient de nouveau. Il s'en moquait, tant qu'ils continuaient tous deux à payer les Xiaolus.

Son peuple vivait dans un monde dur, ouvert aux cieux. Ils étaient les enfants de la steppe et du ciel. Ce qui les définissait, c'était le vent et la sécheresse, et leurs troupeaux. Ici, on était jugé sur ses actes et non sur des mots écrits au pinceau. *L'acte* de l'Empereur kitan, c'était de lui envoyer deux cent mille unités d'argent et la même quantité de soie chaque année.

Qui était réellement le frère aîné? On pourrait rire de leurs vaines prétentions ou s'en irriter parfois, quand on buvait.

Te-kuan régnait sur de nombreux Kitans dans ses propres territoires du sud, ce qu'ils appelaient encore les Quatorze Préfectures, à Hanjin où son "frère" Wenzong tenait sa cour. Wenzong, disait-on, aimait à recevoir ses repas de la main de ses femmes (parfois mâchés par elles d'abord, selon la rumeur!), et avait besoin de deux jeunes femmes pour lui chanter des berceuses toutes les nuits, et rester auprès de lui au cas où il s'éveillerait effrayé dans le noir.

Les territoires disputés, ces Quatorze Préfectures, étaient toujours xiaolus, une partie de leur empire, après tout ce temps. Était-ce une surprise pour quiconque? Ses Kitans lui payaient des impôts, travaillaient, cultivaient des champs. Ils lui étaient utiles. Si certains étaient parfois des fauteurs de troubles, c'était à cela que servaient ses cavaliers. À faire régner l'ordre et agir comme il le fallait.

Alors qu'il chevauchait vers l'est pour l'annuelle cérémonie d'automne avec les tribus sujettes, Te-kuan se prit à penser qu'il aurait pu être accusé lui-même de s'attarder aux mots, s'il préférait être un empereur plutôt qu'un kaghan. On aurait pu le dire. On se serait trompé. Ce n'étaient pas seulement des mots. Cela avait rapport avec ce qu'étaient devenus les Xiaolus.

Un kaghan régnait sur les membres d'une tribu nomade qui parcourait la steppe à la suite de ses troupeaux de bétail, de moutons, de chèvres et de chevaux (toujours des chevaux), au fil des saisons, en combattant les loups et la faim, vivant dans les yourtes qu'ils transportaient, jamais au repos jusqu'à ce qu'ils fussent abandonnés sur l'herbe, sous le ciel, quand ils mouraient.

Un empire… Un empire avait des cités, des murailles, des marchés pour le commerce. Il y avait cinq villes xiaolues importantes, à présent, une dans chacune des directions de l'espace et une au centre. Un empire avait des fermes, des greniers, des impôts, et des hommes qui savaient comment gérer le tout. C'était pourquoi ses sujets kitans avaient tant d'importance. Dans les bonnes années, leurs récoltes pouvaient nourrir les Xiaolus. Les moins bonnes années, ses administrateurs achetaient du riz et du grain en Kitai – avec l'argent que les Kitans lui avaient donné en tribut!

Les empires avaient aussi des sujets qui reconnaissaient leur domination. Et cela, c'étaient les tribus qui appelaient encore leurs chefs kaghans, songeait Te-kuan.

Les empires avaient des scribes, et des cours, et une bureaucratie. Ils avaient des bâtisseurs de structures en bois et en pierre à édifier dans le territoire. Ils savaient comment détourner des rivières, creuser des canaux, irriguer des champs. Et il y avait même une écriture xiaolue, à présent, leur propre calligraphie. Un Kitan l'avait inventée pour eux, certes, mais c'était un sujet de l'Empereur Te-kuan, il servait à sa cour.

Un empereur régnait sur bien des peuples, pas seulement ceux de sa tribu ancestrale, avec leurs souvenirs de nomades.

Les chefs des trois tribus sujettes le rencontraient maintenant au lieu du rassemblement, près du Fleuve Noir. Ils paieraient leur tribut en chevaux, en argent, en ambre et en fourrure, parfois en or, toujours avec des femmes.

Te-kuan préférait les chevaux et l'or. Il avait assez de femmes ; on ne pouvait jamais avoir assez de chevaux.

Il aurait préféré envoyer l'un de ses fils dans ce voyage maintenant. C'était une longue chevauchée, et l'automne était déjà chaud et sec, avec du vent, et des insectes qui les harcelaient lorsque le vent tombait. Mais il était nécessaire que les tribus le voient, il le comprenait – leur Empereur –, afin de reconnaître son pouvoir. Il était accompagné de trois mille cavaliers. Les tribus devaient prendre conscience du fait qu'il aurait aisément pu venir avec une armée, qu'il y avait des raisons pour eux de lui payer tribut, de l'appeler "seigneur".

De danser pour lui la nuit, à la lueur des torches, après le festin.

Autrefois, sous la Troisième Dynastie kitane, mille ans plus tôt, une mode avait commencé de tout regrouper par quatre. Les Kitans aimaient l'ordre, les nombres, la symétrie, et ils appréciaient aussi les débats qui s'ensuivaient.

Ils avaient donc les Quatre Grandes Beautés (et la dernière était toujours Wen Jian, de la Neuvième Dynastie), les Quatre Grandes Batailles, les Quatre Crues les plus Meurtrières du Grand Fleuve, les Quatre Pires Trahisons, les Quatre plus Grands Calligraphes…

Sous la Douzième Dynastie, avec tant d'ingénieux et oisifs *jinshi* diplômés, les regroupements par quatre étaient parfois une source d'amusement. Les gens d'esprit – par opposition aux sages – ont toujours besoin de se moquer. On avait proposé les Quatre Rots les Plus Sonores, les Quatre Pires Maisons de Thé de Hanjin, et même des stupidités comme les Quatre Premiers Chiffres. Après avoir bu assez de vin et en compagnie de gens en qui on avait confiance, quelqu'un proposait parfois les Quatre Pires Premiers

Ministres, mais n'en nommait que trois, en laissant de la place…

C'était un jeu dangereux. le vin induisait en erreur, et "une compagnie fiable" était un concept mouvant et ambigu. Il valait mieux siroter sa coupe et rester tranquille parmi ceux qu'on assumait être des amis. Il y avait des espions, pour commencer, employés par le vieux Premier Ministre et ses partisans – et ses partisans, la nouvelle génération, étaient connus pour être pires que le ministre Hang.

Un petit nombre d'ironistes se moquant d'une tradition ne suffisait pas à y mettre fin. Ceux qui plaisantaient ainsi reconnaissaient implicitement la force de ce motif. Et il arriva donc que, quelques années après ces événements, une liste devint bien connue, celle des Quatre Erreurs les plus Calamiteuses.

Parmi celles-ci, incluse de manière routinière, se trouvait une décision du quatorzième empereur des Xiaolus, une nuit d'automne, parmi ses sujets d'orient. Que ce fût inclus dans une liste kitane était remarquable : les Xiaolus étaient des barbares, et l'incident en question impliquait leurs affaires avec une autre tribu. Un peuple dont les Kitans avaient à peine entendu parler à l'époque.

Cette obscurité était à la base de tout, évidemment. Le monde peut changer – et en effet il changea – avec une incroyable rapidité.

Les coupes de *kumiss* restèrent après le festin, et les urnes dans lesquelles elles étaient régulièrement remplies. La nourriture et les bols avaient été emportés par les hommes assignés au service. Ils appartenaient aux trois peuples qui payaient un tribut. C'était le travail des esclaves, normalement, ou bien des femmes desservaient, puis servaient d'autres façons, dans les tentes ou dehors dans l'obscurité, sur l'herbe d'automne. Mais dans ces réunions, tout avait un sens. Il n'y avait point de femmes ici, à part celles qu'on donnait en tribut à l'Empereur des Xiaolus.

Il n'y avait pas non plus de chamans. Les chamans étaient dangereux. Les mets de l'Empereur étaient préparés par ses propres gens. Un eunuque les goûtait. Te-kuan avait adopté de la cour kitane l'usage des eunuques. Tout ce qu'on faisait dans le sud n'était pas folie. Certains de ces hommes castrés étaient intelligents et utiles. D'autres… goûtaient sa nourriture au cas où elle aurait été empoisonnée.

Les hommes sans famille à protéger ou à faire avancer s'alignaient sur le chef qu'ils servaient. Te-kuan trouvait cela sensé. Les exigences familiales, les épouses ambitieuses, pouvaient mener un homme à s'égarer. La steppe était remplie d'un horizon à l'autre de telles histoires.

On avait planté des torches sur des piquets tandis que le soleil baissait et elles brûlaient à présent devant les yourtes. Ce travail avait été accompli par les trois tribus sujettes : les Khashin, les Jeni, les Altaï. Ils étaient arrivés au Fleuve Noir avant l'Empereur, ainsi qu'il convenait. Ils avaient attendu Te-kuan. Ils étaient ses sujets. Ils lui payaient un tribut. Ils dansaient pour lui.

Il retournerait bientôt chez lui avec ses trois mille guerriers, de nouveaux chevaux, un tribut de belle taille et la confirmation de ses alliances dans l'est. On aurait dû se trouver dans un meilleur état d'esprit, songeait Te-kuan en considérant tout cela.

Le kaghan de la tribu khashin se nommait Paiya. C'était un homme de forte carrure, mais qui tenait mal son *kumiss*. Il était déjà ivre, ce qui était divertissant. Un chef devait être capable de boire avec ses cavaliers pour garder leur respect. Paiya, debout, titubait. Il leva sa coupe à l'adresse de Te-kuan et la but. Puis il la jeta dans le brasier au centre du cercle.

Ensuite, il se mit à danser autour du feu pour son empereur. Des étincelles jaillissaient, une fumée noire s'élevait des torches, voilait les étoiles là où le vent l'emportait, puis les dévoilait. Paiya dansait bien pour un homme si enfoncé dans l'ivresse. Peut-être *à cause* de cela. Il devait être difficile de danser ainsi devant un autre homme, devant son propre peuple, si l'on était sobre et fier, les yeux durs.

Une pensée. Te-kuan observait la large silhouette vacillante du chef des Khashin qui dansait en rond autour du feu, vit une étincelle atterrir sur son vêtement, puis une autre. Te-kuan but, tendit sa coupe. Un grand eunuque la remplit en hâte. Il but de nouveau, toujours en réfléchissant.

Paiya finit de danser. La danse avait duré assez long-temps, aucun signe de rancœur, même si Paiya devait avoir le sentiment d'être une moitié d'homme. Il leva une main, paume levée, en salut. Les tribus de la steppe ne s'inclinaient pas. Les Xiaolus ne s'attendaient à des courbettes que de la part des émissaires kitans.

Sous les étoiles de l'automne, le kaghan des Jeni se dressa à son tour. C'en était un nouveau, et jeune. Les Jeni avaient été rétifs au temps du père de Te-kuan. Une forte expédition avait été envoyée, les troubles avaient cessé. Te-kuan examina avec attention le jeune Jeni. L'homme (il en avait oublié le nom, c'était sans importance) était plus sobre que Paiya des Khashin.

Il dansait cependant. Un saut par-dessus le brasier, et dans l'autre sens, très haut, les mains tendues, en claquant des talons. Il y eut des rires et même de l'approbation. Te-kuan se permit de laisser voir un sourire. Oui, qu'un chef tribal trouve fierté et approbation en dansant bien pour son empereur. C'était un homme avenant, celui-ci. Les Jeni étaient des gens d'aspect plaisant. Te-kuan se demanda comment seraient les femmes qu'ils lui avaient amenées – la première fois qu'il y songeait.

Un autre saut par-dessus le brasier, en trajectoire haute, une jambe allongée devant, l'autre derrière. Ce jeune homme montrait-il trop sa prouesse, affirmant ainsi la force et la puissance des Jeni ? Te-kuan cessa de sourire. Il but. Jeta un coup d'œil à sa gauche, le côté du cœur, où se trouvait le conseiller en qui il avait le plus confiance.

Yao-kan murmura : « C'est sa première danse, Seigneur de la steppe. Il se présente aux deux autres kaghans. Rappelez-vous, les Altaï les ont attaqués l'an passé, lorsque le père de celui-ci est mort. Il y a eu des affrontements. »

Les Altaï avaient saisi des pâturages jeni, et le contrôle de la rivière qui avait marqué les frontières, en déplaçant les limites tribales et l'accès à l'eau. C'était une des affaires que Te-kuan aurait à régler au matin, une raison partielle de sa présence.

« Son nom ? demanda l'Empereur.

— O-Pang. Son père était… »

— Je me rappelle le père. »

Te-kuan était de nouveau mécontent, tout à coup. Son regard passa du danseur à l'endroit où les Altaï étaient assis par terre, en tailleur, torse nu, coiffés comme ils le préféraient encore – les cheveux rasés sur le devant et le sommet du crâne, longs sur les côtés et la nuque, jamais attachés. Plus longs que ceux d'une femme xiaolue, songea Te-kuan, acide.

Les Altaï venaient du nord-est, du côté de la péninsule koreini, des territoires connus pour être les pires du monde. Sauvages en hiver : neige et glace, et des monstres des glaces qui rôdaient au-delà des foyers des grandes salles dans les nuits sans lune (du moins le disait-on). Bouillants l'été, ruisseaux asséchés, vastes nuages de moustiques et de mouches noires qui effaçaient le soleil, tuaient les bêtes et rendaient les hommes fous. Pas étonnant qu'ils essaient de descendre dans le sud, les Altaï. Et dans l'ouest, peut-être, songeait l'Empereur des Xiaolus en buvant son *kumiss* à petites gorgées. Peut-être voulaient-ils aussi se répandre dans l'ouest.

Ils n'étaient pas nombreux, ils ne pouvaient vivre en grand nombre dans des contrées aussi rudes. C'était ce que les Altaï avaient de bon. Avec leurs fourrures et leur ambre. Leurs femmes lui semblaient laides, trapues. Hommes et femmes avaient de durs petits yeux noirs. Les hommes montaient à cheval comme personne.

O-Pang des Jeni accomplit un dernier saut. Te-kuan le vit vaciller un peu en atterrissant et eut un sourire retenu. O-Pang se retourna et leva une main pour saluer son empereur. Te-kuan, toute politesse, le salua en retour. Il ne l'avait point fait pour le premier kaghan. Que ce jeune homme reçoive un petit cadeau. Qu'il continue à danser.

Te-kuan était toujours d'humeur sombre. Cela lui arrivait parfois. Le *kumiss* avait peut-être à y voir. Il jeta de nouveau un coup d'œil du côté des Altaï. Leur kaghan, qui les commandait depuis longtemps, se nommait Yan'po. Un homme couvert de cicatrices, au torse en barrique, plus âgé que Te-kuan. Des poils noirs lui couvraient bras et poitrine comme la fourrure d'une bête. Les Altaï adoraient encore des animaux, à l'ancienne manière, trouvaient leur esprit totem parmi eux. Leurs chamans effectuaient leurs magies parmi ces esprits.

Il y avait des tigres dans les forêts, là d'où ils venaient. Les plus gros du monde, disait-on. Leurs rugissements nocturnes, réduisant à néant la force d'un homme, le rendaient incapable de se tenir debout. Même un brave guerrier s'effondrait à terre, frappé de cécité, et rencontrait sa mort en tremblant sous les griffes du tigre.

Ce n'était pas Yan'po des Altaï que l'Empereur observait, dans ce qu'il appelait son humeur noire. Humeur noire, songeait-il. Altaï noirs. Il vida sa coupe, la posa sur le sol près de lui. Il leva un doigt : « Nous voulons que celui-ci danse pour nous », dit-il.

Il souriait, un sourire qu'aucun de ses gens n'aurait jamais confondu avec de l'amusement. « Nous désirons épargner à notre vieux compagnon et sujet Yan'po de danser cette nuit. Qu'un homme plus jeune, leur chef de guerre, surpasse le kaghan des Jeni, tout comme il a tenté de le surpasser dans une attaque, au printemps. »

Il y avait eu de la bonne humeur, des échanges et des rires nourris de *kumiss*, dans le cercle des torches sous les étoiles et le ciel. Tout cessa. Soudain, plus un mouvement. Même les hommes qui versaient le *kumiss* s'étaient immobilisés. Dans le silence, on pouvait entendre le crépitement du feu et les bruits des chevaux dans la vaste nuit.

De l'autre côté du brasier, le chef de guerre des Altaï regarda fixement l'Empereur. Il murmura, en remuant à peine les lèvres : « Non.

— Il te tuera, dit près de lui, à sa gauche, son frère qui regardait aussi droit devant lui.

— Eh bien, il me tuera. Je ne danserai pas.

— Wan'yen...

— Non. Venge-moi. »

Un mouvement à sa droite. Leur kaghan se levait avec des gestes pesants.

« Je n'ai pas abandonné mon titre, Empereur des Xiaolus. Cette danse m'appartient.

— Kaghan, non ! s'exclama le chef de guerre près de lui en levant vivement les yeux.

— Je te parlerai plus tard », lança le kaghan d'un ton sec.

La chevelure clairsemée de Yan'po était encore longue et brillante sous l'éclat de la torche la plus proche. Une cicatrice diagonale lui barrait la poitrine de la gorge à la hanche. Il lui manquait deux doigts à la main gauche.

De l'autre côté, à travers la flamme, on put voir l'Empereur secouer la tête. « J'ai dit le chef de guerre, kaghan des Altaï. Il a mené l'attaque contre les Jeni.

— Aucun des actes des Altaï n'échappe à mes décisions », déclara Yan'po. Sa voix était ténue mais claire.

« En vérité ? Vous étiez au fleuve, alors, kaghan, pour la bataille au printemps ? »

Yan'po resta silencieux. Tous savaient qu'il ne s'y était point trouvé.

« Quand la tribu des Altaï est-elle allée en guerre sans son kaghan, la dernière fois ? ajouta l'Empereur. J'ai maintenant des historiens à ma cour, ils désireront le savoir. Ils écrivent ces choses. » Il l'avait dit d'un ton mauvais, comme un coup de fouet.

Yan'po changea de position, mal à l'aise. « Je danserai, insista-t-il, obstiné. C'est ma tâche et… mon devoir.

— Asseyez-vous ! » dit l'Empereur des Xiaolus, et c'était un ordre. « J'ai fait savoir qui je veux voir danser pour moi. Gardes, si le chef de guerre des Altaï ne se lève pas, abattez les trois hommes qui se trouvent à sa gauche. »

L'un de ces hommes serait le frère de Wan'yen.

« Je suis le kaghan ! s'écria Yan'po

— *Et je suis l'Empereur !* » déclara Te-kuan. Il regarda le chef de guerre des Altaï, près de la silhouette dressée de son kaghan. « Est-ce que tu danses ou est-ce que j'abats trois hommes et laisse ton kaghan danser, après tout ? Je serai satisfait dans les deux cas, ai-je décidé. »

Les gardes de l'Empereur avaient pris leur arc mais n'y avaient pas encore encoché de flèche. Aucun délai ne leur serait nécessaire. C'étaient des cavaliers de la steppe.

Wan'yen se leva.

Il n'était pas de forte taille mais mince et musclé. Son visage était un masque impassible. Pas un soupir ne s'éleva des hommes assemblés.

« Je suis honoré d'épargner à mon kaghan de sautiller dans le noir », dit Wan'yen des Altaï, décrivant ainsi la danse, une manière d'en amoindrir l'importance.

Puis il se mit à danser.

Cette danse ne ressemblait pas à celle des autres ni à rien que quiconque eût jamais vu à une réunion pour les tributs. Wan'yen dansa une guerre. Par-dessus le feu, autour du brasier, dans le cercle des cavaliers rassemblés sous les étoiles, dans l'étendue herbeuse, près du fleuve.

Il bondit par-dessus les flammes comme le kaghan des Jeni, mais son mouvement ne voulait pas évoquer la grâce ou la jeunesse, plutôt une dure et farouche puissance. Il ne claqua pas des talons, ne tendit pas les jambes comme une esclave qui espère attirer un homme et se bâtir une vie sur les ruines de sa capture.

Il passa au-dessus du brasier comme sur un fossé défensif dans une bataille. Il atterrit de l'autre côté, celui de l'Empereur, pieds écartés, bien en équilibre, et l'on pouvait – aisément – imaginer une épée de cavalier dans sa main ou un arc. Il se découpait, tour à tour visible et invisible, sur la lumière mouvante du feu dans son dos et celle des torches alentour.

Il contourna de nouveau le brasier, vers sa propre tribu, en tournant le dos à l'Empereur. Ses mouvements à présent étaient ceux d'un combattant qui feint la retraite : des pas rapides visant à attirer un ennemi dans une poursuite téméraire. Puis, une fois de l'autre côté du feu, il sauta de nouveau au-dessus des flammes, mais cette fois dans une virevolte, cul par-dessus tête, les genoux relevés – le genre de saut qu'accomplissent les meilleurs cavaliers sur le dos de leur monture pour franchir un mur.

Il atterrit de nouveau près du groupe des Xiaolus et de leurs archers, qui tenaient toujours leur arc. Le feu lança des étincelles derrière lui quand il atterrit, à une demi-douzaine de pas de l'Empereur.

Le chef de guerre des Altaï regarda Te-kuan et, dans la lumière inégale et vacillante, ce regard ne pouvait être considéré comme soumis, même si l'on s'y forçait.

Il revint sur ses pas en tournoyant et en tourbillonnant, accroupi puis bondissant très haut, la main droite tendue, et l'on pouvait encore imaginer une épée dedans tandis qu'il se rapprochait des torches et les contournait, se mouvant toujours comme un guerrier au combat et non comme un danseur. Il se fendait, il tombait à genoux, il roulait de côté, il se redressait et reprenait.

Très calme, l'Empereur Te-kuan déclara (c'était son tour de regarder droit devant lui) : « Il doit être abattu quand il s'arrêtera. Dis-le aux archers. »

Et, tout aussi bas, Yao-kan, le conseiller auquel il se fiait le plus, un membre de son clan, le compagnon de son enfance, déclara : « Non, mon seigneur. Ils ont fait ce que nous avons demandé. Il danse.

— Il ne danse pas, dit l'Empereur des Xiaolus.

— Si ! Il est jeune, grand seigneur, nous aurons besoin de son orgueil et de son talent. Rappelez-vous que les Koreini, dans leur péninsule, sont en train de devenir agressifs. Ils pourraient attaquer l'ouest ce printemps. Nous en avons parlé. Les Altaï seront notre première ligne de défense contre eux.

— Les Altaï, peut-être. Mais pas celui-ci, dit Te-kuan. Regarde ses yeux.

— Ses yeux ? Il fait nuit, mon seigneur, il y a des torches, nous avons tous bu. Vous les avez contraints à la soumission. Nous devons laisser aux tribus une miette de fierté si nous voulons nous en servir. Nous voulons qu'elles soient fortes.

— Je veux celui-là mort.

— Alors nous aurons une guerre ici, et personne n'en bénéficiera.

— Moi oui. De sa mort.

— Grand seigneur, cousin... je vous en prie. »

Wan'yen se trouvait toujours en mouvement de l'autre côté des flammes. Il était proche de l'endroit où étaient assis les chefs des Jeni. Ils s'étaient battus au printemps. Cette affaire devait être réglée, les conséquences de cet affrontement, au matin. L'Empereur des Xiaolus regarda à sa gauche son cousin, son compagnon. « C'est ce que tu me conseilles ? Nous allons le permettre ?

— Oui. Quand vous vous lèverez pour remercier les tribus, regardez son kaghan seulement. Ne jetez même pas un coup d'œil à l'autre quand il s'assiéra. Faites comme si ç'avait été un divertissement pour vous, un jeune homme qui jouait à la guerre.

— Il n'est pas si jeune.

— Encore mieux. Il combattra les Koreini pour vous s'ils viennent ! »

L'Empereur resta un moment silencieux. « Nous allons décider en faveur des Jeni, demain ?

— Bien sûr. Et voilà qui montrera aux Altaï où réside le pouvoir. Les limites de leur défi. » Le cousin sourit. « J'ai vu les femmes jeni. J'y suis allé cette après-midi. Elles apaiseront toute possible affliction. »

L'Empereur regarda au loin. Il regarda se terminer la danse de l'Altaï. Il y eut des applaudissements, des rires. Les tribus attendaient sa réaction.

« Fort bien, dit l'Empereur Te-kuan. Je suivrai ton conseil. »

Ainsi parla-t-il, sur l'herbe, dans l'automne, sous le fleuve des étoiles.

Il reprit sa coupe là où il l'avait posée, se leva pour manifester son approbation des danses exécutées pour lui en cette nuit.

En observant, en écoutant, son conseiller prit une grande inspiration, heureux d'avoir calmé la fureur impériale et évité un affrontement qui aurait sûrement mené à l'élimination du kaghan altaï et de toute sa troupe, en affaiblissant ainsi une tribu tout entière et en altérant l'équilibre dans l'est. Il fallait voir plus large dans ce jeu des empires et des tribus sujettes, des ennemis au sud, à l'ouest et dans le lointain orient. Il fallait donner de sages conseils à des empereurs irrités, impulsifs, auxquels manquait, peut-être, la vision dont on était soi-même doté. Il s'apitoya brièvement sur les fardeaux de sa position. Abattre le chef de guerre des Altaï ? à une assemblée de tribus ? Yao-kan secoua très légèrement la tête. Nous autres, les Xiaolus, songea-t-il, nous avons encore du chemin à parcourir avant de comprendre la nature d'un empire. Il ferait son possible. Il but, avec retenue, à sa coupe.

Dans un très bref laps de temps, très bientôt si l'on considère ce genre d'événement, il se retrouverait, avec son cousin l'Empereur, enterré jusqu'au cou dans de l'herbe sèche, à midi, en plein milieu de l'été. On verserait du sang sucré sur leur tête et dans leur bouche, qu'on les forcerait à ouvrir. Leurs bras seraient impuissants, enfouis dans la terre bien tassée. Ils ne pourraient rien d'autre que remuer la tête de droite et de gauche, en hurlant. Il y aurait une fourmilière non loin, des fourmis de feu. Les hurlements, bien entendu, permettraient aux fourmis de pénétrer dans leur bouche.

Les chefs des Altaï, y compris le chef de guerre et son frère, seraient assis en cercle, très semblable à celui du tribut mais au soleil, et regarderaient les deux Xiaolus être dévorés et transformés en crânes. Cela ne prendrait que peu de temps.

Les événements subséquents se développeraient rapidement aussi.

Bien longtemps après, les poètes kitans et les gens d'esprit établiraient la liste des Quatre Erreurs les Plus Calamiteuses.

Même les plus vastes fleuves, se déversant avec tumulte ou s'étalant dans la mer indifférente qui engloutit tout, ont de modestes commencements, parfois sous la lumière de la lune.

CHAPITRE 8

Daiyan avait changé pour deux raisons, à travers le vent et le froid de l'hiver qui allait se terminer.

Dans leur marais, ils avaient abris et nourriture, malgré les possibles maux infligés par les éléments. Les hors-la-loi passaient l'hiver mieux que bien d'autres, dans des huttes et des baraquements de bois, derrière le réseau des canaux et le labyrinthe des voies marécageuses. Les soldats ne s'aventuraient plus dans les traîtres passages des marais. Ayant reçu l'ordre d'éliminer les bandits, ils s'y étaient essayés par deux fois dans le récent passé et ils avaient été repoussés, perdus sans espoir dans le jeu changeant et complexe de l'eau et de la terre détrempée, avec de nombreuses pertes, beaucoup par noyade, avant que les survivants ne fissent retraite. Après la seconde tentative, ils n'étaient pas revenus.

Les hors-la-loi des marais regardèrent la contrée se réchauffer lentement avec l'arrivée du printemps le long du Grand Fleuve, qui était très large dans cette région. Les jours de brume, on ne pouvait voir l'autre rive. Les oiseaux revinrent avec leurs chants, les oies sauvages migrèrent vers le nord en flèches brisées. Les hors-la-loi virent atterrir les grues aux longues pattes, les virent s'envoler. C'était la saison des amours. Il y avait des renards.

Daiyan aimait les grues, mais elles influençaient son humeur, à cause de ce qu'elles signifiaient dans la poésie, sur les flacons de vin, les tasses à thé, les peintures. Un symbole. La fidélité. On lui avait enseigné de telles choses autrefois. Dans une autre vie.

Il observait tout cela, parfois avec les autres, parfois seul, à la recherche de silence et d'espace sous le ciel, le long de la plate étendue marécageuse. Après tant d'années, il était un chef ici, désormais, même s'il était encore bien jeune pour cela. Personne ne le surpassait à l'arc. Ils tenaient des concours. Personne n'était meilleur que lui.

Il maniait bien l'épée aussi, l'un des meilleurs, sinon le meilleur. Ils mettaient ce talent à l'épreuve également, dans le marais. La taille introduit une différence, avec des lames, si la vitesse est la même, et il y avait parmi eux des hommes de plus grande taille. L'un d'eux avait des talents mystérieux ; c'était, disait-il, un legs des Kanlins, qui étaient des êtres de légende.

Daiyan avait essayé d'obtenir que cet homme l'entraîne, mais l'autre était d'un caractère difficile et, voyant comme un avantage personnel d'être le seul à pouvoir accomplir certaines prouesses, il avait refusé. Il avait probablement raison.

Daiyan avait offert en échange de lui apprendre le tir à l'arc, mais l'autre méprisait cette arme de barbare, avait-il déclaré, une opinion largement répandue. « Ça tue qui on a besoin de tuer », avait simplement répliqué Daiyan.

Il avait fini par être connu comme un homme qui avait besoin quant à lui de solitude. Il lisait des livres quand il pouvait en trouver. Ils étaient difficiles à conserver dans l'humidité du marais. Il écrivait parfois, des réflexions, puis les détruisait en les jetant au feu ou dans l'eau.

On avait le droit d'être un peu différent si l'on était un bon combattant et excellait à élaborer des plans comme à les réaliser. Si l'on rapportait de l'argent et de bonnes recrues, si l'on faisait affaire avec les villages pour nourriture et remèdes, et qu'on tuait avec efficacité lorsque c'était nécessaire. Il était habile à faire rire, à éviter une querelle, ce qui était dans les deux cas utile parmi des hommes vivant en trop grande proximité les uns des autres. Il s'était laissé pousser la barbe afin de paraître plus âgé et se promenait parfois avec un manteau à capuchon au lieu d'un chapeau.

Ses pensées le harcelaient, assombrissaient son humeur et l'envoyaient marcher à l'écart, au crépuscule, même dans la pluie d'hiver.

On avait continué, avec le temps, à apprendre l'échelle du désastre dans le désert du nord-ouest : la fin de la longue guerre, les conséquences de l'assaut manqué contre Erighaya. Les histoires arrivaient encore maintenant. Le reste de l'armée impériale, partout où l'on était en poste, avait été accablé par le récit de cette retraite. On avait exécuté la plupart des chefs survivants de l'expédition. Le commandant principal, l'eunuque Wu Tong, avait survécu. Les politiques de la cour, des amis puissants.

Daiyan s'imaginait souvent en train de le tuer de ses propres mains.

Il pensait aussi qu'une armée avait besoin de chefs, pas seulement d'hommes qui servent et combattent, et le véritable ennemi (assurément !) était toujours les Xiaolus. Et le véritable but, la nostalgie profonde, demeurait les Quatorze Préfectures. Perdues, abandonnées – et on payait toujours un tribut au nord.

Même adolescent dans l'ouest, il avait haï l'histoire de cette reddition. Il avait rêvé, dans son lit étroit, de brandir une épée et de tout changer. Rien de tout cela n'était différent maintenant pour lui, même si presque tout le reste de son existence avait tourné autrement qu'il ne l'avait pensé – avec ce moment sur une route de campagne, au tout début.

Il ne s'appesantissait pas sur ce souvenir. C'était pénible. Il en écartait ses pensées en se demandant plutôt pourquoi on avait combattu les Kislik, pour commencer. Les Kislik n'avaient vraiment aucune importance. Cette idée-là, il s'y attardait. Personne ne le lui avait expliqué. Non que de sagaces aperçus politiques fussent aisés à obtenir dans le monde qui était le sien. On ne pouvait s'arrêter dans un *yamen* de ville marchande et s'entretenir avec un sous-préfet en buvant du thé épicé et en grignotant des biscuits sucrés.

Y songer, penser à quel point il était coupé de tout, le plongeait dans l'agitation. Certains matins, il prenait trois ou quatre des nouvelles recrues et longeait avec eux leur côté du fleuve pour chasser, glaner des nouvelles, leur apprendre à se déplacer sans être vus sous un ciel d'hiver. Parfois il leur offrait du vin et une fille dans des estaminets de villages qu'ils savaient être sûrs. Puis ils revenaient au marais.

Cette fois-là, avec le printemps qui s'en venait et le monde qui s'éveillait, il n'avait pas envie d'enseigner quoi que ce fût. Il discuta avec les autres chefs et quitta le camp un matin. Il agissait souvent ainsi et revenait avec des informations utiles, c'était accepté et même encouragé. Ren Daiyan, tous le savaient, était différent.

Zhao Ziji l'accompagna. Il l'accompagnait presque toujours.

Ils allèrent vers l'est, dans la campagne qui se réchauffait. Virent les premières feuilles apparaître, les premiers boutons de fleurs. Il plut par deux fois, ce qui était bon. On avait besoin de pluie de printemps dans cette région, toujours. Ils dormirent sous les arbres, sauf une nuit avec le batelier qui leur ferait traverser le fleuve. On pouvait se fier à cet homme. Il haïssait d'une haine égale les officiers des impôts et les gens des Fleurs et des Pierres.

C'était un homme âgé. Il possédait ce traversier depuis trente ans, leur avait-il dit. Son fils avait eu l'intention de le reprendre, mais il avait été recruté pour la guerre, huit ans plus tôt, et il y était mort.

Il les aurait transportés pour rien, ils lui avaient rendu service à plusieurs reprises au cours des années, et les bandits, du moins ceux que commandait Ren Daiyan, voulaient inspirer la confiance autant que la crainte à ceux dont ils pourraient un jour avoir besoin. Il insistait toujours pour payer. On était fier, des deux côtés, l'homme du traversier et les bandits du marais.

Ils étaient presque six cents dans leur marécage, l'une des plus importantes compagnies de cette région de la Kitai. Daiyan en commandait cent. Il était peut-être jeune, mais ce dont il était capable était clair. Nul n'était plus rusé pour trouver des marchands pourvus d'argent et de biens dans cette région médiane du fleuve, pour leur tendre des embuscades ou attaquer les contingents des Fleurs et des Pierres – à qui il vouait une haine d'une intensité toute particulière. Il avait abattu six membres d'une troupe, l'automne passé, des flèches, et toutes dans leur cible.

Il laissa le batelier les loger pour la nuit et leur offrir à boire et à manger. L'autre leur confia ce qu'il avait entendu pendant l'hiver et dont une partie était nouvelle, et utile. Les gens allaient et venaient, ils bavardaient. Un homme à son gouvernail pouvait tendre l'oreille.

Il ronflait la nuit. Ziji lui donna un coup de pied pour qu'il se retourne quand ses ronflements devinrent trop forts dans la petite cabane au bord du fleuve.

Tôt dans la matinée, ils traversèrent le Grand Fleuve sous une pluie fine, en entendant les oies dans le ciel même s'ils ne pouvaient les voir. Un moment paisible, le fleuve si large que la rive nord n'apparaissait qu'à mi-chemin, comme jaillissant d'un autre monde ou d'un rêve.

Chunyu, une grosse ville non loin de cette rive, était un endroit où les hors-la-loi pouvaient venir chercher des vivres et des nouvelles. Elle avait de petits baraquements à sa lisière ouest, mais malgré les soldats, mal entraînés, en général craintifs, c'était un lieu inconfortable pour les officiers du gouvernement. On avait augmenté les impôts afin de payer la guerre contre les Kislik, et, en même temps, les gens des Fleurs et des Pierres avaient commencé à s'affirmer tout le long du fleuve, exigeant de la main-d'œuvre gratuite. L'hostilité à l'égard de ceux qui étaient en rapport avec la cour, dans cette partie du fleuve, était extrême.

On ne pouvait dire que Chunyu était une ville sans loi. Il y avait les anciens, nommés comme toujours, et une milice de fermiers chargés d'aider la garnison. Les impôts étaient bel et bien collectés, au printemps et à l'automne. Sinon, on battait les anciens, ou pis. Mais il n'y avait pas de *yamen*, et les divers magistrats de la sous-préfecture, plus au nord, officiellement chargés des enquêtes criminelles dans la région, avaient tendance à laisser Chunyu administrer sa propre justice.

C'était assez loin du marais, et les hommes de leur bande venaient rarement là, de sorte que Daiyan ne se souciait guère d'être reconnu. On donnait des récompenses à qui dénonçait des hors-la-loi, et il était difficile de blâmer quelqu'un dont les enfants étaient affamés. Il vous appartenait, selon Daiyan, de ne pas vous mettre ni de les mettre dans une position où des ennuis pouvaient arriver.

C'est la raison essentielle pour laquelle il se blâma plus tard.

En approchant de la ville, tard dans la journée, tandis que le ciel s'éclaircissait, Daiyan ne portait pas sa capuche, qui le rendait trop remarquable. Il avait mis un chapeau de paille, comme tous les ouvriers ou les fermiers. Son arc et son carquois, avec les épées, étaient dissimulés dans un bosquet. Une fois, on leur avait volé leurs armes ainsi cachées. Ils avaient poursuivi et abattu les voleurs.

Ils ne portaient que des poignards. Ils attendirent jusqu'à la tombée de la nuit puis entrèrent dans la ville en compagnie d'hommes qui revenaient chez eux sous les étoiles, après leur journée dans les champs printaniers. Ils se rendirent dans une auberge connue d'eux, près de la place du marché, au centre. Le propriétaire avait été un homme des bois lui-même dans sa jeunesse. Il s'était retiré ensuite à Chunyu. Cela pouvait arriver. On changeait d'existence. Il les connaissait et il était fiable.

La salle d'en avant était bondée. Deux brasiers, des lampes allumées, l'odeur de la cuisine et du dur labeur des hommes. La fin de la journée, les bavardages, les rires. Une impression de vie, de chaleur, bien différente du marais. Il y avait des femmes pour servir.

Le propriétaire laissa une des filles prendre leur commande et la leur apporter. Plus tard, il passa d'un air indifférent près de l'endroit où ils étaient assis. Il laissa tomber une lettre sur leur table. Elle était tachée et froissée. Et adressée à Daiyan.

Il la contempla longuement. Ziji l'observait.

Il vida sa coupe, la remplit, but de nouveau. Il reconnaissait ces coups de pinceaux. Bien sûr, il les reconnaissait.

Cher fils,

J'envoie cette lettre avec la bénédiction d'un père, dans l'espoir qu'elle te trouvera. L'honorable Wang Fuyin, autrefois notre sous-préfet, est maintenant magistrat en chef à Jingxian. Il a eu la bonté de m'écrire qu'il te croit toujours en vie et qu'il est possible de te trouver parfois dans une certaine ville nommée Chunyu. J'envoie donc là ce message, à l'auberge qu'il a suggérée. Il écrit qu'il te reste reconnaissant de lui avoir sauvé la vie, ce qui honore notre famille.

Ta mère est toujours en bonne santé et ton frère se trouve maintenant avec moi au yamen, *promu dans la garde. C'est grâce à l'aimable intervention du sous-préfet Wang avant son départ. Je suis aussi en bonne santé, par la grâce des dieux et de nos ancêtres, alors que je prends mon pinceau.*

Je t'écris seulement pour te confier ces nouvelles, non pour émettre un jugement sur les choix que tu as faits. Il me semble que le destin est fortement intervenu pour influencer ton existence. Cela peut arriver.

J'espère que cette lettre te parviendra, mon fils. Il me ferait bien plaisir que tu m'envoies de tes nouvelles et je sais que cela apaiserait le cœur de ta mère. Je garde confiance que la manière dont tu as été élevé ainsi que ton éducation et ton respect pour l'honneur de notre famille t'aideront à prendre des décisions convenables.

Je te souhaite beaucoup de bien, mon fils, et je penserai à toi pendant le Festival de la Nouvelle Année, ici, chez nous.

Ton père, Ren Yuan.

Il n'y avait pas vraiment pensé au cours des ans, avait évité d'y penser, mais il avait sans doute espéré que son père, l'homme le plus honorable qu'il connût, aurait simplement supposé que son fils cadet était mort, peut-être dans la forêt le jour où il avait sauvé la troupe du sous-préfet.

Cela aurait été plus facile, sur bien des plans. Cette lettre était pénible à lire. *Non pour émettre des jugements.* Son père n'était pas un homme qui jugeait autrui, mais refuser de juger impliquait tant de courtoisie et de retenue ! Daiyan, assis dans une auberge près du fleuve, par une nuit de printemps, revoyait son père en esprit. La plupart du temps, il essayait de ne point le voir.

Un homme décent, vertueux, qui remplissait ses devoirs envers les ancêtres, la famille, les dieux, l'empire – et son fils était un des hors-la-loi du marais.

Ce qui signifiait qu'il dépouillait du monde, en tuait parfois. En tuait, effectivement.

*Je te souhaite beaucoup de bien, mon fils, et je penserai
à toi.*

Il but beaucoup cette nuit-là à Chunyu, alors que se
levait une lune éclatante. On commet des erreurs lorsqu'on
boit trop, on se laisse devenir mélancolique, on se perd dans
ses souvenirs.

Ziji déclara que c'était une mauvaise idée, mais Daiyan
insista pour quitter l'auberge, en dédaignant ses filles, pour
aller à la maison des chanteuses. Ce pouvait être dangereux :
des marchands s'y trouvaient peut-être, bien gardés, des
officiers des baraquements, des officiels en route pour ici
ou là en Kitai.

Daiyan avait emmené une des plus jolies filles dans une
chambre et il avait été hâtif avec elle, une rencontre érotique peu satisfaisante. Elle ne s'était pas plainte : les filles
n'étaient pas entraînées à se plaindre. Et il était jeune et
bien bâti. Ce qui lui avait semblé à lui rude et furieux était
probablement pour elle une occasion ordinaire. Et puis, il
était même un homme assez important.

Car il se trouva qu'elle connaissait son identité.

« Désolé, dit-il, je suis un imbécile.

— Ce soir, oui. » Ziji n'était pas dérangé, plutôt amusé.
C'était la force de cet homme, compte tenu de la situation
présente. « Il y avait quoi, dans cette lettre ? »

Daiyan n'était pas prêt à répondre, mais au moins il
n'était plus ivre. Fuir au péril de sa vie dans une ville étrangère
peut vous dessaouler rapidement. Il faisait froid, en pleine
nuit, avec cette lune qui brillait trop. Ils étaient accroupis
dans une allée contre un mur de pierre, dans l'ombre.
Daiyan avait laissé son manteau dans la chambre. Seulement
eu le temps de passer en hâte tunique et pantalon, et d'enfoncer ses pieds nus dans ses bottes. Ses cheveux étaient
libres, il n'avait pas de chapeau.

« Il faut tuer cette fille, dit-il.

— Ce sera fait. Un mot à notre ami de l'auberge. Mais
pas tout de suite. »

Il le fallait, pour envoyer un message nécessaire à ceux
qui voulaient dénoncer des bandits, mais cette nuit, cela

voudrait dire retrouver la fille et elle n'allait pas être facile à retrouver. Pas après avoir alerté les baraquements qu'un des chefs des hors-la-loi du marais était à Chunyu.

L'affaire la plus pressante était de ne point être découverts eux-mêmes.

Daiyan se demanda ce qui serait arrivé s'il avait donné à la fille une généreuse avance, avait été amusant et attentionné. Lui avait demandé de lui jouer de la flûte, avait loué sa musique, lui avait dit qu'elle était assez jolie pour travailler à Jingxian, à Shantong, à Hanjin même.

L'aurait-elle tout de même dénoncé contre une récompense?

Tous les actes ont des conséquences, presque toujours, qu'on agisse ou n'agisse point. Il le croyait. Le destin pouvait jouer un rôle, et le hasard, mais choix et décisions comptaient pour beaucoup.

Et comptaient pour autrui. Ce n'était pas seulement sa vie qu'il avait mise en danger mais celle de Ziji, cette nuit. Une mort absurde dans une ville absurde. Avant d'avoir accompli quoi que ce fût.

Il en ressentit de la colère. Depuis son enfance, alors qu'il était encore Petit Dai, la colère lui avait été utile. Il songea à la lettre de son père pliée dans son pantalon.

« Combien de soldats? » demanda-t-il tout bas.

Ils étaient passés par la fenêtre de la chambre où la fille l'avait laissé endormi. Un saut dans une allée, occurrence fréquente. On pouvait prendre un peu de temps pour méditer sur une existence où c'était une activité ordinaire.

Ziji était resté éveillé, plus tôt, toujours au rez-de-chaussée; il écoutait la musique en buvant avec prudence. Il avait vu la fille avec laquelle Daiyan était monté à l'étage descendre l'escalier pour sortir. Un peu d'animation, avait-il pensé. Un peu plus tard, il était sorti lui-même. Avait été à l'extérieur, hors de la lumière de la lampe, lorsqu'il avait entendu le murmure et les pas de soldats qui approchaient.

« Environ vingt, je dirais », répondit-il.

Daiyan jura tout bas. Ils n'étaient pas de mystiques bandits de légendes, eux deux, et ils avaient seulement des poignards.

Leurs armes se trouvaient dans un bosquet à l'est de la ville. Avec son arc, il aurait pu…

« Ils pensent que c'est seulement moi.

— Nous sommes entrés là ensemble. Je ne pars pas, ne gaspille pas tes paroles. »

Autre chose, pour Ziji : il savait ce que Daiyan pensait, parfois trop vite.

« Il y en a plus de vingt », dit une autre voix.

Ils se relevèrent d'un bond, prêts à s'enfuir ou à attaquer. Mais ils avaient aussi entendu le timbre de cette voix.

Un enfant, un garçon de neuf ou dix ans, s'avançait dans les rayons de lune, se détachant de l'arceau d'une porte, de l'autre côté de l'allée. Lui aussi s'était trouvé dans l'ombre, et remarquablement silencieux. Ces deux hommes étaient pourtant fort habiles à détecter des présences. Ils ne l'avaient ni vu ni entendu.

Daiyan le regarda fixement. Un garçonnet, tunique déchirée, pieds nus. Ils avaient une ou deux fois tué des enfants de cet âge, par accident.

Il se racla la gorge : « Combien de plus ? » demanda-t-il à voix basse.

Ziji vérifia l'allée des deux côtés. La lune était toujours trop éclatante, presque pleine. Les nuages et la pluie étaient partis.

« Peut-être deux cents », dit le garçon. Lui aussi parlait bas.

« Quoi ?

— Il y a des soldats en ville cette nuit, ma sœur dit. Ils vont vers l'ouest. Se sont arrêtés ici en route. J'ai entendu quelqu'un être envoyé les chercher.

— Quelle affaire avais-tu à écouter ? »

Le garçonnet haussa les épaules.

« Ils vont bloquer toutes les voies hors de la ville, marmonna Ziji.

— Je crois que oui, dit le garçonnet. Ils vont vous tuer ? »

Un bref silence. Ils écoutaient. Il y eut un cri quelque part au nord, mais brusquement interrompu, comme sur ordre.

« Oui, dit Daiyan, ils nous tueront.

— Vous êtes des hors-la-loi ? »

Une hésitation. « Oui.

— Des héros ? »

Il ne s'y était pas attendu. Une autre pause.

« Pas encore », dit-il. Ziji émit un son inarticulé. Puis Daiyan ajouta : « Tu ferais mieux de rentrer chez toi. Ils utiliseront peut-être des flèches et les flèches manquent parfois leur but.

— Je peux vous aider », dit le petit.

Les deux hommes échangèrent un regard.

« Tu ne peux pas, dit Daiyan

— Vous vous trompez », répliqua le garçon.

Même en la circonstance, Daiyan constata qu'il devait retenir un sourire.

« Non, je veux dire que nous ne devons pas te laisser nous aider. Ce ne sera pas bon pour ta famille si l'on te voit avec nous.

— Ma mère est morte, mon père est à la mine, et il déteste les soldats. Ça ne le dérangerait pas. Ma sœur, oui, peut-être.

— Ton père est à la mine en ce moment ?

— Veilleur de nuit. Il y est toutes les nuits.

— Et ta sœur, elle est où ? » demanda Ziji, qui avait l'esprit plus pratique.

Daiyan lutta contre une soudaine hilarité. Ils pourraient aisément être tués dans cette ville, et un enfant de neuf ans s'offrait à les sauver.

« À la maison, dit le garçonnet en esquissant un geste derrière lui.

— Pourquoi ça la dérangerait ? » demanda Ziji avec prudence.

Le petit fit une grimace : « Elle est méchante. Elle me donne tout le temps des ordres. Me laisse jamais rien faire. »

Ça devenait un peu plus clair.

« Ton père est parti la nuit, dit Daiyan. Il la laisse responsable ? »

Le garçon haussa de nouveau les épaules.

« Elle te bat si tu sors ?

— Ha ! Il faudrait déjà qu'elle m'attrape. Et je sais où elle va, elle. Je pourrais le dire à Père, aussi. »

Daiyan jeta un coup d'œil à la lune. L'univers vous place parfois dans d'étranges situations, songea-t-il.

« Tu sais, tu es censé avoir peur de nous.

— J'ai peur de rien. »

Tout cela était si étrange…

« Des fantômes ?

— Peut-être », admit le petit après un moment.

Daiyan l'observait. « Tu as un frère », dit-il soudain.

Le garçonnet resta les yeux ronds sans rien dire.

« Il est parti dans la forêt ? »

Une longue pause, puis un léger hochement de tête.

Le silence tomba de nouveau.

« Comment proposes-tu de nous aider ? » demanda Ziji d'une voix éraillée.

Des bruits encore, plus proches, en face de la maison qui se trouvait derrière eux, de l'autre côté du mur dans leur dos. Des hommes lancés à la course. Un tintement de métal. L'aboiement d'un chien.

« Il faut sortir de cette allée, dit Daiyan.

— Oui, acquiesça le petit. Venez. »

Il ouvrit la porte derrière lui. Aucun des deux hommes ne bougea.

« Et merde ! dit Zhao Ziji.

— Vous avez dit un gros mot ! » remarqua le petit.

Daiyan rit en silence. Sans pouvoir s'en empêcher. C'était son humeur de la nuit.

« Notre meilleure option présentement », dit-il.

Ziji hocha la tête, maussade. Ils traversèrent l'allée et franchirent la porte de bois. Entrèrent dans une petite cour éclairée par la lune.

Malheureusement, une jeune femme se tenait là, une mince branche de saule à la main.

« Merde », dit le garçonnet.

Les deux hommes agirent très vite.

Avant qu'elle eût pu pousser une exclamation ou réagir, Daiyan lui avait pris le bâton et lui avait couvert la bouche de sa main. Il l'agrippait fortement par-derrière. Ziji ferma la porte, la verrouilla, se retourna, poignard prêt.

La femme se tordait dans l'étreinte de Daiyan. De colère et non de crainte. Il pouvait la sentir lutter pour se libérer, essayer de le mordre.

« Arrête ! » lui souffla-t-il à l'oreille. « Écoute-moi. Des soldats cherchent à nous tuer. Si tu veux les aider, je ne peux pas te relâcher. Si tu n'aimes pas l'armée, je peux te laisser aller.

— Non ! dit sèchement Ziji. Il faut l'attacher.

— Oui ! dit le petit frère. Attachez-la ! Vous voyez comme elle est ? »

Il lorgnait le bâton de saule.

Daiyan secoua la tête. Plus tard, il déciderait que c'était en partie à cause de la chevelure de cette fille. Elle avait des cheveux roux. On pouvait le voir avec la lune.

On ne prend pas toujours ses décisions comme il le faut, dans la vie. On peut essayer, mais cela n'arrive pas toujours.

Il la lâcha. « Je doute que nous connaissions votre autre frère mais peut-être. Imaginez que ce soit lui qui soit pourchassé cette nuit.

— Je serais heureuse de le voir mort », dit-elle.

Il tressaillit mais remarqua qu'elle ne se sauvait pas et n'avait pas élevé la voix.

« Vous voyez ! répéta le petit frère.

— Pan, arrête ou je vais te battre.

— Ils te laisseront pas !

— Si, dit Daiyan, surtout si tu ne te tiens pas tranquille. »

Il écoutait ce qui se passait de l'autre côté du mur.

« Rentrez », dit d'un ton vif la jeune femme aux cheveux roux. « Il faudra quand même ne pas faire de bruit, ils peuvent nous entendre devant s'ils y sont. »

Elle les précéda dans la maison, qui était sombre à l'exception des braises d'un foyer. Une seule pièce, une plate-forme surélevée d'un côté, avec un rideau. Son espace à elle, sans doute, avec un frère et un père dans la maison. Parfois quand une mère mourait, la vie devenait difficile pour une fille, de bien des manières différentes.

Elle s'assit au bord de la plateforme. Il y avait un tabouret près du feu. Elle le désigna d'un geste. Aucun des deux hommes ne s'assit. Ziji alla au fond de la pièce, qui donnait sur la rue. Il jeta un regard prudent par l'unique fenêtre, près de la porte. Fit un geste de la main à plat : personne pour l'instant.

« La voisine a un fils qui travaille aux baraquements. On ne peut pas la laisser nous entendre, dit la jeune fille.

— C'est une moucharde et une espionne, acquiesça Pan.

— Et toi, tu es quoi ? rétorqua sa sœur.

— C'est juste un enfant, intervint Ziji de manière inattendue. Il fait ce que font les garçons.

— Comme si vous saviez quoi que ce soit de ce qu'il fait !

— Nous vous sommes reconnaissants à tous deux, dit Daiyan.

— Et ça veut dire quoi, exactement ? demanda-t-elle d'une voix froide.

— Bian ! dit le petit frère à mi-voix, choqué.

— Non, c'est une question légitime », dit Daiyan. Ils murmuraient tous trois. Ziji restait près de la fenêtre, vérifiant la rue de temps à autre. « Si nous nous échappons d'ici, vous n'aurez pas de raison de regretter de nous avoir aidés.

— Voilà qui est précis. » La jeune fille se mit à rire.

Deux enfants intéressants, songea Daiyan. Eh bien, l'un d'eux était un enfant. L'autre était en âge d'être mariée, ou presque.

« Vos cheveux ? » demanda Ziji. Une question sans rapport mais son apparence était difficile à ignorer.

Elle haussa les épaules. Ce geste la fit ressembler à son frère. « Les ancêtres de ma mère venaient de l'ouest. De Sardie, on pense. Ils avaient cette couleur de cheveux, on m'a dit.

— La Sardie, c'est de là que venaient les meilleurs chevaux, autrefois, remarqua Daiyan.

— Vraiment ? dit-elle sans manifester le moindre intérêt. J'ai plutôt entendu parler de chanteuses. Les cheveux roux se paient mieux. C'est ce qu'il voulait que je devienne.

— Qui, votre frère ? » demanda Daiyan. Une autre image qui devenait claire. Il était parfaitement sobre désormais.

Elle le regarda fixement dans la quasi-obscurité, surprise. Puis elle hocha la tête.

« Pas votre père ? »

Elle secoua la tête.

« Cette conversation est des plus plaisantes, intervint Ziji, mais on va tous être tués s'ils commencent à entrer dans les maisons. Il nous faut une façon d'en sortir.

— Ils doivent être en train d'encercler la ville, dit Pan avec certitude. Je les ai entendus le dire.

— Deux cents, ce n'est pas assez pour encercler Chunyu, dit Daiyan. Pas s'il y en a qui fouillent les maisons. » Il réfléchit un moment puis expliqua ce qu'il voulait.

Ils entrebâillèrent la porte et Pan sortit. Même lorsqu'on le savait là, le petit était à peine visible, une ombre dans la cour, puis un mouvement au-dessus de la barrière en bois (il n'avait pas ouvert la porte), et il avait disparu dans la nuit.

« Il est rapide, dit Ziji.

— Il est impossible », rétorqua la sœur.

Les deux hommes échangèrent un regard.

« Je n'ai pas de vin », reprit-elle avec brusquerie. Sa posture avait changé, elle était assise plus droite, les mains croisées devant elle.

« Nous n'avons nul besoin de vin, murmura Daiyan. Si les soldats arrivent, nous sortirons par en arrière. Vous ne serez pas compromise. Vous n'avez rien à craindre... en aucune façon.

— Que savez-vous de ce que je dois craindre ? »

À cela, aucune bonne réplique.

« Je suis désolé, dit-il.

— Pourquoi ? »

Une illumination tardive traversa Daiyan. Ces deux-là, tous les deux, étaient vifs, intelligents, pas des enfants de gardien de nuit.

« Que faisait... Votre père a-t-il toujours travaillé à la mine ? »

Elle sembla en débattre intérieurement. Ziji, à la fenêtre, surveillait la rue au-delà du petit jardin d'en avant.

« C'était un enseignant. Ils l'ont renvoyé et marqué au fer quand mon frère est parti dans la forêt.

— Les soldats ? »

Elle acquiesça, un mouvement à peine visible.

« Pourquoi votre frère est-il parti ?

— Il avait été recruté pour les Fleurs et les Pierres. Il s'est battu contre les hommes venus le chercher, il a cassé le bras de l'un d'eux et il s'est enfui.

— Et ils ont puni votre père ? fit Ziji depuis la fenêtre.

— Bien sûr. Lui ont marqué le front sur la place du marché : *Père d'un criminel*.

— Votre… votre petit frère dit que vous aimez les soldats », remarqua Daiyan.

Elle soupira. Elle s'appelait Bian, il s'en souvint.

« Il n'a pas à nous trouver à manger. C'est un enfant. Je parle avec certains d'entre eux au marché. Quelquefois, nous obtenons du thé ou du riz de l'un ou de l'autre. » Elle jeta un coup d'œil à Daiyan puis ajouta : « Je ne fais rien d'autre pour en avoir. »

Il se racla la gorge. Effectivement, il aurait voulu du vin. Il s'assit sur le tabouret.

« J'ai seulement demandé parce que, tous les deux, vous êtes très…

— Nous ne sommes pas des paysans terrifiés ? Merci bien », dit-elle.

Il entendit Ziji glousser tout bas.

Il se racla de nouveau la gorge. « J'ai entendu dire que les chevaux sardes étaient les meilleurs du monde, dans le temps.

— Oui, vous l'avez dit. Très intéressant. Je m'assurerai d'en parler à mon père quand il reviendra à la maison après une marche de vingt *li*, avant qu'il s'endorme.

— Des soldats ! » lança Ziji.

Daiyan se leva vivement. « Bon. On passe par en arrière. Bian, il faudra verrouiller la porte derrière nous. Merci d'avoir essayé.

— Restez où vous êtes. Ils ne vont pas fouiller des maisons au milieu de la nuit. Restez tranquilles. »

Puis elle se dirigea vers la porte, l'ouvrit et sortit.

« Qu'est-ce que c'est tout ça, que se passe-t-il ? lança-t-elle.

— Shao Bian, c'est vous ?

— Qui d'autre, Dou Yan ? Qu'est-ce qui se passe ? »

Daiyan et Ziji ne pouvaient rien voir, hors de vue au fond de la pièce.

« Deux bandits du marais ! cria le soldat. On est à leurs trousses.

— Toute une aventure, dit-elle avec une sèche ironie.

— Demoiselle Bian, lança une autre voix, viendrons-nous plutôt vous rendre visite ? »

Daiyan entendit des rires.

« Bien sûr, lança-t-elle en retour. Tous, amenez des amis. Amenez aussi les bandits ! »

Davantage de rires, sur un ton différent.

« Elle sait comment les manier, murmura Ziji.

— Dou Yan, écoutez, l'entendirent-ils dire, mon frère est dehors quelque part, à chercher de l'excitation. Si vous le trouvez, battez-le et envoyez-le-moi.

— Le trouver, celui-là ? Autant chasser un chat dans un arbre », dit un autre soldat. Encore des rires, peut-être quatre ou cinq hommes, puis un ordre sec dans le lointain. Ils entendirent les soldats jurer et se remettre en mouvement.

Bian restait dehors, près de la porte ouverte. Un moment plus tard, les deux hommes sursautèrent quand une ombre se glissa près d'elle tel un fantôme.

« Vous voyez ? grogna Pan. Elle leur a dit de me battre ! »

Sa sœur le suivit à l'intérieur et referma la porte.

« Je crois qu'elle leur a plutôt donné une raison pour toi d'être dehors, dit Ziji prosaïquement.

— Vous la comprenez pas du tout ! renifla Pan.

— Parle, dit Daiyan. Qu'est-ce que tu as vu ? »

L'ancien maître devenu gardien de nuit à la mine avait élevé des enfants remarquables, songeait-il. Mais cela ne les regardait pas, Ziji et lui. Ils devaient sortir de Chunyu, et ensuite, il leur fallait…

Ce fut à cet instant qu'il comprit quelle autre action s'imposait. C'était, de la manière la plus étrange, aussi clair et impérieux que le moment où il avait quitté une piste de l'ouest lointain, près de chez lui, pour pénétrer dans la forêt.

Il serait à même de désigner ce moment, plus tard, avec précision : une nuit sombre de printemps, dans une maison d'une ville au nord du fleuve, près d'une jeune femme intelligente aux cheveux roux et d'un enfant terrible plein de vivacité, avec Ziji.

Grâce aux informations d'un éclaireur envoyé de l'avant, ce que Pan leur avait fourni, il leur était assez facile de savoir comment traverser le cordon des soldats. Trop facile, ne cessait de penser Daiyan pendant toutes les phases de cette nuit-là. L'armée de Kitai, même les soldats qui se trouvaient ici loin de la guerre, aurait dû mieux se tirer d'une mission aussi simple que de piéger des hors-la-loi à l'intérieur des murailles.

Ils poignardèrent chacun un homme. Il fallait un silence absolu et ils n'avaient d'autre véritable choix que de tuer. Les soldats avaient été forcés de se disperser, comme il l'avait deviné, à quinze pas de distance les uns des autres, parfois davantage. Avec les hommes envoyés fouiller les rues (bien trop bruyamment, et trop facilement repérables sous la lune), l'encerclement de Chunyu n'était pas adéquat. Un homme abattu chacun, le corps traîné dans l'obscurité, l'uniforme passé par-dessus leurs habits, les armes récupérées.

Ils se glissèrent dans la ligne des soldats, montèrent la garde pendant un moment puis s'éloignèrent simplement à reculons, en silence, un pas, deux pas, et disparurent.

Ils se trouvaient du côté nord de la ville, mais c'était sans importance, une fois dépassé le cordon de soldats. Ils continuèrent plus loin au nord avant de bifurquer vers l'est et retrouvèrent, à l'aube, le bosquet où ils avaient dissimulé leurs armes. Ils conservèrent les deux épées supplémentaires. On avait toujours besoin d'armes dans le marais.

« Vos noms ? » avait demandé la jeune fille, Bian, tandis qu'ils attendaient de Pan le signal qu'ils pouvaient traverser la cour et la rue en toute sécurité.

« Il vaut mieux que vous ne le sachiez pas », avait dit Daiyan, ce qui était la vérité.

« Zhao Ziji », avait dit son compagnon.

Elle l'avait regardé. Il avait ajouté : « Si nous survivons à cette aventure, nous vous enverrons quelque chose. C'est une promesse. Fiez-vous à l'aubergiste. Nous... nous pourrons peut-être aider Pan. Une meilleure vie pour lui. Peut-être.

— Seulement lui ? » avait-elle demandé.

Daiyan s'en souviendrait.

Il n'écrivit pas à son père. Il n'avait pas idée de ce qu'il aurait pu dire.

Une fois sortis de Chunyu, ils s'attardèrent quelques jours de plus sur la rive nord du fleuve. Ils entendirent une histoire, dans un hameau à l'ouest de Dizeng – une expédition importante préparée par les gens des Fleurs et des Pierres. Il y avait un gros rocher dans un lac proche, ils voulaient qu'on l'en sorte et qu'on le transporte à Hanjin, pour le jardin de l'Empereur.

Ce serait un effort massif, selon ce qu'ils avaient entendu.

Daiyan donna de l'argent au principal ancien de ce petit village. Les hors-la-loi du marais le faisaient toujours, cela allégeait le fardeau des impôts et leur assurait d'être les bienvenus s'ils se trouvaient devoir revenir.

L'ancien confirma autre chose : le nouveau magistrat en chef de Jingxian, à l'est, le long du fleuve, était bel et bien Wang Fuyin, nommé là un an plus tôt. Daiyan n'en avait pas vraiment douté, après la lettre de son père.

Une information intéressante, et qui réveillait des souvenirs. Il se demandait comment était l'homme, à présent. Il ignorait totalement quelles conclusions en tirer. Peut-être, s'il était capturé près de Jingxian, lui accorderait-on une mort plus clémente ?

Ils retournèrent au fleuve et le traversèrent avec le même passeur, de nuit cette fois – ils durent attendre sur la rive nord que le vent soit tombé. Les étoiles, avec la lune qui diminuait, brillaient d'un dur éclat, innombrables.

En attendant sur la rive, ils aperçurent un renard. Ziji avait peur des renards. Quelque chose dans l'histoire de sa famille, un grand-oncle détruit par une femme-renard. Coucher avec une *daiji* était un sujet de plaisanterie, pour certains – la légendaire frénésie érotique de cette rencontre. Ziji ne se joignait jamais à ces plaisanteries. Il avait même au départ été démonté par les cheveux roux de la jeune fille, à Chunyu, Daiyan le savait, même s'il ne le taquinait pas là-dessus. Un homme avait le droit de garder certaines choses par-devers lui, même avec des amis.

Ils revinrent au marais et à l'arrivée du printemps.

À un certain moment pendant cet intervalle de temps, en entendant chanter les premiers loriots, pendant qu'il regardait les grues, les lapins et le passage d'autres oies sauvages, et que l'hiver desserrait son étau, Ren Daiyan comprit que, s'il avait eu une illumination à Chunyu, elle ne signifiait rien s'il n'agissait pas en conséquence. Ce serait plus difficile qu'il ne lui avait semblé dans cette maison obscure, sur la rive nord.

Il ne pouvait rien sans discuter d'abord avec Ziji. Leur intimité, depuis le moment où le soldat s'était joint à eux des années plus tôt, l'exigeait.

Il lui parla en effet, pendant qu'ils patrouillaient ensemble, un matin. Ziji nomma cinq autres hommes dans leur troupe de cent, des hommes dont il pensait qu'ils seraient d'accord et prêts à prendre le même risque. Daiyan, d'abord réticent, décida que, s'il agissait ainsi, il devait penser en termes d'autres hommes de bien.

Ils leur parlèrent, un par un. Les cinq hommes acceptèrent de les accompagner.

Ils retournèrent au fleuve au début de l'automne. Les fleurs de pruniers avaient depuis longtemps fleuri et disparu, puis les fleurs de pêchers, et les pêches, et les pommettes sauvages de l'été. Ils se déplaçaient en restant aux aguets, les collecteurs des impôts d'automne étaient de sortie. Ils étaient parfois adéquatement défendus. Pas toujours. Mais Daiyan et ses compagnons ne planifiaient pas une attaque. Pas maintenant.

Il avait dit aux autres chefs du marais qu'il se rendait dans le nord pour rassembler de nouveau des informations et qu'il voulait assez d'hommes pour harceler un certain groupe des Fleurs et des Pierres, si celui-ci se trouvait encore près d'un village de sa connaissance. On lui recommanda la prudence, de manière routinière.

Il s'en alla. Traversa de nouveau le Grand Fleuve, avec le même passeur, par une nuit douce cette fois, des vagues sur l'eau, des étoiles différentes, en abandonnant cette partie de sa vie, comme un rêve étrange et monotone de brume, de feux dans les marais et d'hommes privés de femmes.

CHAPITRE 9

Le père de Sima Peng a toujours prétendu qu'ils descendent, d'une manière jamais clairement expliquée, d'un poète fameux nommé Sima Zian.

Peng ne sait pas si c'est vrai ou faux. Cela lui semble peu probable, et son époux est du même avis. Son père aime trop le vin, il a tendance à émettre des déclarations outrancières et pas seulement quand il a bu. On se moque de lui, mais, de bonne nature, il n'a jamais eu d'ennemis – du moins à ce qu'on en sait.

Les deux médiums du village ont posé la question, chacun de son côté, quand ont commencé les ennuis de la famille.

Peng ne connaît pas grand-chose de leur hypothétique ancêtre. Il y a peu de livres au village et elle ne sait pas lire. La poésie a peu de sens pour elle. Elle aime quand on chante dans leur petit temple de la Voie, avec son joli toit aux tuiles vertes, ou pendant les festivals, ou les femmes qui lavent les habits dans le ruisseau. Elle ne chante pas très bien et elle oublie trop souvent les paroles, mais elle se joint à elles les jours de lessive. Ça aide le temps à passer.

Sa fille aînée a été une chanteuse, à la voix claire, joyeusement sonore. Comme la cloche d'un temple, disait-on souvent au ruisseau. Peng s'en souvient. Une jeune fille obéissante et agréable – avant qu'un démon la possède et que leur existence à tous s'assombrisse.

Maintenant, la bonne famille de Dizeng qui avait accepté de la marier à son fils aîné s'est retirée de l'entente. Il est possible désormais que non seulement Zhi-li mais aussi sa sœur cadette ne se marient jamais.

Sima Peng s'endort en pleurant presque toutes les nuits, et pleure souvent le jour, lorsqu'elle est seule. Son époux marche dans le village et les champs les épaules courbées par un poids invisible, le visage comme le sol rocailleux. Il l'a battue parce qu'elle le tient éveillé la nuit et il a battu Zhi-li, parce qu'il est triste et apeuré.

Peut-être essayait-il d'en chasser le démon.

Zhi-li rit chaque fois que son père la frappe. C'est un son terrifiant. La première fois qu'elle l'a entendu, les jambes de Sima Peng ont été saisies de faiblesse.

Aucun des médiums du village n'a été capable de chasser le mauvais esprit du corps de Zhi-li ou d'expliquer ce qui pouvait avoir fait qu'une jeune fille innocente, à la veille d'un bon mariage et de son départ pour Dizeng, soit possédée par un aussi noir démon. Un esprit qui la faisait errer dehors, les cheveux dénoués, les vêtements honteusement en désordre, et dire des choses terribles à sa mère et aux villageois qui s'inquiétaient de sa santé.

On a été forcé de l'enfermer. Elle rit tout haut en plein milieu de la nuit (les voisins l'entendent!) et elle a perdu tout appétit, même pour les truites de la rivière et les beignets de poissons, autrefois ses préférés. Ses yeux sont étranges et son teint maladif.

Peng craint que sa fille ne meure ou même ne s'ôte la vie.

Elle ne se décrirait jamais comme une femme intelligente ni brave, elle fait partie de ces gens dont on dit que leurs yeux sont toujours baissés. Mais c'est la vie de sa fille, et lorsque la nouvelle est arrivée à leur marché qu'un maître des rites se trouvait à Dizeng et y a effectué des rituels et des exorcismes, Peng s'est levée tôt le lendemain, avant le soleil, et elle a entrepris la longue marche jusqu'à Dizeng, à l'est, presque toute une journée d'automne, pour lui parler.

On met une enfant au monde, on la nourrit de son lait, on l'habille, on prie pour elle, on la regarde grandir dans le soleil et la pluie. On ne s'en détourne pas lorsqu'un esprit de l'autre monde décide de la détruire.

Les médiums de leur village, normalement rivaux, sont unis seulement par leur haine des maîtres des rites, mais Peng a décidé cette nuit-là qu'elle s'en moquait. Qu'ils se fâchent, que son mari se fâche quand il se réveillera pour la trouver partie. Que son père soit déconcerté, et silencieux, et boive davantage de vin. Les deux médiums ont essayé leurs cérémonies contre la possession, et Zhi-li est demeurée inchangée.

Elle s'est livrée à des gestes obscènes en prononçant des paroles également obscènes en présence de son petit frère, la veille au soir, devant l'autel ancestral. Peng ne comprend même pas comment Zhi-li peut *connaître* de tels mots.

Peng avait un peu d'argent mis de côté de son filage de la soie, dissimulé dans un bocal sous une planche du poulailler, sinon ce serait devenu du vin depuis longtemps. Elle l'a emporté avec elle. C'est dangereux, évidemment. Leur hameau et la route sont proches du Grand Fleuve, et il y a des hors-la-loi sur les deux rives. Elle compte sur son apparence de misérable pauvreté pour l'en garder. Les hors-la-loi ont tendance à se mettre du côté des villageois les plus pauvres. En échange, on les prévient des soldats envoyés contre eux, des marchands sur les routes, et on leur offre parfois un abri, même si c'est risqué.

Selon l'humble Sima Peng, les bandits des marais de l'autre côté du fleuve et les bandes de ce côté-ci sont moins une menace que les officiers des impôts du *yamen* de Dizeng ou que l'armée qui prend les maris et les fils. Et ils sont moins meurtriers que ceux des Fleurs et des Pierres qui pourchassent les hommes pour leur imposer un labeur brutal, en battant ceux qui hésitent ou essaient de se cacher.

Son frère est mort au dernier printemps, encore jeune ; il est tombé raide dans une prairie pendant qu'il aidait à tirer un énorme rocher de leur lac, pour le jardin de plaisance de l'Empereur, loin à Hanjin.

Aucunes condoléances, aucune compensation. Un officiel du gouvernement, accompagné de soldats, est venu avec le corps, a dit à la famille ce qui était arrivé, puis, après avoir fait tourner son cheval, il est parti à la recherche d'autres bras. Les jours suivants, ils ont recruté davantage de travailleurs de leur hameau, même des petits garçons, jusqu'à ce que le rocher maudit soit tiré du lac et hissé sur des troncs d'arbres pour être roulé au fleuve et au bateau qui l'attendait. Le voyage jusqu'au fleuve aussi a été d'une sauvage brutalité, et il a duré tout l'été. On battait les hommes, on les mutilait. Cinq autres étaient morts, et un jeune garçon. Des champs cultivés et leurs récoltes ont été écrasés par ce rocher, des fermes et des maisons rasées pour lui permettre de passer.

Tout ça pour un rocher. Un vilain rocher plein de trous qui détruisait des existences.

Le mari de Peng, son père et son frère s'étaient tous bien entendus, ils travaillaient ensemble dans les champs. Cette mort a été une calamité. Peng n'oubliera jamais l'après-midi où le cavalier du gouvernement est venu la leur apprendre. Elle s'est prosternée, le front sur la terre battue devant leur porte, sans jamais lever les yeux tandis que l'officiel, de sa monture, laissait tomber ses phrases sur le cadavre de son frère, enveloppé de son linceul, déposé à terre près d'elle. Elle s'est prosternée devant cet homme comme s'il avait *honoré* sa famille en venant lui dire qu'on lui avait tué son frère.

On peut finir par se haïr soi-même ou par haïr ceux qui ont causé cela et vous contraignent à vous prosterner, apeuré. Ou bien on peut accepter qu'il y a, sous le ciel, des gens destinés à souffrir, et qu'on en fait partie. Elle l'a accepté, essentiellement, toute sa vie.

Mais pas pour sa fille. Elle ne l'acceptera pas pour son enfant.

Les hors-la-loi sont bel et bien meilleurs que les officiels des Fleurs et des Pierres, songe Peng en s'approchant de Dizeng, le plus loin qu'elle ait jamais voyagé de sa vie, tard cette journée-là. Elle ne comprend pas grand-chose au monde, mais cela au moins elle pense le savoir.

Elle avait craint de voir la famille qui a rompu les fiançailles, mais c'était jour de marché ici, et il y a encore du monde dans les rues. Elle marche dans la foule sur la place, devant le *yamen*. On est en train de démonter les étals installés là.

Elle avait craint aussi de devoir s'adresser à un étranger pour demander où l'on pouvait trouver le maître des rites, elle en a été anxieuse tout le long du chemin. Mais elle avait oublié un détail quant aux maîtres des rites et, de fait, elle aperçoit l'homme tout de suite ; il boit à une table sous un mûrier, à la lisière de la place, dans l'ombre.

Ils portent toujours des chapeaux rouges, les maîtres des rites. Les médiums du village portent des coiffes noires. Peng a entendu dire que les prêtres de la Voie Obscure, ceux de haut rang qui effectuent rites et exorcismes pour de fortes sommes dans les grandes villes et à la cour, portent des coiffes jaunes ; mais elle n'a aucun moyen de savoir si c'est la vérité, et peu importe, hein ?

Elle prend une profonde inspiration, apeurée après tout maintenant qu'elle est arrivée. Elle ne peut pas croire qu'elle a agi ainsi, qu'elle agit ainsi. Elle crache dans la poussière pour s'ôter le mauvais goût de la bouche. D'un pas énergique, elle traverse la foule du marché en train de fermer – odeurs de nourriture, d'animaux, de fruits, de vin répandu – et elle arrive là où est assis le maître des rites.

Il est plus jeune qu'elle ne s'y attendait, un bel homme. Il est peut-être ivre, mais c'est peut-être son pouvoir, son aura, ce qui lui permet de commercer avec le monde des esprits. Elle est une paysanne ignorante, n'est-ce pas ?

Il discute avec quelqu'un à sa table sous l'arbre, un homme du *yamen*, un fonctionnaire, d'après ses vêtements. Il se tourne vers elle quand elle s'arrête devant lui. Il a une barbe naissante, mais ses habits sont propres. Il a peut-être aidé quelqu'un ici à Dizeng et on lui a lavé sa robe, par gratitude ?

Ou bien il a simplement payé pour qu'on la lui lave au ruisseau du coin ! Pourquoi se préoccuper de tels détails ?

C'est une femme apeurée, en provenance d'un minuscule village et trop loin de chez elle. Elle va devoir passer la nuit ici, quoi qu'il arrive à présent. Elle a dit à sa fille cadette quoi expliquer à son mari, qui sera très fâché de revenir des champs pour trouver sa maison vide, sauf une fille en pleurs, une autre possédée par un démon et un garçonnet incertain et effrayé à cause de ce qui est arrivé à sa sœur.

Sima Peng fouille dans ses habits pour en tirer le bocal là où il pend, bien caché à sa ceinture et qui lui a cogné la hanche tout du long. Elle s'agenouille dans la poussière et le tend, avec tout ce qu'il contient, au maître des rites. Lorsqu'il le prend, elle baisse la tête et la presse contre terre à ses pieds. Puis elle tend de nouveau ses mains calleuses et lui agrippe les chevilles dans un geste de supplication, sans rien dire, incapable de parler.

Cet homme est son dernier espoir, le dernier espoir de Zhi-li.

Au matin, sur le chemin du retour avec une escorte tout à fait imprévue, Peng essaie de comprendre comment le monde peut amener une pauvre femme à agir ainsi.

Alors que le soleil se couchait, la veille, au fond de la place du marché de Dizeng, deux hommes l'ont encadrée pour marcher avec elle. Elle venait d'abandonner au maître des rites toutes ses économies dans un bocal, après la promesse du maître de la suivre au matin jusqu'à son village. Il devait d'abord régler des affaires à Dizeng, lui avait-il dit d'une voix basse et empreinte de bonté, mais il la suivrait.

Tout en s'éloignant, abasourdie, incapable de croire qu'elle avait accompli ce pour quoi elle était venue, Peng avait été incertaine de la suite. En chemin, il lui était venu à l'esprit de mettre à part un peu d'argent pour manger et dormir quelque part, mais elle avait décidé que cela lui porterait malheur. Si les dieux devaient l'aider, elle devait donner tout ce qu'elle avait pour Zhi-li.

Elle avait pensé trouver une étable, demander la permission de dormir dans la paille, quand deux hommes lui avaient emboîté le pas, un de chaque côté.

Elle avait été terrifiée, saisie de tremblements, les yeux à terre. Voilà ce qui arrivait à des femmes dans les villes marchandes, elle le savait. Mais c'était un lieu public et il ne faisait pas encore noir. Peut-être, si elle criait…

« Mère Sima, nous permettrez-vous de vous aider ? »

La voix avait été calme, et l'homme savait son nom. En levant les yeux avec prudence, elle avait vu un jeune homme à la barbe bien taillée, les cheveux épinglés sous un large chapeau de paille. Habillé de manière grossière, comme son compagnon plus âgé, mais la voix était celle d'un homme bien éduqué.

Elle avait de nouveau baissé la tête : « M'aider ?

— Je suppose que vous avez donné tout votre argent au chapeau rouge, à l'instant.

— Oui ! dit vivement Peng. Je n'ai plus d'argent du tout, honorables sires. Rien pour vous à...

— J'ai dit vous aider, pas vous voler, avait-il dit. Nous vous avons entendue lui parler. »

Il semblait amusé.

Peng avait été plongée dans une confusion de désespoir. Une telle foule, ici, il y avait tellement de *monde* à Dizeng ! Il existait des villages plus gros encore, elle le savait, et de grandes villes, mais c'était difficile à imaginer.

L'autre homme, à sa droite, n'avait rien dit. Il semblait aux aguets et surveillait la place.

« Je vous offre de l'aide, avait répété le plus jeune. Vraiment, nous ne vous ferons point de mal.

— Pourquoi ? » Sima Peng avait les lèvres sèches. « Pourquoi, je vous en prie ? »

Elle avait de nouveau levé les yeux, hésitante. Le regard du jeune homme était calme. On pouvait dire qu'il avait une expression attentive, mais pas chaleureuse ni amicale.

« Nous sommes des hommes des bois », avait-il dit.

Des hommes des bois, une expression pour désigner les hors-la-loi, c'était ainsi qu'ils se nommaient eux-mêmes. Peng avait de nouveau été effrayée, les mains agitées de tremblements.

« Nous aidons souvent les villageois. Vous le savez. »

Oui, ils les aidaient parfois. Mais quelquefois il en allait autrement.

« Le... le chapeau rouge a dit qu'il nous aiderait.

— Il le pourrait », avait dit le jeune homme. L'autre avait émis un reniflement soudain amusé. Elle ne l'avait pas compris non plus. « Et nous aussi, avait repris celui qui parlait. L'ancien de votre village nous a parfois donné son assistance. Nous n'oublions pas. »

Tous les villages, petits et grands, devaient avoir des relations pacifiques avec les hommes des bois. Le gouvernement était pire. Elle l'avait *toujours* pensé, avant même la mort de son frère. Elle s'était demandé si elle devait le dire.

Elle ne l'avait pas dit. Ce n'était pas une femme habituée à parler, et cette journée avait été si différente de l'ordre habituel de son existence qu'il était impossible de savoir comment agir. On tissait la soie, on lavait les habits au ruisseau, quand il y avait de la nourriture à offrir on nourrissait un mari, des enfants, son père veuf, on honorait ses ancêtres. On n'avait pas des conversations avec des hors-la-loi loin de chez soi.

Ils la menèrent à une auberge à la lisière ouest du village. Ils lui payèrent une chambre et un souper. Peng avait encore eu peur, là. Il courait des histoires de femmes accostées puis assassinées dans ce genre d'auberge par des hommes qui venaient les trouver dans le noir, ou par des fantômes.

« Je garderai votre porte cette nuit », avait dit le bandit le plus âgé comme s'il avait entendu ses pensées. Ses premières paroles. Il avait une voix grave. « Vous n'avez rien à craindre ici ou sur la route demain. Vous êtes une brave femme, Mère Sima. Vous honorez votre famille et la Kitai. »

Cela, elle s'en souviendra. Ce n'était pas le genre de paroles qu'on s'attendait à s'entendre adresser par un bandit – ou n'importe qui d'autre. Plus tard, beaucoup plus tard, elle le racontera tout le temps. Elle sera alors plus habituée à parler, les vieilles femmes le sont, apparemment, et ce sera l'histoire qu'elle contera le plus souvent.

Le bandit plus jeune s'en alla quelque part, l'autre resta. Il s'assit même pour manger avec elle, pour qu'elle ne soit pas seule et apeurée dans une grande salle bruyante à l'auberge. Elle n'était jamais restée auparavant dans une auberge.

Il lui dit qu'il s'appelait Zhao Ziji. Il avait été dans l'armée mais n'y était plus. Il lui posa des questions, avec gentillesse, et Peng se retrouva en train de lui raconter ce qui était arrivé à sa fille, et aussi à son frère, comment les gens des Fleurs et des Pierres l'avaient tué pour un rocher. Il lui répondit que c'était une grande tristesse et un crime, et que ça arrivait partout en Kitai.

Il l'accompagna à l'escalier menant à sa chambre, lui donna la clé pour la verrouiller de l'intérieur, et répéta qu'il serait devant toute la nuit, qu'elle ne devait rien craindre. Elle n'avait jamais été auparavant dans une maison qui avait des escaliers.

Dans la nuit, une fois, elle avait entendu des pas s'approcher, puis la voix grave de Zhao Ziji qui parlait tout bas, trop pour qu'elle distingue les mots, mais les pas s'étaient rapidement éloignés et effacés, en sens inverse.

Peng, qui était restée étendue jusqu'à l'aube, avait dormi d'un sommeil entrecoupé, dans un véritable lit pour la première fois de sa vie, loin de son village pour la première fois de sa vie, en entendant des chiens aboyer dehors, des chiens qu'elle ne connaissait pas, tandis que se levait la même lune qui se levait toujours.

Le maître des rites, sous son mûrier favori par une éclatante matinée, avait à affronter une forte migraine après une nuit très imbibée à Dizeng. Il aurait préféré un ciel ennuagé.

Il soigna sa tête avec un supplément de vin sans épices et un petit-déjeuner de pâtisserie acheté à la cuisine située non loin sur un côté de la place. Son ami du *yamen* travaillait – cela lui arrivait parfois – et le chapeau rouge se trouvait donc seul à contempler avec un certain regret son proche départ. Dizeng avait été une dernière étape agréable à la fin de l'été, comme l'année précédente. Il y avait gagné des sommes décentes, qu'il n'avait pas entièrement dépensées dans les deux maisons de chanteuses. Une bonne partie, oui, mais pas tout. Il en avait gagné assez pendant sa saison le long du fleuve pour que cela valût la peine de continuer maintenant jusqu'à Jingxian et le déposer au grand sanctuaire fortifié du Cho, au sud de la ville.

On prélevait des frais, bien entendu, pour garder des économies, mais les prêtres étaient honnêtes, et la simple vérité était que, dans un monde sans douceur, on devait dépenser de l'argent pour conserver de l'argent. Il n'aurait pas placé ses avoirs dans un temple de la Voie, attention – bien trop de tensions entre ses tenants et des maîtres des rites comme lui. La situation devenait trop délicate lorsque coiffes jaunes et coiffes rouges se rencontraient.

Délicate, c'est-à-dire dangereuse. Il se tenait à l'écart des grandes villes, sauf pour déposer son argent à Jingxian et s'adonner un peu aux plaisirs de la vie civilisée avant de s'en aller dans l'est pour l'automne. Il passait l'hiver dans des villes proches de la mer et il ne s'occupait jamais des esprits là où pouvait se trouver un prêtre à coiffe jaune de la Voie Ésotérique. Et, bien entendu, les coiffes jaunes dédaignaient les villages où les maîtres des rites exerçaient leur métier.

Dans les villages, le danger venait des médiums locaux qui voyaient d'un mauvais œil, non sans raison, il devait l'admettre, les coiffes rouges s'en venir chez eux, instruits, offrir des rites issus de rouleaux et de livres et charger davantage que ne le pouvaient les médiums, en leur retirant des affaires.

Il laissait toujours de l'argent aux médiums partout où il avait beaucoup travaillé. Ils continuaient peut-être à entretenir des idées de violence, mais on pouvait les rendre moins enclins à devenir meurtriers.

C'était un chemin précaire que le sien, en ces jours et ces années près du Grand Fleuve, mais cela semblait le nourrir, ce qui était plus qu'il n'aurait attendu de ce qu'il avait fait avant de se découvrir un don pour soigner les gens affligés par le monde des esprits.

Être éduqué pouvait vous apprendre autre chose que les textes classiques, la poésie et une calligraphie décente.

Les routes étaient parfois fatigantes, mais cette existence n'était ni ennuyeuse ni prévisible. On le connaissait maintenant dans les endroits où il revenait souvent, le long du bassin médian du fleuve, et jusqu'à présent nul ne semblait lui vouer une haine féroce ni rien d'aussi dramatique. Il ne restait pas assez longtemps pour cela. On apprenait, entre autres, comment expliquer les échecs, fréquents compte tenu de la nature du métier, et comment s'assurer que les succès soient rapportés de haut en bas du fleuve – ou du moins sur la partie de sa longue course depuis les montagnes de l'ouest jusqu'à la mer.

Assis dans la lumière matinale, mais déplaçant son siège pour rester dans l'ombre à mesure que le soleil se levait, il n'aurait pas dit être insatisfait du déroulement de son existence. Excepté pour la migraine, évidemment, qui découlait de ses propres actes. Ou peut-être par la faute d'une fille particulièrement affectueuse, la nuit précédente. Il réussit à esquisser un pâle sourire en se la rappelant. Voilà quelque chose qu'il regretterait de quitter.

Quelqu'un prit une chaise près de lui pour l'approcher de la table ronde, sans y avoir été invité, en posant une tasse de thé avec un léger grognement.

Le maître des rites jeta un coup d'œil, déconcerté : il y avait des tables vides tout autour de la place.

L'étranger, dont le large chapeau de paille campagnard était tiré pour lui protéger la figure, déclara : « Il serait temps d'y aller, vous ne croyez pas ? Vous avez un long trajet à effectuer en direction de l'ouest avant la tombée de la nuit. Ou bien alliez-vous louer un âne ce matin ? »

Le maître des rites le dévisagea, avec plus d'attention désormais.

« Je me rends dans l'est, ce matin.

— Non. » La voix était calme mais empreinte d'une absolue certitude. « Vous avez accepté l'argent d'une femme, hier, lui avez promis d'aller examiner sa fille. »

Il regarda fixement l'étranger au chapeau de paille rabattu. « Il est impoli d'écouter une conversation privée. » Il laissa son irritation percer dans sa voix.

« Vous avez raison. Pardonnez-moi. Et qu'en est-il alors de voler de l'argent avec un mensonge ?

— Je ne crois pas avoir à vous répondre, qui que vous soyez. Je connais très bien les officiers du *yamen*, au fait. Si vous essayez d'extorquer...

— Allons leur parler, alors ? Le magistrat en chef de la préfecture se trouve en ce moment à Dizeng, lui aussi. »

Le maître des rites eut un léger sourire : « En effet. Il se trouve que je connais le magistrat de Jingxian.

— Moi aussi. Je l'ai rencontré hier. Je lui ai révélé qui a commis le meurtre à la faux sur lequel il est venu enquêter. Je lui ai également confié que je vous emmène dans l'ouest ce matin et que je reviendrai ici pour accomplir ce sur quoi nous nous sommes entendus. »

Un sentiment de malaise envahit le maître des rites.

« Vous mentez, je pense, dit-il. Je crois que vous êtes simplement un hors-la-loi essayant de m'attirer loin de ma route et des gardes que j'ai engagés.

— Vos gardes. Oui. Eux. Ils sont partis la nuit dernière, fort pressés. Ce n'étaient pas de bons hommes. Vous auriez couru un grand risque. »

Il s'était posé la question en les engageant, mais ceci était…

« Que voulez-vous dire, ils sont partis ? Je leur ai payé la moitié d'avance ! Je leur ai payé… »

Il se tut car l'autre s'était mis à rire, moqueur.

Il sentit qu'il s'empourprait. « Écoutez-moi, dit-il, qui que vous soyez. L'argent que cette femme m'a donné ira nourrir les pauvres dans le temple Cho de la Sainte Garde, à Jingxian. Vous pouvez venir vérifier. Je vous paierai même pour me garder là-bas ! La femme n'a pas accepté que je lui rende son argent hier, et je ne peux pas aller dans l'ouest maintenant. C'est la fin de ma saison. Je dois me rendre à Jingxian, avec des gardes. Je paierai même afin que les prêtres du temple prient pour sa fille.

— Je suis certain que bien des prières ont été prononcées », dit l'autre avec calme. Il prit une gorgée de thé, le visage toujours dans l'ombre de son chapeau. « Elles ne semblent pas avoir obtenu de succès. Êtes-vous réellement capable d'affronter les esprits ou est-ce une fraude totale ? Devrais-je le dire au Magistrat en Chef Wang ? Il a beaucoup changé, n'est-ce pas ?

— Que voulez-vous dire ?

— Eh bien, vraiment, Maître Tuan, c'était vous qui disiez – hors de la classe – qu'il était pompeux et mou. Vous vous rappelez ? »

Sa peau se hérissa.

« Comment savez-vous ce que je… »

On releva le chapeau.

Et même après bien des années et les transformations imposées par l'existence – à lui comme à l'autre –, il sut qui c'était. Et se trouva, de manière peu caractéristique, incapable d'abord de parler. Puis il énonça simplement le nom.

L'autre sourit. La dernière fois qu'il l'avait vu, ç'avait été un adolescent.

Plus tard dans la matinée, encore incertain de savoir comment tout cela s'était passé, Tuan Lung, autrefois enseignant dans sa propre école, à l'ouest des gorges du fleuve, et maintenant un maître des rites itinérant, se retrouva sur la route avec Ren Daiyan, son ancien élève de Shengdu.

Ses ficelles de pièces de monnaie avaient été laissées en dépôt au *yamen* de Dizeng après avoir été comptées avec soin et enregistrées en double exemplaire.

Ils se rendaient dans l'ouest. Il n'avait vraiment pas eu l'intention d'y aller.

Ils avaient deux ânes. Daiyan avait déclaré qu'ils en avaient besoin après avoir perdu tant de temps au *yamen* dans la matinée. Il avait un arc, un carquois de flèches, et une seule épée en bandoulière. Il était musclé, mince et plus grand, avec une courte barbe et une fine cicatrice sur la pommette gauche.

À une heure de marche de Dizeng, le garçon dont Lung avait utilisé les services cette année-là pour ses rituels se détacha des arbres. Il était escorté par quatre hommes menant cinq ânes.

Le garçon n'avait pas l'air très content. Ce n'avait pas été l'assistant le plus joyeux que Lung eût jamais employé, mais il avait bien accompli son travail et il avait mérité son salaire. Lung n'avait pas arrangé ni prévu l'apparition du garçon. Ce à quoi il s'était attendu, en réalité, c'était à se diriger vers l'est ; il avait congédié le garçon en lui payant son dû.

« Vous avez besoin de lui, non ? dit Ren Daiyan. Ce n'est pas ainsi que vous faites ce que vous faites ? Honnêtement ou pas ? »

Il avait tendance à ne pas parler très fort, Lung s'en rendait compte, mais on l'écoutait. Il était un peu intimidant, en vérité. Pas vraiment un homme de forte taille, mais il en adoptait l'attitude et les autres semblaient accepter son autorité.

« Vas-tu m'expliquer quoi que ce soit ? lui demanda-t-il. Pourquoi interfères-tu avec mon existence ? »

Daiyan secoua la tête : « Expliquer ? Non, pas maintenant. Si vous sauvez la fille, peut-être, en revenant. Nous reviendrons tous, si vous sauvez la fille. »

— Ren Daiyan (on ne pouvait plus appeler cet homme "Petit Dai"), tu sais que je ne l'ai pas encore vue, et que les rituels sont difficiles et incertains.

— Je le sais, acquiesça l'autre, placide. Si vous vous étiez simplement réveillé ce matin pour venir par ici avec votre garçon, je ne me serais pas soucié de savoir si vous l'auriez soignée ou non. Mais maintenant… Si vous ne réussissez pas dans ce village, Maître Tuan, il se pourrait que je vous tue. Je vous le dis pour votre gouverne. »

Tuan Lung avala sa salive. « J'ai été ton maître. Je t'ai appris la poésie. Je t'ai donné ton premier arc !

— Je vous sais gré de tout cela, honorable maître », dit l'homme qu'était devenu Ren Daiyan. Et il s'inclina. Il n'ajouta pas un mot jusqu'à ce qu'ils eussent rattrapé la paysanne qui marchait avec un autre bandit comme escorte.

Il était tard dans la journée, alors, non loin du village maudit d'où cette femme était partie pour lui gâcher la vie. Daiyan parla avec bonté à celle-ci, lui offrit à boire et à manger. Elle ne levait même pas les yeux de la route, qu'elle regardait fixement. Ils avaient tendance à être ainsi, les paysans, en face de ce qu'ils ne comprenaient pas – ce qui arrivait souvent.

Tuan Lung ne comprenait pas très bien non plus. Comment un homme peut-il être à son mieux dans une tâche aussi dangereuse et aussi difficile que l'exorcisme d'un démon lorsqu'il a d'*autres* raisons de craindre pour sa propre vie ? Il avait envie de le dire à Daiyan. Et qu'en était-il de la véritable gratitude due à un maître ? du respect ? Ce n'était pas seulement une question de mots. Il avait envie de le dire aussi.

Ils arrivèrent au village à la tombée du jour.

C'était à peine un village en réalité, raison pour laquelle il ne s'y était pas arrêté en chemin vers l'est. L'étoile du crépuscule brillait devant eux, suivant le soleil dans sa descente. Lung entendit un rossignol. Il fut surpris que nul ne l'eût capturé pour le Réseau des Fleurs et des Pierres. On payait bien, pour des rossignols.

On observa leur petite troupe, ceux qui travaillaient encore dans les champs. Eh bien, évidemment qu'on les observait !

Huit hommes et un adolescent, la plupart montés, accompagnant une femme du village ? Et cette femme elle-même sur un âne, et non à pied sur la route, avec le chef de la troupe qui marchait près d'elle, fortement armé ?

Ils en parleraient pendant tout l'automne et tout l'hiver, songea Tuan Lung avec amertume. Il jeta un coup d'œil à Ren Daiyan, qui lui rendit son regard avec un large sourire.

Ce sourire sans réserve, au coucher du soleil dans un minuscule village, avec l'éclat de la première étoile à l'ouest, lui révéla enfin à quel point cet homme était loin de l'adolescent qu'il avait connu auparavant pendant toutes ces années. Il immobilisa son âne.

« Le garçon et moi, nous devons arrêter. Nous vous suivrons. »

Il s'attendait à une discussion, était prêt à insister, mais Daiyan se contenta de hocher la tête. « Ziji, je reste avec ces deux-là. Amène les autres et Mère Sima au village. Nous vous rejoindrons. Ce soir, nous consommons nos propres vivres ou nous payons pour ce qu'on nous donne.

— Bien sûr », dit un autre bandit, celui qui avait été avec Sima Peng quand ils les avaient rattrapés. Il mena le parti de l'avant. Les paysans sortaient en désordre des champs pour les suivre.

Lung jeta un coup d'œil à son ancien élève. Il lui avait bel et bien donné sa première arme. Allait-il le regretter ? « Certaines cérémonies ésotériques doivent être effectuées. Il est dangereux pour toi de…

— Vous allez planter des os sous un arbre. Je monterai la garde et m'assurerai qu'on ne vous voie pas. J'ai repéré un chêne pas très loin en venant, au nord de la route. »

Lung l'avait également repéré. Il regarda l'autre. La nuit n'était pas complètement tombée.

« Tu comprends que…

— Je comprends que parfois les gens ont besoin d'entretenir certaines croyances afin d'être guéris et que parfois ils sont bel et bien guéris. On vous observe plus souvent que vous ne le pensez, sur les routes, dans les villages. Venez, enterrez ce que vous devez enterrer. Nul ne vous verra. C'est ma tâche. »

Lung secoua la tête, stupéfait. Puis, d'une manière ou d'une autre, l'humour de la situation finit par le frapper. Il n'avait jamais été, profondément, un homme coléreux. « Te rappelles-tu quoi que ce soit de ce que je t'ai enseigné ? de la poésie ? Chan Du ? Sima Zian ?

— Oui. J'achète des livres quand c'est possible. Je parierais que cette famille, là, se réclame de Maître Sima comme ancêtre.

— Je ne parierais pas contre toi », dit Lung en luttant contre un sourire.

Ils firent ce qu'ils devaient près de l'arbre. Le garçon était toujours grognon, mais Lung vit Daiyan lui donner une pièce, qui semblait être en argent (la lumière baissait), et son humeur se modifia. En route vers le village – qui s'appelait Gongzhu, apprit Lung –, Daiyan lui confia ce que l'autre bandit, Ziji, avait appris de la femme à propos de la fille et de la famille. C'était important dans les rites.

La surprise, c'était que Daiyan le savait.

Tuan Lung passa devant lorsqu'ils arrivèrent au village. Il prit l'unique rue principale pour se rendre dans la maison affligée. La femme, Peng, attendait devant la porte ouverte, auprès d'un époux à l'air terrifié et d'un autre homme plus âgé, sans doute son père. Les deux hommes avaient l'air abasourdi et apeuré. Des chauves-souris filaient entre les arbres crépusculaires. Il aperçut des lucioles. C'était bien tard dans l'année pour des lucioles.

Il salua poliment la famille. Ajusta sa coiffe rouge et entra avec le garçon – personne d'autre ne le pouvait, excepté la mère, pour la bienséance. Il allait voir s'il pouvait sauver la vie d'une jeune fille poussée contre les portes de la mort par le démon qui la possédait. Ce serait une bataille, il le dit à la famille et aux villageois assemblés dans l'obscurité qui s'épaississait.

C'était toujours une bataille.

Peng ne conte jamais cette histoire, elle ne parle jamais de ce qu'elle a vu cette nuit-là dans sa petite maison, devant l'autel ancestral. Cette nuit où la puissance de la magie rituelle a été invoquée en sa présence.

Elle avait pris une décision. Pour l'amour de Zhi-li, l'affliction de cet été devait être oubliée. Une fois, elle entendit son père, qu'elle aimait et honorait, parler du rituel à un autre homme, même s'il n'avait rien vu et qu'il avait été dehors avec les autres. Ce soir-là, elle mit une certaine herbe dans sa soupe, qui lui donna des crampes violentes toute la nuit.

Peut-être, lui avait-elle dit au matin, le voyant pâle et épuisé, avait-il de quelque manière offensé le démon, à parler ainsi du monde des esprits. Des sujets que les petites gens comme eux ne devaient pas discuter, de peur que les troubles ne reviennent.

Avec le temps, ses souvenirs de cette soirée s'étaient brouillés en se transformant, comme les silhouettes de sa fille, du maître des rites et du garçon bizarre s'étaient transformées dans la pièce quand les bougies avaient été allumées.

Elle se rappelait le maître qui disait, d'une voix basse et intense, à Zhi-li qu'il allait *vraiment* chasser d'elle le démon, qu'elle serait *vraiment* guérie, mais que, presque certainement, elle ne pourrait pas se marier en quittant le village, désormais, ou même quitter Gongzhu, et qu'elle devait l'accepter.

Peng s'était mise à pleurer, alors. Le maître avait dit ensuite que s'il devait répéter cette cérémonie, ou quelqu'un d'autre, Zhi-li mourrait presque assurément.

Puis il avait commencé ses invocations. Le garçon s'était presque aussitôt mis à suffoquer en gémissant d'une voix haut perchée. Peng avait à peine été capable de regarder tant elle avait peur.

Elle se rappelle (elle pense se rappeler) sa fille devenue parfaitement immobile quand le garçon avait commencé à se tordre de douleur. Une corde avait été attachée au poignet gauche de chacun d'eux – elle s'en souvient. Trois rubans rouges y étaient noués, de la même couleur que la coiffe du maître.

Zhi-li avait été d'un calme et d'une docilité inattendus dès le moment où on l'avait sortie de la pièce du fond pour l'amener au maître. Peng avait craint qu'elle ne manifeste la même violence obscène qu'elle avais si souvent montrée depuis le début de son affliction. Elle se rappelle que le maître l'avait instruite elle-même de se tenir très silencieuse et de rester dans un coin de la pièce.

Comme si elle avait eu l'intention de faire autre chose !

Il avait étendu les mains au-dessus de la plus grosse bougie et la couleur de la flamme était miraculeusement, de manière terrifiante ! devenue verte. Le garçon s'était brusquement éloigné en se convulsant, tirant presque Zhi-li du tabouret sur lequel elle avait été placée devant l'autel.

Le maître continuait ses incantations, d'une voix forte et profonde, en agitant de ses mains l'air soudain parfumé. C'était sucré, capiteux. Peng n'avait pas reconnu l'odeur. Son cœur battait très fort. Jusqu'à la fin de sa vie, elle ne serait jamais sûre de ne pas avoir perdu conscience à un moment donné, dans sa maison, cette nuit-là.

Mais elle regardait, et elle était consciente lorsque Zhi-li s'était mise aussi à crier d'une voix étranglée mais de sa propre voix ! Le garçon était alors tombé à genoux sur le sol de terre battue, en imitant ces cris avec violence, comme s'il avait éprouvé la même douleur ou la même fureur.

Le maître des rites avait saisi la corde qui les reliait tous deux et élevé la voix en un appel impérieux, des paroles que Peng n'avait pu comprendre.

Elle s'était alors couvert le visage de ses mains, en glissant un regard à travers ses doigts, puis elle avait regardé à terre, pour ne pas voir la redoutable noirceur qu'on invoquait dans sa propre demeure.

De sa propre enfant.

Le maître avait poussé un autre cri, des paroles qu'elle avait comprises, cette fois : « Démon ! Je t'invoque ! Je te commande, par le Quintuple Tonnerre ! Pourquoi as-tu consumé cette jeune fille ? »

Zhi-li avait fermé les yeux, sa tête était retombée en arrière, ses membres tremblaient si fort que Peng avait craint qu'elle ne se fasse du mal. Elle voulait s'élancer et étreindre son enfant, mais elle était restée dans son coin, comme on le lui avait ordonné, en regardant entre les doigts de la main qui couvrait ses yeux.

C'était le garçon qui avait répondu, d'une voix soudain si grave, il semblait à peine possible qu'elle soit issue d'un garçon aussi jeune. Ce qu'il avait dit, Peng n'avait pas pu le comprendre, les paroles étaient altérées, hachées, *furieuses*.

Les cheveux du maître des rites s'étaient détachés et lui pendaient dans le dos. Il avait tiré brusquement sur la corde et le garçon était tombé près de Zhi-li, près du tabouret.

Le maître avait de nouveau crié, il semblait encore plus irrité que la voix du démon. « Le *mariage* ? C'en est fait ! Elle n'épousera pas cet homme ! Qu'y a-t-il d'autre pour t'avoir amené à causer du tort à une innocente famille ? Pourquoi apporter le mal dans ce village ? Qui es-tu ? »

Peng regardait le garçon à terre, aux pieds de Zhi-li, les traits tordus de douleur et de rage dans l'étrange lumière. Il avait crié de nouveau, des mots qu'elle n'avait pu comprendre. Puis il se tut et resta immobile.

La maison avait soudain été très silencieuse.

« Ah, dit alors à mi-voix le maître des rites. Je vois. »

La teinte verte de la flamme s'était effacée, sans avertissement. La lumière normale des bougies était revenue, et le parfum inconnu avait disparu.

Le maître des rites s'était frotté la figure à deux mains avec lassitude. Après avoir pris une grande inspiration, il avait dénoué la corde qui attachait Zhi-li au garçon. Celui-ci gisait au sol. Les yeux fermés, immobile.

Le maître l'y avait laissé. Il avait donné à Zhi-li une coupe contenant un breuvage qu'il avait préparé. Elle avait levé vers lui des yeux écarquillés. Puis elle avait pris la coupe de sa main, docile, encore secouée de tremblements, et elle avait bu.

Le maître s'était tourné vers Peng dans son coin. Il était couvert de sueur. Ses yeux avaient un regard sauvage, ses longs cheveux étaient en désordre. Le garçon était toujours inconscient sur le sol, les membres comme écartelés. Peng le regarda aussi. Elle laissa retomber ses mains, qu'elle avait gardées contre sa figure.

« Est-ce qu'il est mort ? » se rappelle-t-elle avoir demandé, la voix tremblante.

Le maître avait secoué la tête avec lassitude. « Il va dormir. Zhi-li aussi, bientôt. Et ensuite, elle ira bien. C'en est fait.

L'esprit m'a dit son nom et disparaîtra lorsque nous aurons accompli un dernier rite. »

C'en est fait.

Sima Peng s'était mise à pleurer, des larmes qui coulaient avec lenteur sur ses joues ravinées. Elle avait fortement serré ses mains jointes en regardant sa fille à la lueur des bougies et il lui avait semblé que celle-ci la *voyait* de nouveau. Elle connaissait cette expression, ce regard. Zhi-li aussi s'était mise à pleurer.

« Mère ? » avait-elle dit.

Il n'y avait pas de mot qu'elle ait davantage désiré entendre.

Peng avait quitté son coin pour venir prendre son enfant dans ses bras. Son enfant redevenue elle-même, son enfant qui leur était rendue.

Elle n'en parle jamais, ni au cours de son existence ni pendant les métamorphoses de leur univers.

Plus tard dans cette même nuit, certains événements se déroulent à l'est du village, d'autres sont au courant et y participent, mais nul ne sait ce qui s'est passé dans cette pièce, avec la lumière verte, le lourd parfum, les ordres et les cris.

Le maître des rites renoue ses cheveux et va à la porte. De nombreux hommes, incluant le mari de Peng, son père et les bandits qui les ont aidés, l'accompagnent hors de la ville le long de la route, avec des torches. Zhi-li dort, comme il l'a dit. Le garçon est toujours par terre dans la maison. Peng reste avec eux deux.

Les villageois trouvent l'arbre que le garçon, dévoré par le démon de Zhi-li pendant la durée du rituel, leur a dit de trouver. Ils creusent à la lumière des torches, sous les étoiles et la demi-lune, et des os se trouvent enterrés là.

Une jeune fille, cruellement assassinée il y a longtemps, la veille de ses épousailles, leur dit le maître, et jamais retrouvée, jamais ensevelie comme il se doit. Son esprit avait envahi Zhi-li la veille de son propre mariage, de son propre passage à l'état de femme.

Ainsi le leur avait-il expliqué, le matin suivant au soleil, quand les terreurs reculent devant l'arrivée du jour. Ils avaient enterré les ossements. Il y en avait peu – les bêtes sauvages avaient emporté le reste, si peu profonde avait été la tombe où le meurtrier avait dissimulé le cadavre. Ils avaient accompli les rites, même s'ils ne sauront jamais son nom, celui de sa famille, d'où elle était ou le moment de sa mort. Ç'avait été très longtemps auparavant.

Sima Peng offre des bougies et des prières pour la jeune fille inconnue, au Festival des Mets Froids, à partir de ce jour. Cette jeune fille s'était emparée du corps de Zhi-li, dans sa douleur et sa rage, dans le tourment de son âme sans repos, et elle l'avait quittée – l'avait laissée intacte – lorsque le maître des rites, dont Peng loue le nom jusqu'à sa mort, était venu les trouver et l'avait libérée dans une lumière verte.

Zhi-li ne se marie pas, ne quitte jamais le village. Elle va servir au temple de la Voie Sacrée peu après cette nuit marquée de puissance, qui avait vu des lucioles tardives s'assembler près de chez eux (peut-être le parfum?) et des torches fumer le long de la route du fleuve. Elle est heureuse au temple, Zhi-li, elle finit par être initiée comme prêtresse, n'est plus seulement une servante.

Sa jeune sœur fait un bon mariage, dans un village au nord du leur. Elle meurt en donnant naissance à son premier enfant, peu après les grands troubles qui ont commencé à affliger leur univers. L'enfant, un garçon, survit quelque temps, puis meurt à son tour. Peng n'a pas de petits-enfants de ses filles, ou de son fils, qui est appelé à l'armée à dix-sept ans et marche vers le nord. Ils ne le revoient jamais une fois que la poussière est retombée sur la route. Le mari de Peng n'est plus le même après. Elle se rappelle ce jour, elle se rappelle son fils s'éloignant d'elle. Elle le voit la nuit, dans le silence.

Il y a des limites à ce que peut une femme pour aider ses enfants dans le dur et sombre tourbillon des chagrins de son époque et de son univers.

CHAPITRE 10

À l'été, la tribu des Jeni de la steppe, au nord-est, se trouvait encore plus loin au nord, près de la source du Fleuve Noir, qui marquait la frontière de leurs territoires traditionnels de pâturage. Le fleuve coulait à l'est de ces terres, dans une région de collines et de forêts, avant de tracer son chemin vers la mer. La sécheresse avait duré toute la saison, mais pas au point de devenir dangereuse, et les troupeaux avaient trouvé de bonnes pâtures. Le jeune kaghan des Jeni commençait à envisager la marche vers le sud-ouest qu'ils allaient entreprendre à l'arrivée de l'automne. À l'hiver, ils seraient à une bonne distance, mais jamais assez loin pour éviter entièrement le coupant vent du nord et les neiges qui l'accompagnaient, avec les meutes de loups affamés et pleins d'audace dans les nuits brutales.

C'était une vie rude. La seule qu'ils connaissaient.

En ce moment, pendant l'été, les loups restaient une menace, mais la saison leur offrait des moyens de se nourrir sans risquer de rencontrer des hommes, et les loups de ces steppes étaient les plus intelligents, et donc les plus dangereux, de la terre. Tant d'histoires couraient sur eux, y compris la manière dont ils pouvaient parfois traverser l'espace qui séparait l'animal de l'humain. Ou comment des hommes pouvaient effectuer le trajet inverse, devenant comme des loups. Les chamans traversaient cette ligne de partage, pas toujours pour faire le bien.

Bonne volonté, bonté, sécurité, tranquillité, ce n'était pas monnaie courante dans leur monde, que ce fût le jour, sous les hauteurs du ciel divin, ou la nuit sous ses étoiles.

En conséquence, les Jeni avaient toujours des veilleurs. Toutes les tribus en avaient dans la vaste étendue de la steppe, depuis les crêtes des collines couvertes de forêts près de ce campement jusqu'aux déserts, à travers des milliers et des milliers de *li* vers l'ouest, où nul ne pouvait vivre, et où nul n'essayait.

Ce qui revient à dire qu'il y avait bel et bien des gardes postés autour du camp cette nuit d'été là.

O-Yan, le frère cadet et préféré du kaghan, avait eu quatorze ans au cours de l'été, et il était posté de nuit avec d'autres jeunes. On introduisait ainsi peu à peu les garçons à leurs responsabilités. Garder le camp la nuit, l'été, près du fleuve, c'était plus facile que pendant les nuits d'hiver, quand les loups sont plus entreprenants et que les troupeaux peuvent parfois être plus loin de la tribu.

Il n'y avait là aucune raison d'envisager plus de danger qu'un loup exclu de sa troupe ou quelquefois un grand félin, loin de son territoire habituel, attiré par la présence de bétail en si grand nombre et passant outre sa crainte des humains. Dans ce cas, ce serait aussi un paria.

O-Yan prenait sa tâche au sérieux, conscient du fait qu'on s'attendait à lui voir jouer un jour un rôle important dans la tribu en aidant ses frères, ses trois frères aînés. Il était fier de sa famille et désireux de l'honorer. Il avait parlé de devoir aux autres garçons, cette nuit-là – ils étaient sept –, en leur disant comme il était mal d'avoir peur et de sursauter au moindre bruit d'animaux. Ils le considéraient comme leur chef, et pas seulement à cause de sa lignée. Les manières d'O-Yan ainsi que son calme avaient déjà été remarqués. Il était par nature rassurant.

Un cavalier jeni, leur dit-il (et ils seraient bientôt des cavaliers à part entière), savait comment, par une nuit obscure, distinguer un cheval agité d'une menace ennemie.

Il n'y avait pas de lune. O-Yan admettait bien, en son for intérieur, quoique avec réticence, qu'il préférait lorsqu'on voyait plus aisément dans la noirceur de la steppe. Mais quand le monde rendait-il l'existence facile aux hommes? La vie était une interminable série d'épreuves. Son frère, le kaghan, aimait à le dire. Ils ne vivaient pas dans le relâchement indolent des gens du sud. Les Kitans, là-bas, dans leur molle paresse, étaient indignes de l'existence accordée à tous les humains par le Seigneur Céleste.

Un Kitan aurait péri face aux défis de la steppe, avait dit O-Pang à son cadet, plus d'une fois. Ils mouraient par des étés bien doux, alors, en hiver! Et les Xiaolus, leurs suzerains? Eux aussi s'amollissaient. Des hommes des steppes qui construisaient des villes, qui y vivaient!

Les Jeni et les autres tribus reconnaissaient peut-être le pouvoir des Xiaolus, offraient un tribut à leur Empereur pour avoir la paix dans le nord-est, d'autres en faisaient autant dans l'ouest, mais c'était toujours un peuple empli de fierté. La fierté, voilà ce qui comptait dans la steppe. Si le prix de la paix dans les terres de pâturage était un tribut automnal et une nuit de danse, c'en était un qu'une petite tribu pouvait accepter. Aucun vrai chef ne permettrait à ses sentiments de mettre son peuple en danger.

Notre tribu est notre famille, disait O-Pang à ses frères.

O-Yan, le plus jeune, l'avait écouté avec gravité, même à dix ou onze ans, un enfant sérieux et attentif, né après la prophétie d'un chaman. Le vieillard avait lancé les osselets d'un agneau sacrifié et bu le sang dans son bol de pierre, la nuit où O-Yan était venu en pleurant dans le monde. Il avait prédit que la destinée du garçon serait peut-être la plus éclatante que les Jeni eussent jamais vue depuis les commencements de la tribu.

Les prophéties sont tributaires du hasard. Il faut survivre à tellement de choses – maladie, famine, accidents, conflits – pour atteindre sa pleine maturité d'adulte, pour qu'un tel avenir se concrétise ou soit permis.

O-Yan, qui s'entraînait à être à la fois détendu et alerte – une combinaison délicate – entendit un bruit à sa droite, loin des chevaux. Ce pouvait être bien des choses. Un petit animal, un serpent qui délogeait des pierres.

Il se retourna pour scruter la nuit. La flèche lui transperça l'œil et il mourut sur place, brave, intelligent et trop jeune. Il s'effondra avec un léger cliquetis qui aurait pu être entendu de quiconque se serait trouvé proche. Il n'y avait personne.

Personne d'autre que l'homme qui l'avait tué ne sut ce qu'était ce léger bruit entendu par O-Yan, non une maladresse, bien sûr, mais un bruit délibéré, pour obliger le garçon à se retourner, à présenter son visage et son corps à la flèche qui avait réclamé sa vie.

Eh bien, ce n'était pas la pure vérité, que seul son assassin l'eût entendue. Dans les croyances de la steppe, le Seigneur du Ciel sait tout, et le Seigneur de la Mort sait quand on s'en vient le trouver. Il est aussi possible qu'un conteur, plus tard, en façonnant l'histoire de ce chagrin vieux comme le monde, la mort d'un jeune homme, ait ajouté ce bruit pour serrer davantage encore le cœur de ses auditeurs. Les conteurs agissent ainsi.

Le chaman de la tribu avait été doué, un puissant voyageur dans le domaine des esprits. Sa prophétie n'avait pas été fausse. O-Yan des Jeni avait eu en lui de la grandeur, une âme large, les premiers signes de la sagesse malgré son jeune âge.

Mais le garçon fut tué par une nuit d'été sans lune, sous les étoiles et une traînée de nuages, et certains avenirs possibles disparurent avec lui, tout comme d'autres s'ouvrirent à cause de son trépas.

Les Altaï s'abattirent sur le campement par traîtrise, sans avertissement, dans le bruit de tonnerre de leurs chevaux (ils étaient toujours à cheval), jaillissant de l'obscurité après avoir traversé le fleuve à gué et attendu tout le jour.

Le problème, quand on se servait de garçons pour garder la nuit, c'était que leur tendance à sursauter aux bruits de leurs propres bêtes pouvait aussi les amener à manquer des indications plus subtiles de danger (souvent de la part de ces mêmes bêtes). Tous les jeunes veilleurs postés autour du campement furent abattus par les archers envoyés en avant-garde des cavaliers altaï. Dans la steppe, les archers manquaient rarement leur cible, même à la lueur des étoiles, et les Altaï avaient beau vivre dans un paysage différent, plus près des forêts ou parmi elles, on les connaissait – depuis longtemps – comme les plus durs combattants de tous, et les meilleurs parmi des peuples qui tous étaient d'excellents cavaliers.

Ils n'étaient pas nombreux – les terres rudes du côté de la péninsule koreini ne pouvaient les nourrir en grands nombres. Cela avait toujours constitué l'élément salvateur et rassurant pour les tribus qui vivaient autour d'eux. Ils étaient de petite taille, les jambes arquées, le cœur noir, d'une dangereuse arrogance, mais ils n'étaient pas nombreux. Leur agressivité foncière en avait été tempérée.

Agressivité ne veut pas dire brutalité. On ne mutila pas les gardes jeni. On se contenta de tuer les jeunes gens. Parfois, dans un conflit, une tribu peut être sauvage avec les hommes et les femmes d'une autre tribu et par le passé il en avait habituellement été ainsi lorsqu'on capturait une cité kitane. C'était délibéré, une tactique, un outil guerrier pour décourager la résistance.

Cette nuit-là, il n'y avait aucun message à envoyer. Les Altaï n'éprouvaient aucune haine envers les Jeni, même si leurs chefs n'avaient guère de respect pour O-Pang depuis sa danse d'apaisement embarrassante devant l'Empereur xiaolu. Les Jeni n'étaient qu'une première étape nécessaire, un commencement.

Cette attaque nocturne, si on la considérait d'une certaine manière, constituait la rupture d'un serment prêté après cette nuit de danse ; les Altaï avaient toujours investi beaucoup de fierté dans le fait de respecter leurs serments et de tirer vengeance de qui ne les respectait pas. D'un autre côté, comme l'avait expliqué l'ingénieux frère du chef de guerre, s'ils *niaient* que les Xiaolus leur fussent supérieurs, que leur ivrogne d'empereur gonflé de prétention fût le Seigneur des Altaï, ce serment n'avait aucun poids.

Ils avaient longtemps accepté la grande supériorité numérique des Xiaolus. C'en était fini, à partir de cette nuit. La tribu tout entière avait traversé le fleuve, depuis son propre territoire. Ils étaient tous en mouvement, les femmes, les enfants, les vieillards, et leurs troupeaux. Ils ne cesseraient pas de marcher tant qu'ils n'en auraient pas terminé. Tant que cette guerre ne serait pas finie, d'une manière ou d'une autre. On en avait décidé ainsi, on l'avait juré à la lueur des brasiers.

L'origine de ce soulèvement était une danse autour d'un autre feu. Les Altaï filaient droit comme une lance de cette première nuit à cette autre nuit où tout commença à changer sous le ciel. Non seulement dans un campement jeni au bord du Fleuve Noir mais dans le monde, des cercles qui se propageraient bien loin autour de cette pierre.

Daiyan et les hors-la-loi ne s'attardèrent pas dans le village après que Tuan Lung eut sauvé la jeune fille du démon qui la possédait. Au matin, alors que le maître des rites s'apprêtait à retourner dans l'est, les gens lui prenaient les mains pour les baiser, le suppliaient de rester un peu et de guérir toute une variété de maux. C'était une occurrence fréquente. Il s'excusa, en prétextant l'urgence de certaines affaires importantes et vagues. Ren Daiyan et ses hommes, conformément à la promesse de Daiyan, le gardèrent. On ne les importuna pas pendant leur trajet de retour à Dizeng.

Daiyan chevauchait à ses côtés, cette après-midi-là, dans une chaleur de fin de saison qui donnait envie de dormir.

« Les ossements ont été ensevelis puis déterrés ?

— Oui ?

— Pourquoi ? »

Lung lui jeta un regard de côté. Ils allaient sans se presser. On ne peut obliger des ânes à se presser. Aux alentours, les champs étaient brunis. Ils auraient besoin de pluie, sinon bien des souffrances s'annonçaient. Il le savait. C'était ce qui l'avait poussé à l'existence qu'il menait désormais. Certains prêtres de la Voie Obscure effectuaient des cérémonies pour obtenir la pluie, moyennant paiement. Parfois, elles étaient efficaces.

« Les gens ont besoin d'aide, une explication, pour comprendre pourquoi ils tombent malades, pourquoi ils sont guéris.

— Avez-vous chassé l'esprit de son corps ?

— Je l'ai guérie.

— Et le garçon ? Celui qui dit des mots bizarres et tombe inconscient quand vous effectuez votre rituel ?

— Tu écoutais ? »

Daiyan ne répondit pas.

Lung haussa les épaules. « Je te l'ai dit, les gens ont besoin de comprendre.

— Elle est tombée malade quand ils ont arrangé le mariage ?

— Oui, on dirait bien. »

Il jeta un autre regard à Daiyan et se permit un sourire : « As-tu encore besoin de beaucoup d'aide ? »

Après un moment, le jeune homme sourit à son tour : « Cela suffit, Maître Tuan.

— Je fais le bien sur cette route, dit Tuan. Nous ne comprenons peut-être pas toujours comment cela arrive. »

Ils atteignirent Dizeng dans l'après-midi. Alors que le gros bourg arrivait en vue, Daiyan arrêta son âne et leva une main pour que les autres en fassent autant. Il se tourna de nouveau vers Lung : « Vous allez à Jingxian ? Nous ne pouvons vous escorter. Ziji vous trouvera des hommes honnêtes pour vous garder dans l'est avec votre argent. Je serai honoré de les payer. Vous avez accompli ce que je vous ai demandé, et j'en suis reconnaissant. »

Il était extrêmement courtois.

« Et toi ? Tu vas retraverser le fleuve ? retourner dans le marais ? »

Un autre sourire de Daiyan : « Vous saviez que je venais de là ?

— Cela a du bon sens, quand on y réfléchit.

— C'est souvent le cas, lorsqu'on réfléchit. Mais non, je n'y retourne pas.

— Oh ? »

Daiyan regarda devant lui, là où la route de campagne devenait une poussiéreuse rue de village. « Je vais rencontrer le magistrat, ici.

— Wang Fuyin ? Tu as déjà discuté avec lui, as-tu dit.

— À propos de son enquête et à propos de vous. Maintenant… il s'agira de moi. Et de ceux-ci. »

Tuan Lung le regarda fixement. Ouvrit la bouche. Ne parla pas. Après un moment, ils se remirent en mouvement et entrèrent dans le village.

Le lendemain matin, en se dirigeant vers l'est avec les gardes promis, tôt, avant la chaleur, il lui vint à l'esprit qu'il aurait pu dire à Daiyan, là, sur la route : « Emmène-moi avec toi. »

Il serait devenu un autre homme, aurait atteint une autre destination dans son existence. Il le savait alors même qu'il chevauchait dans la lumière matinale à travers les chants d'oiseaux.

Chaque route a ses embranchements, les choix que nous effectuons.

Le magistrat en chef Wang Fuyin, loyal serviteur de l'Empereur dans l'importante cité de Jingxian, responsable de nombreuses autres villes plus ou moins grosses, s'était trouvé dans le *yamen* de Dizeng, la veille, au début de la soirée.

Il était resté parce qu'il attendait un visiteur.

C'était une surprise, à quel point il anticipait cette rencontre. Mais son existence avait été transformée par cet homme, et les enseignements du Maître du Cho disaient que certaines personnes peuvent se présenter plusieurs fois dans le tissu d'une existence. L'homme qu'il attendait était important pour lui, le magistrat Wang n'avait aucune peine à le penser.

Et d'abord, il avait élucidé l'affaire pour laquelle il était venu là – un meurtre particulièrement sanglant – grâce à l'information que lui avait impartie cet homme, soudain apparu ici, des années après le dernier moment qu'ils avaient passé ensemble.

Il se rappelait un autre automne, un chemin de campagne, des feuilles à terre et dans l'air, dans l'ouest. Des flèches tirées par un adolescent, et qui leur avaient sauvé leur vie à tous. Et puis le garçon était parti dans la forêt, arraché à son existence, appelé par les arbres.

Wang Fuyin ne s'était jamais considéré comme un poète, mais des images lui étaient venues à l'esprit. Il avait rédigé un poème sur cette journée. L'avait envoyé à des amis à Hanjin et ailleurs, avec qui il avait passé les examens. Ce poème avait été étonnamment bien reçu, était même allé jusqu'à la cour, lui avait-on dit. L'hiver et le printemps suivants, Wang Fuyin avait commencé à travailler très fort, pas seulement à ses tâches de sous-préfet mais à apprendre tout ce qu'il pouvait des devoirs des magistrats.

Il avait élucidé le crime dans le Village de la Famille Guan, celui sur lequel il était parti enquêter. S'il avait été enlevé ou tué sur la route, un assassin aurait pu ne jamais être appréhendé. La justice avait été servie. Fuyin avait été assez jeune pour sentir en lui une force qui s'affirmait, réclamait de l'attention, le poussait de l'avant. Il n'était vraiment pas un poète – ses idées là-dessus changeaient constamment. Il écrivit de brèves réflexions, cet été-là, un manuel d'introduction pour les magistrats, définissant les éléments qu'ils devaient passer en revue lorsqu'ils enquêtaient sur un crime. Il le fondait sur un manuel de la Huitième Dynastie, qu'il citait, mais il ajoutait une grande quantité de matière qui relevait de leur propre époque.

Ce manuel aussi fut bien reçu. Et se rendit aussi jusqu'à la cour. Le Premier Ministre en personne, l'illustre Hang Dejin, le lut (ou suggéra qu'il l'avait lu). Il envoya des louanges spécifiques, avec un don en argent et, au nom de l'Empereur bien sûr, une promotion à la position de magistrat dans une ville plus grosse, une *véritable ville*, comme le dit l'épouse de Fuyin, soudain bien plus satisfaite.

Une autre promotion subséquente, au sixième rang de fonctionnaire, les avait amenés l'année précédente dans la ville encore plus véritable de Jingxian. Il avait taquiné sa femme en la décrivant ainsi, lui renvoyant ses propres termes. À ce stade, elle était tellement impressionnée par son époux et sa soudaine ascendance qu'elle avait émis un léger rire plaisant.

Une fois qu'ils avaient été établis à Jingxian, elle s'était arrangée pour lui trouver sa première concubine – une ravissante petite chose musicale bien entraînée de bien des manières et, évidemment, un symbole de leur ascension dans le monde.

Il avait écrit et fait imprimer un autre bref essai sur la conduite qui convenait à un magistrat dans des enquêtes sur des crimes violents. On lui dit que ses écrits étaient en voie de devenir des lectures obligatoires pour les fonctionnaires plus jeunes. Une question d'examen, ce printemps-là, avait apparemment été basée sur l'un d'eux !

Envisager un poste à Hanjin commençait à devenir raisonnable, même si Fuyin ne spéculait pas au-delà. Sa femme oui, il le savait. Il le confia à sa concubine, une nuit, au lit.

Il avait bel et bien changé, et pas seulement dans les circonstances de son existence. Il était assez intelligent pour savoir que, sans ces transformations intérieures, il aurait encore été un fonctionnaire paresseux et rempli d'amertume dans une lointaine préfecture, avec une femme amère aussi. Lorsque la nouvelle arriva au *yamen* qu'un jeune hors-la-loi des marais du sud du fleuve avait mené une attaque contre un groupe des Fleurs et des Pierres et en avait tué six d'un tir de flèches rapide et précis, Fuyin avait été intrigué par les possibilités. En tant que magistrat, il était de son ressort de convoquer les survivants. Il le fit. Ils lui donnèrent une description.

De toute évidence, le chef des hors-la-loi ne ressemblerait pas au garçon de quinze ans qu'il avait vu pour la dernière fois en train de s'enfoncer dans la forêt près du Village de la Famille Guan, mais…

Il y avait bien des histoires, apparemment, sur cet archer. L'une d'elles disait qu'il était venu de loin dans l'ouest et qu'il était notoirement le meilleur archer et le plus jeune chef de bandits.

Cela suffit à Fuyin pour ce qui était à la fois un geste de bonté et un autre plus complexe. Il écrivit au père, autrefois son employé. On savait, le long du Grand Fleuve, quels villages les hors-la-loi visitaient parfois. Il informa le père de l'endroit où une lettre avait des chances de trouver son fils.

Il avait apprécié Ren Yuan, un homme digne et diligent. Plus encore lorsqu'il avait lui-même commencé à changer. Il avait même montré au père son premier petit ouvrage et avait été reconnaissant des commentaires prudents mais utiles qu'on lui en avait faits avant l'impression.

Il ne savait pas si l'employé Ren enverrait une lettre à son garçon, ni si son geste aurait une quelconque conséquence. Il n'était pas certain que l'archer hors-la-loi fût Ren Daiyan.

Parfois, on jette une pierre dans un étang.

Et puis, un jour, étant venu à Dizeng enquêter sur un meurtre, il sut – et toutes les réponses étaient affirmatives, pour son plus grand plaisir.

C'était curieux, dans un sens, mais Daiyan était plus inquiet que la première fois de se rendre au *yamen*. En général, toutefois, c'était une réaction sensée.

Trois jours plus tôt, il n'avait eu aucune idée de la manière dont le magistrat d'autrefois accueillerait un chef de bandits venant du marais. Daiyan était connu pour avoir tué des soldats, des fonctionnaires, des marchands. Il avait été tout à fait possible qu'il fût arrêté, torturé et exécuté – dans ce village-ci ou à Jingxian. Une telle capture aiderait grandement la carrière de qui l'effectuerait. Wang Fuyin pouvait même avoir écrit au père de Daiyan dans cette idée. Ce n'était pas indigne du niveau d'intrigue des fonctionnaires ambitieux.

Et pourtant, en entrant dans le *yamen*, il avait été plus calme que jamais. Posé, comme avant un raid ou un affrontement. Le combat ne le perturbait jamais. Il l'avait appris sur une route, près de chez lui. D'autres – ceux qu'il commandait ou combattait – ressentaient peut-être en de tels instants une peur à déchirer les entrailles, il le comprenait, et il avait appris à l'apaiser ou à en tirer avantage. Cela faisait partie de sa tâche s'il voulait commander.

Il voulait effectivement commander. Et honorer son père et ses ancêtres.

C'était ce qui l'avait conduit au *yamen* une fois qu'il avait appris l'arrivée du magistrat, comme prévu.

On pourrait considérer comme un signe du destin que le magistrat en chef se trouvât avoir été convoqué pour enquêter sur un crime à Dizeng si tôt après que Ren Daiyan et ses compagnons eussent traversé le fleuve.

C'eût été l'idée d'un innocent.

Ziji connaissait le nom et le village d'un homme qui avait essayé de se joindre à eux dans le marais, deux ans plus tôt. Nul ne lui faisait confiance. Il avait été renvoyé et suivi. Il vivait seul à la lisière de Dizeng et l'on constata qu'il possédait une machine à fabriquer de la fausse monnaie, ce qui n'avait pas été difficile à découvrir. Le châtiment pour une telle possession, c'était la mort. L'homme n'avait jamais été arrêté ni questionné. La seule raison possible était qu'il agissait comme délateur le long de cette partie du fleuve, identifiant des hors-la-loi, des contrebandiers de sel et de thé, des fraudeurs aux impôts. Des existences avaient été détruites par sa faute.

Ziji et deux autres hommes le capturèrent alors qu'il revenait chez lui après une visite à une maison de plaisir, la deuxième nuit. On le tua dans un champ proche, de manière spectaculaire, avec une faux de fermier. On avait raisonnablement nettoyé la faux, mais pas de manière parfaite, et on l'avait rapportée dans l'appentis de l'homme qu'on avait l'intention de voir arrêté pour le meurtre.

Cet homme-là avait assassiné une femme, l'année précédente, à l'est de la place. Le cadavre de celle-ci n'avait jamais été retrouvé (certains lacs étaient très profonds), mais on l'avait désigné aux hors-la-loi, sinon à la loi.

La justice, le long du fleuve, prenait bien des formes.

Daiyan avait passé presque toute la nuit éveillé, dérangé par la question qui lui était venue à l'esprit. S'il n'avait connu ces deux hommes, aurait-il élaboré son plan avec des gens ordinaires, en assassinant un et en impliquant l'autre, pour que le magistrat fût convoqué?

Sous la lune d'été, il trouva une réponse. Si l'on voulait transformer le monde, on ne pouvait toujours agir de manière agréable.

Assis à la lisière d'un bosquet pendant que les autres dormaient, en contemplant les champs d'été argentés, il se rappela des vers très, très anciens, aussi éclatants que la lumière de la lune, aussi chargés de tristesse que des rameaux de saule au moment d'une séparation:

Les loups hurlent. Je ne puis trouver le repos
Car je suis impuissant
À réparer un monde brisé.

Chan Du, le poète de la Neuvième Dynastie, avait vécu avant et pendant les années de la grande rébellion. Il avait péri pendant les combats et la famine. Pas très loin de là, justement, alors qu'il voyageait vers l'est le long du fleuve. Sa dernière demeure était un lieu de pèlerinage. Daiyan y était allé, il avait laissé des rameaux sur la stèle commémorative.

Il n'était pas comme Chan Du et il était encore jeune. Il n'acceptait pas que le monde tel qu'il se présentait à eux ne pût être changé. Réparé.

Il n'était plus le garçon qui avait combattu des barbares imaginaires avec une épée de bambou, dans un bosquet, et pourtant, évidemment, il l'était et le serait toujours.

Il retourna à son manteau étendu sous les arbres et dormit jusqu'à l'aube.

Ils avaient attendu que fût découvert le cadavre dans le champ et que la nouvelle partît vers l'est, et ensuite que le magistrat en chef s'en vînt de Jingxian pour enquêter sur un meurtre, comme c'était son devoir.

Un bon chef rassemble toute l'information possible avant de concrétiser un plan théorique. Même ainsi, il y a bien des moments où l'on ne peut être sûr de son succès et où l'on doit se fier à... quelque chose. La grâce de la Reine Mère de l'Occident, l'alignement de ses étoiles, ses ancêtres, la bonne volonté d'autrui. Des esprits. Le hasard.

Il n'aimait pas de tels instants, raison pour laquelle il se sentait inquiet en gravissant les marches du *yamen* pour la seconde fois, afin d'aller rencontrer l'homme dont il avait sauvé la vie tant d'années auparavant.

Fuyin avait soigneusement réfléchi au sujet de Ren Daiyan depuis leur rencontre, quelques jours plus tôt. Il en avait eu le temps. Le meurtre avait été rapidement élucidé grâce à un moyen qu'il avait utilisé au début de sa carrière, pour ce premier crime au Village de la Famille Guan. Il avait écrit à ce sujet, et on avait loué son ingéniosité.

Il semblait vraisemblable dans le cas présent que la victime ait été tuée à l'aide d'une faux ; les membres tranchés reposaient près du cadavre, pas un très joli spectacle, mais il l'avait déjà vu. Les assistants du magistrat en chef Wang se mirent en devoir de rassembler toutes les faux de Dizeng et des alentours. Ils les rangèrent dans une prairie près de ruches d'abeilles domestiques. Une foule de spectateurs se réunit là.

Les abeilles se précipitèrent rapidement sur la faux où il y avait des traces de sang. Ce fut mémorablement dramatique.

Le propriétaire de la faux passa plus de temps que d'autres suspects à protester de son innocence, mais les hommes du magistrat avaient de l'expérience, effectuaient bien leurs tâches, et on obtint sans faute une confession cette nuit-là.

L'homme était encore vivant après la question, ce qui était bien. Il serait exécuté sur place. Il était salutaire pour les voisins et les enfants d'assister aux exécutions, et à leur message : la justice de l'Empereur pouvait se rendre jusqu'à des villages comme Dizeng.

On prit également possession d'une machine à fausse monnaie et d'un nombre considérable de fausses pièces enterrées sous le plancher de la demeure de la victime. Le rapport du magistrat en chef indiquerait qu'une dispute entre criminels avait sans aucun doute dégénéré en meurtre, et son renom augmenterait du fait qu'il avait résolu deux crimes importants d'un seul coup.

Lorsque Ren Daiyan entra pour la seconde fois dans le *yamen*, au cours de la soirée suivant la confession du meurtrier, Fuyin insista pour qu'ils se rendissent dans la meilleure maison de chanteuses. Ce n'en était pas une très bonne, en vérité, mais on s'arrangeait de l'endroit où l'on se trouvait.

Fuyin avait pris les arrangements pour un repas, des bains pour deux, avec des préposées et de la flûte. Il s'était demandé si Daiyan serait inquiet, hésitant.

Il n'en vit aucun signe. Le jeune homme (il était effectivement encore jeune) se montra à la fois courtois et intense. Il manifesta peu de légèreté ou d'humour cette nuit-là, ce serait pour plus tard. Il fut très précis quant au rang qu'il attendait pour lui et ses compagnons, qui quittaient les bandits du marais afin de se joindre à l'armée kitane. Il dit très explicitement qu'il ne servirait jamais de garde pour les troupes des Fleurs et des Pierres.

Fuyin était en mesure d'accepter toutes ces conditions, même s'il proposa une modification et, après quelques questions, Ren Daiyan fut d'accord avec cela.

Ni lui ni les autres hors-la-loi ne seraient immédiatement enrôlés dans l'armée. Ils passeraient quelque temps comme gardes principaux du magistrat en chef de Jingxian. En tant que tel, Daiyan aurait un rang initial et une paie équivalents à ceux d'un commandant militaire de cent hommes, et ceux d'un commandant de cinq cents hommes au moment des promotions de la Nouvelle Année, quelques mois plus tard. Cela lui rendrait plus facile de se voir offrir un commandement encore plus important quand il passerait dans l'armée proprement dite, ce qui – il n'y avait là aucune ambiguïté – était son but très clair.

Il allait combattre dans le nord. Cette nuit-là, il cita même une vieille chanson à Fuyin... *Nous devons reprendre nos fleuves et nos montagnes.*

Bien des gens le pensaient, si longtemps après le traité qui avait abandonné ces territoires au sud de la Grande Muraille. Wang Fuyin, personnellement, estimait que l'argent et la soie qu'on payait au nord leur revenaient directement dans les marchés aux frontières. Et une paix qu'on achetait, une paix assurée, valait mieux que l'incertitude d'une guerre. Il pouvait évoquer le désastre d'Erighaya (et ne s'en fit pas faute !) comme évidence des dommages de la guerre.

La Kitai de la Douzième Dynastie n'était tout simplement pas prête pour un triomphe militaire, à son avis. Autrefois, l'armée avait joui d'une réelle – et dangereuse – puissance. Autrefois, les fonctionnaires de haut rang savaient monter à cheval, jouaient au polo sur de magnifiques chevaux. Ils pouvaient tirer une flèche, manier une épée. Les fonctionnaires se vantaient maintenant d'éviter de telles poursuites. Gras et mous, ils affichaient avec évidence qu'ils n'étaient pas une menace armée contre le trône.

Il garda l'essentiel de ces opinions pour lui, cette première nuit. « Bien entendu, il faut une *guerre* pour que vous combattiez dans le nord », ce fut tout ce qu'il dit ce soir-là en écoutant une tolérable musique de flûte et de *pipa* et en sirotant le vin qu'on offrait à Dizeng.

« Il y en aura une », déclara Ren Daiyan.

Sa certitude était remarquable. Certaines personnes vous forcent presque à les croire, même lorsqu'elles parlent de l'avenir que nul ne peut réellement connaître.

Ils partirent vers l'est deux jours plus tard, eux, les assistants de Fuyin et les six hommes de Daiyan – les nouveaux gardes du Magistrat en Chef Wang Fuyin – en direction de Jingxian.

Les derniers caractères tracés par le pinceau de Xi Wengao, lettré et historien, et ancien Premier Ministre de Kitai, l'avaient été ce même été-là, dans son jardin de Yenling. Cet écrit était une réflexion sur les vertus très distinctes de la fleur de prunier et de la pivoine.

L'essai n'était pas terminé à sa mort, mais il fut largement imprimé et lu ("ses derniers mots") dans toute la Kitai. Maître Xi avait été, sur tous les plans, un des ornements de la dynastie, une figure à qui l'on pouvait offrir, avec fierté, un siège dans le ciel et son céleste jardin, parmi les grands écrivains et érudits du long passé de l'empire.

C'était le cas, nonobstant le fait que ses dernières années avaient été passées en exil, loin du pouvoir, à Yenling. Les affrontements des factions, à coup sûr, ne décidaient pas pour les sages de l'importance à long terme des historiens et des poètes. Pas dans un monde civilisé, et la Kitai se considérait, par-dessus tout, comme civilisée. On n'avait qu'à regarder le nord et ses barbares pour comparer.

Le dernier essai de Maître Xi parlait de l'art et de la nature. Il proposait l'idée que l'éclosion de la fleur de prunier, au printemps, par sa beauté si délicate, si évocatrice de fragilité, rendait inadéquats et grossiers n'importe quels mots ou peintures qui la décrivaient, quels que soient les talents de l'artiste ou du poète. Les hommes (et une ou deux femmes, notait avec soin l'historien) avaient tenté de capturer le bouton de fleur de prunier dans leurs vers ou leurs couleurs, mais son *essence* échappait à tout dans son exquise simplicité.

Xi Wengao s'était permis de digresser en explorant l'idée que ce trait reflétait d'une certaine manière la Douzième Dynastie elle-même. Un empire moins vaste que d'autres avant lui, moins spectaculaire dans ses ambitions. Vêtements et parures étaient moins provocateurs, porcelaine et peinture plus subtiles, il était devenu légèrement embarrassant de trop *s'affirmer*.

Beaucoup de gens chérissaient la pivoine, par contraste, pour son côté dramatique, son audace... son affirmation de soi. Pour la manière dont la beauté était une création humaine, une déclaration des hommes quant à ce dont ils étaient capables. L'art appliqué à la nature : la greffe, la conception, la détermination du parfum et de la couleur, grâce aux talents de jardiniers doués, spécialement à Yenling.

La pivoine, suggérait Maître Xi, avait été "L'impératrice des Fleurs" autrefois, sous la Neuvième Dynastie, et l'on pouvait la considérer aujourd'hui comme un écho de la puissance et de l'assurance de cette dynastie avant sa chute dans le chaos. De quelle longue période de violence et de pensée incorrecte avait émergé la Douzième Dynastie – tel un bouton de fleur de prunier à travers la neige de l'hiver !

Hélas, les réflexions de cet essai n'avaient point de conclusion. Celle-ci n'avait jamais été couchée sur le papier. On racontait que Maître Xi s'était endormi dans le pavillon de son jardin, pinceau à la main, et ne s'était jamais éveillé. On disait que sa coiffe noire, mal épinglée, avait glissé de sa tête pour reposer sur son écritoire dans la lumière du matin.

En conséquence, on ne sut jamais quelle avait été la conclusion envisagée pour cet essai. Xi Wengao aussi échappait à la compréhension, même dans sa mort.

On rapporta qu'une de ses plus jeunes servantes mourut avec lui ce jour-là, qu'elle s'était ôté la vie lorsqu'elle avait découvert que l'esprit de son maître avait traversé la porte menant à l'autre monde. La rumeur prétendait qu'elle avait été davantage qu'une servante pendant les dernières années de son exil. On savait combien Xi Wengao avait, toute sa vie, apprécié la présence des femmes. On avait pensé que, du côté de cette jeune femme, la relation avait simplement été la vieille histoire d'une servante intriguant pour une meilleure vie en se glissant dans le lit du maître. Sa mort, de sa propre main, réfutait pour certains cette rumeur. Les plus cyniques soulignaient que, avec la disparition de Xi Wengao, elle avait perdu son statut de favorite dans la maisonnée. Plutôt que de retourner au rôle d'humble servante, suggérait-on, elle avait simplement préféré mourir. D'autres encore voyaient dans ce trépas quelque chose de positif, peut-être même la présence de l'amour. Maître Xi, après tout, avait été aimé de beaucoup, hommes et femmes, toute sa vie.

En fin de compte, comme souvent, aucune conclusion définitive n'était possible.

L'illustre Empereur Wenzong ordonna que le lettré fût enseveli avec des honneurs à Yenling, malgré son exil, et que la stèle commémorative élevée là portât la marque de ses rangs et de ses actes.

La femme fut enterrée parmi les autres serviteurs, dans le cimetière situé à l'endroit le plus élevé de la propriété. La maison passa au fils aîné pour un temps, puis les changements arrivèrent.

CHAPITRE 11

Le neuvième jour du neuvième mois – le Double Neuf –, les frères Lu s'en allèrent seuls – comme toujours lorsqu'on leur permettait d'être ensemble – pour observer le Festival du Chrysanthème à la manière traditionnelle.

Partir ensemble, sans autre compagnie, était leur propre tradition, ajoutée à la tradition ancienne. Ils apportaient du vin de chrysanthème, bien entendu. Le cadet le transportait, avec les coupes. L'aîné se déplaçait plus lentement, après ses années à Lingzhou, et avait une canne.

C'était une journée pendant laquelle on visitait les tombes de ses morts, mais les parents et ancêtres des Lu étaient ensevelis loin à l'ouest, et l'homme qu'ils pleuraient maintenant était mort à Yenling, à son écritoire.

Ils ne trouvèrent pas un endroit particulièrement élevé cette fois, même si cela faisait partie de la tradition. Ils avaient reçu la nouvelle de la disparition de Xi Wengao quelques jours auparavant et ni l'un ni l'autre, réunis par leur chagrin, n'avait envie de voyager toute la nuit afin de gravir une montagne.

Wengao avait été leur mentor à tous deux, ils l'avaient aimé également, du jour où ils étaient arrivés à Hanjin avec leur père, deux frères originaires de l'ouest, qu'on disait brillants, avec des anecdotes et leurs premiers écrits pour les précéder dans la capitale et avant les examens ; on évoquait leur avenir.

Ce jour-là, ils se rendirent à une crête proche de La Montée de l'Est, le nom que l'aîné avait donné à leur petite ferme. Ils s'assirent sur un banc, sous un arbre, et le plus jeune versa le vin.

Ils regardèrent vers l'est, au-delà de la pente. Il y avait un étroit cours d'eau, et juste de l'autre côté se trouvait la limite de la propriété. Celle-ci pouvait supporter une famille, si les hommes étaient diligents et que le temps était clément.

Il ne faisait pas encore froid, mais les deux hommes avaient conscience, en même temps que de leur sentiment de perte, que l'automne était arrivé : c'était toujours le cas, le jour du Double Neuf.

« Est-il possible d'aller si loin qu'on ne puisse revenir ? » demanda l'aîné.

Le cadet, de plus haute taille et plus mince, lui jeta un regard de côté. Il but avant de répondre. Il était moins preste avec mots et pinceaux que son frère, ce n'était pas vraiment un poète, mais il était presque aussi connu, et honoré pour son calme courage et ses arguments élaborés avec soin. Il avait été, entre bien d'autres rôles, un diplomate dans le nord, auprès des Xiaolus.

« C'est possible, évidemment, répondit Lu Chao. Est-ce ce que tu ressens ? »

Le poète contemplait le ruisseau. « Aujourd'hui, peut-être.

— C'est toujours une journée difficile, aujourd'hui. Mais tu as ton fils ici, ton épouse. Nous sommes tous deux ensemble chaque jour à présent, nous possédons assez de terres pour ne pas mourir de faim. C'est un don, mon frère. Tu es revenu en Kitai ! »

Il donnait voix à une idée ancienne : l'île de Lingzhou, même si l'empire se l'adjugeait, était un monde en soi.

Chen n'avait pas semblé vieux lors de son exil, mais on n'aurait pu le considérer maintenant comme un homme dans la fleur de l'âge. Cela chagrinait son cadet de le penser, de le voir. L'affection qu'il éprouvait pour son frère était son sentiment le plus profond.

Et lui était rendu. Chen lui sourit : « Un don, oui. D'être ici avec toi. »

Il leva sa coupe et son frère la remplit. Ils continuèrent à regarder le panorama qui s'abaissait vers l'est. Avec leurs fils et les ouvriers de la ferme, ils avaient dégagé cette pente de ses ronces et de ses buissons, et ils avaient planté des mûriers et des châtaigniers, en suivant les conseils des fermiers qui possédaient les terres avoisinantes. Ni l'un ni l'autre n'avaient été instruits des affaires de la campagne, mais ils étaient tous deux prêts à apprendre. Il y avait des bouches à nourrir.

Après un silence, l'aîné reprit la parole.

La nuit dernière j'ai trop bu sur La Montée de l'Est.
Je suis rentré tard, sous les étoiles.
Appuyé sur un bâton, j'ai écouté le ruisseau.
Elles me troublent encore – ces nostalgies du corps et du
*   cœur.*
Quand pourrai-je oublier l'agitation du monde ?
Les chagrins de la Kitai ? La nuit s'était presque envolée.
Le vent était tombé. Seuls, des remous dans le ruisseau.
Peut-être quitterai-je ces lieux seul dans une petite barque
Et voguerai jusqu'à trouver la mer, et plus loin encore.

Le cadet but, remplit leurs coupes, resta silencieux. Il finit par dire : « C'en est un nouveau.

— Il y a quelques jours, oui.

— Tu es revenu. Ne repars pas », dit Chao.

Chen lui adressa son rapide sourire bien connu : « Ah. Tu suggères que je suis vraiment revenu ? que c'est toujours moi ? »

Son cadet ne lui rendit pas son sourire. « Oui. »

Puis, parce qu'il n'y avait plus moyen de l'éviter, il apprit à son frère les autres nouvelles qui venaient d'arriver le long des routes, au travers des rivières, cette fois de la cour.

C'était à lui maintenant qu'on demandait de partir. Un honneur, une rédemption après l'exil. Mais c'était aussi dans le nord, loin de la capitale, après la Grande Muraille qui avait autrefois été la frontière mais ne l'était plus, et il y avait toujours du danger là-bas.

Un oiseau chantait dans l'arbre au-dessus de leur tête, un autre lui répondit dans la pente. La matinée était venteuse et éclatante. Des nuages blancs se mouvaient dans les hauteurs, ciel bleu, soleil jaune.

Depuis maintenant deux ans d'invitations intermittentes mais continues à venir lui rendre visite à la cour dans son jardin, l'Empereur de Kitai n'a jamais donné d'indication qu'il désire mettre Shan sur sa couche ou dans son lit.

C'est un soulagement, mais parce qu'elle essaie d'être honnête avec elle-même, elle s'est parfois demandé pourquoi il ne manifeste aucune inclinaison de ce côté. Son miroir ne lui est pas d'un grand secours : une femme de haute taille, encore jeune, de beaux traits. Mince, de la manière couramment à la mode, où les femmes de bonne famille ne doivent pas montrer trop de courbes voyantes. Évidemment, toutes les femmes qui viennent au Genyue ne sont pas de bonne famille. Il est commun pour une assemblée, disons, d'érudits et de poètes invités au jardin impérial, d'être interrompue par l'arrivée d'une chaise à porteurs venant du quartier des femmes, au palais.

L'Empereur se retire alors dans un pavillon avec la jeune femme ainsi transportée. On tirera des rideaux sur la rencontre, même si les sons portent. Ces engagements ont lieu en la présence, à l'intérieur des rideaux, du Conservateur des Congrès Impériaux, un homme qui ne sourit pas. D'habitude il y a aussi deux femmes qui, selon ce qu'en comprend Shan, dévêtent les deux participants et, à l'occasion, aident l'auguste Empereur dans sa tâche, amener sa partenaire au sommet de sa passion... tout en se refusant bien entendu une telle diffusion d'énergie.

Les textes et les doctrines de la Voie Obscure le stipulent. C'est seulement en pratiquant ainsi l'acte sexuel qu'un homme peut obtenir l'amélioration de la force vitale que procurent de telles rencontres.

Shan a parfois tenté, et toujours échoué, de s'imaginer dans l'acte avec trois spectateurs qui se tiennent là, l'un avec un pinceau et du papier, observant de près et notant scrupuleusement les détails, durée et résultat.

Résultat. Lorsqu'elle est dans un certain état d'esprit, cette pensée lui tire un rire. Mais ces humeurs-là sont plus fuyantes ces derniers temps.

Elle a lu deux des livres de la Voie Obscure portant sur les sujets intimes. *Méthodes secrètes d'une fille des mystères* est le plus connu. Son père l'a dans sa bibliothèque. Elle a, un peu désespérément, tenté d'employer certains de ces conseils au lit avec son époux. Qi Wai a manifesté de l'amusement devant ses efforts.

Il est en train de s'éloigner d'elle. Cela a commencé, pense-t-elle, à peu près au moment où l'Empereur s'est mis à la voir d'un œil favorable, à les voir ainsi tous deux, en vérité, même si c'est délicat à dire à Wai. Elle se demande si la mère ou le père de celui-ci lui ont suggéré que son prestige masculin est miné par l'attention qu'on porte à son épouse. Mais la vérité, c'est que, grâce à la faveur impériale, elle et son époux vivent dans une des plus grandes maisons de l'enceinte du clan impérial. Le père de Shan a désormais sa propre maison, un petit édifice de l'autre côté de leur large cour. Ils ont même à proximité un entrepôt, avec un garde en tout temps, pour abriter leur collection qui ne cesse de croître, la fierté de Qi, la joie de son existence. Même si Shan a commencé à spéculer, un an plus tôt peut-être, que sa joie réside aussi ailleurs, désormais.

Que peut-elle *faire*, toutefois? Prétendre qu'elle n'est pas heureuse de voir leur élégant Empereur si cultivé apprécier ses chansons, ses *ci*, chantés par l'un de ses artistes, ou simplement lus, comme il lirait un poème? Tout cela, Qi (et d'autres) le voit-il comme malséant pour une femme? S'agit-il de cela?

Les époux peuvent s'éloigner de leur femme. En vérité, le cas le plus fréquent est qu'ils ne sont jamais intimes, pour commencer. Mais cette raison-*là* pour un tel changement chagrinerait beaucoup Shan. Elle regrette leurs journées ensemble, leurs découvertes. Avec son mari, elle a pu voyager. Il a toujours été excentrique, mais ils avaient vraiment des passions partagées, et maintenant il refuse de partager, sur tous les plans.

Du moins son père lui offre-t-il toujours uniquement son approbation ravie devant ses triomphes. Elle est contente et se sent une fille vertueuse de pouvoir lui donner un endroit où vivre confortablement. Il lui revient parfois, la nuit, des souvenirs du moment où il a failli être exilé, avec l'image de l'assassin dans sa chambre.

Elle peut habituellement parler avec son père. Elle ne lui confie cependant pas ces pensées. Ni à personne. Les femmes de l'enceinte semblent avoir collectivement décidé que Shan n'est pas une dame et se conduit de manière extrêmement malséante. Ces chansons ou ces poèmes sont inappropriés, une tentative d'éviter son statut et son rôle adéquat, ou d'y échapper.

Il y a de l'envie là-dedans plus que tout, a souligné son père, et l'envie – comme l'a écrit il y a longtemps le Maître du Cho – fait toujours partie de l'humaine condition.

Mais c'est une émotion puissante, qui peut vous isoler. Elle ne veut pas confier ces sentiments à son père. Il en sera chagriné, se blâmera. Il est certains fardeaux qu'on doit porter seul, a fini par comprendre Shan, et les siens en sont de bien petits, à une échelle qui ne devrait pas avoir d'importance.

Elle s'est demandé si Wai croit que l'Empereur l'a prise dans son lit. Cela expliquerait-il son changement?

Ce n'est pas le fait qu'ils n'aient pas d'enfants, même si un époux peut pour cette raison renvoyer sa femme à sa famille. Elle a toujours su que Wai n'avait aucun intérêt pour les enfants. Dans le clan impérial, le désir de protéger son vieil âge grâce à une jeune génération qui prendra soin de vous ne voit tout simplement pas le jour. Les membres du clan sont entretenus par la cour pendant toute leur vie et pour leurs rites funèbres – ce qui veut dire par les habitants de la Kitai, avec les impôts et les taxes.

Shan sait que l'immense clan sans cesse croissant dans lequel elle s'est mariée est énormément coûteux et ne *fait* rien pour l'empire – de par un décret ancien. On ne permet à personne, dans la parenté de l'Empereur, de s'approcher du pouvoir ou d'une quelconque influence. Il y a trop d'histoires d'insurrections et de conspirations passées. On leur procure tout ce dont ils ont besoin, on les tient rassemblés, on les surveille: de scintillantes décorations sans importance. Désirer davantage est devenir un danger.

En l'occurrence, elle est assez sûre d'être capable de concevoir, même si elle ne peut le prouver, ni le dire. Le médecin qu'elle a discrètement consulté le pensait et avait remarqué, avec précaution, que parfois la "complexité" de telles situations pouvait résider dans le fait que l'homme disperse son essence de diverses manières.

Shan ne sait pas trop où se disperse "l'essence" de Qi Wai. Mais elle sait que n'existent plus leur passion autrefois partagée pour la collection, les voyages ensemble, l'achat et le catalogage effectués côte à côte, le plaisir de découvrir puis d'évaluer la calligraphie, la poterie ou les bronzes des anciens temps... Ils ne le font plus, plus ensemble, plus côte à côte.

Une femme s'en vient chanter pour l'Empereur de Kitai.

Nombre de ses principaux conseillers se sont assemblés dans un pavillon de son jardin, pour attendre son arrivée. Ils écouteront la chanteuse avec des degrés divers d'attention et d'impatience, quoique avec des visages bien entraînés à simuler une extrême concentration, car ce sera l'expression de l'Empereur. Shan l'a constaté bien des fois.

On sait fort bien comme il apprécie la musique, la poésie, la peinture, la calligraphie, le rôle que joue la beauté pour modeler le cœur serein de sa dynastie. Son Genyue a été conçu pour refléter l'empire et présenter cette harmonie. Quelques-uns des assistants partagent ces sentiments, le reste a appris à offrir l'illusion qu'ils les partagent.

On a l'impression aujourd'hui que l'été va peut-être prendre fin. Les feuilles des paulownias vont bientôt tomber, on a vu les oies sauvages qui volaient vers le sud. Une période agitée, pleine de tristesse, toujours une certaine crainte lorsque l'hiver s'en vient. On meurt, en hiver. Pas tellement ici au palais, mais ailleurs en Kitai.

D'après les conversations qu'elle a surprises, Shan a compris qu'un événement significatif a eu lieu cet été parmi les barbares au-delà de ce qui reste de la Grande Muraille. On vient de l'apprendre. Des décisions doivent être prises.

Alors qu'elle attend l'Empereur, largement ignorée des autres (une seule femme, parmi des hommes importants), elle entend un nom de la steppe qu'elle connaît – Xiaolus – et d'autres qu'elle ne connaît point. Les Altaï, par exemple. Une autre tribu barbare. Une attaque. Une rébellion ?

Il y a des divisions évidentes parmi ceux qui sont ici pour rencontrer l'Empereur et formuler la réaction de la Kitai. Certains semblent vouloir utiliser cette nouvelle tribu pour faire pression sur les Xiaolus ; d'autres demandent la prudence, en disant qu'on n'en sait pas assez. Shan peut entendre une note contrainte dans les voix de ces hommes.

Le vieux Premier Ministre, Hang Dejin, siège avec calme ; il garde ses opinions pour lui – ou il économise ses forces. Peut-être attend-il simplement la musique. Il ne semble pas en bonne santé. Son fils Hang Hsien se tient derrière lui et l'héritier impérial, Chizu, est non loin de là. Certains pensent que l'Empereur devrait abdiquer pour laisser régner son fils, être libéré pour ne penser qu'à son art et à son jardin. Chizu ne dit rien, bien entendu. Shan n'a jamais entendu sa voix. Certains des princes plus jeunes, à l'occasion de leurs apparitions à des festins ou dans des rencontres privées, sont plus audacieux, mais, en Kitai, l'héritier doit être prudent.

Elle songe aux termes qu'elle emploierait pour décrire dans un *ci* toutes ces voix tendues qui s'affrontent, lorsque l'Empereur arrive. On aide Hang Dejin à se lever pour lui présenter ses salutations. Les trois prosternations lui sont épargnées depuis longtemps. Shan les exécute, avec toute la cour, le front pressé contre terre pour saluer le Seigneur de la Kitai, des Cinq Directions, qui règne sous le ciel avec la bénédiction des dieux. Les soldats qui ont escorté chacun des invités se tiennent à distance, incluant celui de Shan.

La chanteuse est arrivée aussi. Elle émerge de sa chaise à porteur, on l'y aide. Elle est vêtue de soie *liao* vert et or, décolletée plus bas que ne le permet la mode à la cour et avec des manches plus amples. Son parfum flotte sur son passage, riche, troublant. Petite, elle est d'une étonnante beauté.

Shan, la seule autre femme présente, est en bleu foncé jusqu'aux chevilles, une robe très ajustée au collet haut, avec des manches étroites, aucune parure sinon la bague de sa mère et une autre donnée en présent par son époux, il y a longtemps. Elle ne porte aucun parfum. Sur ce plan, elle ne se rebelle pas contre les contraintes frappant les femmes bien élevées, leur obligatoire retenue en public.

Elle a songé à s'élever là contre, mais il y a tant de marques négatives sur sa réputation qu'en ajouter une juste pour le plaisir lui semble épuisant. Par ailleurs, son lien avec l'Empereur est trop immensément important pour risquer son déplaisir de manière imprudente. Et d'abord, avec le Premier Ministre dont la santé se détériore de façon si évidente... Qui le suivra, que se passera-t-il ? Elle doit penser à la sécurité de son père, et même à celle de son époux. Sa position ici, mal définie comme elle l'est, constitue une sorte d'assurance pour eux tous dans cette incertaine cour d'automne.

Sa chanson la plus récente doit être chantée maintenant, pour la première fois, une autre sorte d'épreuve. Elle s'est effrayée elle-même en l'écrivant, mais pas assez pour se retenir. Je ne suis pas si fine après tout, songeait-elle en s'en venant au Genyue avec le garde envoyé pour l'escorter, un nouveau, ils changent souvent.

Ils sont maintenant rassemblés non loin du colossal rocher-montagne qu'on a déjà déplacé une fois pour le rendre plus esthétiquement harmonieux, l'aligner plus précisément sur les auspices et les désirs de l'Empereur. Selon un rapport envoyé il y a quelque temps mais jamais présenté à Wenzong, cent douze hommes ont péri pour apporter ici ce rocher, des centaines d'autres ont été blessés, certains mutilés. Des animaux aussi sont morts pour le placer sur les troncs d'arbres servant de rouleaux ou en transportant de lourds équipements, et leurs carcasses ont été abandonnées à la pourriture là où ils sont tombés. Des champs ont été piétinés, profondément labourés, des récoltes ruinées. Les ponts de douze villes ont été détruits le long du Grand Canal pour permettre le passage de la barge portant ce roc pour l'amener à Hanjin.

La chanteuse, maintenant assise sur un banc de pierre, change avec grâce de position, accorde son *pipa*, adresse à Shan un regard poli et lui sourit, un petit salut. Elle est d'une beauté à couper le souffle.

La musique est très ancienne. Les paroles sont de Lin Shan, la femme qui reçoit cette faveur de l'Empereur, fille unique de l'amusant Gentilhomme de la Cour Lin Kuo, un homme sans conséquence, qui se promène librement dans le Genyue en écrivant à son propos, on lui en a donné la permission. Elle est mariée à l'également excentrique Qi Wai, du clan impérial. On la connaît très bien. Il est important de connaître ceux et celles qui sont invités à la cour et au jardin.

L'opinion générale est qu'il n'y a aucune bonne raison, ni dans sa lignée ni dans son mariage, pour qu'elle soit con-voquée aussi souvent en ces lieux, reçoive de telles largesses du Trône du Dragon. Écrire des *ci* qui plaisent à l'Empereur, manier le pinceau de façon compétente, sont-ce là main-tenant des avenues pour obtenir de l'influence ? pour une femme ?

Peut-être, même s'il n'y a aucune évidence que cette femme-ci entretienne des aspirations particulières et si son père est inoffensif. Le mari est absent presque tout le temps, à collectionner d'anciens écrits, des cloches, des bols, ce genre de choses. Il en a un entrepôt plein.

Il s'est pris de passion aussi, dit-on, pour une très jeune fille. L'a apparemment achetée à sa maison de plaisir et ins-tallée dans une maison à Yenling. Ce n'est pas inhabituel, et pas étonnant, vraiment, avec une femme aussi contre nature. Pas d'enfants. Si l'Empereur ne lui avait pas aussi manifes-tement accordé sa faveur, il y a des chances que Qi Wai l'aurait déjà répudiée. C'est ce qu'on dit.

On a également établi – car ce genre de détail est impor-tant – que l'Empereur ne l'a pas mise dans son lit. Elle peut être considérée comme avenante, cette Lin Shan, même si elle ne se comporte vraiment pas de manière bienséante, à l'aise parmi tant d'hommes, et puis elle est trop grande pour les goûts de la Douzième Dynastie.

La chanteuse, par contraste, en vert et or, avec la forme exquise de ses sourcils et son parfum…

Shan ne peut regarder longtemps l'autre femme sans détourner les yeux. La chanteuse est talentueuse, bien sûr, pour être ici, avec son instrument comme avec sa voix, sa beauté est éblouissante. Mais chaque fois que Shan la re-garde, elle voit les pieds de la jeune femme, bandés à la nouvelle mode des maisons de plaisirs. Shan a reçu comme un assaut la démarche maniérée, entravée, de la chanteuse alors qu'elle passait de sa litière au pavillon, assistée par un homme lui tenant un coude, de chaque côté, pour gravir les trois marches.

Et il se peut que cette... innovation dans le domaine de la beauté ne soit pas restreinte aux districts de plaisir. Shan a entendu des femmes en parler dans l'enceinte du clan, la plupart la rejetant avec dédain, mais d'autres suggérant que ce serait peut-être une façon pour leurs filles de se gagner de l'attention, en usant de leurs pieds bandés comme d'une expression de leur engagement à être belles – et convenablement soumises.

Elle a manifesté sa révulsion à son époux, qui a été inhabituellement silencieux, et à son père. Lin Kuo, à sa troisième coupe de vin safrané (elle aussi en avait bu trois cette nuit-là), avait déclaré: « Ma fille, si les hommes de notre époque oublient comment monter à cheval et chasser, et se font transporter partout où ils vont, même la maison d'à côté, comment s'assureront-ils que les femmes soient encore plus diminuées? De cette façon. Voilà ce qui arrive. »

Son père, universellement considéré comme affable et toujours désireux d'obtenir les bonnes grâces d'autrui, n'a jamais laissé pousser l'ongle de son petit doigt comme symbole de mépris envers les arts martiaux. Certes, il ne peut pas tendre un grand arc, mais il sait comment et l'a appris à sa fille, en défiant encore la tradition; et ils peuvent tous deux se promener souvent à pied dans Hanjin et le font, ou partent à cheval dans la campagne. Shan avait des souvenirs très clairs du fait qu'elle se hâtait pour rester à sa hauteur, quand elle était enfant.

La femme qui joue ici et chante les dangereuses paroles de Shan sur l'air de "Papillons et fleurs" ne pourra pas descendre les marches du pavillon quand elle aura terminé. Pas sans s'appuyer, toute en fragilité impuissante et parfumée, sur un homme.

Elle chante à présent, calme et charmante, courbée sur son instrument, offrant l'air tant aimé, et les paroles de Shan. Car c'est là un *ci*, des paroles nouvelles sur un air ancien. D'où elle se tient, Shan observe l'Empereur. Il est toujours sage d'observer l'Empereur.

Des larmes glissent sur mon visage pour tomber
Sur la soie de ma robe. Je répète sans cesse
Le chant d'adieu de Sima Ziang à un ami.
"À l'ouest du défilé de la Porte de Fer..."
On dit que les montagnes peuvent s'étirer à jamais.
Et les montagnes te gardent maintenant loin de nous.
Seule dans la demeure, j'entends le son
De la pluie qui tombe dans la cour.
Les séparations bouleversent le cœur. Je ne puis me rap-
*   peler*
Si nous avons bu le vin en adieu
Dans des coupes profondes ou non. Tu es parti il y a si
*   longtemps.*
Demande aux oies sauvages de porter ton message au
*   nord vers nous.*
Hanjin n'est pas si loin du domaine des esprits.
Étendue dans la mer sombre, une autre île.

Elle est dangereusement directe, cette chanson. Bien plus qu'une chanson ne peut l'être, surtout à propos de cet homme-là, et avec ce dernier vers. Elle a conscience d'avoir peut-être été stupide, et que d'autres pourraient en souffrir avec elle. Elle ne peut entièrement comprendre l'impulsion qui l'a menée là. On doit affronter ses craintes, elle le sait.

La chanteuse termine avec les dernières notes de son *pipa*, puis jette un regard alentour, avec un éclatant sourire pour tous les spectateurs. Shan se demande si elle comprend ce qu'elle a chanté. Sans doute pas, songe-t-elle – puis elle se demande si elle manque de courtoisie. Il y a un murmure froid et rapide lorsque la chanteuse se tait. Puis un silence abrupt, lorsque ceux qui émettaient cette désapprobation se rendent compte que l'Empereur sourit. Il est toujours sage d'observer l'Empereur.

Il ne sourit pas à la chanteuse mais à l'autre femme, celle qui a écrit ces paroles téméraires. Les courtisans se sentent soudain pris au piège. Shan le voit: ils sont pris dans leur trop rapide désaveu. Cela ne les mènera pas à l'aimer davantage, mais ce n'aurait pas été le cas de toute manière. Elle aurait aussi bien pu porter du parfum, songe-t-elle, une pensée sans rapport.

Au milieu des glissements et du bruissement des feuilles d'automne dans le jardin, l'Empereur de Kitai la regarde. Il dit, de sa voix claire et calme : « Ingénieux, Dame Lin, de ne pas terminer la citation de Maître Sima. »

C'est, sur bien des plans, un homme extraordinaire. Elle baisse les yeux.

« Merci, gracieux seigneur, pour l'avoir remarqué. Cela n'aurait pas convenu à la mélodie et j'ai estimé que tout le monde connaît ce vers.

— La bonne poésie est ainsi, dit l'Empereur. Nous ne l'oublions point.

— Oui, mon seigneur. » Son cœur bat très vite.

« Ou les poètes », ajoute Wenzong avec gravité. Son sourire est devenu plus grave cependant. « Nous ne les oublions pas non plus. Il n'est plus dans une île depuis un bon moment, Dame Lin, à moins que je me trompe. » Un regard du côté où se tiennent ses deux principaux conseillers et où est assis le plus âgé, par permission. « Maître Lu a de la terre et une maison. On lui a permis d'écrire de nouveau. De fait, j'ai certains de ses poèmes récents. »

Elle se risque. « Moi aussi, très haut seigneur. C'est ce qui me l'a rappelé, aussi ai-je écrit cette chanson. Il est... N'est-il pas toujours banni de votre resplendissante présence ? »

Elle cite un autre poème ancien avec cette phrase, un poème qu'il connaîtra aussi. Elle en fait une question. Elle lui rend visite depuis un moment déjà ; elle a appris un certain nombre de choses nécessaires.

Il y a un nouveau mouvement dans l'assistance, on anticipe une réprimande impériale, on est prêt à emboîter le pas. Certains aimeraient fort, Shan s'en rend compte, la mettre en pièces. Ce sont des chiens de chasse. Une bande de chiens qui grondent les uns contre les autres, qui attaquent les étrangers qui essaient d'entrer, de se rapprocher de la resplendissante présence.

Elle en voit un qui ouvre la bouche, pour être le premier.

L'Empereur rit tout haut, avec gentillesse.

« Je ne crois pas que Lu Chen veuille y être, Dame Lin, si resplendissante puisse être ma présence. Imaginez-le heureux dans sa ferme, écrivant des poèmes, s'essayant même à vos *ci*, ce qu'il fait bel et bien. Il est mieux là que dans ma cour. Je suis mieux avec lui là-bas en train d'écrire. La Kitai s'en porte mieux. Nous n'avons point besoin de revenir au passé en cela. »

Le Premier Ministre Hang Dejin relève la tête dans sa chaise, un visage creusé de rides profondes, et esquisse un mince sourire. Des souvenirs d'anciens affrontements, se dit Shan. Le Premier Ministre n'est pas un ennemi, maintenant. Mais il est possible qu'elle se trompe.

L'Empereur lui a manifesté plus de gentillesse qu'elle n'en mérite. Elle devrait arrêter. Elle devrait s'incliner, à l'instant, devant cet homme qui peut décréter exécution ou exil pour elle ou pour son père. Qui, à la place, lui parle avec bonté, au milieu de ces chiens de chasse.

Mais elle dit plutôt : « Il a passé toute sa vie au service de la Kitai, serein seigneur. Il parle de ce désir dans ses derniers poèmes. Il l'a écrit aussi il y a longtemps, alors qu'il était préfet à Shantong. Est-ce là un homme à se retirer du monde ? »

Une ombre de désapprobation sur le visage de Wenzong. La famine de Shantong, vingt-cinq ans plus tôt, a été une difficile affaire. Beaucoup ont nié qu'elle s'annonçait, en ont nié la sévérité quand elle est arrivée. Certains pensent encore que Lu Chen l'a exagérée afin de discréditer ses opposants au pouvoir, dans les guerres des factions.

L'impériale patience a des limites, et elle est une femme qui parle avec trop d'audace de sujets qu'on estime la dépasser. Elle baisse de nouveau la tête. Si elle était une autre, peut-être serait-elle autrement vêtue et ferait appel d'autres façons à la bonté de l'Empereur. Peut-être même se ferait-elle bander les pieds, songe-t-elle avec amertume, pour susciter leur sollicitude empressée à tous.

« Parfois, dit l'Empereur de Kitai, pensif, il en va autrement. Parfois, il est nécessaire que le monde se retire de l'homme. »

Il se lève, un homme de très haute taille. Pour la plupart d'entre eux, c'est le signe qu'il les renvoie.

Shan, la chanteuse et une dizaine d'autres, y compris l'héritier, quittent le pavillon pour se rendre, escortés, le long des chemins incurvés et bien balayés vers les entrées différentes de ce jardin, qui était l'un des trésors du monde.

L'Empereur doit brièvement, et c'est un déplaisir, s'occuper d'affaires de l'État.

La chanson de Shan, calligraphiée du pinceau le plus soigneux, repose sur l'écritoire du pavillon, près d'un tableau représentant une branche de prunier en automne, exécuté par la main même de l'Empereur. "Meilleur artiste qu'empereur", a-t-elle entendu dire par quelqu'un de très ivre.

Elle ignore toujours si présenter son *ci* a été une erreur. Probablement.

Escortée par un garde, elle se dirige vers la porte la plus proche de l'enceinte du clan impérial. Elle a toujours insisté pour marcher, même si tous les autres sont montés dans leurs chaises à deux porteurs pour être emmenés là où ils le doivent. On le voit comme une affectation de sa part, elle en a conscience, totalement inconvenante. Son père marche, cependant, et donc elle aussi.

Elle se demande, brièvement, ce que pense de ce qui se passe ici le garde qui l'accompagne. S'il pense quoi que ce soit, c'est sans doute à l'indignité que constitue pour elle le fait de marcher.

Le terrain s'élève devant eux, édifié en collines boisées, aux arbres apportés de très loin. Le chemin y dessine des méandres, comme dans une vallée, en direction des portes distantes. Elle entend un chant d'oiseau, un rossignol, même par une fraîche après-midi d'automne. Bien loin de chez lui. Il y a un bosquet de bambous, puis un autre d'arbres de bois de santal venus du sud. Un merveilleux parfum.

Le chemin s'incurve pour révéler un autre gros rocher à leur droite, plus grand que Shan, aussi large que haut, marqué de cratères et de cicatrices comme par une éternité ou par les dieux. Ils le dépassent. Parfois, elle s'est arrêtée pour le contempler, mais pas aujourd'hui, elle a trop de motifs à réflexion. Le garde lui jette un coup d'œil. Il porte l'uniforme d'un garde de la ville, celui-ci. Ils changent tout le temps. Elle n'essaie pas de les retenir. Devant eux, il y a des arbres fruitiers, et des fleurs dont la saison est passée. Le vent vient du nord, les collines sont couvertes d'arbres, dont certains voient leurs feuilles changer de couleur. C'est une éclatante journée.

Shan pense au poète – souvenir d'un corridor dans la demeure de Xi Wengao, tard dans la nuit, un Festival de la Pivoine, des années et des années auparavant. Elle était si jeune, si excitée de se trouver parmi de grands hommes avec son père, par la promesse de ce que la vie pouvait lui offrir. Il s'était retourné pour la regarder, dans l'obscurité de ce corridor, lorsqu'elle l'avait appelé. Elle désirait qu'il vînt la rejoindre. C'était la première fois qu'elle désirait ainsi un homme. Il était resté un instant immobile, puis il s'était détourné pour s'éloigner, en homme honorable.

Elle songe au désir, à la jeunesse, et à la rumeur entendue ce matin à propos de son époux, lorsque le garde, de manière vraiment choquante, lui pose une main sur le bras.

« Arrêtez ! » Ce n'est pas une requête.

La main se resserre sur son bras, puis on la pousse durement à genoux. Le garde se place devant elle, en ôtant de son dos un bouclier rond. Puis il s'agenouille à son tour, la protégeant de son corps. Tout arrive très vite. Il regarde vers le haut, elle ne peut voir plus loin sur le chemin.

Il pousse un juron sonore et grossier, lève son bouclier.

Et une flèche vient s'y planter.

Shan pousse un cri, sous le choc, le garde aussi, bien plus fort : « *Gardes* ! rugit-il. *À moi* ! Un assassin ! »

Les gardes fourmillent dans le Genyue, bien sûr, l'Empereur s'y trouve. Plusieurs arrivent à la course derrière eux et depuis la porte sud. Le garde de Shan reste sur place, la protégeant de son bouclier, de son corps. Shan voit le fût et l'empennage de la flèche enfoncée dans le bouclier.

« Quoi ? Pourquoi ? demande-t-elle. Pourquoi voudrait-on…

— *Là* ! » crie le garde en pointant un doigt à leur droite, vers le haut, dans les collines édifiées au-dessus du chemin. Les arbres y sont des pins, verts. Ils le seront tout l'hiver. Un abri pour quiconque désire s'y cacher.

Les autres gardes ont réagi avec célérité. Ce sont des gardes impériaux. Ceux qui servent ici doivent être les meilleurs de l'empire, pour protéger l'Empereur. Shan les voit en mouvement, lancés à la course et se déployant pour gravir la colline à leur droite. Il y a des chemins à travers ces arbres, on soigne et entretient ces bosquets.

Son propre garde reste devant elle. Deux autres se tiennent derrière eux, davantage de protection. D'autres courent vers le pavillon où l'Empereur se trouve avec ses conseillers, décidant d'affaires importantes. On crie, le bruit d'hommes agités. Shan sent son cœur battre durement.

Et autre chose aussi. Elle regarde vers les collines. Elle ne dit rien, dans une obéissante immobilité, à genoux entre des hommes tendus et aux aguets. D'autres les dépassent en courant, avec des appels excités. Elle doit réfléchir, elle en prend conscience.

Du coin de l'œil au-delà du corps de son garde, elle a eu une brève vision de la trajectoire de cette flèche, son éclat au soleil alors qu'elle tombait des arbres. Elle ne venait pas de la droite du chemin.

CHAPITRE 12

Pour le Premier Ministre de la Kitai, le moment le plus pénible d'une longue et difficile journée – la nuit, maintenant – était d'avoir conscience de ce que ressentait son fils, dans le froid de l'automne, avec la lune à présent dans la fenêtre.

Il ne pouvait voir clairement le visage de Hsien, bien entendu – cette infirmité était en partie la raison pour laquelle il allait se retirer de la cour –, mais il connaissait son fils et il savait ce qu'il venait lui-même de faire. Et même si Hsien devait maîtriser avec soin son expression, comme toujours, une atmosphère nouvelle flottait dans cette pièce où ils avaient œuvré ensemble pendant tant d'années.

Ce devait être d'une impossible difficulté pour un fils d'avoir passé toute sa vie à assister son père, obéissant et discret mais indispensable, avec l'entente tacite de ce que serait l'avenir, et d'apprendre, au cours d'une journée de chocs et de changements rapides, que l'avenir, après tout, n'impliquait pas de devenir Premier Ministre lorsque le père se retirerait, couvert d'honneurs, pour rentrer chez lui.

Et pis encore, d'apprendre qui allait à présent être rappelé, en dépit de tout, afin d'occuper le poste pour lequel Hsien s'était entraîné et qu'il avait attendu pendant tout ce temps.

Hang Dejin est las, il l'est presque toujours, maintenant, mais il a pris soin d'expliquer clairement, car il savait qu'il infligeait du chagrin et même de la honte. Ce n'était pas un homme enclin à aimer, il ne comprenait pas tout à fait ce sentiment, mais son fils aîné lui avait été un réconfort, l'extension de sa main et même, ces derniers temps, de ses yeux, et il n'était pas heureux de causer ici de la souffrance. Par ailleurs, l'ambition la plus convenable d'un homme a toujours été pour sa famille, et son fils avait des enfants ; il existait une lignée de la famille Hang.

La succession directe à son office, qu'ils avaient tous deux envisagée, sans jamais en parler toutefois, était impossible après la réunion au palais de l'après-midi. L'assemblée avait été déplacée du jardin après l'apparition d'un assassin près de la porte sud.

Hsien pouvait le comprendre, sûrement ? Son père s'élevait fermement contre une alliance avec ces nouveaux barbares, les Altaï. Si l'Empereur, néanmoins, choisissait d'explorer une telle alliance, et que Hang Dejin usait de la décision impériale comme excuse pour finalement se retirer du pouvoir, comment le fils du Premier Ministre, l'extension de son bras, pouvait-il occuper le plus haut poste de l'empire ?

De surcroît, avait dit Dejin pour la deuxième fois en prenant de petites gorgées de thé, cette nuit, son opinion au sujet d'une alliance avec les Altaï était personnelle, indépendante des intrigues à la cour. Les premiers rapports d'une rébellion dans la steppe avaient suggéré que cette tribu du nord-est pouvait être un instrument pour repousser les Xiaolus hors des Quatorze Préfectures. Ces mêmes rapports transmettaient un tout autre message à un vieux Premier Ministre. La paix à la frontière, en dépit d'incursions et d'escarmouches, avait duré deux cents ans. C'était une longue période de paix. Une *longue* période, avait répété Dejin, inutilement. Son fils le savait bien.

Les Xiaolus étaient un facteur connu. Compréhensible, prévisible. On pouvait satisfaire leurs désirs. Ils voulaient du commerce et de l'ordre, ils bâtissaient leur propre empire dans les steppes. Un conflit avec la Kitai leur aurait causé au moins autant de tort qu'à leur "frère aîné". Et l'argent kitan, don ou tribut, subventionnait leur bureaucratie, l'édification de leurs cités et les cavaliers qui leur servaient à contrôler les autres tribus.

Le commerce, c'était ce qui maintenait intacts ces deux empires. Avec l'absence de conflits. Ç'avait été la clé de la politique de Hang Dejin. En privé – même si ce n'était pas là une opinion qu'il aurait jamais pu exprimer à haute voix –, le Premier Ministre était tout à fait prêt à laisser les Quatorze Préfectures demeurer perdues. Qu'elles soient le sujet de chansons, de lamentations d'ivrognes et de vantardises. Son but à lui, ç'avait été la paix, et la centralisation du pouvoir. Si sa famille était devenue extrêmement riche en cours de route, c'était bien aussi, évidemment.

La triste guerre bâclée contre les Kislik avait été l'initiative d'autrui, un jeu sur le désir qu'avait l'Empereur d'honorer son père. Le Premier Ministre l'avait clairement explicité, à plusieurs reprises, tandis que la campagne échouait misérablement et sauvagement, pour s'épuiser en un traité qui laissait la frontière presque exactement à la même place qu'avant tant de morts et d'argent gaspillé.

Kai Zhen avait été exilé à cause de cette guerre, entre autres manquements. C'était évidemment ce qui rendait si dur à Hsien d'accepter que ce même Kai Zhen fût invité à revenir pour occuper le poste de Premier Ministre.

Ce poste devait revenir à Hsien, et lorsque Zhen avait été banni, la voie avait semblé fort droite. En Kitai, évidemment, on savait bien que les chemins devaient dessiner des courbes ou des angles, afin d'empêcher les mauvais esprits de les suivre.

Le Premier Ministre prit une autre gorgée. Le thé était bon, Dejin le savait, préparé comme il le fallait, mais il ne *goûtait* plus les saveurs comme auparavant. Une autre perte due aux années. Le bon vin aussi était perdu pour lui, sauf dans sa mémoire : un souvenir de goût. Goûtait-on véritablement quoi que ce soit, à la fin de sa vie, avait-on quelque expérience que ce soit, sinon en se remémorant d'autres temps, parfois très anciens ?

Lu Chen, le poète, l'exilé, l'ennemi de longue date, devait avoir des opinions là-dessus. Une pensée inattendue. Chen, exilé maintenant juste de l'autre côté du Grand Fleuve. On avait appelé son frère pour être l'émissaire kitan auprès de ces Altaï. Cela aussi avait été l'idée de quelqu'un d'autre, mais Dejin l'approuvait : Lu Chao était un homme caustique, précis, qui n'offrirait probablement pas une opinion pour s'attirer des faveurs. S'il n'approuvait pas cette alliance, il le dirait. La rivalité, l'inimitié, les amers conflits des factions ? Eh bien, ils étaient tous vieux, à présent. Cela pouvait-il compter ? Le poète et lui, peut-être, pourraient échanger des lettres, des poèmes. Discuter la cohue et le fardeau de leur temps. Avec les guerres de la cour passées depuis longtemps, c'était peut-être possible.

Il distingua une forme qui se détachait sur la lumière de la lanterne. Hsien venait remplir sa tasse de thé pris sur le brasero. Le vent soufflait dehors. L'automne. Ils avaient fait allumer deux foyers.

« Quand cette nouvelle campagne aura échoué, dit Dejin, lorsque l'Empereur verra que nous avions raison, Kai Zhen sera de nouveau renvoyé. Alors, ce sera ton temps.

— Oui, Père », dit son fils avec une retenue pénible à entendre. Dejin s'était souvent demandé s'il avait rendu son garçon trop déférent. Un premier ministre avait besoin de contrôler sa passion, sa froideur ou sa colère afin de manier son entourage – qui manifesterait ces traits de manière incontrôlée. Il y avait des *guerres* autour du Trône du Dragon. Il se rappelait ses batailles avec Xi Wengao, les frères Lu. Des existences et des familles avaient été ruinées pour une décennie avant qu'il ne fût victorieux.

Son fils était-il assez farouche, assez *dur* pour avoir combattu pendant cette période et en être sorti triomphant ? Il l'ignorait.

Kai Zhen l'était, il le savait. L'homme avait une faiblesse curieuse pour son allié de longue date, l'eunuque Wu Tong, et il était vulnérable à des femmes d'un certain type, mais, à la cour, il serait sans merci.

Zhen verrait à réaliser cette alliance avec les Altaï. Parce que l'Empereur semblait avoir de nouveau décidé que c'était son devoir envers son père de regagner les préfectures perdues et que cette insurrection dans le nord était une façon d'y parvenir.

Cela signifierait la rupture de leur traité avec les Xiaolus, par l'envoi d'une armée contre un ennemi bien plus formidable que les Kislik, qu'ils n'avaient pas défaits. Cela impliquerait de coordonner des attaques avec des barbares dont ils ne savaient rien, puis d'espérer que la fortune et la volonté du ciel collaboreraient à l'accomplissement du résultat convenable.

Hang Dejin ne prévoyait pas un tel résultat. Il voyait un danger. En réalité, même s'il ne l'avait pas même dit à son fils, il craignait un désastre. Et non seulement Hsien ne pouvait reprendre son poste après lui, alors qu'il avait établi sa propre opposition au plan, mais il ne *voulait* pas que Hsien porte la responsabilité de ce qui pourrait arriver.

C'était pourquoi, par exemple, il avait pris des mesures, par l'intermédiaire du nouveau magistrat en chef de Hanjin, nouvellement nommé et fort judicieux, pour placer Kai Zhen sous contrainte, avant même que celui-ci fût invité à revenir. Il était possible, il était nécessaire, d'anticiper les événements. C'était ainsi qu'on leur donnait forme.

Même maintenant, après des décennies au pouvoir – ses luttes pour l'obtenir, ses échecs, ses retours, éveillé tard en des nuits comme celle-ci, avec des lunes différentes à différentes fenêtres, il pouvait encore éprouver un plaisir presque sensuel à l'ingéniosité d'une intrigue, au mouvement des pièces dans le jeu, à voir, même presque aveugle, plus loin que quiconque.

Tous les autres avaient été contents ; Wang Fuyin, alors qu'il s'installait à son poste de magistrat en chef à Hanjin, avait reçu une note du Premier Ministre exprimant sa "satisfaction" devant ses efforts.

Compte tenu du fait que le message était arrivé tard dans l'après-midi, après l'attaque de l'archer, il n'y avait aucune incertitude quant au sens de cette note.

Fuyin le leur avait appris en ouvrant un flacon de vin exceptionnel. Pendant le temps passé avec le magistrat, Daiyan avait commencé, entre autres, à apprendre comment apprécier un vin.

Même Ziji, habituellement prudent, avait été réjoui après ce qu'ils avaient réussi. Plus tôt, dans le jardin, il avait cassé l'arc en deux et jeté les morceaux dans le ruisseau au-dessus de la chute d'eau. Il avait aussi cassé et jeté sa deuxième flèche. Ils s'en étaient autorisé deux ; s'il manquait sa cible deux fois, il n'y aurait pas de temps pour une troisième. Ziji, de manière encore plus inhabituelle pour lui, était visiblement satisfait de la trajectoire de sa flèche, décochée exactement au bon moment, quand Daiyan et la femme avaient dépassé de dix pas le gros rocher.

Daiyan était peut-être le meilleur archer, chez les hors-la-loi ou maintenant comme chef de la garde du magistrat, mais Ziji l'avait accompagné assez longtemps et s'était entraîné assez dur pour venir de toute évidence en second. Sa flèche avait décrit un long arc pour frapper le bouclier que Daiyan avait placé devant la femme qu'ils étaient censés tenter d'assassiner.

Le reste de la journée s'était également déroulé selon leur plan.

Jusqu'à ce qu'un second message arrive juste avant le coucher du soleil. C'était la raison pour laquelle Daiyan n'était pas tout à fait à l'aise tandis qu'il traversait la cité avec Ziji pour répondre à une requête qui équivalait à un ordre. Pas au palais – cet honneur serait pour le lendemain – mais dans l'enceinte voisine où résidait le clan impérial.

Le père de la femme lui avait demandé de leur rendre visite dans la soirée. Afin de pouvoir lui exprimer sa gratitude, avait-il écrit.

Le problème, c'était que Daiyan ne savait pas avec certitude s'il s'agissait bien d'une initiative du père. Il n'aurait pu l'expliquer aux autres. Une intuition, vague, dérangeante. Ils n'auraient pas compris. Les deux autres n'avaient pas marché avec lui pour s'agenouiller devant la femme, en rencontrant ce regard d'un calme surprenant au moment où l'on avait commencé à crier et à courir dans le Genyue.

Daiyan avait détourné les yeux le premier. Il y avait eu quelque chose de trop observateur dans ce regard. Il en était encore troublé alors qu'il marchait avec Ziji, enveloppé de son manteau pour se protéger du froid, par les rues étincelantes et bondées de Hanjin le soir.

Il faisait toujours clair dans la capitale, et les rues étaient toujours surpeuplées. Vendeurs et artistes, marchés de nuit, hommes ou femmes qui lançaient des appels sur le seuil des restaurants ou des maisons de plaisirs. Une foule de gens dans les bruits et les odeurs, de sortie pour s'amuser, repousser la nuit, gagner de l'argent. Il y avait des tire-laine. Il y avait des jeux de hasard aux coins de rue très achalandés, des scribes qui rédigeaient des lettres, des diseurs de bonne aventure qui promettaient de parler avec des ancêtres défunts ou de conseiller sur des décisions à prendre. Un petit homme, avec un grand chapeau du sud enfoncé sur les oreilles, portait un oiseau tropical sur son épaule ; l'oiseau récitait un vers pour une pièce de cuivre. La lune était levée, presque pleine.

Daiyan estimait que la moitié des hommes qu'il voyait étaient ivres ou en bonne voie de l'être. Hanjin, la nuit, n'était pas un endroit de tout repos. Il lui avait fallu s'y habituer, à leur arrivée. La capitale constituait une étape, mais nécessaire. C'était là qu'il devait être.

Il savait que, dans l'ancienne capitale de Xinan, bien plus vaste, la cité et ses quartiers avaient été fermés au coucher du soleil et que, à de rares exceptions, on restait dans son quartier jusqu'aux tambours qui annonçaient l'aube. Hanjin, c'était différent. On pouvait aller n'importe où, de jour comme de nuit, entrer et sortir. Les portes de la cité n'étaient jamais closes.

Était-ce mieux ou non, il n'en était pas sûr. Il y avait de la liberté à être dehors la nuit, pour un homme ordinaire. Mais cela signifiait moins de contrôle, moins de discipline, une cité où il était plus difficile de limiter la criminalité, par exemple. Même si ce ne serait plus de son ressort très longtemps, si la promesse du lendemain était tenue.

Il était encore attaché à la garde du magistrat en chef, mais Fuyin avait tenu sa parole : Daiyan avait été nommé sous-commandant, puis commandant, montant sans heurt en grade. S'il était de nouveau promu à présent, après son acte héroïque de la matinée, et intégré à l'armée réelle, il y entrerait comme commandant de cinq mille hommes, peut-être davantage.

C'était bel et bien possible. Il en avait besoin. Les événements se précipitaient soudain. Si l'on préparait une guerre pour l'année suivante, et ce pourrait arriver, il devait avoir un rang qui lui permettrait de *faire* quelque chose avec l'armée. On ne réussirait rien contre les Xiaolus si l'on s'y prenait comme pour les Kislik. L'eunuque – Wu Tong – qui avait commandé alors était encore vivant, ayant avec astuce rejeté le blâme sur d'autres. Il reviendrait même peut-être, puisque Kai Zhen allait désormais revenir. C'était Wu Tong, avec Kai Zhen, qui avait mis sur pied le Réseau des Fleurs et des Pierres. Ils étaient liés par cette entreprise.

Le magistrat était allié avec le vieux Premier Ministre dans l'affaire de la journée. On avait permis à Fuyin d'être au courant de certains détails.

Pour des raisons impossibles à deviner, Hang Dejin semblait vraiment prêt à permettre à son Vice-Premier Ministre en disgrâce de revenir au pouvoir, au plus haut rang, alors qu'il se retirait. Mais, apparemment, il voulait aussi que Kai Zhen reçût un avertissement qu'il était sous surveillance. Les événements de la journée avaient mis en branle et le retour et l'avertissement, ou du moins le semblait-il.

« Est-ce qu'il nous manipule ? avait demandé Daiyan au magistrat, dans l'après-midi.

— Bien sûr que oui ! » Fuyin s'était esclaffé. « Il en sait plus que nous tous ensemble.

— Pourquoi se retire-t-il, alors ? » avait insisté Daiyan.

Wang Fuyin avait gardé un moment le silence.

« Il se fait vieux », avait-il dit enfin.

Daiyan y pensait encore tout en marchant. Ce que le Premier Ministre tentait pourrait contrarier ses propres désirs. Ce qu'il voulait, par exemple, si tout cela devait arriver, c'était tuer Wu Tong lorsqu'il arriverait à la cour : l'homme était à l'origine du désastre d'Erighaya *et* des Fleurs et des Pierres. Les deux étaient à inscrire à son débit.

Cela ne ramènerait pas les morts, mais apaiserait peut-être les fantômes de ceux qui n'avaient pas reçu de sépulture et le cœur blessé de ceux qui leur avaient survécu.

L'homme qui avait brandi une arme de bambou dans un bosquet de bambou n'était plus un jeune homme. Il avait été endurci, davantage même qu'il ne le savait, par ses années dans le marais. Il était sombrement déterminé à aider la Kitai à éviter une autre défaite et à regagner les Quatorze Préfectures. Et sereinement convaincu d'être celui qu'il fallait pour cela.

Il y a parfois de tels hommes (et des femmes).

Cet aspect de sa nature n'avait pas changé. Dans l'homme bien bâti et à la barbe bien coupée qui marchait à grands pas dans Hanjin, son père et sa mère auraient reconnu la détermination et l'urgence qu'ils avaient toujours décelées en leur fils.

S'il est permis d'être rétrospectivement clairvoyant, on pourrait dire que Ren Daiyan n'avait jamais été destiné à devenir un employé de *yamen* près des gorges du Grand Fleuve, non loin du plateau qui mène à son tour aux montagnes des frontières de Kitai, là où la Reine Mère de l'Occident réside dans toute sa gloire, dit-on, sur un sommet proche des étoiles.

Ziji aussi avait des problèmes.

Le matin, tout était allé comme prévu. Leur coordination avait été précise. Ç'avait été trop facile, comme il l'avait confié à Daiyan et au magistrat en buvant l'un des vins dont Fuyin était si fier. Ils n'auraient pas dû pouvoir agir aussi aisément. Ils étaient habiles, sans doute, mais tout de même...

Compte tenu d'un succès aussi total, le comportement de Daiyan était étrange, depuis la réception de cette invitation tout à fait normale dans la demeure de l'homme dont il avait sauvé la fille.

« Il veut te remercier, avait-il dit à Daiyan. Qu'y a-t-il de mal à ça ?

— Ce n'est pas sa maison à lui. » C'était tout ce qu'avait répondu Daiyan.

Il avait gardé le silence pendant qu'ils s'habillaient et l'air sombre pendant qu'ils traversaient les rues. Cela ne lui ressemblait pas. L'un des talents de Daiyan, c'était de rendre les autres confiants, meilleurs qu'ils ne l'étaient. Ziji l'avait vu agir ainsi pendant des années. Il ne se sentait pas ainsi à l'instant, alors qu'il marchait auprès de son ami. Même s'il aimait bien la cité de nuit.

Ziji s'était attendu à être complètement renversé par Hanjin. Le magistrat les avait avertis tandis que, partis de Jingxian, ils arrivaient dans le nord. Et les premiers jours, les premières semaines, avaient été difficiles, alors qu'ils essayaient d'appréhender le fait que plus d'un million de personnes vivaient entre ces murailles ou juste à l'extérieur.

Mais, à sa grande surprise, Ziji avait découvert qu'il prenait plaisir à être là dans la capitale, à l'anonymat qui allait de pair avec la taille de la cité. On pouvait partir se promener et, après quelques pas dans une rue ou une ruelle, personne ne savait qui l'on était.

Il y avait un lac à l'ouest, creusé de main d'homme, juste après la Nouvelle Porte de Zheng. On l'appelait le Réservoir Brillant. Des pavillons étaient édifiés sur son pourtour, certains pour l'Empereur et sa cour, mais d'autres pour les gens ordinaires, et c'était ouvert jour et nuit (toute la nuit!), avec de la musique et du vin. On pouvait prendre une embarcation et voguer sur l'eau, se faire servir à boire et à manger par une autre barque, entendre des chansons et le son des flûtes.

Au sud du lac, il y avait un parc. Le Jardin du Bosquet de Calcédoine, on l'appelait, celui-là. Il était immense, laissé sauvage par endroits, soigné de manière exquise ailleurs. Comme le monde, avait pensé Ziji en s'y promenant un matin, se surprenant lui-même.

Hanjin offrait une étrange sorte de liberté. On n'était remarquable d'aucune façon, au milieu de tant d'étrangers. Aucune de vos connaissances dans le coin pour se moquer de vous si vous essayiez un jeu de hasard à un coin de rue et perdiez de l'argent. Il n'aimait pas perdre de l'argent, pas plus que n'importe qui, mais les jeux étaient divertissants et les hommes qui les proposaient toujours malins et drôles.

Il y avait des voleurs dans les rues. L'entraînement de Ziji lui permettait aisément de les repérer. Mais c'était un homme bien bâti et il avait une épée: il ne se faisait pas de souci. Il ne portait pas son uniforme pour ce genre de promenade. Ceux qui tenaient les jeux auraient replié leurs tables et se seraient éclipsés s'il était venu les trouver ainsi vêtu.

Il avait l'impression qu'ils auraient pu être postés là pendant des années et qu'il découvrirait toujours du nouveau: des vendeurs de poignards, de cages d'oiseaux, d'éventails, de fleurs. Il y avait des estaminets à vin, des boutiques à thé, des jardins publics, des allées à explorer en privé, seul. Quelqu'un avait dit qu'il y avait deux cent trente variétés différentes de plats de riz, ici. Il avait passé sa jeunesse dans un village où tout le monde connaissait les affaires de tout le monde, ou s'y essayait, puis des années dans un baraquement ou un autre, et ensuite, parmi les hommes du marais. À Hanjin, la vie était si différente qu'elle baignait Ziji comme une ivresse.

Mais sa loyauté envers Ren Daiyan était toujours là, constamment sous-jacente. La certitude, au cœur de son être, que son rôle dans l'existence était de faire tout son possible pour l'assister, parce que le rôle de Daiyan dans l'existence semblait... eh bien, il avait le sentiment que c'était un rôle important et que, par son entremise, l'existence de Zhao Ziji en ce monde pourrait avoir aussi de l'importance.

Ren Daiyan vous donnait ce genre d'impression. D'habitude, cela courait sous la surface. Daiyan vivait comme eux tous, il pouvait boire un verre ou trois ou sept, comme n'importe qui, et il aimait assurément les chanteuses.

Il se demanda comme Daiyan se comportait avec les courtisanes.

Ils n'avaient jamais partagé deux femmes dans une même chambre, même si certains des autres aimaient ça. Daiyan était jaloux de son intimité et Ziji l'était aussi, sans doute.

Mais son ami n'était pas enclin à rester de cette humeur ou à en garder les raisons par-devers lui, une humeur bien sombre ce soir sous la lune – qui était presque éteinte par la lumière des lanternes et la fumée. On ne pouvait pas très bien voir les étoiles, dans les rues de Hanjin.

En silence, ils se dirigèrent vers le palais, mais tournèrent à l'est juste avant d'y arriver, pour se rendre à l'enceinte du clan. Ils s'identifièrent à l'entrée la plus proche. Cette nuit, ils portaient leur uniforme, bien entendu. Le garde fut respectueux mais prudent. L'une des femmes du clan impérial avait été attaquée dans le jardin de l'Empereur, on les avait avertis.

La plupart d'entre nous vivent dans la crainte, songeait le gentilhomme de la cour Lin Kuo, en attendant leur invité avec sa fille. Son invité à lui. En l'absence de son époux, Shan ne pouvait inviter un garde chez eux. C'était lui qui avait envoyé l'invitation.

Ce que nous craignons peut changer, mais la crainte demeure.

Pendant longtemps, il avait essayé de comprendre comment sa fille, son unique enfant survivante, avait réussi à ne pas être ainsi. Cela lui·venait de sa mère ou de ses ancêtres, mais pas de lui, ou du moins ne le pensait-il pas. Il n'était pas brave.

À moins qu'on ne pût arguer qu'éduquer une fille comme il l'avait fait constituait du courage – et il ne le voyait pas ainsi. Il avait fini par le considérer comme un acte égoïste. Il avait voulu un enfant qui pût partager avec lui les aspects du monde qui l'émouvaient et l'engageaient, et même si l'enfant qui lui restait se trouvait être une fille, il n'avait tout simplement pas permis à ce détail d'altérer son désir.

Non, Lin Kuo s'en tenait à ce qu'il croyait : l'appréhension, et le désir de l'apaiser, voilà ce qui menait la plupart des hommes et des femmes. On craignait l'avenir et l'on fondait cette crainte sur le passé, ou de mensongères histoires sur le passé. Des étrangers au village, c'était mal, parce qu'un voyageur de passage, un jour, avait dévalisé le cousin de votre femme. On avait vu une grue voler vers le sud la nuit de la mort de votre grand-père : les grues devenaient un présage dans votre famille. Une jolie épouse était un risque parce que la jolie épouse de quelqu'un l'avait trahi avec un soldat. Et les soldats ? *Tous* les soldats, surtout les officiers de haut rang, étaient à craindre… à cause de ce qui était arrivé des centaines d'années plus tôt.

Shan avait fait allumer des lampes dans la salle de réception. On avait alimenté le feu et fermé les fenêtres au froid venteux d'automne.

Dans ces années de la Douzième Dynastie, Lin Kuo pensait souvent (même s'il ne l'aurait jamais écrit, n'étant pas un homme brave) qu'on avait édifié des conceptions du monde et de l'ordre qui lui convenait sur les ruines de ce très ancien chaos. Cela avait formé une vision de la cour et de la bureaucratie comme ayant la main haute sur l'armée – et l'acceptation d'une armée affaiblie. Le prix à payer pour contrôler les commandants. L'armée kitane était vaste et terriblement coûteuse – et elle n'avait aucun chef digne de ce nom.

Un commandant qui pouvait susciter la loyauté et inspirer ses soldats à être victorieux… Un tel homme aurait pu accomplir ce qui l'avait été il y avait si longtemps : causer la chute d'un empire dans le feu et le sang et le désespoir de la famine.

C'était là ce qu'on craignait, songeait Lin Kuo. Et c'était peut-être pour cette raison que la Kitai n'était plus ce qu'elle avait été. D'un autre côté – et il y avait bel et bien un revers de la médaille, on vivait aujourd'hui en paix. La guerre récente avait été leur propre décision, une folie de l'Empereur poussé par d'ambitieux fonctionnaires. La paix était à eux s'ils la voulaient.

Leur Empereur était imprévisible. Perdu dans la peinture et son jardin, et les rituels obscurs de la Voie, puis en émergeant subitement avec des discours sur les ancêtres et la nécessité de payer hommage à leur mémoire.

Ce soir, il croyait comprendre qu'on était peut-être de nouveau en train d'élaborer des plans au palace, de peser une nouvelle alliance, de rêver de nouveau du nord.

Il se tenait dans une belle salle décorée d'antiquités collectionnées par son beau-fils. Il attendait un visiteur avec sa fille, par une soirée d'automne dans la capitale. Cette rencontre le mettait mal à l'aise. Il ne comprenait pas cette invitation.

Il jeta un coup d'œil à Shan. On avait décoché une flèche pour la tuer, ce matin. Pourquoi une jeune femme devrait-elle être – par deux fois ! – la cible de quelqu'un qui voulait sa mort ? Comment le monde pouvait-il inclure de tels desseins ?

Elle était assise dans sa chaise préférée, calme, le dos droit, vêtue de soie bleue bordée d'oiseaux d'argent, une coupe de vin à portée de la main.

Il songea à sa femme, disparue depuis trop longtemps, perdue pour eux deux. Elles étaient très différentes, physiquement, ses deux femmes. Shan était plus grande, elle tenait de sa famille à lui. Son pas était plus ferme. Elle le lui devait, après toutes ces années à se promener dans la ville ensemble, contrairement à la mode, ou hors les murs, même. Elle avait des sourcils plus fins, des yeux plus écartés que sa mère, s'il pouvait se fier à sa mémoire après tant d'années. Son corps était plus anguleux, ses doigts plus longs. Sa voix n'était pas comme celle de sa mère, plus audacieuse. Encore son fait à lui. Il avait libéré cela en elle, permis à ces traits d'apparaître. Mais ils s'étaient déjà trouvés en Shan. Il ne les avait pas créés. Il ne le croyait pas.

Ce que partageaient les femmes qu'il avait aimées, c'était la calme certitude qu'il voyait maintenant chez sa fille. Lorsque son épouse croyait avoir raison, le monde pouvait subir inondations ou tremblements de terre, pluies torrentielles ou sécheresse mortelle, une comète pouvait tomber du ciel, elle ne changeait pas d'avis.

Shan était ainsi.

Cela le mettait mal à l'aise. Comment des hommes ou des femmes mortels pouvaient-ils entretenir une telle certitude dans le monde ? Il ignorait les intentions de sa fille, elle ne les lui avait pas confiées, mais quelqu'un avait essayé de l'assassiner aujourd'hui.

Elle était montée si haut dans le monde-dragon de l'Empereur que cette altitude effrayait Lin Kuo. On pouvait tomber des hauteurs. On tombait. Il valait certainement mieux mener une vie plus calme. Cela vous laissait de la liberté. Il avait vécu dans cette croyance. Shan lui avait dit que, dans l'enceinte, la rumeur courait cette après-midi que le Premier Ministre allait se retirer et retourner chez lui.

On allait ramener Kai Zhen.

C'était Kai Zhen qui avait donné l'ordre de son exil à Lingzhou.

Un serviteur entra à petits pas pressés, les mains jointes, les yeux baissés, pour rapporter que deux visiteurs étaient arrivés, que devait-on faire ?

On ne pouvait toujours vivre assez longtemps, songeait Lin Kuo debout près de sa fille, son vin toujours intact, pour courir plus vite que ses craintes. En vérité, il était possible de vivre trop longtemps, et la terreur avait alors le temps de vous rattraper sur le chemin, à travers la lumière et les ombres.

Il porte des habits différents, évidemment. Un uniforme d'officier, pas celui d'un simple garde. Un manteau noir pour se protéger du froid, une épée. L'autre homme, un collègue officier, elle ne l'a jamais vu. Ils s'inclinent par deux fois devant son père, une fois devant elle.

L'homme qui la gardait aujourd'hui – son nom est Ren Daiyan – sera honoré demain matin par l'Empereur. Pour avoir pensé vite et agi comme il le fallait, en sauvant la vie d'une favorite impériale et en prévenant la profanation des harmonies du Genyue. Le second acte étant plus important que le premier. Elle trouverait cela amusant, mais il lui faut en savoir davantage à présent, pour affronter la peur qu'elle dissimule.

Elle laisse parler son père. Elle observe Ren Daiyan. Il est de taille moyenne, le pied léger, encore jeune. On ne peut le décrire comme un homme séduisant, mais son regard est saisissant : observateur, intense. Il lui jette un rapide coup d'œil puis se concentre sur Lin Kuo.

« Vous êtes les bienvenus, officiers », dit celui-ci. Il est anxieux, elle le sait, elle ne peut l'aider pour l'instant. « Nous honorerez-vous en prenant place pour boire du vin ?

— Nous sommes encore en service », déclare Ren Daiyan. Sa voix est courtoise, celle d'un homme éduqué. Il a crié des ordres en informant rapidement d'autres soldats ce matin. Le ton était très différent. « Tous les soldats et les gardes de Hanjin sont considérés comme en service, cette nuit, ajoute-t-il.

— À cause de moi ? » demande Shan d'une voix légère, la laissant prendre une intonation excessivement impressionnée – un essai.

« Et pour d'autres raisons, ma dame », dit-il avec politesse.

Le deuxième homme, plus massif, aux larges épaules, est resté un pas en retrait. Il semble mal à l'aise, décide Shan, mais elle ne doit pas trop interpréter ce détail. Il serait anxieux simplement d'être convoqué après la tombée de la nuit dans une grande résidence du clan impérial. Il pourrait être inquiet de mal tenir sa coupe de vin. Elle prend une gorgée de la sienne. Ses mains ne tremblent pas.

« Quelles autres raisons ? » demande-t-elle en abandonnant le ton impressionné. Ce n'est pas l'approche dont elle a besoin, et de toute manière, elle n'y est pas habile.

Ils vont bientôt comprendre que l'invitation de ce soir vient d'elle et non de son père, si inconvenant cela soit-il. Aussi bien qu'ils l'apprennent maintenant.

« Nous n'en avons point été informés, déclare Ren Daiyan.

— Vraiment? dit-elle en arquant les sourcils. Ce peut-il être l'intention déclarée du Premier Ministre de se retirer? »

Elle observe avec attention et voit maintenant comme il remarque le changement d'intonation, l'assimile – et déplace vers elle son attention. En un instant. Il a une présence… puissante, décide-t-elle à défaut d'un meilleur terme. Ses mains sont détendues. Pas un homme qui s'agite ou se trahit.

L'autre, dont ils ne connaissent pas encore le nom, paraît encore plus alarmé. Tu n'as encore rien vu, songe Shan. Mais elle est trop tendue pour y prendre plaisir. Il y a du danger ici.

« Nous n'avons rien entendu à ce sujet, Dame Lin, dit Ren Daiyan. Cela dépasse nos compétences. Nous ne sommes que des gardes, des officiers attachés au magistrat en chef…

— Vraiment? » répète-t-elle, en l'interrompant cette fois. Les femmes n'agissent point ainsi, bien sûr. Et les femmes ne disent pas, comme elle ajoute à présent: « Et le magistrat en chef sera-t-il au courant du fait qu'il n'y a pas eu aujour-d'hui de réel attentat contre ma vie? »

Silence. Elle a conscience de la stupéfaction de son père.

« Ma dame, dit Ren Daiyan, que dites-vous là? »

Elle sourit. « Je n'ai encore rien dit.

— Très honorable dame, je crains que… je ne… »

Elle le laisse ne pas terminer sa phrase et se taire. Se permet une pause, dans sa salle de réception, parmi les arte-facts de l'antiquité. Un poète emploie les pauses davantage qu'un parolier de chansons, mais elle sait qu'on doit en uti-liser.

« Votre compagnon est-il l'homme qui a décoché cette flèche, ce matin? Cela aurait du sens, que ce soit lui que vous ameniez.

— Je ne comprends pas », dit Ren Daiyan. Sa voix est d'un calme impressionnant.

« Officier de la garde Ren, j'ai vu la trajectoire de cette flèche. J'ai vu comment vous l'avez bloquée pour diriger ensuite votre bouclier vers la droite. Je vous ai vu désigner la droite et non la gauche quand les autres sont arrivés en courant. Vous les avez envoyés du mauvais côté. Dites-moi », demande-t-elle avec douceur en se tournant vers le second homme, « avez-vous eu assez de temps pour vous échapper sans problème ? vous débarrasser de l'arc ? Vous avez sûrement dû le faire. »

Un troisième silence. On peut entendre des voix dehors, vaguement. Le silence a tant de nuances et de tons, songe-t-elle. Il peut être tant de choses différentes, bien plus que la simple absence de son.

Le second homme écarte les bras, presque un geste d'impuissance, une dénégation muette. Ren Daiyan la regarde fixement à présent. Elle a conscience d'être *vue* cette fois, jaugée. Elle lui rend son regard sans broncher.

« J'ai envoyé par courrier deux lettres scellées, ce soir. Une au Censeur Impérial et une à un homme en qui mon père et moi avons confiance. S'il nous arrive quelque chose, elles seront ouvertes. Sinon, elles resteront scellées. Elles sont très détaillées quant aux événements de la matinée. » Elle prend une gorgée de vin. « J'ai pensé devoir vous le dire. Vous êtes sûrs que vous ne prendrez pas de vin ? »

Ce qui suit n'est pas ce à quoi elle s'attendait. Elle ne peut dire ce qu'elle pensait devoir être la réaction, mais ce n'était pas un éclat de rire.

« Oh, parfait, ma dame ! » s'exclame Ren Daiyan après un moment en regagnant sa contenance. Il sourit, et ce sourire transforme ses traits. « J'ai entendu des histoires à votre propos, je l'admets, mais aucune n'approchait la vérité.

— Daiyan ! » marmonne l'autre homme, essayant avec maladresse d'être discret – comme si tout ce qui était dit ou murmuré ne pouvait être entendu dans une pièce silencieuse.

« Nous prendrons volontiers du vin, déclare Ren Daiyan. Ce sera un honneur. »

Shan réussit à sourire aussi, même si l'amusement de Ren Daiyan l'a décontenancée. Elle se lève pour leur verser du vin, comme il convient. Le second garde a l'air d'être dans un lac, à bonne distance, à la recherche de la rive.

Ren Daiyan accepte la coupe. « Dites-moi, honorable sire, demande-t-il en se tournant vers le père de Shan, où avez-vous trouvé ces cloches de la Cinquième Dynastie ? Ce sont les plus belles que j'aie jamais vues. »

Shan prête toute sa prudente attention au vin, en en versant pour l'autre homme. Elle replace le flacon sur le brasero.

« Ce sont mon beau-fils et ma fille les collectionneurs », dit son père. Il ne doit pas se sentir calme du tout, mais il ne lui fera pas faux bond.

« Nous avons trouvé ces deux-là près des emplacements funéraires, à Xinan », dit-elle. Elle se dirige vers l'autre homme pour lui tendre la coupe. Après lui avoir adressé un sourire, elle se tourne vers Daiyan. « Je ne me serais pas attendue à ce qu'un garde connaisse les bronzes de la Cinquième Dynastie.

— Et vous auriez raison. »

Il se rend près d'une des cloches de temple pour l'examiner de plus près. De tous les objets de la salle, c'est le plus précieux. La joie de son époux. « De quelle main, l'inscription ? Je connais les vers, évidemment. »

Évidemment ?

« La calligraphie de Duan Ting, pensons-nous. » Cet échange est devenu stupéfiant. « C'était un conseiller du dernier empereur de la Cinquième Dynastie, selon nous. »

On considérait encore comme portant malheur de prononcer le nom de cet empereur.

« Et les vers sont bien de Lu Lung, si je ne me trompe ?

— Vous ne vous trompez pas. »

Il se retourne avec un large sourire : « Mon maître serait fier. »

D'un ton résolu, Shan réplique : « Serait-il fier de votre supercherie de ce matin ? »

Elle a envie de plus de vin, mais elle craint de prendre sa coupe, de peur que sa main ne tremble à présent.

« Je crois qu'il le serait », dit Ren Daiyan. Il a une expression étrange en prononçant ces paroles.

« Daiyan ! intervient de nouveau l'autre, d'une voix enrouée. Qu'est-ce que tu… »

Ren Daiyan lève une main. C'est un geste plein de gentillesse, apaisant. Tandis que son regard passe de Shan à son père, toujours près de la cloche de bronze, il déclare : « On a jugé qu'il fallait quelque chose pour retenir Kai Zhen à son retour au pouvoir. Vous étiez tous deux la raison, en partie, pour laquelle il a été exilé. En tant que stratagème, cela paraissait sensé. Vous pouvez le comprendre ? »

Après une profonde inspiration, Shan retourne à sa chaise et prend sa coupe. Si sa main n'est pas ferme, tant pis. Elle se tient près de la table. Un très beau bol est posé dessus, de la Troisième Dynastie. Et une hache rituelle, au manche représentant un tigre, également de la Troisième.

« Je crois comprendre. Le Premier Ministre... Il est partie prenante, alors ? » Elle n'aurait sans doute pas dû le demander, songe-t-elle. Il vaut peut-être mieux n'en rien savoir.

Mais Ren Daiyan hoche la tête : « Bien sûr. Somme-nous des fous, pour une telle tentative, dans le Genyue ? »

Elle réussit à hausser les épaules : « Des fous ? Je n'aurais pu répondre à cette question avant ce soir.

— Et maintenant ? » demande-t-il, et elle peut encore voir de l'amusement dans son regard. Il est tellement loin de ce qu'elle avait imaginé qu'elle en éprouve un sentiment d'étrangeté.

« Je doute que le magistrat en chef soit stupide, dit-elle. Et vous ne devez pas l'être. Qu'êtes-vous, alors ? »

Elle se rappellera cet instant toute sa vie. Son père aussi, en l'occurrence, et Zhao Ziji aussi.

« Je suis celui qui reprendra les Quatorze Préfectures », dit Ren Daiyan.

C'est lui qui donne forme au silence cette fois. Shan se rend compte qu'elle n'a rien à répliquer. Les mots se dérobent. La sensation dure. Les mots peuvent vous abandonner. Elle repose sa coupe avec précaution.

« Shan, dit son père, rien de tout ceci n'a à voir avec nous. Il ne nous appartient pas de poursuivre plus avant, assurément ? »

Elle secoue la tête, obstinée : « Mais si, car j'ai des conditions.

— Gracieuse dame ? » Le second soldat semble secoué aussi.

Ren Daiyan la contemple depuis le fond de la pièce, près de la cloche. Une expression curieuse. Elle aimerait la comprendre, mais ne la comprend pas.

« Ce matin, c'était un mensonge, dit-elle.

— Un mensonge qui vous rapporte ! » L'autre soldat, de nouveau. Daiyan attend. Sans la quitter des yeux.

« Ou qui nous implique dans une conspiration. Mon père et moi, tous les deux.

— C'est improbable, dit enfin Ren Daiyan.

— Un terme qui n'est pas des plus rassurants. »

Il sourit de nouveau.

Cela l'irrite, subitement, cet amusement.

« On a décoché une flèche dans un lieu où se trouvait l'Empereur !

— En effet, opine-t-il. Mais quel avantage avez-vous à nous trahir ?

— Vous *trahir* ? »

Il la regarde toujours. Puis murmure : « Préféreriez-vous un terme plus rassurant ? »

Et de manière surprenante, elle entend son père se mettre à rire.

Daiyan se tourne vers Lin Kuo : « Nos intérêts ne sont point identiques ici, honorable sire, mais nous avons jugé qu'ils allaient de concert. Vous avez besoin d'être protégés de Kai Zhen. C'est un homme connu pour avoir la mémoire longue. Le statut exalté de votre fille pourrait être de quelque secours, mais pourrait aussi être insuffisant.

— Et vos intérêts à vous ? » demande Lin Kuo bravement. « Ils marchent de manière rassurante de concert avec les nôtres ? »

Daiyan sourit. Son visage se transforme vraiment ainsi, songe Shan, une réflexion sans rapport.

« Je n'aurais probablement pas atteint le rang dont j'ai besoin, sans quelque chose d'inattendu.

— Comme ce matin ? demande-t-elle.

— Comme ce matin.

— Et le Premier Ministre ? Ses intérêts ? »

Pour la première fois, il a une expression contrite. « Je ne prétendrai pas deviner les plans du Premier Ministre Hang. Pas plus que le magistrat en chef, ma dame. Ce vieil homme va plus profond que n'importe lequel d'entre nous.

— Mais si vous étiez contraint de deviner ? Par une femme qui a expédié des lettres qui vous démasquent ? »

L'autre soldat est en sueur sous son chapeau. Elle en éprouve peu de sympathie.

Ren Daiyan tend une main pour toucher la cloche, une caresse. Elle le regarde réfléchir. Il dit enfin : « Vous le savez, si l'on nous démasque, cela inclura le Premier Ministre. Il est peu probable qu'il en soit heureux. »

Étant ce qu'elle est, elle a déjà envisagé cette possibilité. Une impulsion la saisit, extrêmement inattendue, et elle y cède : « J'ai menti à propos de la lettre au Censeur. J'ai bien envoyé l'autre… Je vais écrire de nouveau et demander qu'on détruise la première. »

Il n'a pas une expression de triomphe. Il déclare avec calme : « Merci de cette confiance.

— Vous avez été honnête avec moi. Ou du moins il le semble. »

Un autre sourire : « Je ne suis qu'un garde. Inaccoutumé aux intrigues.

— Le suis-je tant ?

— On le dirait, gracieuse dame. »

Elle essaie de décider si elle doit être irritée. Il ajoute :

« Votre question, sur le Premier Ministre. Je peux postuler deux hypothèses. Je suis sûr qu'il y a davantage. L'Empereur se rappellera désormais le premier attentat de Kai Zhen contre vous. Le ministre Kai devra être prudent – en ce qui vous concerne, mais aussi sur d'autres plans. Le Premier Ministre, en partant, lui a laissé un avertissement.

— Je vois. Et l'autre chose ?

— Nous pensons que le Premier Ministre n'approuve pas la nouvelle alliance dans la steppe. Il est satisfait, je pense, de laisser la situation en l'état dans le nord. S'il part maintenant, ce qui s'ensuivra ne sera pas sa responsabilité.

— Ah. Vous vous élevez donc contre lui, dit Shan en réfléchissant furieusement.

— Nous n'agirions point ainsi, dit Ren Daiyan. Je ne suis pas aussi téméraire. Ou du moins je l'espère. Mais s'il y a une guerre, je m'efforcerai d'en faire un succès, cette fois.

— Vous voulez la guerre, cependant », poursuit Shan. Son cœur bat vite, elle ne saurait dire pourquoi. Elle contemple Ren Daiyan, en essayant de déchiffrer son expression.

Encore un autre silence. Un autre *son* du silence.

« Oui, je la veux, admet-il enfin. Nous ne reprendrons pas nos fleuves et nos montagnes sans combat. Et je... je suis venu au monde pour les reprendre. »

Cette hésitation, se dit Shan, n'est pas de l'incertitude. C'est tout autre chose.

Plus tard, après le départ de leurs invités, elle est étendue dans son lit et contemple la lune, bien loin de trouver le sommeil. Elle revit la conversation depuis le moment où les deux hommes sont entrés dans la salle de réception.

Elle pense à la manière dont un homme encore jeune, un simple commandant de gardes pour le magistrat, n'ayant pas de rang dans l'armée, a énoncé ces dernières paroles, calmement, et elles n'ont paru ni vaines ni absurdes.

Leur résonance, songe-t-elle (étant après tout une poétesse), était celle d'une cloche de temple de la Cinquième Dynastie qui retentissait dans le lointain, quelque part, invisible, derrière un bosquet de bambous, un ruisseau, de vertes collines.

Si l'on marchait en direction de l'ouest, ou si l'on était porté ainsi à travers les cours de l'enceinte du clan impérial, et qu'on vous laissait ensuite franchir la porte gardée, à l'extrémité, on entrait dans le corridor central d'un nouvel édifice du complexe palatial. Dans cette élégante structure, on rencontrait éventuellement les calligraphes impériaux, installés dans des salles situées de part et d'autre du couloir : leur entraînement discipliné permettait la production d'annonces, de félicitations, de proclamations pour les stèles, comme de la main même de l'Empereur. Le soir, ces salles étaient désertes, sauf en cas d'événement grave et urgent. On pouvait longer le corridor silencieux, en passant trois autres couples de gardes, et arriver par des portes à doubles battants, plus grandes, dans une cour située dans l'enceinte du palais.

De nuit, comme à présent, c'était tranquille. L'espace dégagé était illuminé par des torches, de sorte que les chemins tortueux étaient bien visibles pour un fonctionnaire qui travaillait tard et traversait d'une aile à l'autre – et de sorte que les intrus étaient aisément détectés par la considérable quantité de gardes.

Tout au fond de cet espace dégagé, une salle était si brillamment éclairée que la nuit en semblait incendiée. Le feu était une crainte sempiternelle dans la capitale, dans toutes les villes. Sur les pignons des toits retroussés de chaque édifice du complexe palatial se trouvait un nombre impair d'ornements décoratifs. Les nombres impairs symbolisaient l'eau, les pairs le feu. On prenait toutes les mesures possibles.

Dans cette large pièce brûlaient cinquante lanternes, et toutes les fenêtres étaient ouvertes pour l'empêcher de devenir étouffante. C'était d'un éclat éblouissant. Et dans cette salle lumineuse le Premier Ministre presque aveugle de la Kitai était assis à son écritoire, rédigeant une lettre tardive pour son empereur, son dernier document officiel.

Pinceau, encre, pierre à encre, papier. Sa main était aussi ferme que possible pour cet adieu. Ce qui s'ensuivrait en Kitai, à la cour, ne serait pas de son ressort, et ne serait pas son fardeau, pour le meilleur ou pour le pire.

Il avait longtemps œuvré ici. Avait fait du bien, il le savait – et parfois du mal. Si un empereur devait être libre de se vouer à la peinture, à un jardin et à la poursuite de l'immortalité, d'autres devaient prendre les décisions difficiles et sévères. Parfois ils auraient raison, et parfois non. Mais il était temps maintenant, plus que temps, de se retirer. Certains célébreraient ici, d'autres se lamenteraient, d'autres maudiraient son nom jusqu'à sa mort et après. On tirait parfois des cadavres de leur tombe. La vengeance pouvait vous poursuivre au-delà des portes de la mort.

Comme ceux qui ont joui d'un grand pouvoir le font parfois, il se demandait comment l'Histoire les traiterait, lui et ses travaux. En y pensant ainsi, en songeant au jugement, il abaissa son pinceau vers l'encre, puis sur le papier.

Il écrivit, avec lenteur, avec fierté. Il avait été un érudit avant sa progression de fonctionnaire à ministre puis à premier ministre.

Lorsqu'il eut terminé, il se laissa aller avec un soupir dans un coussin. Son dos était un problème parmi bien d'autres. Après avoir déposé son pinceau, il permit à son esprit de dériver, d'imaginer sa demeure campagnarde, à l'ouest de Yenling, le calme du Petit Mont d'Or. Le changement des saisons, l'apparition des feuilles, la chute des feuilles.

Autour de lui dans la pièce, sur un signe de son fils, des serviteurs commencèrent à éteindre et à emporter les lanternes, en laissant s'effacer le féroce éclat de la lumière. Le Premier Ministre de Kitai sourit intérieurement à cette pensée : une image trop facile pour un poème, compte tenu du fait qu'il allait partir. On voulait mieux.

Il n'y eut plus finalement que deux lampes, et deux foyers allumés dans la froideur nocturne. Les serviteurs étaient partis, son fils était resté. Son fils restait toujours. Il écouta le vent dehors, dans la nuit.

« Porte-la maintenant. » Il désignait la lettre qu'il avait rédigée. « Il ne doit pas encore dormir.

— Vous êtes bien certain, Père ? » demanda son fils à mi-voix, respectueusement.

Il savait que Hsien poserait cette question.

« Je suis toujours certain, dit Hang Dejin. Je dois l'être. »

◆

Il est des talents communs aux soldats et aux hors-la-loi. L'un d'eux est une capacité à s'endormir. Un bref moment de repos à cheval ou à l'ombre d'une haie, un somme rapide dans un baraquement. Il y avait des situations où ce n'était pas possible, on devait être capable de dormir chaque fois que c'était permis.

Daiyan avait bien conscience que la matinée le trouverait à la cour pour la première fois de sa vie, et il lui fallait être alerte, vigilant et d'une extrême prudence. Il savait qu'il

aurait dû dormir, et que c'était impossible. Trop de bouleversements intérieurs, attendus et inattendus. Il arpentait donc
les rues de nouveau, seul maintenant, en pensant à son père.

Une existence tranquille dans l'ouest, dans la province
du Szechen, la préfecture de Honglin, le village de Shengdu.
Par-delà la barrière des montagnes, près des gorges du
Grand Fleuve. Une existence obscure, honorable et digne.
Vécue en accord avec les préceptes du Maître du Cho, tout
en évitant celles de leurs interprétations qui avaient paru
excessivement sévères à Ren Yuan – pour les femmes, les
enfants, la faiblesse humaine. Tous les matins, sauf les jours
fériés officiels, il s'était présenté au *yamen* pour effectuer ses
tâches pour tout sous-préfet, juge ou shériff qui se trouvait
donner des ordres là, que leur comportement fût arrogant
ou courtois, réfléchi, stupide ou âpre au gain. Peu importait
à Ren Yuan, on se devait à la Kitai, et à sa famille.

Il y avait bien longtemps que son fils ne l'avait vu. Mais
Daiyan était certain que si son père était toujours vivant et
en bonne santé, il faisait ce qu'il avait toujours fait. Ce
matin-là, il serait au *yamen*.

Daiyan aurait reçu une lettre de chez lui si ce n'avait
pas été le cas. Ils savaient désormais où il se trouvait. Il
leur avait écrit lorsque Wang Fuyin avait été promu à Hanjin
et l'avait emmené, avec ses hommes, comme prévu. Commandant de la garde du magistrat en chef de Hanjin. Un
père et une mère pouvaient en tirer une réelle fierté. C'était
une fort belle ascension.

Et ce matin, Ren Daiyan serait présenté à la cour.

Son père serait si content (mais si discrètement) de savoir
qu'un de ses fils paraîtrait devant le Céleste Empereur pour
accomplir les prosternations rituelles. Selon les enseignements
du Maître, Daiyan le savait, c'était la plus fondamentale
tâche d'un fils dans l'existence : apporter à ses parents la
fierté et la sécurité résultant des actes honorables d'un enfant
qui réussissait dans l'existence.

Il y avait manqué pendant longtemps. Un hors-la-loi du
marais, cela ne permettait guère de fierté. Même maintenant, se demandait-il, si son père devait apprendre que sa

comparution devant l'Empereur résultait d'une supercherie, serait-il encore fier ?

Il marchait sans but précis, de nouveau emmitouflé dans son manteau. Il entendit les cris des travailleurs qui ramassaient la « terre nocturne » devant lui et fut brièvement désorienté : on leur interdisait de travailler avant qu'il ne soit très tard, juste avant l'aube. Puis il se rendit compte qu'il était bel et bien très tard. Hanjin, dans les heures froides qui précédaient le lever du soleil, était encore pleine de monde. Étonnant, le nombre de gens qui se trouvaient des raisons d'être dehors. La lune s'était couchée depuis longtemps et les étoiles changeantes avaient viré vers l'ouest.

Il se rendit compte aussi qu'il avait faim. Il acheta un pâté chaud à la viande d'un marchand toujours ouvert, le mangea en marchant. C'était de la viande de chien, ce qu'habituellement il n'aimait pas, mais une autre leçon qu'on apprenait en tant que soldat (ou que hors-la-loi), c'était qu'on prenait le boire et le manger qui s'offraient, parce qu'ils ne s'offriraient pas toujours.

Les soldats qui avaient battu en retraite depuis Erighaya étaient essentiellement morts de faim et de soif, et non au combat. Elles étaient loin, maintenant, cette guerre contre les Kislik et cette retraite, mais elles l'obsédaient toujours. Quand il était d'une certaine humeur – seul, éveillé la nuit –, il ne pouvait écarter ses pensées des images qu'elles évoquaient pour lui. Il avait désiré se battre là, autrefois. Accomplir des actes héroïques.

Il acheta une tasse de thé et la but, près de l'étal roulant et du brasero, avec d'autres. Certains s'écartèrent : un garde, armé. Tous ceux qui se trouvaient dehors à cette heure n'y étaient pas pour des raisons qu'ils auraient voulu voir examinées.

Il rendit la tasse, continua son chemin. Ses pensées s'éparpillaient en désordre cette nuit, apparemment, et sans utilité aucune.

Il avait été absurdement heureux, un enfant réussissant un examen à l'école, de reconnaître cette cloche de bronze de la Cinquième Dynastie, dans la salle de réception. Quelle importance avait-ce donc ? Pour un homme visant un rang dans l'armée et une guerre dans le nord, qu'est-ce que cela signifiait de connaître le poète dont les mots étaient inscrits dans un bronze qu'une femme (et son époux) avait trouvé ?

Oui, Tuan Lung aurait été content que son élève l'ait su, mais Lung n'était même plus un maître, maintenant. Il travaillait le long du Grand Fleuve. Faisant parfois du bien, peut-être, mais dupant aussi parfois des gens pour leur prendre de l'argent dont ils avaient besoin.

Le monde ne permettait pas très souvent des jugements clairs et nets ; Daiyan enviait ceux qui pensaient autrement, qui vivaient autrement.

Une femme le héla depuis une entrée. Il ne se trouvait pas dans le district des plaisirs, mais il y avait de telles femmes partout à Hanjin, la nuit. Elle s'avança dans la lueur d'une lanterne et il vit qu'elle était jolie, en vérité. Elle chantonna un fragment d'une ancienne chanson : *Seule à mon balcon, et le vent du nord emporte mes larmes…*

S'il avait été dans un autre état d'esprit, peut-être. Pas cette nuit.

Il entendit un cri, une sèche réplique puis le bruit d'armes entrechoquées. Envisagea d'aller de ce côté. Dans l'humeur où il était, tirer son épée lui ferait peut-être du bien. Mais si un homme en tuait un autre dans le noir, eh bien, cela arrivait chaque nuit, et il avait – vraiment ? – un but plus important dans la vie.

Il se stupéfiait encore d'en avoir parlé avec tant de franchise à la jeune femme et à son père. Qu'avaient-ils dû penser de lui ? L'arrogance, la folle illusion de grandeur !

Mais il arrivait un moment où l'on avait besoin de rendre clair, ou plus clair, ce qu'on avait l'intention de faire de son existence, ou l'on n'accomplirait jamais rien. On pouvait rester dans les ombres à jamais. Peut-être était-ce une voie vers le pouvoir, à la cour, mais il était un soldat. Ou il le serait plus tard dans la journée.

Le vent du nord emporte mes larmes…

Il y avait des millions de Kitans qui vivaient dans le nord, gouvernés par les Xiaolus, qui travaillaient les champs pour eux, qui leur payaient des impôts, qui leur étaient soumis. *Sous le joug sauvage.* Il n'aimait pas cette expression usée.

Tuan Lung leur avait appris comment les poètes paresseux tentaient de forcer la réaction de leur lecteur un usant de termes conçus pour jouer sur les cordes sensibles.

En vérité, les fermiers et les villageois kitans des Quatorze Préfectures ne se souciaient probablement guère de qui régnait sur eux. De toute manière, ils devaient payer des impôts. Se voir infliger la poussière jaune qui venait des steppes pendant l'été, la neige et le froid cruel pendant l'hiver. Être affligés par les sécheresses, quel que fût l'empire qui prétendait à la propriété de leurs fermes. Si le Fleuve Doré débordait, aucun empereur n'allait sans doute sauver leurs terres ou leur vie. Si une fille se déshonorait, si un fils mourait d'une fièvre, ou en chassant les loups, quelle importance, celui qui était votre maître ?

Et pourtant, songeait Ren Daiyan. Et pourtant, la Kitai était tellement moins qu'elle n'avait été, tellement amoindrie. Et l'on ne tournait pas le dos à l'Histoire, ou l'on ne le devait point. Le fermier dont il imaginait les réflexions pouvait avoir tort. Aucun empereur de la steppe n'emmagasinerait du grain pour ses fermiers kitans en prévision des inondations ou des sécheresses, mais les empereurs, à Xinan, le faisaient depuis la Troisième Dynastie. Il y avait encore des greniers dans l'ouest, présentement.

L'Empereur de la Kitai gouvernait sous le ciel avec la tolérance des dieux, et la sainteté de son règne reposait sur sa compassion envers son peuple. L'homme qui siégeait sur le Trône du Dragon pouvait être induit en erreur par de mauvais conseillers. Il pouvait être faible, stupide, complaisant. Il pouvait échouer. Mais on pouvait aussi l'aider à trouver le chemin de la gloire.

Les bruits de la bagarre s'éloignèrent tandis qu'il poursuivait son chemin. Il est impossible de s'occuper de tout ce que le monde nous présente à soigner ou à réparer. Il était un soldat, non un poète. Il allait essayer. De réparer. Peut-être était-ce la différence entre poète et soldat, même s'il se trompait sans doute. Une idée trop facile. Et les soldats étaient capables de mettre le monde en pièces.

Elle détenait une prise mortelle sur eux, cette femme, Lin Shan, parce qu'elle était au courant pour la flèche.

Il n'arrivait pas à croire qu'une femme craignant pour sa vie eût été capable de comprendre ce qui se passait dans le jardin. C'était le seul détail qu'ils n'avaient pas prévu…

Il aurait pu essayer de donner le change, de nier. Il avait eu conscience du désarroi manifeste de Ziji lorsqu'il avait admis qu'elle était dans le vrai.

Mais elle savait. Elle *savait*. Son regard avait été de ceux qui vont au plus profond des êtres. Peu de gens étaient ainsi, pas dans son expérience, et ce n'étaient jamais des femmes. Le défi dans un regard, oui, chez un hors-la-loi ou un soldat ivre, et même un soldat sobre, parfois, évaluant ses chances dans une bagarre.

Ceux-là, il les connaissait, il avait eu affaire à eux. Il était fort, vif et intelligent, il savait comment tuer.

Il aurait probablement dû aller du côté de ce combat de rue. Ou peut-être revenir sur ses pas et prendre cette femme, la jolie imprévue, sous la lanterne. La réflexion est parfois un piège, on a parfois besoin d'y mettre un terme. Avec du vin, une bagarre, une femme, de la musique.

Ou tout cela, se dit-il, ce qui le fit sourire dans l'obscurité. Il passait entre les lanternes des étals de nourriture ouverts tard et celles qui s'alignaient le long du canal, afin d'empêcher les ivrognes de tomber et de se noyer. On pouvait installer des lanternes, mais on ne pouvait pas toujours sauver les hommes d'eux-mêmes.

Il sentit que le vent changeait. L'aube approchait. Il allait se rendre devant l'Empereur sans avoir dormi. Il était temps de retourner aux baraquements. Il avait besoin de se laver et de se changer de nouveau. Fuyin avait arrangé pour lui qu'il ait les habits convenant à une présentation à la cour.

Il se retourna pour revenir sur ses pas et faillit rentrer dans quelqu'un qui marchait trop près derrière lui.

Il fallait être téméraire pour essayer de couper ou de subtiliser la bourse d'un garde. Il adressa un large sourire à l'homme horrifié. Le laissa s'éclipser. Il y avait bien des manières différentes d'être brave. Et autant d'être stupide au-delà de toute expression.

Elle avait desserré la prise qu'elle avait sur eux. Mais avec le vieil homme, le Premier Ministre, complice de leur action, elle s'était trouvée en mauvaise posture. S'ils étaient dénoncés, l'un d'eux nommerait sans doute Hang Dejin sous la torture subséquente, et sa propre assurance contre le *nouveau* Premier Ministre aurait disparu. Et celle de son père. Il l'avait observée, il avait observé son regard, alors qu'elle l'inférait. À la fin, dans cette pièce, ses cloches et ses bols, ses porcelaines et un cheval de céramique noire, des rouleaux antiques sur des tables et une urne énorme de mille ans d'âge, elle avait hoché la tête :

« Je vois, avait dit Lin Shan. Notre destin est lié au vôtre. En ceci, du moins. »

Il s'était incliné. Devant elle d'abord, cette fois, puis devant le père, qui lui rappelait le sien.

Il était possible, songeait-il à présent, de vivre une existence qui se développait peu à peu, ou de le penser, et puis d'en arriver à un moment où les changements étaient trop nombreux : on se rendait compte qu'elle ne faisait que commencer. Ce moment-là. Tout jusqu'à ce point, cette nuit, lui semblait avoir été un prélude, des notes jouées sur un *pipa* pour l'accorder, s'assurer qu'il était prêt pour la chanson encore à venir.

Il s'arrêta pour regarder autour de lui. Et vit alors qu'il était de nouveau devant l'enceinte du clan, devant l'une des portes. On le laisserait entrer, il était en uniforme.

Il resta là longtemps, puis fit volte-face pour retourner aux baraquements dans le vent qui se levait.

Shan, qui s'est couchée, entend le vent se lever à l'approche de l'aube. Elle se lève pour aller à sa fenêtre et regarder dehors. Elle n'en a aucune raison. Il fait froid, mais elle s'attarde. La lune a disparu depuis longtemps. Des étoiles, des nuages rapides et déchiquetés.

Il y a trop de poèmes sur des femmes à des fenêtres, la cascade de leurs cheveux tel un nuage, leur parfum, leurs parures, les escaliers de jade menant à elles, et leur chagrin, alors qu'elles attendent un visiteur qui ne vient pas.

Elle contemple le monde qu'on leur a donné dans le temps qui leur est imparti.

TROISIÈME PARTIE

CHAPITRE 13

Tout était compliqué, et sur tant de plans différents !

Kai Zhen, autrefois Vice-Premier Ministre de Kitai, n'était pas homme à jamais chercher l'harmonie de la campagne. C'était une autre sorte d'homme.

Il avait connu cette vie, bien entendu – ce n'était pas son premier exil. L'ennui mortel du dernier bannissement l'avait poussé à tout faire pour y mettre fin, et il en avait résulté de grands changements dans son existence. Exilé dans le sud bien des années auparavant, il avait d'abord rencontré Wu Tong et, avec l'ingénieux eunuque, il avait élaboré une stratégie pour attirer l'attention (et la confiance) de l'Empereur. Comme la nouvelle de l'intention de Wenzong était arrivée jusqu'à eux – créer à Hanjin un jardin qui serait le miroir de l'empire, l'aligner avec les forces célestes –, ils avaient commencé à envoyer pour le Genyue des plantes et des arbres rares, ainsi que des rocs pittoresquement sculptés, avec des poèmes et des essais de Kai Zhen. Jamais sur des sujets politiques, bien entendu. Il était toujours en exil, et il n'était pas stupide.

Le Réseau des Fleurs et des Pierres était né ainsi, en devenant ce qu'il était devenu – y compris une avenue spacieuse et ombragée avec charme pour le retour de Kai Zhen à la cour, en compagnie de l'eunuque. Il devait son rang à des rochers, à des arbres de bois de santal, à des oiseaux et des gibbons, disait-il parfois.

Il haïssait l'isolement campagnard. Le sentiment d'être coupé sans espoir de tout ce qui importait, le sentiment que le temps courait, passait, disparaissait. Lorsque vous êtes exilé, la majorité des gens ayant la moindre prétention à compter dans le monde ne veulent en rien avoir affaire avec vous. Ils ne répondent pas même aux lettres – et la plupart étaient des gens qui lui devaient beaucoup. Lorsqu'on tombe, en Kitai, on peut tomber longtemps.

Entre autres, une fois qu'il avait perdu le pouvoir, il avait perdu le fleuve de revenus qui allait de pair avec un poste supérieur. Toutes ses maisons, excepté celle où il se trouvait à présent, avaient été déclarées forfaites.

Il n'était pas pauvre, évidemment. Le domaine était de bonne taille, ses gens le cultivaient avec succès. Mais il ne pouvait pas non plus se permettre d'ignorer les questions de finances domestiques.

Il avait abandonné deux de ses concubines. Des luxes qu'il ne pouvait plus justifier. Elles étaient jolies et talentueuses. Il les avait vendues à des hommes attachés au *yamen* de Shantong. Aucune n'avait été entièrement sincère, à son avis, dans ses protestations de chagrin, quand on leur avait appris la nouvelle.

Non qu'il pût grandement les blâmer, s'il s'efforçait de voir clairement la situation. On menait une existence terne dans le domaine ancestral de la famille Kai, sans confort particulier, et l'existence d'une femme de rang inférieur dans une maisonnée dominée par sa seconde épouse était… Eh bien, "harmonieuse" n'était pas un terme qu'on aurait employé.

Il s'interrogeait parfois sur ce mariage, la hâte avec laquelle il l'avait contracté. Mais Tan Ming avait une capacité troublante à sentir que ses réflexions prenaient peut-être cette pente, et des talents encore plus dérangeants pour agir alors de manière à changer sa tournure d'esprit.

Il avait pensé que Yu-lan comprenait la nature de ses besoins. Ming était encore plus inventive et sagace en la matière. Il s'était remarié rapidement, sans aucun doute, mais il était également vrai qu'il avait éprouvé un pressant besoin de se distancier des actes de sa première épouse.

Son cadavre avait été incinéré. Une tentative de meurtre dans l'enceinte du clan. L'assassin, l'assassin à son emploi, avait avoué. Les épouses avaient une tendance infortunée à agir de leur propre chef, même dans une dynastie où les femmes étaient éduquées de manière à savoir que c'était malséant. Il en était arrivé à cette conclusion bien avant l'arrivée de deux lettres qui, par un pluvieux après-midi d'automne, changèrent de nouveau son existence.

La première venait de l'Empereur, mais non de sa main. Elle le convoquait à Hanjin, à la cour. Et beaucoup, beaucoup plus : elle l'invitait à revenir comme Premier Ministre de la Kitai.

Les dieux étaient bons, les cieux bienveillants ! Le vieil homme avait *enfin* choisi de se retirer. Et pour une quelconque raison qui devrait être élucidée, il n'avançait pas son pâlot de fils comme successeur.

À la relecture de la lettre, Zhen sentit son cœur battre comme sur le point de jaillir de sa poitrine. Il était pris de vertige. Il se maîtrisa en présence des messagers. Pas sage de laisser percevoir de la faiblesse avant d'occuper son poste ! Il les renvoya d'un geste impérieux – qu'on leur donne des chambres, des bains, à manger, une fille, deux filles ! Des servantes conviendraient pour des messagers, et il en avait encore.

Puis il s'assit, seul dans sa salle de travail. Des lampes étaient allumées, mais seulement deux, l'huile à lampe était coûteuse. Un feu brûlait, le froid s'était déclaré pendant la semaine précédente. Il s'assit à son bureau et ouvrit la deuxième lettre.

Il la lut aussi deux fois. Quoi qu'écrivît Hang Dejin, il fallait le considérer avec une extrême attention. Il y avait des non-dits, des coups de pinceau invisibles mais plus signifiants que ce qu'on lisait sur le papier de soie. La calligraphie était celle du fils et non du père. Le père, puisse son âme pourrir à jamais dans la noirceur après sa mort, était presque aveugle, après tout. La noirceur, oui, la noirceur l'attendait, songea Kai Zhen.

Il y avait beaucoup d'éléments à évaluer, incluant l'indication assez claire de la raison pour laquelle la vieille araignée s'en allait, et pourquoi le fils ne lui succédait pas. Mais ce furent les dernières lignes, surtout la toute dernière phrase, qui glacèrent Kai Zhen.

Il frissonna, réellement, à chaque lecture de la lettre. C'était comme si un doigt osseux s'était tendu à travers tous les *li* qui les séparaient, à travers collines et vallée, rivières lentes ou torrentueuses, vergers et rizières, fermes à soie, cités, villages, les marais et leur peste de hors-la-loi, pour lui toucher le cœur.

Contrôlez votre femme, avait écrit Hang Dejin. C'était la fin de la lettre.

Un doigt tel un poignard. Ces derniers mots suivaient une description concise d'un incident violent au Genyue, une tentative d'assassinat contre une favorite impériale.

Que tous les dieux me viennent en aide, songea Kai Zhen à son bureau, éclairé par sa lampe. À un moment où la joie de la célébration aurait dû exploser en lui tels les feux d'artifice de la Nouvelle Année, il avait froid – et pourtant il suait de peur.

Il maudit le vieil homme pendant un long moment, sans se soucier de qui pouvait l'entendre. Les mots les plus grossiers qu'il connaissait, les imprécations les plus viles, les plus sauvages. Puis il prit un objet sur son bureau et partit en quête de son épouse.

Ils s'assirent de concert dans la plus petite de leurs deux salles de réception. Après un moment, il lui demanda d'aller chercher sa flûte et de jouer pour lui. Elle lui obéissait toujours, elle était impeccable sur ce plan.

Pendant qu'elle était hors de la pièce, et après que la servante eut été envoyée leur chercher à manger à tous deux, Kai Zhen empoisonna le vin de son épouse.

Elle ne pouvait être poignardée ou étranglée. Même si loin, les risques étaient trop grands que quelqu'un – n'importe qui – révélât que la maîtresse avait péri de mort violente. Cela deviendrait en soi une autre arme pour le vieil homme qui se retirait sans se retirer vraiment.

Non, Tan Ming mourrait cette nuit dans son sommeil, s'il devait en croire ses précédents usages de la poudre. On la pleurerait et on l'ensevelirait avec une perle dans la bouche, pour enfermer son esprit dans son corps.

Mais il serait maudit, il serait absolument maudit s'il lui permettait de vivre telle une autre lame sur sa gorge entre les mains de Hang Dejin. Il devait être plus impitoyable que l'aveugle, et il le pouvait.

Il y avait de la violence dans sa seconde épouse, il avait des raisons de le savoir. Mais il était totalement impossible qu'elle eût conçu ce second attentat contre cette femme au Genyue. Pas d'ici, pas arrangé si élégamment pour coïncider avec son rappel au pouvoir. Or l'histoire de sa famille avec la famille de cette femme – ce stupide gentilhomme de la cour et sa fille contre nature – était bien connue. S'il était enclin à se blâmer lui-même (il ne l'était pas vraiment), il avait signé, c'était vrai, l'ordre d'exil de Lin Kuo à l'île de Lingzhou. Une erreur, mais qui aurait pu le savoir ?

Il regretterait Tan Ming, songea-t-il, assis près du feu en attendant qu'elle revînt boire le vin qui mettrait fin à ses jours dans la nuit. Il regrettait encore sa première épouse.

Il ne se remarierait jamais, décida-t-il en prenant une gorgée de son vin d'automne. Les épouses, si souples et subtiles soient-elles, sont une vulnérabilité.

◆

Un émissaire auprès des barbares, avait confié Lu Chao à son neveu, doit s'imaginer qu'il est une femme. Il doit s'attacher à la même observation intime, en regardant et en écoutant avec discrétion, afin de comprendre la nature fondamentale des hommes qu'il rencontre.

C'est ainsi que vivent les femmes, à la cour et ailleurs, a-t-il expliqué à Lu Mah, sur le vaisseau qui les emportait vers le nord en longeant la côte. Les femmes cherchent ainsi leur place dans le monde.

Il a usé de ce trait d'esprit par le passé. Il est déjà allé dans le nord comme émissaire, pour rencontrer par deux fois l'Empereur des Xiaolus ; il lui avait apporté des présents d'anniversaire la première fois. Il avait négocié (en vain) pour la restitution des Quatorze Préfectures, ou une partie, la deuxième fois. Un lent voyage par voie de terre, cette fois-là, avec une très importante escorte, pour la nécessaire dignité de l'entreprise.

C'est une autre sorte de voyage cette fois-ci. Par voie maritime, avec seulement une poignée d'hommes et en secret.

Un émissaire ne doit pas agir comme les hommes ordinaires, Chao le croit. La cour, l'empire doivent obtenir de l'information, une meilleure compréhension, après son voyage hors des frontières. Il ne doit permettre à aucun de ses actes ni à aucune de ses paroles d'influencer les événements. Il doit observer. Compter chevaux et cavaliers, noter la présence ou l'absence de la faim ou du ressentiment, retenir qui dans l'entourage du chef détourne les yeux lorsque sont prononcées certaines paroles. Et s'entretenir avec eux par la suite, s'il le peut. Apprendre qui a peut-être l'oreille du chef, et qui en est mécontent.

L'émissaire pose des questions courtoises, se rappelle les réponses ou les couche par écrit – en code. Il y a eu par le passé des incidents fâcheux lorsque des écrits ont été saisis.

L'émissaire consomme jovialement (il en a prévenu son neveu) des mets épouvantables et boit le lait de jument fermenté que les barbares aiment bien trop. Lu Chao s'oblige et oblige Lu Mah, sur le bateau, à en boire, pour se préparer. Son neveu a le mal de mer, et le *kumiss* n'aide pas. Si Lu Chao était un homme moins bon, il pourrait en rire. Il l'écrit, avec amusement, dans une lettre à son frère, le père de Mah. Mais boire est important dans la steppe. On obtient ou on manque à obtenir du respect selon la manière dont on résiste à une grande quantité de boisson. Sur ce plan, a-t-il expliqué à son neveu au teint verdâtre, ils doivent tous deux prouver leur virilité.

Et aussi lorsqu'on leur donnera des femmes. Mah doit comprendre qu'elles ne seront pas comme les beautés parfumées des districts de plaisirs. Ils souriront tous deux quand on les leur offrira, l'admoneste-t-il, et ils s'exécuteront avec vigueur lorsque les femmes arriveront dans leur yourte, la nuit. Mah doit le considérer comme partie prenante de sa tâche.

Ils ne parleront pas avec ces femmes, même si ce n'est pas un grand risque car peu d'entre elles parlent le kitan. L'une ou l'autre le peut cependant, c'est toujours possible, et il ne doit pas y avoir non plus d'échanges imprudents entre eux deux en leur présence.

Il y a beaucoup à apprendre, dit Lu Chao, et bien des façons dont une mission peut mal tourner. Des émissaires ont été tués, quoique pas depuis un certain temps. Les Xiaolus ont un empereur, des capitales, ils aspirent à être civilisés.

Mais ils ne se rendent pas auprès des Xiaolus.

La première tâche consiste à évaluer avec quel respect on les traite. Cela repose en partie sur la distance qu'ils doivent franchir par voie de terre avec les escortes qui les attendent là où le bateau accostera, bien au nord de la Grande Muraille.

Le kaghan de cette nouvelle tribu, les Altaï, va-t-il les rencontrer après un périple de la même durée ou iront-ils plus loin pour le voir ?

Si on les avait envoyés à l'Empereur des Xiaolus, il aurait été approprié que celui-ci les rencontrât dans une de ses grandes villes, mais ce n'est pas cet empereur qu'ils vont rencontrer. C'est un chef de tribu rebelle, et ils vont lui proposer – peut-être – le soutien de l'empire kitan. Il doit venir les trouver.

Tandis qu'ils chevauchent dans un paysage vallonné, après avoir quitté la côte, pas encore dans le vide dérangeant de la steppe, Chao pose des questions ordinaires à l'interprète amené par le parti des Altaï. Les réponses ne sont pas satisfaisantes.

Les terres ancestrales des Altaï se trouvent au nord du Fleuve Noir, du côté de la péninsule koreini, dit l'homme. Chao le sait. Mais le kaghan et ses cavaliers n'y sont pas en ce moment, bien entendu, ajoute l'interprète.

« Où sont-ils ? » demande Chao, poliment.

On esquisse des gestes vagues en direction de l'ouest. Il y a eu des affrontements, paraît-il.

Il le sait aussi. C'est une rébellion, après tout. La raison de sa présence sur les lieux. Pour représenter son empereur. Pour offrir une évaluation, pour négocier. Doivent-ils soutenir cette rébellion ? Qu'offriront les Altaï en échange ?

Les Quatorze Préfectures sont évidemment le prix convoité.

Lu Chao est incertain quant à sa mission. Il l'a gardé par-devers lui bien sûr, mais sa réflexion n'est pas compliquée. Si cette tribu émergente est assez forte pour déstabiliser cette partie de la steppe, elle l'est assez pour déranger une relation frontalière sécuritaire pour la Kitai. Mais s'il s'agit ici simplement d'un autre soulèvement tribal passager, à quoi bon le soutenir et contrarier les Xiaolus ?

En un mot, tout cela est impossible à prédire. Les Altaï sont-ils seulement mécontents de la puissance affirmée des Xiaolus, mais prêts à se soumettre à la Kitai si on les aide à en triompher, ou seront-ils aussi sauvages que des loups ?

Les Kitans haïssent les loups. On ne peut pas apprivoiser des loups.

« Où ont lieu les affrontements ? » demande Chao en regardant cette fois le chef du groupe ; il déteste avoir besoin d'un interprète. Seul un des petits hommes au torse nu et aux jambes torses envoyés à leur rencontre parle le kitan, ou admet le parler. Ils montent tous superbement à cheval.

À la Capitale Orientale, lui dit-on. Le chef de leur parti est d'une exceptionnelle laideur, et pas de prime jeunesse.

« Ils attaquent la Capitale Orientale des Xiaolus ? » demande Chao en effaçant la surprise de sa voix. Ils vont très vite, si c'est la vérité.

L'interprète traduit pour le chef, attend une réponse, se permet un sourire.

« Nous l'avons saisie. Nous en finissons et nous y recrutons des cavaliers. »

Nous en finissons. Chao peut imaginer. Il a remarqué le sourire. Il garde une expression neutre malgré sa stupeur.

« Votre kaghan est si loin ? Comment va-t-il venir d'aussi loin jusqu'ici pour nous rencontrer ? »

Il écoute avec attention. Une légère hésitation entre l'interprète et le chef. Une question sur un ton vif, une réponse de même. Lu Chao, en entendant cela, se force à devenir très calme.

« Vous allez rencontrer notre chef de guerre, traduit l'interprète. C'est Wan'yen qui s'en vient.

— Le kaghan ne vient pas ? » Chao réfléchit à toute allure.

L'interprète sourit en traduisant : « Le kaghan se bat. Je l'ai dit.

— Vous avez dit que les braves cavaliers du kaghan ont déjà pris la Capitale Orientale. »

On traduit ses paroles.

Le chef secoue la tête, un geste obstiné. Le traducteur secoue la tête : « Le chef de guerre s'en vient », répète-t-il.

Parfois, dans une telle mission, il arrive qu'on doive accomplir un acte qui met sa vie en péril et celle de son groupe. On prie alors et on espère que sa famille se souviendra. Il n'y aurait pas de tombe ni d'enterrement rituel. Pas ici.

Lu Chao, un cavalier modérément compétent, rien de plus, réussit à arrêter son cheval au pelage brun sombre. En levant une main, il hèle dans sa propre langue les six hommes qui l'accompagnent si loin de leur foyer. Ils s'arrêtent tous.

« Nous retournons sur nos pas, déclare-t-il. Au bateau. » Il ne regarde pas l'interprète, il regarde, avec une expression de froideur, le chef du parti altaï. « Je demande que vous nous escortiez sur le chemin du retour. Nous et nos présents. L'auguste Empereur de Kitai l'exigera de moi. Ses émissaires ne rencontrent pas des subalternes. Vous nous avez coûté temps et efforts. L'Empereur ne sera pas content des Altaï. »

L'interprète traduit. Chao observe le chef, ses yeux durs et sans expression. L'homme le regarde. Ils se fixent, les yeux dans les yeux.

Le chef altaï éclate de rire mais sans véritable amusement. Il aboie quelques mots. L'interprète hésite, puis déclare : « Il dit que Wan'yen n'est pas un subalterne. C'est un chef de guerre. Il dit, vous êtes seulement sept. On peut vous tuer et saisir vos biens. Vous continuez à avancer, il dit. »

Lu Chao regarde fixement le chef des Altaï. Un vent soufflant de l'est fouette les cheveux de l'homme. Il y a des forêts du côté nord. Pas encore la steppe que Chao se rappelle.

« Tous les hommes meurent », énonce-t-il lentement, avec clarté. « Nous pouvons seulement aller avec honneur rejoindre nos dieux, en servant nos seigneurs de notre mieux. » Il se tourne vers ses hommes, incluant le neveu qu'il aime et honore. « Allons. Retournons au bateau. »

Leur bateau les attendra encore. Il attendra aussi longtemps qu'il le devra. Jusqu'à ce qu'ils reviennent ou qu'arrive la nouvelle de leur mort. Lu Chao parvient à obliger sa monture à tourner. C'est un bon cheval, il en connaît assez pour le savoir. Difficile de repartir vers l'est, avec le soleil haut dans le ciel, conscient du fait qu'il peut être abattu par-derrière à l'instant. La mort est là. Il avance sans hâte et sans regarder derrière lui. Sa peau se hérisse.

Il aimerait revoir son épouse, ses fils, son frère. Il aimerait revoir son frère.

La vie n'accorde pas toujours ce qu'on désire.

Des sabots de cheval, qui se rapprochent vite. Le chef des Altaï est à ses côtés, il s'empare de ses rênes. Il force l'animal à s'arrêter. Aisément.

Chao se tourne vers lui. Avec un instinct qu'il ne peut expliquer (comment explique-t-on un instinct?), il dit sèchement : « Vous parlez kitan, je le sais. Ou vous ne seriez pas ici. Entendez-moi donc. Vous pouvez nous tuer et prendre les présents. Vous pouvez nous forcer à vous accompagner. Dans les deux cas, vous détruirez à jamais tout espoir de soutien kitan que peut entretenir votre kaghan. Vous vous faites un ennemi de l'Empereur de Kitai et d'une armée forte d'un million d'hommes. Est-ce votre tâche? Est-ce votre désir? »

Il observe avec toute l'attention possible. Comme observe une femme. Il voit de la colère, aussi noire qu'une forêt, dans les yeux froids de l'homme, mais aussi – oui! – de l'incertitude, et Lu Chao sait, parfois on sait, qu'il a gagné.

Et parfois, on ne sait pas, ou l'on se trompe.

Le chef altaï ne prétend plus ignorer le kitan : « Choisissez un homme qui va mourir, on en abattra un et ensuite un après l'autre, jusqu'à ce que vous seul restiez. Et alors, vous viendrez dans l'ouest avec nous. »

J'ai oublié mon propre conseil, songe Lu Chao : être prudent. Un homme irrité est une chose, un homme irrité qui est incertain et apeuré est imprévisible. Toutes les femmes de la cour, toutes les femmes dans sa propre maisonnée, auraient probablement pu le lui dire.

Il observe le cavalier altaï, mais sans croiser son regard, à présent – c'était une erreur, un défi trop évident. La mort est peut-être parmi eux, mais on n'a pas à l'appeler.

À mi-voix, gardant la conversation entre eux, il demande : « Et qu'arrivera-t-il, pensez-vous, si je suis forcé d'aller dans l'ouest? Que ferai-je? Que dirai-je quand je retournerai chez moi avec les membres de mon parti assassinés? Que conseillerai-je à mon empereur à propos des Altaï? »

L'homme garde le silence. Il se lèche les lèvres. Son cheval s'agite, un pas de biais. Chao décide que c'est significatif. Aucun cheval de la steppe ne bougerait ainsi à moins que son cavalier ne soit troublé.

Il ajoute : « Peu m'importe qui vous abattrez ou si vous me tuez. Chacun de nous ici savait que sa mort pouvait survenir lorsque nous avons entrepris ce voyage. Mais que direz-vous à votre kaghan ? Que vous avez abattu tout le parti des Kitans ? Que vous fera-t-il alors ? »

Toujours pas de réponse. Le cheval est calme de nouveau. Chao regarde les cheveux de l'homme, en évitant ses yeux, le front et le sommet du crâne rasés, la longue chevelure sur les côtés, agitée par le vent. Il en a parlé aux autres, pour les préparer à cette étrangeté. Il prend la parole une troisième fois. Après cela, silence. Après cela, il doit repartir en direction de l'est. Ils peuvent tous être abattus dans les prochains moments. Il aimerait s'asseoir encore une fois avec son frère et boire du vin d'été.

« Le choix est vôtre. Mais je ne crois pas que tous les hommes de votre parti aient de l'amitié pour vous, et certains doivent être ambitieux. Ce qu'ils raconteront peut n'être pas ce que vous désirez, si nous périssons. Nous, nous retournons à notre bateau. Agissez comme vous le déciderez. »

Il lève une main, prêt à appeler les siens.

« Attendez », dit le chef altaï d'une voix basse et farouche.

Lu Chao laisse retomber sa main.

Le ciel bleu, des nuages blancs qui filent vers l'est, le vent ici aussi, qui agite les herbes. Ils sont trop loin de la forêt pour entendre le bruissement des feuilles.

L'Altaï se racle la gorge : « Il n'y a pas manque de respect. Le chef de guerre commande auprès du kaghan. Peut-être plus que lui maintenant. Il est plus jeune. Ils agissent ensemble. Nous… nous sommes allés plus loin et plus vite que prévu. Le kaghan serait venu à vous si la Capitale Orientale ne s'était pas rendue si vite. »

Son kitan est meilleur que celui de l'interprète.

« Le kaghan devait rester là-bas pour intégrer des guerriers xiaolus à nos cavaliers. C'est le talent de Yan'po. Wan'yen et son frère commandent dans les batailles. C'est leur talent. Le combat est terminé, et Wan'yen peut donc venir vous trouver. »

Chao regarde au loin la steppe herbeuse. Ils ont eu des informations en ce sens à Hanjin, dans les notes qu'on lui a préparées lorsqu'il a accepté cette ambassade. Ces Altaï seraient en réalité menés par deux frères et non par le vieux kaghan. On n'en sait guère davantage. C'est pourquoi il se trouve là. Il hoche la tête par deux fois.

« Merci », dit-il en adoptant le ton le plus gracieux possible, le plus civilisé, un seigneur acceptant un présent. Il est la voix de l'Empereur de Kitai. « Nous pouvons attendre ici le chef de guerre. »

Il voit l'autre reprendre son souffle et comprend à quel point celui-ci a eu peur. Il aurait dû décocher ses flèches si Chao s'était retourné pour repartir vers l'est. Pas le choix, ses compagnons l'observaient, ils avaient entendu ce que Chao avait dit. Il faut prêter attention à ce qu'on dit.

« Ce n'est pas le bon endroit pour attendre, déclare l'Altaï. Rien à manger, pas de *kumiss*, pas de bonnes yourtes. Pas de femmes ! » Il se force à sourire.

Chao lui rend son sourire : « Et où se trouve tout cela ?

— Le mieux, c'est à six jours de cheval. Nous avons des endroits préparés pour des haltes, chaque nuit. Six jours, c'est une bonne place près d'une rivière, vous rencontrez Wan'yen, le chef de guerre. Vous discutez. Il galope vite pour se rendre. »

La carte mentale de Chao est très bonne ; six jours de la côte, cela semble raisonnable. L'autre vient de plus loin.

« Nous chevaucherons quatre jours, déclare-t-il. Envoyez un éclaireur pour que s'y trouvent la meilleure nourriture et les femmes. J'attendrai votre chef de guerre dans des yourtes à quatre jours d'ici. »

Le chef altaï hésite un peu puis acquiesce. « Il en sera ainsi. » Il sourit de nouveau : « Il y a des femmes jeni pour vous là-bas. Les plus belles dc toutes.

— Et du *kumiss* ? demande Chao – une offre de paix.

— Toujours du *kumiss*, dit l'autre. Et du *kumiss* cette nuit, pour vous et moi ! »

Chao hoche de nouveau la tête. Il fait tourner son cheval sous le ciel profond qu'il se rappelle bien. Ils recommencent à avancer. L'herbe est très haute, avec des fleurs sauvages, des abeilles. Des petits animaux s'effarouchent à leur passage. Des faucons font du surplace ou tournoient et, plus tard, un cygne solitaire suit leur piste vers le soleil qui se couche.

Le chef de guerre Wan'yen n'émet aucun commentaire quant à l'endroit où ils se rencontrent. C'est comme si la chevauchée supplémentaire qu'il a dû effectuer était indigne d'intérêt, un gaspillage de discussion, de détails à évaluer.

L'homme ne parle pas kitan, ils se servent d'un interprète, le même qu'avant. Dès le début, dès le premier regard, avant les premières paroles, le malaise de Chao quant à la mission s'est approfondi. Cet homme est trop dur, trop assuré. Ce n'est pas un suppliant demandant de l'aide pour libérer sa tribu du joug xiaolu qui pèse lourdement sur la steppe. Il est impatient, confiant, intelligent. Chao a conscience d'être jaugé tout autant qu'il évalue de son côté ce qu'il peut du chef des Altaï.

Il n'a que son neveu avec lui dans la yourte.

Wan'yen s'assied en face de l'interprète. Une femme, une Jeni (elles sont plus plaisantes que Chao ne l'aurait cru) sert du *kumiss* à mesure qu'on vide les coupes. Chao boit avec lenteur, en ignorant la vitesse à laquelle l'autre vide la sienne.

C'est une négociation, et non un élégant dîner. Il a le droit de manifester de la retenue. Il a le sentiment que c'est ce qui convient. En l'occurrence, cela semble importer peu. La proposition de Wan'yen arrive immédiatement, directe, sans hésitation. Impatient, pense de nouveau Chao.

On offre quatre des Quatorze Préfectures aux Kitans. Pas les plus importantes, au nord de Hanjin, mais dans l'ouest, au-dessus de ce qui reste de Xinan – et ce seulement si la Kitai capture la Capitale xiaolue du sud et la donne aux Altaï. C'est la première condition. La seconde est de se rendre au nord-ouest à partir de là et de prendre la Capitale Centrale, ensemble. Si l'on accomplit cela, quatre préfectures seront restituées à la Kitai.

Toute la soie et tout l'argent expédiés au printemps et en automne continueront de l'être – aux Altaï.

Le kaghan altaï, Yan'po, sera nommé Empereur des Altaï quand tombera la Capitale Centrale. Il ne sera pas appelé "neveu de l'Empereur". Il sera le frère cadet d'un frère aîné.

Lu Chao ne s'attendait pas à ce que cet homme ait conscience des symboles diplomatiques. Il effectue rapidement des ajustements intérieurs.

Si l'on peut s'entendre sur tout cela, traduit l'interprète, nous communiquerons par la mer et arrangerons que nos cavaliers rejoignent votre armée devant la Capitale Méridionale au printemps prochain.

Peut-on s'entendre là-dessus ?

Le chef de guerre boit. Impossible de déchiffrer son regard au-delà de ce qu'il y laisse percevoir – une ferme et totale assurance. Comment un cavalier né où l'a été cet homme peut-il être aussi sûr de lui ? Qu'est-ce que cela dit de sa tribu ?

Avec précaution, Lu Chao déclare de sa voix la plus grave : « Non, on ne peut s'entendre là-dessus. Dites-le à votre kaghan ou réglez le problème vous-même. Nous n'allons pas vagabonder dans l'herbe pour aider une tribu à en vaincre une autre. La Kitai voit des tribus s'élever et tomber dans les steppes depuis mille ans et plus. Nous sommes toujours là. »

Il s'interrompt pour laisser l'interprète le rattraper.

Wan'yen rit. Il *rit*.

Il boit de nouveau, s'essuie la bouche. Il parle avec un amusement évident. L'interprète traduit : « Que sont vos dynasties, vos royaumes et vos rébellions, sinon des tribus qui s'élèvent et tombent ? Où est la différence ? »

Cette question est une disgrâce, et de l'ignorance. Chao a soudain le désir de citer un poème. Sima Zian, Han Chung, son propre frère, *lui-même,* et dire que c'est *cela* la différence, espèce de barbare plein de *kumiss*. Il a envie de parler de la porcelaine de Shantong, des pivoines de Yenling, des parcs et des jardins de Hanjin, de la *musique*.

Il a envie d'être chez lui.

Il prend une inspiration, en conservant un visage sans expression. Il dit avec lenteur : « Peut-être, un jour, viendrez-vous chez nous en tant qu'invité et apprendrez-vous la réponse à votre question. »

L'interprète traduit et Chao pense voir passer quelque chose sur le visage du chef de guerre. L'homme boit de nouveau. Hausse les épaules. Énonce un seul mot.

« Peut-être », traduit l'interprète.

Lu Chao réfléchit rapidement. « Avez-vous l'autorité pour amender vos termes? demande-t-il. Ou devez-vous retourner à votre kaghan? Je n'attendrai pas aussi longtemps. Si vous devez y retourner, un autre homme vous rencontrera, peut-être à la fin de l'été. »

Il attend, laisse l'interprète terminer. « Mais pour l'aide de nos armées, pour les présents à votre tribu quand elle se déclare un empire, pour nos conseils dans cette difficile transformation, nous requérons les Quatorze Préfectures. »

Il s'interrompt, jette un os, même si c'est plus qu'il ne peut offrir: « Et nous pouvons effectivement discuter quel statut et degré de parenté votre empereur aura en Kitai. L'Empereur Wenzong est connu pour sa générosité. »

Le regard du chef de guerre croise le sien. S'il se conduisait vraiment en femme, songe Lu Chao, il détournerait les yeux maintenant. Mais il y a des moments où cette analogie ne s'applique plus aussi bien. Il *est* la Kitai, assis dans cette yourte, il est un empire de plus de mille ans et il ne doit pas perdre la face devant un cavalier de la steppe qui n'a rien eu derrière lui pendant tout ce temps que de l'herbe et des troupeaux.

Parfois, on doit changer de rôle en plein milieu d'une rencontre.

Le chef de guerre se lève d'un geste vif. Lu Chao reste où il est, jambes croisées en tailleur, sa coupe près de lui, son neveu silencieux juste derrière lui. Il se permet un sourire, en arquant les sourcils. Wan'yen prend la parole, avec dans la voix la première note de déconfiture de la soirée. Chao attend.

« Le chef de guerre, dit l'interprète, va parler avec le kaghan et avec son frère. Il ne se peut pas que nous rendions autant de territoire. Vous l'avez perdu il y a longtemps. Le temps ne revient pas en arrière. Ce n'est pas ainsi que le Seigneur Céleste a créé le monde. Peut-être cinq préfectures.

Peut-être six des quatorze. Les frères vont parler au kaghan. Nous vous envoyons des cavaliers avant la fin de l'été.

— Des cavaliers ? Plus loin que la Capitale Méridionale ? »

Wan'yen secoue la tête, de nouveau amusé, lorsque la question est traduite.

« Le chef de guerre dit qu'il est facile pour des Altaï de passer à travers les gardes xiaolus et de venir vous trouver. Il dit que la plaine au nord de Hanjin est grande ouverte à des cavaliers. »

Il y a un message là-dedans, songe Lu Chao.

Il se lève. Il y a du pouvoir dans le fait d'être assis, mais pas si l'on doit se tordre le cou pour regarder son interlocuteur. « La plaine est ouverte aussi vers le nord, murmure-t-il. Curieux comment sont les choses, n'est-ce pas ? »

Un moment, la traduction, puis le chef de guerre se met à rire. Ensuite, il sourit. Il parle. Le traducteur traduit : « L'estimé Wan'yen dit que l'émissaire est un homme bien, un homme amusant. Il mangera et boira avec vous ce soir, il ira au kaghan demain. Il dit aussi que les Altaï détruiront les Xiaolus, avec la Kitai ou sans la Kitai. On a prédit que cela arrivera. »

Lu Chao s'incline. Il est l'empire, et l'empire n'est rien sinon civilisé. Son neveu l'imite. Ils sortent de la yourte dans la vaste matinée des plaines herbeuses qui s'étendent dans toutes les directions, troublantes, comme infinies.

Plus tard, ils boivent et mangent. La nuit, Lu Chao fait l'amour à une Jeni. Une fois qu'elle est repartie à sa demande, il reste éveillé, en réfléchissant de son mieux après trop de *kumiss*. Il aura le temps de prendre tout cela en considération pendant la chevauchée vers l'est, sur le bateau qui se rendra dans le sud, avant d'être introduit en présence de l'Empereur sur son Trône du Dragon, à Hanjin.

Il sait déjà ce qu'il dira.

Il a passé sa vie à dire ce qu'il pense être la vérité. A été exilé pour cette raison, trois fois, a failli être exécuté plus d'une fois.

Cela peut arriver, même dans un empire civilisé.

CHAPITRE 14

La deuxième personne à apprendre les détails de ce qui s'était déroulé dans la steppe fut le commandant de cinq mille hommes le plus récemment nommé à ce poste, Ren Daiyan. Ce n'était pas un accident. Il s'était rendu dans le nord-ouest peu après son transfert dans l'armée, et collectait ce qu'il pouvait d'informations sur la ville marchande de Shuquian après avoir discrètement traversé le Fleuve Doré pour pénétrer dans les territoires des Xiaolus.

C'était troublant, étrange, de se retrouver dans l'une des Quatorze Préfectures, dans les rivières et les montagnes de la nostalgie.

Shuquian, non loin du fleuve, avait été une ville importante sous la Deuxième Dynastie. Les familles qui avaient fondé et dominé la Kitai autrefois avaient toutes été originaires du nord.

Elle était très diminuée à présent et marquait une frontière de l'empire. Le fleuve constituait ici la frontière avec les Xiaolus. L'une des préfectures perdues se trouvait sur l'autre rive, irriguée par ses eaux, gouvernée par les barbares.

Sa traversée n'était pas particulièrement difficile, et presque tous ceux qui vivaient dans les terres barbares étaient des fermiers kitans. Gouvernés depuis la steppe et payant des impôts au nord, mais des Kitans. Daiyan pouvait donc passer inaperçu parmi eux, une fois qu'il avait natté ses cheveux dans le style auquel on contraignait tous les Kitans du lieu.

Il était seul. Ziji était resté sur ses ordres à Shuquian, mécontent, afin de couvrir ce qu'il faisait et où il allait : pour tout le monde, le commandant Ren explorait les alentours de la ville.

En réalité, il était en train de rompre un traité : un soldat kitan pris en territoire xiaolu était passible de mort et les accusations des diplomates se trouvaient transmises à Hanjin. Mais il était bel et bien un soldat désormais, et si leur armée devait aller combattre les Xiaolus l'année suivante, il importerait d'avoir des informations.

On allait et venait tout le temps, à la frontière, discrètement. Si l'un ou l'autre gouvernement haussait les tarifs ou établissait de nouveaux monopoles, cela augmentait seulement les bénéfices – ou la probabilité — de la contrebande. Les risques en valaient alors la peine. L'une des réalités de la vie frontalière, c'était le transport illégal de thé, de sel ou de produits médicinaux vers le nord : on traversait le fleuve par une nuit sans lune à un endroit désigné et on rapportait de l'ambre, des fourrures ou simplement de l'argent. L'argent, c'était toujours bon.

On pouvait être emprisonné, battu ou exécuté comme contrebandier si l'on était pris à revenir du côté kitan aussi, quoique ce sort ne s'appliquât sans doute pas à un commandant – s'il pouvait prouver à temps son identité.

Cette nuit-là, Ren Daiyan se cachait dans une petite grange après une semaine passée au nord du fleuve. Il était enduit d'un onguent à l'odeur répugnante, visage, mains, chevilles, une protection contre les insectes voraces de l'été nordique. L'homme qui le lui avait vendu prétendait que c'était souverain contre les insectes nocturnes.

Il avait menti, avait conclu Daiyan. Cet homme méritait une fin horrible et sauvage, idéalement piqué à mort par les moustiques. Daiyan avait continué à se servir de l'onguent, faute de mieux. Il jurait souvent mais à voix basse.

Les deux buffles d'eau et les trois chèvres qui résidaient dans la grange étaient au courant de sa présence. Pas le fermier. Il n'y avait pas de chien ou il aurait sans doute dû l'abattre. La grange était très chaude par cette nuit d'été, et elle puait. Mais il avait entendu des tigres dans l'obscurité, et il n'allait pas dormir dehors.

Il n'avait que deux craintes, ou n'en admettait que deux. L'une, datant de son enfance, était d'être enterré vivant. Il n'aurait jamais pu devenir un pilleur de tombes, et cela n'avait rien à voir avec des fantômes ou des protections magiques placées là. L'autre crainte, c'étaient les tigres, même s'il ne les avait pas craints étant enfant. On apprenait à être prudent, au Szechen. Il y avait des morts, humains ou bétail, mais la plupart du temps, c'était dû à l'imprudence. Ce n'était qu'après être parti et avoir vécu à ciel ouvert pendant des années qu'il avait rencontré des tigres. Il en avait tué un avec son arc, dans le marais et ses alentours. Un autre à l'épée, quand la créature l'avait surpris et avait été trop proche pour une flèche. Il ne pouvait se rappeler avoir été aussi terrifié avant ou depuis. Ce rugissement qui semblait vouloir engloutir le monde, alors que la bête bondissait dans un crépuscule illuminé par une moitié de lune, il l'entendait encore, après toutes ces années.

On l'avait acclamé pour son coup d'épée dans la mâchoire béante de ce tigre. Il portait une cicatrice à la poitrine, après cette rencontre. S'il ne s'était pas dérobé tout en frappant, il aurait péri. L'acte était devenu légendaire parmi les hors-la-loi, à l'époque où Daiyan les avait quittés. Il l'avait permis, mais il savait la vérité – à quel point il avait eu de la chance. À quel point son existence avait failli prendre fin cette nuit-là, gaspillée, ordinaire.

Les Kitans, en général, détestaient les loups plus que toute autre bête sauvage. Mais Daiyan aurait affronté une meute hivernale de loups affamés plutôt qu'un tigre, n'importe quand. En conséquence, il se trouvait dans une grange bouillante et puante cette nuit, au lieu de chercher sous la lune un peu d'air frais sur une hauteur.

Il aurait aimé boire quelque chose. Il n'avait rien. Avait fini sa gourde de *kumiss*. Cette grange était mal bâtie, des fentes entre les planches et dans le toit. Elle devait horriblement prendre l'eau quand il pleuvait. La lune était brillante à travers ces fentes, ce qui rendait le sommeil difficile. Elle rendrait aussi un peu délicate la traversée du fleuve, la nuit suivante, mais il savait où passer, maintenant : les contrebandiers laissaient des barques dissimulées sur chaque rive. Il n'était pas inquiet.

Il donna une claque à ce qui lui piquait le front tel un outil de menuisier. Sa main lui revint ensanglantée, une couleur bizarre dans les rayons de lune. Il songea à son lit au *yamen* du magistrat en chef, à Hanjin, aux bons vins offerts par Wang Fuyin, à tout ce qu'on pouvait trouver à manger dans les rues de la capitale.

Il écarta ces pensées. Il y avait davantage pour le harceler, dans ses souvenirs de Hanjin, que des images de lit moelleux ou de la nourriture vendue dans la rue.

Il avait quitté la capitale peu après la cérémonie au cours de laquelle il s'était agenouillé devant l'Empereur et avait reçu la reconnaissance officielle : le don d'une demeure en ville, avec des serviteurs, de l'argent et le rang qu'il occupait désormais dans l'armée kitane.

Cette matinée au palais avait été turbulente et inconfortable : le Premier Ministre Hang Dejin avait démissionné la nuit précédente. La cérémonie pour Daiyan avait été brève. Il l'avait passée à imaginer son père et sa mère dans l'assistance, ou même seulement l'apprenant. Il pouvait presque entendre le battement sonore de leur cœur, voir leur expression. On portait des enfants pour en être fier, avec de la chance, et peut-être pour la sécurité de son vieil âge.

Il avait de l'argent, à présent, il pouvait leur envoyer de l'aide, comme il convenait. Il pouvait en aider d'autres, aussi. Il pouvait même se marier. Il y avait pensé brièvement, avoir un fils. Mais il s'était alors arrangé pour être posté dans l'ouest, à Yenling, puis, de là, à Xinan.

Il était un soldat. Il y était parvenu, en fin de compte. Un officier de haut grade, et il savait quel était le but de son existence sous le ciel. Tout le reste était une distraction.

Ziji l'avait suivi dans l'ouest, évidemment, ainsi que l'un des hommes qui avaient quitté le marais avec eux. Les autres avaient choisi de rester avec le magistrat. Leur vie leur appartenait, et Hanjin valait mieux que l'armée ou que suivre Daiyan dans son périple, et garder Wang Fuyin constituait une existence bien plus tranquille. Si l'on adoptait le point de vue du bon sens, c'étaient Ziji et l'homme qui était resté avec eux les imbéciles.

Daiyan songea à Hanjin et à ce qui s'y trouvait. À qui s'y trouvait. Il était devenu habile à se forcer à penser à autre chose. Il le fit en cet instant.

Les rayons de lune se mouvaient à mesure que la lune montait, trouvant de nouveaux angles pour se glisser dans la grange délabrée, baignant d'argent la paille et les bêtes. Il y avait tant de poèmes sur la lune. Le grand Sima Zian lui-même, disait-on, s'était noyé dans un ruisseau en essayant d'étreindre le reflet de la lune tel un amant, après toute une vie passée à écrire à son sujet.

Ce n'était sans doute pas vrai. Quand on devient célèbre, les légendes s'accumulent. Cela arrivait même à une échelle mineure. Il en avait entendu une, assis dans une auberge, inaperçu, sur le hors-la-loi Ren Daiyan : un chasseur de tigres, il en avait tué deux douzaines, la plupart avec un simple poignard.

Le monde aime ses histoires.

Il songeait aux histoires qu'il avait entendues pendant la semaine, au cours de ses vagabondages parmi les villages, alors qu'il prétendait être un contrebandier amateur cherchant à échanger de l'ambre, plus tard dans l'été, contre du sang de tigre en poudre. Le sang de tigre était une cure, en Kitai et dans le nord, pour à peu près tout. Sujet à un strict monopole gouvernemental, et très, très coûteux, car tuer des tigres pour leur sang n'était pas une façon très ingénieuse de se nourrir.

Il avait entendu bien des récits en buvant avec des partenaires potentiels. Une des histoires, contée à plusieurs reprises, n'était ni plaisante ni rassurante. La tribu du nord en rébellion – on les appelait les Altaï – avait déjà pris la Capitale Orientale des Xiaolus, s'il fallait en croire les villageois de la frontière. Il y avait beaucoup d'agitation, même ici. Eh bien, ça s'imposait, si c'était la vérité. Cette capture avait eu lieu avec une déconcertante rapidité. Les garnisons xiaolues assignées au maintien de la paix parmi les utiles fermiers kitans se hérissaient d'inquiétude. On pouvait les rappeler au combat dans le nord, songeait Daiyan dans sa grange nocturne tout en donnant de grandes claques à ce qui le mordait.

Cela pouvait créer des occasions intéressantes. Non qu'il eût le rang ou l'ordre de mission d'y voir, pas encore. Son problème était simple et inévitable : si la guerre éclatait l'été suivant, comme en courait maintenant partout la rumeur, la Kitai exploiterait les événements de la steppe, et cette guerre allait arriver trop tôt pour qu'il fasse ce qui devait être fait. Il devrait monter en grade trop rapidement pour une armée qui ne bougeait pas vite. Même être ici à rassembler de l'information… Pourquoi était-il le seul officier en Kitai qui semblât en ressentir le besoin et prêt à en risquer les conséquences ?

Il le savait. Ce n'était pas compliqué. Erighaya s'expliquait de la même manière, ou la perte des Quatorze Préfectures, pour commencer, puis le fait qu'on ne les avait pas reprises.

La Kitai craignait son armée bien plus même qu'elle ne s'appuyait sur elle.

On ne peut édifier – ou défendre – un empire captif d'une telle dualité. Et Daiyan ne pouvait apparaître trop pressé ou trop ambitieux, ou il se créerait des ennemis dans l'armée aussi bien qu'à la cour.

Il décida de voir combien de temps il pourrait rester sans donner de claques. Il entendait le bruit régulier de la queue des buffles et leurs protestations sourdes et misérables. Ils étaient dévorés vivants. Ils avaient des queues, eux, au moins.

Les nouvelles de la Capitale Orientale des Xiaolus le déroutaient. Comme les autres cités xiaolues, elle avait des murailles, des fortifications, des garnisons. La seule manière dont il pouvait appréhender un tel événement – une petite tribu du nord-est s'emparant d'une ville majeure –, c'était de tenir pour acquis que d'autres tribus s'étaient alliées à elle *et* que les soldats de la ville avaient choisi de se rendre, voire de rejoindre les rebelles.

Il ignorait ce qu'il en était, mais voilà tout ce qu'il pouvait trouver comme explication. Il y avait des récits contradictoires quant à l'endroit où se trouvait présentement l'Empereur des Xiaolus. Il rassemblait ses forces, il avait fui dans l'ouest, il était plongé dans une stupeur d'ivrogne, il était mort…

Daiyan aurait aimé parler avec un soldat, avait pensé en capturer un et l'interroger là où ils n'auraient pas été dérangés, mais cela impliquait tant de danger, outre les risques inhérents à sa présence dans les lieux, qu'il avait écarté cette idée.

D'ailleurs, il était peu vraisemblable qu'un soldat posté aussi loin des événements en sût davantage que des rumeurs, et celles-là, Daiyan les connaissait déjà.

Il lança une claque, avec un juron. Il n'avait pas duré longtemps, hein?

Un bruit dehors. Il s'immobilisa.

Pas un rugissement ni un grondement. Les bêtes de la grange l'auraient informé de l'approche d'un tigre. Non, c'était ce que l'on doit craindre d'autre, la nuit, quand on se trouve là où l'on n'est pas censé se trouver.

Il se leva en silence, s'écarta du rayon de lune oblique. Dégaina son épée courte, sa seule arme avec son poignard. On ne pouvait se promener avec un arc et des flèches en territoire xiaolu en prétendant être un contrebandier.

Il y avait trop de lumière. Et pas de porte à l'arrière de la grange, mais il avait fait jouer davantage un bardeau mal cloué, quand il était arrivé. Il pouvait se glisser par là. Il s'avança, plaça un œil contre une fente du mur.

C'était un cheval qu'il avait entendu. Et maintenant, il voyait des torches. Quatre, peut-être cinq cavaliers, et si les nouveaux arrivants étaient un tant soit peu compétents, il devait y en avoir déjà un ou deux qui surveillaient l'arrière de la grange. Quoique, puisqu'il les avait entendus, ils n'étaient peut-être pas si compétents.

Mais s'il y avait des hommes à l'arrière, se glisser par là le laisserait à découvert sous la lune. Pas de cette manière qu'il voulait être capturé ou mourir.

Il se demanda distraitement qui l'avait dénoncé. Pas important. Les temps étaient dangereux. Un étranger, pas l'un des contrebandiers habituels, qui arrive dans un village, qui pose des questions, même désinvoltes, en buvant du *kumiss* dans un estaminet… Ça pourrait valoir qu'on en parle à la garnison, qu'on se gagne quelque faveur là en prévision de temps encore plus durs à l'avenir.

Il se permit un moment d'amertume – des Kitans dénonçant un autre Kitan – mais un moment seulement. Ils vivaient là, c'était la réalité de leur existence, et ce n'était pas comme si l'Empereur, à Hanjin, avait fait le moindre effort pour les réclamer comme siens, malgré tous les poèmes et toutes les chansons. Non, pas cet empereur, pas son père ni le père de son père, en remontant jusqu'au traité qui avait abandonné ces gens tels des objets à négocier. Ils ne devaient rien à Daiyan. S'il était capturé ou tué, quelqu'un pourrait toucher une récompense, les enfants de quelqu'un pourraient manger cet hiver, et survivre.

Les cavaliers étaient au nombre de quatre. Ren Daiyan lui-même ne dit jamais qu'il y en avait eu davantage. Il ne confia les détails à personne d'autre que Ziji, de fait – il n'avait absolument pas été censé se trouver au nord du fleuve, après tout. Mais le fermier dans la grange duquel il avait prévu de passer la nuit en évitant des tigres était un Kitan, bien sûr. Ce fermier ne l'avait pas dénoncé. Il se trouvait être un de ceux qui aspiraient à être secourus et sauvés par son véritable empereur, même si sa famille vivait là depuis des générations, qu'il n'avait jamais connu rien d'autre que les Xiaolus, et qu'il ne pouvait dire, non plus, qu'ils avaient été d'une dureté féroce.

Il vit ce qui se passa près de sa grange. Il en parla ensuite. En vérité, il en parla toute sa vie, et l'histoire se répandit, à la lumière des événements subséquents.

La version la plus courante était que douze soldats de la garnison s'en étaient venus capturer ou abattre un seul homme, mais cet homme était Ren Daiyan, alors seulement commandant de cinq mille hommes, qui venait d'être posté là plus tôt au printemps.

Ils savaient qu'il était là, de toute évidence.

Il y avait donc trois manières de procéder. Il pouvait attendre, épée prête, juste derrière les portes, abattre le premier homme qui entrerait, puis le dépasser en bondissant à côté ou par-dessus, et en tuer un ou idéalement deux autres sans leur laisser le temps de réagir.

Ils étaient peut-être cinq, avec un autre posté à l'arrière de la grange, mais sans doute pas. Ils devaient vouloir rester groupés. Personne n'aurait eu envie de rester isolé de l'autre côté, et les granges, ici, n'avaient pas de portes à l'arrière.

Ou encore, il pouvait sortir avant qu'ils soient prêts, éviter d'être pris au piège à l'intérieur. Ils avaient des torches. Ils essaieraient peut-être de l'enfumer. Des cavaliers xiaolus ne se gêneraient pas pour mettre le feu à une grange de fermier kitan. Il n'avait pas envie d'être pris au piège dans une grange en flammes. Ils ne le feraient sûrement que s'ils devaient le forcer à sortir, ils le voudraient vivant pour l'interroger. C'est ainsi qu'il aurait agi, mais il ne savait pas encore grand-chose des Xiaolus – pas encore. Et de toute façon, on mourait sous la question, d'ordinaire.

Il était calme mais aussi irrité. On était censé basculer dans la spiritualité à de tels moments – au bord du trépas, les portes qu'on allait peut-être franchir. Il avait connu plusieurs de ces moments. La colère était d'un plus grand secours.

Trop tôt pour mourir. Trop à faire. Il choisit la troisième option. Il se dirigea à pas vifs vers le fond de la grange et le bardeau relâché. Il poussa sa petite sacoche à travers le trou, écouta s'il y avait une réaction. Non. Il écarta davantage le bardeau et passa de côté, le bras qui tenait l'épée en premier, puis le reste. Une écharde lui entra dans le bras, l'écorcha, faisant jaillir du sang.

Une blessure. Il était possible d'en être amusé.

Il était dehors, sous la lune. Une demi-lune, à l'ouest à présent, pas brillante mais encore trop. Il se déplaça rapidement, laissa la sacoche sur place et s'écarta de la grange en effectuant une grande boucle dans la direction opposée. Il s'agenouilla après avoir dépassé l'abri des murs de la grange et rampa, un talent qui s'apprenait, sur une bonne distance.

Il pouvait continuer. Peut-être ne le découvriraient-ils pas.

Mais probablement que si. Il était à pied; ils avaient des montures et enverraient chercher d'autres soldats et des chiens. Ils sauraient qu'il y avait eu quelqu'un dans la grange dès qu'ils ouvriraient la porte. Il était trop loin de la rivière pour simplement partir à la course, et il y aurait des gardes là-bas, évidemment, qui seraient mis en alerte par un cavalier envoyé au-devant de lui. Il lui fallait un cheval.

Et, honnêtement, il n'avait pas envie de s'enfuir devant quatre cavaliers xiaolus.

C'était sa toute première rencontre avec des Xiaolus. Sa dernière peut-être, mais ce pourrait être en cette nuit, d'une manière très réelle, le début de ce à quoi il s'était préparé depuis une forêt de bambous près de Shengdu. Ou depuis qu'il était entré dans une autre forêt aux environs de son village, en laissant des cadavres derrière lui, pour devenir un hors-la-loi et apprendre des façons de tuer.

Deux cavaliers avaient mis pied à terre, torche en main, et s'approchaient de la grange. Deux, de manière prévisible, demeuraient près de leurs chevaux, à peu de distance, avec leur arc prêt, pour couvrir les deux autres. On peut anticiper comment les hommes se comportent, au combat. Parfois de manière intelligente, plus souvent de la manière habituelle.

Daiyan continua à progresser à plat ventre. Il se dressa, tel un fantôme, un agent de la mort, derrière le cavalier le plus proche. L'homme se tenait dans l'obscurité, c'étaient les soldats à pied qui avaient les torches. Le cheval était bien entraîné, peut-être mieux que son cavalier en poste au milieu des fermes de dociles fermiers kitans.

L'homme mourut en silence. Une course, un bond, le poignard sur la gorge, qui tranche. Le cheval, comme Daiyan l'avait deviné, bougea à peine et ne broncha pas à la mort de son cavalier. Daiyan se laissa glisser à terre, en tenant le soldat, pour l'étendre sans bruit dans l'herbe brûlée par l'été.

Les deux soldats à pieds étaient arrivés aux portes de la grange. Ils essayaient de déterminer comment tenir torches et épées tout en ouvrant. Finalement, ils enfoncèrent les torches dans le sol et défirent ensemble le verrou de la porte. Ils essayaient d'être discrets, mais le métal gémit et grinça. Le temps de libérer le verrou, le deuxième cavalier était mort aussi, également sans un bruit.

Daiyan lui prit arc et carquois, et enfourcha son cheval. Il s'était fait un devoir de manier les arcs de la steppe, d'apprendre à s'en servir. Ils étaient plus petits, afin d'être utilisés en selle, et les flèches étaient plus courtes aussi. On pouvait s'ajuster. Ce n'était qu'une affaire d'entraînement. Comme presque tout. Il abattit le premier des hommes à pied près de la porte de la grange. Facile, dans la lumière des torches.

L'autre homme se retourna, Daiyan vit son expression de choc horrifié. Un jeune visage. Il lui décocha sa flèche dans l'œil. Une flèche au visage était une sorte de message.

Il se demanda si quelqu'un d'autre observait. Le fermier pouvait avoir entendu les cavaliers approcher. Il décida que c'était sans importance. Il n'allait pas tuer ce fermier. Il alla chercher l'autre cheval, en prenant la longe longue qu'avaient toujours avec eux les Xiaolus pour l'attacher à celui qu'il montait. Il devait aller vite, à présent, deux chevaux, cela valait mieux. Il se rendit jusqu'à la grange et reprit sa sacoche près du bardeau décloué. Revint à l'avant, d'un pas alerte mais sans se hâter – il y avait une différence – et ramassa le deuxième carquois. Éteignit les torches. Se mit en route en direction du sud. C'était bon de tenir de nouveau un arc.

C'était bien aussi d'avoir commencé ici. Il avait réellement le sentiment que c'était ce qui venait d'arriver. La simple affaire de quelques moments.

Il arracha l'écharde de son bras. Donna une claque à un insecte. Et chevaucha vers le fleuve sous la lune que tant de poètes ont aimée.

Ziji n'était pas censé être là, à une longue journée de cheval au nord de Shuquian. Il savait aussi que c'était la bonne décision, quoi que pût dire Daiyan.

Les patrouilles contre les contrebandiers étaient plus actives en été, parce que les contrebandiers l'étaient. Il ne pouvait rien pour la rive nord, mais son rang était suffisant pour ordonner à ses hommes de patrouiller une partie de la rive de leur côté – celle qui était le meilleur endroit où essayer de traverser, leur avait-on dit.

On pouvait traverser à peu près en ligne droite nord-sud. Le fleuve était paresseux à cet endroit, plus bas en été, alourdi par les sédiments de lœss qui lui donnaient sa couleur et son nom. Les rives abruptes à l'est et à l'ouest étaient plus douces ici où le fleuve s'élargissait en ralentissant. Plus loin à l'est, les inondations de vase constituaient un danger constant, malgré toutes les digues et les barrières édifiées par la Kitai des deux côtés au cours des siècles (au temps où elle les contrôlait tous deux).

Un bon nageur était à même de passer ici, même si l'on disait que des créatures tapies dans les eaux boueuses pouvaient vous tuer. Les chevaux pouvaient nager en portant leur cavalier et l'avaient fait en temps de guerre. Mais les petites barques poussées à la perche, ou les radeaux recouverts de peaux de bœuf et tirés par des chevaux, ou des chameaux dans l'ouest, avait-il entendu dire, étaient encore le meilleur moyen.

Le fleuve délimitait la frontière, ici. Pas à l'est ni à l'ouest. À l'est, vers Yenling et la capitale, il s'incurvait vers le sud, presque jusqu'à Hanjin, ses deux rives appartenaient à la Kitai, avec la frontière à mi-chemin de la Grande Muraille. À l'ouest, où il prenait sa source, son cours était disputé entre Kitans et Kislik.

Mais c'était une autre sorte de mensonge, pour Ziji. Le fleuve était perdu et non disputé. Cédé par traité aux Kislik, encore, avec l'accès aux contrées lointaines que les Routes de la Soie avaient autrefois offertes. Il se demandait à quoi ressemblait maintenant la Forteresse de la Porte de Jade. Elle avait autrefois été la porte des trésors du monde.

Pensées vagabondes par une nuit d'été. Sa deuxième nuit là. L'excuse avait été assez facile à trouver : il entraînait ses hommes, et guetter les contrebandiers était relativement sans danger. La supercherie consistait à prétendre que le commandait Ren Daiyan se trouvait avec eux, les dirigeait. Au lieu d'être la raison pour laquelle Ziji était là, attentif et inquiet sous la lune. Daiyan n'était pas encore en retard, mais s'il n'arrivait pas cette nuit, il le serait.

Ils avaient une bonne compagnie de soldats, malgré leur nombre insuffisant, pas vraiment les cinq mille indiqués. La plupart remplissaient deux baraquements, l'un près des murailles en ruines de Xinan, l'autre à mi-chemin de Shuquian. Ceux qu'ils avaient emmenés dans le nord étaient un groupe d'hommes choisis, et il avait confiance en eux. Daiyan était habile à évaluer les hommes et à se les attacher, et Ziji savait y être également compétent. Inutile d'ignorer ce à quoi on est *bon*, avait dit autrefois un des officiers de Ziji, si l'on est terriblement mauvais pour à peu près tout. L'homme avait eu l'intention d'être cinglant et ironique, mais Ziji l'avait entendu autrement. Il en avait fait son propre code avec les hommes qu'il avait commandés, dans le marais, dans la garde du magistrat en chef et ici.

Il surveillait les bas-fonds près de la rive, poussant sa petite monture vers l'est puis revenant sur ses pas. Le cheval n'était pas jeune, et pas spécialement un bon cheval. On n'avait jamais assez de bons chevaux. Encore autre chose qu'on avait perdu en perdant le pouvoir sur la steppe. Autrefois, cette partie de la rivière avait été, à chaque printemps, le théâtre d'une énorme foire aux chevaux, alors que les gens de la steppe, auxquels on laissait – avec précaution – franchir la Muraille –, leur payaient tribut, *à eux*.

Maintenant, on achetait des chevaux, le nombre limité de bêtes permis par les Xiaolus, ou à ce qui restait du Tagur, dans l'ouest. La Kitai n'avait jamais possédé suffisamment de bonnes terres de pâturages, et maintenant il ne lui en restait presque pas.

Ziji n'était pas un cavalier expert. Peu d'entre eux l'étaient. Pas assez de chevaux, pas assez de possibilités de s'améliorer, même dans l'armée. Quand on combattait les barbares, ce ne pouvait être une guerre de cavalerie, on y était massacré. On gagnait, quand on gagnait, avec des fantassins en nombres massifs, sur des terrains qui rendaient difficile la tâche des chevaux, et avec un avantage en armement.

Si on se souvenait d'apporter l'armement.

La lune était mi-pleine, cette nuit, mais il ne voyait rien sur le fleuve. Pour des raisons évidentes, les contrebandiers ont tendance à préférer les nuits noires. On avait bien fait comprendre aux soldats que les monopoles gouvernementaux et leurs tarifs payaient *leur* entretien : nourriture, logement, habits, armement. *La contrebande cause du tort à l'armée*, c'était le message qu'on serinait. La plupart des soldats ne le croyaient pas, Ziji avait fini par en prendre conscience. Il ne le croyait pas entièrement lui-même, mais l'Empereur devait de toute évidence trouver un moyen de payer pour ses soldats.

Quand même, il pouvait être difficile de voir comment leurs épées et le vin et la nourriture de leurs baraquements étaient liés à l'arrestation de quelques hommes assez braves pour traverser le fleuve, avoir affaire aux bêtes dans le noir et aux gardes xiaolus de l'autre côté. Vraisemblablement, quiconque viendrait de là serait un Kitan. On s'était accordé par traité à arrêter les contrebandiers, mais, de l'avis de Ziji, aucun soldat n'y était très enthousiaste.

Ils écoutaient plutôt les bêtes, surtout les hommes qui patrouillaient à pied. Les tigres attaquaient rarement les cavaliers. Ziji avait pensé donner l'exemple, un officier en patrouille à pied, mais il était là pour une raison et devrait peut-être couvrir rapidement de la distance – ou aussi rapidement que le pourrait la créature poussive qu'il montait. Le petit cheval avait une bonne disposition, il devait le lui accorder, mais ils auraient eu beaucoup de mal à gagner une course avec un âne bien décidé.

Il entendit un martèlement de sabots, derrière lui, au sud. Pas de renforcements prévus pour la nuit. Il se retourna, déconcerté mais non inquiet.

« Au rapport pour la patrouille du fleuve, commandant Zhao ! » dit une voix haut perchée avec un accent et une diction de paysan.

Il jura : « Va te faire foutre, Daiyan ! Comment es-tu passé derrière nous ?

— Tu plaisantes ? De gros bœufs pourraient traverser à la nage et passer derrière vous », répliqua Daiyan en reprenant sa propre voix. « Je pensais que vous pourriez bien me suivre au nord.

— Tu vas me punir pour avoir désobéi à un ordre ?

— Ce n'était pas tout à fait un ordre. Je ne voulais pas avoir à te punir quand tu désobéirais. Combien d'hommes ?

— J'en ai amené vingt-cinq de Shuquian, dix ici la nuit dernière et cette nuit. » Daiyan montait une belle bête, avec une autre attachée derrière. « Tu les as volés ? »

Daiyan se mit à rire : « Je les ai gagnés dans un concours de beuverie. »

Ziji l'ignora : « Et les cavaliers ? »

Daiyan hésita : « Je te raconterai plus tard. »

Ce qui lui en disait assez. « Tu as appris quelque chose ?

— Un peu. Plus tard. Ziji, il va sûrement y avoir des ennuis. Nous ne voulons pas être dans les environs.

— Tu veux dire que ces deux chevaux ne le veulent pas ?

— Oui. Mais nos soldats aussi.

— Ça fait partie du "plus tard" ? »

Daiyan sourit dans la nuit argentée. Il était encore mouillé. Avait traversé le fleuve sur son cheval, apparemment. « Oui. Que dois-je savoir ? Comment as-tu expliqué votre présence ici au commandant, à Shuquian ? »

Ziji haussa les épaules : « Tu es un bon commandant, tu veux qu'on comprenne la frontière. Ça allait.

— Tu deviens un meilleur menteur.

— Le "bon commandant", tu veux dire ? »

Daiyan rit de nouveau : « Autre chose que je dois savoir ? »

Ziji était heureux et fâché en même temps. Cela arrivait souvent avec Daiyan. Il lui semblait parfois être le père de celui-ci. Le sentiment qu'on éprouve lorsqu'un enfant manquant réapparaît sain et sauf : soulagement et colère mêlés.

« Un imbécile est en train de se promener dans les alentours, à l'ouest d'ici. Il va falloir le déplacer si tu dis que des ennuis s'en viennent.

— Se promener ? Comment ça ? »

Ziji se rendit compte qu'il n'était pas mécontent de le dire. Une petite concession à son irritation : « Tu te rappelles la femme dont tu as sauvé la vie au Genyue, plus ou moins ?

— Bien sûr. » L'intonation de Daiyan avait changé. « Elle était avec son mari à Xinan quand j'en suis parti. Tu veux dire que…

— Elle y est encore, à l'auberge des aristocrates. Mais lui, il est là, il cherche des bronzes dans un vieux temple, dans la vallée. Il a des chariots à bœufs et des serviteurs avec des pelles. Pour sa collection, tu te rappelles ?

— Qi Wai est ici ? Cette nuit ?

— C'est ce que je viens de dire. »

Ce fut au tour de Daiyan de jurer. « Il faut le ramener à Shuquian au matin, avec tous ceux qui n'ont aucune raison évidente d'être dans les parages. Si quelqu'un a volé des chevaux et… fait quoi que ce soit d'autre au nord du fleuve, les Xiaolus se sentiront le droit de traverser et d'exiger que nous les aidions à les chercher. Je ne veux pas que ça devienne un incident de frontière.

— Je vois. Et où se trouveraient ces chevaux volés ?

— Loin dans le sud au lever du soleil. Sans être vus, je l'espère vraiment.

— J'irai avec toi. »

Daiyan secoua la tête : « Tu restes, puisque tu étais si pressé de me suivre jusqu'ici. Que tes hommes répandent la nouvelle : les gens doivent rentrer dans la ville. Dis aux soldats réguliers que tu as entendu des rumeurs. Qu'ils aident les autres. Mais trouve Qi Wai toi-même. Il appartient au clan impérial, il pourrait être un incident à lui tout seul si ça tourne mal. Assure-toi qu'il sache ton rang… et que tu es allé dans sa maison. Il va probablement s'entêter, d'après ce que j'ai entendu. Cette collection est sa passion. »

Sur le point de partir, il jeta un coup d'œil par-dessus son épaule : « Tu auras l'autre cheval quand tu me rattraperas aux baraquements. Je l'ai amené pour toi.

— Tu retournes là-bas ?

— Droit là-bas. »

C'était une ligne de conduite parfaitement correcte. Mais les choses ne se passent pas toujours comme on en avait l'intention.

CHAPITRE 15

« Absolument pas ! Il y a un énorme vase de cérémonie
là-dessous, Quatrième Dynastie, en excellente condition
d'après ce qu'on peut en voir, avec des inscriptions, magnifique, extrêmement rare. Je ne pars pas tant qu'il n'est pas
sorti de là et dans mon chariot. »

Son obstination et sa détermination avaient souvent bien
servi Qi Wai, du clan impérial. La plupart des gens n'aiment
pas résister quand on les pousse. On le considérait comme
un excentrique, il le savait, et il en était satisfait. Ce pouvait
être utile. Qu'il eût un certain statut, du fait de sa famille,
cela aidait aussi – et aussi du fait de sa femme, ces derniers
temps, même si cet aspect de la situation était quelque peu
compliqué.

Le soldat monté à cheval qui affrontait Wai était de forte
carrure, pas spécialement jeune. Un commandant en second
de cinq mille hommes, évidemment, ce qui était un rang
respectable. Un rang qui lui permettait de converser avec
Qi Wai, mais certainement pas de donner des ordres à un
membre du clan impérial.

L'homme s'était adressé à lui avec une déférence acceptable. Il avait rendu visite à leur maison à Hanjin, semblait-il,
en compagnie de celui qui avait sauvé la vie de Shan au
Genyue, l'automne précédent. C'était des plus inattendus.

Non que cela importât, en ce qui concernait les intentions
de Wai. Il n'était pas venu si loin pour lever les pieds et
repartir sur l'ordre d'un quelconque soldat.

Il n'était pas sûr de ce que faisait cet officier ici, au nord-ouest de Shuquian, sur le terrain envahi par les herbes et les ronces d'un temple du Cho abandonné depuis longtemps. D'un autre côté, cela ne l'intéressait vraiment pas. Aucun homme civilisé ne se souciait des allées et venues de soldats.

Et il avait un vase de cérémonie à déterrer en cet endroit où son expérience et son intuition lui avaient dit – correctement ! – qu'il pourrait trouver quelque chose. Et s'il y avait là un magnifique bronze, il allait sûrement y avoir d'autres artefacts. Il voulait des coupes de cérémonie gravées. Elles manquaient à sa collection, surtout de la Quatrième Dynastie et avant. Un de ses rêves était toujours de déterrer un coffre empli de rouleaux préservés. C'était arrivé une fois. Un souvenir à même de nourrir l'espoir d'en trouver à nouveau, une variété de désir.

Il jeta un regard flamboyant à l'officier monté sur un cheval qui, même aux yeux inexpérimentés de Qi Wai, semblait une bête remarquablement bien dressée. L'homme lui rendit son regard avec une expression qu'on pouvait seulement décrire, de manière surprenante, comme de l'amusement.

« Je ne vous donnerai point d'ordre, bien entendu, dit avec gravité le soldat.

— Bien entendu, en vérité ! répliqua sèchement Qi Wai, du clan impérial.

— Mais j'en donnerai à vos ouvriers. »

Il y eut une pause tandis que Wai considérait ces paroles.

« Si vous restez ici, vous y restez seul, messire. Et je dois réquisitionner le chariot et le mener en ville. Nous avons nos instructions. Les Xiaolus vont traverser le fleuve aujourd'hui, c'est presque certain, et ils ne seront pas contents. Nous ne devons rien leur laisser de valeur. Et je me fie assez à vous, messire, pour croire que les objets contenus dans ce chariot ont de la valeur.

— Bien sûr que oui ! Une grande valeur ! »

Qi Wai commençait, mal à l'aise, à avoir le sentiment que cette rencontre ne tournait pas vraiment comme elle le devait.

« Comme vous dites. » L'officier hochait la tête, très calme.

Puis il se détourna pour donner un ordre aux cinq hommes qui l'accompagnaient. Ils se dirigèrent à leur tour vers la fosse où les hommes de Wai creusaient (pas d'une manière très diligente, à présent) autour du bronze partiellement déterré.

« Que font-ils ? demanda Wai en rassemblant toute l'autorité dont il était capable.

— Ils disent à vos hommes que des cavaliers xiaolus seront probablement ici avant la fin de la journée. Cela même que je vous ai dit, mon seigneur.

— Nous avons un traité de paix avec eux ! répliqua Wai d'un ton brusque.

— Certes. Nous y avons peut-être commis une infraction la nuit dernière. Un contrebandier de notre côté. Des chevaux volés. Il peut y avoir eu des morts sur la rive nord du fleuve. Nous n'en voulons pas de notre côté. Nous ne voulons particulièrement pas que l'une d'entre elles soit un membre du clan impérial.

— Ils n'oseraient pas !

— Sauf votre respect, ils oseraient. Peut-être qu'un diplomate xiaolu serait convenablement conscient de l'importance de votre seigneurie, mais un soldat en colère sera probablement moins prudent.

— Alors, vous et vos hommes allez rester et me défendre ! Je vous l'ordonne ! »

L'expression de l'officier n'était plus amusée.

« Messire, je prendrais grand plaisir à tuer des Xiaolus pour vous défendre, mais j'ai d'autres ordres, et je ne vois aucune manière pour vous d'y passer outre. Je suis désolé, mon seigneur. Comme je l'ai dit, je dois emmener vos hommes. Si vous restez ici, vous restez seul. Si cela peut vous consoler, votre mort me coûtera sans doute la vie, pour vous avoir laissé là. »

Il lança le vieux cheval au trot, avec précaution, vers les ouvriers engagés par Wai. Lesquels se hissaient déjà hors du trou creusé autour du massif vase en bronze, avec une hâte indécente.

« Restez où vous êtes ! » leur cria Wai. Ils regardèrent de son côté, mais n'arrêtèrent pas de grimper.

« Je vous ferai tous battre ! »

L'officier se retourna vers lui. Son expression était cette fois déplaisante – on aurait pu la décrire comme du mépris.

« Il n'en est pas besoin, messire, dit-il. Ils le font sous l'ordre de l'armée.

— Quel est votre nom, maudit imbécile ?

— Zhao Ziji, messire. Sous les ordres du commandant Ren Daiyan, des baraquements de Xinan. Vous pouvez m'y trouver, messire, si vous le désirez. Et certainement loger une plainte auprès du magistrat, ici ou à Xinan. »

Il se détourna de nouveau. Ses hommes organisaient les ouvriers de Wai. Ils étaient en train de prendre possession du chariot avec les artefacts déjà déterrés.

Wai les regarda s'ébranler sur la terre piétinée qui coupait la route plus large menant aux murailles de Shuquian.

Il devint conscient de deux détails, de manière fort désagréable. Un oiseau solitaire chantait dans un arbre derrière lui, et lui-même allait se retrouver tout aussi seul dans les ruines du temple.

Il regarda la troupe qui s'éloignait. Jeta un coup d'œil autour de lui. Le fleuve était hors de vue mais pas très loin. L'oiseau continuait à chanter avec une irritante persistance. Les hommes avançaient d'une allure régulière, avec le chariot. Des cavaliers xiaolus, avait dit le soldat.

« Il me faut un cheval, alors ! s'écria-t-il. Donnez-moi un cheval ! »

Ils s'arrêtèrent. L'officier se retourna pour le regarder.

Ils le mirent dans le chariot. Il fut péniblement secoué et ballotté tout du long jusqu'à Shuquian, qu'ils atteignirent tard dans la journée. Il tenait l'un des bols de céramique sur ses genoux, dans le berceau de ses mains. Ils allaient trop vite, l'objet allait sûrement se briser s'il ne le protégeait pas.

Derrière eux, apprit-on plus tard, trente cavaliers xiaolus traversaient le Fleuve Doré à gué, le même jour, et ils écumèrent la campagne, à la recherche de deux de leurs chevaux et de l'homme qui les avait saisis.

Ils prirent d'abord soin de n'endommager que de la propriété, sans vraiment blesser quiconque. Mais un fermier se montra trop insistant dans sa résistance à leur désir de jeter un coup d'œil dans sa grange. Un cavalier xiaolu, ne comprenant pas les paroles qu'il lui criait, mais voyant une faux s'agiter dans les mains de l'homme, décida que c'était suffisant pour justifier son désir de tuer quelqu'un.

L'un des quatre soldats morts deux nuits auparavant avait été son frère. Le chef réprimanda le cavalier. Les deux chevaux ne se trouvaient pas dans la grange. Faute de mieux, ils y mirent le feu.

◆

Shan n'est allée à Xinan qu'une fois auparavant, et pour une durée considérablement plus courte. C'est l'endroit le plus étrange qu'elle ait jamais vu.

Les contrastes sont impossibles à ne pas remarquer : entre passé et présent, gloire et ruine, fierté et... ce qui la remplace lorsqu'elle a disparu.

Deux millions de gens ont vécu ici, à l'apogée de la cité. Il y en a moins du dixième à présent. Mais les murailles et les portes, là où elles sont encore debout, délimitent le même vaste espace qu'autrefois. On est frappé d'humilité en voyant l'avenue centrale nord-sud, l'écrasante voie impériale. On a le sentiment que ceux qui l'ont bâtie, qui ont vécu ici, étaient davantage qu'on ne peut jamais rêver être soi-même.

Les parcs et les jardins à l'abandon sont immenses. Même si elle n'aime pas être transportée en litière, il est impossible de se déplacer autrement à Xinan. La voie impériale à elle seule mesure plus de cinq cents pieds de large. Shan a du mal à en croire ses yeux, à croire ce que cela signifie du passé.

Chan Du a écrit un poème sur le Parc du Lac Long, à la lisière sud-est de la cité, à propos de dames en atours de soie et avec des plumes de martin-pêcheur dans les cheveux y venant à cheval pour assister à une partie de polo, comme l'atmosphère était transformée, illuminée par leur présence et leur rire.

Le palais saccagé et ses ruines noircies sont emplis d'échos et de fantômes. Shan, transportée là un matin, a l'impression qu'elle peut sentir l'odeur de brûlé, des siècles plus tard. Elle marche (insiste pour marcher) dans le parc enclos du palais à travers lequel l'Empereur s'était enfui au début de la rébellion, sous la Neuvième Dynastie, lorsque tout s'était écroulé.

Avec ses porteurs, elle avait aussi deux gardes, à l'insistance consternée du magistrat en chef de la ville, un homme tatillon et anxieux. Heureusement : ce matin-là au palais, des chiens sauvages s'étaient présentés et n'avaient reculé qu'après la mort d'un des leurs.

Elle n'avait pas du tout eu l'intention d'être à Xinan. Elle avait insisté pour accompagner Wai dans leur habituel voyage estival à l'ouest. Il ne voulait pas. Elle avait entretenu par-devers elle l'idée d'entrapercevoir sa concubine à Yenling, celle qu'il ne voulait pas amener dans leur demeure comme l'aurait fait n'importe quel homme convenable.

Mais lorsqu'ils étaient arrivés à Yenling, Shan avait soudain trouvé ses propres pensées répugnantes. C'était trop humiliant – non seulement la présence de cette éventuelle très jeune fille, mais l'image déformée que cela lui renvoyait d'elle-même, si elle l'espionnait. Était-ce là ce qu'elle était devenue ? Elle ne le permettrait pas. Aussi, lorsque Wai avait suggéré qu'elle reste là tandis qu'il continuerait vers l'ouest puis le nord jusqu'à Shuquian, elle avait déclaré qu'elle se rendrait jusqu'à Xinan. Il n'avait pas dit non. Probablement content de la savoir hors de Yenling.

Elle n'était donc pas allée vers le nord avec lui. Autrefois, ç'aurait simplement été leur entreprise commune. Ils auraient vagabondé dans la campagne, en quête d'artefacts. Ils auraient parlé avec des anciens de villages et des moines dans des temples, déterré ou acheté des objets, exécuté des croquis de ce qu'ils ne pourraient déplacer ou acheter, en prenant des notes, pour leur collection.

La collection. Ce n'est plus *leur* collection.

Elle aime les porcelaines, les rouleaux, les stèles qu'ils possèdent, mais n'éprouve plus le besoin passionné de les considérer comme lui appartenant. Pas comme autrefois.

La vie change parfois les êtres. Shan esquisse une moue devant la banalité de cette pensée. Elle boit de petites gorgées de thé, par une après-midi tardive, dans une maison de thé située juste devant la principale porte ouest de la cité. C'est ici, aux temps où Xinan était le centre du monde, que des amis brisaient des brindilles de saules pour se dire adieu, dans l'espoir de se revoir.

Les gardes et les porteurs attendent dehors. Elle se demande ce que les quatre hommes pensent d'elle. Peu lui importe, décide-t-elle. Comme toujours, ce n'est pas tout à fait vrai.

Autrefois, la collection était une autre façon pour elle – et pour son mariage – d'être d'une autre nature que celle que le monde tentait de leur imposer. C'en est fini désormais. Elle est en train de perdre sa bataille contre le monde, sous son poids.

Un matin, elle écrit une chanson, avant que la chaleur soit trop forte pour qu'on se concentre. Elle l'accole à la musique de "Nuit tardive sur un balcon". Il fut un temps où elle détestait cette chanson, toutes les chansons et tous les poèmes de ce genre, des courtisanes abandonnées, leurs soies en désordre, leurs joues parfumées, mais les paroles sur cet air sont maintenant les siennes, et différentes.

Lorsqu'elle a terminé, elle dépose son pinceau et contemple les caractères, ce qui est dit et seulement suggéré sur le papier. Elle éprouve une soudaine frayeur, de ne pas savoir d'où venaient ces paroles, qui est réellement la femme de la chanson – ou la femme à son écritoire, qui a tracé et qui maintenant lit ses mots :

> Hier, assise près de la porte de la cité,
> J'ai regardé le plus loin possible vers l'ouest.
> Personne ne vient sur la voie impériale.
> Seuls des fantômes et le vent de l'été.
> Je ne suis pas parfaite telle Wen Jian
> Aux obliques épingles de jade piquées dans la chevelure,
> Celle dont l'amour a écarté un empereur de son trône.
> En marchant dans les jardins parmi les herbes folles,
> Là où autrefois poussaient les chrysanthèmes,
> Je sens le regard de ceux qui me trouvent immodeste,
> Aussi inconvenante que les pivoines aux yeux des Maîtres
>   du Cho.
> Aujourd'hui dans une cour, près d'une fontaine tarie,
> Je redemande sans cesse des tasses de thé.

J'aimerais boire du vin safrané, coupe après coupe,
En écoutant les carillons tubulaires dans les arbres.
Non, je ne refuserai pas de boire avec toi.
Cette fleur ne ressemblera à aucune autre.

◆

Par une après-midi tardive, le vaisseau qui transportait Lu Chao, honorable émissaire de l'Empereur de Kitai revenant de sa rencontre avec une tribu altaï de la steppe, fut pris dans une tempête.

Ils n'avaient guère eu d'avertissement, mais les marins, quoique terrifiés, étaient compétents. La voile plissée fut roulée et attachée sur le pont. Les passagers, y compris le plus illustre, se virent attachés par des filins à la taille afin de ne point être emportés par-dessus bord. Évidemment, si le bateau se brisait ou coulait, cela n'aurait pas grand effet.

La couleur du ciel tourna de bleu à un violet marbré, puis au noir. Le tonnerre grondait. Le vent et les vagues soulevaient le bateau, puis le firent tournoyer sur lui-même. Tous ceux qui se trouvaient à bord croyaient leur temps venu de traverser vers une plus grande noirceur. Quand on mourait en mer, on n'était point enseveli selon les rites. Votre âme ne connaissait jamais le repos.

En rampant et en titubant, Chao lutta pour rejoindre l'endroit où son neveu s'agrippait à l'un des massifs gouvernails en bois, sur le pont. Son propre cordage était juste assez long. Il se laissa tomber près de Mah. Ils échangèrent un regard, dégoulinants de pluie et d'eau salée. L'orage était trop fracassant pour qu'ils parlent. Mais ils étaient ensemble. Si c'était la fin, ils traverseraient ensemble les portes de la mort. Il aimait le fils de son frère comme il aimait ses propres fils.

Sous le pont, dans un coffre de métal au lourd verrou, se trouvaient ses notes de service et ses recommandations, d'après sa rencontre avec le chef de guerre des Altaï. Si le vaisseau faisait naufrage, on ne les lirait jamais.

Plus loin au sud-est, au-delà de l'ouragan – dans un lieu qui ne connaissait jamais d'ouragans – se trouvait l'île des dieux, Peng-lai. Un havre pour les âmes de ceux dont l'existence

avait été véritablement vertueuse. Lu Chao n'imaginait pas
que son esprit s'en irait là. Celui de son neveu, peut-être, se
dit-il, tandis que la pluie lui cinglait la figure. Mah était allé
à Lingzhou afin de prendre soin de son père. Il y avait là
l'équivalent de toute une existence de vertu. On pouvait
prier que ce fût récompensé. C'est ce que fit Lu Chao,
trempé jusqu'à la moelle, accroché au bloc de bois. Des
éclairs emplirent tout l'horizon du ciel, à l'ouest, pendant un
moment de lumière aveuglante, puis la côte fut de nouveau
perdue dans les ténèbres et les vagues. Lu Chao s'agrippa
de toutes ses forces au morceau de bois.

Ils ne se noyèrent pas, ne moururent pas, pas un seul
homme à bord. Le vaisseau tint bon, l'orage finit par se dissiper avec l'arrivée du soir. C'était très étrange, la noirceur
de l'après-midi le cédant à l'éclat du crépuscule. Puis il fit
noir de nouveau. Lu Chao aperçut l'étoile de la Tisserande à
travers les nuages qui filaient, tandis que le tonnerre s'éloignait et disparaissait, avec les derniers éclairs.

Ils larguèrent de nouveau la voile plissée. Ils continuèrent
leur chemin, navigant à vue le long de la côte comme les
marins le faisaient chaque fois que c'était possible.

Lu Chao survécut pour retourner à Hanjin et à la cour. Il
présenta son rapport et offrit ses opinions à l'Empereur et à
l'honorable Premier Ministre Kai Zhen, également revenu
d'exil à ce moment et installé à son poste. Après avoir conclu,
il fut aimablement remercié de ses efforts et se vit présenter
par l'empire une récompense convenable. On ne lui demanda
rien d'autre sur le sujet et on ne lui offrit pas de poste à la
cour, ni dans une préfecture.

Chao retourna donc chez lui, pendant l'automne, avec
son neveu. Il revint à la ferme près de La Montée de l'Est,
à son frère et à sa famille. À temps pour le Neuvième Jour
du Neuvième Mois et le Festival du Chrysanthème.

Les réflexions qu'il avait exposées devant le Trône du
Dragon avaient été sans équivoque et exprimées de manière
pressante.

Des événements mineurs peuvent compter dans le déroulement du monde comme dans celui d'une voile plissée. La

survie d'un émissaire, disons, ou sa noyade alors qu'il se trouve sur un bateau, l'été, dans une soudaine tempête.

Mais parfois, de tels moments n'ont pas de sens particulier dans le cours et la portée des événements, même si, de toute évidence, ils doivent être extrêmement importants pour ceux qui auraient pu voir leur existence se terminer dans la pluie et le vent, ainsi que pour ceux qui les aiment et auraient pleuré leur perte.

◆

Un autre orage, également frappé de tonnerre et d'éclairs, et accompagné d'un torrent de pluie, surprit Ren Daiyan près de Xinan. Il chercha refuge à la lisière d'un bois. On ne s'abrite pas sous des arbres en rase campagne (il avait vu des hommes tués par un éclair), mais une forêt, ça allait, elle vous tenait relativement au sec, et cet orage ne semblait pas devoir durer.

Il n'était pas pressé. Il avait déjà quitté la route principale mais n'aurait pu expliquer clairement pourquoi il se rendait du côté de Ma-wai. Peut-être parce qu'il ne les avait jamais vues, ces fameuses sources thermales et les édifices bâtis alentour, ou ce qui en resterait.

Il était seul. Il avait pris six de ses soldats à Shuquian et chevauché avec eux jusqu'à cette matinée. Il les avait alors renvoyés à leurs baraquements à l'extérieur de Xinan. Des soldats étaient une protection pendant le voyage vers le sud, et ils lui avaient aussi servi de couverture. Un homme seul, sur une très bonne monture, avec une autre attachée derrière, après que les Xiaolus avaient certainement logé une protestation au *yamen* de Shuquian à propos de meurtres et de vol de chevaux, ce n'était pas une bonne idée.

Il ne savait pas de quelles autres actions les Xiaolus avaient pu décider. Il pouvait y avoir eu de la violence. Probablement. Il s'était déplacé rapidement en devançant les nouvelles. Il les avait entendues plus tard dans les baraquements. Il valait mieux être là et s'installer avant l'apparition de ces nouvelles – et les questions.

Il ne regrettait pas vraiment d'avoir abattu les quatre premiers barbares de sa vie, mais il n'aurait pas prétendu que c'était ce qu'il avait jamais fait de plus prudent. Cela rendait plus difficile, par exemple, de rapporter ce qu'il avait entendu à propos de la chute de la Capitale Orientale.

C'était important, si c'était vrai, il pouvait en résulter des changements. Il fallait évaluer cette information. Le but, après tout, n'était pas d'anéantir les Xiaolus, ni les Altaï, ni aucune autre tribu. *Quelqu'un* devait bien gouverner la steppe. Non, le but, c'était les Quatorze Préfectures, et l'on devait évaluer les différents moyens d'y parvenir.

Il n'avait pas de réponses. Il n'en savait pas assez. C'était troublant, la rapidité avec laquelle une cité xiaolue semblait être tombée aux mains d'une petite tribu du nord-est, si la rumeur était fondée.

Sous les arbres, il écoutait le martèlement de la pluie. Il gardait la main près de son épée – il se trouvait dans un bois inconnu. Sa monture était tranquille, ce qui le rassurait un peu. L'autre cheval, il l'avait envoyé avec un de ses soldats. Ce serait celui de Ziji lorsque son commandant en second reviendrait dans le sud. Daiyan ne nierait pas le plaisir qu'il y avait à monter d'aussi bons chevaux. Ils vous faisaient saisir ce qui vous avait manqué. Donnaient presque envie d'être un officier de cavalerie.

La pluie tombait, régulière, mais le tonnerre s'éloignait. Le vent bruissait dans les feuilles, et le feuillage dégoulinait tout autour de Daiyan. Il flottait une odeur de forêt, terre et pourriture. Des fleurs près de la lisière, là où pouvait arriver de la lumière.

Ils avaient dépassé la veille l'embranchement menant aux tombes impériales et les avaient aperçues à l'est, des tertres hauts à l'écart de la route principale, avec des chemins envahis par les ronces pour s'y rendre. Cinq dynasties avaient donné le dernier repos à leurs empereurs dans des mausolées qui rivalisaient de grandeur. Leurs empereurs, et une impératrice.

Daiyan se rappelait ce que son maître en avait dit. L'impératrice Hao était couverte d'opprobre dans tous les écrits officiels. On était censé cracher si l'on prononçait son nom. Maître Tuan avait ri lorsque l'un des élèves l'avait fait en classe.

« Dis-moi, avait-il remarqué, sans colère, comment une impératrice porte-t-elle le fardeau d'une rébellion arrivée cent vingt ans après sa mort ?

— Elle a détruit l'harmonie céleste », avait répondu l'élève qui avait craché. C'était le dogme officiel, ils l'avaient lu.

« Et sept empereurs entre elle et la rébellion n'ont pas pu la rétablir ? »

Daiyan n'y avait jamais songé, dans sa jeunesse. On ne mettait pas en question ce qu'on lisait, on l'apprenait par cœur.

« Non, avait poursuivi Maître Tuan, l'impératrice Hao n'a pas causé la chute de sa dynastie. Ne laissez personne vous le faire croire. Si c'est une question d'examen, écrivez ce qu'ils veulent entendre. Mais ne le croyez pas, c'est tout. »

Tuan Lung avait été un homme amer, mais il leur avait donné de quoi réfléchir. Daiyan se demanda ce que son maître serait devenu s'il avait réussi les examens de *jinshi* et était monté dans les rangs.

Eh bien, il n'aurait pas été en train de se promener le long du cours moyen du Grand Fleuve avec un âne et un garçon différent chaque année. C'était l'été, à présent. Tuan Lung devait longer la rivière en exerçant son métier.

Des gens pouvaient entrer dans votre vie, y jouer un rôle et puis disparaître. Quoique, si l'on était à cheval dans un bois sous des feuilles dégoulinantes, des années plus tard, et penser à eux, à certaines de leurs paroles, étaient-ils réellement perdus ?

Certains disciples du Maître du Cho avaient sans doute à cette question des réponses érudites. Pour Daiyan, si un homme ou une femme avaient été présents dans votre vie, mais qu'on ne les voyait plus jamais, ils avaient disparu. Le souvenir de quelqu'un n'était pas l'homme en personne. Ou la femme.

La pluie et la solitude affectent parfois les réflexions.

Il fit avancer un peu sa monture, se pencha au-dessus de l'encolure pour scruter le ciel. Les nuages s'éclaircissaient. Ce serait bientôt terminé. Il allait attendre encore quelques instants. Il se sentait curieusement hésitant, peu pressé de continuer sa route.

Être seul ne le dérangeait pas. L'armée ne laissait guère de moments de tranquillité, pas à un commandant de cinq mille hommes. C'était peut-être pourquoi il s'attardait à présent, en s'écartant et en prenant l'embranchement menant aux pavillons de Ma-wai. Il y avait beaucoup d'hommes dans les baraquements. Xinan aussi était peuplée. Pas autant qu'autrefois, et de loin, mais…

Il tourna vivement la tête vers la gauche. Dégaina instinctivement son épée. Mais aucune menace, le cheval était calme, même si la bête leva la tête à son mouvement. Il avait vu un éclair de couleur, un éclat fuyant mais au ras du sol, trop bas pour un tigre, et qui avait disparu. Les tigres n'aiment pas la pluie, se rappela-t-il. Du moins, selon la sagesse campagnarde du Szechen.

Cela provoqua en lui une pensée plus agréable. Avec le délai normal du courrier, ses parents devaient probablement savoir à présent ce qui était arrivé à leur fils cadet, son rang, la réception à la cour, et qu'il s'était prosterné devant l'Empereur en personne. Et ils devaient avoir reçu l'argent qu'il avait envoyé.

Dans la vie, on avait des buts, majeurs et mineurs. Il se permit d'imaginer son père en train de lire sa lettre, le passage sur l'Empereur. Et laissa cette pensée le tirer des arbres pour le remettre sur le chemin de Ma-wai.

Il avait la brise de face, et les nuages filaient rapidement vers l'est. Après un petit moment, le ciel devint bleu sous un soleil éclatant, et la température se réchauffa, même si l'orage avait abattu le pire de la chaleur. Le chapeau et les habits de Daiyan séchaient à mesure qu'il avançait.

Il arriva à Ma-wai tard dans la journée. L'endroit était désert. Aucune raison qu'il en fût autrement. Quels que fussent les trésors qui s'y étaient autrefois trouvés – et c'était un sujet de légendes –, ils devaient avoir été volés ou détruits depuis longtemps.

Qui donc viendrait dans un lieu de villégiature impériale hanté par tant de fantômes ? Lui, il craignait les tigres, et d'être enterré vivant, pas les fantômes.

Il entra par une arche lancée au-dessus de la route. Même cela, c'était étrange. L'arche était toujours debout, mais le mur de chaque côté s'était écroulé. On pouvait l'enjamber à pied, traverser à cheval par de grands trous. Les pierres devaient avoir été emportées pour renforcer des fermes ou édifier des murets de pâturages. Depuis bien longtemps.

Une fois l'arche franchie, le chemin était large, avec d'occasionnels tournants, comme toujours. Des arbres des deux côtés, des paulownias, des châtaigniers. Un bosquet de bambou sur la droite, des pêchers et des pruniers en fleur de l'autre côté. L'herbe et la terre étaient envahies de ronces, non entretenues, humides de pluie. Les édifices et les pavillons de plaisance se trouvaient plus loin, avec le lac au fond, d'un bleu éclatant, ridé par la brise. Le silence régnait. Seulement les sabots de son cheval sur la route, et un chant d'oiseau.

Cet endroit avait été une retraite pour la cour et les aristocrates, très longtemps, remontant à aussi loin que la Cinquième Dynastie, lorsque Xinan était devenue pour la première fois la capitale. Les sources chaudes étaient un refuge impérial en toute saison. Musique et luxe, femmes exquises, festins somptueux, et les eaux thérapeutiques qui montaient des profondeurs souterraines dans les bassins où l'on se baignait. La place avait atteint un sommet de décadence élaborée sous la Neuvième, comme tant d'autres choses, Wen Jian, la Compagne Bien-Aimée de l'Empereur, avait régné ici et péri non loin de là, encore bien jeune.

Daiyan entretenait le sentiment que son peuple avait connu la véritable gloire, et une grande puissance, au cours des Troisième et Neuvième Dynasties. Avant la Troisième et après la Neuvième, tout comme dans l'intervalle entre les deux, il y avait eu de violentes guerres civiles, le chaos, la famine, les épreuves. Quoique, les deux périodes de splendeur s'étaient aussi terminées dans la guerre, n'est-ce pas? (La voix de Tuan Lung, encore. Entendait-on à jamais la voix de son maître?)

Et maintenant? Leur propre époque? Cela dépendait de ce qui allait arriver. N'en est-il pas toujours ainsi?

Il mit pied à terre à l'ombre d'un chêne et, après avoir enfoncé un piquet muni d'un œillet dans le sol avec sa botte, il passa la rêne dans l'œillet en l'attachant, pour laisser le cheval paître.

Il se dirigea vers l'édifice le plus proche, long, très large, un seul étage, avec des ailes au nord et au sud. C'était ouvert, les portes manquaient. Les marches étaient en marbre. Il se demanda brièvement pourquoi nul ne les avait brisées pour les emporter.

Le couloir dans lequel il pénétra était dépourvu de décorations ou d'artefacts. Aucune trace d'incendie. C'était simplement... abandonné. Il devait y avoir eu des écrans de soie pour la longue rangée de fenêtres, autrefois. Maintenant, la brise de l'après-midi entrait librement, en agitant la poussière sur le plancher.

Il ouvrit des portes, au hasard. Aucune n'était verrouillée, beaucoup avaient disparu. Il entra dans une salle à manger. Il y avait une couche sur une plateforme contre l'un des murs. Les pattes en étaient en bois de santal. Quelqu'un aurait dû les prendre.

Il dépassa des embranchements de couloirs, continua, mais sans but. Il n'avait aucun but ici. Il ouvrit la dernière porte à l'extrémité du corridor. Une chambre, très vaste. À cette extrémité ouest du bâtiment, le vent était plus fort. Le cadre du lit était toujours là, quatre solides poteaux sculptés. Il aperçut deux portes autrefois dissimulées dans les lambris des murs. Elles étaient brisées, de travers, et menaient à quelque corridor intérieur.

Ce palais avait été destiné aux jeux des plaisirs, de nuit comme de jour.

Il ne se donna pas la peine de jeter un coup d'œil dans le passage secret. Ce qui s'y était trouvé n'y était plus. Il imagina de la musique, la lumière d'une lanterne, or et jade, des femmes dansant au son de mélodies.

Il rebroussa chemin et emprunta cette fois le corridor sud. Qui le conduisit finalement dehors. En jetant un coup d'œil vers sa gauche, il aperçut son cheval, loin, sous l'arbre. Il suivit un autre chemin cahoteux et entra dans un vaste pavillon rond enclos de murs.

L'une des sources s'y trouvait. Il se demanda pourquoi il était surpris. Ce n'était pas comme si des pillards avaient pu emporter des sources d'eau chaude. Il avait sans doute supposé qu'on les aurait obturées.

Il régnait une odeur médicinale, du soufre et autre chose, Il s'approcha pour tremper sa main dans l'eau. Celle-ci était très chaude. Il sentit ses doigts. Oui, du soufre. Deux bancs de marbre brisés entouraient le bassin. Il devait y en avoir eu beaucoup, autrefois. Pour les musiciens, sans doute. Ils devaient avoir joué consciencieusement tandis qu'hommes et femmes nus de la cour prenaient les eaux ou couchaient ensemble près d'elles. Il pouvait l'imaginer aussi.

Les musiciens avaient probablement été dissimulés par des écrans.

Sur les murs, il aperçut des fresques aux couleurs fanées. La lumière était bonne, car les fenêtres n'étaient pas couvertes ici non plus. Il s'approcha pour examiner les fresques. Des hommes à cheval, jouant au polo. L'un d'eux était un empereur, on pouvait le reconnaître à ses habits. Un autre panneau montrait un unique cheval et son dresseur. Si l'homme n'était pas un nain, cet étalon était si grand qu'à côté le cheval des steppes monté par Daiyan avait l'air d'un poney d'enfant. Il déchiffra les caractères tracés près du cheval : Grand Écarlate. C'était un nom fameux, le Céleste Cheval de l'Empereur Taizu, venu de l'ouest lointain.

Daiyan, tout nouveau cavalier d'un bon cheval, y regarda de plus près, La bête n'avait sans doute pas été écarlate. Roussâtre, peut-être. Un splendide animal. Il avait l'air vivant sur ce mur, après des siècles. Le peintre avait été très talentueux.

Le panneau suivant montrait d'autres cavaliers, une femme suivie de deux autres, toutes richement vêtues. La première femme était d'une exquise beauté. Des gemmes ornaient ses épingles à cheveux, ses oreilles, sa gorge. Wen Jian en personne, ce devait être elle. Derrière les femmes se profilaient des collines, et Daiyan comprit que c'étaient les collines au nord de Ma-wai.

Il regarda de nouveau le bassin. Il pensa – pour la deuxième fois – entendre de la musique. Un lieu pouvait-il garder souvenir des sons familiers ?

Il ressortit, empli d'une inexplicable tristesse. Se rendit du côté du lac, étincelant au soleil, bleu et blanc avec les vagues ourlées par le vent. Il n'y avait pas d'embarcations, même s'il voyait les quais où elles devaient avoir été amarrées. Le lac était plus vaste que ce à quoi il s'était attendu. Au sud-ouest, il le savait, une route le contournait qui menait droit à la route impériale. Une auberge de relais postal, le long de ce rivage, avait connu une grande tragédie. Il se demanda si cette auberge était toujours là, encore en usage, ou si elle avait été abandonnée, incendiée, démolie comme portant malheur, lorsque la rébellion de la Neuvième Dynastie avait pris fin.

Il aperçut une petite île, avec des arbres, envahie par les herbes. Il se rappela avoir lu qu'il y avait eu là des pavillons d'albâtre et de bois de rose, où les musiciens jouaient de la flûte, du *pipa* et du tambourin, tandis que les barques paresseuses transportaient la cour sur le lac, d'une rive à l'autre, et que des bougies flottaient sur les eaux du soir.

Il perçut une odeur de parfum derrière lui. Il n'aurait pas dû le pouvoir. Il avait le vent de face.

Il ne saurait jamais avec certitude pourquoi il ne s'était *pas* retourné. Peut-être cela – la direction du vent, mais la perception malgré tout de ce parfum. Quelque chose qui n'était pas naturel. Il aurait dû se retourner, il aurait dû dégainer son épée.

Il frissonna, un spasme brutal. Puis il demeura dans la plus parfaite immobilité en fixant les eaux mais sans voir à présent, en attente. Ses cheveux se hérissaient sur sa nuque. Il entendit un bruit de pas sur le chemin. Plus de son de musique perdue. Il ignorait ce que c'était, ce parfum, mais il y avait une femme là.

Il avait peur.

Elle dit : « Je vous ai laissé me voir dans la forêt. Je vous ai donné une chance de repartir, de retourner parmi les humains. Vous êtes venu ici plutôt, seul. C'était un choix. J'aime quand un homme agit ainsi. »

La voix était basse, lente, d'une incroyable séduction. Daiyan sentit qu'il avait la bouche sèche. Le désir l'envahit, un élan bien plus puissant que celui des vagues fouettées par le vent. Il ne pouvait articuler une parole.

Il pensait : *daiji*. Une femme-renard.

C'était Ziji qui craignait tous les renards, les contes des *daiji*, qui pouvaient se transformer en femme et détruire un homme.

« Je sais votre nom », murmura-t-elle, un soupir.

Sa voix était une caresse. Elle allait chercher en lui, elle l'emprisonnait, tels des doigts assurés cherchant et trouvant sa virilité. Et dans cette voix, il entendait, il était sûr d'entendre, un écho de désir. Son désir à elle.

Il ne se retourna pas. Elles ne pouvaient vous forcer, c'était ce que disait la légende. Elle pouvait vous leurrer, vous attirer. On allait à elle, poussé par le désir. Comment refuser ceci ? leur dire non ? Elles étaient immortelles, ou presque. Elles vous brisaient en s'accouplant avec vous dans leur forme de femme, un plaisir infini, un plaisir de fin du monde, et elles ne laissaient de vous qu'une enveloppe pâle et usée de ce que vous aviez été, et vous retourniez à votre village, à votre cité ou à votre ferme, pour constater qu'un siècle ou davantage s'était écoulé, tous ceux que vous aviez connus étaient morts, le monde avait changé.

Il entendit un nouveau pas. Elle était derrière lui, toute proche. Son souffle sur sa nuque à présent, tiède comme une invitation à un crépuscule d'été. Il tremblait. Il fixait désespérément la surface de l'eau, l'île.

Elle le toucha. Il ferma les yeux. Un doigt, traçant une ligne le long de son dos. Elle le ramena à sa nuque, puis descendit de nouveau, avec lenteur.

Il se força à rouvrir les yeux. Toujours face à l'ouest, au soleil d'été qui se couchait, mais il était presque aveugle. Il était sauvagement excité, érigé – un simple conduit de désir. Il allait se retourner vers elle. Comment ne pas se retourner vers elle ? Il était perdu. Il allait être perdu.

Le parfum l'environnait de toutes parts. Il ignorait quel parfum. Il pouvait presque le goûter, la goûter. Son contact l'excitait au-delà de tout ce qu'il avait cru comprendre du désir. C'était plutôt une sorte de folie, une faim démesurée. Ils étaient seuls ici, près des eaux du lac de Ma-wai, où la musique et l'amour avaient si longtemps régné.

En luttant pour énoncer chaque mot, il dit : « *Daiji*, déesse, j'ai des tâches en ce monde. En... en ce temps. »

Elle rit, un rire bas, de gorge.

L'entendre le défit complètement. Ses jambes le portaient à peine. Il songea : je pourrais tomber. Elle effleura ses cheveux, derrière la calotte noire qu'il y avait épinglée. Elle était là, derrière lui, et il comprit que l'odeur, c'était elle, et non un parfum. Il allait se retourner, il allait la prendre si férocement dans ses bras et...

« Tous les hommes ont une tâche, dit-elle. J'en ai vu beaucoup. Peut-être même vous ai-je déjà vu vous-même. J'ai huit cent cinquante ans. Je me suis rendue loin dans le sud et dans l'ouest. J'ai vu des fleuves et des montagnes. Certains hommes embrassent leurs devoirs, d'autres les fuient. Cela ne m'importe pas.

— Déesse, je ne désire pas fuir les miens. »

Il sentit son souffle, encore, sur sa nuque. Comme pensive, elle reprit : « Je pourrais vous permettre d'y retourner, après. Je le puis. »

Il ferma de nouveau les yeux. On ne devait pas se fier à elles, les *daiji*. Elles ne vivaient pas dans le monde des hommes, elles le croisaient seulement, par moments, comme des routes qui se rencontrent dans le noir.

« Déesse, j'ai peur.

— Je ne suis pas une déesse, homme stupide », murmura-t-elle en riant encore.

« Pour moi, vous l'êtes, parvint à dire Daiyan.

— Vraiment ? Comment le savez-vous ? » murmura-t-elle. Il sentit qu'elle le touchait de nouveau. « Vous n'avez point baisé mes lèvres. N'avez point plongé votre regard dans le mien pour voir mon désir, ni vu mon corps, ce que je porte pour vous, Ren Daiyan. Ni goûté ce que je vous donnerai. »

Elle devait porter du rouge. Les *daiji* portaient toujours du rouge. Ses ongles seraient rouges, sa bouche...

Il était incapable de ne pas se retourner et la prendre, pour la durée qu'elle décréterait devoir être – des années, des décennies, des siècles peut-être.

Mon propre désir.

Ce serait la fin pour lui. Affaibli, écorché par son désir, il maudissait pourtant sa folie. Il aurait dû continuer avec ses soldats. Il aurait dû comprendre cet éclair de couleur dans la forêt. Orange. Comme un tigre, oui, mais aussi comme un renard.

Xinan était si proche, pas très loin au bout de la route, une demi-journée sur un bon cheval. Les courriers avaient aisément accompli l'aller et retour. Et pourtant la cité – le monde – semblait à une distance inimaginable. Abandonnés lorsqu'il avait quitté la grand-route.

Cela pouvait arriver. C'était pourquoi l'on ne quittait pas la grand-route.

Il se rendit compte qu'aucun oiseau ne chantait plus. Avaient-ils cessé à l'apparition de la *daiji*, quand il avait perçu son parfum derrière lui, du mauvais côté du vent ? Les oiseaux craignent les renards et sentent l'étrange lorsqu'il survient.

Il était seul. Ici et dans le monde. Nulle ancre nulle part, aucun lien avec quiconque, seulement un sentiment de devoir, son stupide et vain sentiment de destinée, depuis l'enfance. Et à quoi cela pouvait-il servir contre cette créature, contre cette vague intérieure qui le submergeait, quand elle était ce qu'elle était, et venue pour lui, ici, en ce jour, près de ces eaux ?

Il aurait dû se rendre à Xinan. À la vaste ruine fracassée de l'ancienne capitale, où il y avait encore du monde, pour se retrouver dans le bruit, la confusion, le chaos, une protection, là où en cet instant même…

Il reprit son souffle.

Là où en cet instant même…

Et il trouva alors son ancre, dans la fièvre et la force du monde des esprits, dans un tel sauvage désir, ces vagues sur lui et en lui. Le devoir, semblait-il, ne suffisait pas. Il fallait davantage, si improbable ou inacceptable cela fût-il. On se trouvait une ancre dans le monde des mortels là où la trouvait, si on la trouvait.

« *Daiji*, vous pouvez me tuer. Ma vie est entre vos mains depuis la forêt sous l'orage, semble-t-il.

— Entre mes mains, dit-elle en riant de nouveau. J'aime cela. »

Il songea à un renard en entendant ce son qui ne connaissait pas de maître, sauvage.

Il poursuivit, en luttant contre l'égale sauvagerie de son désir. Elle devait être d'une beauté indicible, inconcevable.

Elle pouvait se rendre ainsi, si les histoires disaient vrai. Elle était là, les histoires étaient bel et bien vraies.

« Je ne plaiderai pas pour ma vie, dit-il, mais pour les besoins de la Kitai, ce que je veux accomplir pour elle. Je ne crois pas… J'ignore si cela a le moindre sens pour vous.

— Non, répondit-elle avec douceur. Les besoins de la Kitai ? Comment cela pourrait-il signifier quoi que ce soit pour moi ? Mais pourquoi vous tuerais-je, Ren Daiyan ? Craignez un tigre, mais désirez-moi. Je veux votre bouche et vos mains, je veux tout votre être pour aussi longtemps que je le désire, tandis que le soleil et les étoiles et la lune tournent et tournent autour de nous. »

Tournent et tournent.

À quel monde, alors, et quand reviendrait-il ?

L'ancre. La retrouver. Une image, la lueur d'une lampe dans une salle, le soir. Quelque chose qui appartient au monde des mortels. Pour s'y accrocher. Pour en être retenu. Il resta absolument immobile. Il se rendit compte qu'il le pouvait, il ne tremblait plus.

« Vous devriez me tuer, dit-il. Car je n'irai pas à vous de mon plein gré, *daiji*, je n'abandonnerai pas ce pourquoi je suis né. »

De l'amusement, encore, dans la voix grave : « Que m'importe si c'est de plein gré, Ren Daiyan ? Parce que je suis ici, tu es né pour venir à moi. »

Il secoua la tête : « Je ne crois pas que ce soit vrai. »

Elle rit de nouveau, avec une intonation différente. « Ta résistance m'excite. Mon corps me le dit. Retourne-toi et vois. Je le montre. Quand tu seras en moi, quand tout ce que nous connaissons du monde sera cette union, elle sera plus douce, plus profonde.

— Non, répéta-t-il. Je ne puis me perdre. Je dois être dans le monde, maintenant. Aurez-vous… Pouvez-vous avoir pitié, *daiji* ?

— Non, répondit-elle simplement. Ce n'est pas ma nature. »

Il comprenait. Elle n'était pas humaine, et la pitié l'était. Il prit une profonde inspiration et se retourna, après tout.

Quand les ténèbres viennent à vous, on les affronte, comme la lumière. On trouve son courage et sa force. Il ne ferma pas les yeux.

Son souffle se suspendit pendant un instant. La lumière tardive du couchant baignait la *daiji*. Un visage en forme de cœur, une peau pâle, absolument lisse, un long cou, de grands yeux noirs, une longue chevelure qui lui arrivait à la taille, d'un noir presque bleu, sans attaches. Ses lèvres, oui, étaient rouges. Ses ongles longs et rouges. Sa robe aussi, comme il l'avait su. C'était une soie transparente, agitée par le vent, qui épousait les formes de son corps, le lui montrant comme elle l'avait dit, et oui, elle était excitée, il pouvait le voir. Elle semblait très jeune. Elle ne l'était pas.

Elle sourit. De petites dents blanches. « Pas de pitié, mais je saurai tes désirs plus sûrement que quiconque. Fie-toi à moi pour cela, Ren Daiyan. »

L'ancre devint un bouclier, ou un espar de bois ballotté par des rapides ou dans l'immense et sombre tumulte de la mer, qu'il n'avait jamais vue.

En s'agrippant à cet espar, en se sentant désespérément mortel, il reprit : « Mes besoins, je vous les ai dits. Tuez-moi si vous le devez, mais je resterai qui je suis jusqu'à ma mort. J'ai prêté un seul serment

— Et c'est ? »

Sa voix avait encore changé, on pouvait y percevoir une tonalité non humaine. Elle portait des sandales dorées, ornées de gemmes, les orteils découverts. Le vent rebroussait la soie contre ses jambes, la plissait sur ses cuisses. Elle était une rivière, ou la mer, il pouvait connaître ici son heure dernière.

« De ne jamais oublier nos fleuves et nos montagnes perdus. De les recouvrer. »

Un seul serment dans sa vie, venait-il de dire. Presque vrai. Ce l'avait entièrement été pendant qu'il se rendait à cette rive du lac. Mais il y avait autre chose à présent, un souvenir du printemps. Un espar dans la tempête.

La *daiji* sourit, plus belle que le cœur ne pouvait le souffrir : « Les recouvrer ? Dans cent ans d'ici ? Deux cents ans ? Cela importe, où se tient une frontière ? »

Petit à petit, il prenait conscience du fait qu'il se tenait là devant elle. Avec lenteur, il reprit : « *Daiji*, je ne peux vivre que dans mon propre temps. Je ne puis parler pour ceux qui viendront ensuite, ni dire ce que sera le monde. Nous ne sommes pas ainsi. »

Elle ne bougea pas. Le vent, oui, qui lui souleva les cheveux. Daiyan ne pouvait mesurer le temps en ce lieu, avec elle. Il était presque perdu dans le rouge de ces lèvres, la blancheur de ces dents, les courbes tendues de ce corps qui s'offraient à lui sous la soie, la promesse, pour une éternité, ou pour ce qui pouvait s'en approcher le plus en ce monde.

Presque perdu, mais il tenait bon. Elle était nue sous la soie. De si grands yeux. Un seul pas en avant et il pouvait les clore d'un baiser. Il pouvait effleurer ses lèvres. Et alors, elle...

Comme dans un rêve, il l'entendit dire : « Ce n'est pas de la pitié, j'ignore ce que c'est. Mais je suis curieuse. Et je puis être patiente. Peut-être me reverras-tu, peut-être non. Va, Ren Daiyan, avant que je n'en décide autrement. Tu es stupide et quittes peut-être ce lieu pour une vie amère et froide, mais je te laisserai la goûter. »

Il tremblait de nouveau, apparemment.

« Connaissez-vous... l'avenir, *daiji* ? »

Elle secoua la tête. Ses cheveux dans le vent. Ses boucles d'oreilles, une musique pour accompagner son geste. « Je ne suis pas une déesse, dit-elle. Va. »

À mi-chemin de son cheval, le long du sentier, sans se retourner, avec le lac et la *daiji* et le vent dans son dos, il ressentit une soudaine douleur, d'une blancheur éclatante, comme une lame de soleil. Il poussa un cri, se sentit tomber, incapable de se retenir.

« Un présent », l'entendit-il lancer dans le chemin. « Souviens-toi de moi. »

Puis il perdit toute conscience du monde.

CHAPITRE 16

Shan est toujours à essayer de choisir quel sentiment Xinan lui inspire le plus, anxiété ou crève-cœur. Cette cité évoque la perte. La vie ordinaire semble insignifiante lorsque les gens se montrent en nombre si réduit, si dispersés – chacun comme une île – sur une avenue aussi large que la voie impériale. L'échelle de la ville les moque. La Porte de la Gloire, près de la muraille occidentale, où elle s'est rendue à plusieurs reprises maintenant afin de prendre du thé sous les saules, est un reproche plein de magnificence. Il y a tant d'ironie dans ce vocable, dans la ruine de cette tour qui autrefois couronnait les portes.

Des empereurs se sont efforcés de repeupler Xinan, au cours des années, pressant les gens d'y retourner, offrant des primes d'encouragement. Ces tentatives ont porté peu de fruits, et des fruits amers. Peu de monde, semble-t-il, a envie de vivre parmi tous ces fantômes. Ce n'était pas le meilleur choix comme emplacement d'une capitale, au départ, si loin du Grand Canal, tout un défi à nourrir, cette ville, pendant les sécheresses. Xinan était devenue ce qu'elle était parce que les premiers empereurs étaient originaires de cette région. C'était le cœur du pays. Nombre d'entre eux sont ensevelis non loin de là dans de vastes tombeaux.

Il serait tout à fait possible de se mettre à haïr la Neuvième Dynastie, si l'on vivait ici. Il y a quelque chose d'oppressant, d'humiliant, à toute cette gloire passée. Qui voudrait vivre ici en traversant les deux marchés presque vides, des places colossales, plus larges que bien des villes de bonne taille ? Les vendeurs, les occasionnels artistes et mendiants, semblent naufragés dans cette vaste étendue. L'échelle et les distances vous donnent un sentiment d'insignifiance, votre précieuse vie est une chose pâle et désolante, comme si l'on était déjà un autre fantôme.

Ce n'est pas la nature habituelle de ses pensées. Elle est consciente de se sentir agitée, tendue. Il fait chaud, il y a eu des orages toute la semaine. Ses chansons trahissent son état d'esprit. Elle les jette presque toutes. Elle a pensé partir, retourner à Yenling, ou chez eux à Hanjin, même si la capitale en été est encore plus chaude que Xinan. Elle peut laisser ici un message pour Wai, il la suivra quand il reviendra dans le sud. Elle ne comprend pas bien pourquoi elle s'attarde.

L'auberge où elle loge est une auberge de qualité. L'aubergiste a une mauvaise jambe, il se sert d'une canne pour se déplacer. Sa femme, d'un bon naturel, douce et jolie, est attentive aux besoins de Shan. Le mari la regarde avec affection chaque fois qu'ils se trouvent dans la même pièce. De manière intéressante, la femme fait de même. Ils n'agissent ni ne parlent comme si vivre à Xinan leur donnait l'impression d'être diminués. Peut-être leurs attentes du monde ne les ont-elles pas poussés de ce côté. Peut-être, songe Shan, chacun a-t-il l'autre pour le soutenir.

Elle s'est rendue plusieurs fois à un temple de la Voie, situé dans le quartier sud-est, autrefois le quartier soixante et onze, même si cela ne signifie plus rien maintenant que les portes de quartier ont disparu et que Xinan est une cité ouverte, comme elles le sont toutes désormais. Personne n'est plus enfermé dans un quartier, la nuit, sous la Douzième Dynastie. Peut-être est-on meilleur que la Neuvième sur ce plan, quoique, lorsque les lectures de Shan lui montrent ce que les femmes avaient le droit de faire et d'être à l'époque, cette idée s'effrite sur les bords.

Elle a offert une généreuse donation au temple et on lui a permis d'accéder aux documents qu'il contient, des rouleaux qui remontent à au moins quatre cents ans, dans le désordre le plus total, jamais triés. Jetés dans des coffres, sur des étagères, empilés sur le plancher d'une unique salle. Souris et insectes en ont ravagé quelques-uns. Elle fouille dans ces rouleaux sans énergie ni enthousiasme, aussi apathique qu'une servante qui s'ennuie à brosser les cheveux de sa maîtresse par une après-midi de chaleur.

Ce sont des relevés de dons au temple, des prières qu'on offre ou demande, des listes détaillées de vivres, "Quatre tonnelets de vin safrané de la Rivière aux Saumons", et le prix payé pour chaque article.

Elle trouve un journal datant des années de la grande rébellion, quand la cité a été incendiée et pillée : une chronique rédigée par un intendant sans nom, relatant ses efforts pour assurer la sécurité d'une demeure distinguée, dans les allées et venues des rebelles et de la cour. On décrit l'été où les Tagurs avaient profité du chaos pour frapper loin au cœur de la Kitai, en pillant Xinan – ce qu'il en restait –, avant de retourner sur leur plateau montagneux.

C'est une bouchée du passé. Une voix qui traverse l'abîme du temps. Shan offre un autre don au temple et achète ce rouleau pour la collection. Autrefois, elle en aurait été excitée. Elle aurait attendu le retour de Wai avec impatience pour le lui montrer, ils s'en seraient lu des passages tour à tour en buvant du thé ou du vin. Auraient peut-être décidé d'en apprendre davantage sur cet intendant, ce qui lui était arrivé, et à sa maisonnée. Comment ce rouleau s'était retrouvé au temple. Il est tant d'histoires, songe-t-elle, et presque toutes finissent par être perdues.

Elle écrit une lettre à Lu Chen, y inclut la découverte du journal. Le poète est sain et sauf, et son exil a été circonscrit à un domaine familial près du Grand Fleuve. Elle lui a envoyé une chanson au printemps, celle qu'elle a écrite sur lui – et que la fille aux pieds bandés a chantée au Genyue, l'après-midi où une flèche s'est abattue des cieux.

Une journée et une soirée au déroulement complexe.

Lu Chen répond, maintenant, à ce qu'elle lui envoie. Il lui fait honneur ainsi. Il admire ses *ci*, dit-il. Il écrit les siens, les lui envoie. Elle lui dit toujours qu'il trahit le genre en essayant de subvertir les simples thèmes de la forme chantée, en les transformant en une extension de la forme poétique.

Elle le lui avait dit alors qu'elle était une jeune fille, le premier jour de leur rencontre, dans le jardin de Xi Wengao. Il y a si longtemps, elle en éprouve de l'effroi.

Le poète aime qu'elle argumente ainsi avec lui, c'est clair. Il la taquine de vers malicieux, l'invitant à rire. Elle, elle désire qu'il la mette à l'épreuve. Il continue pourtant, offrant courtoisie, bel esprit, attention.

Il lui a offert – et à son époux – de visiter La Montée de l'Est. Elle aimerait y être en cet instant, songe Shan dans la vastitude de Xinan. Elle imagine l'harmonie, de civiles discussions sous l'ombre des arbres, des rires.

Le frère de Maître Lu et son fils se trouvent loin dans le nord, ou peut-être sont-ils déjà revenus à Hanjin. Lu Chao a été nommé émissaire impérial auprès d'une quelconque tribu en révolte contre les Xiaolus. On évalue ce soulèvement, en le considérant comme une occasion à saisir. Lu Chao, rappelé de son exil, était un choix surprenant pour cette mission – à moins qu'on n'ait voulu sa mort, se rappelle-t-elle avoir pensé. Il y a des moyens plus faciles de tuer quelqu'un. Son père le lui avait expliqué : Le Premier Ministre Hang Dejin, depuis sa retraite dans son domaine de Yenling, n'avait certainement pas désiré expédier une armée dans le nord. En envoyant Lu Chao, un homme d'une indépendance bien connue, il avait réglé ce souci. Si Chao conseillait vivement un traité et une action militaire avec cette tribu, ce serait l'opinion honnête d'un homme d'expérience. S'il revenait en arguant contre une alliance, on ne pourrait dire qu'il s'agissait d'une opinion déshonnête ou à laquelle on l'aurait contraint.

Le nouveau Premier Ministre Kai Zhen était retourné à la cour et s'était aussitôt mis en devoir de saisir la glorieuse occasion qui leur était présentée. Il faudrait un homme bien brave pour s'élever contre le Premier Ministre, avait écrit le père de Shan.

Les frères Lu étaient tout sauf des couards. C'était évident, et depuis longtemps. D'après les lettres de Lu Chen, il semblait parfois que le poète avait décidé que, ayant survécu à Lingzhou, il n'avait plus rien à craindre dans l'existence.

Elle avait mémorisé, et promptement brûlé, le dernier poème qu'il lui avait envoyé avant qu'elle parte de Hanjin, une réponse à sa chanson du jardin impérial. Elle doute que sa copie ait été la seule de ce poème, toutefois. L'avoir brûlée la protège, elle, mais ne protège pas Lu Chen.

À la naissance d'un enfant,
Sa famille prie qu'il soit intelligent.
L'intelligence ayant ruiné mon existence,
J'espère seulement que l'enfant grandira
Ignorant et stupide.
Il connaîtra alors le succès toute sa vie
Et sera rappelé à la cour comme premier ministre !

Elle se souvient que le sang lui est monté au visage lorsqu'elle a lu ces mots. Elle rougit encore en se les remémorant. Une sorte de stupeur respectueuse et craintive. Qui ose écrire ainsi ? Alors même qu'elle éclatait de rire, stupéfaite, le souffle court, elle avait jeté un coup d'œil alentour pour s'assurer qu'elle était seule. Le papier lui avait comme brûlé les mains, les caractères étaient des flammes. Elle les avait expédiés dans la cheminée, les transformant en cendres.

Elle avait décidé de se rendre au Parc du Lac Long dans la matinée, mais la femme de l'aubergiste l'a pressée d'attendre – un autre orage s'en vient, a-t-elle dit. Le ciel matinal était clair, mais Shan ne se sentait pas d'humeur à être péremptoire ou catégorique en rien, et elle a accepté de rester aux environs de l'auberge. Elle a écrit au poète, puis à son père. Juste avant midi, l'orage se déchaîne. Le ciel devient si sauvagement ténébreux qu'elle ne peut même pas écrire dans sa chambre. Debout près de la fenêtre, elle regarde les éclairs en écoutant les grondements et les craquements du tonnerre au-dessus de Xinan.

Après l'orage, elle sort sur le balcon mouillé. Elle peut déjà sentir une agréable fraîcheur dans l'air. Qui ne durera pas, mais la pluie a fait retomber la poussière et on peut entendre des chants d'oiseaux. Il y a de l'eau de pluie dans la fontaine couverte, dans la cour en contrebas. Les feuilles du poirier sont luisantes.

Elle demande à l'une de ses servantes d'appeler les porteurs et ses gardes, et elle part pour le Parc du Lac Long. C'est le milieu de l'été, les journées sont longues, elle sera de retour avant la nuit, même dans une cité aussi vaste.

Elle sourit à l'épouse de l'aubergiste en descendant l'escalier : « Merci pour l'avertissement », lui dit-elle. La femme a l'air contente, baisse et détourne les yeux. Le père de Shan lui manque subitement. Peut-être va-t-elle rentrer chez elle en fin de compte.

Je veux un enfant, pense-t-elle, une pensée venue de nulle part, comme l'orage. Elle se surprend elle-même. Je veux un enfant.

Le Parc du Lac Long se trouve dans le secteur sud-est le plus éloigné de la ville, près des murailles. Un parc populaire, autrefois, pas comme le parc impérial, à l'arrière du palais, où les chiens sauvages lui ont fait peur. Ce secteur est aussi le plus élevé de Xinan. De là, on peut voir la cité en contrebas, soignée dans sa symétrie, accablante dans sa ruine. Le regard porte aussi loin que le palais au nord et la Porte de la Gloire à l'ouest, avec sa tour fracassée.

Il y a une autre tour là, autrefois un important sanctuaire du Cho, dix étages de haut. L'édifice tient toujours debout, mais n'est pas sécuritaire, disent les gardes de Shan – les escaliers s'écroulent et les planchers, au-dessus du troisième étage, ne sont pas sûrs. Les murs extérieurs portent des traces d'incendie. La tour va bientôt s'effondrer, probablement, déclare le plus grand des deux gardes. C'est celui qui la regarde plus longtemps qu'il ne le devrait lorsqu'elle parle.

Elle songe à grimper dans la tour, au moins jusqu'à une certaine hauteur, mais il y a une limite entre indépendance et idiotie. Si elle est blessée, les hommes qui l'accompagnent en souffriront les conséquences.

Des chemins traversent le parc, envahis par des ronces, une herbe grossière et des fleurs sauvages. On peut imaginer son état antérieur, cependant : le soleil, les embarcations aux couleurs éclatantes sur l'eau, cavaliers et cavalières, une partie de polo, de la musique, l'herbe verte bien entretenue, des parterres de fleurs. Des arbres fruitiers, de faux acacias, des saules au bord de l'eau. Chan Du, le plus émouvant de tous les poètes, est venu ici un jour et il a écrit un poème célèbre :

> *La dame aux épingles de jade dans le nuage de sa chevelure,*
> *Enveloppée du parfum qu'elle seule peut porter.*
> *Elle longe à cheval la neige accumulée des chatons de saule*
> *Et les fleurs se courbent vers elle.*

Wen Jian était morte jeune, bien sûr. L'une des Quatre Grandes Beautés, la dernière. Ce n'était pas quelqu'un à envier. Plutôt un sujet de réflexion sur ce qui arrivait aux femmes qui brillaient avec trop d'éclat. *Alors que la musique jouait encore, Le chagrin s'abattit sur nous…*

C'était là une sombre pensée. Shan donne la permission à ses hommes de la ramener à l'auberge. Ils n'attendaient que cela, elle le sait. Le soleil est passé à l'ouest, et ils vont devoir la porter longtemps.

Elle se couche tôt et se surprend en s'endormant. S'éveille dans la nuit, cependant, comme souvent lorsqu'elle est en voyage. Il est très tard, le silence règne dans l'auberge. Les clients sont peu nombreux cet été. Elle entend le bruit de l'horloge à eau. Après s'être enveloppée de sa robe de chambre, elle sort sur le balcon pour regarder le ciel oriental. Le dernier quartier de la lune s'est levé, suspendu dans les branches d'un grand arbre de la cour, à demi dissimulé par les feuilles. C'est très beau. Elle contemple si longtemps la lune que celle-ci se libère et grimpe au-dessus des feuilles dans les étoiles.

◆

Daiyan ignorait combien de temps il était resté étendu dans le chemin. Il sentait une étrangeté dans l'air, et son propre corps lui semblait étrange aussi. Il s'assit, puis se leva, avec précaution. *Pour te souvenir de moi*, avait-elle dit, la *daiji*. Il ne savait ce que cela signifiait, mais comment aurait-il bien pu l'oublier ? Le souvenir seul était à même de l'exciter à nouveau.

S'il revenait? S'il se tenait au bord de l'eau (avec le vent plus calme, à présent), viendrait-elle encore à lui, avec sa chevelure libre et dénouée? Les poèmes décrivent parfois l'accouplement comme "nuages et averse".

Ce n'était pas un sujet utile de réflexion. Il revint à sa monture, se remit en selle et quitta Ma-wai par la même arche qu'à l'aller.

Il poussa son cheval au galop. Il lui fallait être alerte. Il était tard dans la journée, et la route serait peut-être dangereuse, surtout après la tombée de la nuit, pour un cavalier solitaire. Des bandits, des bêtes, le cheval pouvait trébucher, tomber, se casser une patte. On pouvait perdre son chemin dans le noir. Les dangers de la vie ordinaire dans un monde ordinaire. La lune déclinante n'apparaîtrait pas avant plus tard dans la nuit et offrirait peu de lumière.

Il chevauchait. Il se sentait encore bizarre, roulait des épaules comme pour calmer une démangeaison, ou comme si on l'observait, depuis la forêt, depuis les champs.

Il aurait pu si aisément être perdu, là-bas. Dans cette étrange musique, le monde des esprits, la beauté, le désir, le temps. Il lui semblait que s'il fermait les yeux il la verrait, il percevrait le parfum qui lui était arrivé du mauvais côté du vent. Nuages et averse. La gloire de cette bouche, la soie qui se soulevait et collait à ces cuisses. *Je sais votre nom*, avait-elle dit… *goûté à ce que je vous offrirai.*

Il secoua la tête, pressa son cheval sur le milieu surélevé de la voie (autrefois réservé à la cour ou aux messagers impériaux), à une allure qui suggérait la fuite.

Ou suggérant qu'il se précipitait vers un autre but. Il y aurait des lumières, même dans Xinan marquée par les flammes, hantée par les fantômes. La présence d'autres humains. Ou encore dans les baraquements bruyants, hors les murs, où se trouveraient ses hommes. Ou dans une auberge. Oui, une auberge. Un endroit où il pourrait boire beaucoup de vin et penser à l'image qui lui était venue à l'esprit, à laquelle il s'était intérieurement accroché lorsqu'il s'était retourné pour regarder la *daiji*, ces grands yeux, ces cheveux libres d'attaches dans le vent.

Il était imprudent avec le cheval, il allait trop vite dans l'obscurité qui tombait sur la route déserte. Il lui semblait, de manière absurde, qu'il ne pouvait pas tomber d'un cheval sur cette route et périr, ni être tué par des voleurs en embuscade. Pas cette nuit, pas après ce qu'il venait de rencontrer. Le monde ne pouvait tourner ainsi.

Il le pouvait, bien sûr. Daiyan se trompait. Le danger ne protège pas du danger. Des tigres peuvent s'en venir après une femme-renard, l'éclair suivre l'éclair. Mais il survécut bel et bien à cette chevauchée, tandis que le soleil se couchait et introduisait les étoiles dans les ténèbres estivales. Les sabots de sa monture martelaient la route ancienne, l'étalon xiaolu ne perdit pas son chemin et ne trébucha point. Daiyan entendit le cri d'un hibou, une fois, venant de la forêt à sa gauche, et le cri coupé net de ce que le froid assassin avait chassé sous les étoiles.

Pas lui, la proie. Pas cette nuit, du moins.

La lune se levait lorsqu'il aperçut les lumières de Xinan au loin et arriva à l'une des portes nord, près des murailles noircies du palais désert. Autrefois, les portes auraient été fermées au crépuscule, nul ne serait entré sans un passe impérial, jusqu'aux tambours de l'aube. On était battu si l'on essayait de rentrer après le couvre-feu, en escaladant les murs ou à la nage dans les canaux. Maintenant, en cette époque bien différente, les cités restaient ouvertes, on allait et venait après la tombée de la nuit, on se déplaçait librement, on dépensait de l'argent, on laissait le bruit, les lanternes et la musique vous porter à travers les heures nocturnes, si on le désirait.

Au pied de la muraille, Daiyan tira sur les rênes afin de réfléchir. Il flatta l'encolure du cheval. La bête était brave et puissante, elle avait galopé à toute allure pendant un bon moment. On pouvait aimer un cheval, constatait-il.

Sur une impulsion, ou peut-être n'en était-ce pas une, il ôta la jaquette qui signalait son statut de soldat et révélait son rang. En entrant dans les villes, les soldats devaient s'identifier. Pour le sens commun, depuis longtemps, ils constituaient un danger. Il décida de ne pas continuer en contournant les murailles pour se rendre aux baraquements, du côté ouest.

Il mit sa tunique plissée dans ses fontes et pénétra dans Xinan entre les torches de la porte. Il adressa un signe de tête aux soldats qui s'ennuyaient là. Ils ne gardaient plus contre de bien grands dangers, désormais. Pas ici, plus ici.

Le palais se dressait à sa gauche, vide, sombre. Son empereur à lui dormait ou veillait dans une autre cité, bien loin à l'est.

Il connaissait maintenant un peu Xinan. Ils avaient passé pas mal de temps dans les baraquements avant que lui vînt l'idée de se rendre, seul, dans les territoires xiaolus du nord. Le plan avait paru utile. Il ne se développait pas forcément ainsi, cependant.

Il n'avait tout de même jamais chevauché de nuit dans la cité. Il y avait des gens dehors, mais pas comme à Hanjin ou même à Jingxian après la tombée du jour. Ceux qu'il apercevait semblaient éparpillés comme les pièces d'un jeu à la fin d'une partie. Il se retrouva dans la vaste immensité de la voie impériale. La première fois qu'il l'avait vue, il s'était senti empli de puissance, excité, *agrandi* par·ses dimensions, ce premier matin où il s'était trouvé là, plus tôt dans l'été. Il l'avait vue comme un symbole de ce qu'avait été la Kitai, de ce qu'elle pouvait être encore. Le passé n'était pas un fardeau mais un défi. Ils pouvaient en être dignes. Son existence, avait-il pensé, tournait toute autour de cet accomplissement.

Peu après son arrivée, il avait envoyé toute sa compagnie en ville, à intervalles, avait ordonné à leurs chefs de les faire marcher ou chevaucher en formation dans cette avenue. Il leur avait parlé ensuite dans les baraquements. Il avait dit à ses soldats que leur tâche, leur ambition commune, était de devenir dignes de cette avenue menant du palais à la porte du sud. Il avait parlé avec force, il s'était *senti* fort.

C'était différent la nuit, sous les étoiles et la lune qui montait, seul dans les échos soulevés par les sabots de sa monture. La voie principale était presque déserte, il n'y avait rien là que de l'espace, un immense espace. On devait être dans les estaminets, dans de petits marchés de nuit, à des étals à nourriture, dans des maisons de chanteuses. Ou endormi dans son lit.

Il quitta la voie impériale à un embranchement, et tourna encore une fois, et de nouveau. Il arriva à sa destination, sans avoir jamais pleinement admis que c'était là qu'il se rendait tout du long.

Il confia sa monture à un garçon d'écurie ensommeillé, lui commanda de l'étriller, de le nourrir et de l'abreuver. Offrit une poignée de pièces pour le travail. Il ne les compta pas, vit le tressaillement surpris du garçon, le regarda emmener le cheval.

Il resta un moment dans la rue obscure, devant la porte close de l'auberge. Le garçon tirait le cheval dans une cour d'écurie, le son des sabots s'éloignait. Il n'y avait personne dehors.

Daiyan se détourna de la porte de l'auberge sans y frapper. Il s'éloigna un peu de l'écurie. Escalada un mur de pierre et se laissa tomber sans bruit dans une cour.

C'était une bonne auberge, la meilleure en ville. Il y avait une fontaine, qui ne coulait plus, même si de l'eau de pluie y était restée après l'orage. Des arbres entouraient la cour, l'un d'eux poussait près de la fontaine. Il n'aurait su expliquer ce qu'il faisait là, pourquoi il était entré ainsi en sautant le mur, comme un voleur.

Il s'approcha de la fontaine. Leva les yeux et vit la lune, qui avait dépassé l'horizon et le sommet du mur. Se retourna pour contempler les trois étages de l'auberge dans la nuit d'été.

Elle se tenait à son balcon, enveloppée d'une robe de chambre, et elle le regardait.

Un espar, près du lac de Ma-wai. Son esprit qui s'y agrippait alors qu'il se retournait pour affronter une *daiji*. Bien réel à présent, dans la nuit. Ici. Une image pour retenir un homme dans le monde, l'empêcher de se perdre. Il était de nouveau effrayé. Une autre qualité d'effroi. Il y en avait des variétés différentes.

Il s'avança lentement pour se tenir sous le balcon. Leva ses mains ouvertes. À voix basse, mais en la modulant comme on apprend à le faire lorsqu'on commande à des soldats, il dit : « Je ne vous veux point de mal, ma dame. Nous nous sommes déjà rencontrés.

— Je sais qui vous êtes, commandant Ren. »

Il faisait noir là où il se tenait, dans la cour, avec seulement un croissant de lune derrière lui. Il ne portait pas sa tunique de soldat.

« Comment ? » demanda-t-il.

Elle avait les cheveux dénoués sur les épaules.

Elle ne répondit pas, resta simplement à le regarder. Il entendit des carillons agités par le vent dans les branches de l'arbre, derrière lui.

« Pardonnez-moi. »

Les carillons, le vent dans les arbres.

« Vous allez réveiller quelqu'un, dit-elle. Montez. »

C'est comme si elle avait épuisé tout son courage avec ces paroles. Défier le monde, c'est une chose, mais elle vient d'inviter un homme dans sa chambre, de nuit.

Elle quitte le balcon pour retourner dans la chambre. On laisse toujours un petit brasero allumé pour elle, avec un flacon de vin et des bougies à côté. Elle en allume une au brasero et traverse la pièce pour allumer à son tour la lampe posée sur le bureau qu'on lui a procuré. Il est entendu qu'elle s'éveille parfois la nuit pour écrire.

Ses mains tremblent. Il lui est difficile, en fait, de s'arranger de la bougie et de la lampe. Son cœur bat très vite.

Elle est à allumer l'autre lampe, près de son lit, lorsqu'elle entend un bruit en provenance du balcon et que Ren Daiyan escalade le rebord. Elle souffle la bougie, la pose, se retourne pour le regarder. Elle glisse ses mains dans ses manches, croisées devant elle. Toujours agitées d'un tremblement.

Les draps du lit sont en désordre. Bien sûr. Elle peut sentir ses joues empourprées. Elle s'écarte du lit pour se diriger vers son bureau.

Ren Daiyan s'arrête juste après le balcon. Derrière lui, la nuit et la lune dans la fenêtre. Il s'incline par deux fois.

« Pardonnez-moi, répète-t-il.

— Je vous ai invité, commandant Ren. »

Ce serait plus facile si ses mains voulaient bien seulement rester tranquilles.

Il incline la tête. Il semble calme, maître de lui. Elle se rappelle cet aspect de son comportement.

« Je puis vous rapporter, Dame Lin, que votre honorable époux sera bien gardé en sécurité dans le nord.

— Je n'étais pas au courant qu'il fût en danger. » C'est la vérité.

« J'ai chevauché plus vite que les messagers. Il y a eu des problèmes de l'autre côté du fleuve. Quelqu'un a abattu des soldats xiaolus. J'ai fait déplacer les gens à Shuquian par mes soldats, au cas où il y aurait une réaction. J'ai envoyé mon meilleur officier trouver votre époux.

— L'officier que j'ai rencontré ? Celui qui m'a décoché cette flèche ? »

Ses mains sont enfin tranquilles, ou à peu près.

Il semble mal à l'aise pour la première fois. Elle ne sait si c'est bien. Elle ne sait pourquoi elle lui a posé la question. Ou plutôt elle ne veut pas y penser.

« Oui, ma dame. Le commandant en second Zhao. »

Elle hoche la tête. « Mon mari peut être difficile lorsqu'on essaie de l'éloigner de son travail pour la collection. »

Un premier sourire, à peine esquissé. Elle se rappelle Ren Daiyan avec les cloches de bronze, comme il en connaissait la nature.

« Le commandant en second Zhao peut être difficile tout le temps, ma dame. »

Elle se sent sourire, ne veut pas, pour une raison quelconque, qu'il le voie. « Une sorte d'affrontement, alors ? »

— Je suis bien certain que nous aurons protégé votre honorable époux, ma dame. »

Elle hoche la tête de nouveau, essayant d'en faire un geste bref : « Mais je ne suis pas gracieuse envers un invité. J'ai du vin. Me laisserez-vous vous en réchauffer ? »

Il a encore une expression embarrassée : « Ma dame, j'ai chevauché toute la journée et jusqu'à maintenant cette nuit. Je suis confus. Mes vêtements, mes bottes... »

Certains sujets peuvent être évoqués, si l'on est capable de penser avec clarté.

« Ne vous en souciez point. Vous m'avez apporté de rassurantes nouvelles. Je vous suis reconnaissante. Il y a une bassine d'eau sur cette table, près du mur. Je verserai le vin et resterai à mon bureau pour vous donner un peu d'intimité. Vous pouvez prendre une tunique de mon époux dans le coffre, quand vous vous serez lavé.

— Je n'ose entretenir une telle présomption. »

Elle rit tout bas : « Si vos hommes lui ont sauvé la vie, je pense que vous le pouvez. »

Elle se détourne sans attendre sa réponse, satisfaite de voir que ses doigts sont assurés lorsqu'elle prend le vin pour le poser sur le support au-dessus du brasero. Elle prépare deux coupes, le dos toujours tourné.

Elle l'entend bouger, un petit grognement, le bruit de bottes qu'on ôte. D'autres bruits, des éclaboussures discrètes. Elle pense à ce qu'il vient de lui dire – une façon de ne penser à rien d'autre.

Toujours de dos, elle demande : « Commandant, pourquoi donc vos hommes étaient-ils à Shuquian ? »

Un silence, elle peut l'imaginer hésitant au-dessus de la bassine. Il dit, d'une voix soigneusement contrôlée : « Des patrouilles de routine le long du fleuve. Nous devons comprendre les conditions qui y prévalent.

— Vraiment ? Cela n'appartient-il pas aux préfectures d'autres commandants, au nord ? »

Pour la deuxième fois, il a une intonation amusée : « Étudiez-vous les divisions militaires de la Kitai tout comme vous créez de la poésie, Dame Lin ?

— Pas vraiment en détail », murmure-t-elle.

Le vin n'est pas encore prêt. Le doigt qu'elle y a plongé (théoriquement ce n'est pas permis) le lui apprend. Elle va à son bureau, la tête détournée, s'assied près de la lampe. Un autre silence. Puis, quelle qu'ait été jusque-là cette rencontre, elle change de nature.

« Je suis navré, dit-il. J'ai été moins que véridique. C'est moi qui ai causé les problèmes au nord du fleuve. J'ai traversé la frontière, déguisé, pour voir ce que je pourrais découvrir. Zhao Ziji en a emmené d'autres de notre compagnie dans le nord, il était inquiet. J'ai tué quatre cavaliers xiaolus. Et pris deux chevaux. »

Elle fait volte-face. Elle avait dit qu'elle ne le regarderait pas. Pourquoi a-t-il agi ainsi ? veut-elle demander, mais aussi : Pourquoi me le dire ?

Mais les mots lui manquent. Il lui tourne le dos, penché sur la bassine, dénudé jusqu'à la ceinture. Elle voit ce qu'elle voit. Elle porte ses mains à ses lèvres.

À Hanjin, dans sa demeure, le soir du jour où, dans le Genyue, il a bloqué une flèche de son bouclier, elle l'a entendu, avec son père, déclarer : *Je suis né pour les regagner.*

Maintenant, elle voit son torse. Son dos nu. Elle essaie d'imaginer un homme faisant cela. Elle n'y parvient pas.

À travers ses doigts, elle murmure : « Quand… quand vous êtes-vous fait tatouer ainsi ? »

Il se retourne avec vivacité. La voit qui le regarde.

« Ma dame, vous avez dit… ! » Il se tait, il recule d'un pas, s'adosse au mur près du balcon, comme s'il essayait de trouver un endroit où se défendre. D'elle ?

« Tatouer quoi ? demande-t-il d'une voix altérée. Que voyez-vous ? »

Elle écarquille les yeux : « Vous ne savez pas ?

— Dame Lin, je vous en prie. *Que voyez-vous ?* »

Elle laisse ses mains retomber. Lentement, avec précaution, elle le lui décrit.

Le voit fermer les yeux en se laissant aller contre le mur. Il reste ainsi.

« Vous ne le saviez vraiment pas ? » répète-t-elle.

Il secoue la tête. Rouvre les yeux pour la regarder. Elle se force à soutenir ce regard. Il s'écarte du mur, un pas, en se tenant très droit maintenant, en face d'elle. Il tient un carré de tissu, il avait été en train de se laver. Il y a des gouttes d'eau sur son visage et son torse.

Il prend une inspiration. « Ma dame, je ne suis pas seulement venu vous apporter des nouvelles de votre époux. Pas si tard dans la nuit. »

Instinctivement, elle croise de nouveau ses mains dans ses manches, puis change d'idée et les laisse retomber à ses côtés. Elle attend. Sent son cœur battre, encore.

Il murmure : « J'ai rencontré une *daiji* cette après-midi, près du lac, à Ma-wai. »

Ces paroles tombent dans le silence de la chambre comme des cailloux dans un étang. Shan le regarde. Elle a conscience de retenir son souffle.

« C'est elle qui m'a tatoué, lorsque je l'ai quittée. »

Shan s'oblige à respirer. Elle se mord la lèvre inférieure. Une mauvaise habitude. Elle dit, avec précaution encore : « Vous avez couché aujourd'hui avec une femme-renard et vous êtes...

— Non. Je n'ai pas fait cela. J'ai pu... J'ai pu la regarder et puis m'en aller.

— Je... Je ne croyais pas que les hommes en étaient capables. Si... si les légendes sont vraies. »

Il a véritablement l'air d'un homme qui est allé dans le monde des esprits. Il ne lui vient aucunement à l'idée de ne pas le croire. Elle y songera plus tard. Ses yeux, sa voix, ce qu'elle a vu sur son dos.

« Je ne le pensais pas non plus », dit Ren Daiyan. Il repose le tissu près de la bassine, il se tient devant elle ainsi, les mains vides, sans chemise, et il déclare : « Je l'ai été en pensant à vous. »

Puis, après une pause, il ajoute : « Je suis navré, ma dame, je me suis disgracié. Je vais m'en aller maintenant. Détournez-vous encore pendant que je m'habille. »

Elle se rend compte qu'elle est muette. La chambre semble plus brillante, pourtant, et non à cause de la lune ou des lampes.

Que voyez-vous ? avait-il demandé, et elle le lui avait dit, se tenant de l'autre côté de la pièce dans une robe de chambre verte, près de la lampe posée sur son écritoire.

N'oubliez jamais nos fleuves et nos montagnes perdus.

C'étaient là les caractères. La *daiji* avait fixé ses propres paroles, le plus profond désir de son cœur, le désir de toute sa vie, sur son corps. Il était tatoué comme un barbare de l'ouest, un soldat recruté de force, un criminel marqué au fer de son crime.

Mais c'était différent. Cela venait du monde des esprits. Il comprenait maintenant pourquoi il avait senti cette brûlure coupante et douloureuse alors qu'il s'éloignait du lac. Il avait perdu conscience, mort au monde. Il avait rejeté une *daiji* en choisissant plutôt sa tâche dans ce monde, c'était ce qu'avait compris la créature, et elle lui avait donné ce qu'elle avait appelé un présent – pour qu'il se souvînt d'elle. Rappelle-toi les préfectures perdues ; ou rappelle-toi un univers de délices perdu – qui aurait pu le détourner de ce labeur.

La *daiji* n'avait pas su (il le pensait), pour l'espar dans son esprit. La femme qui se tenait maintenant devant lui.

Il s'entendit raconter à Lin Shan, malgré tout, ce qui s'était passé à Ma-wai, comment il avait été capable de se retourner et affronter une femme-renard tout en se retenant au monde des humains, à son propre temps, à la vie des mortels, à cause d'elle, à cause de cette femme mortelle dans cette chambre.

Il n'avait pas eu l'intention d'en parler. Il n'y avait pas pensé en venant là. Il n'avait pas eu l'intention de venir là.

Il n'avait pas pensé qu'elle serait sur son balcon.

Pouvait-on être plongé dans une plus grande confusion que lui ? Il ignorait, aujourd'hui, cette nuit, ce qu'il pensait. Sur quoi que ce fût. Comment le monde devait-il se déployer ? Était-ce une soie fine déroulée dans la boutique d'un marchand ? Ou le tissu de chanvre taché se dépliant pour révéler le poignard qui va mettre fin à une existence ?

Il énonça les seules paroles qui lui venaient à l'esprit, après avoir confessé ce qu'il n'avait pas su qu'il confesserait.

« Je vais m'en aller, maintenant. Détournez-vous encore pendant que je m'habille. »

Il remettrait sa tunique tachée de sueur, ses bottes, il redescendrait du balcon (il y était habile, il était doué pour ce genre de choses), il reprendrait son cheval et se rendrait aux baraquements. Où il aurait dû aller au départ.

Les mains de la jeune femme pendaient à ses côtés. Il les avait vues trembler auparavant. Il était observateur, l'avait toujours été. Son courage, la confiance qu'elle avait placée en lui, étaient très grands. Ses mains ne tremblaient plus, à présent, et elle ne lui tourna pas le dos.

Elle dit, d'une voix empreinte de douceur : « Les caractères. La calligraphie. La... La *daiji* a imité la manière de

l'Empereur, Ren Daiyan. L'Or Fin. Vous êtes marqué comme
nul ne l'a jamais été.

— Vous me croyez ? »

Cela lui importait grandement, il s'en rendait compte. Il
se croyait à peine lui-même, sa propre histoire. Le parfum
de la femme-renard, le vent qui soufflait dans la direction
opposée. La soie rouge dans la brise. Il entendait des carillons
agités par le vent derrière lui, maintenant, dehors.

« Je crois le devoir. J'ai vu votre dos. Ils sont impeccables,
ces caractères. Comment pourrions-nous penser tout comprendre sous le ciel ? »

Il resta silencieux, les yeux fixés sur elle. « Vous êtes très
calme, dit-elle, si cela vient d'arriver. »

Elle se détourna enfin, mais seulement pour aller au brasero. Elle souleva le flacon de vin et en versa deux coupes.

Je dois m'en aller, pensa-t-il. Elle se retourna vers lui, les
coupes à la main.

« Calme ? Non. Je suis… Je ne suis pas moi-même. Je ne
me serais pas introduit ici, sinon. Je suis navré, ma dame.

— Vous pouvez cesser de parler ainsi. Je suis… honorée
de vous avoir de quelque façon aidé à rester parmi nous,
commandant Ren. »

Elle traversa la pièce pour lui tendre la coupe. Il la prit.
Elle était trop proche.

« Qi Wai sera en sécurité. J'en suis très certain. »

Elle sourit à ces paroles : « Vous l'avez déjà dit. Je vous
ai cru. »

Elle prit une gorgée de vin. Il reposa le sien près de la
bassine sans y avoir touché. « Voudriez-vous vous retourner
de nouveau ? demanda-t-elle. J'aimerais revoir ces caractères. »

Il obéit. Quoi d'autre ? Elle posa sa coupe près de la
sienne. Un instant plus tard, il sentit son doigt sur le premier
caractère, du côté droit de son dos, près de l'épaule. *N'oubliez
jamais.*

L'Or Fin. Le style de l'Empereur. Il n'était pas lui-même,
cette nuit. Il regardait la lune au-dessus du mur de la cour
et des arbres. La maîtrise de soi, ç'avait toujours été l'une de
ses fiertés. Ses buts se présentaient devant lui. Son existence s'orientait sur eux, comme sur une étoile. Il avait repoussé

une *daiji* en ce jour. Il se trouvait encore là, en ce monde. À cause de Lin Shan.

Il s'éclaircit la voix : « Ma dame, c'est difficile. Je ne suis pas entièrement capable de... »

Elle suivait le deuxième caractère, plus bas, puis le suivant, comme si son doigt avait été un pinceau. Les *montagnes*, les *fleuves*.

« Pas capable ? » demanda-t-elle, et elle était plus proche de lui que ne l'avait été la femme-renard. Il entendit la tension qui courait dans sa voix. Il ferma les yeux, face à la lune.

« D'observer... le respect approprié, si vous continuez ainsi.

— Bien », dit-elle, et elle finit de tracer le dernier caractère, près de ses reins : *perdus*.

Il se retourna et la prit dans ses bras.

Shan se rappelle deux choses, plus tard, du moment où il l'a portée sur le lit, du moment où ils s'y sont enlacés. D'abord, c'est le rire stupéfait, à couper le souffle, qui est monté en elle, une telle libération.

« Qu'y a-t-il de drôle ? » avait-il demandé. Et elle lui avait confié qu'elle venait d'essayer de se rappeler un passage de "La Fille des Mystères et l'Empereur", un des anciens textes sur les rapports amoureux, une astuce de femme.

Il avait ri alors (un soulagement, ce rire), en lui disant : « Vous n'en avez nul besoin, Shan. Ceci n'est pas une maison de plaisirs. »

Et donc : « Pas de plaisir ? » avait-elle demandé en faisant monter son intonation vers une fausse indignation. Il avait ri de nouveau puis avait posé sa bouche sur ses seins, le droit, le gauche, sa réponse.

Plus tard, le deuxième souvenir, alors qu'il est au-dessus d'elle, en elle. Il s'immobilise, la laissant en suspens dans un lieu qu'elle n'a jamais connu, entre le désir et une sensation proche de la douleur, et il dit : « Vous savez que je vous appartiens, pour la vie.

— Bien », souffle-t-elle, ouverte à lui, à son regard.

Après un moment, il ajoute : « Vous comprenez que je suis un soldat. »

Elle hoche la tête.

« Et qu'il y aura peut-être la guerre. »

Elle acquiesce de nouveau. En cet instant, elle a posé ses mains sur le dos de Daiyan, elle le veut plus près, plus profond, un désir urgent, et les doigts de sa main gauche trouvent le caractère pour "N'oubliez jamais".

Elle ignore alors, ou maintenant, dans la lumière du matin, après qu'il est parti, la signification de tout cela, ce que cela *peut* signifier, si cela a un sens, mais elle sait que cela n'appartient pas seulement à ce qu'a été son existence avant qu'elle se tienne sur ce balcon et le voie près de la fontaine.

Elle n'a pas les idées claires, décide-t-elle, mais le monde et son corps lui semblent neufs aujourd'hui, au milieu des ruines de Xinan.

Au milieu de l'après-midi, un message arrive de Daiyan, tracé d'une main ferme et nette, la remerciant pour le vin. En le lisant, elle se met à rire.

Cette nuit-là, il est de nouveau dans la cour, dans sa chambre, dans ses bras, il la désire de manière stupéfiante. Après l'amour, il parle – comme un homme qui n'en a jamais eu la chance. Elle apprend Shengdu, ses parents, les épées de bambou et le maître qui est parti pendant une sécheresse.

Elle apprend comment il a quitté son univers familier, encore adolescent, après avoir abattu sept hommes, en devenant lui-même un hors-la-loi. Et le jour où il a abandonné cette existence-là aussi. Il lui dit, comme à Hanjin, comment toute son existence lui a toujours semblé le pointer, telle une lame, vers des batailles dans le nord. Vers la restauration de leur ancienne gloire. Il lui dit qu'il se sent comme marqué depuis toujours pour cela et ne peut l'expliquer.

Mais elle a la main posée sur son dos (elle se sent forcée, presque malgré elle, de tracer les caractères qui y sont inscrits) et elle sait tout cela de lui, désormais.

Il lui demande, ce que nul ne lui a jamais demandé, de parler de sa vie à elle. Elle répond : « La prochaine fois, peut-être ? Ce que je désire maintenant n'implique pas de parler.

— Avons-nous retrouvé la Fille des Mystères ? » demande-t-il avec un rire léger, mais elle entend le changement d'intonation, elle sait qu'il est excité, et elle est satisfaite, et surprise, d'avoir cet effet sur lui avec quelques mots seulement.

« Elle n'est jamais partie bien loin », dit-elle.

La lune se lève, puis quitte de nouveau la fenêtre. L'homme part encore, comme il le doit. Un autre message, tard dans la matinée, apporté à l'écritoire auquel elle est assise. Elle est très lasse. Elle sait pourquoi.

La lettre lui apprend qu'il a été convoqué à Hanjin et à la cour, qu'il doit partir ce matin même. "Je pensais tout ce que je vous ai dit", écrit-il.

Il n'a été capable de délaisser une *daiji* que grâce à elle, c'est ce qu'il a dit. Et "Je vous appartiens, pour la vie".

◆

La convocation à la cour s'avéra mensongère. Elle ne provenait pas de la cour.

Daiyan ne l'apprendrait pas avant quelques jours. Il partit ce matin-là vers l'est pour y obéir, de nouveau sans compagnon, parce qu'il avait besoin d'être seul avec ses pensées.

Ziji le rattrapa, toutefois, sur sa propre nouvelle monture xiaolue, étant revenu aux baraquements le soir précédent pour repartir aussitôt en direction de l'est – et c'était bien. Ziji comme compagnon, c'était bien.

Daiyan pensait lui dissimuler les marques de la *daiji*, car il savait comme Ziji avait toujours redouté les femmes-renards, un incident de sa jeunesse, mais c'était absurde, il finirait par les voir.

Il les montra donc à son ami, la première nuit, alors qu'ils se préparaient à dormir dans l'auberge impériale, et il lui apprit la vérité sur ce qui était arrivé à Ma-wai. Presque toute la vérité. Ziji en fut aussi troublé que prévu. Comme le serait quiconque ?

« Tu as juste… tourné les talons ? Parce que tu… »

À cause de l'espar. Mais cela, Lin Shan, cela lui appartenait. Devait rester privé. « Tu cherches une raison ? Les caractères sur mon dos. Elle m'a marqué de ce que je lui avais dit.

— Elle t'a juste laissé partir ? Tu as pu partir ? »

Ziji s'assit sur son lit, visiblement secoué.

« Elle a dit que c'était un présent. Ça n'en avait pas l'effet. Mais c'en est peut-être un.

— La calligraphie, c'est…

— Celle de l'Empereur. Je sais.

— Comment le sais-tu ? Qui te l'a dit ? »

Une erreur.

« Dans les baraquements, quelques-uns ont vu. Et puis j'ai pris un miroir pour regarder. Je ne vais pas le cacher. Ça pourrait même aider, d'une certaine manière.

— À l'envers, les caractères dans un miroir.

— Oui, mais on peut reconnaître l'Or Fin même inversé.

— Elle t'a laissé partir ? » répéta Ziji, stupéfait. Puis : « Je n'aime pas ça du tout.

— Je sais bien. Je n'en voulais pas, tu sais.

— En es-tu bien sûr ? » répliqua Ziji. Une curieuse question. Puis il se tourna sur le côté et s'endormit, ou parut s'endormir.

Ils tombèrent dans une embuscade quelques jours plus tard, un peu à l'ouest de Yenling. Une attaque effrontée, sur la voie impériale, en plein jour, un éclatant jour d'été.

Juste avant l'apparition des hommes qui les encerclèrent, Daiyan avait été en train de penser à son père. Se l'était imaginé à son bureau du *yamen*, plus jeune qu'il ne devait l'être à présent. Comme il l'avait été toutes ces années auparavant, lorsque son fils avait quitté le foyer familial. Il y avait pensé, à son père, monté sur un cheval xiaolu, au long d'une route lointaine, en se demandant s'il le reverrait jamais.

CHAPITRE 17

Dun Yanlu avait été le chef de la garde personnelle de l'ancien Premier Ministre Hang Dejin pendant près de vingt ans. Un Premier Ministre avait accès, bien entendu, à tous les gardes de Hanjin, et pouvait aussi exiger des gardes de l'armée impériale. Mais on lui permettait cent gardes pour son propre usage, avec des uniformes qui indiquaient cette allégeance, et Yanlu en avait longtemps été le commandant.

Il les commandait encore, même si leur nombre, de par les règlements, était maintenant d'une vingtaine, puisque le ministre Hang avait pris sa retraite à Yenling.

C'était le fils aîné favori, Hang Hsien, qui avait appris aux gardes qu'ils étaient libres de prendre congé et seraient bien payés pour leurs services (c'était la vérité), selon le temps qu'ils avaient passé avec le Premier Ministre.

En l'occurrence, la plupart choisirent de se chercher un emploi ailleurs dans la capitale, même si aucun ne se retrouva dans la garde du nouveau Premier Ministre. Il y avait bien trop de méfiance entre les deux hommes. Même Dun Yanlu, qui ne se serait jamais considéré comme le plus brillant des penseurs, savait au moins cela.

Ses propres forces, c'étaient la loyauté et la solidité. Il respectait le fils, mais il aimait le père. Il maudissait le sort qui avait rendu le vieil homme aveugle, le forçant à se retirer de la cour dans un lointain domaine, alors qu'on avait encore besoin de lui.

Quatorze gardes avaient choisi d'accompagner Yanlu pour aller vivre au Petit Mont d'Or. Il en avait recruté quatre autres, en évaluant soigneusement leurs compétences, même si l'on devait admettre que des hommes vraiment capables n'allaient sans doute pas choisir de servir un ministre retraité à la campagne. La paie était excellente, mais l'ennui entrait en jeu, ainsi que l'absence d'opportunités. Ils n'étaient même pas à Yenling, aucun accès aux plaisirs nocturnes de la deuxième cité de l'empire : le domaine se trouvait à près d'une journée de cheval à l'ouest.

De fait, le fils, Hsien, avait récemment suggéré à Yanlu qu'il était peut-être temps pour lui de penser à se marier, à fonder une famille. Il avait leur permission, il serait toujours le bienvenu au Petit Mont d'Or, quoi qu'il arrive.

Yanlu savait ce que cela signifiait : *Après la mort de mon père.*

C'était généreux. Hang Hsien était un homme de bien. Ce n'était pas juste pour Yanlu de le blâmer pour leur vie isolée au domaine. Mais si Hsien avait été un homme plus fort, plus persuasif, n'aurait-il pas été premier ministre, maintenant ? Au lieu de celui qui était mené çà et là sur un âne par des épouses dégénérées et un eunuque.

On n'aimait vraiment pas Kai Zhen, parmi les hommes du Petit Mont d'Or. Non que cela eût de l'importance. Ils avaient tous pris leur retraite, maintenant. Leur existence avait commencé à suivre la routine et les cycles de la campagne. Les gardes étaient tout autant des ouvriers de ferme, ici. Dans un domaine prospère, il y avait toujours du travail. De plus, ils étaient en alerte pour les villages des alentours, afin de veiller aux hors-la-loi, aux incendies, aux animaux errants, voire aux meurtres, si le magistrat de Yenling leur envoyait un message pour le leur demander. Il le demandait bel et bien, après avoir compris que l'ancien Premier Ministre était heureux de voir ses gardes jouer ce rôle. Le magistrat devenait ainsi leur débiteur, même Yanlu était à même de le comprendre, mais il ne voyait pas en quoi cela pouvait compter.

Une vie tranquille, après Hanjin et le palais. Vraisemblablement, songeait Yanlu, les jours où il tirait fierté de servir des hommes importants dans des moments importants étaient derrière lui. On buvait dans la coupe qui vous était offerte. On avait une certaine durée de vie, et un laps de temps encore plus limité où l'on pouvait laisser sa marque. Il n'était plus jeune. On lui donnait la permission de se marier, on l'avait assuré d'une place dans la maisonnée.

Il y avait de pires façons de vieillir, pensait-il en s'imaginant un corps de jeune fille pour le réchauffer dans les nuits d'hiver, pour lui apporter de la bière ou du vin doux dans la chaleur de l'été. Certaines filles, au domaine, étaient bien plaisantes à regarder. L'une d'elles avait une silhouette aux courbes prometteuses. Yanlu n'était pas d'une famille connue, il n'entretenait pas de fausse fierté, cela facilitait les choses.

Puis, une après-midi, un messager arriva sur un cheval qu'il avait beaucoup poussé, et peu après Dun Yanlu fut convoqué au pavillon d'écriture, dans le jardin. C'était l'été, midi, il faisait chaud. Hsien se trouvait avec son père, personne d'autre. Le messager avait été renvoyé dans la maison pour manger et se reposer.

Le vieil homme, de sa voix mesurée, donna ses instructions à Yanlu : demain, il devait tendre une embuscade à deux hommes qui chevaucheraient vers l'est sur la route impériale et les amener au domaine.

Les descriptions étaient précises, jusqu'à celles des chevaux, de très belles bêtes, celles des vêtements et des armes qu'ils porteraient – on les avait observés lors de leur arrivée dans l'est. Hang Dejin employait encore des courriers qui lui étaient loyaux, et qui avaient accès aux montures les plus rapides des auberges de poste, le long du chemin.

Les deux hommes, informa-t-on Yanlu, devaient être traités avec respect et ne pas être blessés. On devait les désarmer et les escorter à la ferme dans la plus grande discrétion. Ils étaient dangereux, le prévint-on.

Il choisit cinq hommes, dont deux avec des arcs, même s'il était vieux jeu et ne se fiait pas vraiment à des archers. Le lendemain matin, il s'habilla avec fierté, heureux de retrouver l'action, de servir à nouveau. Il n'éprouvait pas le besoin de comprendre ce qui se passait. Ce n'était pas un de ces hommes qui essaient toujours de deviner les intentions de leurs supérieurs.

L'une des filles qu'il aimait bien lui sourit, de l'endroit où elle nourrissait les poulets, tandis que les six gardes prenaient la route. Il présentait encore bien en uniforme, à cheval, décida-t-il en carrant les épaules. C'était tôt dans la matinée, il ne faisait pas encore trop chaud.

Tout se passa très bien. Yanlu était prêt à le dire si le père ou le fils lui posait la question à son retour.

À part un regard échangé et un bref geste de la main du plus jeune, les deux cavaliers n'avaient posé aucun problème. Ce n'était pas surprenant, étant donné que six hommes armés avaient surgi des deux côtés de la route dans un endroit désert pour les encercler.

Yanlu leur avait courtoisement adressé la parole, mais il n'avait laissé planer aucune équivoque sur ses intentions. Les deux hommes allaient être délestés de leurs armes et quitteraient la route à l'instant avec eux.

Leur destination ? Elle ne pouvait être révélée. Leurs armes ? Elles leur seraient rendues, selon leur conduite (là, il spéculait). Ils étaient restés en selle, calmes, sans sourire, mais sans résister non plus lorsque deux des hommes de Yanlu s'avancèrent pour leur prendre épées et arcs. Les archers, de chaque côté de la route, les avaient visés tout du long de leurs flèches.

Yanlu avait bien vu cette expression curieuse passer entre les deux hommes, même s'il n'était pas doué pour déchiffrer de tels regards. C'était sans doute de l'appréhension. Les hommes effrayés ont bien des manières différentes de se comporter. On n'a pas besoin d'être un sage ou un lettré pour le savoir, simplement d'avoir commandé des hommes pendant un moment.

De retour au Petit Mont d'Or, alors qu'il introduisait en s'inclinant les deux hommes en la présence de l'ancien Premier Ministre, cette journée réussie commença à se transformer, d'une manière moins que plaisante.

« Merci de votre présence, commandant, commandant en second, dit le vieil homme avec gravité. C'est aimable à vous. »

Yanlu vit les deux soldats s'incliner par deux fois, comme il convenait.

« Vous êtes le bienvenu, messire », déclara le plus jeune. C'était le commandant, apparemment, et non le plus vieux ni le plus grand des deux.

« Vous avez également eu la bonté d'épargner mes gardes. »

L'expression de Hang Dejin était difficile à déchiffrer, mais les oreilles de Yanlu se dressèrent. *Que disait-il ?*

« Inutile de gaspiller six existences », répondit le jeune d'un ton bref. « Vous avez fait porter votre livrée à leur chef, après tout.

— En vérité, non. Mais j'étais certain qu'il la porterait, une fois chargé de vous ramener ici. »

Il y eut un silence, puis, de la part du jeune soldat, une irritation étonnante et inattendue : « Quoi ? Vous saviez bien que nous les abattrions s'il ne portait cet uniforme. Et vous l'avez laissé…

— J'étais assez certain qu'il le porterait, comme je viens de l'indiquer. Prendrez-vous du vin, commandant Ren ?

— Pas encore, merci. Je suis mécontent. Vous avez joué avec des vies aujourd'hui.

— J'ai peu de divertissements dans ma retraite, murmura Hang Dejin.

— Mon seigneur ! » Yanlu en avait entendu assez. « Ce soldat arrogant manque à votre respect. Je demande permission de le discipliner.

— Refusée. Commandant Ren, m'aiderez-vous à entraîner le commandant de mes gardes ? C'est un homme de bien, en qui j'ai confiance et que j'apprécie. »

Entraîner ? Yanlu se sentit rougir malgré la louange.

« Je n'y suis pas enclin en cet instant précis », dit le plus jeune soldat. Le plus vieux, prudent et attentif, n'avait pipé mot.

« Faites plaisir à un vieillard aveugle, dit Hang Dejin.

— Et vous expliquerez la raison de notre présence ici ?

— Bien sûr. »

Le jeune soldat se tourna vers Yanlu. « Très bien. Vos archers étaient trop proches de la route et directement en

3

face l'un de l'autre. Ne le faites jamais. » Il exposait un
simple point pratique. « Quand nous avons mis pied à terre,
mon cheval était derrière moi, le commandant Zhao a avancé
le sien. Si nous avions lâché nos rênes pour nous laisser
tomber à terre et rouler vers vos archers, il y a une bonne
chance que l'un des deux ou les deux se seraient tiré dessus.
L'archer du côté nord était visiblement nerveux, il aurait
sans doute décoché sa flèche sans réfléchir. Si n'importe
lequel de nous deux l'avait attaqué. Ziji ?

— Les deux archers tenaient mal leur arc, les pouces
n'étaient pas au bon endroit, ils n'allaient pas décocher leurs
flèches avec précision. C'est une erreur commune, aisément
corrigée. Les quatre autres avaient toujours leur épée au
fourreau quand nous sommes descendus de cheval. Courtois,
mais imprudent. Vous étiez aussi trop près de nous. Nous
aurions abattu les archers en premier, comme l'a dit le commandant Ren. Je peux en général m'occuper sans grande
difficulté de deux miliciens, et le commandant Ren, qui est
plus particulièrement un archer, aurait eu le choix d'utiliser
l'arc de l'homme qu'il aurait tué pour abattre les deux autres
gardes s'ils ne fonçaient pas sur lui, ou de dégainer le sien
sinon.

— Votre plus jeune garde, ajouta Ren Daiyan, le petit,
du côté ouest, son baudrier est trop haut. Il doit porter une
épée plus courte ou devenir un archer. La lame traîne par
terre à moins qu'il ne la tire vers le haut, et ça veut dire qu'il
ne peut pas la dégainer correctement.

— Je sais, marmonna Yanlu, morose. Je le lui ai dit.

— Il veut l'épée longue pour l'allure que ça lui donne,
c'est compréhensible, mais ça ne va pas pour lui.

— Je sais, répéta Yanlu.

— Vous étiez tous des hommes morts du moment où vous
avez mis le pied sur la route », poursuivit Ren Daiyan. Yanlu
comprenait maintenant de qui il s'agissait, l'homme avait une
réputation. « Cela ne nous aurait pas pris longtemps, je le
crains. Il y a des manières d'encercler et de contraindre des
hommes capables et bien armés à se rendre. Si vous en avez
le temps, nous serons honorés de partager nos idées avec
vous. »

Il aurait pu dire *vous apprendre*, remarqua Yanlu. Il ne l'avait pas dit.

Ren Daiyan se tourna vers l'ancien Premier Ministre : « Mon seigneur, vous avez été imprudent avec la vie de six hommes et vous dites que vous appréciez celui-ci.

— J'ai également dit que j'étais certain qu'il porterait son uniforme.

— L'expression était "assez certain". Oui, je vous ai entendu. Et vous étiez aussi certain que je le verrais et réagirais en conséquence ?

— Oui. »

Ren Daiyan secoua la tête.

« Secoue-t-il la tête ? demanda le vieil homme à son fils.

— Oui », répondit Hsien, amusé.

Un instant plus tard, pour la première fois, l'homme nommé Ren Daiyan sourit aussi. Il secoua de nouveau la tête.

« Appréciez-vous votre retraite, mon seigneur ? » demanda-t-il.

L'aveugle éclata de rire. Yanlu ne comprenait pas. Il ne s'attendait pas à comprendre. Il pensait à ses archers, postés en face l'un de l'autre, au nord et au sud de la route. Et Kou Chin allait bel et bien changer d'épée à partir de maintenant, ou il serait renvoyé.

Ren Daiyan attendit que s'apaise l'hilarité du vieil homme. « Maintenant, je vous prie, mon seigneur, pourquoi avez-vous interrompu notre voyage au palais ? Vous devez savoir que nous avons été convoqués.

— Mais vous ne l'avez point été », dit le ministre Hang.

Yanlu éprouva un soudain et extrême plaisir à voir l'expression de Ren Daiyan.

« C'est moi qui vous ai convoqués, poursuivit Hang Dejin, et non la cour. Pourquoi un tout récent commandant de cinq mille hommes serait-il invité à cette réunion ? Encore une fois, prendrez-vous du vin ?

— Oui », répondit Ren Daiyan, et c'était une sorte de reddition, après tout.

Ziji observa Daiyan qui refrénait et maîtrisait son irritation. C'était dérangeant de voir que son ami pouvait vraiment être *irrité* contre l'homme qui avait essentiellement régné sur la Kitai pendant si longtemps. Comment pouvait-on réagir ainsi? De la colère? En présence de cet homme? Contre lui? Comment, venu d'un village du fond de l'ouest, officier frais émoulu, encore jeune sur presque tous les plans, pouvait-il avoir la témérité de se comporter ainsi?

Il y avait des réponses à cela. La plus importante peut-être était tatouée sur le dos de Daiyan. Certains savaient très tôt quelle était leur place dans le monde. Ou la place où ils croyaient devoir se tenir.

Quant à lui, il restait attentif, son comportement habituel dans de telles rencontres. Quoique… c'était une manière stupide de décrire la situation. Y avait-il jamais eu une telle rencontre? On les avait attirés ici par supercherie, c'était clair, et le plus jeune Hang continuait à l'expliquer. Le dernier d'un relais d'oiseaux messagers envoyés de leurs baraquements près de Xinan était venu de cette ferme, et non de la cour.

C'était un crime passible d'exécution pour quiconque n'était pas officiellement autorisé à utiliser ces oiseaux. Ils faisaient partie d'un système jalousement gardé. Cette crainte du châtiment n'affectait apparemment pas l'ancien Premier Ministre.

Oui, il devait y avoir une assemblée au palais dès que reviendrait l'émissaire envoyé chez les barbares. Lu Chao avait accosté, était en train de se rendre à la cour. Hang Dejin était au courant, même dans sa ferme. Il s'efforçait de se tenir au courant de telles affaires. Et il voulait que Ren Daiyan assiste à cette réunion.

Ils attendaient de s'entendre expliquer pourquoi.

« Avez-vous pris le temps de vous demander, commandant Ren, pourquoi la cour requerrait votre présence? demanda le vieil homme. Serait-ce… pour vos lumières et votre expérience?

— Bien sûr, j'y ai pensé. J'ai conclu qu'on avait appris mon incursion de l'autre côté du fleuve. Peut-être par les oiseaux, depuis Shuquian. Il y avait assez de temps pour que les oiseaux fassent l'aller et retour. J'ai donc pensé être invité à présenter un autre rapport sur les territoires xiaolus. Ou peut-être un troisième ou un quatrième, je ne sais. »

Cette fois, ce furent l'aveugle et son fils qui parurent surpris.

Évidemment. Ils n'avaient pas été au courant.

Daiyan sourit au fils, de nouveau détendu, ou prétendant l'être. Ziji avait déjà décidé que le vieil homme n'était pas complètement aveugle. Il préférait peut-être qu'on le crût tel – pour n'importe quel avantage éventuel.

« Mes seigneurs, si vous ignoriez que je suis allé dans le nord, comment aviez-vous l'intention de me faire admettre à ce conseil ? Je tiens pour acquis que c'est là votre désir ? Sinon, ce serait avoir dépensé bien des efforts pour boire du vin avec deux soldats. »

Une ironie trop appuyée, songea Ziji. Daiyan était encore jeune. On pouvait l'oublier, et se le voir rappeler ensuite.

Une question pour une question, de la part du vieil homme : « Qu'avez-vous découvert là-bas ? Que dois-je savoir ? »

Intéressant, que Hang Dejin formule ainsi cette question, dans ce domaine si éloigné du pouvoir. À la réflexion, peut-être n'en était-il pas si loin.

« Mon seigneur, répondit Daiyan, la rumeur veut que la Capitale Orientale soit déjà tombée aux mains des Altaï. Nul ne sait avec certitude où se trouve l'Empereur des Xiaolus. »

De toute évidence une information qu'ils n'avaient pas possédée non plus.

« Vous le croyez ? Que la cité est tombée ? » C'était Hsien, cette fois.

« Cela semble peu probable, si vite. Mais le récit en est largement répandu, et tout le monde est très anxieux.

— On le serait, que la rumeur soit vraie ou non. »

Encore le fils, une voix calme et précise.

Daiyan hocha la tête : « J'en conviens, mon seigneur. »

Après une pause, le vieil homme prit la parole, comme s'il réfléchissait tout haut.

« Vous semblez un homme utile, Ren Daiyan. Vous démontrez de l'initiative. Je regrette de n'avoir pu user de vos services il y a des années. »

Daiyan eut un bref sourire : « J'étais un hors-la-loi dans le marais, mon seigneur. Vous le savez, je crois. Pas d'un grand secours pour le Premier Ministre de la Kitai. Par ailleurs, je suis un grand admirateur de Lu Chen.

— Moi aussi. Notre meilleur poète.

— Même dans l'île de Lingzhou ». Il y avait du défi dans ces paroles.

« Il semble y avoir écrit de bien belles choses, dit le vieillard d'un ton neutre. J'ai ordonné sa libération.

— Seulement lors de la chute de Kai Zhen. Et après combien de temps ?

— Eh bien, les roues de l'empire tournent parfois lentement, c'est regrettable.

— Dans l'armée, les supérieurs prennent la responsabilité des erreurs de leurs subordonnés.

— Pas toujours. Comme vous le savez. C'est en partie la raison de votre présence ici », déclara le vieil homme. Il tourna vers Ziji le regard vacant de ses yeux laiteux : « Dites-moi, commandant en second Zhao Ziji, votre opinion sur la mission du commandant de l'autre côté du fleuve. »

Il changeait de sujet, mais ce n'était pas tout. Ziji se racla la gorge. Ce genre de moments arrivait toujours : on essayait de prendre sa mesure. Il pouvait chercher refuge dans des marmonnements de soldat discret. Mais il n'en avait pas envie.

« Je l'ai trouvée stupide et je le lui ai dit. Il a failli être pris. Il a abattu des soldats, volé deux chevaux, causé des troubles à la frontière. Un membre du clan impérial se trouvait là, il aurait pu y mourir. Ce qui aurait forcé une riposte. Il n'y a pas grand-chose à apprendre d'une garnison de frontière. Rien de fiable, en tout cas.

— Vous lui permettez de parler ainsi de vous ? »

Hsien regardait Daiyan. L'expression du capitaine des gardes, celui qui avait tendu l'embuscade, suggérait qu'il se posait la même question.

« C'est mon ami », dit Daiyan.

Le vieil homme hochait la tête. « Il est bon d'avoir des amis. J'en ai peu eu qui fussent de confiance. Mon fils maintenant, et seulement. »

Et bien sûr, Daiyan devait s'ouvrir la bouche pour demander : « Alors pourquoi n'est-il pas Premier Ministre ? »

Ziji tressaillit, tenta de le dissimuler. *Oh, Daiyan.*

L'expression de Hsien passa de la surprise à l'irritation. Le vieil homme restait neutre, rien à voir d'autre en lui que la réflexion.

« La réponse est assez simple, dit-il. Parce qu'il servira mieux la Kitai en tant que *prochain* Premier Ministre, si nous partons en guerre et que cela tourne mal. »

On repassera pour la discrétion ! songea Ziji. Il essayait de comprendre pourquoi Daiyan et le vieil homme étaient si directs entre eux. Il n'y parvenait pas. Il ne pouvait démêler tous ces fils.

« Si cela tourne mal, quelqu'un devra en porter le blâme ? dit Daiyan.

— Si cela tourne mal, quelqu'un le *devrait*. » Le vieil homme avait du vin à portée de la main. Il la tendit avec précaution et prit une gorgée. « Vous connaissez les paroles du Maître du Cho : on ne trouve pas le sage devant le peuple, le menant vers l'avenir, il le suit en ramassant les trésors qui ont été perdus ou abandonnés.

— Nous avons tout de même besoin de chefs, déclara Daiyan.

— Certes. Pas toujours la même chose qu'un sage.

— Non. Mais nous en avons besoin. » Daiyan hésita, et Ziji sut soudain ce qui s'en venait : « Mon seigneur, j'ai toujours... Dès mon plus jeune âge, j'ai su que je devais jouer un rôle dans le combat pour nos fleuves et nos montagnes.

— Les Quatorze Préfectures ?

— Oui, mon seigneur. »

Le vieil homme sourit avec bonté : « Bien des garçons entretiennent de tels rêves. »

Daiyan secoua la tête : « Non. J'étais, et je suis *certain*, mon seigneur. Je crois avoir été marqué pour cela. »

Nous y voilà, pensa Ziji.

« Marqué ? dit Hang Hsien.

— Mes seigneurs, je demande la permission d'ôter ma tunique devant vous. J'en ai une raison. »

Deux paires de sourcils arqués, puis le vieil homme acquiesça.

Et Daiyan leur montra donc le tatouage de son dos, les caractères placés là comme de la main de l'Empereur, et leur apprit comment ils étaient arrivés là. Le fils décrivit les caractères au père. Sa voix était remplie d'une crainte respectueuse.

Daiyan remit sa tunique. Dans le silence, la première voix à s'élever fut celle de Hang Hsien. « Comment en venez-vous à une telle certitude ? Toute votre vie, disiez-vous ? »

C'était une question pressante. Peut-être parce que Hsien manquait lui-même de certitude ?

Ziji vit son ami essayer de trouver une réponse.

« Je l'ignore. Je ne devrais pas être ainsi, si c'est ce que vous demandez. Est-il possible... Peut-on être né pour être quelque chose, pour une raison ?

— Oui, répondit le vieil homme. Mais quand bien même on l'est, cela n'arrive pas toujours. Trop d'événements contraires peuvent intervenir. Le monde tourne comme il tourne. Nos rêves, nos certitudes, se heurtent les uns les autres.

— Comme des épées ? » dit Daiyan.

Le vieil homme haussa les épaules : « Comme des épées, comme les ambitions à la cour.

— Ce qui nous ramène à cette réunion au palais ? reprit Daiyan.

— C'est possible. » Hang Dejin souriait.

« Je vous l'ai déjà demandé : comment avez-vous l'intention de nous faire admettre dans la salle ? Et pourquoi ? S'il vous agrée de répondre, mon seigneur. »

Le vieil homme finit donc par leur parler de l'arbre.

Il le fit tandis qu'ils buvaient du vin de pomme et dégustaient des amuse-gueules dans son jardin, par une après-midi d'été. De nouveau, comme pour la flèche dans le Genyue, leurs intérêts n'étaient pas identiques, mais semblaient pouvoir aller de concert. Et le vieillard, qui maniait des pièces sur un plateau de jeu, était peut-être à présent celui qui voyait le plus loin.

Tout en écoutant, Ziji se surprit à penser au marais, aux jours où leurs ambitions ne visaient pas davantage qu'à trouver de quoi manger, survivre aux nuits froides, tendre une embuscade à un groupe de marchands ou peut-être à une compagnie des Fleurs et des Pierres.

Il se rappelait le jour – brève image d'un autre été – où Daiyan lui avait joué un tour, alors qu'il transportait un présent d'anniversaire destiné à Kai Zhen, alors Vice-Premier Ministre. La vie revenait parfois sur ses pas, en dessinant des boucles qui vous auraient presque persuadés qu'elle avait des motifs récurrents.

Ils avaient transporté des rossignols dans des cages ornées de gemmes. Ziji avait insisté pour ouvrir les cages lui-même, afin de libérer les oiseaux. Il y avait bien longtemps. Ce jour-là, il avait lié son destin à celui de Daiyan.

Il ne l'avait jamais regretté. Ce n'était pas ainsi qu'il vivait, qu'il pensait. On faisait ses choix, ils vous ouvraient un chemin à suivre, en fermaient d'autres. Mais, plus que jamais, il avait le sentiment que des flèches avaient été décochées et traçaient une trajectoire, très haut dans le ciel.

◆

Shan s'est arrangée avec les gardes de la porte, à la muraille nord, pour qu'ils envoient un message à l'auberge lorsque son époux entrera dans Xinan. Elle veut l'accueillir, a-t-elle expliqué.

C'est la vérité, et pour plus d'une raison.

Lorsqu'un messager arrive à cheval, elle se trouve dans la cour près de la fontaine, dans l'ombre, à la fin de la matinée. La fontaine coule de nouveau. Shan a donné de l'argent, un don pour l'aubergiste et son épouse, afin de la faire débloquer. Ils avaient toujours craint que ce ne soit une entreprise majeure, qui n'exige de défoncer la cour et peut-être de creuser sous leur mur jusqu'à la rue, mais en fait, ce sont les tuyaux qui étaient bouchés, juste en dessous de la fontaine, un problème aisément résolu. La musique de l'eau, le jeu des gouttes dans le soleil, habitent de nouveau la cour.

Shan va s'habiller et se parer: Qi Wai a plusieurs lents et lourds chariots, lui a rapporté le messager, elle a le temps. Elle s'arrange pour que l'homme soit payé.

Lorsqu'elle est prête, elle se fait porter jusqu'à la voie impériale, pour attendre à l'entrée de leur quartier. Il y avait autrefois là de lourdes portes, elle peut voir l'endroit des murailles où elles se trouvaient.

Dans la chaise à porteurs, en soulevant un rideau, elle voit enfin des chariots arriver du sud le long de la voie. Des petits enfants les accompagnent en courant. Son époux se trouve à la tête de la troupe, sur un cheval. Wai n'est pas un mauvais cavalier pour un homme qui n'y a pas été entraîné dans sa jeunesse, et si l'on considère le dédain dans lequel on tient de tels talents à la cour et chez les fonctionnaires. Il s'est obligé à devenir relativement compétent à cheval pendant les voyages entrepris pour sa collection. Leur collection.

Shan descend de sa litière et se tient sur la voie, vêtue de soie bleue et verte, la chevelure relevée et épinglée. Elle porte des bracelets et des épingles d'argent, et les boucles d'oreilles maternelles en lapis, avec un sachet parfumé autour du cou. Elle voit Wai sourire en approchant.

Il tire sur ses rênes, bien fier sur sa monture. « Je serais venue vous accueillir aussi loin que Cho-fu-Sa, dit-elle, comme dans le poème, mais ce n'est pas du tout du bon côté de la ville.

— Nous nous serions manqués, répond-il en riant.

— Bienvenue, mon époux. » Elle baisse les yeux. « Vous apportez de nouvelles trouvailles.

— En grand nombre ! » s'exclame Wai, et elle relève les yeux. Il est vraiment heureux.

« Shan, j'ai trouvé une statue de guerrier qui n'a pas été placée dans la tombe du premier empereur, pour une raison quelconque. L'atelier de fabrication se trouvait là ! »

C'est une nouvelle grandiose. « Nous laissera-t-on la garder ?

— Peut-être pas, mais je suis quand même celui qui l'aura trouvée pour l'Empereur. Et maintenant, nous savons de quoi ils avaient l'air. Parce que nous avons creusé dans le nord.

— Vous me la montrerez, j'espère.

— Je le fais toujours. »

C'était vrai autrefois, plus tellement ces derniers temps, mais il est de si bonne humeur en ce moment…

« Laissez-moi vous escorter jusqu'à l'auberge, murmure-t-elle. J'ai ordonné qu'on prépare un bain et des vêtements de rechange. Après avoir bu et mangé, peut-être serez-vous assez bon pour...

— J'espère que vous dînerez avec moi », dit-il.

Elle sourit.

Elle lui sert trois coupes d'un vin corsé lorsqu'ils arrivent à l'auberge. Pour la première fois depuis l'accouplement rituel de la Nouvelle Année, ils font l'amour dans sa chambre après son bain, avant le repas qui les attend au rez-de-chaussée. C'est important, évidemment, mais elle y trouve du plaisir et elle constate que lui aussi.

Que suis-je devenue ? se demande-t-elle. Les voies offertes par la vie, où elles vous mènent, ce qu'on trouve en chemin...

Ensuite, encore avant d'avoir dîné, il l'emmène dans la cour gardée de l'écurie et lui montre ce qu'il a découvert, écartant la paille tassée dans les chariots, ouvrant des coffrets de sécurité. Des rouleaux, une plinthe de pierre dont les fragments doivent être rassemblés, des tripodes pour tenir des flacons de vin, une coupe à boisson en bronze avec deux chouettes dos à dos sur le couvercle. Des pierres portant des inscriptions et commémorations impériales, des bols cérémoniels en très bonne condition, l'un datant de la Deuxième Dynastie, selon Wai. Une hache rituelle encore plus ancienne, avec un tigre dessus, si l'on regarde de près. Il le lui montre, en trace les contours.

Et il y a le guerrier. En terracotta, à moitié la taille d'un homme, magnifiquement rendu, portant armes et armure. Presque parfaitement préservé – seulement une main brisée, là où elle devait reposer sur le pommeau d'une épée au fourreau. Shan le contemple, émerveillée. Elle voit la fierté de son époux. Elle la comprend.

Les historiens ont écrit que des figures de gardiens avaient été ensevelies avec le premier empereur, des milliers, mais personne ne les a jamais vues, et la tombe est dissimulée dans les profondeurs de la terre. Maintenant, ils en ont une, et Wai l'apportera à la cour.

Elle lui présente sa propre découverte de la tour, le journal de l'intendant inconnu de la maison distinguée, pendant les terribles années de la rébellion, sous la Neuvième Dynastie.

Qi Wai la félicite et ajoute le journal à ses propres trésors. Ils catalogueront tout cela chez eux, lui dit-il.

Elle s'incline en souriant. Regarde encore le petit guerrier, en songeant à la terrible immensité du temps. Plus tard, dans sa propre chambre, son propre lit, en écoutant encore la fontaine, elle se surprend à pleurer. Sans bruit, mais les larmes refusent de s'arrêter. Il est trop loin déjà et marqué par une *daiji* des mots qui tracent son destin.

Parfois, il est possible de choisir une route, et elle vous mène dans une allée puis dans un endroit tranquille où l'on peut bâtir sa maison. Mais le chemin de Ren Daiyan n'est pas celui-là, et elle est capable de le voir et de l'admettre dans le noir.

Le rêve de sa vie ne mène pas dans une campagne où l'on peut être éveillé le matin par des oiseaux, aller se promener sous les feuillages jusqu'à un étang, voir peut-être des pétales de lotus flotter dans l'eau, et les poissons rouges nager sous la surface. Ce n'est pas un homme qu'on peut aimer sans danger, elle le comprend pendant une longue nuit de Xinan, sa vie ne peut être sans danger. Elle pleure donc. En écoutant la fontaine, dehors.

Cette fleur ne sera pas comme les autres, a-t-elle écrit dans cette chambre. Mais ce n'est pas l'entière vérité. N'est-elle pas une autre de ces femmes penchées à un balcon au-dessus d'une cour sous la lune, dont le cœur est trop loin, et pas à la bonne place?

Quelques jours après, sur la route qui la ramène vers l'est, à l'approche de Yenling, son temps du mois se présente, tout à fait normalement.

CHAPITRE 18

Lu Mah, le fils du grand poète, qui avait accompagné son père à Lingzhou, souffrait de toux nocturnes et de fièvres récurrentes qui ne l'abandonnèrent jamais après son séjour dans l'île.

On pouvait estimer qu'il méritait dans sa vie de grandes récompenses pour son extrême dévotion filiale, même si, selon certains, une destinée humaine ressemble à la chute aléatoire des tuiles de jeu dans une partie céleste dont les pièces sont les vies des mortels. Que cette opinion soit juste ou non, Mah n'oublierait jamais ce temps passé au-delà du monde. Il en rêvait, ces rêves le tiraient de son sommeil. Il avait pensé mourir là-bas ou y ensevelir son père. Celui-ci disait toujours qu'il devait sa vie à une jeune fille qui avait quitté Lingzhou avec eux et avait péri au sud des montagnes. Mah se la rappelait très bien. Il pensait en avoir été amoureux, pour sa douceur dans un monde terrible. Ils lui allumaient des bougies.

Si on lui avait demandé quel était le jour le plus clair de sa vie dans sa mémoire, cependant, il aurait dit que c'était la grande assemblée qui se tint à la cour lorsqu'il revint de la steppe avec son oncle et qu'ils furent appelés à présenter leur rapport.

C'était la première fois – et ce fut la seule – qu'il se tenait ainsi en présence de l'auguste Empereur Wenzong, gardien de tout son peuple sous le ciel.

Un grand nombre de gentilshommes s'étaient réunis ce matin-là, toute la puissance de la Kitai, vêtus de costumes élaborés, et tendus comme des arcs. Lu Mah aurait pu trembler de peur, mais la présence de son oncle était un roc, et il retrouvait des forces à se tenir près de lui. Grand et mince, Lu Chao ne trahissait rien par son expression ou son maintien, dans les moments précédant celui où il fut appelé à parler. Il n'en était pas à sa première expérience, se rappela Lu Mah. Son oncle connaissait la cour.

Le Premier Ministre Kai était en train de s'adresser à l'Empereur. C'était l'ennemi de leur famille depuis très longtemps. Ils ne devaient rien en montrer, Lu Mah le savait.

Tandis que le Premier Ministre parlait, Lu Chao regardait droit devant lui et, fruit d'une longue pratique, presque sans remuer les lèvres, il nommait pour Mah les gens présents. Il ne les connaissait pas tous. Lui aussi avait été exilé pendant de nombreuses années.

Même la salle de réception avait intimidé Mah, malgré l'avertissement de son oncle. Il n'avait jamais vu aucune salle qui y ressemblât, même de loin. Six rangées de colonnes de marbre, serties de bandes de jade vert et disparaissant dans l'ombre à l'extrême opposé, derrière le trône. Des appliques d'ivoire et des piliers d'albâtre supportaient bougies et lampes. Le plafond était très haut, et il y avait encore du jade là-haut, en motifs spiralés.

L'Empereur, portant la coiffe-couronne bleue de cérémonie, siégeait sur le Trône du Dragon, placé sur une plateforme au centre, à trois marches de hauteur. Le trône était large, magnifique, avec des sculptures complexes, un symbole en soi, qu'on installait seulement pour les occasions marquantes. C'en était une. On était là pour apprendre – et décider – si la Kitai s'en allait en guerre.

Le Premier Ministre semblait avoir terminé ses remarques. Il louangeait l'Empereur d'être attentif à toutes les occasions pour son peuple et ses nobles ancêtres. Près de lui se tenait un autre homme de haute taille – l'eunuque Wu Tong, que le père et l'oncle de Mah méprisaient –, calme, mains croisées dans ses manches, l'image même d'une aimable et grave sérénité. Près du trône, un peu en retrait, un jeune homme à peu près de l'âge de Mah, l'héritier impérial, Chizu. Lu Chao avait dit qu'il était intelligent, et passait sa vie à le cacher.

Il y avait une vibration dans l'air, presque comme celle d'une corde de *pipa*. Malgré la présence de son oncle, Mah était effrayé. Ils avaient ici des ennemis, et ce que son oncle s'apprêtait à dire...

Puis le temps fut venu de le dire, apparemment. Le Premier Ministre se tourna vers eux, avec un sourire qui n'offrait aucune chaleureuse bienvenue pour accompagner les formules rituelles d'appréciation.

Lu Chao s'inclina, impassible, et s'avança lorsque son nom fut prononcé, laissant Mah seul, sans plus personne à ses côtés. Il eut envie de tousser, la nervosité, mais se retint. Son regard parcourut l'assemblée. Il croisa celui d'un officier en uniforme, à peu près de son âge aussi, parmi ceux qui se tenaient à sa gauche. L'officier le regardait. Inclina la tête dans sa direction et sourit. Un véritable sourire.

Son oncle ne l'avait pas nommé, celui-là. Il se tenait près du magistrat en chef de Hanjin, dont Lu Chao avait prononcé le nom : Wang Fuyin. Un homme ambitieux, avait-il dit, et rusé, d'allégeance indéterminée.

Mais tout le monde ici semblait ambitieux et rusé !

Lu Mah avait décidé depuis longtemps que ce n'était pas le genre de vie qui lui convenait, évaluer ce genre de moments et moins encore les modeler. La Montée de l'Est lui manquait. Depuis l'instant où ils l'avaient quittée. Il n'était pas son père, ni son oncle, n'en avait aucunement le désir. Il était content de les honorer, de les aimer, de les servir avec dévouement, de servir les dieux et ses ancêtres. Il espérait que c'était un cours acceptable pour une existence.

Kai Zhen, qui avait une belle voix, déclara : « Illustre émissaire, votre Empereur attend vos paroles. »

L'Empereur n'avait pas encore prononcé un mot, Mah en prit conscience. Il était aussi de haute taille, des épaules étroites, élégant – comme sa calligraphie. Et ses yeux ne se posaient nulle part. Un homme impatient ? Était-il permis d'entretenir de telles pensées à propos de l'Empereur de la Kitai ?

L'Empereur regardait maintenant l'oncle de Mah.

Kai Zhen ajouta : « N'hésitez pas à parler, honorez l'empire et votre office. »

Lu Chao s'inclina de nouveau : « L'exalté et respecté Empereur doit savoir, bien sûr, que notre famille n'est point de celles où l'on hésite. »

Il y eut un soupir collectif. Mah se mordit la lèvre inférieure, baissa les yeux.

L'Empereur de Kitai éclata de rire : « Nous le savons, en effet ! » dit-il d'une voix ténue mais très claire. « Nous savons aussi que votre voyage a été difficile, l'aller comme le retour, parmi des peuples primitifs. Vos efforts ne seront pas sans récompense, Maître Lu.

— Tout service que je puis rendre à la Kitai m'est une récompense, illustre seigneur. » Lu Chao hésita. Une pause pour l'effet, décida Mah. « Même si mes paroles pourraient déplaire à certains dans cette salle. »

Un autre silence, sans surprise.

« Ce sont des paroles bien pesées ? demanda l'Empereur.

— Ma famille serait déshonorée si ce n'était le cas, mon seigneur.

— Alors, parlez. »

La voix de Lu Chao n'était pas aussi riche que celle de Kai Zhen, mais elle était assurée et la salle avait fait silence pour lui. Mah songea que son père produisait le même effet lorsqu'il parlait dans une salle, et il se permit un sentiment de fierté.

Lu Chao, qui portait une ceinture rouge (les émissaires étaient considérés comme de hauts dignitaires pendant leur service), s'adressa directement à l'Empereur, pour lui dire exactement ce qu'ils avaient convenu.

Il rapporta d'abord, avec calme, que c'était le chef de guerre des Altaï qui les avait rencontrés. « Ce n'était pas leur kaghan, mais j'ai estimé qu'il était le plus important des deux, celui qui mène leur rébellion, davantage que le chef de la tribu, qui prend de l'âge. Il se nomme Wan'yen.

— Pas le kaghan ? Était-ce une insulte à la Kitai ? à l'Empereur ? »

Le Premier Ministre avait vivement posé la question d'une voix tranchante. L'oncle de Mah lui avait dit qu'il la poserait.

« J'ai estimé que non, comme je viens de le dire. Wan'yen est l'homme que nous devons évaluer. Il a voyagé vite et de très loin pour nous rencontrer à l'endroit que j'avais indiqué. Il est venu depuis la Capitale Orientale des Xiaolus. »

La première crise se déclencherait là, avait aussi dit Lu Chao.

« Ils y négociaient avec les Xiaolus ? » L'Empereur lui-même.

« Non, très haut seigneur. Wan'yen des Altaï. m'a dit que la Capitale Orientale était déjà tombée entre leurs mains, sans délai. Dans les premiers mois du soulèvement. On ignorait où se trouve l'Empereur des Xiaolus. Il est, comme nous le disons ici, dans la nature.

— *C'est impossible !* » Une nouvelle voix, celle de l'eunuque Wu Tong. Une interjection surprise, ou qui le prétendait. « Vous avez été victime d'une supercherie ou d'un mensonge.

— Un émissaire kitan ? Dupé par un barbare d'une tribu ? Vous pensez, Maître Wu ? » La voix de Lu Chao était froide. Il aurait certainement pu donner un autre titre à Wu Tong. Il ne l'avait point fait. « Si ç'avait été le cas, que cela nous dirait-il de ces Altaï ?

— Que cela nous dirait-il de notre émissaire ? » répliqua tout aussi froidement Wu Tong.

Il n'avait pas fallu longtemps pour que la glace envahisse la salle.

Dans l'agitation nerveuse qui s'ensuivit, quelqu'un s'avança d'un pas, du côté opposé de la salle. Il fallait être brave pour agir ainsi. Mah vit que c'était le magistrat en chef, Wang Fuyin. Il était grassouillet, de taille moyenne, avec une barbe bien nette, et portait une tunique officielle extrêmement bien coupée. Il tendit les mains, paumes jointes, demandant la permission de prendre la parole. Lu Chao, dont c'était la prérogative en cet instant, inclina la tête vers lui.

« Je vous en prie.

— Nous pouvons confirmer à l'illustre Empereur ce que l'émissaire vient de nous déclarer, dit le magistrat en chef.

— Et qui serait ce "nous" ? » demanda le Premier Ministre. Son intonation n'était guère plus chaleureuse.

« L'ancien capitaine de ma garde, maintenant un commandant de l'armée. Il se nomme Ren Daiyan, un homme connu de l'Empereur pour s'être comporté en héros. Il se trouve avec nous ce matin et peut faire son rapport, s'il plaît à votre gracieuse majesté.

— Pourquoi un héros ? demanda l'Empereur.

— Il a sauvé une vie dans le Genyue ce printemps, gracieux seigneur, un écrivain qui a votre faveur, Dame Lin Shan ? Vous l'avez en retour honoré du rang dont il jouit présentement. »

Les sourcils de Wenzong se froncèrent brièvement, puis il sourit. Il avait un sourire bienveillant, songea Mah. On pouvait s'y réchauffer comme au soleil.

« Nous nous en souvenons ! Vous avez notre permission de parler, commandant Ren », dit l'Empereur. Son sourire s'effaça – se rappelait-il l'intrusion dans son bien-aimé jardin ou le conflit naissant le dérangeait-il ? Mah n'en avait aucune idée ; il ne désirait pas vraiment se trouver dans cette salle !

Le jeune homme qui lui avait jeté un coup d'œil auparavant s'avança, sans anxiété apparente. Il portait un uniforme et des bottes, et non une robe de cour et des chaussons. Mah ne connaissait pas assez bien les différents insignes militaires pour identifier son rang exact, mais l'homme était jeune, et ne pouvait vraiment pas être assez haut placé pour s'adresser à cette compagnie et que ce fût convenable.

Plutôt lui que moi, songea Lu Mah. Tout en observant et en attendant, il lui vint une brève et nostalgique image du ruisseau, à l'est de leur ferme, comme il serait en cet instant, un matin d'été, avec la lumière qui filtrait à travers les arbres.

Lorsqu'on vit, voyage et combat pendant des années aux côtés de quelqu'un, on apprend à reconnaître en lui la tension, si mince en soit le fil, si invisible soit-elle pour autrui.

Zhao Ziji, parmi les gardes du magistrat en chef, à la périphérie de la salle, regarda Daiyan s'avancer. Dans ses mouvements délibérés, il voyait bien que le commandant avait conscience de l'importance des enjeux en cet instant.

Lui-même, il avait peur. Son rôle, comme celui des trois autres gardes accompagnant le magistrat, était purement symbolique : des escortes, une marque de statut. C'était une courtoisie de la part de Wang Fuyin que de lui redonner son ancien uniforme pour la journée, lui permettant ainsi d'être présent.

Le fait pour Ziji d'avoir une étroite lame sans poignée attachée à l'arrière du mollet était suffisant pour causer son exécution si elle était découverte. On ne vérifiait pas les bottes, il ne s'inquiétait pas de cela. Le poignard était là seulement dans le cas où quelque chose tournerait très mal et où il finirait avec Daiyan dans une geôle. Les lames aidaient, dans ce cas. Il en avait déjà fait l'expérience, mais pas de ce qui se passait ici. Ici, il aurait l'air d'un imbécile, à se débattre avec sa botte pour récupérer un petit couteau, même un couteau inutile.

Il n'avait pas entretenu un puissant désir de se trouver dans cette salle. Ni son esprit ni ses désirs ne fonctionnaient ainsi. Oui, il pourrait dire à ses enfants, s'il en avait jamais, qu'il avait été dans la salle du trône de Hanjin en présence de l'Empereur Wenzong. Qu'il l'avait entendu parler. Ça l'aiderait peut-être à se procurer une épouse, un de ces jours – même s'il n'était pas sûr de vouloir une femme qui trouverait tant d'importance au simple fait qu'il se fût tenu au fond de cette salle, près d'une colonne de marbre.

Une réflexion totalement stupide ! Non, il se trouvait là parce qu'il avait conscience que Daiyan était reconnaissant du soutien de ses amis. Il observait donc, et le magistrat aussi, tandis que Daiyan se préparait – pour la deuxième fois – à mettre en branle un plan élaboré par un vieillard presque aveugle.

Les ambitions et les rêves vous donnent des compagnons de table inattendus. On remplit et remplit des coupes, qui vous saoulent de l'illusion de changer le monde.

Il regarda Daiyan se prosterner par trois fois, une salutation de soldat et non de courtisan : respectueuse et sans raffinements. Il ne prétendait pas être autre que ce qu'il était. Cela ne servirait à rien ici.

Il entendit son ami prendre la parole, d'une voix égale et directe : « Grand seigneur, je peux rapporter que ce que votre illustre émissaire a entendu dans le nord-est se dit

plus loin à l'ouest dans les baraquements et les villages au-
dessus de Shuquian. On raconte en effet que la Capitale
Orientale est tombée aux mains des Altaï. »

Ziji regarda le Premier Ministre et l'eunuque auprès de
lui. Daiyan ne le pouvait, dans sa position, mais lui oui,
d'où il se trouvait. Les paroles de Daiyan étaient une réfutation directe de celles de Wu Tong. Le Premier Ministre
était trop maître de lui pour révéler aucune réaction, pas à
cette distance et pour qui ne le connaissait pas. Mais la
bouche de l'eunuque était une ligne mince, tel un tranchant
de lame.

L'Empereur de Kitai s'adressa alors directement à Ren
Daiyan, fils cadet d'un employé subalterne de *yamen* dans
l'ouest : « Comment le savez-vous, commandant Ren ? »

Daiyan prit une profonde inspiration pour se calmer. Il
devait être plus calme. Mais on pouvait se sentir saisi de
vertige si l'on prenait le temps d'appréhender le fait qu'on
se trouvait directement interpellé par celui qui portait le
mandat du ciel, sous la couronne de cérémonie, dans sa
salle du trône. Il n'avait pas le loisir de s'y attarder, ni de
penser à son père.

« J'étais là en personne, grand seigneur. Comme j'avais
été posté là avec ma compagnie, j'ai pensé approprié d'apprendre tout ce que je pouvais sur la frontière du Fleuve
Doré.

— Vous avez traversé en personne ?

— Oui, mon seigneur.

— En territoire xiaolu ?

— Oui, mon seigneur.

— Avec combien d'hommes ?

— Seul, mon seigneur. Je me faisais passer pour quelqu'un qui voulait trafiquer du sel en contrebande.

— Ce doit être illégal, dit l'Empereur.

— Oui, illustre seigneur. »

Wenzong hocha la tête, pensif, comme si l'on venait de
lui confirmer quelque chose d'importance. Daiyan songea
soudain à quel point l'information qu'on lui celait rendait
l'Empereur vulnérable. Il n'avait même pas été mis au courant

d'Erighaya. Une des raisons pour lesquelles cette matinée était si cruciale.

Daiyan prit soin de ne pas laisser son regard glisser vers l'endroit où se tenait le Premier Ministre. C'était la première épouse de Kai Zhen qui avait essayé de faire assassiner Shan. Mais l'amère complexité de la vie et de la politique voulait que le Premier Ministre et lui fussent alignés dans leurs désirs, ce matin.

« Et vous croyez les récits que vous avez entendus, sur leur Capitale Orientale. Vous les croyez vrais ? » Le front de l'Empereur s'était creusé de plis.

« J'étais incapable d'en décider, mon seigneur. Jusqu'à ce matin. J'ignorais ce que dirait le distingué émissaire. Maintenant… Oui, mon seigneur. Votre serviteur les croit vrais. Ces informations nous parviennent à la fois des Altaï et des Xiaolus.

— *Attendez voir.* »

C'était Kai Zhen. Ce qui signifiait que Daiyan devait le regarder. Il se détourna en maîtrisant son expression.

« Si vous n'aviez pas idée de ce que l'émissaire allait rapporter, pourquoi êtes-vous même présent ici ? »

Le vieil homme lui avait dit que cela arriverait. Le vieil homme avait pratiquement écrit tout cela comme une performance de théâtre. Sauf qu'ils étaient bel et bien là.

« Mon seigneur, j'ai informé le magistrat en chef, un ami de confiance, de ce que j'ai appris au nord du fleuve. Il m'a dit que l'envoyé impérial revenait à Hanjin. Il m'a pressé de demander la permission de m'absenter pour venir ici, m'a offert une place dans ses gardes, au cas où mon information pourrait compter. J'espère n'avoir point commis de transgression. »

La concordance des temps, si quiconque la vérifiait avec précision, serait problématique : que l'information eût effectué l'aller-retour est-ouest aussi vite sans l'usage des oiseaux interdits. Mais le vieil homme avait été assez certain (il était toujours *assez certain*) qu'on ne vérifierait pas. Pas à temps, du moins.

« Aucune transgression », dit l'Empereur de Kitai, qui redressa sa haute taille dans son large trône. « Commandant

Ren, nous sommes satisfait d'avoir des hommes braves tels
que vous pour nous servir. Nous donnerons suite plus tard à
notre satisfaction. »

Daiyan se prosterna de nouveau, par trois fois, sincère
chaque fois. Puis recula près du magistrat. Se battre était
plus facile. Des tigres, c'était plus facile.

Le magistrat s'inclina en direction de l'émissaire, lui
rendant son droit de parole. Lu Chao reprit : « Voilà qui est
vraiment utile, mon seigneur. Cela me confirme dans l'opinion que je désire partager. »

Le premier moment déterminant, songea Daiyan. Et,
une fois de plus, le vieil homme, telle l'araignée dans sa
toile, leur avait exposé ce qu'il pensait devoir s'ensuivre.

« Illustres seigneurs, je crois que les Altaï sont un danger
pour nous, et non des alliés potentiels. Nous connaissons
bien les Xiaolus. Ils n'entretiennent pas de nouvelles ambitions, leur empereur est faible, et l'on dit que ses fils le sont
aussi, et divisés entre eux.

— Ils tiennent nos territoires ! » lança le Premier Ministre
d'une voix sèche. « Nous pouvons les reprendre ! Les Quatorze
Préfectures !

— Je suis profondément conscient de ce qu'ils détiennent »,
répliqua Lu Chao ; sa voix était extrêmement calme. « Je doute
que quiconque dans cette salle n'en soit conscient.

— Nous pouvons profiter de cette chance de les reprendre ! »

L'eunuque, cette fois. Comme si l'on eût été dans un
défilé et qu'il fût un écho de Kai Zhen.

« C'est ce dont nous discutons, je crois. N'est-ce pas
pourquoi j'ai été envoyé dans le nord ?

— Vous avez été envoyé dans le nord pour aider la Kitai
et l'Empereur. » Encore Kai Zhen.

« Et j'en suis revenu pour le faire de mon mieux. Je
demande humblement : désirez-vous m'entendre, Premier
Ministre ? »

Pour Daiyan, qui observait avec attention, le Premier
Ministre, en vérité, aurait préféré ne rien entendre, mais
Kai Zhen ne pouvait vraiment pas le dire. Ce qui aggravait
les choses, c'était que Daiyan savait être allié en cela à un

homme qu'il haïssait. Comment le monde pouvait-il créer de telles alliances ?

L'émissaire, le cadet du poète, déclara en se tournant de nouveau vers le trône : « Si la Capitale Orientale est déjà tombée, cela signifie que l'empire xiaolu est en train de pourrir, mon seigneur. De telles cités ne peuvent être prises aussi vite que si les portes en sont ouvertes pour une reddition. Et cela signifie que l'armée des assaillants a été augmentée d'autres tribus, et que les Xiaolus se retournent les uns contre les autres.

— Si c'est ce qui se passe, notre voie est clairement tracée ! »

Kai Zhen était de toute évidence déterminé à miner le discours persuasif de l'autre. Dans sa ferme, Hang Dejin l'avait prévu. Lu Chao était capable d'y voir, avait-il dit. Ce qu'il ignorait, toutefois, c'était ce que ferait l'Empereur. Même après des années passées à l'observer, Wenzong restait imprévisible.

« Je ne la crois pas claire du tout, mon seigneur Empereur. Si nous intervenons pour les Altaï, comme le suggère le Premier Ministre...

— Il n'a rien dit de tel ! » s'exclama Wu Tong. La voix de l'eunuque était un peu trop forte.

« Bien sûr que si, déclara l'émissaire avec gravité. Sommes-nous des enfants ? L'Empereur en est-il un ? "Notre voie est clairement tracée." De quelle voie pourrait-il s'agir ? »

Pas de réplique. L'homme était habile, songea Daiyan. Puis l'étrangeté de sa propre position le frappa de nouveau. Le Premier Ministre Kai Zhen voulait une guerre dans le nord, et Ren Daiyan, commandant militaire de rang moyen, fils de Ren Yuan, un employé, le désirait aussi. On aurait pu en rire, ou décider de sérieusement se saouler.

Dans le silence, ce fut l'Empereur qui reprit la parole. Il semblait las. Il y avait eu de telles discussions pendant des années, au temps de son père, et pendant son propre long règne.

« Maître Lu, donnez votre avis. C'est vous qui avez parlé avec ces nouveaux barbares. »

Une autre courbette rituelle. « Gracieux seigneur, que les peuples de la steppe se battent entre eux de nouveau. Notre tâche, notre meilleure course d'action, c'est d'être attentif, de défendre nos frontières, de présenter un front ferme et bien gardé aux Altaï comme aux Xiaolus. »

C'étaient maintenant les lèvres de Wenzong qui dessinaient une ligne serrée. Ce n'était pas ce qu'il avait voulu entendre. L'Empereur était venu là, comprit Daiyan, avec des idées de conquête. De reconquête.

« Vous n'êtes pas d'avis, dit Wenzong, que nous pouvons convaincre les Altaï de nous rendre les Quatorze Préfectures, en échange de notre aide ?

— Ils n'ont pas besoin de notre aide, serein seigneur. Je vais vous faire part de ce qu'ils ont offert. Comme on m'en avait instruit, j'ai proposé notre assistance, en retour des Quatorze Préfectures.

— Exactement », dit Kai Zhen. Il l'avait dit à mi-voix, mais tout le monde l'avait entendu.

Lu Chao ne lui accorda pas un regard. Il poursuivit : « Wan'yen, leur chef de guerre, m'a souri. Je crois qu'il a ri.

— Ce barbare ! s'exclama Wu Tong.

— Oui, dit l'émissaire. *Exactement.* » Sa voix était une imitation précise de celle du Premier Ministre l'instant d'avant.

Après une pause, il reprit : « Il a offert quatre préfectures, dans l'ouest, au nord de Xinan, et non au nord d'ici. En échange, nous devons prendre la Capitale Méridionale par nous-mêmes, puis nous joindre à leurs armées pour attaquer la Capitale Centrale des Xiaolus. Nous devons donner aux Altaï la Capitale Méridionale, et continuer à envoyer nos présents, comme maintenant, mais aux Altaï, une fois leur kaghan intronisé empereur. Et il devrait être nommé *frère* de l'Empereur. Pas *neveu*. Pas *fils.* »

Il y eut un silence. Le silence pouvait être bien bruyant, songea Daiyan. Lu Chao en profita pour terminer, comme s'il s'était agi d'un poème : « Ainsi a parlé Wan'yen des Altaï à l'émissaire de la Kitai. »

Le cœur de Daiyan battait à tout rompre. On aurait dit qu'un bélier martelait les portes en bronze de la salle, tant la réaction de l'assemblée était choquée.

Dans ce silence pétrifié, Lu Chao ajouta, presque avec désinvolture : « Je lui ai déclaré que c'était inacceptable pour le céleste Empereur. Que nous exigions le retour des Quatorze Préfectures si nous devions nous soucier de savoir quelle tribu régnerait sur la steppe. Peut-être cinq ou six, a-t-il dit, si nous prenions la Capitale Méridionale et joignions nos forces aux leurs pour le combat dans le nord.

— Les dieux ont privé cet homme de toute raison, déclara Kai Zhen d'une voix forte. Il est marqué pour une terrible ruine. »

Mais son intonation avait changé, on pouvait l'entendre. L'arrogance de ce qu'ils venaient d'entendre...

« C'est un barbare, acquiesça Lu Chao. Mais ils ne se sentent nullement menacés par les Xiaolus, et les autres tribus de l'est se sont déjà soumises. Je le dirai une fois de plus : je ne crois pas qu'ils aient besoin de nous pour prendre la steppe. Je crois que nous devons leur faire craindre notre puissance et devons donc la garder en réserve.

— Pouvons-nous plutôt aider les Xiaolus contre eux ? » demanda un homme à la barbe grise, derrière Kai Zhen.

« J'ai envisagé cette hypothèse, mon seigneur, pendant tout mon retour. Mais comment amorçons-nous une telle discussion avec les Xiaolus ? Nous allions-nous à un empire qui s'écroule ? Je me suis demandé si cette rébellion n'indiquait pas un simple désir de liberté dans l'est. Dans ce cas, il aurait été sensé de l'aider et de récupérer une partie de nos territoires. Ce n'est pas le cas, Ils poursuivent l'édification d'un empire. Mon seigneur Empereur, céleste seigneur, nous devons être prudents. Nous avons beaucoup à perdre.

— Et à *gagner* ! » s'écria le Premier Ministre, qui avait retrouvé son intonation assurée. « Ils nous invitent à prendre la Capitale Méridionale. Nous la prenons et nous la *gardons* ! Et ensuite nous négocions pour davantage après qu'ils se seront épuisés contre les autres cités ! »

Lu Chao consentit alors à se tourner vers lui : « Et qui prend la Capitale Méridionale pour nous ? Laquelle de nos forces ? Après ce qui est arrivé dans l'ouest contre les Kislik, pendant des années ? »

Daiyan lutta contre son désir de s'avancer. Une impulsion ridicule, mais c'était la raison de sa présence. Attendez, dans ce cas, avait conseillé le vieil homme.

« Les loyales armées de l'Empereur la prendront, évidemment, dit Kai Zhen.

— Et menées par qui ?

— Wu Tong est notre général le plus expérimenté. »

Derrière lui, l'eunuque avait également retrouvé son expression et sa posture de calme gravité.

« À cause d'années de défaites dans les territoires kislik ?

— Nul ne gagne toutes ses batailles, déclara le Premier Ministre d'un ton guindé.

— Certes. Et l'Empereur n'est pas informé de toutes les défaites. »

Une attaque manifeste. Erighaya. Le désastre, sous le commandement de Wu Tong, que lui avait confié Kai Zhen.

Une autre vague de nervosité dans la salle, on passait d'un pied sur l'autre, on ajustait ses habits, on regardait à terre. Ces paroles étaient téméraires au point d'être dangereuses. Mais en même temps, elles rappelaient à l'Empereur un détail important. Kai Zhen avait été exilé à la suite des événements de cette guerre.

Le moment était presque venu, se dit Daiyan.

Il jeta un regard par-dessus son épaule à Ziji, qui se tenait près d'une colonne à la périphérie de la salle. Son ami le regardait fixement. Il semblait effrayé. Ce n'était pas leur genre de champ de bataille. Il y avait ici de l'hostilité ouverte, remontant à des décennies de guerres de factions. La Kitai était au bord d'une décision qui pouvait redéfinir l'empire, et on se livrait encore dans cette salle à des batailles passées depuis longtemps !

« Serein seigneur, pardonnez-moi de prendre la parole, mais je puis évidemment prendre la Capitale Méridionale des Xiaolus avec nos braves soldats. » La voix lisse de Wu Tong survolait les eaux houleuses de l'affrontement.

Lu Chao lui adressa un regard appuyé : « Vous rappellerez-vous d'apporter les machines de siège ? »

Daiyan vit le neveu de l'émissaire, le fils du poète, fermer les yeux. Puis le jeune homme les rouvrit et carra les épaules.

Il bougea légèrement – pour se rapprocher de son oncle, non pour s'en écarter. Il y fallait du courage. Et une grande affection, peut-être.

Il avait pensé l'atmosphère tendue dans la salle du trône. Il comprenait à présent qu'il ne comprenait rien, en vérité. Il était ici en tant qu'instrument, de son plein gré parce que cela s'accordait, croyait-il, avec son propre désir. Et parce que tu es un imbécile, lui avait dit Ziji, pendant l'unique nuit qu'ils avaient passée au Petit Mont D'or.

Peut-être. Les jeunes n'avaient-ils pas le droit d'être téméraires ? Mais il connaissait la réponse : avec leur propre destinée, oui, mais pas avec la vie d'autrui.

La voix qui s'éleva ensuite fut celle de l'Empereur : « Premier ministre, vous estimez que nous pouvons prendre cette cité et la garder ? Vous croyez que le général Wu Tong est le meilleur chef pour nos armées ? »

Ainsi directement interpellé, Kai Zhen avança d'un pas devant l'émissaire. La tête haute, le ton et l'expression aussi lisses que de la soie *liao*, il répondit : « Grand seigneur, oui, et oui. Je crois que le temps est venu pour vous d'honorer votre père et votre grand-père bien-aimés et de reprendre nos fleuves et nos montagnes.

— Et Wu Tong ? » Encore. Directement.

Maintenant, se dit Daiyan.

« Il est loyal au trône et au service civil de l'empire, céleste seigneur. Il n'est entaché d'aucune ambition militaire. »

Pas "C'est un brillant commandant". Non. "Il est loyal et sans ambition en tant que soldat." La très ancienne crainte, qui remontait à des siècles, à la Neuvième Dynastie et à sa grande et terrible rébellion. Tant de millions de morts. Une profonde rupture dans l'histoire de la Kitai. Ce dont étaient capables des commandants à qui l'on confiait trop de pouvoir, si leurs hommes les aimaient trop, si on ne les tenait pas totalement sous contrôle.

Je pourrais mourir aujourd'hui, songea Daiyan. Il pensa à une femme illuminée par la lune, à Xinan, vue depuis une fontaine.

Il avança d'un pas. Aussi près du trône que le Premier Ministre de Kitai. Comme on le lui avait conseillé, il se laissa tomber à genoux, frappa trois fois le sol de son front, puis se redressa.

Ne parlez pas, avait dit Hang Dejin en préparation de ce moment. Agenouillez-vous et attendez. S'il a honoré vos premières remarques sur votre incursion en solitaire au nord du fleuve, il se tournera vers vous. Attendez cela.

Il attendit. L'Empereur se tourna vers lui. Son regard était plus froid. « Qu'y a-t-il, commandant Ren ? »

Il se rappelait son nom.

« Votre serviteur craint de parler, mon seigneur.

— Il est clair que non, ou vous ne seriez pas où vous êtes. Vous nous avez loyalement servi. Parlez-nous sans crainte.

— Mon seigneur, dit Daiyan sans forcer la voix, il s'agit du compagnon et général du Premier Ministre, Wu Tong.

— Quelle prétention est-ce là ? » s'écria Kai Zhen.

L'Empereur leva une main : « Cet homme a été honorable et brave. Continuez. Nous écoutons. »

Daiyan reprit son souffle. Aucun artifice dans cette pause. Il était terrifié. Toujours à genoux, devant les trois marches de la plateforme et le Trône du Dragon, il déclara : « Exalté seigneur, c'est à propos d'un arbre. »

CHAPITRE 19

Si l'on vivait assez longtemps et connaissait très bien les acteurs et les cérémonies, on pouvait anticiper et influencer les événements à la cour, même à distance.

C'était aussi – un vieil homme devait l'admettre, quand bien même seulement dans son for intérieur – un plaisir vif et net de le pouvoir. Il n'avait jamais livré ses batailles avec des épées, mais il les avait livrées, et habituellement gagnées.

Hang Dejin se trouvait encore dans son jardin, tard dans la matinée. Il préférait être dehors, maintenant, lorsque c'était possible : le soleil donnait forme et définition aux objets. Les ombres lui dérobaient le monde. Il regarda du côté où son fils travaillait à ses propres documents, sans doute les affaires de la ferme. Hsien était attentif sur ce plan.

L'esprit de Dejin était loin, au palais, dans la salle du trône. La nouvelle était arrivée la veille au soir, par l'un de ses illicites messagers ailés, que l'émissaire allait être reçu dans la matinée.

Le vieil homme était donc assis dans un fauteuil capitonné, environné du parfum des fleurs, et imaginait une salle très familière.

Les préceptes du Maître du Cho conseillent fortement aux humains d'être guidés par la loyauté envers leur famille. Et par le service de l'empire, considéré comme une extension de l'honneur familial. Dans ce cas, Hang Dejin pouvait dire que ses actes présents visaient ses descendants et l'avenir de la famille, aussi longtemps qu'elle pourra durer. Si on l'avait pressé de parler de manière pragmatique, il aurait suggéré que, telle qu'elle était actuellement constituée, l'armée kitane était plus utile comme large et massive force de dissuasion à la frontière nord, à occuper forteresses et villes tout en renforçant les défenses pendant l'automne et l'hiver, en prévision de ce qui surviendrait peut-être au printemps suivant.

"User des barbares pour contrôler les barbares", c'était l'antique doctrine kitane en ce qui concernait la steppe. Qu'ils se massacrent entre eux. Qu'on les y aide. La Kitai était parfois intervenue pour élever un chef au-dessus d'un autre, une tribu contre une ou deux autres. En ce temps-là, en ces années-là, l'armée kitane avait été une force significative.

Pour de nombreuses raisons – et certaines lui étaient attribuables –, Hang Dejin ne pensait pas que c'était maintenant la vérité. La guerre avec les Kislik, sa guerre à lui, l'avait démontré.

Quand on soumettait les commandants d'armée aux fonctionnaires de la cour comme lui, on assurait une certaine stabilité à l'intérieur des frontières. Mais on soulevait aussi un dur et froid souci interrogateur quant à la fierté et la compétence militaires d'une armée qu'on envoyait se battre pour la Kitai, avec les généraux dont elle disposait. Et donc…

Et donc, si Kai Zhen poussait assez fort à la guerre, ce matin, et qu'une guerre ratée pouvait défaire Kai Zhen, le vieillard serait satisfait dans son lointain jardin. Cela servait ses buts. Il devait lier n'importe quelle guerre à ce Premier Ministre. Puis – lorsque le dos étonnamment tatoué d'un jeune homme lui avait été dévoilé –, il avait soudain imaginé une manière splendide de se lier à lui tout *succès*. De s'arranger pour que le plan fonctionnât dans les deux sens. C'était ingénieux, plus qu'ingénieux.

Il y aurait peut-être de sombres conséquences à cette guerre, comme un tonnerre trop proche un jour d'été, qui secoue bols et coupes à la table d'un banquet, mais il estimait que tout affrontement finirait assez comme la campagne contre les Kislik : des pertes, des gains, l'équilibre des forces sur le terrain, des soldats morts, et des fermiers, de la colère contre l'augmentation des impôts... et un traité issu de la lassitude égale des deux adversaires.

Et alors, un nouveau Premier Ministre pour succéder à celui qui porterait tout le blâme. Il avait examiné son plan, à plusieurs reprises, de son œil intérieur encore bien clair.

Il jeta un regard du côté de son fils. Dans cette lumière, il pouvait le distinguer, une forme humaine près de lui dans le pavillon. Hsien tenait son pinceau, il écrivait une note ou une lettre. Un homme bien, son fils aîné, attentif, compétent, calme. Peut-être assez endurci, de justesse, pour accomplir ce qui devait l'être dans un poste haut placé. Même si l'on n'était jamais sûr avant la mise à l'épreuve. Il ne l'avait pas su pour lui-même. Avant d'être mis à l'épreuve, on n'était qu'une forme ; c'était l'office qui vous donnait de la substance.

S'il évaluait bien le rythme de la réunion au palace, le jeune soldat qu'il appréciait assez (et dont il regretterait la mort, le cas échéant) devait bientôt parler ou parlait en ce moment. Après quoi il ôterait sa tunique, dans la salle du trône, devant l'Empereur, comme il l'avait fait au Petit Mont d'Or, alors que Hsien, d'une voix tremblante, avait décrit à son père les caractères inscrits sur ce dos, et de quelle main.

Quels que soient les plans qu'on élabore, dans son office ou à la retraite, on doit être à même de s'adapter aux nouvelles possibilités qui se présentent.

Il y aurait peut-être des morts, le chaos. Il les jugeait contrôlables, même s'il avait conscience de ne peut-être pas vivre assez longtemps pour le savoir. N'était-ce pas pourquoi on avait des fils ? la raison pour laquelle on agissait comme on le faisait pour eux ?

Il savait infiniment faillible le jugement des mortels. Trop d'éléments étaient impossibles à influencer ou à anticiper. Feu et inondation. Famine. Absence d'enfants. Mort précoce. Une fièvre soudaine, par une nuit venteuse. Il les imaginait parfois tous, hommes, femmes, enfants, tous les habitants du monde, voguant sur le Fleuve Céleste dans l'immensité des ténèbres, encerclés par la multitude des étoiles. Certains essayaient de diriger le vaisseau. Il avait essayé. Mais en dernier ressort, seuls les dieux le pouvaient.

◆

Tout en se tenant de nouveau au côté de son oncle qu'il avait cru (idée stupide) pouvoir défendre physiquement si l'on en venait là, Lu Mah écoutait le soldat leur parler d'un arbre.

C'était un *huai*, un arbre-lettré, l'un des arbres qui vivaient le plus longtemps. Associés, selon la légende, aux fantômes et aux esprits. Apparemment, l'un de ces arbres était en cet instant même transporté sur le fleuve Wai jusqu'au Grand Canal et arriverait de là à Hanjin, après avoir été déraciné dans un domaine proche du Wai.

On l'apportait, ce dernier en date des trésors du Réseau des Fleurs et des Pierres, pour embellir le Genyue. Il était majestueux, disait-on, magnifique. Il avait, selon le soldat, trois cent cinquante ans d'âge.

« Les activités des Fleurs et des Pierres sont la responsabilité de Wu Tong, je crois », ajouta le soldat qui se nommait Ren Daiyan. Il s'était de nouveau relevé, sur un geste impatient de l'Empereur. S'il était effrayé, il n'en montrait rien.

« En effet, déclara Wu Tong, très à l'aise. Et cet arbre est vraiment magnifique. J'ai suivi tous les rapports depuis le début. C'est peut-être le plus bel exemple de ces arbres dans l'empire, mon seigneur. Sa place est dans le Genyue.

— Oui, dit l'Empereur. Vous nous avez servi loyalement en ce qui concerne notre jardin.

— Non, dit Ren Daiyan avec fermeté. Pas en cela, très haut seigneur. C'est une trahison, de vous, du Genyue et de la Kitai. »

Mah jeta un rapide coup d'œil à son oncle et vit sur ses traits le même choc qu'il ressentait lui-même. Plus grave encore peut-être : son oncle devait savoir avec précision à quel point ces paroles étaient téméraires. Mah ne pouvait que le supposer et savoir qu'il ne les aurait jamais prononcées. Sa bouche aurait refusé d'articuler ces mots.

« C'est une accusation ? devant la cour ? » La voix du Premier Ministre était hachée de fureur.

« Oui. »

Aucun titre honorifique. Cet homme essayait-il de se détruire lui-même ?

Le Premier Ministre paraissait heureux de l'obliger en cela : « Auguste et serein seigneur, je requiers la permission d'expulser ce soudard et de lui faire appliquer le gros bâton. »

La fureur de Kai Zhen était réelle, de toute évidence. Ses traits s'étaient empourprés.

« Pas encore », dit l'Empereur de Kitai, même s'il avait pris le temps d'une pause. « Mais, commandant Ren, vous ne vous comportez pas de manière civile, et je dois tenir pour acquis que vous le savez, même si vous êtes nouveau à notre cour.

— Je suis véridique et loyal, gracieux seigneur. À votre service et au service de la Kitai. L'information n'est pas de mon fait, elle vient de l'ancien Premier Ministre. L'honorable Hang Dejin m'a dit que je devais exposer ceci à l'Empereur avant qu'il soit trop tard. »

Lu Mah essaya de déglutir ; il avait la bouche sèche. Il ne comprenait presque rien à ce qui se passait, mais il était toujours terrifié. Le vieil homme avait encore à voir avec cette affaire ! Il enfonça ses mains dans ses manches pour en dissimuler le tremblement. Il aurait voulu, au-delà de toute expression, être à La Montée de l'Est.

« C'est lui qui vous a envoyé ici ? » L'Empereur Wenzong avait écarquillé les yeux. Une de ses mains s'était portée à sa fine barbe.

« Je venais ici, exalté seigneur. Il m'a arrêté en chemin, m'a reçu au Petit Mont d'Or et m'a confié l'information qu'il pensait devoir vous être transmise. »

Kai Zhen était immobile et attentif à présent. On aurait dit un cobra. Mah en avait vu à Lingzhou, et comme ils se déroulaient avant de tuer.

« Et que dois-je donc savoir ? » demanda l'Empereur. Attentif aussi.

« Que la sainteté du Genyue, son rôle de miroir de la Kitai, d'harmonie au cœur de l'harmonie, tout cela sera détruit si cet arbre y est planté.

— Pourquoi, commandant Ren ? »

C'était Lu Chao, de manière surprenante. Il n'était pas très loin du soldat.

Ren Daiyan se tourna vers lui. S'inclina, comme il ne l'avait pas fait pour l'eunuque ou le Premier Ministre. « Parce que, mon seigneur émissaire, il a été déraciné sans cérémonie rituelle ni respect du cimetière d'une famille distinguée, où il ombrageait des tombes illustres. Un acte de profanation et d'impiété de la part d'un homme qui ne se soucie en rien de la bonne conduite, même si cela affaiblit et menace l'empire. »

Lu Mah était horrifié. Si c'était la vérité, la transgression était des plus graves. Un arbre *huai* était déjà moitié arbre et moitié fantôme, pour commencer ! Et arraché à un cimetière familial ? C'était un crime contre les ancêtres, les esprits, les dieux. On avait peut-être, on avait sûrement, dérangé les tombes, si l'arbre était aussi ancien ! Quelle que fût cette famille, apporter un tel arbre, hanté par des esprits irrités, dans le jardin de l'Empereur ? On était saisi de vertige à cette pensée.

« Quel cimetière ? » demanda Wenzong. Il était effrayant à voir, maintenant. Le Genyue était sacré pour lui, tout le monde le savait.

« La famille Shen, mon seigneur, dit Ren Daiyan. Le glorieux Empereur doit les connaître, nous les connaissons tous. Le général Shen Gao a marqué le nom de sa famille en tant que Commandant de l'Aile Gauche de l'Ouest Pacifié, où il a commandé nos armées avec honneur. Il reposait sous cet arbre, mon seigneur. Un de ses fils, également enseveli là, a servi de principal conseiller à un premier ministre, un autre a guidé et servi l'Empereur suivant, et il est renommé pour sa poésie et pour… »

— Ses chevaux », dit l'Empereur de Kitai. Sa voix était d'une menaçante douceur. « Il s'agit de Shen Tai ? »

Ren Daiyan inclina la tête : « Oui, mon seigneur. Sa tombe aussi se trouvait abritée sous cet arbre. Celle de son épouse, de ses fils. Nombre de petits-fils et leurs épouses y sont aussi ensevelis. Il y a également une stèle commémorative pour sa sœur, dont la tombe ne se trouve pas là parce que…

— Parce qu'elle est ensevelie avec l'Empereur Shinzu, au nord de Xinan.

— Oui, illustre seigneur.

— Et c'est cet arbre-là, de ce cimetière-là, qu'on apporte ici ? pour le planter dans le Genyue ? »

Lu Mah regarda le soldat incliner de nouveau la tête en silence.

L'Empereur prit une profonde inspiration. On pouvait voir, même les plus ignorants, et Lu Mah savait l'être, qu'il était saisi d'une rage brûlante et féroce. Les empereurs n'ont pas besoin de dissimuler leurs sentiments. Wenzong se tourna vers son Premier Ministre – et vers l'homme qui se tenait près de lui.

« Ministre Wu Tong, vous allez expliquer. »

Équanimité et maîtrise de soi avaient leurs limites, apparemment. « Grand, très grand seigneur, balbutia l'autre, bien sûr, je ne savais pas qu'il en était ainsi ! Bien sûr que je…

— Vous venez de nous dire avoir suivi tous les rapports, ministre Wu. »

Un autre silence. Frappé d'un sentiment de catastrophe.

« Même alors… même alors je ne savais pas où… comment il avait été… Bien sûr, je ferai punir les responsables. De la manière la plus sévère, serein seigneur ! L'arbre sera rapporté et… »

"Serein" n'était pas le terme que Mah aurait employé.

Ren Daiyan, malgré sa jeunesse, et dépourvu du rang adéquat, se tourna pour faire face à l'eunuque.

« Vous en avez blâmé d'autres pour Erighaya aussi », dit-il.

Et comme personne ne répliquait, il ajouta, d'une voix très claire : « Dans une armée correctement commandée, les commandants prennent la responsabilité des échecs lorsque les désirs de l'Empereur ne sont pas satisfaits et que ses gens meurent. »

Pendant leur long voyage vers le nord à la rencontre des Altaï, par la mer puis par voie de terre, et pendant leur retour, Mah et son oncle avaient disposé de beaucoup de temps pour discuter. Lu Chao aimait la conversation et il avait toute une vie de sagesse à partager. Il avait confié à

son neveu qu'une carrière de fonctionnaire était à même
d'offrir le sentiment du devoir bien rempli, le devoir envers
la Kitai, et envers sa propre lignée, dans la meilleure tradition du Maître du Cho. À Hanjin, ce pouvait aussi être
excitant et dramatique, tandis qu'on gravitait autour du
trône, en quête d'accès et de pouvoir. Ce pouvait aussi être
terrible et destructeur, avait-il ajouté.

En regardant l'Empereur adresser à son Premier Ministre
un regard de pierre, Lu Mah estima qu'il s'agissait là d'un de
ces moments terribles. Il savait – comme tout le monde – que
Kai Zhen et Wu Tong s'étaient élevés ensemble au pouvoir.

Jusqu'à ce que, à l'instant, le coût en fût devenu trop
élevé.

Il n'avait pas cru possible d'éprouver de la pitié pour
Kai Zhen, mais l'expression de l'autre, alors qu'il regardait
Wu Tong puis se tournait avec lenteur vers les gardes du
palais, était l'image même de la douleur. On n'était assurément pas civilisé, on était cruel, un barbare, si l'on ne
réagissait pas à cette douleur, songea Lu Mah. Ou peut-être
sa réaction intérieure était-elle ce qui le rendait inapte à se
trouver dans cette salle, dans ce monde.

« Emmenez le ministre Wu, gardes. » La voix du Premier
Ministre était forcée. « Gardez-le prisonnier, selon le bon
plaisir de l'Empereur. »

"Plaisir" n'était pas le bon terme non plus. Mah baissa les
yeux et les garda baissés.

◆

Ils se trouvaient dans la demeure du magistrat en chef,
dans le quartier sud de la cité. Daiyan n'attendit pas que leur
hôte leur versât du vin. Il alla droit au brasero et but trois
coupes d'affilée. Le vin était très chaud, Fuyin l'aimait ainsi.
Il se brûla presque la langue.

« Il n'avait pas le choix, répéta le magistrat. Le Premier
Ministre. Aucun choix. »

Fuyin était encore secoué par ce qui s'était passé dans la
salle du trône. Ils l'étaient tous. Ziji avait pris une chaise en
y tombant presque.

« Peu importe, dit Daiyan au magistrat. Son ordre a été modifié.

— Il savait que ce serait le cas, je pense. »

Daiyan versa deux autres coupes, en donna une à chacun. Ils étaient des compagnons, en toute confiance, et seuls. Et pourtant il avait encore peur. Ziji tenait sa coupe d'une main distraite, sans boire, Daiyan lui prit la main et porta la coupe aux lèvres de son ami.

« Bois. Considère-le comme un ordre.

— D'un général de cinquante mille hommes ? »

Daiyan fit une grimace. C'était son rang désormais, ce qui motivait en partie sa peur – le sentiment que le monde bougeait très vite. « À son commandant de vingt-cinq mille hommes, oui. » Il se tourna vers le magistrat : « Que voulez-vous dire, "il le savait" ? Il a ordonné que Wu Tong soit emprisonné.

— Et l'Empereur a ordonné son exécution, dès que les faits auront été confirmés, pour l'arbre. Cela, en plus d'Erighaya ? Il ne peut survivre. Il n'y a aucun moyen de le sauver. À moins que votre information…

— Si mon information est fausse, je suis mort, et vous aussi, je suppose. Pour m'avoir soutenu. Buvez votre vin.

— Elle ne l'est pas, n'est-ce pas ? Fausse ? »

Daiyan réussit à hausser les épaules : « Le vieil homme n'a aucune raison de me vouloir mort. Il n'est presque rien que j'aie apprécié ce matin, et certainement pas d'enlever ma tunique et de regarder l'Empereur de la Kitai descendre de son trône pour m'examiner le dos, mais je parierais que l'histoire de l'arbre des Shen est véridique.

— Vous parieriez votre vie ? » demanda Fuyin en essayant un sourire en biais ; il ne pouvait guère davantage, Daiyan s'en rendit compte.

« C'est déjà fait. »

Le sourire disparut.

« Ils auront leur confirmation demain soir ou le jour suivant, dit Ziji.

— Et Wu Tong mourra, acquiesça Daiyan. Qu'arrivera-t-il au Premier Ministre ? »

Le magistrat prit une gorgée de vin : « Mon pari à moi ? Rien. L'Empereur sait qu'il ne contrôlait plus le Réseau des Fleurs et des Pierres. Et Wenzong a besoin de lui. Il veut cette alliance avec les Altaï. » Il lui jeta un coup d'œil. « Vous aussi.

— Je veux reprendre nos territoires, soupira Daiyan. Peu m'importe avec quelle tribu nous nous allions. Je ne suis qu'un simple soldat.

— Un général, maintenant. Il n'y a pas de "simple soldat".

— Mais posté du mauvais côté. »

Ziji bougea : « Tu penses vraiment qu'ils vont te donner l'assaut contre la Capitale Méridionale ? tout de suite ? Oh, sûrement pas, Dai. »

Personne ne l'appelait par son nom d'enfant. Daiyan secoua la tête : « Non bien sûr. Mais je crains…

— Vous craignez que le vieillard qu'ils appointeront, peu importe lequel, soit aussi incapable que Wu Tong. Et vous savez quoi ? C'est bien possible ! Nous pourrions être humiliés là-bas, montrer notre faiblesse. Et alors, que se passera-t-il ? »

Daiyan traversa la pièce pour se verser du vin. Il rapporta le flacon et servit les deux autres. Après être revenu au brasero, il reposa le flacon, remua les braises avec les pincettes, pour qu'il ne chauffe pas trop. Puis il se tourna vers les autres.

« Alors, nous aurons de vrais ennuis l'été prochain. Et nous devrons espérer entre-temps que le Premier Ministre est très doué pour les négociations. En attendant, Ziji et moi allons essayer de transformer une armée en la meilleure des forces que la Kitai ait vue depuis longtemps.

— Vous accepteront-ils ? Les autres généraux ? » C'était une question sérieuse.

Daiyan laissa échapper un éclat de rire, mais il en perçut la note amère. « Bien sûr que oui. J'aurai simplement à leur montrer ce que j'ai d'écrit dans le dos. »

"C'est ma propre calligraphie", s'était exclamé l'Empereur. Il y avait eu dans sa voix de l'émerveillement et de la fierté. "Même le monde des esprits connaît mon écriture !"

Le magistrat secoua la tête : « Et tout cela pour un arbre. Pourquoi la famille Shen l'a-t-elle permis ? Sûrement…

— Ce n'était pas eux. Le vieil homme a dit qu'ils ont vendu leur domaine il y a des générations. Ils sont partis dans le sud. Ceux qui possèdent maintenant leurs terres se sont vu offrir une forte somme pour l'arbre, et les tombes n'étaient pas les leurs.

— Mais quand même, dit Fuyin. C'est un tel crime de...

— L'argent, et un message bien senti leur disant qu'ils faisaient mieux d'accepter, remarqua Daiyan. Nous savons comment fonctionne le Réseau des Fleurs et des Pierres. »

Le magistrat hocha la tête. « Je sais que vous le savez. Et l'Empereur aurait été heureux d'avoir cet arbre, si personne ne lui avait dit.

— Il y a trop d'années qu'on ne lui dit rien », déclara sombrement Ziji.

Fuyin reprit : « Nous l'avons forcé à agir, ce matin,

— C'est le vieil homme qui l'y a forcé », dit Daiyan.

Fuyin sirotait son vin. Il resta un moment silencieux. « Vous savez, je crois que je viens de prendre une décision, déclara-t-il enfin.

— Vous allez attaquer la Capitale Méridionale vous-même ? »

Pas de sourire. C'était une mauvaise plaisanterie.

« Peu vraisemblable. Non, je vais donner ma démission. Me retirer dans le sud à Shantong, où se trouve ma famille. Je crois que cette cour va devenir difficile à vivre et je... J'ai des livres à écrire.

— Vous venez de le décider ? » demanda Ziji ; il avait une expression étrange.

« Entre deux gorgées de vin. » Fuyin s'assit bien droit.

Les deux autres échangèrent un regard. « Votre épouse ne sera pas contente », remarqua Daiyan, pensif.

Fuyin esquissa une grimace. Termina sa coupe de vin. « Je m'occuperai de mon épouse », dit-il avec plus de défi que d'assurance, estima Daiyan.

Mais il comprenait le magistrat. Après cette matinée, il ne pouvait imaginer un homme vertueux participer en rien à cette cour. Ce qui abandonnait celle-ci aux hommes sans vertu.

Et lui-même ? Un général, promu si vite, trop vite. Une énorme récompense, ce matin, et le salaire accompagnant son nouveau rang, ce qui voulait dire davantage d'argent à envoyer chez lui, de l'argent pour se *bâtir* un chez soi, un de ces jours. Mais ses réflexions semblaient suivre une autre pente, tandis qu'il remplissait de nouveau sa coupe. Il avait l'intention d'être ivre, ce soir.

On peut pourchasser un rêve toute sa vie. Qu'arrive-t-il lorsqu'on le rattrape ? Il aurait voulu le demander à Shan, entendre ce qu'elle dirait, entendre sa voix. Elle se trouvait probablement avec son mari, en route vers Hanjin.

◆

Deux jours plus tard, au crépuscule, on trancha la gorge de l'eunuque Wu Tong. Il avait créé le Réseau des Fleurs et des Pierres pour le jardin de l'Empereur, et avait commandé les armées de la Kitai sur plusieurs champs de bataille, y compris au nord-ouest, où il avait commis certaines erreurs de jugement et démontré ce qu'on pouvait considérer comme un manque de qualités de meneur d'hommes.

Il est possible de dire que nul ne devrait être jugé sur ses actions lorsqu'il est en présence directe de la mort. On peut dire aussi que ceux qui aspirent à un poste et à son pouvoir doivent accepter les fardeaux afférents, y compris de tels jugements.

On incinéra le cadavre et les cendres furent dispersées dans l'eau, pratique normale en ces occasions.

L'arbre-lettré de la famille Shen fut rapporté au domaine au-dessus du Wai, avec quelque difficulté, car il devait maintenant remonter le courant. On assigna aux meilleurs jardiniers de la préfecture la tâche d'en surveiller la restauration, et l'on vint réparer les dommages infligés aux tombes et aux pierres tombales. On offrit des prières et des contributions aux chapelles proches du Maître du Cho et de la Voie, et au palais impérial même. L'arbre fut replanté avec soin et soigné avec attention.

Il ne devint pas florissant. Peu de temps après, il mourut. Certaines choses déracinées ne peuvent être replantées, même dans le sol d'où elles ont été tirées.

◆

En approchant de Yenling, Qi Wai parle de la jeune fille à son épouse.

Shan ne lui a pas posé la question, ne voulait pas vraiment savoir. Avant, peut-être, mais plus maintenant, pas depuis Xinan. Mais elle ne peut vraiment dire à Wai de ne pas lui parler, n'est-ce pas ?

Et c'est ainsi, à une auberge de poste à l'ouest de la ville, qu'elle apprend, pendant le souper, une des façons dont elle se trompait à propos de son époux.

La fille a sept ans. Il l'a emmenée d'une maison située dans le meilleur quartier des plaisirs de Hanjin. Pour la préparer à une existence offrant la toute dernière mode en matière de beauté féminine, elle avait eu les pieds bandés un peu plus tôt le jour où il l'avait vue, mais les os de ses pieds n'avaient pas encore été brisés. Wai s'était trouvé là avec des amis, dans la soirée, à écouter de la musique en buvant du vin safrané et en mangeant des croquettes de poisson ; c'est le genre d'homme qui ajoute de tels détails à une histoire. À travers un rideau, il avait vu l'enfant qui se traînait dans un couloir, l'avait entendue pleurer.

Il l'avait achetée le matin suivant. L'avait emmenée à Yenling, dans une maison qui appartient à sa famille. Ils avaient la permission d'en avoir une là à cause de ses voyages. Il paie pour son entretien et son éducation. Ses pieds ne sont pas endommagés. Elle s'appelle Lizhen.

Shan se surprend à pleurer. « Pourquoi Yenling ? Pourquoi pas chez nous ? Pourquoi ne pas me l'avoir *dit* ? C'est là un acte honorable ! »

Son mari a les yeux baissés sur la table. Il dit, mal à l'aise : « C'est une enfant douce, le monde l'effraie. Elle... Shan, elle n'est pas capable de vivre ou d'être éduquée comme vous l'avez été. C'est trop dur, si l'on n'est pas aussi fort que vous. »

Aussi fort que vous.

Elle pleure toujours, ce qui affaiblit l'argument de Wai, songe-t-elle. Mais il a raison sur un point : c'est réellement dur.

« Vous avez pensé que si vous l'ameniez chez nous, j'insisterais pour… »

Elle s'essuie les yeux. Voit son époux hocher la tête. Elle reprend, en essayant de parler avec précaution : « J'ai entendu des rumeurs, parlant d'une fille et de pieds bandés. J'ai pensé que vous aviez une concubine ainsi traitée. »

Wai a une expression horrifiée : « Je ne le ferais jamais ! Elle a sept ans, Shan !

— Je l'ignorais. » Mais Shan est ce qu'elle est : « Et si elle avait eu quinze ans et non sept ? »

Wai secoue la tête avec fermeté : « Jamais. Cette mode s'en vient peut-être, mais elle ne me convient pas.

— J'en suis heureuse. M'emmènerez-vous… la voir ? »

Il acquiesce. Puis hésite : « Vous pensiez que j'avais une concubine à Yenling ? »

Wai est intelligent. Maladroit, excentrique, mais réellement intelligent.

« Oui. J'en suis navrée. Vous pourriez évidemment en avoir une chez nous, n'importe quand. Je ne pensais pas que vous en vouliez. Vous n'en avez jamais parlé.

— Je ne veux pas de concubine. »

Il semble sur le point d'en dire davantage, mais se tait. Elle n'insiste pas. Elle en a assez appris pour la soirée.

Deux nuits plus tard, dans la demeure de Yenling, elle est seule au lit dans la chambre qu'on lui a attribuée, après avoir rencontré l'enfant – qui est délicieuse, et désespérément timide –, et elle écoute les bruits qui proviennent de la chambre voisine, où l'on fait l'amour.

Wai le lui apprend ainsi, même si les signes étaient là depuis le moment où ils sont entrés dans la petite cour de la maison, l'après-midi.

Elle entend la voix basse de Wai à travers le mur et une autre, plus grave – l'intendant de sa maison, un homme de haute taille. Il s'appelle Kou Yao. Il a de longs doigts et de larges yeux.

Bien des choses sont devenues plus claires, dans le noir.

Sur la route de l'est, le matin suivant, avec son escorte, elle a le regard clair et la tête aussi. Son époux est resté pour quelques jours à Yenling. Il suivra bientôt avec ses trouvailles du nord-ouest.

Elle tente de décider si son comportement, la nuit précédente, a été de la lâcheté ou de la courtoisie.

De la lâcheté parce qu'il n'a pas eu le courage de lui parler et d'expliquer. Ou de la courtoisie, parce qu'un homme n'a nul besoin d'expliquer quoi que ce soit à son épouse, et parce qu'il lui a permis d'être seule en privé au moment où elle venait à comprendre ce qui va peut-être constituer désormais la structure de leur existence. Elle choisit de penser qu'on peut considérer le comportement de Wai comme relevant des deux.

L'enfant va rester à Yenling. Le chaos et les rivalités de l'enceinte du clan n'en font pas un foyer approprié pour une enfant extrêmement timide, prise (tout le monde le saurait, rien ne reste guère secret) dans une maison de plaisir.

La conversation de Shan avec Wai, tôt dans la matinée, n'a pas eu de spectateur. Elle ne s'était pas montrée particulièrement soumise. Il ne l'aurait pas attendu d'elle.

« Je comprends beaucoup mieux maintenant, et je vous en sais gré. Mais il est une chose que je dois dire.

— Je vous en prie. » Son époux avait rougi, mais il soutenait son regard.

« Il y a une enfant dans la maison. Vous êtes responsable de son instruction et de son éducation, Wai, vous devrez être discret. Même si cela vous oblige à loger votre... l'intendant ailleurs.

— Il s'appelle Kou Yao », avait-il dit. Mais il avait fini par acquiescer : « Je comprends. » Il avait penché la tête de côté, un geste familier. « Merci.

— Merci à vous », avait-elle répliqué.

Et, enfin, elle est chez elle. Elle revoit son père, elle l'embrasse. Il y a une lettre pour elle. Leur intendant la lui porte dans sa chambre.

C'est Daiyan qui a écrit. Il est parti. Il a été promu à un rang beaucoup plus important, après des événements ayant eu lieu à la cour. Il va rencontrer sa nouvelle armée. *Son* armée. Cinquante mille hommes. L'eunuque Wu Tong est mort. La Kitai ira en guerre au printemps, semble-t-il, la saison des combats, c'est bien connu.

Elle lit ce qu'il a écrit: *J'avais besoin de vous, d'être avec vous, d'entendre ce que vous pensiez, la nuit après que tout cela est arrivé. Je commence à comprendre que ce sera toujours ainsi, et impossible. Mais ce m'est un réconfort de vous savoir dans le monde. Pardonnez-moi mes caractères tracés à la hâte ici.*

Elle secoue la tête. Ils sont très bien, ses caractères, en réalité. Mais elle les voit à travers des larmes. La guerre s'en vient. Dans le nord.

Sur le dos de Daiyan, placés là, brûlés là comme au fer, par une créature du monde des esprits, se trouvent des mots écrits comme de la main impériale. C'est elle qui les a vus la première. Une chambre à Xinan, au-dessus d'une cour et d'une fontaine.

Tant d'étrangeté dans le monde. Plus qu'on ne peut noter ou comprendre. Elle sèche ses yeux et descend voir son père, qu'elle aime et qui l'aime sans ambiguïté ni incertitude aucune.

◆

On établit des plans pendant l'automne et l'hiver. Des messagers partent fréquemment de Hanjin, d'autres reviennent à travers le vent et la pluie. Peu avant la Nouvelle Année, la première neige tombe. Le Genyue silencieux est magnifique.

Dans le nord-ouest, une armée est entraînée, aiguisée telle une lame. Le plus récent général haut gradé de la Kitai ne ressemble guère à ses pairs, il s'est élevé trop vite pour le confort de tous, mais ses soldats ne semblent pas partager ce sentiment.

On remarque aussi, au fil du temps, que les hommes qu'il entraîne deviennent remarquablement disciplinés. Le commandant Ren Daiyan emmène quarante mille hommes dans le sud, avec la mission de mater un soulèvement de hors-la-loi devenu une rébellion en bonne et due forme des deux côtés du fleuve Wai. Il y a de nombreuses raisons à l'agitation populaire. Le Réseau des Fleurs et des Pierres a continué ses opérations. On a détruit des forêts afin de procurer du bois pour de nouveaux édifices au palais. On a encore augmenté les impôts au moment des moissons.

Bien sûr qu'on les a augmentés. Une guerre s'en vient. C'est de notoriété publique.

On rapporte que le commandant Ren s'est battu contre les rebelles en personne avec épée et arc. Un arc, de toutes les armes possibles ! Ses hommes combattent dans les forêts et les marais. Certains haut gradés, en entendant la nouvelle, se gaussent : Ren Daiyan est tout désigné pour une guerre dans les marais, compte tenu de ses origines. Son engagement personnel dans les combats est considéré comme manquant de dignité et déplaît aux autres chefs de l'armée kitane ; c'est un précédent fâcheux.

La rébellion des bandits est écrasée, fort rapidement. Des histoires courent, probablement exagérées, sur les stratégies dont on s'est servi contre eux sur un terrain difficile et sans chemins bien tracés.

Les chefs rebelles sont exécutés, mais seulement les chefs, rapporte-t-on. Apparemment, dix mille des combattants rebelles ont été acceptés dans l'armée par le nouveau général. C'est également déplaisant. Ils l'accompagnent lorsqu'il revient au nord de Yenling.

Ils arrivent trop tard pour participer à l'offensive de printemps contre la Capitale Méridionale des Xiaolus.

Cette rébellion près du Wai et la nécessité d'envoyer une armée la mater en viendront à être considérées comme profondément signifiantes par ceux qui évalueront rétrospectivement les événements de cette période.

Quatre cavaliers altaï, menés par le frère du chef de guerre, arrivent à Hanjin tôt dans l'hiver, en se glissant avec une grande facilité, apparemment, à travers les patrouilles xiaolues.

On les traite avec assez de respect, compte tenu du fait que ce sont des barbares primitifs. Ils n'ont aucune idée des protocoles ou de l'étiquette de la cour et sont, dit-on, brutaux envers les femmes qu'on leur envoie. L'intention du Premier Ministre Kai Zhen est de prendre la Capitale Méridionale des Xiaolus, comme le désirent ces Altaï – mais non de la leur livrer comme ils le désirent aussi. Pas pour seulement quatre ou cinq des Quatorze Préfectures perdues. Non, la Kitai ne sera pas traitée ainsi. Pas par des cavaliers de la steppe et non plus par d'ignorants nomades du nord-est, en particulier. La générosité a des limites.

Le frère du chef de guerre – il s'appelle Bai'ji – n'est pas présenté à l'Empereur. Absurde de penser que cela pourrait même arriver. Le parti altaï rencontre une fois Kai Zhen, dans des circonstances et avec une cérémonie visant à les écraser d'admiration et de respect. On les fait passer parmi des centaines de courtisans pour arriver en présence du Premier Ministre.

Sans manifester de manière évidente être écrasé d'admiration ni de respect, le frère du chef de guerre demande par l'intermédiaire de son interprète pourquoi on a laissé se dégrader les murailles de la cité, du côté nord-est, près du jardin impérial.

Le Premier Ministre refuse de répondre. Il cite le Maître du Cho. Il offre de modestes présents de soie et de porcelaine.

Après le départ des Altaï pour le nord, le Premier Ministre fait décapiter le responsable de l'entretien des murailles, avec ses principaux subordonnés. Leurs têtes sont montées sur des piques au-dessus d'une des portes. On ordonne que les murailles soient réparées.

Dans la ville, l'atmosphère est tendue, ce qui n'est pas surprenant. Excitation, appréhension. On est quelque peu soulagé d'apprendre que la rébellion a été supprimée dans le sud. Le fleuve Wai est inconfortablement proche de la capitale, et les forces rebelles avaient pris de l'ampleur.

Le Premier Ministre accepte les félicitations impériales pour cette victoire. Il en est récompensé par un tableau de la main même de l'Empereur, un loriot et des boutons de prunier d'une facture exquise.

Il y a de la neige cet hiver-là, ce qui n'est pas inhabituel à Hanjin. Des enfants y jouent en riant. Des hommes et des garçons entraînés à cette fin rassemblent les oiseaux bien-aimés de l'Empereur, dans le Genyue, pour les emporter dans un large édifice chauffé – un nouveau bâtiment, fort

LE FLEUVE DES ÉTOILES ——————————— 409

coûteux – où ils peuvent voler librement dans les arbres et les buissons jusqu'à la fin de la saison froide.

L'Empereur célèbre les rites de la Nouvelle Année dans de somptueuses cérémonies. On joue pour la première fois la nouvelle musique des rituels, qui fait usage d'intervalles ingénieusement calculés sur la longueur des doigts de l'impériale main gauche. Il y a des feux d'artifice, comme toujours. Hanjin fête toute la nuit pendant trois nuits.

Il neige de nouveau avant le Festival des Lanternes. Des lanternes rouges sur la neige blanche, des dragons rouges dans la danse du dragon, et une lune pleine qui se lève sur la Kitai, sur tout le monde sous le ciel, tandis que les feux d'artifice éclatent à nouveau.

Le jour du Festival des Mets Froids, on pleure les morts et l'on entretient leur tombe. L'Empereur a déjà quitté la cité avec une longue procession pour rendre visite à celle de son père. Il s'agenouille devant elle, un hommage hautement manifeste. La guerre qui s'en vient est décrite comme un acte de dévotion filiale. On sait que le dernier empereur, le père de Wenzong, a toujours pleuré la perte des fleuves et des montagnes.

Le printemps arrive.

Lorsque le monde subit de grandes métamorphoses, ce peut être à cause d'un unique et dramatique événement, ou parce que de nombreuses petites occurrences, chacune individuellement dépourvue d'importance, s'imbriquent les unes dans les autres, comme les pièces en bois d'une boîte casse-tête, le genre qu'on vend sur n'importe quelle place de marché pour quelques pièces de cuivre.

QUATRIÈME PARTIE

CHAPITRE 20

Zhao Ziji sentit le vent se lever. Il l'avait attendu. L'aube était proche, et donc la bataille.

Défaire une armée de rebelles mal organisés et mal armés, dans des marais qu'il connaissait bien, comme Daiyan, c'était une chose. Tenir un front contre une masse de cavaliers altaï, c'était une autre affaire. Les Altaï n'étaient plus des alliés contre les Xiaolus mais des envahisseurs.

Le printemps et l'été avaient tourné de manière catastrophique.

Ils se trouvaient à découvert – mauvais pour eux, idéal pour les cavaliers de la steppe. Ils avaient dû se retirer du Fleuve Doré parce que leurs forces plus à l'ouest, massées près de Shuquian et chargées de la défendre, avaient été mises en déroute avec une terrifiante facilité, même avec le fleuve comme ligne de défense.

Si Daiyan était resté là-haut, en se servant du fleuve comme barrière, son armée aurait été encerclée et détruite. Les Altaï auraient pu chevaucher jusqu'à Yenling, qui aurait été ouverte, sans défense.

Daiyan avait poussé d'amers jurons (comme Ziji) lorsqu'un messager était venu à bride abattue de l'ouest avec les nouvelles de Shuquian – et il avait ordonné à ses soixante mille hommes de battre en retraite.

Comment des commandants disposant de plus de soixante-quinze mille hommes pour en affronter bien moins chez les barbares, et avec le fleuve devant eux, que les cavaliers devaient traverser… comment avaient-ils si rapidement perdu le terrain ?

Ziji en avait une idée. Deux idées, en fait. La première, c'était que ces généraux étaient d'une stupéfiante incompétence. L'un d'eux devait prendre sa retraite cet été-là, et non se préparer, avec ses hommes, à combattre une invasion. Il avait été en train de se faire construire une jolie propriété au sud du Wai, disait-on.

La deuxième raison avait à voir avec la terreur. Une terreur brute devant les redoutés cavaliers de la steppe, et la tendance qu'ont des hommes effrayés à rompre les rangs et à courir vers un vaste espace à découvert quand ils en ont un derrière eux.

Ziji ne voulait pas penser à Shuquian, à ce qui pouvait être en train de s'y passer. Les Altaï étaient féroces dans les cités et les villes qu'ils prenaient. C'était ainsi qu'ils suscitaient la terreur. La terreur est une arme.

Et ils étaient là maintenant, Daiyan et lui, à mi-chemin de Yenling après la rivière, pour essayer de la garder, de ralentir l'élan de cette partie de la force d'invasion. À l'est, dans la plaine au-dessus de la capitale… Eh bien, pas moyen de savoir avec certitude, mais compte tenu des généraux qui commandaient là, les nouvelles, quand on les aurait, ne seraient sans doute pas rassurantes.

Maudire les dieux et les neuf cieux n'était d'aucun secours.

Maudire l'Empereur et ses conseillers était de la trahison et tout aussi vain. On était là où l'on était. Les historiens pourraient débattre sur la manière dont on y était arrivé. Il y aurait sûrement des opinions divergentes, des déclarations tranchantes échangées au-dessus de tasses de thé. Ziji avait envie de tuer quelqu'un. Il en aurait bientôt la chance. Il allait peut-être mourir.

L'est tournait au gris, puis un peu plus clair encore, les étoiles y avaient disparu. Ziji plissa les yeux pour mieux voir. Les Altaï attendraient le jour, ils pourraient chevaucher plus vite.

Daiyan avait fait son possible. De chaque côté, ils avaient des collines basses épaulées par des collines plus hautes, et il y avait placé ses meilleurs archers, défendus par des hommes pourvus des nouvelles épées à deux mains, celles qu'il avait mises au point l'hiver précédent. Elles allaient bien, une fois qu'on avait appris à s'en servir. On attaquait des chevaux, on leur tranchait les pattes de devant, en se tenant près du sol. Si la monture d'un cavalier tombe, le cavalier est quasiment déjà mort.

C'était ce que Daiyan avait dit, et il l'avait fait répéter par ses officiers jusqu'aux chefs de cinquante hommes, avec un entraînement forcené. Mais ce matin, c'était pour vrai. S'exercer dans un baraquement ou tenir la rive d'un large fleuve en sachant que l'ennemi devra traverser sous une pluie de flèches, ce n'est pas comme se trouver en terrain découvert, en attendant l'apparition des cavaliers à la première lueur de l'aube.

Daiyan avait pris l'aile gauche et Ziji la droite. Ils étaient tous à pied, leurs chevaux à l'arrière avec les palefreniers. Ça n'avait absolument aucun sens d'opposer de la cavalerie aux cavaliers des steppes.

Les archers se trouvaient juste derrière eux. Dès le début de sa promotion, Daiyan avait commencé à recruter et à entraîner des archers. On les traitait avec dédain, dans une armée elle-même dédaignée. Daiyan le considérait comme une sottise. Il y avait plus qu'assez de sottise dans le circuit, songea Ziji.

Il regarda de nouveau vers l'est. Une pâle lumière à présent. Quelques nuages à l'horizon, très beaux. Puis le soleil. Il entendit le martèlement des sabots, un bruit de fin du monde.

◆

Le Premier Ministre de la Kitai savait être un homme rusé, plein d'expérience, en aucune façon un sot. Il s'était construit une triomphante carrière dans le complexe service public kitan pour arriver au plus haut sommet. Cela en disait long sur un homme.

En conséquence, éveillé dans son lit à Hanjin au milieu de la nuit, il s'efforçait de se rappeler les étapes qui les avaient menés là où ils en étaient. Les habitants de la cité s'enfuyaient en foule, abandonnant leurs demeures, ne prenant que ce qu'ils pouvaient porter ou charger sur des chariots. Les portes étaient encore ouvertes. Elles devraient peut-être bientôt être fermées, et on le savait.

D'autres, essentiellement des étudiants de *jinshi* pour l'instant, parlaient ouvertement, avec témérité, dans les rues houleuses, de le tuer, lui, et les principaux conseillers de l'Empereur. De les *tuer*!

L'Empereur était terrifié. Wenzong ne quittait jamais ses appartements. Il ne se promenait même plus dans son jardin, ces derniers temps, même si l'automne avait été froid et pluvieux.

Comment en était-on arrivé là? On prend une décision qui semblait sage, après réflexion et consultation (la consultation est une protection). Puis la première décision en suggère une autre, ou même y oblige. Et une troisième, déclenchée par la seconde, comme les pas d'une danseuse par la musique. Peut-être alors, tard dans l'été, a-t-on eu certaines exigences qui impliquaient un risque, mais un risque contrôlable, a-t-on estimé, et qui s'ajustait comme une ceinture à maillons d'or aux désirs de l'Empereur concernant les préfectures perdues.

Quand son empereur exprime des désirs, un premier ministre doit les prendre en considération, n'est-ce pas?

On amorçait alors une action diplomatique, on posait des conditions sévères pour satisfaire ces désirs. Sûrement approprié, n'est-ce pas? Surtout si l'on comparait la longue gloire de la Kitai à l'inculture et à la grossièreté de tribus nomades du nord-est.

Il était possible, marginalement, qu'un ton plus conciliant, des réclamations plus modestes de territoire eussent été plus sages. Mais, en vérité, qui n'était pas plus sage, lorsque c'était rétrospectivement?

Et l'on se retrouvait ici, maintenant, frappé de crainte et d'insomnie par une froide nuit d'automne.

Il se demanda s'il était tard ou tôt. Et quand le matin arriverait. Ses épouses lui manquaient. Wu Tong lui manquait, quoique pour d'autres raisons, naturellement. Mais en vérité pour des raisons assez semblables, le Premier Ministre en prit conscience en s'asseyant dans son lit tout en gardant sa couverture dans la pièce glacée. Il y avait dans sa maisonnée des femmes qui pouvaient satisfaire ses désirs charnels, plus ou moins. Mais ses épouses et son allié de longue date avaient tous été très doués pour l'écouter penser à haute voix, pour appliquer ensuite leur propre intelligence à ce qu'ils entendaient.

Une de ses femmes s'était ôté la vie. Il avait tué la seconde. Wu Tong avait été exécuté... pour avoir déraciné un arbre. Un acte qui n'aurait jamais été découvert si un vieillard aveugle l'avait laissé secret. Il y avait toujours un vieillard quelque part. Il y avait toujours quelqu'un.

Trop facile de s'apitoyer sur soi, cette nuit, songea le Premier Ministre de la Kitai. Ténèbres et solitude, le moment lugubre avant l'aube. Il était là, à essayer de son mieux de satisfaire son empereur et l'empire, mais seul pour cela, sans confidents, dans une insomnie impuissante, par une nuit sans lune, avec les Altaï qui s'en venaient. Qui descendaient sur eux comme une peste. À travers la Grande Muraille ruinée, à travers les rivières, les plaines herbeuses et les champs des moissons. Les cavaliers de la nuit.

Les armées kitanes au-dessus de Shuquian avaient fui en déroute. Déjà ! On l'avait appris au matin, un glacial message ailé. L'armée qui défendait Yenling – sous les ordres d'un commandant qu'il n'aimait pas – courait un sérieux risque d'être encerclée. Le Premier Ministre ne savait absolument pas comment le commandant s'en dépêtrerait ou même s'il le pourrait. Le Premier Ministre n'était pas un homme à la tournure d'esprit militaire, n'avait jamais prétendu l'être.

Et leur armée au nord, qui défendait la capitale, l'Empereur et plus d'un million d'âmes, était la même force qui, au printemps, avait failli à prendre la Capitale Méridionale isolée d'un empire xiaolu sans chef et qui s'écroulait. C'était cet échec qui avait déclenché tout le reste. Un rocher qui dégringole d'une colline en gagnant de la vitesse.

Il ne comprenait toujours pas comment ils avaient échoué là-bas. Ils avaient eu quatre-vingt-dix mille hommes ! N'y en avait-il plus un seul capable de se *battre* ?

Et juste après cet échec, les Altaï, bien moins nombreux, étaient partis dans le sud au début de l'été puis étaient apparus devant les portes de la Capitale Méridionale au lever du soleil, un matin. Ainsi l'avait-on rapporté.

Leur arrivée avait tellement terrifié les habitants que ceux-ci avaient ouvert la ville avant le coucher du soleil. Même pas de combat ! Et ce, après que les Xiaolus avaient effectué une sortie, par *deux* fois, et battu auparavant les forces kitanes avec une facilité humiliante, selon le rapport.

C'étaient leurs généraux incompétents, se dit Kai Zhen dans le noir, avec amertume. Il pensa voir un soupçon de lumière à l'est, par sa fenêtre ; c'était seulement l'aube, pas de l'espoir. Qu'était-il arrivé aux armées de la Kitai ?

Il avait conscience du nombre d'éléments qui convergeaient dans cette question, mais essaya de ne pas s'y attarder. Il était trop tard pour l'ironie. Il avait trop froid. Il avait peur.

Wu Tong aurait su comment agir dans le nord. Même si cette pensée était probablement une tentative pour s'aveugler. Son vieil allié avait été à même de mater des soulèvements à l'intérieur de la Kitai, de mettre en déroute des paysans rebelles, avec des exécutions de masse pour envoyer le message nécessaire au reste de la contrée. Mais il n'avait jamais connu de réel triomphe contre les barbares. Il y avait eu Erighaya et, en vérité, tout ce qui avait conduit à Erighaya.

Et cette nuit, sous les étoiles, les soldats des trois commandants qui avaient (bien entendu) survécu à la déroute de leurs armées – en galopant à l'avant des forces en retraite depuis la Capitale Méridionale – étaient tout ce qui séparait la capitale d'un désastre. Wan'yen, le chef de guerre des Altaï, qui menait en personne la partie orientale de ses forces, s'apprêtait peut-être à fondre sur la cité impériale de la Kitai. Que penseraient de lui les historiens ? songea soudain Kai Zhen.

Si l'on avait de la chance ici, si l'on était immensément fortuné, les barbares ne demanderaient que des trésors : lingots d'argent, soie, jade, or, bijoux, et certainement des Kitans à emmener comme esclaves dans le nord. Selon ce qu'ils voudraient, impôts et extorsion pourraient sans doute y pourvoir. Avec assez de temps, on pourrait reconstruire.

Mais si les Altaï venaient pour davantage... Si cette incursion devait dépasser un simple raid visant à administrer une leçon à l'arrogance kitane pour avoir exigé tant de territoires, alors "ruine" n'était pas le terme adéquat pour décrire ce qui les attendait.

Il regarda par la fenêtre. La grisaille. La lumière pâle. Le matin.

◆

Daiyan savait n'être pas censé se trouver en première ligne d'une bataille. Depuis la Troisième Dynastie, les commandants ne menaient plus leurs hommes au combat et à cette époque-là... Eh bien, ç'avaient été de grands héros, n'est-ce pas ? Des hommes légendaires.

Il ne se voyait pas comme tel. Il se voyait en train d'essayer de rester vivant, en cet instant, et de tenir son champ de bataille. De tuer autant de cavaliers – et de leurs chevaux – qu'il le pourrait. Il s'entendait jurer tout en tailladant et en se dérobant au milieu des hurlements des hommes et des chevaux. L'odeur des entrailles ouvertes était terrible.

Les Altaï étaient sur eux, les dominaient du haut de leurs montures. Mais ils ne leur passaient pas à travers, non. Daiyan aurait voulu pouvoir prendre le temps de vérifier si l'aile de Ziji tenait bon aussi, d'évaluer comment allaient ses archers sur les hauteurs, des deux côtés, mais il n'en avait pas le loisir. Un cheval se dressa au-dessus de lui, écumant, les dents découvertes. Il bondit vers la droite, mit genou en terre et faucha les pattes antérieures. Sentit la lame mordre dans chair et os, entendit un nouveau hurlement parmi les hurlements. La bête se cabra. Le cavalier, qui s'était penché vers la gauche pour frapper Daiyan, dégringola par-dessus l'encolure du cheval.

Il atterrit sur la tête. Daiyan vit son cou se briser, même s'il y avait trop de fracas alentour pour qu'il l'entende. Celui-là n'aurait pas besoin d'être tué. Il avait vu assez de cous brisés.

Il frappa le cheval à la gorge et la bête mourut. Il le fallait. Il se releva vivement. Une accalmie devant lui. Un espace.

Il essuya sa figure ensanglantée, jeta un coup d'œil à gauche, à droite, en soufflant comme une forge. Ses gants étaient glissants. Le sol aussi. Des entrailles, du sang.

Les archers à l'arrière devaient être prudents, avec les premiers rangs des deux armées entremêlés dans le carnage. Ils étaient censés viser l'arrière des forces altaï, les cavaliers arrêtés – pour l'instant – par les fantassins kitans qui tenaient ferme.

Trop difficile pour lui de rien voir clairement ici, parmi ses hommes, l'ennemi et les chevaux couchés qui se débattaient encore. On pouvait être tué ou mutilé par un cheval à terre. C'était pour cela qu'on les achevait.

Il fallait de la chance, dans une bataille, autant que n'importe quoi d'autre. Presque autant. On pouvait modeler sa fortune, son destin, sa vie, ne fût-ce que de manière minime. Une bataille, par exemple. Une guerre, peut-être. Leurs épées en étaient un autre exemple, celles qu'il avait conçues l'année précédente. Elles *fonctionnaient*. Pouvait-on, dans la puanteur des corps mis en pièces, se permettre d'en tirer de la fierté ?

On tenait le pommeau allongé à deux mains. On s'accroupissait sur la droite, une position qui rendait difficile à un cavalier d'asséner un coup vers le bas du côté opposé à son bras d'épée, et on frappait le cheval. Si le cavalier tombait, on le tuait, et ensuite on abattait le cheval pour que ses pattes se tiennent tranquilles. C'était hideux, c'était sauvage. Daiyan éprouvait une sorte de douleur, un sentiment de gaspillage, de perte, à tuer de si belles bêtes. Mais elles portaient les cavaliers de la steppe, et ces cavaliers tentaient de détruire la Kitai.

On faisait le nécessaire dans cette situation. Il songea soudain à sa mère, bien en sécurité loin de là, et puis il pensa à Shan, qui ne l'était point du tout.

Il s'essuya de nouveau la figure. Il avait eu le front entaillé, il ignorait quand. Il avait du sang dans les yeux, il devait constamment l'essuyer. Il pouvait imaginer de quoi il avait l'air. Bien. Qu'il ait l'air d'un sauvage, aujourd'hui.

Une ombre mouvante au-dessus de lui. Il leva les yeux. Des flèches. Une autre vague noire, occultant le ciel, l'arc de leur trajectoire vers le nord. Ses archers, à l'arrière, et ceux postés des deux côtés, qui visaient correctement, qui avaient été correctement entraînés. Un an et plus. C'était ainsi qu'on faisait d'une guerre autre chose qu'une affaire de chance et de volontés divines.

Les cavaliers aussi avaient des arcs, mais ils tiraient de près dans un tel affrontement, non en déclenchant ces vastes rideaux de projectiles. Ils triomphaient à dos de cheval, ils ne pensaient pas à placer des archers à pied derrière une armée (comment ceux-ci auraient-ils suivi l'allure ?). Ils fonçaient dans les prairies, les meilleurs cavaliers du monde, et – presque toujours – les fantassins, les archers et n'importe quelle faible cavalerie prenaient la fuite devant eux ou périssaient.

Ce pouvait être le cas ici. Daiyan n'avait aucun moyen d'évaluer les divers courants de l'affrontement ici, tandis que le soleil se levait à sa droite. Ils n'avaient pas encore battu en retraite, cela, il le savait. Il se tenait là où il s'était tenu au début, avec des hommes à ses côtés. Il y avait encore un espace devant eux. Il enfonça son épée dans le sol et banda son arc. L'arme de son enfance. L'arme du hors-la-loi.

Il se mit à tirer, flèche après flèche. Décocher, encocher, décocher, à toute allure. Il était connu pour ce talent, il avait un don. Là où il visait, les cavaliers altaï tombaient. Il visait à la figure, une flèche dans l'œil, dans la bouche, qui ressortait à l'arrière de la tête.

Deux cavaliers le virent, firent virevolter leur monture pour le charger. Il les abattit tous les deux. Il jurait toujours, une incessante litanie, d'une voix forte et éraillée. Il essuyait toujours le sang qui lui coulait dans l'œil droit. Près de lui, ses soldats étaient aussi passés à leur arc maintenant. Il les y avait entraînés. Un an et plus. On *entraînait* une armée !

Il avait cru que ce seraient eux les envahisseurs, eux qui seraient dans les territoires xiaolus, cet été-là, qui combattraient au nord du fleuve. Le rêve éclatant, si longtemps entretenu. Et au lieu de cela, ils défendaient désespérément Yenling sans avoir une idée claire de ce qui se passait dans l'ouest, où leur autre armée s'était effondrée, et sans nouvelles non plus de la capitale.

Gaspillage de réflexions. Rien à faire pour ça. Maintenant, il fallait se battre pour repousser les Altaï, briser leur avancée. En tuer autant qu'on le pouvait. Arriverait après ce qui arriverait.

Deux vérités de ce qu'il était : ses hommes le voyaient à leurs côtés, l'entendaient hurler de fureur, le regardaient manier arc et épée. Suivaient son exemple. Les soldats combattaient avec plus de bravoure avec un commandant parmi eux, et non prêt à s'enfuir d'une colline bien à l'écart. Mais au cœur de la mêlée, ce même chef ne pouvait voir ce qui se passait, évaluer et ajuster.

Il avait posté quatre officiers sur les deux crêtes. Ils avaient des tambours et des drapeaux de signalisation pour envoyer des ordres. Des hommes fiables n'étaient pas invariablement des stratèges, mais à quel point aurait-il été capable lui-même ? C'était sa première bataille. Des affrontements avec des paysans rebelles ne comptaient pas.

Ne comptaient pas non plus des épées de bambou maniées contre d'imaginaires ennemis dans un bois près d'un village, en des matins enfuis depuis longtemps.

Ce fut Ziji qui se rendit compte que le front des Altaï avait été enfoncé. Hu Yen, de la pente sur la droite, avec les tambours et les drapeaux, ordonnait à présent une avancée au pas. Il était prudent à l'excès, Yen, et ils avaient discuté de la manière dont une retraite pouvait constituer une feinte.

Plus las que jamais mais indemne, Ziji commença à avancer en adressant des appels et des signes de bras à ses hommes. Ils passèrent entre des cadavres de chevaux et de cavaliers. Il achevait tout ce qui bougeait.

À sa gauche, il aperçut Daiyan qui en faisait autant, à l'avant de ses hommes. Sa tête était ensanglantée. Il faudrait y voir. Pas maintenant. Pas s'il pouvait tenir debout avec une épée et un arc.

Des flèches arrivaient de l'arrière et des deux côtés, de longues trajectoires meurtrières. Les Altaï avaient fait volte-face – ils essayaient d'échapper à la pluie mortelle. Ils battaient en retraite, vraiment ! Ceux qui s'étaient rendus le plus loin trébuchaient dans les morts et les blessés de leur armée, et

ceux de la Kitai. Le sol détrempé, piétiné, était horrible.
Les flèches continuaient à arriver. Elles occultaient le ciel,
une noirceur mouvante à chaque vague, puis de nouveau la
lumière. Ziji fut surpris de la hauteur du soleil.

Devant lui, les Altaï fuyaient dans la vaste étendue du
champ de bataille. Cela ne leur était jamais arrivé, pensa
Ziji. Pas avec les autres tribus de l'est, pas avec les Xiaolus,
et pas encore en Kitai.

On avait le droit d'exulter, ne fût-ce que brièvement.
C'était une seule bataille, d'autres avaient été perdues, et
d'autres encore le seraient.

Et cette bataille-ci n'était pas terminée.

Daiyan était prêt à s'avancer dans l'espace ouvert devant
lui, mais il attendait le signal. Puis ils entendirent les tambours. Hu Yen à droite et Ting Pao le balafré à gauche
savaient tous deux ce qui devait se passer ensuite. Ils en
avaient discuté aussi récemment que la nuit précédente, ils
l'avaient préparé.

Les tambours résonnaient, réguliers, portant leur message.
Il vit les Altaï en fuite, cherchant leur chemin entre les cadavres. On ne pouvait les pourchasser à la même vitesse,
pas des fantassins derrière des cavaliers. Mais on pouvait
leur tendre une embuscade.

Le rythme des tambours changea. C'était ce qu'il avait
attendu.

Depuis les collines, des deux côtés de l'espace découvert
où ils avaient arrangé de livrer bataille, de nouvelles flèches
se mirent à pleuvoir et, des deux côtés, d'autres fantassins
surgirent, et sa cavalerie de dix mille hommes, gardée en
réserve, jaillit des collines qui l'avaient dissimulée et où
elle avait attendu toute la matinée pendant que les Altaï la
dépassaient en fondant sur le corps principal de leur armée.

Il avait envisagé deux possibilités avec ses officiers postés
dans les pentes. Si ses hommes pliaient devant l'assaut des
cavaliers, les tambours signaleraient à leurs cavaliers de
sortir de leur cachette, et les archers également cachés tireraient à volonté sur le centre de la horde altaï. Avec de la

chance, et de l'habileté, cela pourrait briser l'avancée de l'ennemi, en repousser assez pour donner de la place aux fantassins.

Mais si les soldats kitans tenaient bon, s'ils causaient des ravages avec leurs épées et leurs arcs, s'ils accomplissaient ce qu'ils étaient venus accomplir ici et que les Altaï tournaient bride, la vague de leur assaut ayant été brisée... Alors les cavaliers de Daiyan et la seconde vague d'archers devaient attaquer leur retraite. Les cavaliers iraient s'enfoncer dans les rangs ennemis, les forçant à s'arrêter et laissant l'avancée des soldats de Daiyan et de Ziji les rattraper. Ils attaqueraient les barbares sur trois fronts.

Les archers et les fantassins en réserve étaient des rebelles du sud. Daiyan avait offert une amnistie à tout homme qui se joindrait à l'armée, et une paie de soldat à quiconque était capable de se servir d'un arc. « Tournez votre colère contre de véritables ennemis », leur avait-il dit dans un champ marécageux près du fleuve Wai. « Que cette colère nous ramène dans le nord. »

Il vit les Altaï tirer sur les rênes au contact des cavaliers kitans tout frais qui fonçaient sur eux des deux côtés dans un bruit de tonnerre. Il les vit chercher de quel côté se tourner dans l'espace qui se rétrécissait à vue d'œil. Il les vit commencer à tomber sous les flèches. Il rattrapa les plus proches. Ils étaient encerclés, hésitants. Il délaissa son arc. Son épée se leva et s'abattit, taillant et tranchant. Il marchait dans une frénésie sanglante.

L'armée du commandant Daiyan massacra tant d'envahisseurs ce jour-là, dans la plaine au nord de Yenling, qu'on ne put cultiver ces terres ni les mettre en pâture pendant des générations. On la désigna comme un lieu maudit, ou sacré, selon ce qu'on était. Il y avait des fantômes.

Cette matinée et cette après-midi d'automne virent la victoire à une échelle inconnue depuis longtemps en Kitai. C'était sur leur propre terrain, contre des envahisseurs, et non en repoussant leur frontière septentrionale là où elle s'était autrefois trouvée, mais tout le monde savait – les poètes, les fermiers, les généraux, les historiens – que des hommes avaient vaillamment combattu pour défendre leur terre et leurs familles.

On chanterait ce jour de bataille en Kitai. On en rédigerait la chronique, il ferait partie de la légende attachée à un homme. Mais il n'informerait ni ne définirait les événements de cette année-là ou les suivants. Cela arrive parfois.

À l'ouest, Xinan, autrefois l'éclatante gloire du monde, tomba, sans défense, aux mains d'une force altaï descendue sur elle. L'armée envoyée pour arrêter celle-ci avait fondu comme la neige dans les pentes à l'arrivée du printemps, quand les pruniers sont en fleur.

Xinan était déjà tombée auparavant. Elle avait déjà été mise à sac. Il serait inexact, historiquement, de dire que ce fut la pire fois de son existence, mais ce fut assez horrible.

Dans l'est, au nord de la cité impériale, une autre armée kitane affronterait les Altaï et leur chef de guerre Wan'yen. Les résultats seraient prévisibles. La route de Hanjin s'offrirait à eux ensuite, ouverte.

◆

L'époux de Shan et son père, qui sont censés guider son passage dans le monde en s'aidant des préceptes du Maître du Cho et de ses disciples, sont tous deux déterminés à rester à Hanjin. Ni l'un ni l'autre ne veulent partir, quoique pour des raisons différentes.

Shan est furieuse et déroutée. Est-ce un devoir d'accepter la folie d'autrui et de mourir ou d'être capturée et jetée en esclavage ? Est-ce une destinée acceptable ? Ni son père ni son mari ne comprennent-ils pas qu'un gentilhomme de la cour et un membre du clan impérial seront les premières cibles des Altaï quand ils arriveront ?

Ils ont appris les résultats de la bataille livrée dans le nord. Les nouvelles circulent dans toute la cité. Il est impossible de garder secrètes de telles informations. Pas à Hanjin.

La panique règne partout. La panique, songe Shan, est une réaction appropriée. Serait-il plus philosophique d'être indifférent ? d'espérer une intervention divine ? une comète apportant la mort aux envahisseurs ?

Est-il plus sage, peut-être, de se tenir sous un cyprès en discutant de la meilleure manière d'équilibrer ce qu'on doit à l'État et ce qu'on doit à la famille?

Elle ressent autant de fureur que d'effroi. Il n'y avait rien de nécessaire dans cette calamité. Elle a été causée par l'arrogance et l'incompétence. Shan ne veut pas rester à Hanjin. Si leurs chefs ont entrepris de tous les détruire par leur vanité et leur couardise, cela ne signifie nullement que tout homme, ou toute femme, doit placidement l'accepter.

Bien que, à la vérité, la cité n'ait rien de placide en ce moment. Beaucoup d'hommes, surtout des étudiants, se rassemblent tous les matins devant le palais, ne le quittant qu'à la tombée de la nuit. Ils réclament à grands cris la tête des conseillers de l'Empereur. Des soldats les tiennent à l'écart des portes, mais la foule ne se disperse pas.

Un fleuve continu de gens – des foules massives – se déverse de Hanjin dans toutes les directions, dit-on, et à toute heure. De son balcon, Shan peut en partie le voir par-dessus la muraille de l'enceinte. On se dirige surtout vers le sud, évidemment, quoique certains, qui ont de l'argent, aillent vers la mer, dans l'espoir de trouver un bateau qui les emmènera aussi vers le sud.

D'autres s'en vont apparemment vers l'ouest et Yenling, où une armée (elle sait laquelle) a tenu bon, un triomphe pour la Kitai, pour la civilisation, en détruisant une force altaï. La deuxième cité de l'empire est donc toujours défendue, et la rumeur veut qu'une partie de cette armée se rende à Hanjin. Mais ce sont surtout des fantassins, et les Altaï descendant vers le sud sont des cavaliers. Elle se demande si Daiyan est à cheval. Il le doit sûrement. Elle se demande ce qui se passera lorsqu'il arrivera.

On n'a pas de nouvelles claires de Xinan, plus loin à l'ouest. On s'attend dans la ville – on le redoute, en vérité – à ce que ces nouvelles soient mauvaises.

On a encore des combattants, les gardes impériaux, ceux des magistrats, les soldats postés dans la capitale, et on a les massives murailles, mais les armées kitanes sur le terrain ont peu de chances d'arriver là avant les cavaliers ennemis.

Pourquoi donc y resterait-on ? Le père de Shan a répondu avec simplicité, la soirée précédente, en buvant du thé à petites gorgées, les yeux levés vers elle qui se tenait là pour argumenter.

« Ils ne s'arrêteront pas là, Shan. Certains contourneront la cité et les fuyards seront probablement tués ou capturés. Et ceux qui ne le seront pas, et qui se cacheront dans les forêts et les champs, vont sans doute être affamés pendant l'hiver. C'est déjà arrivé. Comment nourrira-t-on autant de gens s'abattant sur la campagne ou dans les villages et les villes ?

— Comment seront-ils nourris *ici*, avait-elle répliqué, si nous sommes assiégés ?

— Pas facilement », avait-il admis.

Déjà, des serviteurs envoyés dans les marchés ne sont pas rentrés. Ils s'enfuient, bien sûr. On rapporte des vols de nourriture la nuit. Parfois même par des gardes, a dit quelqu'un.

Son père avait ajouté : « Ici, au moins, la cour est en position de négocier sous la protection des murailles. Nous avons des greniers et de l'eau de puits. Cela dépend de ce que veulent ces gens du nord. Je ne crois pas qu'ils entreprennent des sièges.

— Le savez-vous ou n'est-ce qu'une opinion ? »

Il avait souri. Le sourire qu'elle avait connu toute sa vie. Il semblait las, toutefois. « Je crois l'avoir lu quelque part. »

Ces gens du nord. Son père ne les traitait pas de barbares. Il avait cessé d'utiliser ce terme à un moment donné, dans l'année. Elle ne sait pas bien pourquoi.

Ce matin, un jour venteux d'automne, elle est sortie pour aller trouver son époux. Wai se tient dans leur cour au milieu des socles et des bronzes qu'il a rapportés de toute la Kitai. Des années d'amour et de labeur. Il est chaudement vêtu. Pas elle.

« Pourquoi restez-vous ? » demande-t-elle.

Wai boit aussi du thé, dans une belle tasse de porcelaine bleu sombre. Il porte des gants. Il lui répond, une réponse inattendue.

Il a pris une conscience neuve de l'honneur et de l'importance du clan impérial, apparemment. C'est ce qu'il déclare. Il est courtois, comme toujours. Son père, il l'en informe, a déclaré qu'en de tels temps on se tourne vers les rituels et la tradition, on se fie à l'Empereur qui détient le mandat du ciel, on se fie à ses conseillers. « Se fier à Kai Zhen ? » s'exclame Shan sans la moindre courtoisie. Elle ne peut s'en empêcher. « Qui allait exiler mon père à Lingzhou ? Dont la femme a essayé de me faire assassiner ? »

— Les querelles personnelles doivent sûrement être mises de côté en de tels moments », murmure son époux. Il prend une gorgée de thé. « Toute la Kitai est en danger, Shan. Même si mon père croit, ajoute-t-il, que nous pourrons offrir un tribut suffisant pour apaiser les barbares. Après qu'ils l'auront emporté, nous pourrons passer aux questions de responsabilité à la cour. C'est ce qu'il dit. »

Elle est encore furieuse. « Et Yenling ? La fille, Lizhen ? L'intendant ? »

Il soutient son regard : « Le nom de l'intendant est Kou Yao. »

Elle hoche la tête. « Oui. Et donc : et Kou Yao ? Ils attendent aussi ce qui arrivera, quoi que ce soit ? »

Il fait un geste vague, s'essayant à la désinvolture : « J'ai décidé de les envoyer au sud, dans la propriété de ma mère. C'était sensé. »

C'était sensé. Elle le regarde fixement. Elle comprend, une illumination. « Savez-vous ce que je pense ? »

Qi Wai réussit à esquisser un léger sourire : « Vous allez me le dire, j'espère.

— Je crois que vous ne voulez pas quitter la collection. C'est cela, la raison pour laquelle vous restez. Pourquoi nous restons. Vous ne voulez pas la perdre. Si partir est bon pour eux, ce devrait l'être pour nous ! »

Les yeux de Wai glissent vers son trésor le plus récent, le guerrier de la tombe près de Shuquian ; il est si ancien. C'est l'histoire de la Kitai. Une partie de l'histoire de la Kitai.

Il hausse les épaules, en essayant de sembler à l'aise : « Je ne me fierais certainement à personne d'autre pour en prendre soin. »

Shan se sent soudain triste, sa colère est tombée. Étrange comme la rage peut se dissiper rapidement. Vous submerger puis disparaître. Le vent souffle, les nuages filent au-dessus de leur tête, les arbres se froissent en bruissant. Des oies sauvages volent vers le sud, elle en voit chaque jour.

Elle dit, d'une voix calme : « Wai, vous comprenez que, même si votre père a raison, si cela finit par un énorme tribut donné aux barbares, ils prendront la collection. Toute la collection. »

Il bat des paupières à plusieurs reprises. Son regard se détourne. Il a l'air très jeune. Elle comprend que ses nuits sont pleines de ces images-là, un tourment incessant.

« Je ne les laisserai pas faire », déclare-t-il.

Plus tard dans la même journée, vers le coucher du soleil, Lin Shan, fille de Lin Kuo, épouse de Qi Wai, est convoquée au palais. Elle n'y est pas venue depuis l'été.

L'Empereur n'est pas dans son jardin. Le vent du soir est froid et dur. Shan s'est changée pour mettre sa plus belle robe bleu-vert, avec, de nouveau, les boucles d'oreilles de sa mère. La robe lui va bien, avec son collet haut, correctement modeste. Elle a passé par-dessus un manteau bordé de fourrure. Les hommes venus la chercher lui ont indiqué qu'elle devait venir avec eux sans tarder, mais ils le disent toujours. Elle prend donc le temps de se changer et de coiffer ses cheveux. Elle les relève avec des épingles, puisqu'elle est mariée, mais rien qui ressemble à la mode de la cour.

Elle n'est pas une de ces femmes convoquées pour être belles.

Les gardes l'emmènent dans le long couloir qui relie l'enceinte au palais. Le vent est coupant, alors qu'ils traversent une cour, puis une autre. Shan a enfoncé ses mains dans ses manches. Elle frissonne. Elle pense à des chansons. Il va en vouloir une. C'est la raison de ces convocations.

Elle n'a pas idée de l'humeur présente de l'Empereur, de ce qu'il a à l'esprit. Le Fils du Ciel connaît-il les mêmes craintes que les gens ordinaires ? ceux qu'elle entend crier à l'extérieur de l'enceinte, ceux dont elle sait qu'ils s'écoulent en cet instant même de la cité, dans le froid glacial de ce crépuscule ?

Wenzong se trouve dans une pièce qu'elle n'a encore jamais vue. D'une beauté à vous briser le cœur. Subtile sans rien d'impérieux. Des chaises et des tables magnifiquement sculptées dans du bois de santal, un large sofa de bois de rose avec des coussins de soie vert et or, et le parfum du bois de rose qui flotte dans l'air.

Il y a des fleurs dans des vases en porcelaine rouge et blanche, sur les tables, des fleurs fraîches, même en ce froid automne. Les tables sont en ivoire et en albâtre, vert et blanc. Un dragon de jade. Des lampes allumées et trois feux, pour la chaleur et davantage de lumière. Des rouleaux et des livres sont rangés dans des étagères, et il y a une écritoire, avec les quatre outils du métier. Le papier, voit-elle, est des plus pâles, couleur crème, soyeux. Il y a six serviteurs et six gardes. Des mets disposés sur une longue table appuyée à un mur. Du thé. Et du vin qu'on est à faire chauffer. C'est peut-être la plus belle pièce du monde, songe Shan. Elle en éprouve du chagrin.

De taille plus réduite que ses salles officielles de réception, c'est – de toute évidence – la pièce dont use Wenzong pour ses calmes plaisirs. Ses tableaux décorent les murs. Des loriots, des feuillages de bambou, des boutons de fleurs rendus avec tant de délicatesse qu'ils frissonneraient, imagine-t-on, si une brise entrait ici. Chaque tableau est accompagné d'un poème rédigé sur sa soie, de la main de Wenzong. L'Empereur de Kitai est passé maître dans ces arts.

Sa cité, son empire, sont en train d'être envahis par de durs cavaliers portant arcs et épées, colère et avides appétits, qui ont senti leur faiblesse. Des hommes pour qui cette pièce, son histoire, sa *signification*, ne sont presque rien, ou absolument rien.

Que pourrait bien signifier pour eux des fleurs de pêcher printanier en bouton à la facture superbe ? Ou l'ancien poème de Chan Du près de cette image, dans une calligraphie si élégante que les mots pourraient aussi bien être de l'or ou du jade ?

Qu'est-ce qui sera perdu si tout cela est perdu ? se demande Shan. Elle a le sentiment qu'elle pourrait se mettre à pleurer si elle ne prenait garde.

L'Empereur porte une simple robe rouge et jaune, avec une jaquette, et un bonnet noir épinglé sur le crâne. Il est assis dans un large fauteuil, non sur un trône. Il a les yeux cernés. Il n'a pas encore cinquante ans.

Deux de ses fils se tiennent à ses côtés. L'héritier, Chizu, et l'un des autres, elle ne sait trop lequel. Il y a tant de princes et de princesses, enfants de tant de mères différentes. Chizu semble irrité. Le plus jeune semble effrayé.

L'Empereur est silencieux, pensif. Shan cherche des yeux le Premier Ministre, Kai Zhen. Elle le considère comme son ennemi – même si elle est trop insignifiante pour qu'il le sache ou s'en soucie. Il n'est pas là. Ce n'est pas une salle officielle.

L'Empereur de la Kitai la regarde exécuter sa prosternation. Elle s'assied ensuite, mains sur les genoux. Des dragons et des phœnix de jade sont sertis dans le sol de marbre, et de petites pièces de jade posées sur les tables rondes, près du fauteuil impérial. Wenzong tient une tasse de porcelaine jaune. Il y boit un peu de thé. La dépose. Déclare : « Dame Lin, il y a un *pipa* ici. Nous offrirez-vous une chanson ? La musique réchauffe une nuit froide. » Un vieil adage.

« Gracieux seigneur, il y a tant de meilleures chanteuses que moi. Ne préféreriez-vous pas que l'une d'entre elles…

— Votre voix nous plaît, ainsi que vos paroles. Nous ne sommes pas d'humeur à convoquer des artistes ce soir. »

Et moi, alors, que suis-je ? pense Shan. Mais elle comprend. Elle est une poète, une parolière, et non une chanteuse ou une danseuse entraînée dans ces arts, et ce sont les mots qu'il veut, non la performance trop travaillée d'une femme ravissante.

Elle s'est parfois demandé comment on se sent lorsqu'on est ravissante.

Quelles paroles ? C'est toujours un choix difficile. Quelles paroles, par une froide soirée d'automne, avec leur armée éparpillée à tous les vents, les Altaï qui s'en viennent et Hanjin plongée dans un chaos de panique ?

Elle sent le poids sur ses épaules, a le sentiment d'être inapte à la tâche.

L'Empereur l'observe. Il a posé un coude sur un des bras surélevés de son fauteuil. C'est un grand homme séduisant, mince, comme sa calligraphie. « On ne vous demande pas de capturer l'esprit du temps, Dame Lin. Seulement d'offrir une chanson. »

Elle s'incline de nouveau, front sur le sol de marbre. Il est parfois trop facile d'oublier comme il est intelligent.

Un serviteur lui apporte le *pipa*. L'instrument est décoré de deux grues en vol. Une bûche s'écrase dans un des feux, faisant voler des étincelles. Le jeune prince jette un rapide regard de ce côté, comme surpris. Elle le reconnaît alors. C'est celui qu'on surnomme Prince Jen, un nom affectueux, un héros du temps jadis. Il s'appelle Zhizeng. Le huitième ou le neuvième fils, elle a oublié. Il n'a pas l'air particulièrement héroïque.

"On ne vous demande pas de capturer l'esprit du temps." Qui le pourrait ? se demande-t-elle. Mais elle ne le dit pas. « Serein seigneur, dit-elle plutôt, acceptez une humble offrande. C'est un *ci* que j'ai écrit sur l'air du "Ruisseau des laveuses de soie".

— Vous aimez décidément cette mélodie. » L'Empereur de Kitai a un léger sourire.

« Nous l'aimons tous, mon seigneur. » Elle accorde le *pipa*, s'éclaircit la voix.

Debout à mon balcon,
Je regarde des bronzes antiques
Près de la fontaine de la cour.
Le vent du soir se lève.
Là-haut, les oies volent vers le sud,
Une, et une autre ensuite.
Dans le lointain les montagnes amassent des nuages.
Quelque part, il pleut.
Ici l'ombre croît sous le fleuve des étoiles
Puis la lune monte au-dessus des maisons et des murailles.
Des ombres d'arbres s'étendent au sol.
Je ne puis empêcher la chute des feuilles.

Il y a un silence lorsqu'elle a terminé. Les deux princes la regardent fixement. C'est tellement étrange.

« Une autre, s'il vous plaît, dit l'Empereur dc Kitai. Pas sur l'automne. Ni sur la chute des feuilles. Pas sur nous. »

Elle cligne des yeux. A-t-elle commis une erreur ? Encore ? Elle fait jouer ses doigts sur l'instrument en essayant de réfléchir. Elle n'est pas assez sage pour savoir ce qu'il désire. Comment pourrait-elle comprendre son empereur ?

« Celle-ci est sur l'air de "Jardin Parfumé", que nous aimons tous aussi, mon seigneur. »

Elle la chante, même si cette chanson requiert une voix au registre plus étendu que la sienne, puis elle propose une autre chanson, sur les pivoines.

« C'était très bien », déclare l'Empereur après un autre instant de silence. Il l'observe un long moment. « Transmettez nos salutations, je vous prie, au gentilhomme de la cour Lin Kuo. Nous allons vous laisser retourner chez vous, maintenant. La musique recèle des couches accumulées de tristesse, semble-t-il. Pour vous comme pour nous.

— Mon seigneur, je suis navrée. J'ai... »

Wenzong secoue la tête : « Non. Qui chante la danse ou de riantes coupes de vin dans l'automne que cet automne-ci est devenu ? Vous n'avez rien fait de mal, Dame Lin. Nous vous remercions. »

Un serviteur s'en vient prendre le *pipa*. On escorte Shan en sens inverse. Le froid est encore plus intense dans les cours lorsqu'ils y passent. La lune se lève devant elle, comme dans sa chanson.

Son père l'attend chez eux, avec une expression inquiète qui devient soulagée lorsqu'elle entre.

Plus tard, cette même nuit, la nouvelle arrive dans l'enceinte impériale que l'Empereur de Kitai a abdiqué, dans son chagrin et sa honte.

Il a nommé son fils Chizu Empereur, dans l'espoir que les Altaï l'accepteront comme un geste de contrition pour l'arrogance manifestée au cours des négociations menées avec eux.

"Je ne puis empêcher la chute des feuilles", songe Shan.

Plus tard encore, alors que la lune est passée à l'ouest, un bruit de pas résonne sur son balcon. La porte s'ouvre, bruit du vent et des feuilles, et Daiyan se tient là.

Shan s'assied dans son lit, le cœur battant très fort. Comment se fait-il qu'elle l'attendait presque ? Comment cela peut-il être ?

« Cela devient une habitude pour moi, je le crains », dit-il en refermant doucement la porte du balcon et en s'arrêtant à mi-chemin dans la chambre.

« Pas assez souvent. Vous êtes plus bienvenu que je ne saurais dire. Vous avez entendu la nouvelle ? L'Empereur ? »

Il hoche la tête.

« Me tiendrez-vous dans vos bras ? demande-t-elle.

— Aussi longtemps qu'on me le permettra. »

Bien des jours plus tard, une lettre parvint à La Montée de l'Est. On paya le messager, on lui offrit gîte et repas. Il se rendait à Shantong dans la matinée, avec d'autres lettres destinées à d'autres officiels.

Celle-ci était adressée au frère cadet, pas au poète. Lu Chao n'était plus en exil après son service comme émissaire et, même s'il avait refusé une position à la cour, on l'avait bellement récompensé, et il avait de nouveau des amis – il était de nouveau permis de lui manifester de l'amitié.

La lettre l'informait d'abord que les communications deviendraient précaires à l'avenir, ou impossibles, et son correspondant s'en excusait. On attendait bientôt l'arrivée des Altaï. Hanjin serait encerclée et assiégée. Ce qui s'ensuivrait, on l'ignorait. D'innombrables citoyens avaient fui la capitale pour errer dans la campagne, y cherchant un refuge. Xinan avait été capturée. Les rapports étaient sombres. Yenling n'était pas encore tombée.

Puis la lettre parlait des empereurs. Celui qui avait abdiqué, celui qui était à présent sur le trône. Son fils.

Lu Chao s'en alla à la recherche de son frère.

Chen se trouvait dans son bureau, où un feu était allumé. Il leva les yeux de son écritoire, vit l'expression de son frère. Lut la lettre. Et se mit à pleurer. Chao ne savait pas bien pourquoi il ne pleurait pas lui-même. Il jeta un coup d'œil par la fenêtre. Des arbres, certains délestés de leurs feuilles, d'autres, des résineux, toujours verts. Leur barrière, leur muraille. Du soleil, des nuages. Ordinaires, le soleil, les nuages.

Plus tard, ils réunirent épouses, enfants et serviteurs, et partagèrent avec eux ce qu'ils avaient appris. Lu Mah, qui avait changé depuis le voyage dans le nord, devenu plus assuré et posant davantage de questions, demanda : « Père, Oncle, qui est responsable de tout cela ? »

Les deux frères échangèrent un regard. Son père, qui avait maintenant les yeux secs, mais dont les émotions semblaient inhabituellement contenues, déclara : « Cela remonte à trop loin. Nous pourrions aussi bien blâmer le fleuve des étoiles, ou le ciel.

— Pas le Premier Ministre ? »

Un bref silence. « Si tu en as envie », dit Lu Chen, d'un ton toujours retenu.

« Pas l'Empereur ? »

Un murmure anxieux s'éleva du groupe où se tenaient sa belle-mère et quelques-uns de ses cousins.

« Si tu en as envie », répéta Lu Chao.

CHAPITRE 21

Wan'yen, le chef de guerre des Altaï, se débattait parfois avec la dérangeante pensée que son frère cadet était meilleur que lui. Ou plus dur, ce qui revenait pratiquement au même dans leur univers.

Wan'yen et leur kaghan Yan'po essayaient encore tous deux de retrouver leur souffle dans la rapidité des changements arrivés au cours de la dernière année et même avant – depuis la nuit où ils avaient pris le camp des Jeni et commencé leur progression dans le monde.

Son frère n'avait aucunement ce problème.

Jusqu'à ce que Bai'ji l'eût persuadé du contraire, Yan'po avait résisté à l'idée de se nommer empereur. L'abandon des traditions tribales lui déplaisait. Une cour, des conseillers, des salles avec des murs, des cités encloses dans des murailles ? Des impôts, des serviteurs kitans des préfectures conquises pour administrer des greniers et des travaux publics, comme ils l'avaient fait pour les Xiaolus ? Yan'po n'aimait pas cela.

Wan'yen comprenait ce sentiment. Ce n'était pas ainsi qu'on vivait dans les steppes. Et même si l'on se rappelait les épreuves, si l'on pensait aux terres natales près du Fleuve Noir et à la dureté de l'existence qu'on y menait, ç'avaient été des épreuves qu'ils comprenaient et que leurs pères et grands-pères avaient aussi connues. Elle rendait les hommes plus forts, cette vie-là. Ils tiraient fierté de ce qui le méritait. Il n'y avait rien d'attrayant, à son avis, à une maison, si large fût-elle, à vivre entre des murs, si hauts fussent-ils. Et Wan'yen avait peu de goût pour les luxes échéant à un empereur ou à son chef de guerre.

Les femmes, oui, mais il n'avait jamais manqué de femmes. On les gagnait dans la tribu par ses prouesses ou hors de la tribu à la pointe de l'épée. Pas vautré sur des coussins à boire du *kumiss* (ou l'abominable vin de riz kitan) et à se les faire amener par autrui.

Wan'yen aimait la guerre. Il aimait foncer à cheval dans la steppe et voir la terreur dans les regards, lorsque les Altaï apparaissaient soudain sur la longue ligne de l'horizon. C'était comme cela qu'un homme gagnait une femme – et sa propre fierté. Il aimait les nuits sous les étoiles, à écouter le vent et les loups. Il avait un don pour la besogne de l'épée, du cheval, de l'arc, et pour commander aux autres hommes dans ce genre de besogne.

Il ne désirait pas particulièrement vivre dans ce qui avait été la capitale centrale des Xiaolus, maintenant qu'elle leur appartenait, et le kaghan non plus.

D'un autre côté, s'il écoutait ce que son frère disait en privé, le kaghan – *l'Empereur*, désormais – ne serait plus leur souci pour très longtemps.

Yan'po avait vieilli depuis qu'avait commencé leur périple loin de l'est. C'était un homme irrité, déconcerté, et non un chef triomphant. Une figure du passé, disait Bai'ji à son frère, exactement comme l'avait été l'Empereur xiaolu avant que les chefs des Altaï, assis en tailleur dans l'herbe, eussent regardé les fourmis de feu le transformer, à travers ses hurlements, en squelette.

Ils n'infligeraient évidemment pas ce sort à leur kaghan, avait dit Bai'ji. Il y avait des moyens plus discrets d'envoyer un homme de l'autre côté des portes de la mort, en lui laissant commencer son passage à travers le monde des esprits où tout est inversé et où le Seigneur du Ciel attend les âmes humaines.

À ce stade de la conversation, Wan'yen s'était affirmé. Il devait être ferme, car Bai'ji était entêté dans ses opinions. Il ne devait rien arriver de mal au kaghan, à l'Empereur, il le dit clairement. Quel que fût le sort que le ciel lui réservait, il lui échoirait sans intervention. Bai'ji le comprenait-il bien ? Bai'ji l'acceptait-il ?

Bai'ji l'avait compris, ou avait prétendu le comprendre. Il y avait maintenant dans l'esprit de Wan'yen une idée différente, toutefois. Si son cadet était un homme plus dur, et se voyait peut-être comme meilleur, pourquoi s'arrêter à Yan'po, en supprimant seulement le vieillard en tant qu'obstacle à sa propre ascension ? Pourquoi ne pas étendre le même dessein à un frère qui avait moins de chances de mourir bientôt de manière naturelle ? Bai'ji semblait n'avoir aucun problème avec les cités, les murailles, un empire. Il trouvait apparemment bien du plaisir à se voir amener des femmes.

Les pensées de Wan'yen étaient simples. La steppe, essentiellement, était un endroit simple. La force d'un chef était proportionnelle à sa générosité. Si les cavaliers étaient récompensés d'une manière qui comptait pour eux, le chef était en sécurité. On aurait pu dire qu'il était aimé, mais ç'aurait été une stupidité. On ne vivait pas longtemps si l'on pensait que les cavaliers entretenaient à votre égard une affection qui demeurerait lorsqu'ils auraient faim ou lorsqu'ils s'estimeraient insuffisamment satisfaits par le butin de la conquête.

Il était donc parti pour le sud, en conséquence de l'absurde et arrogante exigence kitane concernant les territoires du nord abandonnés, même après l'abjecte défaite militaire des Kitans aux mains des Xiaolus. Ils allaient administrer aux Kitans une leçon extrêmement coûteuse et rapporter dans le nord plus de trésors qu'aucune armée de la steppe.

N'était-ce pas assez d'ambition ? un triomphe à chanter autour des feux de camp ? Plus qu'aucun cavalier n'avait jamais saisi ! De la capitale même de la Kitai !

Non, ce n'était pas assez, apparemment, pour son frère. D'où Bai'ji se tenait à cheval, à gauche de Wan'yen, là où il se trouvait toujours, ce n'était qu'un commencement.

« Nous allons demander un tribut qui les détruira », avait dit Bai'ji sur la route de Hanjin. Une armée kitane était en déroute derrière eux, des dizaines de milliers de morts, et le reste en fuite dans toutes les directions.

« Oui, avait dit Wan'yen.

— Ils vont s'humilier pour le rassembler. Ils vont se massacrer les uns les autres à Hanjin pour prendre l'argent et l'or et l'apporter dans notre camp.

— Je suis bien d'accord.

— Et alors, nous dirons que ce n'est pas assez.

— Comment cela ? »

Son frère avait secoué la tête, avec le sourire que Wan'yen n'avait jamais aimé. Bai'ji était plus petit, il avait toujours pu le battre quand ils étaient jeunes. Mais les yeux de son frère étaient froids, et il avait ce sourire.

« Ne vois-tu pas ? Nous allons demander une somme qui dépasse ce qu'ils peuvent donner.

— Et ils ne le peuvent pas, mais nous prenons tout ce qu'ils ont rassemblé, je suis d'accord.

— Non, avait dit Bai'ji d'un ton trop abrupt. Non ! Nous prenons tout ce qu'ils nous apportent, et alors nous disons que ça ne correspond pas à ce qu'ils ont accepté de donner. Et alors, nous prenons Hanjin, frère. Nous nous l'approprions. Pour commencer.

— Pour commencer ? » avait demandé Wan'yen.

Cette conversation avait eu lieu la veille au soir, pendant la dernière chevauchée de la journée avant l'établissement du campement. Une nuit froide s'en venait, mais ils en avaient connu de plus froides dans le nord.

« La Kitai nous appartient, frère, une fois que leur Empereur et tous ses héritiers sont nos captifs. Nous tenons la capitale, nous tenons Yenling. Xinan est vide et ne compte pas. Nous pouvons l'incendier ou la laisser pour les loups. Frère, nous *régnons* sur la Kitai, par l'intermédiaire d'hommes que nous choisirons. Nous choisirons aussi parmi leurs femmes, frère. Leurs officiels nous serviront comme ils ont servi cet imbécile d'Empereur – ou ils mourront de faim comme des bêtes en hiver.

— Tu veux rester là ? Ne pas retourner chez nous ? »

Bai'ji avait encore souri. C'était un bel homme.

« Il y a une mer au sud, avait-il dit. Nous en avons entendu parler, oui ? Je crois que toi et moi devrions pousser nos chevaux dans cette mer, mon frère. Et réclamer comme nôtre tout ce qui se trouve entre le Fleuve Noir et ces eaux-là.

— Pourquoi ? » avait demandé Wan'yen.

Bai'ji s'était détourné, presque assez vite pour dissimuler son expression.

◆

On commença à mourir dans la cité lorsque l'hiver s'en vint. Les premiers défunts furent ensevelis comme il se devait, leurs familles observèrent les rites. Mais quand le nombre commença à augmenter, Ren Daiyan, chagrin, ordonna que les morts soient collectés et incinérés par les soldats, avec tout le respect possible.

On manquait de nourriture, mais ce n'était pas encore la famine, en partie parce que tant de gens avaient fui la cité, mais le froid rendait vulnérables les très jeunes enfants et les vieillards lorsqu'on n'eut plus de bois. Les Altaï contrôlaient le port de la capitale sur le Grand Canal, évidemment. Ils avaient encerclé la ville. Il n'y avait aucun moyen de ravitailler Hanjin.

Daiyan était arrivé juste avant la fermeture des portes, avant les cavaliers de la steppe. Il se rappelait la matinée où, au réveil, ils les avaient vus devant les murailles, dans l'aube d'hiver. Ils étaient arrivés de nuit, pour se trouver là, emplissant la plaine, lorsque Hanjin s'était éveillée.

Il y avait de l'horreur dans ce spectacle, et une colère qui vous assaillait et ne cessait de vous aiguillonner, mais aussi un sentiment d'accablante étrangeté. Daiyan pensait à la *daiji* de Ma-wai. Les barbares semblaient tout autant passer outre à l'ordre naturel du monde, comme s'ils venaient, eux aussi, d'un univers qui n'était pas le leur. Pendant les nuits claires, Daiyan regardait les étoiles et s'interrogeait.

Il était l'un des trois commandants chargés de la défense de Hanjin. C'était lui qui avait suggéré d'ouvrir les portes intérieures du Genyue quand le froid était devenu très dur et de permettre aux gens ordinaires d'entrer dans la gloire du jardin impérial – pour y abattre les arbres et démolir les structures en bois. Il l'avait proposé, et le palais l'avait approuvé. Le jour même. C'était un autre empereur qui régnait désormais. Pas celui qui avait édifié ce jardin.

Il avait pensé éprouver une certaine satisfaction à démanteler l'extravagance du Réseau des Fleurs et des Pierres. Mais il ne pouvait rien en retrouver en lui alors qu'il regardait des hommes et des femmes, emmitouflés dans ce qu'ils avaient pu trouver pour se vêtir, manier maladroitement des haches afin de couper des arbres qui avaient été plantés avec tant d'amour dans un jardin destiné à être le miroir du monde.

Ils brûleraient, ces arbres, rationnés avec soin, dans des cheminées de tout Hanjin. Il n'y avait plus de miroir.

Après peu de temps, le Genyue était devenu une terre dévastée. Les bosquets annihilés en chicots, les grands cyprès, les chênes, les cèdres, les bouleaux, les vergers...

Les animaux avaient été tués quelque temps auparavant pour nourrir la cour. On avait mangé les rossignols.

En déambulant dans le Genyue dépouillé, seul vers le coucher du soleil par une journée tranchante comme une lame, avec la neige qui commençait à tomber du ciel morne, Daiyan eut une autre idée. Même si on était attristé devant la fin de la beauté (quelle que fût la manière dont on avait créé celle-ci), on avait malgré tout une tâche à accomplir, et la cité était assiégée.

Il retourna à cheval aux baraquements, par les rues aux bruits amortis, et convoqua les ingénieurs en chef, ceux qui avaient construit et armé les catapultes, et il leur fit envoyer des hommes dans le jardin pour démolir les montagnes et les rochers. Certaines de ces pierres avaient été rapportées du fond de lacs, mort d'hommes à la clé, on avait détruit des ponts et des édifices le long du canal afin de les amener pour le plaisir de l'Empereur.

Deux jours plus tard, les premiers projectiles lourds se mirent à tomber des hauteurs du Genyue et à s'écraser au lever du soleil sur les tentes et les enclos à chevaux des Altaï, au nord de leur campement. Ils causèrent des dommages à une échelle impressionnante, déclenchant des cris d'alarme parmi les hommes et les cris d'agonie des chevaux atteints.

Un des enclos fut ouvert par l'un des projectiles, Daiyan le vit alors qu'il observait depuis les murailles ; il était exposé, mais il le faisait délibérément, afin d'être vu par les uns comme par les autres, des deux côtés. Les chevaux se libérèrent, provoquant davantage de chaos par leurs courses frénétiques à travers le camp altaï. Un incendie se déclara.

C'était satisfaisant, mais cela n'allait pas rompre le siège, si fâchés pussent être les cavaliers dans la plaine. Il faisait plus froid, là d'où ils venaient, et ils n'avaient ni enfants ni vieillards parmi eux pour commencer à mourir.

C'était un coup à court terme, rien de plus. De quoi remonter le moral et perturber l'ennemi. Une autre ingénieuse idée du commandant Ren Daiyan. Ils le haïssaient personnellement, maintenant, les Altaï. Ils savaient qui avait détruit leur armée au-dessus de Yenling.

Ils n'avaient toujours pas pris la ville. Ziji et la plus grande partie de l'armée de Daiyan la défendaient. Il s'était précipité quant à lui à Hanjin avec la moitié de sa cavalerie, mais ils n'étaient vraiment pas assez nombreux. Pas pour effectuer une sortie et engager l'ennemi à découvert. Et pas assez pour défendre la cité si l'on en venait là.

Il s'attendait plus ou moins à ce que son exécution ou sa reddition personnelle fût une des exigences des Altaï. Il avait des idées sur ce qui était réellement en train de se passer là.

Il n'en avait rien dit à personne. Pas même à Shan, même s'il avait parfois le sentiment qu'elle savait. Elle avait des yeux perspicaces, et la fin de la partie impliquerait certainement des femmes.

Il n'était même pas censé lancer des attaques avec les catapultes. On avait négocié des termes, après tout. Les Altaï avaient promis de se retirer si Hanjin achetait la fin de sa honte.

Les chiffres avaient de quoi briser le cœur. Ils pouvaient briser un empire. Deux millions d'unités d'or. Dix millions d'argent. Vingt millions de cash ou l'équivalent en jade et en pierres précieuses. Deux millions de rouleaux de soie. Dix mille bœufs. Vingt mille chevaux – parce que, bien sûr, ils voulaient tous les chevaux de Daiyan, *maintenant*. Hors de la cité.

C'était tout simplement impossible. On pouvait en couvrir une partie si la cité et le palais étaient entièrement vidés, mais on ne pourrait jamais amasser le tout. Tout le monde le savait, des deux côtés.

Daiyan attendait donc, et sûrement la cour attendait-elle aussi, le premier lourd bruit de pas devant les murs : l'exigence qui s'en venait.

Le cœur brisé, et une rage qui menaçait de l'étouffer.

Et la conscience du fait qu'ils étaient responsables de leur propre sort. Pour avoir exigé le retour des Quatorze Préfectures quand ils n'avaient même pas capturé l'unique cité qu'on leur avait demandé de prendre.

Les neuf cieux et les dieux savaient que Daiyan voulait reprendre ces terres, mais il fallait les gagner, ces fleuves et ces montagnes, on n'envoyait pas un messager à une armée ennemie triomphante – quand la vôtre n'avait rien accompli – en *exigeant* des concessions. Avaient-ils été vraiment aussi perdus dans leur sottise ?

Il connaissait la réponse. La réponse, c'était des cavaliers devant les murailles et des gens qui mouraient à l'intérieur. De la fumée partout, les brasiers pour les morts, les ossements noircis, pas de tombes. Un châtiment, disaient les cavaliers, une leçon. Il serrait les mâchoires chaque fois qu'il ralentissait assez pour y penser. Il ne dormait pas la nuit. Les guetteurs, sur les murailles, voyaient Ren Daiyan venir parmi eux dans les ténèbres, entendaient sa voix leur demandant si tout allait bien.

Une leçon ? À la Kitai, par des cavaliers qui avaient à peine une *écriture*, qui n'avaient rien été deux ans seulement auparavant, une tribu dont on connaissait à peine le nom, vivant dans la nature sauvage à mi-chemin de la péninsule koreini !

De telles pensées vous rendaient fou. Le monde pouvait changer trop vite pour les humains. Daiyan n'était pas un philosophe, il n'adoptait pas la vision à long terme d'un historien. Il voulait donner forme à son époque *à lui*, avec un arc et une épée.

Hanjin avait froid, Hanjin avait faim, Hanjin était terrifiée. Les autorités maltraitaient les citoyens dans leur quête de choses précieuses. On avait ordonné aux soldats de fouiller maison par maison, en s'assurant que personne ne conservait de l'argent, du jade, des gemmes, des pièces, la moindre quantité d'or. On s'emparait des épingles et des boucles d'oreilles des femmes, dans leurs quartiers personnels. Les bracelets, les colliers. On découvrait des cachettes, on avait offert une récompense aux serviteurs s'ils dénonçaient leurs maîtres. Daiyan aurait aimé tuer le fonctionnaire qui avait eu cette idée. Il savait maintenant un peu comment fonctionnait la pensée officielle : les délateurs seraient délestés de leurs gains au cours de la vague suivante de saisies.

Il était constamment furieux, empêtré dans sa souffrance. Lancer des pierres sur les Altaï n'était d'aucun secours. Il devait maîtriser cette émotion. On comptait sur lui. Il devait y avoir des survivants, à Hanjin et ailleurs. Il devait y avoir une phase ultérieure, une nouvelle page qui pourrait s'écrire. Les cités tombent, les empires n'ont pas à le faire. Il pouvait y avoir – il devait y avoir – de meilleures phrases à écrire et à lire pour les historiens, dans les rouleaux parlant de ce temps.

L'Empereur qui avait abdiqué était maintenant appelé Père-Empereur. Wenzong demeurait dans ses appartements, dans une aile du palais. Nul ne l'avait vu depuis quelque temps. Nul ne savait ce qu'il pensait de l'ordre de détruire son jardin. Peut-être l'approuvait-il ? si ce jardin avait été le miroir du monde, et que ce monde était un chaos, qui tombait comme tombe une étoile ?

C'était Chizu qui régnait désormais, qui avait autorisé la saisie de toutes les richesses de la ville. Qui avait négocié – par l'entremise du Premier Ministre Kai – l'achat de la paix.

L'un des officiers de Daiyan avait suggéré, en plaisantant seulement à demi, qu'on utilise le trône comme bois de chauffage dans leurs baraquements. Sur la place, devant le palais, les étudiants continuaient à marcher de long en large dans la neige ou la pluie oblique, en réclamant la tête des "Cinq Félons" : Kai Zhen et ses principaux ministres. Cela arriverait peut-être, mais pas tout de suite. Il le comprenait aussi maintenant. Il apprenait. Des vies humaines feraient peut-être partie des négociations. Des vies d'hommes, des vies de femmes aussi.

On détestait les termes acceptés par la cour, et l'on pouvait anticiper ce qui viendrait ensuite. Mais on était un soldat, un commandant d'armée, qu'aurait-on dit à un empereur et à ses conseillers, si l'on était entré dans la salle du trône?

"Laissez-nous les combattre, la Kitai triomphera!"

Une seule armée, la sienne, avait tenu bon contre les cavaliers. Les autres avaient été écrasées comme des grains sous la roue du moulin, puis éparpillées telle de la paille.

Les armées avaient échoué, et pas seulement les hommes de la cour, avec leur ongle de petit doigt. Autrefois, on aurait été à en débattre dans les estaminets, à discuter comment c'était arrivé. Y a-t-il rien de plus dépourvu de sens, quand on est en plein milieu de la calamité et qu'il y en a davantage à venir?

Daiyan vient trouver Shan quand il le peut, en escaladant la nuit le mur de l'enceinte, en traversant la cour, en grimpant à son balcon. C'est comme s'ils étaient dans une chanson ou un poème, mais il n'y a pas lieu de chanter.

Elle peut voir qu'il ne dort pas bien, s'il dort même. Après avoir fait l'amour, il semble parfois capable de se reposer un peu, ses traits glissent vers sa véritable jeunesse lorsqu'il ferme les yeux près d'elle. Elle, éveillée, elle le contemple et parfois, émerveillée et craintive, elle trace du doigt les marques de la *daiji* sur son dos. Les mots de son destin – ou la plaisanterie du monde des esprits, voire sa vengeance?

Il a résisté à une femme-renard, il est resté parmi eux en ce monde, à cause d'elle, à cause de Lin Shan, fille du gentilhomme de la cour Lin Kuo, elle qui a maintes fois été accusée d'être une disgrâce pour son sexe, pour l'autorité des préceptes courants de leur temps.

Elle est aimée. C'est la plus étrange de toutes les sensations du monde.

Il lui a dit, cette nuit, avant de s'écrouler dans le sommeil, qu'au matin il ira au palais pour une déclaration qui pourrait mettre fin à son commandement à Hanjin. Ou à sa vie. Il lui a demandé de s'assurer qu'il se réveillera avant lc lever du soleil afin de pouvoir quitter sa chambre sans être vu.

Il essaie de protéger sa réputation, son intimité, son existence.

« J'y parviendrais mieux, évidemment, si je me tenais à l'écart », a-t-il dit quelques nuits plus tôt, sur ce lit, après qu'elle lui eut confié qu'elle savait ce qu'il faisait.

« J'ai besoin de vous ici », a-t-elle répliqué.

Elle se demande si son époux et son père comprennent ce qu'elle a maintenant déduit.

Les soldats qui collectent les trésors de Hanjin ont à présent atteint l'enceinte du clan impérial. Ils se sont installés dans la plus grande des places, et l'on est censé leur apporter argent, or, gemmes, jades, pièces. Les collecteurs ont commencé d'aller de maison en maison, à la recherche de ce qu'on a peut-être conservé. Hanjin est mise à sac par ses propres habitants.

Shan leur a déjà apporté ses bijoux et son argent, les présents de mariage de la famille Qi, et ce qu'elle a reçu plus récemment en présent de l'Empereur, de l'ancien Empereur. Qi Wai a transporté leurs coffres de cash, et Lin Kuo leur a porté les siens.

Elle n'a gardé que les boucles d'oreilles en lapis, sans valeur, mais un lien avec sa mère. Elle les a placées sur un autel, dans leur salle de réception. Peut-être respectera-t-on des objets placés sur un autel, si l'on fouille la maison, surtout s'ils n'ont pas grande valeur.

Mais ce qu'elle a saisi, c'est qu'on n'a *pas* fouillé leur demeure.

Il est de notoriété publique que Qi Wai et sa singulière épouse possèdent une collection d'objets précieux. Wai a souffert des agonies, en attendant soldats et fonctionnaires, et le démantèlement de la collection. Il a parlé, frénétique, d'armer les serviteurs, de porter une épée.

Mais personne n'est venu.

Shan est sortie à pied, quelques jours plus tôt, bien emmitouflée contre le vent coupant, pour se rendre à leur entrepôt, don d'un empereur qui aimait ses chansons et sa calligraphie.

La neige tombait en traits obliques, picotante. On approchait des célébrations de la Nouvelle Année. On n'avait établi aucun plan. Il n'y aurait pas de feux d'artifice cette année.

Le verrou de la porte était intact. Au-dessus et à côté, un symbole était inscrit. Le caractère pour "renard". Elle était longtemps restée là, à réfléchir, puis le froid l'avait obligée à se remettre en route. Arrivée chez elle, en levant les yeux, elle avait vu le même symbole à droite de leur porte d'entrée, un petit caractère, placé haut. Il fallait le chercher.

Nul n'avait touché à leur collection; nul n'avait pénétré dans leur demeure.

Elle contemple l'homme qui dort auprès d'elle. Ils n'ont pas fait l'amour, cette nuit. Il était si las qu'il a trébuché et failli tomber en arrivant du balcon. Il a refusé le vin qu'elle lui offrait. Elle lui a ôté ses bottes et son épée, et sa tunique, elle l'a obligé à s'étendre dans le lit, s'est glissée près de lui.

Le désir surgit toujours en elle quand elle le voit, elle a dû apprendre à s'accommoder de cette pulsion nouvelle. Mais il est une vérité plus profonde: elle aime, autant qu'elle est aimée.

Il s'est endormi presque aussitôt. Il n'a pas bougé. Elle regarde son souffle soulever sa poitrine. Elle veut le protéger.

Elle le réveille plutôt, comme promis, le regarde s'habiller et repartir dans la pénombre étoilée. Il fait froid dans la chambre. Il n'y a plus de bois, on s'en sert pour brûler les morts.

◆

Le Premier Ministre de Kitai se surprend à regretter de ne pas être plus brave. Le courage physique, cependant, n'a jamais fait partie de son éducation ou de ce dont il avait besoin pour prospérer. Les talents nécessaires pour s'élever en Kitai sont très différents. La capacité de mémoriser les classiques pour les examens, de rédiger ceux-ci avec intelligence et d'un pinceau élégant. De cultiver les bons mentors, les bons alliés. De comprendre les courants du pouvoir à la cour. De saisir une occasion lorsqu'elle se présente.

Au temps des guerres de factions, il avait fallu du courage. On avait conscience du fait que, si un empereur choisissait le mauvais parti, on serait exilé par des ennemis triomphants, et appauvri, bien entendu.

Il sait aussi que sa vision récurrente – lui, traversant une des portes de la ville et pénétrant dans le camp altaï pour se rendre – n'obtiendrait absolument rien. Les barbares ne vont pas abandonner le siège simplement parce qu'un homme ayant envoyé des exigences arrogantes apparaît parmi eux pour être tué ou livré moqueusement en spectacle dans le nord. Du reste (c'est aussi ce qu'il pense), ces exigences de l'été précédent ont été transmises seulement parce que l'Empereur le voulait. Il peut presque s'en persuader.

C'est assurément ce qu'on a appris aux Altaï: l'ancien Empereur a abdiqué, honteux, il a admis sa sottise. Son fils, le serein et illustre Empereur Chizu, a une autre vision du monde. Il désire reconnaître la dignité et l'importance du grand peuple des Altaï et de leur estimé Empereur Yan'po. Ainsi bien sûr que celles des honorables commandants de Yan'po, les frères Wan'yen et Bai'ji.

Le nouvel Empereur de Kitai a confié, dans une autre lettre écrite par le Premier Ministre, qu'il n'aurait jamais présenté des demandes aussi intempestives quant aux territoires perdus autrefois par la Kitai.

L'Empereur Chizu désire réparer les fatales erreurs de son père et vivre en céleste harmonie avec les nouveaux seigneurs du vaste nord. Kai Zhen avait assez admiré l'élégance de sa tournure de phrase.

Mais pour un bref moment seulement. C'est un reste de sottise, de penser ainsi. Comme si une tournure de phrase comptait. Comme si les barbares pouvaient la comprendre ou s'en soucier.

Tout comme est vaine l'idée d'un sacrifice héroïque. Il n'y aura rien d'héroïque à ce qui va arriver à Hanjin. Il est toutefois probable qu'on exigera sa mise à mort. Sinon les Altaï, du moins ceux qui se tiennent toujours devant les portes du palais.

Ce matin, on va recevoir le dernier rapport en date sur le trésor rassemblé. Ce n'est guère nécessaire. Il n'y aura pas assez. On n'arrivera vraisemblablement pas au quart des termes qu'on a acceptés.

Avant qu'on laisse entrer les officiels du recensement, un autre nom est annoncé et un homme pénètre dans la salle du trône, un homme haï du Premier Ministre. La salle est encore réchauffée par des feux, peut-être le seul espace adéquatement chauffé de toute la ville. Kai Zhen regarde l'homme ôter son manteau et le tendre à un garde. Le garde s'incline avec respect.

Ren Daiyan est armé, constate le Premier Ministre. Il porte cette épée qu'il prétend avoir conçue (un rapport avec des chevaux), un arc et un carquois. Il est célèbre pour son talent à l'arc. Un archer habile peut-il s'abattre lui-même? se demande le Premier Ministre, acide.

Il est trop las pour invoquer une véritable colère. Le commandant semble tout aussi las. Pas aussi jeune que lorsque Kai Zhen l'a vu pour la première fois, dans cette salle, au printemps – lorsque Ren Daiyan a apporté le message qui a tué Wu Tong. L'arbre. Cette inutile idiotie d'arbre.

Il s'est fait un devoir d'obtenir des informations sur cet homme, après cette rencontre. Une famille insignifiante, hors-la-loi pendant des années dans les marais proches du Grand Fleuve. Quels antécédents illustres! Autrefois, une telle biographie aurait pu être une arme contre lui. Plus maintenant. On recrute des hors-la-loi maintenant. Des épées et des arcs.

Ren Daiyan s'arrête à la distance protocolaire et exécute son premier salut au nouvel Empereur.

Autrefois, venir armé ici l'aurait fait arrêter et exécuter. À présent, c'est une marque des devoirs et du rang du commandant Ren, et du sort qui les a accablés cet hiver. C'est le seul homme que les Altaï craignent, selon les rapports, depuis la bataille au nord de Yenling.

Et c'est pour cela, songe Kai Zhen en regardant le commandant s'approcher et effectuer les prosternations requises, que cet homme est pratiquement mort. Les tribus des steppes ont paraît-il des manières inventives d'exécuter ceux qu'elles haïssent le plus. Cette pensée n'améliore cependant pas son état d'esprit.

Daiyan se rappelait la salle du trône. Celle-ci avait changé, toutefois. La plupart des artefacts avaient disparu. Même les tableaux avaient été ôtés des murs – quoiqu'ils n'eussent sûrement pas été saisis pour être ajoutés au trésor barbare.

Puis il comprit : ces œuvres d'art avaient appartenu au Père-Empereur. Son fils les avait ôtées. Le trône était à sa place, avec des écrans peints en arrière-fond, paysages rocailleux, gorges de fleuve, oiseaux en vol, petites barques de pêche, tout en bas. Sur le Trône du Dragon siégeait l'Empereur Chizu, qui avait à peu près le même âge que Daiyan. Le Premier Ministre se tenait le plus proche de l'Empereur, à sa gauche. Daiyan attendit d'être reconnu.

L'Empereur demeurait silencieux, attentif. Ce fut Kai Zhen qui prit la parole : « Vous avez des affaires à partager avec la cour, commandant Ren ? »

Une voix toujours aussi lisse, mais l'homme était visiblement très tendu. Daiyan répondit avec circonspection : « Oui, ministre Kai. » Il se tourna vers le trône : « Merci de me recevoir, très serein seigneur des Cinq Directions. »

Il se dit soudain qu'ils utilisaient des titres de suprême grandeur comme des talismans pour se protéger de la vérité de leur amoindrissement.

Chizu gardait toujours le silence. Daiyan se rendit compte qu'il ne l'avait jamais entendu dire un mot. L'Empereur hocha la tête, assez aimablement tout de même. Daiyan prit une inspiration.

« Serein seigneur, je viens des entrepôts où l'on rassemble la richesse de Hanjin. »

Il s'interrompit. Les feux émettaient des craquements. La chaleur était plaisante, après la dureté du froid qui régnait partout ailleurs.

Il reprit avec la première déclaration pour laquelle il était venu : « L'avis de vos conseillers militaires, mon seigneur, est que nous cessions de la collecter. Ne maltraitons plus nos propres gens. Nous envoyons ce que nous avons aux barbares et c'est tout.

— Ils ne l'accepteront pas. »

L'Empereur avait une voix claire, vive et précise.

« En effet, mon seigneur. Votre serviteur en est humblement d'accord. Mais il n'est rien que nous puissions pour remplir les termes imposés. Ils n'accepteront *aucun* butin comme suffisant. Et entre-temps, nous détruisons la volonté et le courage de nos gens.

— Nous avons besoin du butin, commandant. Nous avons accepté les termes.

— Des termes que nous savons ne pouvoir remplir, gracieux seigneur. Nous allons ravager notre cité, dresser les maisons les unes contre les autres, les serviteurs contre leurs maîtres, nous exécuterons pour des bracelets gardés en cachette, et les cavaliers viendront quand même lorsque ce sera terminé. Et, gracieux seigneur, nous savons ce qu'ils demanderont. Nous le savons tous.

— Énoncez-le », dit l'Empereur de Kitai. Ce qui était injuste, sauf que l'Empereur n'avait pas à être juste.

Daiyan s'exécuta donc. Et énonça ce qui détruisait ses nuits. « Les barbares assigneront des valeurs à nos gens. À des artisans de toutes sortes. Ils les prendront comme esclaves, les enchaîneront et les mèneront dans le nord. Beaucoup mourront en route. S'ils en prennent assez, ils pourront se permettre d'en perdre un peu. Comme leurs chevaux. »

De l'amertume, ici, et la nécessité d'être prudent.

« Tout homme a un devoir envers l'État, déclara l'Empereur Chizu. Nul être vivant n'est libre de fardeaux. »

Daiyan le regarda un moment, puis baissa les yeux. « Mon seigneur, ils mettront aussi un prix sur nos femmes. Comme esclaves, pour être emmenées aussi. Tant pour une servante, tant pour une courtisane. » Il s'interrompit, se força à reprendre : « Tant pour une femme bien née, tant pour une du clan impérial, tant pour une femme de la cour. Pour les épouses et les filles. Le prix fort pour une princesse. Vos sœurs. Elles seront évaluées très haut. »

Le seul son dans la salle venait des feux.

« Une femme, finit par dire l'Empereur de Kitai, la voix toujours calme, a aussi un devoir envers l'État. Nous avons… Nos ancêtres ont déjà envoyé des femmes dans le nord, des princesses comme épouses.

— Par milliers, mon seigneur ? Comme esclaves ? » Il avait haussé la voix.

« Contrôlez-vous, commandant Ren ! dit le Premier Ministre. Rappelez-vous où vous vous trouvez.

— Je sais exactement où je suis ! répliqua sèchement Daiyan. Je suis dans la salle du trône de l'empire de Kitai, qui est le centre du monde. »

Chizu l'observait. Il était de plus petite taille que son père et s'affaissait légèrement dans le trône comme s'il avait eu un poids sur les épaules.

« Le centre du monde, répéta-t-il. Et donc, au lieu de ce que vous décrivez, commandant, que voudriez-vous nous voir faire ? »

Il savait ce qu'il voulait dire. Il le savait en venant.

« Je nous ferais combattre, illustre seigneur. »

Il y eut un murmure, essentiellement de crainte.

« Grand Empereur, dit-il, Hanjin n'est pas toute la Kitai. Ce qui arrivera ici influencera ce qui arrivera dans tout l'empire dans les temps à venir. Si nous montrons du défi, nous allumons une étincelle. Le souvenir du courage. Les barbares sont loin de chez eux, ils n'aiment pas la guerre de siège. Et ils vont bientôt entendre des nouvelles des troubles derrière leurs lignes, dans le nord, avec leurs armées ici et non dans les steppes à tenir ce qu'ils viennent de prendre aux Xiaolus.

— Et comment le savez-vous ? » La voix du Premier Ministre était sévère.

« N'importe quel bon soldat le sait », répliqua-t-il. Il mentait à demi ; il essayait de persuader que c'était la vérité. « Dans la steppe, le pouvoir doit être défendu ou il sera repris. Les Altaï peuvent aisément perdre ce que les Xiaolus ont perdu ! Les autres tribus ne les aiment pas, elles les craignent seulement – et seulement quand ils sont sur place. Il y aura des affrontements derrière eux. Comptez là-dessus. »

Silence. Il insista : « Et notre propre peuple... Si nous offrons un exemple honorable, lui aussi résistera. Nous sommes plus de cent millions, grand seigneur ! »

Il baissa la tête. C'était l'épuisement, se dit-il.

« Et que voulez-vous donc ? Nous envoyons le trésor que nous avons présentement en disant, c'est tout, repartez chez vous ? » L'Empereur avait une intonation intense et tranchante.

Daiyan releva la tête : « Mon seigneur, vos commandants proposent autre chose. Nous envoyons le trésor, oui. Mais nous leur disons que nous sommes à en rassembler davantage. Nous les gardons ici, à attendre. Hanjin a froid et faim, mais la plupart d'entre nous peuvent survivre, si nous rationnons avec soin. Nous gardons les Altaï ici en hiver aussi longtemps que possible sans combattre.

— Et puis ?

— Et puis, nous nous battons, mon seigneur. La moitié de mon armée peut venir ici de Yenling. Des hommes peuvent passer à travers les Altaï avec des messages. Les oiseaux-messagers peuvent échapper aux flèches si on les envoie de nuit. Je connais mes officiers dans l'ouest. Ils ont œuvré à rassembler les forces défaites au-dessus de Xinan. Nous tenons toujours Yenling, mon seigneur ! Nous pouvons envoyer une armée de bonne taille jusqu'ici et nous, ici, nous pouvons effectuer une sortie quand elle arrivera. Nous pouvons…

— Non », dit l'Empereur de Kitai, et encore une fois : « Non. »

Le degré de finalité que pouvait atteindre une voix tombant d'un trône était tout à fait remarquable.

CHAPITRE 22

Deux gardes escortèrent Daiyan hors de la salle du trône. Après avoir franchi la porte à double battant, ils traversèrent des couloirs et des antichambres désertes, à l'exception d'autres gardes, puis arrivèrent aux grandes portes qui s'ouvrirent pour les laisser sortir dans l'hiver.

Daiyan, au sommet des larges marches, contempla les terrains du palais. C'était une matinée éclatante, le soleil brillait sur une poudrerie de neige. En face de lui s'étendait une immense place, flanquée d'édifices de trois côtés. Ce palais avait été conçu pour la splendeur, la majesté, pour inspirer une terreur respectueuse.

Quatre gardes arrivèrent sur leur droite. La paire originale de gardes salua et tourna les talons. Daiyan n'était pas impressionné par des saluts, mais ce n'étaient pas ses hommes à lui. Les nouveaux gardes l'escortèrent. Il se sentait encore rempli d'amertume. Il gardait le silence, ils ne parlaient pas non plus. Après avoir descendu les marches, ils dépassèrent les dragons assis à leur pied, pour traverser la place dans le vent coupant, sous le ciel bleu. La neige serpentait sur le sol. Des ponts s'incurvaient sur des ruisseaux artificiels. L'eau était gelée. Daiyan se rappela les hivers des marais, si longtemps auparavant.

On le conduisit par un autre escalier dans l'édifice voisin, au lieu de contourner celui-ci par son allée tortueuse. Pour s'abriter du vent, pensa-t-il. Il se trompait.

Après avoir passé le seuil, l'une de ses escortes s'arrêta.

« Votre présence est requise », dit le soldat avec un geste du bras.

Une porte était légèrement entrebâillée. Il n'y avait personne là, c'était un édifice cérémoniel, pour les rituels de la Voie Sacrée. Tous les prêtres et les moines – ceux qui ne s'étaient pas enfuis – devaient être réunis dans une seule pièce, celle où ils avaient le droit d'allumer un feu. Il y avait eu des objets précieux ici. Qui avaient été saisis pour les Altaï.

Il songea à décliner l'invitation, mais il n'en avait aucune raison. Il n'imaginait pas qui pouvait bien vouloir le rencontrer ici. Après ce qui venait de se passer, cela semblait sans importance. Leur course était fixée, comme celle des étoiles.

Il franchit la porte et pénétra dans la pièce. Une chambre intérieure, fort sombre, aucune lampe allumée. Il referma la porte derrière lui.

Il se retourna, ses yeux s'ajustèrent à la pénombre et alors, vivement, il s'agenouilla et s'inclina, par trois fois, puis trois fois de plus. Demeura à genoux sur le sol poussiéreux.

« Ce n'est plus nécessaire, dit le Père-Empereur de la Kitai. Relevez-vous, je vous prie, commandant Ren. Nous... Je désire vous parler. »

Ils étaient absolument seuls. Daiyan lutta pour retrouver le contrôle de son souffle. Son cœur lui martelait la poitrine, même si c'était là l'homme dont le manque d'attention aux affaires du monde les avait menés – autant que n'importe quoi d'autre – à cette situation, famine et froid, avec des envahisseurs à leurs portes.

Mais on n'entretenait pas de telles pensées à l'égard d'un empereur.

Wenzong était assis dans un fauteuil au milieu de la pièce presque vide. Deux longues tables nues flanquaient les murs. Rien n'était suspendu à ceux-ci, rien ne couvrait le sol. Il était enveloppé de fourrure et portait une coiffe dont les revers lui couvraient les oreilles. Il n'y avait pas de feu.

Des petits détails ; Daiyan se rappellerait plus tard comme cela semblait mal, d'être ainsi seul avec le Fils du Ciel dans une pièce aussi pauvrement meublée, dont tous les trésors avaient été saisis, et sans feu allumé contre le froid de l'hiver.

Wenzong avait le même aspect que les deux autres fois où Daiyan avait été en sa présence, la première pour sa promotion lorsqu'il avait sauvé la vie de l'auteure de chansons favorite de l'Empereur, puis lorsqu'il avait apporté la nouvelle d'un arbre déraciné dans le cimetière d'une famille distinguée. Un homme en était mort.

Mais à y regarder de près dans la pénombre presque dépourvue de lumière, l'impression de similitude se révélait trompeuse, surtout issue de la révérence. Wenzong semblait aussi las et usé que… eh bien, qu'eux tous.

Je devrais le haïr, songea Daiyan. Il en était incapable.

« Je suis grandement honoré, très haut seigneur », dit-il.

Wenzong secoua légèrement la tête : « Il n'en est point de raison, plus maintenant. Mon statut est dépourvu de signification, j'en suis également dépourvu. Relevez-vous, je vous en prie. »

Daiyan obtempéra. Il se racla la gorge : « Vous vous êtes retiré pour secourir votre peuple. Voilà qui a une signification.

— Après avoir totalement failli à le protéger ? Non. Je ne devrais pas vivre encore, je porte trop de honte. »

Daiyan baissa la tête. Il ne savait que dire.

« J'ai offert de me rendre. De prendre avec moi le Premier Ministre et d'aller dans le camp des barbares. Qu'ils nous emmènent dans le nord en signe de contrition, d'admission de notre responsabilité. »

Daiyan leva les yeux : « Ils ne s'en iraient pas, mon seigneur. Pas avant de nous avoir tout pris.

— Je sais », dit l'homme qui avait édifié le Genyue, qui avait autorisé les Fleurs et les Pierres. Qui n'avait pas eu idée de la manière dont était approvisionné son jardin bien-aimé. Qui *aurait dû* le savoir.

« J'ai tenté de le dire à l'Empereur Chizu, reprit Daiyan. Si les barbares ont l'intention de tout prendre à Hanjin, nous n'avons aucune raison de les y aider en devenant leurs serviteurs. Qu'on les oblige à nous affronter pour ce qu'ils veulent.

— Et laisser un souvenir pour la Kitai. Je vous ai entendu. C'est la raison de ma présence ici.

— Vous étiez dans la salle du trône, mon seigneur ?

— Derrière le paravent. Un subterfuge ancien. Il y eut même des époques où une impératrice en qui on avait confiance se dissimulait là afin de conseiller plus tard.

— L'Empereur cherche votre conseil ? »

Wenzong esquissa un sourire : « Non. Mais certains me sont encore loyaux, et j'ai des moyens de me trouver dans cette salle lorsque le besoin s'en fait sentir.

— Je suis navré », dit Daiyan, même s'il ne savait trop pourquoi.

Wenzong se leva. Il était de très haute taille, plus grand d'une demi-tête que Daiyan, et mince comme un pinceau. « Je suis venu dire que je suis d'accord avec vous. Si nous tombons, il vaut mieux que ce soit avec fierté. Pour laisser l'histoire en courir à travers les siècles. Il ne s'agit pas seulement de nos existences. Vous avez bien parlé, commandant Ren. »

Daiyan baissa de nouveau la tête.

« Commandant, dit le Père-Empereur, vous devez quitter Hanjin. Si je pouvais vous l'ordonner, je le ferais. Vous êtes, je crois, celui qui peut le mieux mener la résistance, ce qui n'arrivera point si vous êtes tué ici ou emmené comme trophée.

— Il faut toujours plus d'un seul homme, mon seigneur.

— Toujours. Mais un seul homme peut faire une différence. » Wenzong hésita. « Par sa vertu, ou son absence de vertu.

— Et un commandant qui fuit une cité assiégée, mon seigneur ? une cité qu'il est chargé de défendre ? S'il assemble une armée dans le nord contre la volonté de l'Empereur ? Vous avez entendu ce qui a été dit. Le trésor que nous avons collecté va franchir les portes cette semaine. Un de vos fils, le prince Zhizeng, va servir d'otage jusqu'à la livraison du reste.

— Il ne voulait pas y aller, murmura Wenzong. Il a été choisi pour la mauvaise raison. Ces deux fils ne se sont jamais aimés. »

Daiyan le regarda. Ce visage à la fine barbe était l'image même du chagrin de la Kitai.

« Il n'y aura pas de réponses absolument correctes, commandant Ren, dit Wenzong. Nous sommes des mortels, pris au piège sur une rive du Fleuve des Étoiles, avec la Vierge Tisserande sur l'autre rive, à jamais séparée de nous. Et comment pourrons-nous espérer traverser pour la rejoindre ? »

Que répondre à cela ?

« Que signifiera une calligraphie considérée comme aussi belle que de l'or, dans les années à venir ? » demanda Wenzong.

Daiyan n'avait toujours pas de réponse. C'étaient des profondeurs où il n'était pas capable d'aller.

« Je ne pensais pas que vous partiriez, dit enfin Wenzong, mais j'ai cru devoir vous confier mes souhaits malgré tout. Vous pouvez disposer, commandant Ren. Conduisez-vous avec honneur. Vous avez notre gratitude, quoi qu'il arrive. »

Il se rendit à une porte située au fond de la pièce. Il y a toujours d'autres portes, dans les palais, songea Daiyan. Il était près de pleurer. La porte s'ouvrit vers l'extérieur lorsque Wenzong y frappa. Il se retourna une dernière fois. "L'Or Fin", ainsi avait-on désigné sa calligraphie ; c'était peut-être le meilleur peintre de son époque.

« Les ruines proclameront que le jardin était magnifique », déclara-t-il, et il sortit. Daiyan ne le revit plus jamais.

◆

Trois jours plus tard, peu de temps après le lever du soleil, commença la ruine de Hanjin.

Des chariots tirés par des bœufs ou des chevaux se mirent à rouler en grondant à travers la porte principale du nord. Il fallut beaucoup de temps. Les Kitans qui conduisaient les chariots étaient renvoyés aussitôt chercher davantage quand ceux-ci avaient été vidés. Les cavaliers altaï avaient pris le commandement.

Des hommes se tenaient sur les murailles et à la porte, pour compter leur nombre et plus tard comparer leurs chiffres – afin de conserver les détails pour le document dont ils espéraient qu'il survivrait. Et il en fut qui usèrent de ces chiffres pour écrire les histoires de cette époque-là.

La précision a de la valeur, lorsqu'elle est possible.

Il y a également un problème avec l'illusion de l'exactitude. Malgré toutes les prétentions, nul ne sait, par exemple, combien de morts exactement il y eut pendant les divers sacs et incendies de Xinan, que ce soit lors de la rébellion sous la Neuvième Dynastie qui avait été la gloire du monde, ou avant cela, sous la Septième – ou aux mains des Altaï cet automne-là.

De même, on établit des documents, et on les conserva, sur le colossal trésor expédié dans ces chariots, mais il est admis que les valeurs en étaient exagérées, pour donner l'apparence que Hanjin était plus proche des sommes agréées.

Même si les barbares avaient des hommes qui comprenaient les finances et les calculs, des Kitans pour la plupart, employés des préfectures occupées, ils ne soucièrent pas de vérifier. Pas avec leur intention bien arrêtée de tout prendre.

Le jour où les chariots se mirent à rouler se trouva être une journée douce et ensoleillée, avec une brise venue de l'ouest. Les documents l'indiquent. Il y avait probablement des chants d'oiseaux.

Le prince Zhizeng, neuvième fils du Père-Empereur, frère de l'Empereur régnant, accompagnait le trésor. Il montait un bon cheval, quoique non l'un des meilleurs – pourquoi donner encore aux barbares ?

Il montait bien, ce qui n'était vraiment pas à la mode. Au début de la vingtaine, il était presque aussi grand que son père, mais dodu, le visage rond. On le surnommait Prince Jen, d'après une figure célèbre des temps passés, même s'il n'était ni beau ni brillant. Un poète avait écrit un vers à son propos quelques années plus tôt, avec cette association, le poète était bien connu, le vers mémorable. De tels détails peuvent former une réputation, indépendamment de leur lien avec la vérité. Les écrivains jouissent de ce pouvoir.

Il était très effrayé alors qu'il franchissait la porte de la cité et s'avançait parmi les barbares, et il ne parvenait pas entièrement à le dissimuler. Il servait d'otage jusqu'à la livraison du reste de la somme convenue, et il n'y avait aucune indication de la manière dont on s'arrangerait pour livrer celle-ci. On avait parlé d'assigner une valeur aux hommes et aux femmes, et de les offrir pour combler la différence, fort considérable.

Mais même dans ce cas, pourquoi les Altaï auraient-ils rendu le jeune Prince Jen ?

En son for intérieur, il maudissait son frère – et son père, si peu filial cela fût-il. Il était certain de ne jamais revenir à Hanjin. La seule question qui demeurait, c'était de savoir s'il mourrait ici de quelque horrible façon ou si on l'emmènerait dans le nord pour finir ses jours loin de chez lui.

Il était sans armes, bien entendu, comme les six hommes de son escorte. Totalement insuffisant pour la dignité d'un prince, mais c'était ce qu'avaient permis les cavaliers de la steppe. Ils pouvaient dédaigner d'examiner les chariots bruyants lorsqu'ils en prenaient possession, mais l'escorte du prince fut scrutée de près sur la large route qui s'ouvrait devant les portes. Ils ne craignaient pas ces misérables Kitans qui leur livraient toute leur richesse, mais ils avaient leurs ordres, et les deux frères qui les commandaient… Eh bien, ceux-là, ils les craignaient.

Ren Daiyan, dans la tunique vert sombre et la jaquette brune qui constituaient la livrée du prince, avait bel et bien une fine dague dans une botte, la lame facile à dissimuler que Ziji avait conçue pour eux, des années auparavant.

Seule une poignée de gens savait qu'il était présent et déguisé. Le Prince Jen (quel nom stupide) n'était pas l'un d'eux. Daiyan avait deux raisons d'être là. Une qu'il admettait à peine intérieurement, et l'autre était son désir de voir les frères qui menaient cette armée. Cela n'avait pas de sens militaire à proprement parler, mais il lui importait d'avoir des visages auxquels attacher les noms qui ravageaient la Kitai.

Il avait songé que s'il tuait le chef de guerre et son frère, en ce jour, les Altaï pourraient se diviser, une bataille éclater parmi les guerriers pour la succession du vieux kaghan, désormais appelé Empereur. Les chefs présents pourraient retourner au galop dans le nord, clamer bien haut leurs revendications, s'attaquer les uns les autres.

Probablement pas. Ils seraient sans doute encore plus sauvages quand ils prendraient la ville. Pour qui s'emparerait ici du commandement, le contrôle de Hanjin et de ses inimaginables richesses, le retour avec ses dirigeants et des femmes, serait assurément le lancer gagnant de dés dans n'importe quel conflit de la steppe.

Par ailleurs, il n'avait aucun moyen de les tuer. Il n'était pas même certain d'avoir appris où ils se trouvaient, ces frères sur le point de prendre la ville.

Ils allaient la prendre. On leur *donnait* Hanjin. Il avait essayé de défendre l'idée de résistance, et le visage de l'Empereur Chizu avait pris une sombre expression. "Non", avait-il dit, et Daiyan avait eu le sentiment d'être évalué avec soin en cet instant, et pas d'une manière positive.

Cela avait-il encore la moindre importance?

Au palais, certains disaient croire que les Altaï repartiraient chez eux une fois qu'ils auraient assez d'esclaves: l'étape suivante dans ces hideuses négociations. Daiyan ne voulait même pas l'imaginer. Une princesse de Kitai valait-elle une concubine? comme esclave pour laver les pieds d'un cavalier, être appelée à sa couche, rehaussant son statut parmi les autres cavaliers? Quelle évaluation pouvait-on bien proposer?

Et pour une femme du clan impérial, combien? si elle était jeune? pouvait écrire des chansons? si sa calligraphie était meilleure que celle de n'importe quel homme?

L'amertume qui lui brûlait la gorge lui donnait à comprendre ce que pouvait être boire du poison.

Dans le lointain, il savait que le Fleuve Doré devait étinceler de lumière. Ses eaux s'incurvaient longuement vers le sud, ici, à l'approche de la mer. Il y avait eu des ormes le long de la route, jusqu'aux rives. Les Altaï les avaient abattus pour servir de bois de chauffage.

Leurs yourtes et leurs enclos à chevaux emplissaient la plaine, s'étendaient à perte de vue, et il y en avait presque autant à l'ouest et au sud. On avait évalué que près de quatre-vingt mille de ces cavaliers se trouvaient là, surtout du côté nord. Daiyan avait élaboré des plans de bataille au

LE FLEUVE DES ÉTOILES ————————————— 463

cours de ses nuits d'insomnie. Si Ziji s'arrangeait pour
amener discrètement une armée de l'ouest, ils pourraient
coordonner un assaut contre le contingent le moins important des Altaï de ce côté, rapidement, sauvagement, de
nuit, quand les cavaliers n'aimaient pas combattre. Ziji fon-
drait sur leurs arrières tandis que Daiyan jaillissait des portes
sud et ouest avec sa cavalerie et les soldats de la cité. Ce
n'étaient pas les meilleurs des soldats, ce n'étaient pas les
siens, mais sûrement, bien commandés, ils seraient capables
de se battre pour la Kitai? On pouvait se servir de feux d'artifice pour éclairer le ciel, effrayer l'ennemi, le repérer – l'un
des dangers des batailles nocturnes étant d'attaquer ses
propres forces dans la frénétique obscurité.

Il était possible de poster des archers sur les remparts,
de couvrir les cavaliers d'un déluge de flèches, ici, quand
ils tenteraient un mouvement tournant pour aller aider les
autres. Il n'avait pas assez de bons archers, mais il en avait
quelques-uns.

Ils seraient inférieurs en nombre, ses soldats – ils le
devraient, pour laisser Yenling adéquatement défendue –,
mais ils pouvaient se battre avec bravoure et mourir si tel
était leur destin, en laissant un legs honorable. Ils pouvaient
assurer qu'il y eût bel et bien un avenir pour la Kitai. Que
cette invasion, cette dure et froide peine, ne soit qu'un épisode, un sombre chapitre parmi bien d'autres au cours des
siècles, mais pas une fin.

Si on le lui avait permis. On était limité dans ses entreprises lorsqu'on n'était pas le Fils du Ciel. En vérité, on
avait des limites même si l'on était le Fils du Ciel.

Il chevauchait derrière le prince, la tête basse mais les
yeux alertes. Il avait cette autre raison d'être là, cette raison
à peine admise. Il devait prêter attention et espérer être
chanceux. Une petite chance pouvait sûrement leur être
accordée ici par la Reine Mère de l'Occident, du sommet
de sa montagne près des étoiles?

Les Altaï qui bordaient la route étaient en général plus
petits que les Xiaolus qu'il avait vus pendant l'été. Ils portaient leurs cheveux rasés sur le front et le sommet du crâne,
long sur les côtés et dans le dos. Pas de casques. Certains

n'avaient ni tunique ni veste, le torse fièrement nu en plein hiver afin de prouver leur endurance. Ils portaient des arcs courts et des épées courtes. La plupart se trouvaient à cheval, même s'ils n'en avaient pas besoin en la présente occurrence. Ces hommes devaient se sentir dans un univers étranger, lorsqu'ils n'étaient pas à cheval en rase campagne. Ç'avait été une de ses raisons de penser possible de les affronter en combat rapproché, au cours d'une sortie de nuit.

À la stricte vérité, il n'avait jamais cru pouvoir les battre, même avec les renforcements de Ziji. Trop de cavaliers, trop expérimentés, et il n'aurait eu qu'une partie de son armée.

Il avait trop souvent retourné tout cela en esprit. Il n'y avait plus rien à penser. Il escortait le jeune prince vers ce qui serait certainement sa mort, d'une manière ou d'une autre. Le prince le savait. On pouvait le lire sur ses traits. Daiyan aurait voulu pouvoir dire : "Ne les laissez pas le voir", mais c'était impossible. Amertume. La lie d'un mauvais vin. Les Altaï, le long de la voie, regardaient la procession en riant, avec des grimaces sarcastiques, montrant du doigt les richesses débordant des chariots. Le soleil s'était levé. L'or scintillait, les pierres précieuses brillaient de mille feux, l'argent aussi. L'éclat du soleil sur la reddition.

Les chariots lourds et bruyants étaient menés vers l'arrière du campement, plus près de la rivière. Tout en ajustant son chapeau pour se protéger de la lumière, Daiyan vit un groupe d'hommes sur la gauche, qui attendaient, apparemment,

Un cavalier se détacha du groupe, au trot d'un cheval gris. Il s'approcha du prince. Zhizeng sursauta à son approche. Daiyan vit le sourire du cavalier altaï. L'homme feignit de frapper. Zhizeng ne bougea pas cette fois, ce qui était à son honneur. Daiyan ne pouvait voir son regard, mais il avait la tête haute à présent, après sa passagère faiblesse. Bien, songea Daiyan. Le cavalier cessa de sourire. Il saisit les rênes des mains de Zhizeng et le mena vers le groupe qui attendait près de la route.

Daiyan jeta un regard aux autres soldats de l'escorte. Ils s'étaient arrêtés avec appréhension. Ils devaient se tenir dans ce groupe, songea-t-il, les deux frères. Il lui fallait entendre ce qui se dirait.

« Venez », ordonna-t-il, même s'il n'avait là aucune autorité.

Parfois, l'autorité vous est accordée parce qu'on l'a prise. Il donna une secousse à ses rênes et quitta la route. Les cinq autres le suivirent. Il s'arrêta à la distance qu'il jugea bonne, près du groupe vers lequel on avait mené le prince Zhizeng comme s'il avait été un enfant sur un poney. Daiyan les voyaient tous clairement, mais il ne représentait aucune menace, sans armes, la tête baissée de manière soumise, un autre de ces faibles Kitans apeurés qui abandonnaient un empire, incertains désormais de leur place, hors de leurs murailles.

Il observa. Quelqu'un leva une main pour pointer un doigt. Il vit l'homme désigné et le nota intérieurement. Modestes présents. Il en éprouva de la gratitude. C'était pour cela qu'il était venu, à part tuer deux hommes, ce qu'il ne pourrait pas.

Un cavalier poussa son cheval au trot vers lui et les autres gardes, en désignant d'un geste brutal la porte de la cité. On leur ordonnait de repartir. D'autres Altaï s'approchaient, le signalaient sans ambiguïté. Aucune possibilité de résistance. C'était inutile.

Il repartit avec les cinq autres. Ils croisèrent les chariots qui continuaient à rouler avec bruit en sortant de la ville. Ils franchiraient cette porte en roulant pendant presque toute la journée. Une courte journée, avec le crépuscule du milieu de l'hiver. De la neige plus tard sans doute. C'était presque la Nouvelle Année, le temps des festivités.

Il se retourna une seule fois. Vit Zhizeng, Prince Jen, parmi les Altaï, seul. Ils l'avaient obligé à mettre pied à terre, lui avaient pris sa monture. Elle ne lui appartenait plus désormais. Le prince était debout parmi des ennemis à cheval. Il avait encore la tête haute, le dos et les épaules droits. Aucun signe de faiblesse ni de soumission.

Les gens vous surprenaient parfois. Pouvaient vous emplir d'une fierté inattendue, et de chagrin.

◆

Lorsque étaient arrivées les premières nouvelles de la descente en force des Altaï vers Yenling, Hang Dejin avait envoyé son fils ailleurs, avec presque tous les serviteurs, les ouvriers et les femmes du Petit Mont d'Or.

Hsien avait fait des difficultés. Il avait été résolu à rester avec son père, ou à l'emmener. Le vieil homme était assez certain que son fils avait conscience du courage manifesté par le fils de Lu Chen, qui avait accompagné son père à Lingzhou. On honorait cette dévotion filiale. Compte tenu du fait que Hang Dejin et Lu Chen avaient été de féroces adversaires politiques, il aurait été difficile pour Hsien de *ne pas* songer à ces autres père et fils.

Peut-être cette hypothèse était-elle injuste. Son fils avait manifesté une constante et infaillible loyauté, toujours présent, anticipant ses besoins, talentueux et habile dans toutes ses tâches. Il y avait une certaine différence entre être solide au poste au palais, dans un office de haut rang doté de grandes récompenses, et s'en aller en exil dans un lieu lointain et mortel, mais chez un fils la loyauté demeurait la loyauté. Hsien avait sûrement anticipé de devenir Premier Ministre après son père, mais avait aussi sûrement compris (ou le prétendait) pourquoi ce n'avait pas été, selon son père, le bon moment. Cette opinion s'était avérée catastrophiquement correcte.

Parfois, songeait le vieil homme, on préférerait s'être trompé. Il n'avait plus que trois serviteurs, avec aussi un homme pour s'occuper des animaux, et deux à la cuisine. Sept âmes dans une ferme industrieuse de plusieurs bâtiments. C'était l'hiver à présent, il faisait froid. Ils s'étaient livrés à leurs préparations habituelles avant le départ des autres. Avec seulement sept personnes, ils avaient plus à boire et à manger qu'ils n'en avaient besoin.

Jusqu'à présent, ils n'avaient rien eu à craindre des Altaï. Les cavaliers avaient encerclé Yenling, mais pas totalement, et non sans beaucoup de pertes. Le commandant sur place, Zhao Ziji, qui était venu au Petit Mont d'Or avec l'autre auparavant, avait infligé une féroce défaite aux Altaï, au nord de la ville, en détruisant une grande partie de l'armée de la steppe – et l'idée que les Altaï étaient invincibles. Les cavaliers qui encerclaient maintenant Yenling étaient arrivés de Xinan, dans l'ouest, par la passe de Teng. Les nouvelles de Xinan étaient mauvaises.

Il était vieux, il avait lu beaucoup de chroniques historiques, avait *vécu*, semblait-il parfois, à travers de grands pans d'histoire. Il était au courant des nombreuses occasions où des villes avaient été prises par de féroces ennemis. Ce que l'on comprenait, lorsqu'on voyait assez à long terme, c'était que les ténèbres pouvaient se dissiper, les changements venir, la lumière régner de nouveau. Quelquefois, pas toujours.

Il l'avait clairement fait comprendre à son fils, tandis que l'automne se terminait ; il mettrait fin à sa vie de sa propre main – après les prières convenables pour honorer ses ancêtres – plutôt que de fuir la ferme dans l'hiver, en ralentissant les autres et en succombant sans aucun doute sur le chemin de leurs domaines du sud.

« Il vient un moment, avait-il déclaré à Hsien, où un homme a besoin de s'arrêter. Je m'arrête ici. Si les barbares se retirent et que la ferme est toujours debout, reviens-moi. Je n'ai pas l'intention de mourir, mais je suis à l'aise avec cette idée, si cela arrive.

— Pas moi », avait dit son fils.

Il avait révélé une surprenante émotivité. Un homme de quarante ans ! Apparemment, il aimait son père, il ne se contentait pas de l'honorer. Les philosophes disent qu'honorer son père est une obligation. Mais cela n'arrive pas toujours ; déclarer un impératif n'assure pas son observation. Les philosophes ont tendance à ne pas le voir. Et parfois des premiers ministres.

« Sais-tu », avait-il demandé à son fils pendant leur ultime conversation, « que les barbares entretiennent tout un ensemble de croyances sur l'autre monde ? »

Hsien avait gardé le silence, attentif. Il n'était qu'une forme brouillée dans une pièce, à ce stade. Dejin gardait ses appartements bien éclairés, sinon il aurait été entièrement prisonnier de la nuit.

« Ils croient, semble-t-il, que dans l'autre monde tout est inversé. Les couleurs deviennent leur opposé. Les créatures noires sont blanches, les blanches, noires. Le soleil et la lune se lèvent du côté opposé dans le ciel, le fleuve des étoiles coule dans l'autre sens. Et ainsi, mon fils, peut-être que, dans l'autre monde, lorsque je traverserai, je te verrai de nouveau clairement. Et je serai jeune. »

Il avait permis à Hsien de l'embrasser avant son départ à la tête des leurs qui s'en allaient dans le sud où se trouvait le reste de leur famille. Ç'avait été une étreinte maladroite, Hsien se courbant tout en essayant de rester maître de lui, son père assis levant vaguement la tête pour un baiser. Il lui avait donné sa bénédiction. Elle était méritée, elle avait été bien gagnée, même si ce n'avait pas été parmi les serpents de Lingzhou. Et le vieil homme espérait encore (moins, à vrai dire, vu les événements présents) pour l'avenir de leur lignée.

Ç'avait été l'automne, après les moissons. Les Altaï, plus tard dans la saison, étaient descendus de Xinan. Ils venaient comme l'hiver, songeait-il : de froids ennemis pour ces jours de froidure. Il n'avait plus personne à qui dicter des poèmes, désormais. Il aurait dû garder un homme qui savait tenir un pinceau, écraser l'encre, écrire des mots qu'on lui dictait.

On commettait parfois des erreurs.

Le Petit Mont d'Or se dressait loin dans une campagne vallonnée, dissimulé dans une vallée, et n'était pas facile à trouver depuis la route impériale qui courait tel un ruban de civilisation de Hanjin vers les territoires perdus de l'ouest, en passant par Yenling et Xinan. Les territoires des Routes de la Soie. Des noms tel le tintement de cloches de bronze.

Il avait désiré voir ces contrées autrefois. Il y avait bien longtemps. Maintenant, il était assis dans les ténèbres, dans une ferme, en hiver. Il avait à manger, à boire, du bois pour se chauffer. Il ne pouvait lire, et il n'y avait personne pour lui chanter des chansons. Il avait des pensées, il avait des souvenirs. Il entendait les hiboux chasser la nuit.

Un de ceux qui étaient restés était un jeune garde. Il l'envoyait en patrouille pour essayer d'apprendre ce qui se passait au-delà du calme hivernal de la vallée. Il le pressait d'être prudent. Il n'avait pas un besoin urgent de savoir ce qui se passait dans le monde, il ne pouvait pas y intervenir, mais les habitudes de toute une existence ne s'écartent pas aisément lorsqu'on devient vieux.

C'est ainsi qu'il apprit qu'une partie de l'armée kitane, à Yenling, avait réussi à traverser les lignes des cavaliers qui encerclaient la ville pour se rendre dans l'est.

Ils vont aller à la recherche d'autres soldats kitans, pensa le vieil homme. Pour créer du désordre et des difficultés aux barbares si loin de chez eux. Pour leur donner envie de repartir. Il n'était pas entraîné ni versé dans l'art de la guerre, mais il est des choses qu'un homme intelligent peut imaginer, avec du temps pour réfléchir.

Il envoya le garde dans les fermes avoisinantes. Certaines, plus exposées, plus aisément repérées depuis la route, avaient été incendiées. Les occupants étaient morts, rapporta le garde bouleversé. Ce qu'il avait vu...

« Il faut que tu me trouves quelqu'un capable d'écrire correctement, lui dit Hang Dejin. J'ai l'impression qu'on m'a coupé la main. »

Le garde repartit le matin suivant à la recherche d'un homme instruit dans les collines neigeuses à l'ouest de Yenling. Ce n'était pas une tâche aisée.

Le chef du groupe des cavaliers altaï qui fourrageait avec sa vingtaine d'hommes était des plus mécontents. Tous les cavaliers l'étaient, en vérité. Ses hommes ne le craignaient pas particulièrement, une autre source de déplaisir, mais n'importe quel Kitan sur qui ils tombaient en avait des raisons.

Ce siège de Yenling avait duré trop longtemps, sans aucune des compensations qui avaient accompagné la facile capture de l'autre ville, dans l'ouest. Les commandants devaient s'assurer que leurs cavaliers recevaient leur part de plaisirs et de butin, surtout s'il les tenait loin de chez eux en hiver.

Ce n'était pas le froid – il faisait plus froid là d'où ils venaient, avec le hurlement du vent qui déboulait du nord à travers les vastes étendues. Non, le problème, ici, c'était l'éloignement de tout ce qui leur était familier, l'impression d'être enfermés, si étrangère, que provoquaient ces champs vallonnés, cultivés, irrigués, délimités. Des forêts partout. Des fossés, des canaux, des haies, des alignements d'arbres. Chevaucher dans tout cela, c'était difficile. Le ciel était trop proche ici. Le Seigneur du Ciel venait-il jamais si loin au sud? Une idée troublante. Certains de ses cavaliers s'étaient demandé si l'on pouvait traverser correctement vers l'autre monde si l'on mourait ici, en Kitai.

Ajoutez à cela la faim et l'ennui d'un siège. Les hommes se battaient dans leurs campements pour des riens. Ajoutez encore le fait que le commandant de Yenling, un de ceux qui les avaient battus (un choc), possédait un don contre nature pour les sorties et les embuscades. Les Altaï perdaient des hommes, et leur patience. Si on notait tout ça et que, pour faire bonne mesure, on ajoutait aussi des officiers supérieurs qui manifestaient clairement leur déplaisir devant le résultat de ses incursions à l'ouest...

Fallait-il s'étonner qu'il ait tranché les bras des deux premiers fermiers qu'ils avaient rencontrés, cette fois-ci? De sa propre main. Le sang dans la neige. Les hurlements, avant le silence. Mais ça voulait dire qu'il n'avait pu se servir de l'interprète pour les interroger sur les fermes et le ravitaillement qu'on pouvait trouver dans ces maudites collines et vallées tortueuses qu'il haïssait furieusement.

Son second avait marmonné une question lorsqu'il avait usé de son épée sur un troisième paysan captif, mais il avait besoin d'agir pour se débarrasser de ce goût acide et rance d'inactivité. Le sang aidait. Le *kumiss* n'aidait plus, et d'ailleurs ils n'en avaient plus assez.

Tuer envoyait un message, se dit-il. La peur était utile. Même s'il n'y avait plus beaucoup de Kitans pour avoir besoin d'un tel message. Ils n'avaient même pas trouvé une seule femme, par exemple, au cours de semaines passées à chevaucher partout. Certains de ses hommes forçaient des hommes kitans pour leur plaisir, mais il trouvait qu'un tel acte manquait de dignité.

Il grogna, mais avec une certaine approbation, lorsque l'un de ceux qu'il avait expédiés au nord de la route rapporta qu'ils avaient repéré des traces dans la neige, un homme à cheval, qui se déplaçait avec précaution.

Ils l'avaient suivi jusqu'à une petite ferme, avaient noté où elle se trouvait et continué à le suivre à son départ. Suivre quelqu'un dans un terrain comme celui-ci, c'était facile, avec la piste dans la neige.

Ils avaient noté les deux autres fermes visitées par ce Kitan. En les laissant tranquilles pour l'instant afin de suivre la silhouette solitaire, plus tard dans la journée, jusqu'à une ferme plus grande, dissimulée dans une vallée bien au nord de la route, masquée de deux côtés par des bois. On aurait continué en la manquant, pensa le chef de la troupe, satisfait, en regardant la fumée de sa cheminée. Il y avait de nombreux édifices. Peut-être des femmes.

Il n'y en avait pas, même s'ils trouvèrent une quantité adéquate de nourriture dans les greniers et les entrepôts, ainsi que des vaches, des poulets et une douzaine de cochons. Trois chevaux. Une poignée d'hommes seulement, le reste s'était enfui. Les gens s'enfuyaient toujours. Ils trouvèrent le garde qu'ils avaient pisté, cinq serviteurs, et puis un vieil homme aveugle dans une pièce à la lumière éclatante.

Le vieillard était assis dans un beau fauteuil, et la pièce était pleine du genre de trésors que les Kitans appréciaient. Pour le capitaine altaï, c'étaient des objets infiniment banals, sauf, bien sûr, les métaux précieux et les gemmes. Mais des ordres leur étaient arrivés de rassembler et d'envoyer à la Capitale Orientale tout ce qu'ils trouvaient. Cette découverte le servirait bien et devrait lui permettre de garder quelques articles pour lui-même. Cette journée était devenue de bon augure, en fin de compte.

Le vieil homme énonça quelques mots dans sa propre langue. Sa voix était d'une force inattendue, et même arrogante. L'interprète répliqua, le vieillard parla de nouveau.

« Que dit-il ? » grogna le capitaine.

L'interprète kitan, dûment soumis, répondit : « Il demande si je suis le scribe qu'il a envoyé chercher. Je lui ai dit que non. Il a demandé si vous étiez un Altaï. J'ai dit oui, je suis son interprète. Il m'a demandé mon nom de famille, et je le lui ai dit. Il a dit... qu'il peut vous sentir. Il m'a traité de traître et m'a ordonné de dire qu'il vous méprise parce que vous êtes des barbares. »

Tandis que l'interprète parlait, le vieil homme buvait calmement une coupe de vin qui avait été placée à portée de sa main et qu'il avait cherchée avec précaution.

Le capitaine altaï, après avoir écouté, aboya un rire : « Il parle ainsi ? Vivra-t-il ? »

Le vieillard posa une question, la tête tournée vers la voix de l'interprète. Celui-ci lui répondit.

« Et il dit quoi ?

— Je lui ai traduit vos paroles. Il dit que la Kitai vivra, que lui vive ou non, et qu'il a vécu assez longtemps, si des barbares sont chez lui. »

C'était assez de défi, estima le capitaine. Des paroles qui pouvaient miner son statut. Il tira son épée. Un peu tard, en l'occurrence. Le vieillard se raidit, sa tête se rejeta en arrière, puis retomba lourdement, comme si son épine dorsale avait été tranchée.

Le vin, bien sûr. Le vieillard avait été prêt.

Il jeta un coup d'œil à l'un de ses cavaliers. Qui s'avança et confirma l'évidence. Après un long moment de colère rentrée, frustré et offensé, le capitaine se tourna vers l'interprète. Il avait très envie de le tuer, pour les paroles qu'il avait traduites, mais il avait encore besoin de ce ver de terre. On pourrait le découper en morceaux plus tard, quand on retournerait chez soi.

Il assigna des hommes à la collecte des vivres dans les chariots qui se trouvaient encore là et en chargea d'autres de mener les bêtes jusqu'au campement. Il leur permit d'en faire à leur guise avec les serviteurs.

C'était encore une bonne journée, se disait-il, mais la rencontre l'avait laissé mécontent. C'était comme si ce vieil homme lui avait échappé en traversant vers la mort. On lui coupa les mains et on le laissa là dans son fauteuil, sans sépulture. Qu'il y pourrisse, que les bêtes le dévorent.

Il n'en fut point ainsi. Après le départ des cavaliers, au matin, après avoir passé une nuit au Petit Mont d'Or, des hommes sortirent des collines pour se glisser vers la ferme. Les Altaï reviendraient, pour sûr, peut-être même dans la journée, avec des chariots pour transporter le butin du domaine. À la hâte, les Kitans rassemblèrent tout ce qu'ils purent de nourriture et d'objets précieux. Ils incinérèrent, en hâte aussi mais avec honneur, les serviteurs et les deux gardes abattus.

Dans une vallée non loin de là, on ensevelit Hang Dejin de la manière appropriée, avec grand respect quoique sans la cérémonie qu'auraient permise des temps meilleurs et plus éclatants. Il neigeait. Le sol hivernal était dur. Mais Hang Dejin avait été un grand homme, un dirigeant de la Kitai pendant de nombreuses années, et on ne renâcla pas à l'ouvrage. On marqua l'emplacement de la tombe de certains signes qui permettraient de la retrouver, si ces temps meilleurs revenaient jamais.

On n'envoya pas immédiatement la nouvelle à sa famille dans le sud, mais celle-ci finit par apprendre la manière dont il était mort.

L'interprète, un homme instruit, s'enfuit du camp des Altaï quelques mois plus tard dans les champs et les bois et put survivre dans la forêt parce que le temps se réchauffait alors et parce que les cavaliers de la steppe avaient quitté Yenling. À cause de cela, parce qu'il avait survécu et avait rédigé ses souvenirs de ce jour, on en vint à connaître les dernières paroles de Hang Dejin, ou celles qu'on lui attribua.

Il y eut des pivoines à Yenling à l'arrivée du printemps, même cette année-là. Les fleurs poussent, qu'hommes et femmes soient à même ou non de les célébrer et de les piquer dans leur chevelure.

CHAPITRE 23

Le gentilhomme de la cour Lin Kuo mourut cet hiver-là, peu de temps avant la Nouvelle Année.

Il n'était pas particulièrement âgé, mais il souffrait de difficultés respiratoires depuis plusieurs années; il attrapa la fièvre dans le grand froid, avec la pénurie de bois de chauffage. Il succomba peu après s'être alité. De manière heureusement rapide, pourrait-on dire. On avait appelé un médecin qui lui avait apporté des soins, ce qui était inhabituel en l'occurrence, mais c'était encore l'enceinte du clan impérial. Le médecin avait essayé deux potions différentes et tenté d'appliquer la moxibustion à la poitrine du gentilhomme de la cour, mais avait été incapable d'éviter l'issue fatale. Il y avait tant de morts en ces temps sombres. Que pouvait-on dire d'une mort de plus? Quelles paroles, pour donner son point final à une existence?

Lin Kuo avait été parfois respecté et parfois un objet d'amusement. Un homme bon, qui vivait avec circonspection, dénué d'importance sur presque tous les plans qu'on aurait pu considérer comme pertinents. Intelligent, de toute évidence. Il avait passé les examens à sa deuxième tentative, ce qui était remarquable, mais n'avait jamais usé à bon escient de son statut de *jinshi,* n'avait jamais intrigué pour un poste à la cour ou dans les provinces, n'en avait jamais obtenu un. Il semblait satisfait de ses appointements de diplômé. Ce n'était pas un homme ambitieux.

Il avait aimé le bon vin, la bonne chère, la compagnie de gens intelligents. Il parlait avec esprit mais d'une voix douce, et ses commentaires s'étaient souvent perdus dans des assemblées bruyantes. Il ne semblait pas s'en soucier. Il riait lorsque les autres manifestaient de l'esprit. Il notait ces circonstances dans des journaux ou des lettres. Il lisait beaucoup. Il avait de nombreux correspondants. Il avait conservé des amitiés des deux côtés des guerres de factions qui avaient dominé sa jeunesse et continué dans son plus vieil âge. Il manifestait du courage en cela, mais sans ostentation. On aurait pu dire que son refus de poursuivre une position à la cour était un refus de prendre parti.

Son unique rencontre avec la vague plus importante des événements avait eu lieu plus tard dans sa vie. Il avait été condamné, sur les ordres du Vice-Premier Ministre, à être exilé à l'île de Lingzhou, ce qui aurait sans doute tué un homme souffrant de difficultés pulmonaires. La sentence avait été annulée par l'Empereur en personne, dans des circonstances dramatiques qui avaient eu des suites.

Lin Kuo avait été un homme de haute taille, toujours voûté, comme pour s'en excuser. Sa calligraphie formelle avait été claire, très droite sur une page, mais non mémorable. Son écriture cursive, que peu de gens avaient vue, était différente : intense, énergique.

Les jardins constituaient sa passion, et il avait beaucoup voyagé pour les observer et rédiger des notes (avec permission) sur les propriétés de membres de la cour et les divers domaines campagnards de ceux qui s'étaient retirés de Hanjin. Il avait écrit un essai sur le bien-aimé Genyue de l'Empereur Wenzong. Son style dans ces petits ouvrages était peut-être un peu trop fleuri et flatteur, ce qui a poussé certains historiens plus tardifs à écarter son essai sur le jardin impérial. Ils ont estimé qu'aucun jardin terrestre, fût-ce celui d'un empereur, ne pouvait jamais avoir été tel que Lin Kuo décrivait le Genyue avant sa destruction. Son ouvrage est en fait le seul document détaillé qui en soit resté. Il y a un élément aléatoire, accidentel, dans ce qui survit. Ce n'est pas toujours affaire de célébrité ou de prééminence. Il existe des poètes des Troisième et Cinquième Dynasties, et même des géants de la Neuvième, dont il ne reste guère que les louanges de leurs pairs, et le nom. Leur œuvre n'a souvent persisté que dans des copies des originaux, si elle a duré. Des poèmes chantent certains tableaux, mais les tableaux eux-mêmes ont disparu.

Le petit essai de Lin Kuo a survécu parce qu'il en avait envoyé des copies, avec de modestes dédicaces, à quelques figures distinguées des provinces, certaines au sud du Grand Fleuve – où ces copies furent découvertes par la suite.

Il s'était marié, une seule fois, peu après avoir passé les examens, et ne s'était jamais remarié après la mort de cette épouse, n'avait pas même pris de concubine, ce qui était peu courant. Ceux qui se sont souciés de le noter disent que leur mariage avait été un mariage d'amour. Il avait une fille.

Néanmoins, si une existence paisible a un prix quelconque, on ne peut dire que celle de Lin Kuo a été précieuse. Tous ceux qui naviguent sur le fleuve des étoiles ne sont pas des figures fortes ou empreintes de sens. Certains se trouvent simplement avec nous dans la barque.

Un empereur du temps passé a écrit qu'en présence d'un homme de bien lui était donné – comme dans un miroir de bronze – le reflet de la manière de mener une existence vertueuse.

Lin Kuo aurait dit quant à lui que son legs était sa fille. Ou non, il l'aurait pensé mais jamais dit, de crainte d'imposer à celle-ci un aussi lourd fardeau, ce qui n'aurait été convenable envers personne, et moins encore envers une enfant si tendrement aimée depuis sa naissance jusqu'à la mort du gentilhomme de la cour.

◆

Dans l'enceinte du clan impérial, on mange maintenant du riz infesté d'asticots et l'on garde constamment le puits, chaque famille étant limitée à trois petits contenants par jour. On collecte riz et eau chaque matin. Il est difficile de cuire le riz. On a démantelé murs et parquets intérieurs dans les étages, pour avoir du bois de chauffage. Les maisons sont devenues dangereuses, des gens sont tombés et en sont morts.

Shan a pris l'un des vieux chapeaux de son époux et cousu le sien à l'intérieur, pour avoir plus chaud. Elle ressemble, songe-t-elle, à un saltimbanque de marché qui fait rire enfants et fermiers pour quelques pièces lancées dans une boîte.

Ils sont vides, les marchés. Il n'y a rien à vendre. On reste presque tout le temps à l'intérieur, à l'abri du vent. Ceux qui sont dehors dans Hanjin cherchent souvent à entrer dans les maisons et les boutiques des morts – pour le bois, pour des miettes de nourriture. N'importe quoi. On a mangé tous les chats et les chiens. Les gardes civils et les soldats, les soldats de Daiyan, patrouillent les rues. Ils ont été instruits de tuer les pillards. Ils l'ont fait. L'ordre, ou l'illusion de l'ordre.

Elle se rend chaque matin à la place principale de l'enceinte pour aller chercher leur nourriture. Elle emmène deux des femmes qui sont restées avec eux. Les autres se sont toutes enfuies avant la fermeture des portes. Elles se mettent dans la file, bien emmitouflées contre le froid. Elle se rend compte qu'elle le sent à peine. Le chagrin est un froid plus profond.

Qi Wai a manifesté la sympathie convenable ; il a honoré Lin Kuo. Wai est un homme hanté ces temps-ci. Elle l'entend sortir la nuit, parfois. Elle sait où il va.

Il est terrifié à l'idée que l'étrange protection de leur entrepôt soit levée et la collection emportée. Shan sait qui a ordonné cette protection, lui non. Cette terreur empêche Qi Wai de dormir ou de se reposer. Il ne peut comprendre pourquoi la collection demeure intacte alors que presque tout ce qui avait de la valeur dans la cité a été rassemblé et expédié dans des chariots par la porte nord la semaine précédente.

Il garde donc son entrepôt. Dans le froid et le noir, seul, et le jour aussi, quand le pâle soleil se lève. Il est épuisé, hagard, il a la barbe en désordre. Un matin, le surprenant avant son départ, alors qu'elle revient avec leur riz, elle l'oblige à s'asseoir et lui taille la barbe, comme le ferait une servante.

Ou l'esclave d'un cavalier conquérant. Elle rêve, lorsqu'elle dort, de plaines herbeuses qui s'étendent à perte de vue – le vide.

Les négociations ont commencé quant à l'évaluation des hommes et des femmes qui seront livrés aux Altaï. Ceux-ci veulent des artisans, paraît-il, et des hommes doués pour les chiffres. Ils veulent des femmes. Elle essaie d'imaginer la documentation de ces évaluations, près des yourtes. Les femmes jeunes valent plus cher, et les aristocrates. Elle est la fille d'un gentilhomme de la cour. Elle est encore jeune. Elle rêve de la steppe et se réveille dans les nuits froides.

La Nouvelle Année est presque arrivée.

Son père est mort. Elle allume chaque matin la bougie qui lui est dédiée, laisse un plat de riz cuit sur l'autel le soir, un petit plat, et, chaque après-midi, elle écrit un vers, ou des paroles du Maître du Cho, plie le papier avec soin et le laisse aussi sur l'autel.

Elle a entendu dire que certains animaux creusent pro-fondément sous la terre et s'enroulent étroitement autour de leur cœur pour dormir pendant l'hiver, à peine vivants. Elle se sent ainsi. Elle n'espère pas que le printemps amènera l'éveil. Elle se rappelle les préceptes déterminant le moment jugé vertueux pour une femme de s'ôter la vie plutôt que d'accepter certains degrés d'humiliation.

Elle découvre qu'elle est trop en colère pour cela. Elle veut tuer quelqu'un d'autre, et non se tuer elle-même. Elle veut vivre pour aider à retourner ce qu'est devenue la si-tuation, ou voir d'autres gens la retourner, puisqu'elle n'est qu'une femme, et sans épée.

Elle apprend un matin, lorsque la nouvelle en atteint l'enceinte, que le Premier Ministre Kai Zhen a été étranglé pendant la nuit sur ordre de l'Empereur. Le nouvel Empereur.

C'est aussi le sort de ses quatre principaux conseillers, semble-t-il. Les "Cinq Félons", les avaient appelés les étu-diants qui criaient et manifestaient devant le palais. Les Altaï avaient voulu le Premier Ministre vivant, paraît-il. Il y a eu une sorte de compromis : le cadavre leur a été expédié, pour qu'ils le traitent comme bon leur semblerait. C'est aussi un déshonneur.

Les étudiants qui avaient exigé ces morts se sont main-tenant dispersés. Elle ne les entend plus par-dessus le mur de l'enceinte. Elle se demande s'ils éprouvent de la satis-faction. Elle avait cru ressentir elle-même une sorte de plaisir à ces nouvelles, une vengeance pour son père, justice faite.

Elle n'en ressent rien, recroquevillée autour de son cœur dans le froid. Elle songe à cette dangereuse tour croulante de Xinan, près du jardin où la cour et les habitants de la ville se rassemblaient au printemps, jadis, les dames à cheval, des plumes dans les cheveux, les poètes qui les admiraient.

Tard dans l'après-midi, la veille du jour de l'An, un message arrive de Daiyan. De sa propre main.

Il l'instruit de se rendre avec Qi Wai devant la Maison de Thé des Richesses Sans Fin, près de la porte ouest, au coucher du soleil le lendemain. Ils doivent se vêtir le plus chaudement possible et ne rien transporter. Ce dernier caractère, "rien", est souligné. Ils doivent être prêts à voyager. Elle doit brûler la lettre.

Elle contemple longuement les caractères. Elle brûle la lettre. Elle va trouver son époux. Il n'est pas dans ses appartements. Elle enfile ses couches de vêtements et son chapeau sans dignité pour le trouver devant leur entrepôt, à l'autre extrémité de l'enceinte. C'est une après-midi grise, pas aussi froide que d'autres. Il neigera avant la nuit, songe-t-elle en observant le ciel.

Wai marche de long en large devant les portes verrouillées de l'entrepôt. Personne d'autre sur la place. Elle voit une vieille épée appuyée contre le mur, et la marque appliquée au-dessus de la porte et qui les a protégés jusqu'à présent. Rien ne les protégera si les Altaï pénètrent dans la cité.

Elle s'incline : « Salutations, mon époux. On nous offre de l'aide pour nous enfuir demain soir. L'un des commandants, celui qui m'a sauvée dans le Genyue. Nous devons nous préparer. »

Le regard de Wai devient étrange, furtif, se pose sur elle puis derrière elle, comme s'il craignait que des assaillants ne se précipitent à travers la place ou depuis les côtés. Comme si ce siège, toutes ces morts, la conscience de ce qui peut arriver ensuite, les négociations pour des vies humaines, l'avaient rendu fou. Il n'est pas seul en cela. Elle n'est pas elle-même non plus. Personne, assurément. Comment le pourrait-on ?

« Je ne puis partir, Shan. Il n'y a personne pour garder. »

De la pitié traverse le froid de son cœur. « Wai, vous ne pouvez la protéger. Vous le savez. Vous devez le savoir.

— Je ne sais rien de tel ! Ce ne seraient que des voleurs de rues. Mon père dit…

— Votre père disait que les cavaliers s'en iraient. Ils ne s'en vont pas. Ce ne sont pas des voleurs de rues, Wai. Les officiels de notre cour sont hors des murs en train de mettre un prix sur les membres du clan impérial. Sur moi, sur vous. Sur votre père et votre mère, Wai. Sur tous ceux qu'ils pensent avoir une quelconque valeur.

— Une valeur ? Quelle valeur puis-je bien avoir pour eux ? s'écrie-t-il, angoissé.

— Pas autant que moi », dit-elle, et elle le regrette en voyant son expression.

Il reprend son souffle. Hoche la tête, un geste saccadé. « Oui. Vous devez partir. Je le sais. Ils veulent nos femmes. Vous ne devez pas rester ici si vous avez une chance de partir. Comment ? Comment cet homme va-t-il s'y prendre ?

— Je l'ignore », dit-elle, car elle ne le sait pas. « Mon époux, vous devez venir aussi. On nous donne une chance au-delà de tout ce que nous avions aucun droit d'espérer. Nous… Nous pourrons reconstituer une autre collection. Vous le savez. »

Il secoua la tête : « Toute ma vie se trouve dans cet entrepôt. »

De simples mots, et elle sait qu'ils disent vrai. Elle-même n'est pas toute la vie de Wai, personne ne l'est. Des bronzes et des trépieds le sont, des socles de pierre, des sceaux de la cour, des fragments de bols et de vases, une statue venant de la tombe d'un empereur… Un répertoire de ce qu'a été la Kitai.

« Alors, vous devez recommencer. Si nous survivons. Vous *devez* la reconstituer, afin que le savoir soit transmis à d'autres.

— Je ne puis, dit Qi Wai. Shan, mon épouse, je ne puis, Vous, partez. Je suivrai dans le sud si je survis. Sinon, mais que vous surviviez, pour m'honorer je vous prie de veiller sur Lizhen, si vous le pouvez. Et… assurez-vous du bien-être de Kou Yao. »

Elle le dévisage. Sent les premiers légers flocons qui commencent à tomber. Elle n'éprouve aucune colère. Seulement du chagrin.

« Wai…

— Allez. C'est ici que je dois être. Quoi que décrètent les dieux. » Il se carre sur ses pieds, comme pour être plus ferme.

Elle baisse la tête : « Il est mal pour une épouse de quitter ainsi son époux. »

Il se met soudain à rire – un son qui vient de loin, du temps où ils étaient jeunes, nouvellement mariés, alors qu'ils voyageaient ensemble en cataloguant leurs trouvailles, en tenant des objets dans la lumière d'une lampe allumée après la tombée de la nuit.

« En tant que votre époux, je vous l'ordonne », dit-il.

Elle lève les yeux, voit son sourire, et qu'il sait bien que ces mots n'ont rien à voir avec eux, avec ce qu'ils ont été, en leur temps.

Des flocons parsèment maintenant le chapeau et le manteau de Wai, et les siens. Il fait de plus en plus sombre. Personne dehors. Pourquoi serait-on dehors ? Demain est la veille de la Nouvelle Année, un temps de célébrations, lanternes rouges, dragons, feux d'artifice. Pas cette année.

Elle s'incline devant lui, par deux fois. Il s'incline devant elle.

Elle se détourne et s'en va à travers la place déserte, des pas étouffés dans la neige, le long d'une autre rue assombrie, vers chez elle, dans l'hiver de la chute de Hanjin.

◆

Au coucher du soleil, le jour suivant, la veille de la Nouvelle Année, le début traditionnel de deux semaines de festivités, les portes nord de Hanjin sont ouvertes, comme depuis plusieurs soirs maintenant, pour laisser rentrer les négociateurs.

Ce devait être une nuit silencieuse, pas de musique, pas de feux d'artifice. Il y aurait des prières, des rituels, des invocations dans des temples froids. Au palais, le jeune Empereur implorerait la bonne fortune pour les jours à venir et un renouvellement du mandat qu'il détient du ciel. Aucune des célébrations habituelles n'était prévue.

Aucune n'eut lieu. Les portes ne furent jamais fermées cette nuit-là.

Les premiers cavaliers altaï arrivèrent avec les négociateurs, en force et à vive allure. Ils abattirent les gardes aux portes puis d'autres cavaliers, se précipitant en masse, se répandirent dans la cité tel un fleuve débordant de ses rives, et la chute de Hanjin commença cette nuit-là.

Quelqu'un en position d'autorité, dans les yourtes, avait apparemment décidé que ce jeu de va-et-vient de sommes attachées à des courtisans et à des dames de la cour, à des chapeliers et à des musiciens, était devenu lassant.

Il y avait des cavaliers à apaiser, loin de chez eux, et depuis très longtemps, et la steppe célébrait la même Nouvelle Année que la Kitai, sous la même nouvelle lune et sous les étoiles, ou sous un ciel gris sombre et la neige qui tombait.

◆

Daiyan savait que son entreprise était mortellement dangereuse, et son désir de vivre était assez intense pour le plonger dans l'effroi. Il essayait de ne pas laisser Shan le voir. Il la savait observatrice ; c'était dans sa nature.

Il haïssait les tunnels, il détestait se trouver dans des souterrains, l'avait toujours détesté. Mais ce n'était pas le moyen de leur fuite qui le dérangeait, c'était ce qui viendrait après, pour lui. Ce dont il n'avait fait part à personne.

Il attendait le signal, dans la noirceur nocturne de la Nouvelle Année. Il se rappelait (l'esprit fonctionne ainsi) les feux d'artifice de son enfance. L'émerveillement joyeux, les lumières qui éclataient dans le ciel puis retombaient en averses de vert, de rouge, d'argent.

Ils étaient hors de vue de la porte principale de l'ouest. Au-delà s'étendait le Jardin du Bosquet de Calcédoine, avec son lac artificiel où avaient eu lieu de fastueux spectacles et des courses de bateaux, pour des empereurs au temps de leur splendeur.

Des étoiles clignotaient à travers la course des nuées et disparurent finalement dans un banc de nuages plus lourd qui roulait du nord. La neige recommença à tomber. Il se tourna vers la femme qu'il aimait et pourrait perdre en cette nuit : « La neige est bonne. Pour nous. »

Il y avait deux hommes en leur compagnie. Son meilleur officier dans la cité et un autre, choisi pour des talents différents. Les autres soldats allaient sans doute périr ici. Des hommes qu'ils connaissaient bien, certains d'entre eux. Commander en tant de guerre était une tâche terrible.

Du côté des portes nord, les Altaï continuaient à affluer. Daiyan avait franchi les murailles seul deux nuits plus tôt, avant le lever de la lune décroissante. Il avait capturé un garde altaï à son poste. Les Altaï étaient devenus imprudents avec le temps, dédaigneux.

Il avait mené l'homme à un interprète et avait fait le nécessaire pour obtenir l'information avant de le supprimer. De toute manière, les défenseurs de Hanjin avaient pu voir ce qui se passait, depuis les murailles : les chevaux qu'on préparait, les mouvements dans les campements. On ne mobilisait pas quatre-vingt mille hommes et leurs montures sans que quelqu'un fût capable de comprendre.

Il aurait dû être aux portes nord. Il aurait dû ordonner de les fermer, même si cela impliquait de laisser leurs propres gens à l'extérieur. Ou il aurait pu empêcher les négociateurs de partir au matin. Il ne détenait pas cette autorité et cela n'aurait pas eu d'importance. Il savait que les Altaï, pendant tout ce temps, avaient miné les murailles de la cité. Il savait que ses forces ne pourraient pas défendre ces brèches. Si les cavaliers avaient voulu pénétrer dans Hanjin, ils l'auraient pu n'importe quand – ou ils le pouvaient maintenant. Il y avait un point au-delà duquel on ne pouvait arrêter ce qui s'en venait.

Les sons portaient, même étouffés par l'épaisseur de la nuit. Des cris, quelques hurlements. En regardant derrière lui, il vit des flammes. Ferma les yeux, les rouvrit. Ce qu'il faisait, il le devait. Il pouvait périr en combattant à la porte nord ou essaycr d'accomplir cc qui fcrait peut-être une différence. Mais il avait mal intérieurement, comme une blessure, de ne pas être là-bas en cet instant. Ce pouvait être effrayant, parfois, le désir de tuer.

« La neige est bonne, vraiment ? dit Shan près de lui. Y a-t-il rien de bon cette nuit ? »

Elle aussi, elle entendait ces sons. Il ne pouvait imaginer une réplique qui n'en dirait pas trop long. Il ne voulait pas qu'elle sache ce qu'il méditait. Il entendit une chouette, de l'autre côté du mur. Ce n'était pas une chouette. Le temps était venu.

On avait construit ces tunnels plus de deux cents ans auparavant. Deux branches, qui allaient vers le sud et l'ouest. Presque inconnus de tous, c'étaient surtout des légendes. Le magistrat Wang Fuyin, l'ami de Daiyan (où se trouvait-il cette nuit, dans le sud ?), avait effectué des recherches dans les archives, les avait trouvés documentés dans des rouleaux qui s'effritaient. Et ensuite, ils les avaient découverts.

Daiyan et Ziji avaient exploré chacun des tunnels au printemps, mais n'avaient partagé l'information avec personne. Il avait maîtrisé sa vieille frayeur, on le devait sans cesse dans l'existence. Il leur avait fallu ouvrir des verrous pour franchir des portes situées sous d'anciens édifices, mais, longtemps hors-la-loi, ils savaient comment. Puis, après ces portes, marcher sous le poids de la terre, torche en main. Des poutres et des poteaux antiques, des bruits de rats, la terreur de toute sa vie, être enseveli vivant.

Lumière vacillant dans les ténèbres, sol irrégulier sous le pas. Les deux tunnels s'étendaient loin après avoir dépassé les murailles. Ziji avait compté les pas. Daiyan se rappelait ces passages à croupetons, la conscience angoissée que les sorties pouvaient avoir été bloquées après tout ce temps, et que se passerait-il si les torches s'éteignaient ?

Ils avaient émergé près de la sortie de l'ouest, en poussant fort vers le haut une dure porte en bois, éparpillant de la terre. Ils s'étaient retrouvés dans un bosquet de bambous sous une lune printanière. Après avoir refermé la trappe, ils l'avaient recouverte avec soin et ils étaient retournés à Hanjin par la porte de la cité. Les portes avaient encore été ouvertes à ce moment-là, le monde allait et venait, l'éclat des nuits égal à celui du jour. Ou ainsi l'écrivaient les poètes, qui exagèrent. Des femmes et des vendeurs de nourriture les avaient interpellés, quelqu'un soufflait du feu, quelqu'un d'autre avait un gibbon dressé à danser.

La sortie du tunnel sud s'était avérée plus exposée – encore à bonne distance, peut-être utilisable, mais à découvert. Le magistrat avait supposé qu'il y avait eu des bois de ce côté-là aussi, à l'époque où l'on avait construit ces tunnels.

Daiyan avait guidé Shan dans les marches puis dans la structure abandonnée proche de la maison de thé. Ç'avait été une maison de chanteuses. Une propriété de valeur, si proche d'une porte principale. Ils avaient déjà brisé le verrou de la porte d'entrée. Il faisait noir à l'intérieur. Une torche en alluma deux autres, une pour chacun des hommes. Ils se rendirent à l'arrière et descendirent une volée de marches, avec précaution.

« Une des marches est brisée, là », dit-il à Shan et aux deux autres, qui ne connaissaient pas non plus le tunnel. « Ça remonte bien au-delà des murailles et du Bosquet de Calcédoine. Nous devrons nous plier en deux de temps à autre, attention à vos têtes, mais l'air est respirable. Je suis déjà venu ici.

— Qui a construit ceci ? Quand ? Comment l'avez-vous découvert ? » demanda Shan, et il se rendit compte qu'il aimait qu'elle le demande, qu'elle veuille savoir.

« Je vous le dirai en route. Ming Dun, barre la porte de ce côté quand nous serons entrés. » Dun était l'homme dont il connaissait les talents.

Il leur parla en route. Certains hommes (ou une femme) ont besoin d'entendre la voix de qui les conduit. Il y a différentes manières d'être un commandant, se dit-il – davantage de manières d'échouer.

Il se rappelait Ziji en train de compter, la première fois. La première fois, c'était le plus dur, dans ce genre d'entreprise. Maintenant, il savait que le tunnel avait une fin. Ce qu'il ignorait, c'était ce qu'ils trouveraient une fois sortis.

L'appel de la chouette était partiellement rassurant, mais c'était une nuit de chaos et de violence, la fin d'un monde, et c'était folie de désirer des certitudes. Il savait qu'il y avait des Altaï au-dessus de leur tête et, dans la cité, des incendies.

Il tint le coude de Shan pendant un moment, puis le tunnel se rétrécit et ils durent passer en file. Il prit la tête, en continuant de parler, Shan derrière lui, puis les deux autres hommes.

Il fuyait le sac de Hanjin, et il était l'un de ceux à qui l'on avait confié un commandement dans la ville. Il luttait contre sa honte, mais c'était douloureux. Eût-il été plus jeune, il eût proféré des vœux de vengeance, de revanche. Il se rappelait des vœux à Shengdu, devant l'autel familial, lorsqu'il avait été certain d'être seul. Les fleuves et les montagnes, le serment de reprendre ce qui avait été perdu. Un adolescent s'adressant aux ancêtres, en s'assurant que son frère aîné ne pourrait l'entendre.

Un serment n'était rien, c'était l'acte qui comptait. Et l'on pouvait échouer. Le plus souvent, on échouait.

On l'avait invité au palais quelques nuits plus tôt, pour être celui qui exécuterait Kai Zhen.

Il avait refusé. Quand le temps en était venu, il avait découvert qu'il n'était pas capable d'un tel acte, pas ainsi. Si l'Empereur de Kitai choisissait d'exécuter son premier ministre pour les mauvais conseils donnés à son père, dans la poursuite des désirs de son père, c'était le droit de l'Empereur, et son devoir. Des hommes étaient payés pour être des bourreaux, avec un garrot ou d'autres moyens.

Il n'avait pas éprouvé de chagrin pour le Premier Ministre. Non. Il s'était demandé qui prendrait la place de Kai Zhen, puis avait compris, amèrement, que c'était sans doute dépourvu d'importance.

« Je suppose qu'il y a deux cents ans on se souvenait de rébellions. On voulait des moyens de s'enfuir.

— Il y en a d'autres comme celui-ci ? demanda Shan d'une voix égale.

— Nous en avons trouvé un. Mais la sortie est exposée.

— Et celui-ci ?

— Vous verrez. Ce n'est plus très loin, je le promets.

— Je ne m'inquiète pas. »

Ils marchèrent en silence.

Il se racla la gorge. « Qi Wai n'a pas voulu venir ?

— Non. Il défend la collection. Il a trouvé une épée.

— Il ne peut pas, vous le savez.

— Il le sait aussi. » Une pause. « Il a dit que c'était toute sa vie.

— Je vois », dit Daiyan, même s'il ne voyait pas vraiment.

« Il est des pertes avec lesquelles nous pouvons ne pas désirer vivre. »

Il réfléchit. « Notre vie… » Il se tut.

« Poursuivez », dit Shan.

Ils marchaient dans le tunnel, la lumière des torches sur les parois et les poutres. Des hommes étaient morts pour creuser ce tunnel, c'était certain. Il se demanda si Shan pouvait entendre les trottinements des rats à travers leur voix à tous deux. Probablement.

Il reprit son souffle : « Notre vie n'appartient pas qu'à nous. »

Elle demeura silencieuse derrière lui un moment, puis demanda : « Daiyan, que méditez-vous pour cette nuit ? »

Elle le stupéfiait. Depuis cette première soirée, chez elle, parmi les bronzes et les porcelaines.

"Vous savez que je vous aime", aurait-il voulu dire, mais il avait trop à cœur la réputation de Shan, avec deux hommes sur leurs talons. Et s'il le disait, elle serait encore plus sûre qu'il avait en tête un plan dangereux.

« Nous y sommes », dit-il plutôt sans répondre à la question et en sachant qu'elle en aurait conscience.

Quiconque a construit ce tunnel, songe Shan, avait l'esprit d'organisation. Il y a un banc de pierre ici, près de la sortie, pour se tenir dessus, et même des supports dans la terre renforcée afin d'y placer des torches, et permettre à leurs porteurs de grimper et d'appliquer mains et épaules à la trappe menant à la surface.

Elle est toujours heureuse de voir des preuves de préparation réfléchie. C'est rassurant. Une déclaration que tous les actes des hommes et des femmes n'ont pas à être imprudents, incertains, mal avisés. Peut-être cette nuit, cet hiver, en cette veille de la Nouvelle Année, a-t-elle besoin de trouver ou de prétendre trouver des signes d'ordre et d'intelligence.

Elle se sent alerte et craintive. Daiyan a une autre intention que la simple fuite, mais elle n'en sait pas, ne peut en savoir, la nature. D'une certaine manière, elle dort, elle s'est refermée sur elle-même depuis la mort de son père. Comme pour nier ce qui est en train de se passer en fermant les yeux, telle une petite fille. Elle se rappelle avoir agi ainsi autrefois. Si l'on ne peut voir quelqu'un – ou une créature de l'autre monde au pas traînant dans le noir –, ils ne peuvent pas vous voir non plus.

Daiyan cogne deux fois au-dessus de sa tête, debout sur le banc. Il pousse à deux mains, fort, mais la trappe bouge plus aisément qu'il ne s'y était attendu : Shan l'entend jurer et tressaille d'appréhension.

Puis une voix descend vers eux : « Je sais que tu n'es pas très fort. J'ai pensé qu'on pourrait aider.

— Si tu m'as amené un cheval, comme promis, je te ferai piétiner par lui d'abord, dit Daiyan. Aide-nous à monter. »

Shan garde le silence. Il l'aide à grimper sur le banc. Des mains viennent la chercher et la tirent du tunnel dans – voit-elle, alors qu'on la met sur ses pieds – un bosquet d'arbres.

Des bambous. Difficile de bien voir, on n'a pas allumé de torches dehors. Pas de lune, bien sûr, c'est la veille de la Nouvelle Année. De toute manière, le ciel est lourd. Il neige. Un calme inattendu règne ici, ils sont vraiment très loin des murailles. Hors d'une cité en train d'être attaquée.

Daiyan a essayé de sauver Qi Wai aussi. Wai a refusé. Ils se sont inclinés l'un devant l'autre, et elle s'en est allée. Elle le voit, en cet instant même, alors qu'elle se tient dans un bosquet nocturne, avec de la neige sur les branches au-dessus de sa tête : son époux, devant leur entrepôt, agrippant avec maladresse une vieille épée, les yeux rivés sur les flammes des incendies. Attendant les barbares.

« Ma dame », dit une voix qu'elle devrait sans doute reconnaître.

« Je suis désolée, je ne peux voir qui vous êtes.

— Commandant Zhao, ma dame. Nous nous sommes rencontrés chez vous, et j'ai escorté votre époux depuis Shuquian, cet été.

— Oui. » Elle ajoute : « C'est vous qui m'avez décoché une flèche. Allez-vous recommencer ? »

Il toussote. Quelqu'un rit tout bas – Daiyan, qui a grimpé derrière elle.

« Tu vas vouloir être prudent, mon ami. Elle a des griffes, si nécessaire.

— Alors je ferai tout mon possible pour qu'elle devienne une amie, dit l'homme nommé Zhao. Il n'y a pas de tigres par ici, au fait. Vous n'avez pas besoin d'avoir peur. »

Elle pense qu'il lui parle à elle, mais non ; Daiyan rit de nouveau : « Rappelle-moi pourquoi tu m'as manqué ? »

— Parce que tout tourne mal quand je ne suis pas là ? »

C'est une plaisanterie, elle le comprend, mais Daiyan ne rit pas cette fois. Il se contente de répondre : « Assez juste. Dis-moi ce que nous avons ici.

— Vingt hommes. Trop près pour davantage. Trois mille cavaliers à environ trente *li* à l'ouest, dissimulés, même si les Altaï ne patrouillent pas. J'ai laissé des ordres pour qu'ils restent cachés mais d'abattre tout Altaï qui les trouverait.

— Que se passe-t-il aux murailles ?

— Ils entraient par les portes nord, et quelques-uns sont arrivés de ce côté par l'intérieur, et au sud. Toutes les portes sont ouvertes. Ils sont dans la ville. Tu peux voir. » La voix de Ziji est basse.

« Voir la ville ? »

Daiyan passe à côté de son ami et des autres hommes – Shan peut distinguer leur silhouette à présent – pour se diriger vers la lisière du bosquet. Elle le suit. Elle regarde près de lui Hanjin qui brûle. Un éclat qui se détache sur le ciel. Neige et feu.

Neige et feu, pense-t-elle, et elle se déteste un peu en cet instant, parce que la phrase s'est déjà logée dans son esprit et elle sait même sur quel air ancien elle peut la travailler pour la transformer en quelque chose de nouveau sur la calamité de cette nuit.

Qu'est-elle donc, pour que son esprit puisse agir ainsi au milieu de la terreur, de la fuite, de la mort ?

La neige continue de tomber. « L'âme de mon père sera heureuse qu'il n'ait pas vécu pour voir cela. »

Daiyan reste silencieux. Il se tourne vers Zhao Ziji : « Trois chevaux ? Des bons ?

— Oui, dit l'autre. Ai-je quelque espoir de te persuader que c'est de la folie ?

— Non. »

Maintenant, Daiyan se tourne vers elle. Il ne la touche pas : « Je reviendrai, si les dieux le permettent. Sinon, Ziji est celui en qui vous devez vous fier, et Ming Dun, qui était avec nous dans le tunnel. Ils vont vous emmener au sud du Wai ou de l'autre côté du Grand Fleuve, si l'on en vient là.

— Qu'allez-vous faire ? », demande-t-elle, et elle est capable de parler avec calme ; ses mains tremblent. Il fait froid ici, songe-t-elle. Elle porte son stupide double chapeau.

Il le lui dit. Il le lui dit enfin. Puis il s'en va, toujours sans l'avoir touchée, il s'en va sur sa monture avec un seul homme, quittant l'abri du bosquet pour s'enfoncer dans la nuit et la neige qui tombe.

CHAPITRE 24

Certaines choses restent simples, dans la steppe, et l'ont été pendant des centaines d'années pour toutes les tribus.

En tant qu'un des hommes ayant subi cette défaite terrible et inattendue à Yenling (il a survécu à la déroute, sinon, comment aurait-il vécu?), Pu'la des Altaï comprenait pourquoi, avec les autres survivants de cette armée humiliée, il avait été affecté au guet dans le camp cette nuit-là, plutôt que de se voir permis de participer, enfin, au sac de la cité.

Son chef était un homme décent, qui connaissait son père. Le père de Pu'la était un homme important, proche du chef de guerre et du kaghan – ou de l'Empereur, comme on leur avait dit de l'appeler désormais.

Le chef avait promis d'envoyer des cavaliers plus tard dans la nuit, avec des Kitanes pour les gardes laissés à l'arrière. Prévenant de sa part, et prudent. On ne voulait pas irriter des cavaliers, et Pu'la, comme les trois autres postés avec lui, était un Altaï de sang pur et non un membre de tribu conquise recruté pour cet assaut. Votre tribu est votre foyer.

Même ainsi, avec l'anticipation d'un divertissement ultérieur, et celle présente du *kumiss*, c'était pénible de se tenir devant une yourte et de voir, vraiment pas très loin, ce que son peuple infligeait aux arrogants Kitans et à leur cité. De le voir sans y participer.

On disait qu'il y avait un nombre stupéfiant de maisons de chanteuses à Hanjin. Il y aurait sûrement des femmes à en tirer? Pu'la était jeune. Il voulait une fille plus encore qu'il ne voulait de l'or.

Il observait les incendies. Un autre s'était déclaré à l'ouest, près de la muraille. Il comptait une douzaine d'autres incendies de belle taille. Hanjin allait devenir un bûcher funèbre. Les Kitans la reconstruiraient pour leurs nouveaux maîtres.

C'était un glorieux commencement pour la Nouvelle Année, ce renversement de générations d'humiliante déférence. Même après que la cour kitane avait commencé à envoyer un tribut dans le nord, elle avait continué à l'appeler "présent", en insistant pour que l'Empereur des Xiaolus se désigne comme fils, ou au mieux neveu, de l'Empereur kitan.

Eh bien, tout le monde savait quel sort avait subi l'Empereur des Xiaolus. Bai'ji, le frère du chef de guerre, le héros de Pu'la, buvait du *kumiss* dans son crâne.

Et l'Empereur kitan n'allait plus être le seigneur de quoi que ce soit après cette nuit. On avait l'intention, Pu'la le savait, de l'emmener avec tous ses fils et toutes ses filles dans le nord; Bai'ji avait juré de coucher avec l'impératrice de Kitai en forçant son époux à regarder. Ça, c'était un homme! Pu'la but une rasade de sa gourde. Il n'espérait pas se voir amener une princesse parfumée ici, cette nuit, il n'était pas idiot. Mais on pouvait quand même imaginer dans le noir, non? La peau lisse, le parfum.

Il ne l'admettrait jamais publiquement, mais il avait été près de retourner chez lui après cette bataille à l'ouest de Hanjin, quand une armée kitane s'était avérée n'être pas si impuissante, somme toute. Il avait été certain de trouver la mort là. Mais ce n'était qu'une seule armée, les autres avaient été mises en déroute par les cavaliers, elles avaient fui comme... eh bien, plutôt comme Pu'la lui-même avait fui, mais on n'avait pas à laisser ce souvenir vous gâcher la nuit.

Il n'était pas heureux d'avoir été laissé là mais, c'était établi de longue date, les gardes des campements avaient droit à leur pleine part de butin. Il fallait bien que quelqu'un garde les chevaux, les trésors et les prisonniers.

Et ici, il n'allait pas rencontrer d'adversaire brandissant une de ces épées à deux mains, pas comme il l'aurait pu en courant dans une quelconque allée illuminée par les flammes. Il y avait encore des soldats à Hanjin. C'était bien mieux d'être ici, sous le ciel. C'était toujours mieux ainsi. Et, après tout, il accomplissait une tâche importante au milieu des yourtes.

Il mourut sur cette ultime pensée, non celle qui concernait sa crainte d'une épée, celle-là était venue un peu plus tôt, mais lorsque l'homme qui mit fin à sa courte vie (Pu'la des Altaï, fils unique de son père, avait dix-sept ans) l'avait visé de son arc.

C'était le même trépas – un garde dans la nuit, une flèche – que celui de cet autre jeune cavalier, deux étés auparavant. O-Yan des Jeni, à quatorze ans, avait été abattu par une flèche décochée par le père habile et meurtrier de Pu'la, la nuit où les Altaï avaient attaqué le campement des Jeni, au commencement de leur affirmation de soi aux dépens du monde.

Il y a peut-être une leçon en cela, ou un enseignement – ou non. Très probablement non, car qui l'aurait appris et qu'aurait été cet enseignement ?

◆

Kang Junwen devait vivre une existence d'une inhabituelle longueur, essentiellement au sud du Grand Fleuve, et pour la plus grande part en bonne santé.

Dans ses dernières années, il devint un adepte de la Voie Sacrée, reconnaissant du don de longue vie qui lui avait été offert. Il considérait bel et bien son existence comme un don, et non un gain ou un dû, même s'il avait bien souvent montré du courage dans son jeune âge et avait toujours honoré ses ancêtres. Il connaissait de nombreuses histoires, mais celle qu'il contait le plus fréquemment, parce qu'elle impliquait Ren Daiyan, était celle de la nuit où Hanjin était tombée – leurs actions à tous deux sous la neige et les nuages qui voilaient les étoiles.

Après être sorti du tunnel qui menait hors de la cité en flammes, il était parti à cheval avec le commandant – ainsi qu'une troisième monture tenue par une longe – et il avait quitté le bosquet où les hommes de Ren Daiyan les avaient attendus.

Avant de partir, le commandant Ren avait ôté tunique et jaquette, ne gardant qu'une veste en fourrure. Il avait dénoué ses cheveux, comme un barbare. Junwen l'avait imité, vêtements et chevelure. Il avait jeté un coup d'œil – pas pu s'en empêcher – pour essayer de repérer les mots du tatouage que le commandant portait sur son dos, à ce qu'on disait, mais il faisait noir et la veste les aurait cachés de toute manière.

Il ignorait ce qu'ils s'en allaient faire, ou tenter. Il ne s'était pas permis de sentir le froid. Quand on est jeune, on peut en décider ainsi.

Il ne voulait pas mourir, mais il s'attendait absolument à rejoindre les âmes de son père et de ses frères aînés avant le lever du soleil. Il n'allait pas se laisser capturer ou réduire en esclavage.

C'était un Kitan né dans une des préfectures perdues, il avait vécu toute sa vie sous le joug des barbares. Sa famille était composée de fermiers, ils avaient payé de lourdes taxes aux Xiaolus qui les gouvernaient en les regardant comme un moyen terme entre serviteurs et esclaves.

Et puis une nuit d'été, des années auparavant, son père et ses frères avaient été pris et exécutés – un exemple – pour avoir passé du thé et du sel en contrebande. Junwen, qui n'était pas encore un homme alors, avait été forcé d'assister à l'exécution, avec tout le village. Sa mère s'était effondrée à terre près de lui lorsqu'elle avait vu mourir son mari et ses enfants. Les Xiaolus ne s'étaient pas donné la peine de la battre, mais s'étaient contentés de s'esclaffer. L'un d'eux lui avait craché dessus avant de partir sur sa monture.

Des existences peuvent finir ou commencer en un instant.

La mère de Junwen était morte dans l'année. Junwen, sa sœur et le mari de celle-ci avaient continué à exploiter leur ferme, de justesse. On avait augmenté leurs impôts.

Il avait fui dans le sud, après les bouleversements suivant la rébellion des Altaï dans le nord, et s'était joint à l'armée kitane au nord de Hanjin. Il avait l'âge requis à ce moment-là, alors on lui donna des bottes et une épée, pas d'entraînement. Il était de petite taille mais vigoureux, un homme venu des territoires occupés. Il parlait avec un accent. On ne l'appréciait pas à sa juste mesure.

Junwen avait fait partie des soldats envoyés attaquer la Capitale Méridionale des Xiaolus, et donc de ceux qui avaient échoué à la capturer, vaincus de manière écrasante. Il avait participé à la retraite, en étouffant de rage, puis avait été affecté à l'armée envoyée dans le nord pour retenir les Altaï lorsqu'ils en étaient descendus en force.

Il avait fui de nouveau avec les survivants de ce désastre. La plupart s'étaient éparpillés, cherchant à se réfugier le plus loin possible. Junwen était allé droit à Hanjin. Sa honte avait été immense. Ce n'était pas un couard, et il haïssait les cavaliers de la steppe – en tant que Kitan et à cause de sa famille. Un adolescent avait été forcé de regarder la mise à mort de son père et de ses frères, et il avait entendu le rire des cavaliers.

Pendant le siège de la cité, il avait identifié l'unique commandant qui semblait être un chef à l'ancienne, comme ceux des jours glorieux où la Kitai avait subjugué la steppe, la forçant au tribut et à l'humilité. Il avait trouvé moyen d'être rattaché à la compagnie de Ren Daiyan, puis de parler directement au commandant, pour lui faire comprendre que Kang Junwen, fils de Kang Hsao-po, était prêt à tout ce qui serait nécessaire, ou possible, contre les barbares.

Il avait expliqué qu'il parlait la langue de la steppe à cause de l'endroit où il avait grandi. Un accent xiaolu, leurs voyelles rapides et mal articulées. Il comprenait tout ce qu'on lui disait et serait compris.

Et il se trouva ainsi à quitter la cité par un long tunnel, la veille de la Nouvelle Année, tandis que les Altaï jaillissaient par les portes de la cité. Et maintenant, il ne portait qu'une veste dans une nuit d'hiver, ses cheveux lui dégringolaient librement dans le dos, et il se dirigeait à cheval vers le camp ennemi. À leur droite, la cité était en feu. Ils pouvaient entendre les sabots des chevaux altaï et les cris durs et triomphants des hommes alors que les cavaliers balayaient les murailles et continuaient à se précipiter par les portes du sud et de l'ouest.

Cette nuit était assurément une calamité qui ne serait jamais oubliée. Un sombre moment dans l'histoire du monde.

Le commandant Ren gardait le silence tandis qu'ils chevauchaient. Ils avaient mis leurs montures au trot et non au galop – le sol était inégal et la visibilité mauvaise. Ils arrivèrent à une poignée de chênes trop clairsemés pour que ce fût considéré comme un bosquet. Sur un geste du commandant, ils mirent pied à terre. Ils attachèrent les chevaux et les laissèrent là. Ils se mirent en marche avec précaution, en scrutant la nuit et les flocons, aux aguets.

Ce fut Junwen qui vit les feux de camp. Il toucha le commandant et les lui montra. Ren Daiyan hocha la tête. Il approcha sa bouche de l'oreille de Junwen.

« Il va y avoir des gardes. Tu dois me porter. Je suis blessé, mon cheval est tombé, je suis tombé, tu me ramènes. Tu peux me porter ? »

Junwen acquiesça en silence. Tout ce que cet homme lui demanderait, il le pouvait.

« Tu peux leur faire croire que nous sommes des cavaliers ?

— Oui, murmura Junwen. Je n'ai pas peur. »

Ça, c'était un mensonge. Il avait peur, mais il n'allait pas se laisser arrêter pour autant.

Le commandant Ren Daiyan lui étreignit l'épaule. Dans un murmure à peine audible, il déclara : « Tu es un homme brave. Fais-nous passer les premiers gardes et continue à marcher jusqu'à ce qu'ils ne puissent plus te voir. Nous allons réussir tous les deux. »

Tous les deux. Kang Junwen ne savait pas ce qu'ils allaient réussir, mais cela importait peu. Son commandant lui avait dit qu'il était un homme brave, il honorait sa famille disparue. Son cœur débordait, repoussant la peur.

Il souleva Ren Daiyan sur son épaule comme s'il avait transporté du grain moissonné à la ferme. Il prit garde à l'épée et à l'arc du commandant, et à sa propre épée (ce n'était pas un archer). Il tituba légèrement au début, puis recouvra son équilibre.

Après une cinquantaine de pas environ, en approchant des feux de camp, il prit une décision. Il n'allait pas attendre d'être hélé par les gardes. Il cria dans la langue des steppes, avec son accent xiaolu : « Vous êtes là ? Éclairez-nous ! Un homme est blessé !

— Pas de lumière ici, imbécile ! » La réplique était abrupte mais non soupçonneuse. Pourquoi et comment un de ces Kitans vaincus, impuissants, s'en serait-il venu de ce côté ? À sa voix, le garde était un Xiaolu, aucun problème avec le parler de Junwen.

« Où sont les chamans, leur yourte ? » laissa échapper Junwen, comme épuisé. Il vit les silhouettes des gardes devant lui, leur court arc des steppes à la main. Il approcha.

« Juste à l'arrière. Ils ont un cygne sur leur bannière, tu verras. Comment c'est, là-bas ? » La voix était envieuse, celle de quelqu'un qui regrette la joie sanglante de la conquête, et pas tout à fait celle d'un homme sobre.

« J'ai même pas pu y arriver, foutre ! répliqua sèchement Junwen. On m'a ordonné de le ramener. Moi, je vais bien, mais nos chevaux sont tombés.

— Ces enculés ont encore leurs épées ? demanda le deuxième garde ; celui-là était un Altaï.

— Pas vu. Mais le terrain est mauvais.

— Amène-le dans le campement alors. Bannière de cygne. Pas de chance pour lui !

— Pas de chance pour moi », répliqua Kang Junwen en portant son commandant et le souvenir de son père dans le camp ennemi, plein d'effroi mais aussi de défi, chagrin mais fier.

Mon existence a commencé la première fois où j'ai fait ceci, songea Ren Daiyan. Il contourna la yourte du prisonnier vers l'arrière, à l'écart du feu, et abattit le dernier garde d'une flèche dans la gorge : c'est là qu'on tire, pour éliminer le risque d'un cri de mort.

Il pensait à la route menant au Village de la Famille Guan. Quinze ans, il avait eu. Par cette nuit d'hiver, dans le campement barbare, il se rappelait ce qu'il avait ressenti en s'enfonçant dans la forêt, en abandonnant tout. Comme s'il avait été hors de son propre corps, se regardant aller. Dangereux d'être distrait, de vivre à la fois dans l'instant présent et dans le passé. Hanjin en hiver, le printemps du Szechen. L'esprit pouvait être bien étrange, songea-t-il en retournant là où il avait dit à Junwen de l'attendre. Une odeur ou une image vous renvoie dans le temps.

Un renard fila sur le sol enneigé.

Un renard, il en était sûr, même dans l'obscurité, avec seulement un feu de guet devant la yourte. Son cœur se mit à marteler sa poitrine. Impossible de l'empêcher. Il ne s'était pas arrêté, ce renard, il s'était simplement… laissé voir. Daiyan sentit brûler les mots tatoués sur son dos.

Il s'obligea à l'ignorer. À ignorer tout. Le passé. Le message, si c'en était un. Le monde des esprits est toujours proche. Parfois on le voit, on en prend conscience, mais il est toujours là.

Il effleura le bras de l'autre. Junwen ne sursauta pas, ne tressaillit pas. Se tourna simplement vers lui, prêt. Un homme brave, avait décidé Daiyan. Le lui avait dit. Il haïssait vraiment les cavaliers, celui-là. Daiyan ignorait pourquoi, il n'avait pas posé la question, mais c'était sans importance. Probablement quelque chose à voir avec la famille. La haine pouvait être utile. Elle pouvait vous pousser.

Il se retourna, l'autre le suivit. La neige tombait toujours, une fine couche sur le sol. Il y avait des bruits autour d'eux, mais pas en trop grand nombre. Peu de cavaliers étaient restés à l'arrière. Les gardes du périmètre, ceux de cette yourte, et davantage à l'arrière du campement, là où l'on avait rassemblé le trésor.

Qui aurait voulu être laissé à l'arrière ? Cette nuit était un féroce et rouge apogée. Les Altaï étaient depuis longtemps à la même place, captifs de cet endroit.

La sauvagerie régnerait dans la cité. On mourrait de mort horrible, et d'autres choses arriveraient aussi. On pouvait être durement poussé par la haine. Mais il fallait être précis. Il était là pour une raison. La Kitai avait besoin de continuer après cette nuit.

Il faisait très sombre derrière la yourte. Un cadavre gisait dans la neige. Entraîné par des années passées dans le marais,

Daiyan tira sa flèche de la gorge du mort. On n'abandonnait jamais des flèches, si on le pouvait. Il vit Junwen traîner le cadavre de l'avant à l'écart du feu pour l'amener à l'arrière. Bonne idée. Il ôta sa flèche de ce mort-là aussi et se dirigea vers la yourte.

Il y avait peut-être un garde à l'intérieur – un risque. Daiyan dégaina son épée et l'abattit avec force, un coup violent, à deux mains, pour entailler le lourd tissu. Se tordit pour entrer, se retrouva à l'intérieur, prêt à tuer de nouveau.

Un brasero bas, très peu de lumière. Bien assez, après l'obscurité de l'extérieur. Un seul homme. Qui se leva brusquement de sa couche étendue à terre. Il semblait surpris mais – bien – non effrayé. Pas de foyer dans la yourte, pas de chaleur. Deux petits bols près de la lueur atténuée du brasero, la paillasse au sol, un seau pour la « terre nocturne ». Rien d'autre. C'était mal. C'était terriblement mal.

Daiyan se laissa tomber à genoux. Son souffle était rauque. Trop d'émotion. Il baissa la tête. Junwen entra par la déchirure derrière lui, épée en main. Le soldat resta un moment pétrifié – il n'avait pas su ce qu'ils allaient faire – puis lui aussi s'agenouilla en lâchant son épée, pressant mains et front sur le sol.

« Mon seigneur prince, dit Daiyan, nous sommes venus pour vous. Pardonnez-moi, mais nous devons aller vite, et ce sera difficile.

— Il n'y a rien à pardonner », déclara le prince Zhizeng de Kitai, fils du Père-Empereur – seul héritier direct du Trône du Dragon à ne pas être piégé dans Hanjin.

Ses cheveux étaient déjà dénoués, il s'apprêtait à dormir. Il toléra qu'ils l'aident à ôter sa tunique pour qu'il leur ressemble, un cavalier dans la nuit. Après une hésitation, il passa lui-même ses bottes. Daiyan eut envie de l'y aider, mais se retint. Il tendit son poignard au prince. Il n'avait qu'une seule épée. Puis il prit le rouleau qu'il avait apporté et le plaça sur la paillasse, où on le trouverait.

« Qu'est cela ? demanda le prince.

— Je veux qu'ils le lisent », se contenta-t-il de répondre.

Il jeta un regard à l'arrière de la yourte. Junwen était ressorti mais reparut, avec le cadavre de l'un des gardes, le laissa tomber là, repartit. Rapporta les trois autres, rapide et silencieux. Une autre bonne idée. Plus longtemps ces morts n'étaient pas remarquées…

Quand Junwen en eut terminé, il se redressa, attentif. Le prince alla donner un coup de pied dans un des cadavres. Il en a le droit, se dit Daiyan.

Ils repartirent par l'arrière. Pas d'agitation, pas d'alarme dans le vaste camp obscur. Quelques feux allumés, distants les uns des autres. Dans le lointain, des voix avinées, une chanson. De la neige tombait doucement des nuages lourds. Les bruits venant de Hanjin arrivaient à travers ce linceul comme de plus loin qu'en réalité, comme s'ils avaient déjà appartenu au passé, à l'histoire, mais non moins terribles pour autant.

Le Maître du Cho a enseigné en son bosquet que le devoir envers l'État et la famille est un absolu. Les préceptes de la Voie Sacrée sont quelque peu différents. Ils mettent l'accent sur l'équilibre en tout, et cela inclut les paroles d'un homme et les histoires qu'il raconte.

Ainsi Kang Junwen, même dans son vieil âge, alors même qu'on aurait pu lui pardonner d'étirer la soie des histoires de jeunesse, ou même qu'on aurait pu s'y attendre, ne le fit-il jamais lorsqu'il parlait de cette nuit dans le campement altaï et de ce qui s'ensuivit.

Il semble que son récit résonnait plus profondément chez ses auditeurs parce qu'il le présentait avec calme, sans effets dramatiques. C'était un fermier qui cultivait le riz dans le sud et un ancien soldat, pas un saltimbanque de marché, et il contait une histoire vraie de ces temps de ténèbres. Il racontait simplement, brièvement, comment le commandant Ren avait tiré quatre flèches dans quatre gorges, depuis l'obscurité, près de la yourte du prince, comment aucun des gardes n'avait émis un son et comment aucun d'entre eux n'avait entendu les autres mourir.

On aurait pu conter l'histoire autrement, en vint-il à penser. Il aurait pu se mettre davantage en scène, mais il ne le fit jamais. Il savait ce que ses auditeurs étaient venus entendre, et sa propre gloire, son honneur, sa fierté se reflétaient dans ceux de Ren Daiyan, parce qu'il avait été présent sur les lieux. Son propre visage, jeune alors, comme dans un étang illuminé par la lune. Il y pensait ainsi, que ce fût maladroit ou non.

Il avait également conscience que la mémoire peut vous égarer ou se perdre. Il se rappelait clairement le jour de ses noces, par exemple, mais tout se brouillait aux alentours du temps où sa femme était morte, et c'était beaucoup, beaucoup plus tard.

Ils quittèrent la yourte où le prince avait été tenu captif. Le commandant les mena vers la lisière la plus éloignée du camp, au-delà de l'endroit où se trouvaient les gardes qui les avaient laissés passer à l'aller. Ren Daiyan murmura brièvement à l'oreille de chacun de ses compagnons. Junwen a toujours tenu pour acquis que c'étaient les mêmes paroles, mais il ne pouvait le savoir avec certitude, ce genre de détail rend les histoires difficiles ou susceptibles d'être transformées.

À son oreille à lui, le murmure fut, simplement : « Marche comme si nous étions à notre place et allions quelque part. »

Ils se déplacèrent d'un pas vif mais sans courir. Ils virent des hommes autour d'un feu, en train de boire à une gourde qui passait de main en main. Junwen n'était pas sûr de ce qu'ils faisaient là, au lieu d'être de garde, alors qu'ils ne portaient pas de blessures évidentes. Ce groupe-là ignora les trois hommes qui marchaient dans la nuit, si même il les remarqua.

Vers la limite sud du campement, près de l'endroit où se trouveraient des gardes, Daiyan les fit s'arrêter près d'une yourte déserte et dépourvue de feu à l'avant. Il leur parla de nouveau, à voix basse. Des sons stridents s'élevaient au sud, montant de la cité ; ils augmentaient et diminuaient d'intensité, mais ne cessaient jamais. Kang Junwen n'oublierait jamais ces bruits. Il se rappellerait avoir eu envie de tuer.

C'était le commandant qui s'était occupé de tuer.

De ce côté (Daiyan l'avait-il vu ou espéré ?), les gardes étaient très espacés et non regroupés comme ceux du côté par lequel ils avaient pénétré. Il se servit encore de son arc.

Il tira d'assez près, chaque fois. Alors que le premier garde s'effondrait, Junwen s'avança vivement pour se tenir à sa place, pour que le garde suivant, à leur droite, s'il regardait par là, vît une silhouette toujours de garde. Quelques moments plus tard, le garde suivant, à peine visible dans l'obscurité, mourut aussi. Le prince Zhizeng alla prendre sa place.

Ren Daiyan avait disparu, plus loin vers l'ouest, là où devait se tenir le garde suivant. Junwen n'avait aucun doute quant au sort de ce dernier. Il resta où il se trouvait, face au sud, à l'extérieur du camp, comme vigilant et sur ses gardes.

Et c'est alors qu'il entendit quelqu'un s'approcher derrière lui et une voix altaï grommeler : « Mon foutu tour, alors, je leur pisse tous dessus. À toi, maintenant, du feu et du *kumiss*. »

Kang Junwen se retourna d'un geste souple, comme pour accueillir quelqu'un, dégaina son épée et la plongea profondément dans un homme qui tombait déjà mort, d'une flèche.

« Bien joué », murmura le commandant en s'approchant, arc en main, accroupi pour ne pas être vu.

« Il y en aura encore deux autres qui vont venir, dit Junwen.

— Il y en *avait* deux, dit Ren Daiyan. Ça va. On peut y aller.

— On peut faire tenir celui-ci droit.

— Si tu sais comment, vas-y », dit le commandant, et Junwen pensa entendre un léger amusement dans son intonation. « Moi, je ne sais pas.

— Regardez », dit Junwen sans se troubler.

Il prit le deuxième cadavre et le plaça face au sud puis il installa le premier de façon à ce qu'il soit assis, appuyé contre le corps du deuxième. De loin, on croirait qu'un garde était assis, ou accroupi, mais bien présent. Il ôta les deux flèches, pour Daiyan.

« Jusqu'à ce qu'ils tombent, dit-il. Ils resteront peut-être comme ça. »

Il ne le sut jamais. Tout ce qu'il sut, c'est qu'aucune alerte ne fut lancée tandis qu'ils se glissaient vers l'endroit où le prince se tenait bien raide, comme à son poste, puis quand ils sortirent du camp – à la course, finalement – pour s'enfoncer dans la nuit.

Daiyan avait toujours trouvé du plaisir à identifier ce qu'il pensait être un vrai soldat et à se le voir confirmé.

Celui-ci, Junwen, un nouveau, s'était bien comporté pour les introduire dans le campement et une fois arrivé là. Il y avait des incendies à leur gauche, mais là où ils couraient, il faisait noir. Il restait près du prince, une main tendue au cas où celui-ci trébucherait. Il s'inquiéta brièvement de ne pouvoir les ramener aux chênes, là où se trouvaient les chevaux, puis il vit une torche et comprit qu'on les y avait précédés.

« Attendez! » dit-il brusquement. Puis, à Junwen: « Si je ne reviens pas, emmène le prince, contourne par l'ouest et rejoins les bois où se trouvent les autres. Rapporte-toi au commandant Zhao. La Kitai dépendra de toi. »

Il n'attendit pas un acquiescement. Il prit son arc et encocha une flèche tout en courant, un geste sans effort, comme certains se passent une main dans les cheveux. Courbé au ras du sol, rapide, aussi silencieux qu'un esprit. Il avait peur cependant. S'il y avait tout un groupe là, s'ils avaient vu et saisi les chevaux…

Seulement trois, et ils venaient d'arriver. Ce n'était pas *bien*, si l'on visait, telle une flèche, une existence vertueuse, mais on pouvait presque, après tant d'années, oublier qu'on mettait fin à des vies. Au début, on se disait que c'était nécessaire. Certains n'y pensaient nullement. D'autres aimaient tuer, il le savait. Il essaya de se rappeler quand il avait cessé de s'inquiéter des fantômes de ceux qu'il tuait.

Il lâcha une flèche, en encocha une autre, la décocha, recommença. La torche que tenait un des hommes lui facilitait la tâche. Il en abattit le porteur en dernier, évidemment.

Ce ne fut pas aussi silencieux qu'au campement des Altaï. Ces trois hommes-là étaient proches les uns des autres. Le porteur de torche vit tomber les deux autres. Poussa un cri de surprise, et l'un des chevaux se cabra.

Quelqu'un émit un son à la gauche de Daiyan.

Quatre hommes et non trois. Celui-ci était probablement allé se soulager ou peut-être était-ce un bon soldat et il examinait un endroit où ils avaient trouvé quelque chose d'inhabituel.

Ce son devint sa mort. Daiyan laissa tomber son arc. Le grognement surpris qu'il avait entendu le dirigea droit dans les ténèbres là où un Altaï se tenait sur le sol inégal et couvert de neige.

Celui-là, il le tua d'un coup d'épée. Les épées à deux mains ne conviennent pas à des coups d'estoc. Il balaya l'homme d'un mouvement de faux, comme lorsqu'il coupait le grain de l'été, dans une autre vie. Un autre fantôme à ajouter à sa liste quand il traverserait vers l'autre monde.

Il avait beaucoup à accomplir avant cela. Hanjin était envahie. Il pensa aux femmes, là-bas. Aux hommes ordinaires, aux enfants qui ne dépasseraient jamais l'enfance, désormais. Il n'allait pas prendre le temps de penser à la mère ou au père de l'homme étendu à ses pieds.

Il essuya l'épée par terre. Reprit son arc, retourna chercher ses deux compagnons. Ils s'emparèrent des chevaux. Il donna aussi au prince l'épée et le baudrier d'un des morts. Junwen reprit en silence les flèches de Daiyan pour les lui tendre.

La neige cessa alors qu'ils revenaient au bosquet de bambou. En approchant, Daiyan poussa le hululement de la chouette des marais, et Ziji les laissa vivre.

Ils retournèrent ensuite à l'autre bosquet proche de l'entrée du tunnel, mirent pied à terre. Daiyan jeta un regard aux alentours. L'obscurité, des silhouettes humaines. Si la Kitai devait survivre, Hanjin être vengée et reprise, cela commencerait dans ce bosquet.

« C'est fait, dit-il. Nous devons nous diriger vers le sud, rapidement, et rencontrer notre cavalerie en chemin, parce que nous serons poursuivis. Il nous faut à manger, à boire et des habits convenables pour le prince Zhizeng, qui est des nôtres désormais. »

Et, comme il s'y attendait, comme il le convenait absolument, en entendant ce nom tous les hommes s'agenouillèrent, et la femme qu'il aimait.

◆

Qi Wai pouvait entendre des chevaux, des cris, des bruits de course, des hurlements. Son estomac se tordait comme s'il avait avalé des serpents. Des incendies léchaient les charpentes des maisons, jusqu'aux toits retroussés en queue d'hirondelles, quoique pas encore sur cette place-ci, où il se tenait pour garder leur entrepôt.

La place était déserte, à part lui. Cela ne durerait pas, il le savait. Il tenait une épée. À un certain point, il commença à se sentir stupide mais un peu plus tard, alors qu'il ne l'avait toujours pas lâchée, ce sentiment disparut. Il n'avait pas idée de la manière de s'en servir, mais c'était au moins une façon honorable de mourir.

Il s'était posté là contre les pillards des rues. Son propre peuple. Même contre eux, il savait qu'il n'était pas impressionnant, mais son idée avait été qu'ils préféreraient aller ailleurs, où nul ne serait de garde, plutôt que de courir aucun risque.

Les barbares qui parcouraient les rues dans un bruit de tonnerre n'auraient pas ce genre de pensée quand ils arriveraient, même dans ce coin obscur de l'enceinte du clan. Les cavaliers devaient être d'abord à la recherche du palais ou du district des plaisirs. Mais ils finiraient par arriver là. Cette nuit, au matin, bientôt. Il leva les yeux vers la neige qui tombait. Elle était douce, et même belle.

Il songea à sa mère, à son père. Son père qui avait dit, avec sa facile et enviable assurance, que les barbares étaient venus seulement pour l'argent et la soie. Qu'ils se retireraient une fois le paiement effectué. « Après cela, nous reprendrons l'argent en commerçant avec eux à la frontière, comme nous le faisons depuis des années. » Les personnes nécessaires seraient punies, le nouvel Empereur nommerait de nouveaux conseillers, tout continuerait.

Son père était peut-être mort à présent de l'autre côté de l'enceinte, comme sa mère. En pensant aux Altaï et aux histoires qui couraient sur leurs conquêtes, Wai espérait que sa mère était morte. Une pensée qui tordait le cœur.

C'était une femme froide et sévère, mais il la respectait et elle avait honoré sa voie à lui, ses choix, ceux dont elle avait été au courant. Elle lui avait choisi une épouse qui, pendant des années, avait surtout été sa compagne. Il ne pouvait toujours pas dire comment et quand cela avait changé. Parfois, un homme a besoin d'autre chose chez une épouse, dans son existence.

Ce qu'il pensait à propos de Kou Yao, son intendant, son amant, n'était pas compliqué. Il le voulait en sécurité dans le sud avec l'enfant. Aussi en sécurité que les temps le permettaient pour les hommes et les enfants. Il avait fait son possible pour l'assurer. Quant à Shan – elle était peut-être sortie de la cité à l'heure qu'il était.

Il l'espérait. Elle était venue lui demander de l'accompagner, avec sur la tête son amusant et ridicule chapeau. Il avait refusé. Ils s'étaient inclinés l'un devant l'autre. On finit par arriver à un point, et il en était là, où l'on ne peut se couper de ce qu'on a accompli pendant toute sa vie, de ce qu'on a aimé.

Ce qu'il avait aimé et accompli se trouvait là, pour l'essentiel, derrière lui dans cet entrepôt. Il n'allait pas prétendre qu'il était vertueux ou brave, à se tenir ici, maladroit, avec son épée, mais il était fidèle à lui-même devant le monde et les dieux. Peut-être cela compterait-il, de quelque manière ?

Il entendit un bruit d'écrasement, puis un son rugissant, et il sursauta, effrayé. Un coup d'œil à sa gauche lui montra un jet de flamme rouge orangé dans le ciel ; des cris s'élevaient de cette direction. Une maison s'était écroulée de l'autre côté de la muraille de l'enceinte. Il resserra la main sur l'antique épée, en attente dans une cour déserte.

Derrière lui, de l'autre côté de la porte verrouillée, se trouvaient la puissance et la grâce, des objets de la Troisième Dynastie, de la Cinquième, de la Sixième qui avait été si brève. Des tripodes et des cloches rituelles, l'une d'elles massive, rapportés du fleuve Wai à Hanjin avec de grands efforts. Il y avait du jade sur des tables laquées, protégé dans des boîtes, de toutes les couleurs, vert, blanc, et d'un jaune très, très pâle. Une des sculptures qu'il aimait était presque noire. Il y avait des statuettes, des ornements, des vases. De grosses jarres à vin. Des bijoux. Des vases, et des bols et des tasses et des aiguières, certains si anciens qu'ils existaient depuis plus longtemps que la Kitai. Il y avait des rouleaux – règlements officiels, édits, journaux intimes, lettres de poètes, poèmes, essais et même un ordre d'exécution. Sous le haut toit de l'entrepôt, il y avait des socles portant des inscriptions qu'il avait transcrites, avec son épouse, au fil des années.

Tout cela, et ce qu'ils avaient gardé chez eux jusqu'à cet hiver, c'était la grâce et le labeur de ses jours. C'était son être même. J'ai été un petit homme avec une petite torche, pensa-t-il soudain, et qui regardait derrière lui, de plus en plus loin derrière lui. Il avait tenté d'éclairer la route le long de laquelle ils avaient tous avancé. Ce n'était pas une si mauvaise manière de vivre.

Il ne savait vraiment pas comment user de cette épée, sinon en agrippant la poignée et en l'agitant de droite à gauche, comme les petits enfants le font parfois avec des bâtons de bambou, en s'imaginant être des héros des jours anciens. Ensuite, leur réelle éducation commençait et ils apprenaient qu'en cette Douzième Dynastie, de tels rêves n'étaient pas convenables, et plus tard, ils se mettaient à laisser pousser l'ongle de leur petit doigt à leur main gauche.

Lorsque les premiers cavaliers apparurent, ils n'avaient pas de torches, et les incendies étaient assez distants pour laisser Wai invisible dans l'obscurité près de l'entrepôt. Il réussit bel et bien à blesser le premier homme à s'approcher de la porte close, un coup de taille administré de toutes ses forces. Il fut surpris quand l'épée mordit le flanc de l'autre, *l'impact*, la grossièreté de la chose. Il n'eut pas le temps d'en ressentir davantage. L'épée de l'homme suivant l'éventra, un coup brutal, de bas en haut. Qi Wai ne portait rien qui ressemblât à une armure, seulement des couches d'habits pour se protéger du froid. Ce coup lui ôta la vie et l'envoya dans la longue nuit de l'autre côté des portes de la mort.

On fracassa les portes de l'entrepôt derrière son cadavre, on pilla un peu, mais il faisait noir là-dedans, et finalement, l'essentiel de ce qui s'y trouvait, si soigneusement inventorié au fil des années par Qi Wai, fils de Qi Lao, et son épouse la poète Lin Shan, fut transporté dans la steppe nordique, avec bien d'autres trésors et des multitudes de gens, une terrible procession.

Il est bien des façons de vivre sa vie. La sienne n'a pas été célébrée, mais il avait offert une réelle contribution à l'État, à l'empire, ce qui était plus que le clan impérial n'avait jamais fait. Il avait été excentrique, mais n'avait jamais manqué à l'honneur. Et sa mort non plus ne manqua pas d'honneur, lorsque Hanjin tomba aux mains des Altaï. Il ne reçut pas de sépulture convenable. Personne, cette nuit-là. Il y a beaucoup de fantômes aussi dans cette cité.

CINQUIÈME PARTIE

CHAPITRE 25

Comme dans le cas du fantôme sur l'île de Lingzhou, Lu Chen était le seul à en avoir vu un à La Montée de l'Est.

Le poète avait cru dès le début que cette jeune fille avait pris ou intercepté sa propre mort, tandis qu'ils attendaient que le printemps libère les montagnes de leurs neiges et les laisse rentrer d'exil.

Il la voyait rarement, habituellement sur le toit de l'édifice principal, deux fois près du ruisseau à l'extrémité est de leur propriété, alors qu'il se levait de son banc favori sous l'arbre, au crépuscule, pour retourner à la maison. Et une fois dans son bureau, la veille de la Nouvelle Année, lors de la chute de Hanjin.

La lumière de ses bougies et de ses lampes avait vacillé, toutes en même temps. L'une des bougies s'était éteinte. Il vit la jeune fille de l'autre côté de la pièce à travers la fumée ténue de la flamme morte. Un moment seulement, son regard fixé sur lui, et puis elle avait tremblé aussi et disparu. Il avait senti un message dans ce regard, cette présence, cet instant, puis il avait éprouvé une certitude immédiate quant à la teneur de ce qu'elle était venue lui dire.

Ils savaient ce qui se passait dans le nord. Ils savaient que Xinan était tombée, que Yenling et Hanjin étaient assiégées.

Leurs amis, ceux qui n'avaient pas encore fui de leur côté, envoyaient des lettres, des avertissements, des lamentations.

Les fantômes pouvaient être plus rapides. La plupart ne sont pas bienveillants. Il savait – absolument – que ce fantôme-ci l'était.

L'obscurité était tombée dehors, semblait-il ; il s'était concentré sur papier et pinceau. Il n'écrivit rien de plus dans ce crépuscule d'hiver. Il s'en alla à la recherche de son frère.

Ils accueillaient la Nouvelle Année. Bien sûr. Il était en retard, son fils avait été sur le point de venir le quérir. On célébrait tranquillement à La Montée de l'Est, non comme cela se faisait dans les villes ou même dans les villages.

À Hanjin, l'Empereur se rendait à la tête d'une grande procession jusqu'au Temple des Bienveillants Auspices et l'on exécutait les rituels du renouveau, accompagnés par les musiciens de la cour. Après le retour de l'Empereur au palais commençaient feux d'artifice et parades, illuminés par des lanternes rouges en papier. Il y avait partout des saltimbanques et des hommes masqués de grosses têtes de dragon. On emplissait les rues toute la nuit pour accueillir l'année dans la joie.

Le poète se tenait au seuil de sa propre salle de réception. Il n'avait aucune nouvelle issue d'une source de ce monde. Seulement le sentiment intime qu'il possédait du monde des esprits. Ce serait mal, décida-t-il, injuste, de gâcher avec cela l'humeur de la maisonnée.

Il parvint à se tirer un sourire d'excuse pour son retard. Il serait pardonné, il le savait, on avait l'habitude. C'était un homme qui pouvait perdre une journée entière dans des mots. Il regarda son épouse, sa famille et celle de son frère, leurs serviteurs et ouvriers rassemblés, nombre d'entre eux loyaux à travers des années d'épreuves. Ils étaient en sécurité ici, songea-t-il. Sûrement, ils l'étaient.

Alors qu'il souriait à ceux qu'il aimait, alors qu'une année prenait fin et qu'une autre commençait, son cœur était aussi lourd qu'une pierre au fond d'un lac.

◆

Cette même nuit, une petite troupe se dirigeait vers le sud, depuis un bosquet situé près de Hanjin, avec en son sein un prince de la Kitai.

Les nuages ne se dissipèrent pas de toute la nuit, et il recommencerait à neiger au matin. Ziji s'interrogea sur une éventuelle séparation de la troupe, vers le sud-est et vers le sud-ouest, pour diviser les poursuivants. Daiyan en décida autrement. Leur propre force s'en trouverait divisée aussi, et ils seraient bien trop inférieurs en nombre, quelle que fût la taille du parti envoyé à leurs trousses. Il valait mieux rester groupés. Ils ne doutaient pas un instant d'être poursuivis. Ils se déplaçaient aussi vite que possible. Le prince Zhizeng ne constituait pas encore un problème, même s'il se fatiguerait sans doute plus tard. Il était effrayé – de manière plus évidente que dans la yourte, pensait Daiyan. C'était comme s'il avait accepté son sort, là-bas, ne s'était pas permis de s'imaginer libre, et maintenant qu'il le pouvait…

Il existait une telle variété d'hommes. D'hommes et de femmes. Comment peut-on prétendre comprendre autrui ? Qui peut déchiffrer une âme ? Daiyan venait parfois de l'arrière-garde pour chevaucher un moment avec Shan. On lui avait donné la monture la plus douce du lot, mais cette allure devait être pénible pour elle. Il savait qu'elle avait monté à cheval toute sa vie, avec son père, avec son époux, à la recherche du passé dans toute la Kitai.

Tout ce qu'elle disait, chaque fois qu'il venait la trouver, c'était : « Je vais bien. Faites ce qui doit l'être. » Chaque fois, comme le refrain d'une chanson.

Il ordonna une halte, par deux fois, pour partager le manger et le boire. On les offrit d'abord à Zhizeng, un soldat agenouillé. Mais les deux fois, ce fut le prince qui les pressa de remonter en selle. Quand ils se sustentaient ou quand ils chevauchaient, son regard ne cessait de se porter en arrière, vers le nord, dans la nuit, comme s'il avait craint la soudaine apparition de cavaliers tels des démons.

Ils seraient peut-être capturés cette nuit. Si vive fût leur allure, ils ne pourraient jamais être aussi rapides que les cavaliers de la steppe. Ziji avait choisi ses deux meilleurs cavaliers pour les envoyer dans l'ouest, avec des ordres pour la cavalerie qui les attendait. Ces deux-là ne s'arrêteraient pas.

Pendant la seconde halte, Daiyan alla trouver le prince.

« Mon seigneur, dit-il avec politesse, je requiers la permission de partager avec vous nos intentions, avec votre approbation. »

Cet homme-là était né dans la classe la plus haute et dans le luxe, mais non dans le pouvoir. Il allait devoir apprendre très vite.

« Dites, commandant.

— Je m'attends à une poursuite. Avec de la chance, pas avant la matinée.

— Et sans la chance ?

— Ils seront en route en cet instant, sur notre piste.

— Ne devrions-nous pas alors nous remettre en selle ?

— Oui, seigneur. Mais les hommes et les chevaux doivent se reposer. Nous ne pouvons galoper toute une nuit sans arrêt.

— Les Altaï le peuvent.

— Peut-être. Mais je ne crois pas que vous le puissiez. »

Un silence. Peut-être pas la meilleure façon de le dire…

« Continuez.

— Nous avons de la cavalerie à l'ouest, une partie de l'armée qui tient Yenling. On les a gardés à distance pour qu'ils restent cachés. Deux de nos cavaliers ont été envoyés pour les amener ici. La moitié d'entre eux vont essayer d'intercepter tous les poursuivants éventuels. Les autres vont nous retrouver à un village de notre choix entre ici et le Wai.

— Combien d'hommes ?

— Quinze cents dans chaque troupe.

— C'est… C'est un bon nombre. Et ils vont nous escorter sur l'autre rive du Grand Fleuve ? »

Ce fut au tour de Daiyan de rester silencieux. Il avala sa salive.

« Notre intention, mon seigneur, était de nous rendre à Jingxian et d'ordonner à nos armées du sud de nous y retrouver. Si nous devons les affronter, repousser les barbares quand le temps va changer…

— Non », dit le prince Zhizeng de Kitai.

Il le dit d'une voix forte. Les conversations cessèrent autour d'eux. Daiyan entendit les renâclements et les mouvements des chevaux. Ils se trouvaient à la lisière d'un bosquet de peupliers, à l'abri du vent.

« Non, commandant Ren, répéta le prince. Ce ne sont ni notre désir ni nos ordres. Vous allez nous escorter de l'autre côté du Grand Fleuve. Nous désirons être tenu loin des barbares. Nous irons à Shantong, au bord de la mer. Nous ordonnerons à notre armée de défendre la rive sud du Grand Fleuve et convoquerons des officiels de toutes les préfectures, pour nous servir à Shantong. »

La nuit n'est jamais tout à fait silencieuse. Surtout au milieu d'une compagnie de soldats. Les bruits des chevaux, des hommes, des arbres dans le vent. Mais on avait une impression de silence à présent. Comme si les étoiles écoutaient, songea Daiyan.

« Mon seigneur », dit-il avec lenteur en cherchant les bons mots, « les Altaï sont loin de leurs terres natales. Ils doivent déjà avoir des problèmes avec les Xiaolus dans les territoires conquis, et avec nos préfectures sur leurs arrières. Notre peuple ne se soumettra pas aisément. Le peuple a du courage ! Il n'attend qu'un signe, un signal de notre part – de votre part – pour lui assurer que la Kitai a un chef, un prince.

— Il n'aura pas de chef, pas de prince, pas d'Empereur, si nous sommes capturé. »

Il n'avait pas fallu longtemps à Zhizeng pour assumer le "nous" impérial. Son frère, son père, le reste de sa famille… Aucun moyen de savoir s'ils étaient toujours en vie. Peut-être que tenir le pouvoir pour acquis est plus facile que je ne l'avais pensé, songea Daiyan.

Il fit une autre tentative : « Les barbares n'aimeront pas combattre dans le sud ! Nous avons des terrains – des rizières, des marécages, des forêts, des collines – que leurs cavaliers ne peuvent aisément négocier. Et nous savons comment nous battre dans le sud. Nous les vaincrons. Et nous retournerons alors dans le nord. La Kitai dépend de vous, mon seigneur.

— Alors, commandant Ren, la Kitai dépend de vous pour assurer notre sécurité, n'est-ce pas ? Ne devrions-nous pas être en train de chevaucher ? »

On agit comme on peut, songea Daiyan, et il y a des moments où le monde refuse de se conformer à vos désirs et à vos desseins – à moins peut-être de l'y forcer. Trop de réflexions se bousculaient soudain en lui.

« Oui, mon seigneur. » Il se détourna pour donner l'ordre de se remettre en selle.

« Encore une chose », dit le prince Zhizeng.

Daiyan se retourna, attentif dans le noir.

« Nous vous sommes reconnaissant de vos actes, cette nuit. De notre évasion. C'était bien exécuté, commandant. Nous attendons de vous qu'en bon soldat, en *loyal* soldat de la Kitai, vous poursuiviez dans cette voie. Les décisions plus importantes, quelles qu'elles doivent être, appartiennent à la cour. Cela ne changera pas, commandant Ren. »

Il y a aussi des moments où l'on peut prononcer certaines paroles – ou non. Il pouvait dire qu'ils fuyaient une ville en flammes par une nuit d'hiver à cause de décisions de la cour…

Daiyan était le fils cadet d'un employé de *yamen*. L'homme devant lui était, à leur connaissance, le seul prince de Kitai qui ne fût pas mort ou captif en cette nuit.

« Oui, mon seigneur », dit Daiyan.

Il transmit les ordres, ainsi qu'on le lui avait commandé, et ils repartirent.

Il resta près de Shan pendant cette partie de la nuit. Il avait conscience du regard qu'elle posait sur lui, comme si elle avait senti son souci. Elle dit enfin : « Il y a des limites à ce qu'un homme peut accomplir. Nous ne pouvons infléchir la course du monde, sa direction. »

Il ne comprenait pas comment elle savait devoir parler ainsi. Peut-être certains peuvent-ils effectivement lire les pensées d'autrui ? Il ne répondit pas, mais ne quitta pas son côté. Il finit par dire tout bas : « Vous brillez pour moi comme la plus éclatante étoile de l'été. »

Il l'entendit retenir son souffle : « Oh, ciel ! Celle-là ? Je ne suis absolument pas une déesse, ni la Vierge Tisserande.

— Pour moi, vous l'êtes. Et je ne sais s'il me sera permis de naviguer à travers les étoiles pour aller à vous. »

Il ralentit pour reprendre sa position appropriée à l'arrière-garde, pour la garder, pour tous les garder. Ils ne s'arrêtèrent plus avant l'apparition de la première trace du matin à leur gauche.

◆

La nuit où tomba Hanjin, et loin dans l'après-midi et la soirée du jour suivant, le campement des Altaï fut un théâtre de chaos et d'ivresse. Que peut-on attendre d'autre de barbares que de la sauvagerie ? écrivirent plus tard les historiens.

On avait effectivement amené des femmes de la cité, avec des hommes et des garçons terrifiés, et même des eunuques, pour se divertir. Il arrivait aussi beaucoup de vin avec les chariots.

Les cavaliers n'aimaient pas le vin kitan, mais il pouvait vous saouler, et la conquête de la cité impériale était une bonne raison de boire. Les célébrations tourneraient peut-être à la violence, mais des hommes en guerre ont besoin de se détendre, n'importe quel bon commandant le sait.

On ne découvrit pas avant tard dans la matinée les gardes morts au sud-ouest du périmètre. La nouvelle n'en arriva pas avant un certain temps à un chef en état de commander. C'étaient des morts curieuses, mais aucune action claire ne semblait devoir être exigée au milieu du triomphe. Les soldats proches des sentinelles abattues avaient de toute évidence abandonné leur poste pendant la nuit. La cité avait été prise, des femmes et du vin en arrivaient. Quelle sorte d'homme resterait ou se rendrait à son poste en de tels moments ?

Ce ne fut pas avant la soirée, avec la neige qui recommençait à tomber, que quelqu'un se rappela que le captif kitan aurait besoin d'être nourri.

Un des chefs de haut rang eut l'idée soudaine qu'il serait peut-être fort divertissant d'obliger le prince à assister à leurs ébats avec certaines des femmes. Aucun des chefs du camp, pas davantage les deux frères qui les commandaient tous, n'était entièrement sobre. On avait rassemblé le reste de la famille impériale à ce moment, hommes et femmes, le jeune Empereur et l'ancien. Cela avait été facile.

L'impératrice douairière de Kitai et la plus jeune s'étaient malheureusement ôté la vie dans le palais avant que les cavaliers n'arrivent aux quartiers des femmes, faisant mentir Bai'ji, qui avait juré d'avoir la plus jeune en présence de son époux. Le frère de Bai'ji, le chef de guerre, remarqua que son cadavre était disponible, ce qui suscita une grande hilarité, quoique pas chez Bai'ji.

Les trois cavaliers envoyés à la yourte du prisonnier, et qui riaient aussi de plaisir anticipé, découvrirent qu'il avait disparu.

Il y avait une déchirure à l'arrière de la yourte, faite par une épée. Quatre gardes morts à l'intérieur. Un message sur la paillasse du prisonnier.

Il n'est pas vrai de dire qu'un choc peut immédiatement dissiper l'ivresse, mais ces trois hommes retournèrent effectivement avec célérité – et appréhension – à l'endroit où buvaient leurs chefs. L'un d'eux portait le message, qu'il n'avait pas déroulé. Il le tenait avec précaution, comme si le rouleau avait été empoisonné. Il pourrait très bien l'être, en ce qui le concernait. Apporter de mauvaises nouvelles à un chef saoul n'était pas un plan avisé si l'on désirait vivre longtemps, chez les Altaï.

Le tumulte éclata quand ils rapportèrent leur découverte. Wan'yen, le chef de guerre, qui n'était pas aussi ivre que son entourage, se leva pour s'avancer. On lui donna le rouleau. Il le déroula. Il ne savait pas lire le kitan, évidemment. Il y eut un moment, un intervalle de dangereuse tension, avant qu'on trouve un traducteur.

L'homme lut d'abord la note pour lui-même, à la lumière d'une torche, et resta silencieux.

« Parle. » L'intonation du chef de guerre était terrifiante. Son frère s'était aussi dressé, à ce point. Bai'ji tenait sa fameuse coupe-crâne, pleine de vin kitan.

« C'est juste du défi, grand commandant, dit le traducteur.

— Parle », répéta Wan'yen.

En entendant son intonation, les trois hommes envoyés chercher le prince se sentirent profondément soulagés, en leur for intérieur, de ne parler ni lire le kitan.

L'homme qui le pouvait, un Xiaolu, se racla la gorge. On pouvait voir ses mains trembler.

Il lut, d'une voix si basse qu'on devait tendre l'oreille pour la saisir.

« Vos jours et vos nuits se font courts à présent. Le soleil luira bientôt sur vos os. Il n'y a ici pour vous ni repos ni demeure. Nous pouvons être parmi vous comme bon nous semble. Tout comme votre armée n'a point trouvé merci à Yenling, vous n'en trouverez point. Vous avez fait les premiers pas vers votre propre destruction. »

Pendant un moment, nul ne dit mot.

« Qui a écrit cela ? » Wan'yen se tenait très droit.

Le traducteur se racla de nouveau la gorge : « C'est signé par le commandant Ren Daiyan. Celui qui... »

Bai'ji l'abattit d'un coup d'épée dans le dos. La lame transperça le corps de l'homme pour lui ressortir par le ventre. La pointe rouge de l'épée, certains le remarquèrent, faillit toucher son frère, qui se tenait devant l'interprète.

« Nous savons qui est cette face de merde ! Il n'avait pas besoin de nous le dire ! » Bai'ji vida sa coupe. Libéra son épée sans effort. « Face de merde ! » répéta-t-il d'une voix forte.

« Peut-être », dit son frère, qui ne tenait pas de coupe de vin. « Mais il a tué quatre de tes hommes choisis pour garder un otage. Je me rappelle que tu as requis ces gardes. Pour le plaisir, as-tu dit.

— Me rappelle pas, déclara Bai'ji avec un large geste. Tu aimes inventer.

— Non. Je n'aime pas qu'on pénètre dans notre camp et que des prisonniers importants soient délivrés. Tu sais ce que cet homme signifie.

— Il ne signifie rien, frère, la cité est à nous !

— C'est un prince de la lignée impériale directe. Il est important ! C'est toi qui voulais prendre toute la Kitai, lancer un cheval dans la mer du sud ! »

Bai'ji cracha dans le feu : « On peut encore. Mais d'abord, tue ces gardes inutiles qui l'ont laissé s'échapper. »

Un murmure de malaise. La bouche de Wan'yen se tordit. « Tu es trop saoul même pour écouter. Ils sont déjà morts, frère. Lâche ton vin !

— Je boirai autant que je veux. Il faut tuer Ren... Ren Face-de-Merde.

— J'en conviens. Et reprendre le prince. Ils ont une journée d'avance.

— Rien, ça ! Ils ne savent pas monter, ces Kitans.

— J'en conviens encore, frère. Prends cinq cents hommes. Pars à l'instant.

— Moi ?

— C'est ce que j'ai dit.

— Maintenant ? Je veux… Je veux *cinq* femmes du palais dans ma yourte !

— Elles y sont peut-être, mais tu n'y seras pas. Va, petit frère ! C'est un ordre. C'étaient tes hommes qui le gardaient. Tu abattras Ren Daiyan et tueras ou reprendras le prince.

— Maintenant ? » répéta Bai'ji.

Son frère le regarda fixement sans répondre.

Ce fut le regard de Bai'ji qui se détourna. « Très bien ! J'y vais ! » Il tendit la main qui tenait la coupe et quelqu'un l'en délesta. « Tu vois ? Je lâche le vin ! J'obéis à tes ordres !

— Prends nos meilleurs pisteurs, ce sera plus dur dans le noir.

— Alors on ira dans la matinée. Je veux *cinq*…

— Non. Maintenant. Je ne veux pas que ce prince survive. Il est trop important. Le Seigneur Céleste te garde en terre étrangère, frère. Tu voulais aller dans le sud. C'en est ta première chance. »

Les frères s'affrontaient au-dessus du cadavre de l'interprète. Il y avait du sang sur la neige. Le frère cadet tenait toujours son épée

« Ça n'a pas à être moi », dit Bai'ji d'une voix si basse qu'elle semblait exclure tout autre auditeur que son frère.

« Si », répliqua le chef de guerre sur le même ton.

Il y eut un moment, c'est parfois le cas, où des événements majeurs demeurèrent en suspens, tandis que la neige tombait, illuminée par les torches. Le cadet aurait pu tuer l'aîné ou s'y essayer. L'autre en avait conscience et il était prêt, en équilibre sur ses jambes, une main nonchalante à proximité de la poignée de sa propre épée, même s'il était presque sobre et donc chagrin à la pensée de ce qui pourrait se passer, de la manière dont avait tourné cette nuit.

Si cela était arrivé, s'il y avait eu un mot, chez l'un ou l'autre, cela aurait pu changer ce qui se déroula par la suite dans le monde. Ou non. Il n'est jamais possible de le savoir avec certitude. On ne peut revenir en arrière et agir autrement pour voir le résultat.

Bai'ji rengaina son épée.

◆

Cinq cents hommes, munis de quinze cents très bons chevaux, quittèrent le camp peu de temps après pour se diriger vers le sud, abandonnant rapidement derrière eux la cité en flammes pour s'enfoncer dans les ténèbres. Ils étaient menés par le plus jeune de leurs deux commandants, et sa présence était un indice de l'importance qu'on attribuait à leur mission.

Les trois qui avaient apporté la nouvelle de l'évasion du prisonnier quittèrent vivants, en fin de compte, le cercle des feux. Décision ou omission, ce n'était pas clair. Ils ne le surent jamais, quant à eux.

◆

Deux mille cent cinquante-sept chariots chargés de trésors quittèrent Hanjin en direction du nord.

Sept convois de captifs les accompagnèrent ou les suivirent, quelque quinze mille personnes, incluant toute la famille impériale de Kitai (à l'exception d'un prince, le neuvième fils) et presque tout le clan impérial. Certains membres de ce clan avaient péri plus tôt dans leurs quartiers. Certains avaient même brandi des épées, en essayant de défendre leur demeure ou leurs femmes. On était censé les capturer, mais il y avait des limites aux indignités qu'un cavalier pouvait tolérer de la part d'un Kitan.

On s'inquiétait un peu d'être attaqué sur le chemin du nord, parmi les gardes de ces convois qui s'étiraient. La plupart des Altaï demeuraient dans le sud, et les gardes étaient notoirement inférieurs en nombre à leurs prisonniers. Il y avait aussi une multitude de soldats et de hors-la-loi kitans qui écumaient les préfectures du nord, presque jusqu'à l'ancienne Capitale Méridionale des Xiaolus.

Les gardes poussaient les prisonniers à marches forcées, presque tous étaient à pied, et il n'y avait pas grand-chose à manger. Hommes et femmes étaient battus s'ils traînaient, ils devaient collecter et porter leur propre bois de chauffage en marchant. Ils moururent en grand nombre sur le chemin du nord et ils étaient laissés sans sépulture là où ils tombaient.

Ces morts ne touchèrent ni l'ancien Empereur ni celui qu'on avait nouvellement proclamé, son fils. Le chef de guerre altaï avait moqueusement renommé ces deux-là au cours d'une cérémonie devant les murailles de la cité, avant le départ du premier convoi.

L'Empereur Wenzong – une grande silhouette maigre aux cheveux gris, à la barbe grise — se vit affublé du titre de Seigneur de La Vertu Confuse. Ce qui déclencha une grande hilarité. Son fils, regain d'hilarité, fut proclamé Seigneur de la Vertu Doublement Confuse. Ils portaient des écriteaux autour du cou avec leur nouveau nom en deux langues, avec des caractères supplémentaires pour les déclarer chefs délirants d'esclaves rebelles.

Les deux hommes survivraient à leur périple vers le nord, la plupart du temps côte à côte dans un chariot à bœufs. On les emmena d'abord à la Capitale Méridionale, puis à la Capitale Orientale et enfin, pour plus de sécurité, à une cité dans le lointain nord de ce qui avait été l'empire xiaolu et était maintenant celui des Altaï. Leur survie s'avéra importante, en fin de compte, quoique d'une manière non anticipée par quiconque en ces premiers temps.

Le Premier Ministre Hang Dejin, l'homme qui aurait sans doute démêlé tout cela, était mort au Petit Mont d'Or.

L'Empereur Wenzong avait été célèbre pendant toute sa vie pour son art et son appréciation de la beauté. Il écrivit constamment des poèmes pendant ce voyage vers le nord. Un certain nombre en fut préservé parce que certains des captifs des terribles convois parvinrent à s'échapper, quoique aucun de la famille impériale, surveillés de près.

Sur le papier grossier qu'on avait obtenu pour lui, Wenzong écrivit :

Après tout ce temps, la grande entreprise prend fin.
J'étais fou de ne pas écouter les sages conseils,
Écoutant plutôt ceux qui poussaient à plus de folie.
Humblement, je parcours maintenant dix mille li,
Un captif parmi mon peuple.
Je me nourris de riz froid dans des bols fêlés,
Et je dors sur le sol dur.
Mes cheveux se font rares sur ma tête.
Oh, penser comment, dans le palais de Hanjin
J'étais triste et demandais de la musique,
Quand les salles de jade devenaient fraîches en automne.

◆

Les entreprises ne prennent pas nécessairement fin, même après des désastres ou simplement parce qu'un chef humilié, frappé de culpabilité devant ses propres fautes, le croit.

Daiyan avait deux hommes qui restaient à l'arrière tandis qu'ils fonçaient vers le Wai aussi vite que le permettait la présence du prince et d'une femme. C'était une semaine de route, un trajet difficile, plus encore si le temps changeait pour le pire. Il n'avait pas encore expliqué la présence de Shan au prince Zhizeng, et le prince n'avait pas posé la question. C'était un des aspects de l'essence impériale, en était venu à comprendre Daiyan : on ne remarquait tout simplement pas certains détails.

Les deux hommes arrivèrent au galop, dans l'après-midi du quatrième jour. Une troupe d'Altaï se rapprochait. Ils seraient sur eux dans la soirée ou dans la nuit.

« Combien ? demanda Ziji avec calme.

— Pas facile à dire, déclara l'un des cavaliers. On ne pouvait pas les laisser trop se rapprocher de nous. » Il était épuisé. La neige recommençait à tomber. « Au moins cinq cents, je dirais. »

Ziji poussa un juron mais tout bas. Aucune des compagnies de cavalerie de l'ouest n'était encore arrivée. Celle qu'on avait envoyée couper la route aux Altaï ne l'avait pas fait, de toute évidence, et les autres devaient les rejoindre près du Wai, à encore bien des jours de route au sud.

C'était un moment difficile, crucial. Ceux qui surveillaient avec anxiété le commandant Ren virent qu'il souriait. On s'en souviendrait.

« Parfois, dit-il à son plus vieil ami, on a l'impression qu'il y a des motifs récurrents dans une existence. Je connais cette contrée. Toi aussi. Nous avons déjà été ici.

— Il a dit cinq cents », répliqua Ziji en gardant la voix basse.

Le sourire de Daiyan s'élargit. Shan, accotée à son cheval non loin de là (ses jambes étaient sans force et elle avait mal au dos), éprouva la plus étrange des sensations en voyant ce sourire.

« J'ai bien entendu », dit Daiyan à Ziji. Il éleva la voix. « En route. Je sais où nous pourrons les distancer. Et il me faut deux hommes pour aller à l'ouest rejoindre nos renforcements. Ils ne doivent pas être loin. »

Cela, il n'en était pas certain, mais parfois on mène des hommes en feignant l'assurance qu'ils ont besoin de trouver en vous, parce qu'ils vous observent et désirent espérer.

Bai'ji était sobre, l'avait été dès la fin de la première nuit de cette poursuite dans le froid. Il avait même délibérément laissé sa coupe à vin au camp. Il était également furieux – une fureur dirigée contre son frère, le chef de guerre. Et à laquelle il verrait une fois revenu.

Il était troublé, légèrement, de se rappeler à quel point il avait été près de tuer Wan'yen en plein milieu de leur campement. Ce n'était pas l'idée de tuer qui le dérangeait, mais le fait que ce n'aurait pas été la bonne manière : il se serait découvert ; il n'était pas le seul ambitieux de la tribu.

Il avait décidé depuis un moment que son frère était trop faible, qu'il avait une vision trop étroite, trop *limitée*, pour succéder convenablement à leur vieux kaghan – lequel était encore plus limité, en vérité. Wan'yen ne pouvait appréhender l'étendue des possibilités. Il s'était gaussé de Bai'ji lorsque celui-ci avait parlé de pousser sa monture dans la mer du sud. Tous les deux, avait-il dit pourtant, comme un bon petit frère.

Cette idée n'excitait-elle donc pas Wan'yen ? Accomplir ce qu'aucun cavalier de la steppe n'avait jamais accompli, n'avait jamais songé à accomplir ?

De toute évidence, non. Ce qui excitait Wan'yen, c'était d'humilier son cadet, de l'envoyer à la poursuite d'une petite troupe, car ils avaient compris qu'ils pourchassaient une vingtaine de Kitans, ce qui aurait pu aisément être assigné à un cavalier moins important en laissant Bai'ji à ses plaisirs bien mérités. Il galopait plutôt à la tête d'hommes mécontents dans cette déplaisante contrée cabossée de collines, contournait des grappes d'arbres chargés de neige, traversait des champs cahoteux, des fossés, des canaux. Les fugitifs allaient plus vite que prévu mais pas aussi vite – jamais – que des cavaliers des steppes pourvus chacun de deux montures de rechange.

On leur avait décoché des flèches depuis des cachettes, au crépuscule et dans la grisaille précédant l'aube. Quelques-uns de ses hommes étaient morts ou avaient été blessés. Par deux fois, les cavaliers à l'avant-garde avaient trébuché sur des cordes tendues la nuit entre deux arbres, sur une route. Le chaos, chaque fois, hommes et chevaux se brisant jambes et pattes. Ce qui, par ici, signifiait la mort pour les chevaux et en général pour les hommes.

Il en avait envoyé pourchasser les archers ou ceux qui avaient tendu ces pièges, mais on n'avait trouvé personne. C'était une campagne dense et compacte. Des champs cultivés, puis des forêts. Le ciel était trop proche sous la lune ou sous le soleil hivernal, quand l'une ou l'autre se montrait.

On n'était pas loin maintenant. D'après les traces à l'écart de la route, se dirigeant vers le sud-ouest, Bai'ji estimait qu'ils rattraperaient peut-être la troupe des fuyards vers la tombée de la nuit. Son frère le lui devrait.

Wan'yen lui devait une mort, à dire vrai. Mais pas dans la rage, ou parmi d'autres, où l'on pourrait le voir dans son tort en tant que cadet devant être loyal. Il y avait des manières d'y parvenir qui laisseraient le chemin dégagé, sous le ciel du Seigneur Céleste, pour un homme qui comprenait ce qui était désormais possible. La Kitai était immense, et riche. Et mûre comme un fruit d'été.

Il pouvait ramener le prince échappé ou le tuer. Wan'yen avait dit ne pas s'en soucier. Bai'ji ne voyait aucune raison de ralentir sa troupe au retour. Le prince était mort, cette nuit.

Il devait aussi abattre l'autre, Ren Daiyan. Wan'yen craignait que le prince ne devînt un symbole. Bai'ji savait à quoi s'en tenir, lui : c'était le guerrier qui le deviendrait plus probablement, celui qui avait détruit une armée altaï, celui qui avait pénétré dans un camp bien gardé et s'était enfui avec un prisonnier en laissant un message moqueur à lire tout haut.

Celui-là était dangereux. Mais il n'avait que vingt hommes avec lui ici. Un cavalier, un chef des Altaï – ou leur Empereur – pouvait toujours avoir l'usage de deux coupes à boire, se disait Bai'ji.

Cette nuit-là, au nord du Wai, la couverture de nuages se déchira enfin et un croissant de lune brilla parmi les étoiles au dur éclat. Ce qui s'ensuivit devint sujet de légendes.

Les marais changent d'année en année, de saison en saison. Les chemins s'y transforment, un monticule s'affaisse ou les eaux montantes le recouvrent, un îlot de terre ferme disparaît ou émerge. Il est important de ne pas être trop sûr de soi, surtout dans l'obscurité. Ce qui ne change pas, c'est que les marais, partout, ne sont pas bons pour les cavaliers.

Ces marais-là n'étaient pas ceux du sud du Grand Fleuve que Daiyan et Ziji connaissaient comme la terre où ils avaient grandi. Mais des années passées dans ce genre de terrain vous munissent d'instincts et de compréhension applicables à d'autres régions marécageuses. Et ils étaient bel et bien déjà venus là, quand ils avaient maté la rébellion, la saison où Kai Zhen les avait envoyés de ce côté. Daiyan avait été ainsi empêché d'aller combattre les Xiaolus devant leur Capitale Méridionale – qui n'avait pas été prise, ou du moins pas par les Kitans.

Il avait recruté dix mille rebelles ici et plus au sud, car ces marais s'étendaient presque jusqu'au Wai. Trois de ces hommes l'accompagnaient présentement. Pour eux, cette région était chez eux, de la manière la plus profonde, la plus forte : un refuge au milieu du danger. Un endroit où attirer les ennemis et les détruire.

Il avait dit savoir comment perdre leurs poursuivants. Ce fut bien davantage. Raison pour laquelle les histoires officielles – et les légendes – en sont venues à inclure cette histoire-là, cette nuit-là, sous le regard de la lune.

Poursuivre un ennemi en fuite dans des marais auxquels on ne s'attend pas, dans l'obscurité, présente bien des difficultés. L'une d'elles est que, si une retraite s'avère nécessaire, véritable fuite ou retraite stratégique jusqu'au matin, il n'est pas facile à une grosse compagnie de cavaliers, chacun tirant deux chevaux outre celui qu'il monte, de faire demi-tour et de trouver une voie de sortie.

Il est difficile, même pour les meilleurs cavaliers du monde, de tourner bride dans un marais humide et collant, ou dans des eaux aux profondeurs surprenantes, un paysage étranger à leur existence dans la steppe herbeuse. Les chevaux paniqueront, perdront pied, tomberont dans l'épaisse boue qui les aspire. Les créatures de l'eau marécageuse trouveront jambes et pattes et les mordront, ce qui fera hennir les chevaux de douleur et de terreur, ils se cabreront, ils se heurteront les uns les autres, ils tomberont et feront tomber leurs cavaliers.

Et si l'on abat une pluie de flèches rapides et meurtrières sur eux, bien dissimulé sur des élévations de terrain, même vingt hommes seulement (tous ceux que Ziji avait amenés savaient se servir d'un arc), alors il en résultera un carnage, hommes et chevaux qui meurent, et le sang, tout comme les sabots frénétiques et le vacarme nocturne, attirera d'autres créatures affamées du marais – certaines sont de belle taille.

Et certaines sont humaines. Il y avait encore des hors-la-loi dans les marais.

Il ne fallut guère de temps aux plus proches pour saisir ce qui se passait. De la viande de cheval, c'est une bonne viande pour se sustenter en hiver, et beaucoup d'entre eux étaient accompagnés d'enfants et d'épouses. Ils avaient des rocs, de lourds bâtons, des couteaux, de vieilles épées rouillées, des faux et même quelques arcs. Des hommes qui savaient où ils marchaient pouvaient s'approcher avec précaution des cavaliers, invisibles, et en finir avec un homme ou une bête blessés.

Les légendes ont tendance à ne pas s'attarder sur la hideur de ces nuits impies. Ou sur l'aspect d'un champ de bataille marécageux quand arrive le matin, sous un soleil d'hiver. Les légendes s'attardent sur le courage, la rédemption, la gloire, la revanche. L'honneur. Pas sur des sangsues luisantes sur le visage sans yeux d'un garçon des steppes mort, dont les mains et les pieds ont disparu.

Nul ne savait, dans la troupe de Daiyan, qui était le chef de la compagnie altaï envoyée à leur poursuite, et nul n'aurait reconnu le frère cadet du chef de guerre si on l'avait vu. Il n'était pas reconnaissable au matin, de toute façon. Les récits ultérieurs qui parlent d'un combat singulier entre lui et Ren Daiyan sur un îlot ne sont que cela : des histoires.

Une poignée d'Altaï réussit à s'échapper, ceux qui se trouvaient à l'arrière de la troupe. Daiyan ne donna pas l'ordre de les poursuivre. Ils porteraient la nouvelle de ce qui pouvait arriver aux cavaliers de la steppe au sud de Hanjin – ou seraient tués sur le chemin du retour. Ou encore exécutés par leurs propres chefs quand ils reviendraient, pour avoir échoué.

Daiyan ne s'en souciait guère. Il s'assura que le prince était sauf, ainsi que Shan et ses propres hommes. Ils n'eurent pas de pertes. Aucune. Il veilla à ce que les flèches soient récupérées. Il chercha les hors-la-loi qui s'étaient joints à eux dans le noir, mais ils s'étaient évaporés dans les marécages, et il ne pouvait les en blâmer. Ils reviendraient lorsqu'il serait reparti avec ses hommes. Il ordonna à ses soldats de reprendre le plus possible de chevaux en bon état.

On alluma des torches. Il prit conscience qu'un sentiment nouveau, une sorte de crainte respectueuse, se lisait dans les yeux des hommes qui le regardaient – et une autre expression dans ceux du prince Zhizeng.

Il pensa parler de nouveau au prince, en se servant du triomphe de la nuit pour redemander avec insistance qu'ils affrontent l'ennemi à Jingxian, rallient les armées, repoussent les cavaliers, reprennent Hanjin – et le nord ensuite.

Son jugement lui souffla que ce n'était pas le bon moment. Il se trouva qu'il avait raison, en l'occurrence. Les princes peuvent tirer des conclusions très différentes de ce qu'on attendrait, des moments et des hommes, comme des batailles, qui leur sauvent la vie en les menant plus près du trône qu'ils convoitent. Zhizeng s'était attendu à périr dès l'instant où ils avaient appris que les poursuivants arrivaient sur leurs talons. Il avait vécu dans la terreur depuis l'instant où ils avaient pénétré dans le marais, pendant la nuit.

Dans l'obscurité précédant l'aube, on alluma des feux pour se réchauffer et l'on posta des gardes pour se protéger des tigres, qu'on entendait mais ne vit jamais. Ziji ne plaisanta pas à ce sujet, pas cette nuit-là.

On ne craignait plus d'être poursuivi. On continuerait à vive allure à partir de là, mais sans urgence. On pouvait se reposer, respirer, dormir.

Daiyan passa la dernière partie de la nuit auprès de Shan, sur un petit tertre émergé. Elle s'endormit contre son épaule alors qu'il était adossé à un arbre tordu couvert de mousse. Il se rendit compte qu'il lui importait peu désormais d'être vu avec elle. Il avait besoin d'elle. Il ne prévoyait guère d'autres occasions d'être en sa compagnie, à l'avenir.

Avant de s'endormir, elle lui dit : « Soyez prudent avec le prince. » Ce qu'il pensait, justement.

Il dormit un peu, d'un sommeil agité, s'éveilla avant le soleil. Ne bougea pas, parce que Shan dormait encore. Entendit les oiseaux de l'hiver chanter à mesure que le ciel s'illuminait et que le monde reprenait forme.

◆

Hanjin leur appartenait, mais Wan'yen préférait encore passer ses nuits dans sa yourte. Il n'avait jamais aimé les murs, ne savait guère comment il s'y ferait ou s'il le désirait.

Le chaman vint le trouver au lever du soleil, dans sa veste de fourrure d'élan, clochettes et tambours à la taille, les yeux peints, avec ses deux cicatrices jumelles sur les omoplates.

« J'ai fait un rêve », lui dit-il.

Wan'yen n'aimait pas son chaman, mais peu importait qu'on les aime ou non. Il était las, à moitié endormi. Il se racla la gorge et cracha à terre près du feu. Il faisait plus chaud ce matin. La neige avait fondu. Elle reviendrait.

« Que dois-je savoir ? demanda-t-il.

— Ton frère est mort la nuit dernière. » Sans préambule aucun. De froides paroles. Il était ainsi, ce chaman. « La plus grande partie de sa troupe a péri avec lui. Il y avait de l'eau. »

Wan'yen ne s'était pas attendu à l'émotion qui l'envahit. Il avait été bien près d'abattre Bai'ji près de ce brasier, quelques nuits plus tôt.

« De l'eau ? Il s'est noyé ? » Il avait la bouche sèche.

« Une flèche.

— Tu es absolument certain ? »

Le chaman ne se donna même pas la peine de répondre. Les yeux peints restèrent un moment rivés aux siens, puis se tournèrent vers le ciel matinal où l'on pouvait apercevoir un aigle.

Wan'yen prit soin de ne rien laisser paraître. On ne pouvait se fier aux chamans. Ils marchaient dans un autre monde. Entre les mondes. Il était complètement réveillé à présent. Calculait intérieurement. Il était doué pour les chiffres. Il était doué pour prendre des décisions.

Il convoqua ses chefs de guerre dans la yourte et ils y vinrent. Certains étaient encore ivres, l'étaient depuis la chute de la cité. Il désigna ceux qui continueraient à commander à Hanjin et donna ses ordres concernant la cité. On devait rebâtir les murailles, cette cité leur appartenait désormais. Il désigna ceux qui mèneraient dans le nord les chariots chargés des trésors et les captifs. Ceux-là furent satisfaits. Ils retournaient chez eux.

Il prit trente mille cavaliers et se dirigea vers le sud, après avoir envoyé des messagers dans l'ouest à l'armée qui assiégeait toujours Yenling. Vingt mille d'entre eux avaient l'ordre de l'imiter. Il fusionnerait peut-être ces deux armées, il en déciderait plus tard. On ne menait pas campagne en hiver, c'était bien connu, mais les circonstances forçaient parfois à aller à l'encontre de l'antique sagesse. Un prince en fuite pouvait rallicr ct soulever la Kitai. C'était pourquoi Wan'yen voulait qu'il soit repris. Ils menaient une autre sorte de guerre, dorénavant, ce Ren Daiyan et lui. Il se surprit à se rappeler une nuit dans le nord-est, alors qu'il avait été humilié, forcé à danser entre des brasiers.

Il n'aimait pas être forcé à danser.

Ces mollassons de gens du sud, avant même de formuler l'idée de combattre, de retrouver leur fierté, de reprendre espoir, devaient apprendre l'exacte nature de ce qu'ils affrontaient. Quelle vaste et sanglante moisson de mort les cavaliers d'au-delà du Fleuve Noir pouvaient récolter, même en hiver.

Il parlerait de venger son frère, ses cavaliers apprécieraient, comprendraient. En vérité, il briserait la Kitai. Si sauvagement que nul homme n'oserait penser à lever une épée, un bâton, un arc, n'oserait lever la *tête* dans un village ou une ferme quand un cavalier de la steppe passerait à cheval.

Il ne pourchassait pas le prince, n'avait aucune idée de l'endroit où celui-ci irait, et la Kitai était très vaste. Son frère avait voulu qu'ils chevauchent ensemble vers la mer du sud. Son frère avait été un ambitieux stupide, et il était mort.

Tard pendant la deuxième nuit de leur périple vers le sud, peut-être parce qu'il avait trop bu avant de se coucher, il se trouva incapable de dormir. Il se rappelait Bai'ji, comme ils avaient grandi ensemble, leurs premiers loups, leurs premières batailles. Il sortit de sa yourte pour lever les yeux vers les étoiles. Il se sentait plongé dans le chagrin et les souvenirs. Ce sentiment passa. Il ne revint jamais.

◆

« Devrions-nous tous partir vers le sud ? » demanda Lu Chao à son frère le poète, plus tard, au cours de ce même hiver.

Il faisait trop froid pour être dehors, même par une journée ensoleillée. Ils étaient assis face à face autour d'un feu allumé dans le bureau de l'aîné et buvaient du thé.

« Où ? répliqua Chen. Où voudrais-tu que nous allions ?

— Je l'ignore, admit son cadet.

— Nous avons du monde à nourrir. Cette ferme fonctionne finalement bien grâce à mon labeur sage et dévoué. »

Lu Chao se permit un reniflement d'amusement fraternel. Chen sourit. Après une pause, il reprit :

« Le fleuve nous protégera. Ils ne traverseront pas.

— Tu en es sûr ? dit Chao en le dévisageant. Ou bien tu essaies de t'en convaincre ? »

Le poète se mit à rire : « Je suis affligé d'un frère intelligent, ce n'est pas juste. » Il but une gorgée de thé. « Je ne suis certain de rien, mais c'est une longue route pour les Altaï, venir ici, et quelqu'un s'organisera pour défendre le Grand Fleuve, sinon le Wai.

— Sûrement », répondit son cadet, sarcastique. Puis il ajouta, sur le même ton : « Nos vaillantes armées ? »

Chen eut une grimace également sardonique : « Je suis trop vieux pour déménager de nouveau, mon frère. Que ce soit ma réponse.

— Tu n'es pas vieux.

— *Ma chevelure est trop clairsemée pour des épingles* », cita Chen.

Un pas retentit dans le couloir. Mah se tenait sur le seuil de la porte.

« Mon fils, dit Chen. Viens te joindre à nous. Nous sommes en train de nous demander si nous nous sentons jeunes. J'ai l'intention de reprendre mes exercices. Serons-nous des hors-la-loi et attaquerons-nous un temple sur une montagne pour son or caché ? »

Mah secoua la tête : « Vous feriez mieux de venir », dit-il.

C'était une petite troupe qui approchait, mais pas si réduite qu'elle ne pût envahir La Montée de l'Est et tous les massacrer. Pas d'or caché là, mais il y avait à manger, il y avait des bêtes, et assez d'objets de valeur pour attirer le danger en ces temps de chaos. On était en mouvement partout, dépossédé de tout, affamé, on allait principalement vers le sud, avec les barbares dans le nord.

Lu Mah et l'intendant avaient déjà assemblé les ouvriers et les hommes de la maisonnée. Chacun était muni d'un lourd bâton ou d'une arme. Ils étaient regroupés près de l'entrée. À peu près égaux en nombre, songea le poète. Mais ceux qui arrivaient étaient à cheval et portaient de vraies armes.

Il jeta un regard derrière lui, vers la porte du corps principal de la maison, où se tenait son épouse ; sa seconde épouse. Une femme qu'il admirait plus qu'il ne l'aimait. C'était ce genre de personne. Cela ne la dérangeait pas, sans doute. Une autre sorte de relation, plus tard dans l'existence. Il l'admirait en cet instant même : alerte, attentive, sans manifestation visible de crainte.

En s'examinant, il décela du chagrin mais point de peur. Il avait encore des expériences à demander à la vie, aux jours qui lui restaient sous le ciel, mais il s'était attendu à mourir bien plus tôt. Depuis Lingzhou, tout lui semblait un don.

Il pensait plutôt aux jeunes, à qui l'avenir aurait dû promettre ses présents, ce qui n'arriverait peut-être pas. Si c'était un raid, ils n'avaient aucune chance.

« Je connais celui qui les mène », dit soudain Chao. Chen se tourna vers lui, les yeux écarquillés. « Et aussi, je crois… »

Sa voix s'éteignit. Chen le regarda fixement : « Quoi ? » demanda-t-il, peut-être un peu abrupt.

« Le troisième homme, sur le cheval gris. »

Chen plissa les yeux. Ce jeune homme lui était inconnu.

Les cavaliers armés arrivèrent à la barrière de leur entrée.

Le meneur mit pied à terre. S'inclina. Et déclara : « Je crois que nous voici en présence des frères Lu, à La Montée de l'Est. Puis-je dire à quel point je suis honoré ? »

Pas une attaque. Pas la mort venue sur la route.

Chen, étant l'aîné, s'inclina à son tour. « C'est nous qui sommes honorés de votre salut. Je suis fort embarrassé de ne point vous connaître. Permettez-nous de vous accueillir à La Montée de l'Est. Puis-je demander quel est votre nom ? »

D'abord la bienvenue, puis la question.

« Bien sûr, dit celui qui avait pris la parole. L'Honorable Lu Chao ne doit pas se souvenir de moi, mais j'ai eu l'honneur de l'observer à la cour lorsqu'il est revenu de la steppe.

— Mais si, je m'en souviens, dit Chao. Vous êtes le commandant Ren Daiyan, et vous êtes l'homme que nous aurions dû envoyer prendre la Capitale Méridionale. »

Chen cligna des yeux, puis observa plus attentivement le visiteur. Lourdement armé : épée, poignard, arc, carquois de flèches. D'apparence jeune, mais non ce qu'on aurait considéré comme vraiment *jeune*. Un visage mince, des yeux durs, un regard de soldat, mais qui changea d'expression aux paroles de Chao, se teinta d'ironique intelligence. Pas si dur, à la réflexion.

« Les soldats servent là où ils sont envoyés, dit-il avec retenue. Je suis sans importance. Mais nous escortons quelqu'un qui l'est. » Il désignait l'homme monté sur le cheval gris.

Ce fut Chao qui réagit le premier.

« Mon seigneur prince ! s'exclama-t-il. Je pensais que… Oh, le ciel soit loué ! »

Il s'agenouilla, front et paumes sur le sol froid de la cour. Chen, en entendant le mot "prince", en fit autant et les autres de même, derrière lui. Mais il n'avait pas idée…

Un autre soldat sauta avec souplesse de sa monture pour aider celui que Chao avait nommé "prince" à mettre pied à terre.

« Le Prince Zhizeng », dit Ren Daiyan, une mise au point secourable, « semble être le seul membre de la famille impériale à n'avoir pas été capturé lors de la chute de Hanjin.

— La ville est tombée, alors ? » dit Chen.

Un fantôme le lui avait appris. C'était la première fois qu'une voix humaine le disait.

« La veille de la Nouvelle Année. Nous nous sommes échappés cette nuit-là. »

Lu Chen se releva avec lenteur. *Zhizeng* ? Il fouillait sa mémoire. Quel fils ? Numéro douze ? neuf ? Qui les comptait, quand on n'était pas à la cour où ces détails importaient autant que la nourriture et le poison ? C'était un fils, néanmoins, un fils impérial. Et vivant.

« Mon seigneur prince ! » s'exclama-t-il, comme son frère. « Nous sommes indiciblement honorés. Comment se fait-il que vous soyez des nôtres ?

— L'intercession des dieux », répondit pieusement lc prince Zhizeng.

Des hommes devaient aussi avoir été impliqués. Probablement ces hommes-ci. Il regarda Ren Daiyan. « Que pouvons-nous vous offrir ? Vous trouverez ici un refuge, et des cœurs loyaux à la Kitai.

— Bien, répondit le prince. Nous en serons reconnaissant. »

Chen jeta un coup d'œil à Mah, qui se releva et alla ouvrir la barrière. Il ne regarda pas derrière lui, mais il savait que son épouse et celle de son frère, toutes les femmes de la maisonnée, devaient se précipiter, comme dans une bataille, afin de préparer autant que possible La Montée de l'Est pour ce qui venait de se présenter.

Ren Daiyan avait un léger sourire. Cela le transformait. Chen lui sourit en retour. Au fil des ans, il s'était rendu compte que les gens réagissaient favorablement à son sourire.

« Comment nous avez-vous trouvés ? lui demanda-t-il.

— Nous étions guidés par un membre de notre compagnie qui se fiait, apparemment, à des descriptions que vous aviez envoyées par écrit.

— Que j'ai envoyées ? Par écrit ? »

Il se sentait de nouveau dérouté. Ce n'était pas déplaisant, d'être parfois surpris par la vie. Il eut soudain l'idée d'un thème de poème : comme il n'était pas bon d'avoir le sentiment que l'existence ne vous réservait plus de surprises.

Une autre monture s'avança. « Vous m'aviez dit, et je me le suis rappelé, que La Montée de l'Est se trouvait juste à l'est du Rû de Mai-Lin, tout près du Grand Fleuve – pas très loin du véritable site de la Falaise Rouge, et du faux site dont vous parliez dans un poème et dont nous avions discuté dans le jardin de Maître Xi Wengao, en la saison des pivoines. »

Il regarda fixement la cavalière, puis claqua des mains, ravi. Le sourire qu'il lui adressa venait du cœur. Comment était-il possible de penser que l'existence ne pourrait offrir que du prévisible ? songea-t-il. Ce n'était pas une bonne idée de poème, trop *facile*, cela ne valait pas son encre.

« Vous êtes extrêmement la bienvenue, Dame Lin, vous, notre prince et le commandant, chacun d'entre vous. Entrez, je vous prie, et faites-nous la grâce de votre présence. Il y a du vin, il y a à manger, et ce que nous pourrons vous offrir comme commodités.

— Pardonnez-moi, Père. Je vous en prie ? » C'était Mah, qui tenait encore l'épée de cérémonie qui avait appartenu à son grand-père. Il regardait le commandant : « Êtes-vous poursuivis ? Y a-t-il un danger dont nous devons vous défendre ? »

C'était joliment exprimé.

Ren Daiyan sourit à Mah. C'était un homme capable de sourire aisément, semblait-il. « Merci, dit-il. Je me souviens de vous aussi. Vous étiez avec Lu Chao, ce jour-là, à la cour. Non, nous ne sommes pas poursuivis. Nous nous sommes occupés des poursuivants au nord du Wai. »

Il jeta un coup d'œil au prince, qui avait déjà franchi la porte et s'approchait du corps principal de la maison.

« Nous ne vous dérangerons que brièvement, ajouta-t-il. Plusieurs d'entre nous accompagneront le prince à Shantong, c'est son désir. Il y sera bien protégé des Altaï.

— Et le reste de votre troupe ? » demanda Chen ; il avait perçu une intonation particulière dans ces paroles.

« D'autres retourneront dans le nord, et nous sacrifierons notre vie, s'il le faut, pour y combattre les Altaï. »

Instinctivement, Lu Chen regarda derrière lui. Le prince s'était arrêté, avait fait demi-tour et fixait Ren Daiyan. Chao s'était retourné aussi – le même instinct ? Ils échangèrent un coup d'œil.

« S'il est possible de prendre un bain, déclara Lin Shan, mettant fin au silence, j'offrirai six chansons de gratitude avant le coucher du soleil.

— J'aimerais fort les entendre », dit Chen.

Ils laissèrent les ouvriers se charger des chevaux. Le poète mena ses invités dans la maison, où l'on avait en hâte allumé des feux et où l'on préparait à manger. Il donna son propre fauteuil au prince, le plus proche du foyer dans la salle d'accueil. On offrit du vin, puis un repas. On écouta les récits. On raconta à son tour ce qu'on savait, pas grand-chose.

On eut droit aux chansons de Lin Shan après la tombée de la nuit. Elle chanta la victoire à la Falaise Rouge, non loin de là, au temps jadis.

On proposa, et il fut accepté, qu'elle demeure avec les frères Lu et leurs familles, une honorable invitée en soi, ainsi qu'au nom de son honorable et défunt père, et au nom de son époux, qui était aussi probablement mort, ou emmené dans le nord avec d'autres du clan impérial.

Le prince avait répété ses intentions : il se rendait à Shantong, nichée entre la côte et le Lac de l'Ouest. Une ville riche, magnifique, avec des rues en forte pente donnant sur le port, où l'on achetait et vendait des marchandises à des bateaux qui circulaient toute l'année, venus de la péninsule koreini, de la mer du sud, et de plus loin.

Chen la connaissait bien : il y avait été préfet dans sa jeunesse, alors que sa faction détenait le pouvoir. Le Lac de l'Ouest avait pour toujours une place dans son cœur. Il avait fait édifier le long pont peu élevé qui menait à l'autre rive, pour ceux qui se promenaient dans la paix sereine du lac. On lui avait donné son nom, après son départ. Le Pont Lu Chen, sur le Lac de l'Ouest. Il pouvait y retourner. Servir à la nouvelle cour, si on le lui demandait. Il regarda le prince à leur table. Peu probable qu'on le lui demandât. Peut-être à son frère ?

Hanjin était tombée. Il fallait une cour et un empereur à la Kitai. Shantong était probablement le meilleur endroit, oui. Et Zhizeng se trouvait directement dans l'ordre de succession. C'était sensé.

De son lit, il entendait les clochettes agitées par le vent dans le paulownia du jardin, une musique légère. Il avait toujours aimé ces clochettes. La lune brillait, elle avait été pleine la veille. Sima Zian avait été le poète de la lune. Chen, plus jeune, avait plaisanté en disant que c'était injuste : depuis les jours de Maître Sima, si quiconque parmi eux écrivait sur des lunes, il ne faisait qu'imiter l'Immortel Exilé.

Un autre vers pour un poème lui vint à l'esprit. Ces derniers temps, il s'obligeait à se lever, même avec le froid, à allumer une lampe, à gratter de l'encre, l'allonger d'eau et tracer des caractères, de peur que sa mémoire n'abandonnât les mots offerts avant le lever du soleil.

Ce vers, il le savait, ne le quitterait pas. Il se le murmura : *De Hanjin à Shantong s'étire le chemin de notre peine.*

Il le répéta. Écouta les clochettes et le vent. La lune s'éloigna. Il restait étendu sans dormir. Observateur et toute sa vie amant des femmes, il savait que Ren Daiyan et Lin Shan devaient être ensemble à présent, dans la chambre du commandant ou celle de Shan.

Il leur souhaita ce qu'ils pouvaient trouver de joie – en ces temps, en cette nuit, dans le refuge de La Montée de l'Est. Puis il s'endormit.

CHAPITRE 26

Au début du printemps, après un hiver de sauvagerie, les deux armées altaï s'étaient fusionnées en une seule force de maraudeurs, avec des renforcements, et celle-ci avait traversé le Wai pour se rendre jusqu'aux rives du Grand Fleuve.

Le printemps était la période habituelle des combats. Le but des cavaliers se modifia. C'était maintenant une force d'invasion. La facilité de leurs succès pendant l'hiver avait changé leurs intentions : ils se dirigeaient vers Shantong et la cour du prince qui leur avait échappé, le jeune Empereur qu'on venait de couronner là.

Leur destination était évidente, car ils ne se souciaient pas de la dissimuler. Ils envoyèrent une demande de reddition. On tua leur messager. Le chef de guerre des Altaï ordonna qu'on rase trois villages au nord du fleuve, qu'on en massacre tous les habitants et qu'on les laisse sur place. Ils ne les tuèrent pas tous et ce ne fut pas faute d'essayer. Quelques hommes s'échappèrent, certains avec femmes et enfants, et cherchèrent à se rendre dans le sud, dans les forêts ou dans les marais. Certains se joignirent à la racaille qui se désignait comme l'armée de la Kitai.

En l'occurrence, les cavaliers rassemblèrent leurs forces sur le Grand Fleuve, non loin du site de la bataille de la Falaise Rouge, où une armée d'invasion s'était massée, près de mille ans auparavant. L'emplacement présent était assez proche pour que l'affrontement subséquent devînt éventuellement connu comme la Seconde Bataille de la Falaise Rouge.

Il n'est pas toujours aisé de séparer l'Histoire de la fiction.

Les Altaï n'étaient pas un peuple de marins, mais ils avaient dorénavant des multitudes d'ouvriers kitans à leur service, la plupart contraints, mais certains de leur propre gré. Il y en a toujours pour évaluer où le vent souffle. Pêcheurs et artisans kitans furent mis au travail pour bâtir la flotte de petits bateaux dont l'armée avait besoin pour traverser la rivière en crue printanière.

Lors de la première bataille de la Falaise Rouge, au temps jadis, fantassins et archers avaient attendu sur la rive opposée, et les bateaux s'étaient affrontés sur le large fleuve, jusqu'à ce qu'un changement dans la direction du vent, don du ciel hautement célébré, dû à de la magie, disaient certains, eût poussé des bateaux vides en flammes vers le nord et la flotte d'invasion.

Cette fois, c'était différent.

Les Altaï, dans leurs petits esquifs qui filaient d'une rive à l'autre dans le noir, réussirent à établir une tête de pont sur la rive sud, alors que se levait un matin brumeux. Une pluie légère tombait, le terrain était difficile sur la rive, mais il n'y avait qu'un bas-fond en pente douce à gravir, dans un endroit choisi avec soin.

Les premiers cavaliers s'établirent sur la rive. Ils grimpèrent de là pour prendre des positions défensives dans le crachin, avec arcs et courtes épées incurvées.

S'étant frayé un chemin à coups de massacres et d'incendies, ils s'étaient rendus plus loin dans le sud qu'aucune autre tribu auparavant. Ils étaient durs et triomphants, la plus solide force militaire du monde.

Ce qu'ils ignoraient, alors qu'ils se préparaient à contrôler l'emplacement choisi pour les chevaux qui traversaient maintenant à la nage, c'était qu'on leur avait permis de prendre pied sur la rive.

Normalement, les défenseurs usent d'un fleuve comme d'une barrière pour garder l'ennemi sur l'autre rive. Dans quelques rares batailles célèbres, un général avait placé sa propre armée avec une rivière sur ses arrières, pour éliminer tout risque de retraite et forcer au courage.

Cette fois-ci, l'homme qui commandait aux forces amassées de la Kitai dans cette partie du monde, avait choisi d'agir autrement.

Alors qu'il attendait sur le terrain humide et couvert de mauvaises herbes au-dessus du fleuve, Zhao Ziji avait peur. Ils avaient entendu les Altaï arriver avec de grandes éclaboussures, puis escalader la rive. Daiyan voulait qu'il y en ait un bon nombre sur le terrain – et coupés du reste. Ziji avait toujours été plus prudent, depuis le temps où leurs plans n'impliquaient rien de plus qu'attaquer les gardes d'un percepteur d'impôts. Peut-être parce qu'il était plus âgé – mais il ne le croyait pas réellement.

Certains semblent nés prêts à évaluer un risque et à le prendre. Ils peuvent toutefois commettre des erreurs, tout un chacun le peut, et cette erreur-ci serait peut-être trop lourde pour qu'on s'en remette, se disait Ziji.

Il observa le ciel à l'est, à travers la pluie oblique. Les Altaï essayaient toujours de prévoir leurs attaques pour le lever du soleil. On le savait. C'était important. Le vent venait de l'ouest, ce qui signifiait que le courant était encore plus rapide. Si tout se déroulait comme prévu, on entendrait bientôt...

Des cris et des hurlements distants venus de la rivière lui parvinrent alors. Il eut un petit sourire. La crainte s'effaça, remplacée par une émotion plus froide. Il demeura immobile, bien dissimulé. Ses hommes, à ses côtés et derrière lui, en firent autant. Son propre instinct quant au déroulement d'une bataille dans le temps se trouvait être fort précis. Il murmura un ordre au soldat le plus proche : « Ne bougez pas, pas encore. » L'entendit relayer à voix basse. Il avait ses meilleurs hommes avec lui.

Avec les bruits de plus en plus forts qui venaient du fleuve – et qui devaient être ceux des chevaux et des hommes en panique qui les guidaient –, les Altaï commencèrent à s'agiter sur la rive, en contrebas. Ils devaient être inquiets, à présent, certains devaient se retourner. Cette traversée était censée avoir été secrète, à l'ouest de l'endroit où ils avaient massé leur force principale, pour qu'on la voie bien en train de construire des bateaux.

Les envahisseurs avaient amené de ce côté la moitié de leurs montures, bien à l'écart du fleuve, dissimulées dans un endroit encore plus éloigné vers l'amont, d'où ils pourraient traverser à la nage sans avoir à lutter contre le courant, le laissant au contraire les porter vers l'endroit choisi, où le terrain était propice à l'accostage, avec une pente douce.

Les bateaux qu'on construisait dans le camp principal, à l'est, étaient bien réels, mais c'était aussi une ingénieuse supercherie, visant à attirer les Kitans et à les masser de ce côté. On devait les utiliser *après* l'accostage secret. Ce que l'armée kitane n'était pas censée savoir, c'était que les Altaï avaient tous ces autres bateaux et une large force assemblés à l'ouest, et c'étaient ceux qui étaient arrivés en suivant le fleuve pour le traverser dans les ténèbres.

Le plan était astucieux. Wan'yen, comme chef de guerre, méritait son rang, on en convenait parmi les cavaliers. Seul son frère avait peut-être été aussi brillant et aussi audacieux.

Une fois sur la rive, cette force venue de l'ouest monterait en selle et contraindrait la majeure partie de l'armée kitane à faire en hâte mouvement vers l'amont pour l'affronter – ce qui permettrait à l'autre partie des cavaliers de traverser le fleuve depuis l'endroit où elle se tenait.

La Kitai n'avait pas assez de bons soldats pour les combattre en deux endroits différents. Et une fois les cavaliers de l'autre côté du fleuve...

La pluie ne dérangeait pas Daiyan, il la remarquait à peine. Il avait vécu une si grande partie de son existence au grand air, en toute saison et en tout temps...

Au fil des années, il avait aussi découvert, à sa grande surprise, qu'il aimait se trouver sur l'eau. Il n'avait pas encore vu la mer mais, d'une manière imprévue, fleuves et bateaux lui paraissaient très naturels. « J'aurais fait un bon pêcheur », avait-il dit une fois à Ziji, alors qu'il était ivre, et son ami avait bien ri.

Mais il avait été sincère. Les voies qui s'offrent et qu'on suit peuvent mener le même homme à des vies très différentes.

Il aurait pu être un lettré qui aurait passé les examens de *jinshi* si ce n'avait été d'une sécheresse, une année, dans sa jeunesse. Et s'il n'avait été choisi, un jour, quand le magistrat Wang Fuyin avait eu besoin d'un autre garde pour un voyage ? Ou même, si on se laisse aller à spéculer, si sept hors-la-loi ne s'étaient pas dressés sur ce chemin, cette après-midi-là ?

D'un autre côté, se disait-il, tandis que la pluie dégoulinait de son casque en cuir, sur aucun de ces chemins il n'aurait rencontré Shan.

Une image lui était venue, lors de leur unique nuit à La Montée de l'Est, dans la chambre de Shan. Il la lui avait décrite. Elle avait rapport aux sceaux que les empereurs avaient autrefois eu coutume de confier à leurs commandants. Une moitié partait avec l'armée, l'autre restait sous bonne garde à la cour. Si de nouvelles instructions devaient être envoyées, le messager portait l'autre moitié du sceau impérial, de sorte que le commandant sût que les ordres venaient du trône et de nul autre essayant de le duper. On réunissait les deux moitiés, et l'on savait que l'ordre était véridique.

« C'est ce que vous êtes pour moi », lui avait-il dit.

Elle était assise sur le lit, les mains autour des genoux, elle l'écoutait. Il faisait sombre, mais il la connaissait maintenant et savait qu'elle ne souriait pas. Et en effet, elle remarqua : « Je ne suis pas certaine d'apprécier tout cela.

— Quelle partie ? » Il avait la main sur sa cheville. Il trouvait difficile de ne pas la toucher, même après avoir fait l'amour. Ils avaient si peu de temps ensemble, toujours, et il partirait avant le matin, avant l'éveil du prince – parce que le prince allait lui ordonner de venir à Shantong pour l'y garder, et il ne le voulait pas. Il ne pouvait refuser un ordre, il partirait donc avant que l'ordre soit émis.

Il allait vers le nord. Il y avait une armée à rassembler.

« La partie concernant le commandant et la guerre. Ces deux moitiés de sceau qui s'ajustent ne parlent pas d'amour, déclara-t-elle.

— De confiance, alors ? demanda-t-il après avoir réfléchi. Au moins de cela ? »

Elle prit sa main dans les siennes, entrelaçant leurs doigts : « Vous êtes trop intelligent pour un soldat. » Puis elle secoua la tête : « Ne le dites point. Je sais. Nous avons besoin que nos soldats soient intelligents. Je le sais bien.

— Merci, murmura-t-il. Vous pouvez entretenir la conversation à vous seule, c'est plus facile pour moi. »

Cette fois, elle se mit à rire.

« Shan, je suis un chef de ce qui nous reste, et il y a ceux qui veulent nous détruire. Nous ne pouvons toujours choisir les temps où nous naissons.

— Nous ne pouvons jamais les choisir, rectifia-t-elle. Vous devriez dormir, si vous êtes pour partir dans la nuit.

— Si je dors, se rappelait-il avoir dit. Je perds la notion du temps avec vous.

— Mais non », avait-elle répliqué.

Elle lui avait chanté quelque chose pour l'endormir, une ancienne chanson, à voix basse, presque un murmure, la main dans ses cheveux.

Il s'était réveillé avant l'aube. Elle était près de lui, toujours éveillée, elle le regardait. Il s'était habillé et il était parti, suivant une route qui l'avait mené vers le nord-ouest, une ombre dans l'hiver, se déplaçant avec célérité, rassemblant des hommes pour les envoyer vers le sud et suivant la trace des barbares. Il s'était retrouvé près du Grand Fleuve, de nouveau près de La Montée de l'Est, et c'était le printemps, apparemment.

« Les voilà ! » dit Kang Junwen, près de lui dans la barque. Junwen était avec lui depuis qu'ils avaient rescapé le prince et ne l'avait plus quitté.

Daiyan plissa les yeux pour voir à travers la pluie. Un moment plus tard, il entendit des bruits, puis il vit les petites embarcations des Altaï et les chevaux qui peinaient dans l'eau. Ils devaient avoir nagé depuis un bon moment, dans un courant froid et rapide, mais c'étaient les meilleurs chevaux du monde, à l'exception des légendaires chevaux de l'ouest qu'aucune âme vivante n'avait jamais vus.

Il n'aimait pas tuer des chevaux et il avait besoin de tous ceux qu'il pourrait capturer. C'était en partie le but de ce plan complexe et risqué : priver les Altaï de leurs montures et en procurer à la cavalerie kitane qu'il désirait.

Ainsi donc, Daiyan et ses forces, dans des embarcations plus grosses portant quarante hommes chacune – une flottille assemblée dans l'ouest et amenée en aval – furent aussi précis que possible avec ce vaste troupeau dans le fleuve. Les chevaux étaient guidés par leurs cavaliers, des hommes braves, d'autres Altaï se trouvaient parmi eux dans les bateaux qu'ils avaient construits et portés jusqu'à l'eau pendant la nuit.

Ils commencèrent par blesser quelques bêtes pour déclencher la panique. Puis ils se concentrèrent sur les barques qui arrivaient parmi les chevaux. Ils les éperonnèrent, ils les incendièrent avec des flèches enflammées. Une association légendaire existait ici entre feu et victoire. Il ne voyait aucun inconvénient à ajouter à la légende.

C'était une surprise dévastatrice, totalement inattendue, et les cavaliers de la steppe ne connaissaient rien à l'art nautique. Daiyan se mit à crier, ses hommes aussi. Ils voulaient que les bruits de combat et de terreur atteignent la rive sud. Ils pouvaient entendre les hurlements des Altaï qui plongeaient de leurs barques rompues ; les petits esquifs étaient aisément mis en pièces par les collisions ou bien ils prenaient feu et les occupants en sautaient. Mort dans l'eau, mort dans les flammes.

Ils n'auraient pas dû être là. Ils avaient commis une erreur en venant là.

Peu de cavaliers de la steppe avaient jamais appris à nager.

C'était le matin à présent, il pleuvait toujours, mais Daiyan pouvait voir ce qu'il faisait. Il tirait sans arrêt, flèche après flèche. Le capitaine de sa barque était un pilote du fleuve, la plupart l'étaient. Des hommes dont le métier était de transporter des marchandises le long du Grand Fleuve ou de l'autre côté, nombre d'entre eux fils de fils et de fils qui effectuaient le même travail depuis des générations.

C'était leur contrée, leur foyer, leur fleuve. *Leurs fleuves et leurs montagnes.* Les cavaliers de la steppe avaient été d'une indicible cruauté en balayant les terres de chaque côté du Wai. Ils avaient laissé une traînée de morts horribles, et les récits afférents. Ils en avaient eu l'intention, ils voulaient réduire la Kitai à une abjecte soumission terrifiée, lui faire craindre toute riposte, et de se rassembler derrière un nouvel et jeune Empereur.

En termes strictement militaires, c'était une bonne idée. Qui n'allait pas fonctionner, avait décidé le commandant Ren Daiyan. On ne pouvait choisir les temps où l'on vivait, mais on pouvait affronter leurs jours et leurs nuits avec courage. Et l'intelligence comptait aussi. Shan l'avait dit pour lui, au cours de leur dernière nuit.

Il avait des espions chez les Altaï, parmi ceux qui avaient été conscrits pour construire leurs bateaux. Ils avaient gardé la tête basse, ces hommes, tout en abattant les arbres, en maniant leurs marteaux, et ils avaient aussi gardé leurs oreilles ouvertes, ils avaient écouté.

Il avait eu des éclaireurs qui couvraient un vaste terrain, des hors-la-loi des marais pour beaucoup, entraînés par toute une existence passée à se cacher, comme lui, et habiles à ne pas être repérés. Il avait été au courant des embarcations construites à l'ouest du principal camp altaï. Il avait connu leur taille et leur nombre. Il savait où les cavaliers avaient l'intention d'accoster sur la rive sud du fleuve – parce que c'était la seule pente facile à gravir sur cinquante *li*.

Ziji et leurs meilleurs hommes les y attendaient. Des hommes qui avaient gagné la bataille au nord de Yenling.

Les barbares étaient meurtriers à cheval, personne ne montait comme eux, personne n'avait des bêtes comme les leurs. Mais, alors qu'ils fonçaient au combat dans un bruit de tonnerre, ils n'étaient pas aussi subtils que les Kitans, avait estimé Daiyan. Pas aussi subtils que *lui*.

On gagne des guerres, on défend son peuple avec ce qu'on peut, tout ce qu'on peut. Cela incluait d'assembler des hommes et des bateaux encore plus loin en amont et d'abattre tout cavalier qui s'aventurait aussi loin dans des raids. Ils l'avaient fait. Avec une joie dure. Personne n'était torturé ni mutilé, ils n'étaient pas des barbares, mais aucun de ces cavaliers n'était revenu le long du fleuve, ou chez lui dans ses plaines herbeuses.

Puis la nouvelle était arrivée : les petites barques étaient portées vers la rive. Ce serait cette nuit, le premier accostage étant prévu pour le lever du soleil.

Daiyan savait que Ziji recevrait les mêmes nouvelles, et il savait que Ziji comprenait sa tâche. Cela ne voulait pas dire qu'il pouvait l'accomplir, ou que Daiyan le pouvait, ici, sur l'eau, mais on gardait ses doutes pour soi. Aucun des hommes n'avait besoin de les entendre ou de les voir. Une armée gagne quand elle pense pouvoir gagner. Ou peut-être quand les hommes pensent à ce qui peut arriver s'ils ne gagnent pas. "Ils arrêtent ici", avait déclaré Daiyan à ses soldats et aux mariniers en amont du fleuve. "C'est ici que la marée se renverse."

Le soleil s'était couché, écarlate, dans un long banc de nuages. Ils avaient désamarré leurs propres embarcations et ils étaient partis. Daiyan avait crié aussi fort que possible, avait entendu ses paroles relayées et reprises de bateau en bateau, jusqu'à ceux qui avaient été hors de portée. Le Commandant, ils l'appelaient, désormais. Aucun d'eux ne le trouvait jeune, ce printemps-là. Ils pensaient qu'il était l'homme qui pourrait sauver la Kitai.

Des garçons plus jeunes que lui lorsqu'il avait quitté son village, les traits pétrifiés en masques d'horreur, des fermiers, des manœuvres, des bandits, des mineurs venus des mines de sel ou de fer, des hommes du sud, des siens venus de l'ouest lointain, des gens du nord remplis d'amertume, fuyant villes et villages en cendres – tous venaient trouver Ren Daiyan.

Les cavaliers connaissaient les armées défaites de la Kitai. Ils avaient écrasé la majeure partie de ces forces l'été et l'automne précédents. Ils ne s'étaient pas renseignés sur le nombre des hommes qui formaient la nouvelle armée en train de s'assembler dans les rizières du sud, ou sur les barques qui se massaient à l'ouest de l'endroit où devait avoir lieu leur propre traversée en deux temps.

Ils payèrent le prix fort pour cette ignorance, sur le fleuve et sur les bords du fleuve, tandis que se levait une aube balayée de pluie.

On apprend à attendre, se disait Ziji. Ce n'est pas un talent qui peut s'extraire des textes militaires ou des conversations de baraquements. Il fallait être plongé dans la bataille, au commandement, à retenir ses hommes anxieux et impatients, effrayés…, jusqu'au moment qui se révélait à vous et vous disait : *Maintenant. Maintenant, nous y allons.*

Il entendit cette voix dans sa tête et lança alors les meilleurs archers et les meilleurs fantassins qu'avait la Kitai. Les soldats munis d'épées tueuses de chevaux et les archers entraînés, entre autres, à protéger flèches et cordes d'arc dans la pluie, et à tuer avec.

Sur cette rive-ci, les Altaï étaient surtout à pied, seuls quelques chevaux avaient traversé le fleuve. Les hurlements en provenance de la rivière étaient très forts à présent, paniqués, et la lumière montait, permettant aux archers de choisir leurs cibles depuis leurs positions plus haut dans la pente, parmi les buissons et les arbres bas, défendus par les hommes placés devant eux.

Les archers constituaient la première vague d'assaut, des volées rapides qui abattirent les Altaï essayant de gravir la pente à la course et d'autres tournés, impuissants, vers l'eau où leurs camarades périssaient dans leurs barques.

Ziji pouvait imaginer leur terreur, leur rage : ils étaient pris au piège et mouraient sur l'eau, loin de leurs steppes, dans cette contrée humide et resserrée. Et cela allait contre toutes leurs attentes – après la campagne sans efforts qui les avait attirés dans le sud avec la ferme certitude que la Kitai était à eux.

« En avant, maintenant ! » rugit Ziji. Il entendit le cri repris par ses capitaines le long de la ligne. Sa rage guerrière s'était allumée, poussée par les souvenirs du nord et ce qu'il savait des actes des barbares. Il avait vu une vieille femme, devant une ferme isolée, gisant dans le sentier menant à sa propre porte. On lui avait coupé pieds et mains, on les avait laissés près d'elle, on lui avait ouvert le ventre. Les cavaliers avaient voulu terrasser toute résistance par la terreur. Ziji en avait discuté avec Daiyan, ils l'avaient expliqué aux autres, la terreur comme tactique guerrière. Cela ne retirait rien au désir de tuer, le poussait plutôt de l'avant, comme un mascaret.

Le combat changea de nature. Une fois qu'il eut fait mouvement avec les fantassins, les archers étaient obligés de cesser de tirer – ils devinrent une arrière-garde, abattant un par un les Altaï qui parvenaient à passer soit pour fondre sur eux, soit pour fuir vers le sud, puisqu'il n'y avait plus de fuite possible par voie d'eau.

Ils ne savaient pas nager et les hommes de Daiyan étaient maintenant là, s'étant aidés du courant pour arriver avec l'aube. Ils éperonnaient les embarcations des Altaï, ils les incendiaient, avec leurs propres flèches meurtrières – et quelques-uns mouraient, aussi, car les barbares ne cesseraient pas de se battre.

En vérité, leur plan pour traverser le fleuve avait été ingénieux. Pour des cavaliers de la steppe, à tout le moins, eux dont l'art de la guerre consistait à semer la terreur dans le choc du tonnerre. Mais le glorieux empire de la Kitai avait connu plus d'un millénaire de guerres et de rébellions – et *d'écrits* sur les guerres et les rébellions ; et cette Douzième Dynastie possédait encore des commandants, ici, sur cette rive, sur ce fleuve.

Le cœur plein d'une rage froide, Zhao Ziji sortit de sa cache à la tête de ses hommes pour s'abattre sur les Altaï de la rive, ceux qui avaient été envoyés en premier pour assurer la sécurité du débarquement.

Ils ne l'assurèrent point. Ils combattirent avec bravoure, ces barbares. On ne peut leur dénier le courage. Mais cette embuscade à l'aube, dans la pluie, était si soudaine, si inattendue, et si *féroce* ! Ce n'était absolument pas ce qui avait été censé se passer. Même des hommes braves peuvent voir leur mort prochaine et en être accablés.

Les soldats de Ziji leur tombèrent dessus comme un arbre abattu roule dans une pente. Ses hommes étaient des fantassins naturels qui affrontaient des hommes se sentant à l'aise à cheval et seulement à cheval. Et le fleuve comme la pente détrempée signifiaient qu'ils n'avaient nulle part où aller.

Sur l'eau, quelques barques des Altaï réussirent à passer pour arriver au rivage, des hommes se débattaient pour en sortir et se joindre à la bataille. Ziji ne fut pas surpris de constater que ses archers réagissaient déjà : des flèches volaient au-dessus de la tête des combattants plus rapprochés, pour abattre ceux qui essayaient de rejoindre la terre ferme. Des chevaux mouraient aussi, même s'il en voyait qui reprenaient pied dans des gerbes d'éclaboussures. Il n'aimait pas tuer des chevaux, mais c'était la guerre, elle devait être féroce – que pouvait-elle être d'autre ?

Il bloqua un coup de son petit bouclier, en oblique, pour que l'épée de son adversaire dérape, en contrôlant l'impact. Il faucha de la sienne, bas et de biais, sentit la lame mordre dans la cuisse de l'autre et frapper l'os. La face de l'Altaï se convulsa, bouche béante, il s'effondra dans la boue. Après lui avoir asséné de son pied botté un coup violent à la tête, Ziji poursuivit son chemin vers le fleuve, dans la pluie.

Sur la rive nord, Wan'yen, le chef de guerre des Altaï, avait bu, plus tôt, et davantage qu'il ne se le permettait habituellement pendant une campagne. Il usait de la coupe-crâne que son frère avait fait fabriquer. Il disait aux autres que c'était en souvenir de celui-ci.

Il avait été éveillé et attendait le signal, hors de sa yourte humide à la pointe de l'aube, dans la pluie froide. Il savait que les nouvelles mettraient du temps à arriver de l'ouest, mais il n'avait pas bien dormi, il était irrité, nerveux, prêt pour la bataille. C'était presque aussi déplaisant qu'un siège. On construisait des bateaux. Et on attendait.

Le fleuve était trop large pour que l'autre rive fût visible, même sous le soleil et, dans la brume de cette matinée-là, il aurait fallu être très proche, et sur l'eau, pour voir quoi que ce fût sur la rive sud.

Il haïssait ce fleuve. Le haïssait désormais comme si c'eût été un être vivant, un adversaire en soi, un allié de ses ennemis. En comparaison, le Fleuve Doré, dans le nord, quoique meurtrier dans ses crues, n'était rien à traverser. Celui-ci, il y pensait comme à une sorte de monstre. Il y avait des dieux des rivières, et des esprits des eaux, en forme de dragons. Ou des femmes qui pouvaient venir vous attirer et vous noyer. Il lui fallait conquérir ce fleuve en le traversant.

Il envoya chercher un messager et ordonna le lancement de quatre embarcations. Elles devaient s'approcher le plus possible de l'autre rive, observer et écouter. Il comprenait bien que ce serait difficile, épuisant, de garder ces bateaux sur place, en luttant contre le courant. Était-il censé s'en soucier? Il lui fallait connaître le moment où la nouvelle arriverait à l'armée kitane que les Altaï avaient débarqué à l'ouest. La force ennemie commencerait son mouvement alors. Des armées en panique ne sont pas silencieuses. On entendrait les bruits depuis les bateaux arrêtés sur l'eau, on verrait peut-être même le mouvement à travers cette insupportable grisaille, quand la majeure partie de l'armée kitane se précipiterait pour affronter les cavaliers qui auraient traversé.

Et à ce moment-là, sa propre force se mettrait en branle. Ils auraient maîtrisé ce fleuve et auraient pénétré en Kitai plus loin que quiconque avant eux. Cette idée l'excitait.

Ce n'était même plus un véritable empire. Le prince qui avait été leur prisonnier pouvait bien s'appeler Empereur, qu'est-ce que ça voulait dire? D'abord, son père et son frère étaient toujours vivants! Les Seigneurs de la Vertu Confuse et de la Vertu Doublement Confuse. Ça l'amusait encore, les noms dont il avait affublé ces deux-là avant de les expédier dans le nord comme le butin qu'ils étaient.

Il prévoyait avoir traversé le fleuve dans la soirée et être en train de chevaucher vers Shantong, où le prince se cachait, sans doute en pissant de peur dans son lit.

Il descendit pendant un moment jusqu'à l'eau, le regard perdu dans le néant, dans le lourd et sombre courant fouetté par la pluie. Il décida que c'était stupide, il faudrait au moins la matinée, peut-être plus longtemps, pour qu'arrive aux Kitans la nouvelle du débarquement, et pour qu'elle lui arrive à lui-même. Il retourna dans sa yourte. Mangea. But dans la coupe de son frère. Des hommes allaient et venaient, avec circonspection. On lui offrit une fille. Il déclina. Il se demanda si la pluie allait cesser. Il sortit encore, revint encore.

La nouvelle n'arrivait pas. Et n'arrivait pas. Et finalement, ils surent.

Yun'chi des Altaï n'avait aucun désir immédiat de tuer qui que ce fût. Pas dans ces premiers terribles moments de boue, de chaos et de sang sur la rive sud du fleuve, tandis que la lumière montait, révélant ses compagnons morts et mourants autour de lui. Son désir, c'était de s'échapper. N'importe quoi d'autre – tout le reste – pouvait attendre.

Il était un cavalier de la steppe. Il avait l'impression d'être seulement une moitié d'homme sans un cheval. Il ne pouvait même pas penser à fuir à pied, et il n'y avait aucun moyen de retraverser ce maudit fleuve.

Épée dégainée, mais en s'écartant de la sauvage bataille qu'ils étaient en train de perdre sur ce terrain glissant, il prit sa course vers l'ouest, puis revint vers le fleuve. Et là, par la grâce du Seigneur du Ciel, il trouva un cheval sur la rive. Des rênes nouées haut, pas de selle. Il s'assura que la bête n'était pas blessée et sauta en croupe. Un soldat kitan jaillit de la pluie pour fondre sur lui, épée brandie. Il courait en zigzag pour être une cible plus difficile. Yun'chi l'abattit depuis le dos de sa monture. Son peuple était la terreur des steppes, du monde entier.

Il s'enfuit, talonnant le cheval pour s'éloigner du combat, puis pour le pousser à gravir la pente traîtresse afin de quitter ce lieu détrempé. Il y avait des hurlements partout. Le terrain était épouvantable, le cheval épuisé d'avoir traversé le fleuve. Yun'chi éprouvait la peur de sa vie. On leur avait dit que ce serait un simple débarquement, une glorieuse supercherie. Ils devaient seulement endurer l'eau et aborder au rivage.

Et à la place, ils étaient tombés dans une embuscade, sur la rive et sur l'eau, et il se retrouvait isolé en territoire étranger, du mauvais côté du fleuve.

Il rencontra une piste boueuse et décida de filer vers l'est, où se trouverait le corps principal de leur armée (sur l'autre rive !). Il était incapable d'imaginer clairement comment il retraverserait.

Il vit que ses mains tremblaient sur les rênes. Une humiliation ! Il n'était pas un jeune à son premier sang, son *fils* l'accompagnait dans leur force d'invasion. Yun'chi avait fait partie du soulèvement depuis le début. Il ne jouissait pas d'un statut dans la tribu, mais il était néanmoins un véritable Altaï. Ils avaient fauché leur chemin à travers les autres tribus comme une lame dans l'herbe d'été. Et plus aisément encore jusqu'à Hanjin, puis sur la route du sud, un chemin de destruction, jusqu'à ce fleuve.

Ils avaient été fatigués, certes, après une campagne aussi longue, mais on avait gagné ici tant de richesses, et Wan'yen comme Bai'ji étaient généreux avec leurs cavaliers.

Bai'ji était mort. Abattu alors qu'il poursuivait un prisonnier en fuite. Il y avait apparemment un général kitan qui était l'égal des frères. On ne prononçait jamais son nom, par superstition.

Yun'chi, tout en poussant son cheval vers le soleil, se demanda si c'était ce commandant kitan qui leur avait infligé ce qui se passait ici.

Bai'ji l'aurait traité de couard pour avoir abandonné ses compagnons. Que Bai'ji aille se faire foutre, pensa-t-il férocement, qu'il aille se faire foutre, Bai'ji, mort depuis des mois.

Il ne savait pas quoi décider. Sa première idée : trouver un pêcheur, le forcer à traverser au nord, lame sur la gorge. Il était un cavalier de la steppe, une figure terrifiante ici, mais il était seul et la terreur, il était en train de le constater, pouvait changer de côté.

Il était aussi trempé, épuisé et, il s'en rendit compte, affamé. Ils avaient passé presque toute la nuit dans les barques. Sur le fleuve, il avait été malade. Pas le seul. On n'est pas censé se trouver sur des fleuves aussi larges, surtout pas de nuit, sous la pluie, et dans un courant rapide.

C'était bien mieux à cheval, même si cette bête-ci était au bord de s'effondrer sous lui. Il ralentit au pas, il n'avait pas le choix. Il ne vit personne sur la route pendant longtemps. La nouvelle d'une force altaï le long du fleuve devait avoir chassé tout le monde.

Tard dans la matinée, il rejoignit un chariot solitaire tiré par un bœuf. Il tua le charretier, le laissa sur son siège, écartelé par la mort. Le chariot était vide, toutefois, le conducteur n'avait rien eu à manger et pas même un flacon de vin. Il était vieux.

Yun'chi commença à s'inquiéter de possibles hors-la-loi dans les bois qu'il longeait. Il était seul, après tout. Il s'obligeait à rester aussi alerte que possible, bien que, entre l'épuisement et la peur, ce fût difficile.

Juste après midi, la pluie s'arrêta. Les nuages commencèrent à se disperser et il vit le soleil. Il faisait encore frais. Il avait le vent dans le dos. Il entendit des chants d'oiseaux. C'était comme s'ils s'étaient moqués de lui. Il se demanda si son fils était mort.

Un peu plus tard, il vit de la fumée s'élever d'une cheminée de ferme. Pendant tout l'hiver, ils avaient lancé des raids contre des fermes isolées, en prenant tout ce qu'ils voulaient, plaisir inclus, et laissant derrière eux cendres et cadavres. À travers sa lassitude, une pointe de colère perça en Yun'chi. Quiconque vivait là, à l'écart du fleuve, ne l'aiderait pas à se rendre au nord, mais il devait y avoir à manger, la fumée évoquait la chaleur – et l'on pouvait se venger.

Il pourrait nourrir son cheval. Peut-être trouver une selle. Il parla à sa monture, lui dit qu'ils allaient seulement encore un peu plus loin. Il l'appela "mon cœur", le nom qu'il avait donné à tous ses chevaux depuis son enfance.

Ziji observa Daiyan avec attention quand celui-ci débarqua. Il semblait indemne ; lui-même avait le bras gauche entaillé et aucun souvenir du moment où il avait reçu cette blessure.

Ils ordonnèrent à leurs hommes de rassembler les chevaux et de tirer les barques sur le rivage. Ils auraient besoin de traverser pour retourner au nord, ou se rendre vers l'aval, selon les nouvelles qui arriveraient de l'est.

L'embuscade avait réussi, comme si la Reine Mère de l'Occident, abaissant son regard depuis ses pavillons célestes, avait décidé que la Kitai méritait quelque chose, en cette matinée, une petite compensation pour tout ce qui était arrivé.

« L'autre rive ? demanda-t-il. Les cavaliers qui n'avaient pas embarqué ?

— On devrait le savoir bientôt », dit Daiyan.

Partout autour d'eux gisaient des morts, et les blessés criaient. De leurs soldats s'occupaient de leurs compagnons et achevaient les ennemis sur place. Ils ne prenaient pas de prisonniers. Un petit groupe de gardes restait avec eux deux, s'assurant qu'aucun cavalier, après avoir feint d'être mort, ne se dresserait subitement pour abattre l'homme qui les avait conduits ici et qui les commanderait ensuite quand ils en partiraient.

Daiyan aurait dit "les deux hommes", mais ce n'était pas la vérité.

Sur la rive nord, près de l'endroit d'où les Altaï avaient lancé leurs embarcations, Daiyan avait posté un autre contingent de soldats. Ils avaient traversé le fleuve vers la rive nord, deux semaines plus tôt, en restant cachés, en attente. Si tout allait bien, ces soldats devaient avoir fondu sur les Altaï qui restaient *après* que la majorité des cavaliers étaient montés à bord et étaient partis avec les chevaux à la nage. Ils devaient avoir pu écraser l'ennemi entre les hauteurs et le fleuve.

Comme eux ici. Au cours de leur bataille au-dessus de Yenling, l'automne précédent, ils avaient causé des ravages avec leurs épées à deux mains et leurs archers dissimulés. La victoire de cette matinée était un triomphe encore plus complet, pour autant que Ziji pût en juger. Ils avaient saisi tellement de chevaux que c'était une merveille. Il leva les yeux. La pluie n'était plus qu'une bruine à présent, les nuages se déplaçaient. On verrait bientôt le soleil.

Le moment important, ensuite, avait dit Daiyan, ce serait lorsque Wan'yen des Altaï serait informé de cette défaite – ce qu'il ferait avec son armée postée en aval sur l'autre rive. Il pouvait décider, dans sa rage, d'essayer de traverser le Grand Fleuve et de débarquer devant une masse d'archers et de fantassins, avec Daiyan, Ziji et leurs bateaux qui arriveraient avec leurs hommes.

Ziji savait qu'un homme compétent les commandait face aux Altaï. Il saurait comment massacrer des cavaliers dans des embarcations qui approcheraient en plein jour.

Il prit conscience d'un changement dans l'expression de Daiyan.

« Quoi ?

— Je viens de penser à quelque chose. Y en a-t-il qui auront pu s'enfuir en vous contournant ?

— Sûrement quelques-uns. Mais ils seront isolés, ou en très petits nombres, coupés de… »

Il s'interrompit, en se sentant glacé.

« Dai, j'irai moi-même.

— Non, j'irai. Trouvez-moi un cheval ! » dit Daiyan à l'un des gardes, d'un ton brusque. L'homme eut l'air surpris, puis il partit à la course.

Ziji secoua la tête. « Tu ne peux pas ! Tu dois être ici pour commander. Tu peux traverser ou partir vers l'aval. Nous ne savons pas !

— Non, je dois…

— Dai ! J'y vais. À l'instant. Aussi vite que possible. Je te promets ! »

Daiyan le regardait fixement, la bouche réduite à une ligne. Il prit une profonde inspiration. « Je t'en prie », dit-il. Puis il le répéta.

Ziji assembla une douzaine d'hommes, trouva des chevaux. Ils partirent vers l'est à toute allure, mais il était alors déjà tard dans la matinée.

CHAPITRE 27

Shan s'était éveillée en pensant à son époux. Elle avait pleuré en émergeant d'un étrange rêve au ralenti : elle et Wai dans une vaste tombe, vivants, au milieu de guerriers en terracotta qui gardaient un empereur défunt depuis bien longtemps. Wai regardait partout, ne cessait de contempler les merveilles qui les entouraient, puis il se tournait vers elle et son visage…

Des nouvelles étaient arrivées quelques semaines plus tôt en réponse à une question de Lu Chao, qui avait encore des sources dans le nord en ruine. Hanjin ne brûlait plus, était en voie de reconstruction – du labeur kitan, bien entendu. Les conquérants permettaient les ensevelissements, insistaient même pour qu'ils aient lieu. Ils voulaient que la vie reprenne, qu'on paie impôts et tributs. Prêtres et moines faisaient leur possible pour identifier et dénombrer les morts.

Les corps de Qi Wai et de ses parents avaient été ainsi identifiés. La lettre n'en disait pas davantage, ce qui était sans doute aussi bien, compte tenu de certaines des histoires qui couraient.

Après en avoir reçu la permission, elle a ajouté une bougie pour son époux à côté de celle destinée à ses parents, sur l'autel, à La Montée de l'Est. Elle a l'impression d'être chez elle, maintenant, dans cette ferme. Un présent immérité, songe-t-elle.

Le poète lui avait tenu compagnie quand elle avait effectué les premiers rituels à l'autel. Il avait offert sa propre prière puis était resté là en silence, appuyé sur sa canne, pour honorer les morts. Il y avait une autre bougie, un peu à l'écart des autres, qu'elle l'avait vu allumer en dernier. Elle n'avait pas posé de question.

En cette matinée de fin d'hiver, elle avait éprouvé un sentiment d'émerveillement d'être encore en vie, que Lu Chen le soit aussi, qu'ils se tiennent là ensemble. Elle avait posé les boucles d'oreilles de sa mère sur l'autel, après lui avoir jeté un coup d'œil pour lui en demander la permission.

Quand les matinées sont assez plaisantes, maintenant, elle aime à se promener longuement dans le domaine après le repas. À La Montée de l'Est, les repas sont un peu bizarres, il y a beaucoup de monde ici, mais seuls les ouvriers de la ferme prennent le repas du matin ensemble. Parfois, Lu Mah se joint à eux, parfois l'intendant. Puis Mah se rend dans son bureau pour s'occuper des registres de la ferme. Tous semblent avoir ici leur propre rythme, avec de rares rencontres. Elle n'a jamais vécu dans une telle maisonnée.

Le poète ne rentre pas à la maison, parfois, certaines nuits. Nul ne semble s'en inquiéter. D'habitude, a-t-elle appris, il dort dans le temple du village, de l'autre côté du petit cours d'eau. Il aime y discuter avec les moines. Il leur apporte du vin.

Son frère écrit et lit des lettres toute la journée, à la recherche pressante d'informations. Il envoie des notes de service à la nouvelle cour. Lu Chao est encore essentiellement un officier de la cour, il désire servir ce qui reste de la Kitai. Il n'a pas été convoqué par l'Empereur Zhizeng et son nouveau Premier Ministre. Shan le pense déchiré entre le devoir et le désir de rester ici dans ce qu'on peut y trouver de paix.

Comment trouver la paix en des temps pareils? Est-ce même un désir convenable? Désir – le mot même lui évoque Daiyan.

Il pleut ce matin. Encore au lit, elle écoute la pluie et le vent. Le rêve de Qi Wai s'efface. Elle ressent de la culpabilité, du chagrin, surtout du chagrin. Il l'avait quittée, en vérité, bien avant la fin. Elle en est venue à le comprendre. Mais les souvenirs du temps où ils partageaient bien davantage que ne le font normalement des époux… Ces souvenirs méritent le chagrin.

Elle a avec elle le dernier catalogue qu'ils ont élaboré de la collection. Un jour, songe-t-elle, elle pourrait y donner suite, écrire une introduction, conter leur histoire.

Si elle vit. Si la Kitai survit. Les Altaï sont campés en aval du fleuve, sur la rive opposée. Ils construisent des bateaux, a appris Lu Chao. Ils ont l'intention de traverser.

Elle a écrit sa propre lettre pour l'ouest, cet hiver. Un sentiment de devoir guidait son pinceau. Elle l'a envoyée avec les soldats qui se rendaient par là. Le service du courrier est très désorganisé. Les gens se déplacent de tous côtés, ceux qui ne meurent pas. On rapporte des bandits partout, des soldats devenus hors-la-loi, la famine.

Elle a obtenu une réponse, cependant, une lettre qui l'a trouvée là. Tout le monde connaît La Montée de l'Est. Tout le monde sait que le poète Lu Chen y vit. C'est un phare de la gloire passée de la Kitai.

Un seul homme peut-il être l'âme d'un empire ? L'Empereur n'est-il pas censé l'être ? Elle ne connaît pas du tout ce jeune empereur, se rappelle l'avoir seulement vu une ou deux fois dans le Genyue. Ils n'ont échangé aucune parole pendant leur fuite vers le sud.

Le mandat du ciel tombe là où il tombe – et il peut être retiré. Mais le poète, ici, ses paroles, son courage, son humour, sa tendresse comme sa colère – peut-être est-il ce que les Kitans d'avant la chute veulent demeurer dans les mémoires, quoi qu'il arrive maintenant.

L'intendant, Kou Yao, le dernier amant de Wai (son seul amant ?), lui a écrit qu'il est en sécurité avec l'enfant dans la famille maternelle de Qi Wai, très au sud. Ils y étaient arrivés avec une lettre et un document confirmant que Lizhen avait été adoptée comme fille de Wai. L'honneur de la famille doit avoir exigé qu'on lui procure un refuge, Shan le sait, qu'elle soit élevée comme devrait l'être une fille de bonne famille. S'ils survivent tous. Ils sont très loin d'ici. Sûrement, ils survivront ?

Certains matins, quand elle s'éveille, elle se dit qu'elle aurait dû se faire amener l'enfant ; officiellement, elle en est la mère. Mais c'est une pensée stupide et dangereuse. Wai n'avait même pas voulu qu'elle fût au courant de l'existence de la fillette, il avait peur qu'elle ne l'attirât dans sa propre voie.

Elle ne l'aurait point fait. Elle sait trop bien comme cette voie est dure. Mais elle a décidé qu'elle doit honorer le choix de Wai. Elle ne souhaitera que du bien à l'enfant qu'il a sauvée, mais elle n'a pas de demeure où l'accueillir. Ici, elle est une invitée. Une invitée bienvenue, honorée, acceptée même par les épouses des deux frères qui règnent sur le quartier des femmes, mais ce n'est pas sa propre demeure.

Elle n'a pas encore commencé à vraiment y réfléchir. Où pourrait-elle aller, de toute manière ? Nulle part, désormais, avec les armées près du fleuve. On doit rester là, regarder par la fenêtre une matinée pluvieuse, et songer à un père et à un époux, tous deux morts, et à un homme qu'on chérit, de manière stupéfiante, et qui se bat pour la Kitai. Est-il aussi sur le fleuve ?

(Il l'était, en l'occurrence.)

Elle se sent agitée. Piégée dans la pluie obstinée. Essaie, à son bureau, de formuler les paroles d'une chanson sur la manière dont la guerre s'immisce dans les plus infimes parties d'une existence, mais les vers lui semblent forcés. Elle ne se voit pas une imagination assez vaste pour écrire sur cette guerre, la chute de Hanjin, l'étendue des souffrances.

Le grand Chang Du, il y a très longtemps, a écrit :

Je ne peux trouver le repos
Car je suis impuissant
À réparer un monde brisé

Terrifiant, que quiconque puisse porter en soi un tel fardeau. Elle ne s'est jamais imaginé qu'elle, ou qui que ce soit, pût avoir un tel pouvoir. Réparer un monde brisé ? Cela appartient aux dieux.

La nostalgie du désir la tient éveillée parfois la nuit, et d'autres fois le chagrin, parfois la même nuit, mais il ne lui appartient pas de refaire le monde. À moins que ce ne soit pour changer la manière dont une femme peut y vivre – songe-t-elle en ce matin de pluie à La Montée de l'Est –, et elle pense bien qu'elle y échoue.

Lu Chen a écrit qu'une existence ne peut être évaluée qu'après son terme. Elle se demande soudain comment on évaluera celle de Daiyan. Pour un soldat, cela dépend sans doute de ses victoires sur les champs de bataille.

La pluie cesse, finalement. Shan entend l'eau qui dégoutte des corniches et des feuilles. Elle boit son thé à petites gorgées. Par la fenêtre, elle voit les frères qui traversent l'herbe mouillée pour se rendre au sentier menant au ruisseau. Ils ont un banc favori, sous un très vieil arbre. Chao tient le flacon de vin et les coupes. Son frère s'appuie sur sa canne mais marche d'un pas vif. Ils portent tous deux des chapeaux et des vêtements supplémentaires ; il ne fait pas chaud et il y a du vent, mais le soleil semble vouloir se montrer. Shan sourit en les voyant déjà en train de discuter avec animation, et elle songe une fois de plus au don qui lui a été accordé, sa présence ici.

Plus tard, elle passe un vêtement chaud et la double coiffe qui la fait taquiner par tous, et elle va au quartier des femmes, du côté du verger ouest. Elle laisse les frères à leur intimité, pour sa propre promenade ; elle regarde les nuages se disperser. Les boutons de fleurs de pêcher ne sont pas encore ouverts, mais les premiers bourgeons pointent le nez, elle en a surveillé l'apparition.

Il fait froid, même quand le soleil perce enfin les nuages. Il se cache, revient, les ombres se pourchassent dans la campagne. Le vent menace de lui arracher son couvre-chef. Elle le retient d'une main, s'imagine de quoi elle doit avoir l'air pour quiconque la regarde. Une si élégante dame de la cour ! Une favorite impériale, familière des chemins et des pavillons du Genyue.

Ils ont disparu.

Dans le verger de La Montée de l'Est, elle lève les yeux pour voir les bourgeons verts qui rêvent de devenir des fleurs. On a déjà des fleurs de prunier, premier signe de la fin de l'hiver, avec les loriots et les chatons de saules ; et bientôt, il y aura des fleurs de pêcher. Peut-on accepter une simple leçon de renaissance quand tant d'êtres humains ont péri ?

Quelque chose bouge à la limite de sa vision. Elle se retourne et voit, stupéfaite, un renard à l'extrémité du verger, à la lisière de la prairie, d'un orange éclatant, immobile, qui observe... Pas elle, il est tourné de l'autre côté.

Shan tourne la tête alors, à l'abri des arbres, et voit un cavalier altaï qui met pied à terre. Elle le voit dégainer son épée et se glisser par-dessus la barrière, à l'ouest de la porte et du chemin menant au corps principal de la maison.

Tout semble devenir d'une extrême lenteur, même si elle pense à toute allure et que son cœur lui martèle la poitrine. Les ouvriers sont au nord et à l'ouest, en train de travailler dans les champs. Elle peut se glisser hors des arbres et courir par là demander de l'aide, mais toutes les femmes se trouvent dans la maison, et les enfants. Les frères sont partis de l'autre côté, vers le ruisseau, et que pourraient-ils ?

Elle voit l'homme, avec sa chevelure qui lui flotte dans le dos, se diriger vers la partie la plus proche de la maison. Vide, pense-t-elle. Il faut que ce soit vide. Mais il traversera, et le quartier des femmes est le bâtiment qu'il atteindra ensuite.

Elle décide qu'elle doit agir à l'instant même. C'est tout ce qu'elle peut penser à essayer, dans un monde brisé. Partout, on meurt. Nul ne peut s'attendre à être en sécurité. Elle songe à son père. Elle se demande où se trouve Daiyan.

Et elle crie, aussi fort et aussi frénétiquement que possible. Une fois, et encore une fois.

Puis elle court du verger en terrain découvert, en s'éloignant du corps principal de la maison et du quartier des femmes, vers la prairie, l'arrière, et le pavillon peint en bleu et en vert. En se laissant bien voir et entendre.

Un coup d'œil derrière elle, oui, il la suit. Avec beaucoup d'avance, elle poursuit son unique plan. Une idée vaine, stupide, montrant bien à quel point les femmes sont mal équipées pour de tels moments.

Mais de tels moments ne sont pas censés exister dans le monde. Des barbares à La Montée de l'Est ?

La colère l'envahit alors, utile. Cet homme et son peuple ont tué des enfants. Ils ont incendié et ravagé Hanjin. Ils ont massacré son époux. Par le froid et la faim, ils ont tué son père. Qui l'a instruite, toute sa vie, en accord non avec les règles imposées par le monde mais avec ce qu'il voyait en elle, et avec amour.

Il y a deux arcs dans le pavillon.

Lu Chen et son fils avaient pris l'habitude de s'entraîner avec des armes, à Lingzhou. À la première lueur de l'aube, comme exercice, comme distraction. Ils ont continué à la ferme, pour le plus grand amusement de tous les autres. Elle les a observés alors qu'ils s'affrontaient à l'épée dans de fausses batailles, parfois en déclamant des vers, comme des marionnettes de spectacle.

Il y a un mur de balles de paille derrière le pavillon, avec une cible carrée peinte en bleu. Ils y pratiquaient leur tir à l'arc. Quand l'un d'eux frappait la cible, les occupants de la maison entendaient des cris triomphants de prétendue bravoure.

Elle arrive au pavillon. Elle reprend son souffle et hurle encore son avertissement. Avertissement et appât. Elle veut que l'homme la suive, pour donner aux autres une chance de se disperser. Les ouvriers doivent être trop loin pour l'entendre, à moins que quelqu'un ne revienne chercher leur vin et leur repas de l'après-midi ? Une existence peut voir son terme ou continuer, selon un tel détail.

Elle gravit en hâte les trois marches, entre dans le pavillon, jette un autre regard derrière elle. L'homme ne court pas. Il sait qu'elle est prise au piège. Il a un arc, il pourrait l'abattre. Il ne l'a pas pris, il tient toujours son épée. Elle devrait avoir peur, songe-t-elle désespérément. Ses cris devraient lui avoir appris qu'il a été aperçu, a perdu l'avantage de la surprise. Il ne semble pas craintif. Elle sait pourquoi il ne la veut pas morte tout de suite.

Elle s'empare de l'arc le plus petit, celui du poète, cherche des flèches. Ses mains tremblent. Elle n'a pas tiré à l'arc depuis sa jeunesse. Elle et son père, comme Mah et le sien ici.

Elle sort du pavillon pour affronter un cavalier de la steppe. Il s'immobilise un instant quand il voit l'arc. Elle l'entend éclater de rire. Il se remet à marcher, sans se hâter du tout. Il dit quelque chose. Elle ne le comprend pas, évidemment.

Elle essaie de se rappeler comment tirer. Elle laisse tomber trois flèches à ses pieds, en garde une qu'elle encoche. Elle est trop lente, ses mains tremblent tellement ! Un profond respir. Son père avait lu dans un texte sur le tir à l'arc que c'est ainsi que les archers se calment. Les matinées dans leur jardin, avec lui qui lui expliquait pourquoi ce n'était pas bon pour la Kitai qu'aucune personne bien éduquée ne s'y adonne plus. Aucune mention du fait qu'elle était une femme. Sauf une histoire qu'il lui avait racontée, une fois, comme en passant, à propos de Wen Jian, la bien-aimée d'un empereur, au temps jadis, qui chassait en compagnie de ses sœurs avec la cour.

Elle lève l'arc. Prendre une profonde inspiration, la laisser lentement échapper. Le cavalier approche, sans se presser, sans même essayer de l'empêcher. Il s'esclaffe de nouveau. Elle tire.

La flèche s'envole irrémédiablement vers la gauche. Elle tirait toujours vers la gauche. Son père avait été incapable de trouver un texte qui l'expliquât, l'avait seulement pressée de l'anticiper et de s'ajuster.

Elle se baisse vivement, prend une autre flèche. S'il marche juste un peu plus vite, elle n'aura jamais le temps…

Un cri s'élève dans la prairie derrière le guerrier altaï. Il se retourne d'un geste rapide, car c'est une voix d'homme, cette fois. Shan voit Lu Mah qui fend l'herbe avec audace, presque en courant. Lu Mah, le fils du poète. Il tient une épée.

L'intrus rit de nouveau. Et pourquoi pas ? Pourquoi craindrait-il un Kitan grassouillet dans une robe verte relevée, tenant son épée avec une si évidente maladresse, et qui n'est si évidemment pas un soldat ?

Mah crie des paroles, pas seulement un cri. L'Altaï gronde une réplique et s'avance, bien en équilibre, pour affronter Mah. Il va tuer l'homme d'abord, bien sûr. Ils sont seuls ici, eux trois.

Shan encoche sa deuxième flèche et part vers eux à la course dans l'herbe humide et scintillante de la prairie. Le soleil brille. Le vent souffle toujours. Elle doit se rappeler le vent, contrôler sa respiration, ses mains, sa tendance à tirer vers la gauche quand elle décoche une flèche.

Elle sait ce qu'elle doit aussi, outre tout cela.

Mah cric de nouveau, un cri de défi. Avec son père, il a manié des armes dans l'île. Peut-être a-t-il bien appris, peut-être avaient-ils un maître, un autre exilé ? Peut-être peut-il...

Les épées s'entrechoquent, un grincement de métal. Se désengagent. Mah assène un coup de taille. Qui est bloqué, bien trop facilement. L'Altaï accomplit une espèce de torsion, change de pied. L'épée de Mah s'envole de sa main et tombe dans l'herbe. Aussi vite que cela.

Pas de pause, pas de satisfaction. Avec une efficacité de soldat, une aisance indifférente qui brise le cœur, l'homme assène à son tour un coup de taille et il abat Lu Mah, qui était allé à Lingzhou avec son père, avait refusé de le quitter, il l'abat en le frappant de côté, sous l'aisselle, une blessure trop profonde pour ne pas être mortelle.

L'Altaï dégage son épée d'une saccade pour la plonger dans la poitrine de Mah, à travers la robe vert sombre, et tout à coup il y a du sang partout, tellement de sang, et Mah vacille, encore debout pendant un terrible instant, et puis il ne l'est plus, un instant plus terrible encore.

L'Altaï se retourne alors. Entraîné au combat. Son épée écarlate.

Et Shan est maintenant tout près de lui, car c'était ce qu'elle devait faire, au-delà de tout calcul, de tout souvenir des leçons reçues autrefois. Elle devait être tout près. Et ses mains, brièvement, ne tremblent pas, son souffle est calme, sa fureur une étoile étincelante et froide, alors qu'elle décoche sa seconde flèche à peine à un bras de distance, si proche qu'elle peut sentir l'odeur du cavalier altaï, et elle vise sa face.

Il a la bouche ouverte sur un rire ou un cri. Ou peut-être un hurlement ? La flèche pénètre dans sa bouche, franchit les dents, perce la gorge, la nuque, et son épée tombe et il tombe, près du fils du poète, près de Lu Mah, sur l'herbe, dans la lumière du soleil, dans le printemps.

L'écoulement du temps devient étrange. Shan ne sait pas bien comment et quand se déroulent les événements. Elle a conscience qu'on la tient debout près des corps étendus de Mah et de l'Altaï qu'elle a tué (elle vient de tuer un homme). Elle comprend que c'est l'épouse du poète et que Qing

Zemin est en train de pleurer, mais elle ne se rappelle pas l'avoir vue sortir, ou les autres femmes qui se trouvent là.

Elle voit certains des enfants plus loin, devant le quartier des femmes. On les a tenus à l'écart, de toute évidence. Elle pense *C'est bien, ils ne devraient pas voir cela.* Mais peut-être le devraient-ils, peut-être leur faut-il savoir que c'est là le monde.

Elle ne peut cesser de trembler. Sa gorge est si sèche ! Elle ne pleure pas, semble-t-il. Elle ferme les yeux. Qing Zemin porte son parfum habituel, elle le porte toujours. Sa main ferme serre la taille de Shan. Elle murmure tout bas, pas même des paroles, comme on apaiserait un enfant ou un animal effrayé.

Mais c'est son beau-fils, songe Shan, et elle sait, parce qu'elle l'a constaté, à quel point Mah était aimé d'eux tous dans cette maison. À quel point on avait eu besoin de lui.

C'est moi qui devrais la réconforter, pense-t-elle.

Elle doit d'abord cesser de trembler. Elle a peur que ses jambes ne se dérobent sous elle si on ne la tient pas.

À un moment donné, quelqu'un dit "Regardez", et elle regarde, pour voir les deux frères qui arrivent dans l'herbe depuis la lisière du domaine, après avoir traversé le verger de pruniers, et quelque chose commence à pleurer dans son cœur.

Les femmes, s'écartant pour les laisser passer, ouvrent un chemin vers un cadavre. Chao, le frère cadet, l'oncle, a une main sur le bras du poète pour le soutenir, mais c'est lui qui pleure.

Le père de Mah abandonne sa canne pour s'agenouiller dans l'herbe humide près de son fils. Il prend la main de Mah et la serre entre les siennes. Il dévisage son fils. Shan voit sa robe et sa jaquette tachée d'eau et de sang. Il continue de regarder fixement les traits de Mah. Ils ne sont ni convulsés ni effrayés. Il semble avoir traversé vers l'autre monde avec un cœur en paix. Son épée gît un peu plus loin, très brillante dans l'herbe.

« Voilà qui est bien triste », dit enfin Lu Chen. Et avec ces paroles, les larmes de Shan se déclenchent.

« Pardonnez-moi, s'écrie-t-elle, c'est ma faute ! »

Le poète lève les yeux. « Assurément pas. Vous avez abattu le barbare, n'est-ce pas ? C'est une merveilleuse bravoure.

— Mais j'ai raté ! J'ai raté ma première flèche. Trop à gauche. Comme je faisais *toujours*… » elle laisse sa voix s'éteindre. Elle a la gorge nouée.

« Vous avez abattu un guerrier altaï, Dame Lin. Vous nous avez tous sauvés.

— Non ! Regardez-le ! Je ne vous ai pas tous sauvés !

— Je regarde, dit le père de Mah. Non, ce n'est pas votre faute, en aucune manière. Je suppose… que Mah s'est précipité pour vous donner une chance de vous enfuir, et vous n'avez pas fui. A-t-il appelé ?

— Oui, réussit-elle à dire. Il… L'homme me suivait pour m'attaquer dans le pavillon. »

Le poète hoche la tête. Près de lui, au-dessus de lui, le visage de son frère est couvert de rides, il a l'air très vieux, des larmes coulent sur ses joues. Lu Chen tient toujours la main de son fils mort. « A-t-il… Dame Lin, a-t-il dit quelque chose ? Seriez-vous assez bonne pour me confier… »

Shan incline la tête, un mouvement presque convulsif. Dame Qing la soutient toujours.

« Je n'ai pas compris », dit-elle.

Le poète la considère. Ses yeux sont larges et profonds. « Il l'a défié ? »

Elle ignore comment il le sait.

Elle hoche de nouveau la tête : « Il… Il a dit… "Seigneur du district malfaisant, nous attaquons maintenant ta forteresse !" »

— Oh, doux enfant », dit Lu Chao, l'oncle.

Mah n'était pas un enfant, pense Shan soudain déconcertée. Mais alors, elle entend un son nouveau et se détourne du grand homme mince pour regarder les deux qui sont sur l'herbe, le mort, et l'autre qui tient la main du mort, et elle voit un père se mettre à pleurer pour son fils.

Le temps se remet en mouvement, passe au-dessus de leur tête, les traverse, les emporte avec lui, bien que personne ne quitte la prairie. Tout est étrange. Tout est brisé. Shan ne sait depuis combien de temps ils sont ici. Soleil, nuages, il fait plus chaud, plus froid, tandis que les ombres glissent et que le vent demeure.

C'est Lu Chao, maintenant, qui est à ses côtés. Il est très grand. Il la soutient. Elle peut se laisser aller contre lui. Elle tremble encore. Elle se demande si elle cessera jamais de trembler. Le poète est toujours agenouillé dans l'herbe. Quelqu'un devrait l'emmener dans la maison, lui apporter des habits secs, près du feu. Mais le père de Mah sait que lorsqu'il lâchera la main de son fils, ce sera à jamais, songe aussi Shan, avec une douleur dure comme de la pierre.

D'autres bruits. Ils regardent de ce côté, vers l'avant du domaine, et la peur revient, tranchante comme une lame. D'autres hommes là, en nombre. Sommes-nous morts maintenant ? se demande, ne peut s'empêcher de se demander Shan.

Puis elle reconnaît celui qui arrive en premier, se hâtant à pied à travers la prairie, et elle en cherche un autre mais ne le voit pas.

Zhao Ziji tombe à genoux près de Mah, en face du père qui serre la main du mort. Il presse son visage dans la terre froide et humide, par trois fois. Il dit : « Je ne me le pardonnerai pas. »

Le poète le regarde : « Pourquoi donc ? En quoi en êtes-vous donc responsable ?

— Nous aurions dû savoir que certains s'échapperaient et viendraient par ici ! »

Ziji, que Shan a commencé à mieux connaître et à admirer pendant leur périple en direction du sud, éprouve la plus grande détresse.

« Ont-ils déjà franchi la rivière ? » C'est Lu Chao, près d'elle, s'efforçant de garder une voix calme mais avec une certaine aspérité. « S'en viennent-ils ?

— Non, non ! » Ziji se relève. Shan s'aperçoit qu'il est blessé. Ses hommes se tiennent derrière lui, avec leurs chevaux, près de la barrière. « Ils sont morts ou mourants. Nous avons détruit une force altaï, à l'ouest d'ici. Près de la Falaise Rouge. Sur la rive et sur le fleuve, alors qu'ils essayaient de traverser en secret.

— Détruit ? dit Chao.

— Oui, mon seigneur. Le commandant Ren a appris leur plan, qu'ils croyaient secret. Nous leur avons tendu une embuscade sur l'eau et avons massacré leur avant-garde sur le rivage. Une autre partie de nos hommes a attaqué ceux qui restaient sur la rive nord. Nous avons récupéré tous les chevaux qui ont traversé à la nage. Mes seigneurs, c'est une très grande victoire. »

Lu Chen hoche la tête : « Et celui-ci…

— Fuyait pour sa vie. Pris au piège du mauvais côté du fleuve.

— Il devait avoir très peur », remarque le poète.

Shan n'imagine même pas comment il peut formuler une telle pensée.

« Il y en aura d'autres ? demanda Chao.

— Sans aucun doute, mon seigneur. Nous les cherchons. Mais… il est impossible de suivre à la trace tous les hommes qui s'enfuient d'un champ de bataille.

— Bien sûr, dit le poète. Bien sûr, commandant Zhao. » Sa voix est douce. Il tient la main de son fils mort. « Félicitations, commandant. À vous tous. »

Ziji considère le cadavre du cavalier altaï : « Comment a-t-il été tué ?

— Dame Lin l'a abattu d'une flèche, dit Lu Chao.

— Quoi ? » Ziji se tourne vers elle, incrédule.

Elle doit parler, mais il lui faut d'abord s'éclaircir la voix. « Mon père… mon père m'a appris. Un peu. Quand j'étais jeune.

— Vous avez abattu un cavalier altaï d'une flèche ? »

Elle hoche la tête. Elle ne tremble plus au moins. Mais elle a toujours le vertige, comme si elle allait tomber.

« Oh, ma dame, Daiyan ne me pardonnera jamais, dit Ziji. Je ne me pardonnerai jamais ! »

Shan secoue la tête. Remarquable, comme il est difficile de parler. « Non. Ce n'était pas vous. » Puis : « Ren Daiyan est sauf ? »

Ziji la regarde toujours fixement. Il jette un coup d'œil au cadavre de l'Altaï, puis revient à elle. Il secoue la tête, stupéfait et admiratif. « Il allait venir lui-même. Je lui ai dit que je le ferais. Il devait rester là-bas, ma dame. Nous ignorons ce qu'ils vont décider, dans leur camp principal, quand ils apprendront leur défaite. C'est très important. S'ils décident de traverser, Daiyan doit emmener les bateaux en aval.

— Ce n'est pas bon? »

Ziji prend une grande inspiration : « Dame Lin, si les Altaï essaient de traverser maintenant, nous les écraserons.

— Espérons qu'ils l'essaieront, alors », déclare Lu Chao avec gravité.

Ziji la regarde toujours. Avec maladresse, il reprend : « Je dis la vérité. Il allait galoper seul jusqu'ici quand nous avons compris que certains avaient pu s'enfuir.

— Il y a beaucoup d'autres villages, des fermes, dit Shan. La Montée de l'Est n'en est qu'une parmi d'autres. » Elle doit vraiment maîtriser mieux sa voix.

« Oui, dit Ziji. Bien sûr. Mais… »

Il n'en dit pas davantage, et ils en font donc tous autant.

Cinq hommes de sa troupe restent avec eux tandis qu'il retourne vers l'ouest. Shan voit bien qu'il est divisé, il a un visage expressif, révélateur : il veut rester pour honorer le défunt, assister à ses funérailles, apaiser son inutile culpabilité, mais c'est un commandant, loin de sa bataille, et chacun de ses gestes indique son pressant besoin de savoir ce qui se passe. Ils emportent avec eux le cadavre du cavalier et le cheval. Les chevaux, elle le sait désormais, ont une extrême importance.

Lu Chao tente de protester à propos des hommes qu'on leur laisse, en disant que ces soldats doivent assurément être nécessaires ailleurs. Ziji insiste et répète que La Montée de l'Est sera bien bonne de loger et de nourrir ces hommes pendant qu'ils patrouillent dans la campagne à la recherche d'Altaï en fuite.

C'est essentiellement un faux-semblant de sa part, Shan le sait, même s'il est habile. Un homme ingénieux, l'ami de Daiyan. Ces cinq hommes restent là pour défendre la ferme. Et elle. Elle n'est pas en état d'évaluer comment elle se sent à cette idée. Elle ne cesse de se rejouer le premier moment où elle a aperçu l'Altaï dans le verger. Elle se rappelle qu'il y avait un renard, qui se laissait bien voir et regardait de ce côté-là. Elle ne sait comment l'interpréter. Elle ne pense pas clairement. Elle a tué un homme aujourd'hui. Elle est une femme qui a tué.

La dépouille de Mah se trouve dans la salle de réception, dans le corps principal du bâtiment. De l'encens brûle sur un brasero, et il y a aussi une haute bougie blanche. Sa belle-mère et son oncle se sont occupés de lui. Ils l'ont baigné et habillé – comme elle se rappelle l'avoir fait pour son propre père, même si on lui avait dénié des funérailles pendant le siège. Elle pense à Mah en train de courir vers elle et l'Altaï.

Le père de Mah est resté dans la pièce pendant tout ce temps, assis près d'un mur, observant en silence. Le silence du respect qui convient pour un jeune homme sans épouse, sans enfant. La présence du père dans la pièce, ses larmes auparavant, son visible chagrin sont autant d'infractions au comportement convenable. Mais qui va le lui refuser ? Vraiment ? Qui le lui refuserait ?

Les derniers mots que Mah a criés, ceux qu'elle a entendus sans les comprendre, étaient semble-t-il ce que père et fils avaient coutume de crier pendant leurs exercices à Lingzhou, lorsqu'ils en faisaient un jeu, trouvant à rire ensemble dans cette terrible place.

Shan s'est forcée à sortir pour dire au revoir à Ziji. Il va chevaucher pendant la nuit. Chao, dont les manières sont impeccables même maintenant, se trouve avec lui près de la barrière.

« J'enverrai des nouvelles », est en train de dire Ziji lorsqu'elle les rejoint. « Nous aurons une idée plus précise dans la matinée, je crois.

— Vos hommes et vous avez honoré la Kitai en ce jour, dit Chao. Et peut-être nous avez-vous tous sauvés, ceux qui sont au sud du fleuve.

— Pas tous, réplique Ziji.

— La guerre, ce sont des choses terribles qui arrivent. Comment peut-on être assez arrogant pour s'imaginer contrôler tout ce qui arrivera ?

— On peut essayer de planifier.

— On peut essayer », dit Chao, et, dans la lumière déclinante, Shan voit son sourire bienveillant, et le chagrin étreint son cœur.

« Attendez, je vous prie », dit-elle brusquement et elle remonte le sentier en hâte pour retourner dans la maison. On a drapé la porte d'un drap blanc, pour signaler un décès. Il y a une petite cloche du côté gauche de la porte.

Elle se rend à l'autel, y prend un objet et ressort. Le ciel est clair. Le vent est tombé, ce n'est qu'un léger murmure dans les arbres le long du sentier. Elle aperçoit l'étoile du soir.

Elle s'approche de Ziji toujours près de sa monture. « Donnez-lui ceci. Dites-lui que c'est une de celles de ma mère. L'autre est sur l'autel, ici, en souvenir de mes parents. Qu'il ait quelque chose qui m'appartient. »

Ziji considère la boucle d'oreille en lapis, puis lève les yeux vers elle, puis brièvement vers Lu Chao qui se tient là.

« Bien sûr », dit-il. Et, après une autre pause, en se raclant la gorge : « Dame Lin, c'est un soldat. Aucun de nous ne peut...

— Je le sais », déclare-t-elle avec vivacité. Elle craint de se remettre à pleurer. « Gardez-vous vous-même, commandant. Nous avons grand besoin de vous.

— Merci », dit-il, et il saute en selle, pour suivre avec ses hommes la route qui mène vers la première étoile du soir et ce que l'avenir dissimule de ténèbres ou de clartés, tel un coffret sans clé, pour eux tous.

◆

Wan'yen des Altaï n'ordonna pas l'exécution des messagers, mais seulement parce qu'il n'y avait pas eu de premier messager pour apporter des nouvelles du désastre. Certains de ses cavaliers revinrent au galop de l'est, en fuite, mais la nouvelle les avait précédés.

Les Altaï apprirent la catastrophe par un message enroulé autour d'une flèche lancée du fleuve. Wan'yen envoya des embarcations afin de poursuivre l'archer qui avait osé se risquer aussi près d'eux, mais il ne s'attendait pas à trouver qui que ce fût. C'était exaspérant.

Il se fit lire le message, et sa rage devint plutôt un incendie dans l'herbe d'été – le genre de feu que rien ne peut arrêter tant qu'il ne s'est pas épuisé de lui-même. Le message était envoyé au nom du commandant Ren Daiyan de la Kitai et adressé au "chef barbare". Pas de nom, même si, évidemment, ils connaissaient son nom !

Le message détaillait exactement ce qu'avait été le plan de Wan'yen pour cette matinée, quand il avait envoyé sa force traverser la rivière – et comment celle-ci avait été détruite sur la rive et sur l'eau. On le remerciait pour le généreux présent de ses chevaux.

C'était trop détaillé. Cet homme, ce Ren Daiyan… Il le voulait mort, ou il mourrait lui-même étranglé par sa vaste fureur.

Il ordonna à son armée d'embarquer.

Ils allaient traverser ici, maintenant, avant même la fin de la journée. Il se disait : l'ennemi ne s'attendra pas à ce que nous fassions mouvement aussi tard. Nous le prendrons par surprise ! On débarquerait pour affronter des soldats kitans terrorisés sur l'autre rive, on les démembrerait, on leur dévorerait le cœur. Ce commandant Ren ne se trouverait pas parmi la force d'opposition, il avait été en amont, et les meilleurs cavaliers de Wan'yen étaient ici avec lui (toujours les meilleurs). Sa fureur deviendrait la leur.

Le campement se mit aussitôt en branle sur son ordre, tandis que la nouvelle de la défaite y courait tel un feu de prairie. Ils avaient leurs bateaux sur place. Ils les avaient construits pour être vus, les embarcations secrètes s'étaient trouvées en amont. Wan'yen ignorait comment on les avait découvertes et quelle force armée avait utilisée Ren Daiyan. L'armée kitane, ce qu'il en restait, était *ici*, en face de lui. Des fermiers et des bandits avaient-ils vaincu aujourd'hui les guerriers de la steppe ? Les chevaux. Le Kitan disait qu'ils avaient ses chevaux. C'était comme une blessure. Un coup à la poitrine, là où se tient le cœur.

Il s'avança sur une plateforme d'observation bâtie sur le fleuve pour observer son armée assemblée, la meilleure des steppes, une armée qui n'avait jamais essuyé le moindre semblant de défaite depuis le temps où, avec son frère, il avait mené leur tribu hors du nord-est pour ce premier assaut contre les Jeni. Ils avaient commencé avec une embuscade nocturne, et la force de la surprise. Il allait en parler à présent, le leur rappeler à tous.

Il posa ses mains sur ses hanches, une posture pour laquelle il était connu, jambes écartées, bien en équilibre, ayant le contrôle du monde. Il regarda son armée, ses cavaliers.

De petits détails peuvent faire pencher la balance du monde. Un changement dans la direction du vent avait décidé de la première bataille de la Falaise Rouge. La maladie d'un khagan ou la mort d'un successeur désigné (un homme, un seul homme) avaient altéré les destinées de la steppe plus d'une fois. Une flèche égarée peut abattre un chef. Tant de hasards. Et même une simple pensée...

C'était un souvenir de la steppe au printemps : cette nuit-là, près du Fleuve Noir et du campement des Jeni. Wan'yen se le remémora très clairement alors qu'il faisait face à son armée. Il pouvait presque sentir l'air nocturne de cet autre printemps, entendre le murmure de l'herbe dans la pureté du vent sous les étoiles.

Il se retourna pour regarder la largeur profonde et malveillante du fleuve. Il songea aux marécages, aux rizières humides, aux haies, aux pentes en terrasses, à l'épaisseur des forêts, à ce ciel. Ce ciel. Même quand il était clair, il était trop proche. Ce n'était pas le royaume du Seigneur du Ciel, ce n'étaient pas les cieux familiers.

Et l'idée lui vint, tandis que son humeur changeait et ses idées avec lui, que si Ren Daiyan avait été capable de vaincre la force altaï de l'ouest pendant qu'elle traversait, il pouvait se trouver sur le fleuve en cet instant même, et le Grand Fleuve était large, et ses hommes à lui ne pouvaient nager ni se battre correctement dans des bateaux.

Plus tard, certains écrivains décrivant les événements de cette nuit et de cette journée ont écrit que Wan'yen des Altaï avait vu un esprit-dragon de la rivière et en avait été effrayé. Les écrivains ont ce genre de penchant. Ils aiment mettre des dragons dans leurs histoires.

Le chef de guerre regarda de nouveau son armée, des hommes aguerris prêts à traverser et à détruire. Il regarda de nouveau le courant du fleuve hérissé par le vent, sans pouvoir distinguer la rive opposée. Il regarda vers l'ouest, vers l'amont, et il n'y avait rien par là. Mais en son for intérieur, Wan'yen, le chef le plus rusé que son peuple ait eu depuis longtemps, voyait des bateaux, et encore des bateaux, attendant hors de vue le signal que ses hommes se trouvaient sur l'eau. Être en amont, cela faisait une différence, tout comme les hauteurs dans une bataille. Si les Kitans étaient là, ils pourraient réitérer ce qu'ils avaient réussi à l'aube.

Ils y étaient. Quelque chose lui disait qu'ils y étaient. Ren Daiyan l'attendait, tapi quelque part.

Il prit une grande inspiration. Son frère, se dit-il, se serait mordu l'intérieur des joues dans sa rage. Il aurait déjà sauté dans une embarcation, attendant l'ordre de Wan'yen, le forçant à donner cet ordre. Il aurait déjà largué l'amarre !

Son frère avait pourchassé Ren Daiyan dans un marais et il y avait péri.

De si petits détails parfois. Un souvenir, le rappel d'un parfum, des étoiles, du son du vent dans l'herbe. Le sentiment d'être soudain bien trop loin de chez soi. Pas de la frayeur, jamais de la frayeur, mais trop loin, trop loin au bord d'un fleuve ténébreux.

Il changea d'avis.

Se tournant vers ses cavaliers, il leur annonça qu'ils retournaient à Hanjin. On appellerait des renforts et on s'occuperait de ce fleuve une autre année.

Il put entendre – il put sentir, comme tout bon chef le devrait – le soulagement qui balayait son armée. Il le ressentait lui-même, avec une honte secrète. Il y aurait des morts pour venger cette honte, plus tard, se jura-t-il. Il y avait beaucoup de Kitans entre eux et la cité impériale qui leur appartenait désormais.

Et juste alors, en cet instant, une autre pensée le traversa, un autre petit moment de hasard. C'est souvent le cas, ou cela commence ainsi : une idée qui s'élargit en cercles concentriques à travers le monde.

Avant de repartir, ils brûlèrent leurs bateaux, pour que les Kitans ne profitent pas de leur labeur. Puis ils massacrèrent les captifs qui les avaient construits, ceux qui n'avaient pas réussi à s'enfuir dans la nuit. C'était un message à laisser derrière eux, et l'art de la guerre, après tout, consiste en de tels messages.

Ils repartirent vers le nord au matin.

Bien des vies furent sauvées par cette décision au bord du fleuve, bien des vies furent perdues. Un conteur, qu'il devine ou en ait la certitude intérieure, peut présenter les pensées d'un chef de guerre lorsqu'il ordonne une retraite après avoir ordonné une avancée. Les historiens honorables notent les événements de leur mieux, mais se contredisent souvent les uns les autres, en suggérant les conséquences. Il y a une différence.

L'armée qui atteignit le Grand Fleuve fut celle des Altaï qui se rendit le plus loin en terre kitane. Ce jour sur la rivière fut très important. Certains jours le sont.

Il y a des morts qui peuvent sembler dépourvues d'importance. Leurs conséquences paraissent limitées, comme dans une petite mare de pluie, ne touchant qu'une famille, une ferme, un village ou un temple. La mare imaginaire est petite, invisible, quelques pétales de lotus brièvement dérangés, qui s'agitent puis retrouvent leur immobilité.

Mais parfois une mort trop précoce empêche une existence de fleurir plus tard. Le prunier fleurit au début du printemps, le pêcher plus tard dans la saison. Il est des vies qui commencent lentement, pour plusieurs raisons. Lu Mah, le fils du grand poète, n'avait jamais eu la permission de passer les examens, il avait atteint l'âge requis au temps de l'exil de son père et de son oncle, puis avait insisté pour accompagner son père dans son dernier exil, celui qui était censé causer sa mort.

On ne peut savoir avec aucune certitude comment un être humain aurait pu grandir. On médite, on suppose, on pleure. Tous les héros ou les chefs ne montrent pas leurs promesses dans leur jeune âge, certains viennent tard à la gloire. Parfois un père et un oncle brillants peuvent aussi *bloquer* la voie pendant longtemps.

Lu Mah était bon et honorable, respectueux, indicible ment brave. Diligent, doué d'un humour espiègle, il avait acquis son savoir en écoutant. Sa générosité, si elle avait été initialement connue seulement de sa famille la plus proche (la petite mare, les fleurs de lotus qui dansent sur l'eau), était vaste et le définissait. Il était allé dans le sud avec son père. Il était allé dans le nord avec son oncle. Ce n'était point un poète, ce n'est pas donné à tout le monde.

Il mourut trop jeune dans une guerre où bien d'autres périrent.

Pris au piège du temps, nous ne pouvons savoir comment les événements auraient pu être différents si les morts n'étaient pas morts. Nous ne pouvons connaître demain, moins encore le lointain avenir. Un chaman peut prétendre distinguer ce qui se tient dans cette brume, mais la plupart d'entre eux, la plupart, ne le peuvent pas réellement : ils se rendent dans le monde des esprits pour trouver des réponses à ce qui se passe aujourd'hui. *Pourquoi cette personne est-elle souffrante ? Où trouverons-nous de l'eau pour les troupeaux ? Quel esprit est irrité par notre tribu ?*

Mais parfois, les conteurs désirent s'établir dans la certitude. Ils prennent sur eux plus que ne le devraient des mortels. Un conteur, près d'un foyer, ou dans un marché où il attire les badauds, ou encore dans une pièce tranquille où il applique son pinceau au papier, se fera accroire qu'il a la connaissance surnaturelle d'un esprit-renard, d'un esprit de la rivière, de fantômes, d'un dieu. Il dira ou écrira : "Le garçon tué par les Altaï lors de l'attaque du campement jeni serait certainement devenu un grand chef de son peuple, un chef qui aurait changé le nord."

Ou bien : "Lu Mah, le fils du poète, était une personne à qui son penchant personnel aurait fait mener une vie tranquille, mais son sens du devoir et sa grande et croissante sagesse l'auraient attiré à la cour. Il fut perdu pour la Kitai, et cela fait une différence."

Si audacieux soit-on en le disant ou en l'écrivant, cela reste une idée, un souhait, un désir, une nostalgie tissée de chagrin. On ne peut savoir.

On peut dire que la mort de Mah était trop précoce, comme celle de O-Yan des Jeni, le frère cadet de leur kaghan, abattu dans la première attaque d'un soulèvement des steppes. Et l'on peut méditer sur les ondulations et les courants de l'eau et s'étonner de l'étrangeté des motifs qu'on y trouve – ou qu'on y invente. Une première mort dans le nord et une autre mort bien loin dans le sud, au cours de l'invasion altaï, dans les années de la Douzième Dynastie où les cartes s'étaient modifiées.

Mais les cartes le font constamment. La Grande Muraille avait autrefois été la frontière menaçante et farouchement gardée d'un grand empire. On s'adonne à des rétrospectives et à des anticipations, mais on vit dans le temps qui vous est imparti.

On ensevelit Lu Mah dans le cimetière familial, sur une hauteur du domaine, car il était bien connu que des hauteurs convenaient mieux aux esprits des morts. Les tombes y étaient ombragées de cyprès, et d'un poirier, à cause du très, très ancien poème :

> Le poirier,
> N'en coupez jamais un rameau,
> Ne l'abattez jamais,
> Sous ses racines, Shao repose.

Le terrain dominait le ruisseau à l'est et, par jour clair, là-haut, parmi les défunts, on pouvait parfois apercevoir la ligne du Grand Fleuve, au nord.

Suivant la tradition des enterrements, une crainte ancienne du monde des esprits, tous les membres de la famille, sauf un, se détournèrent comme il le fallait lorsque les ouvriers descendirent le corps de Mah dans sa tombe.

Mais on vit que son père ne se détournait pas et restait à regarder son fils être enfoui dans la terre. Il dit, plus tard, qu'il ne craignait nullement le fantôme de Mah. Et un conteur pourrait dire : pourquoi l'aurait-il craint ? Pourquoi aurait-il dû craindre en aucune façon le fantôme de son fils, jusqu'à la fin de ses propres jours ?

CHAPITRE 28

Le nouveau Premier Ministre de Kitai, qui servait le nouvel Empereur dans sa nouvelle cité de Shantong, au bord de la mer, se demandait souvent s'ils allaient tous être guidés et gouvernés par un mort. Plus spécifiquement par son propre père.

Hang Hsien s'imaginait parfois que même les manières dont son approche de la cour différait de celles de son père avaient pu être délibérément façonnées par celui-ci. Le vieillard avait été assez subtil pour cela : faire de son fils un homme assez indépendant pour penser formuler ses propres idées mais avoir ces idées imprégnées de la volonté de son père et de l'expérience d'une existence tout entière.

Hsien savait bel et bien, car on le lui avait explicitement dit, que la nomination de Kai Zhen comme Premier Ministre avant la Calamité de Hanjin avait été un stratagème en soi. Le vieil aveugle avait senti l'approche de la catastrophe et ne voulait pas que son fils prît le pouvoir après lui et en subît les conséquences. Hsien avait été envoyé dans le sud avant l'arrivée des Altaï à Yenling et au Petit Mont d'Or. Avant la mort de son père au domaine.

Hsien n'avait pas voulu partir, il avait protesté. Mais il avait été placé de manière précise dans le sud, à Shantong, lorsque le prince y était arrivé. Une pièce dans une partie. On l'avait invité à la cour, avant que ce ne fût réellement une cour, et on lui avait demandé d'assumer le poste qu'il détenait maintenant. D'inaugurer un nouveau règne avec l'auguste et exalté Empereur Zhizeng – que le peuple avait appelé Prince Jen, d'après un héros du temps jadis.

Les gens sont aisément dupes. Tout le monde aime les légendes. Hsien ne pensait pas le nouvel Empereur héroïque, même s'il se demandait si aucun premier ministre l'avait jamais pensé de l'Empereur qu'il servait. D'un autre côté, il ne s'imaginait point être lui-même un héros. Ne serait-il pas resté au Petit Mont d'Or pour y mourir avec son père, s'il en avait été un ?

Pourtant, il ferait son possible, il *faisait* son possible pour recoudre le tissu déchiré d'un empire. C'était difficile, on pouvait le dire. De vastes portions du nord avaient été ravagées, avec des famines largement répandues. Les Altaï avaient lancé des raids jusqu'au Grand Fleuve avant d'avoir été repoussés dans un triomphe aussi merveilleux qu'inattendu.

Il y avait des brigands partout, souvent des soldats de leurs propres armées devenus des hors-la-loi et des prédateurs au lieu de combattre les cavaliers. Des hommes affamés, déplacés de leurs fermes et de leurs villages incendiés, aux familles qui mouraient de faim, pouvaient être des loups les uns pour les autres. On l'avait enregistré dans les chroniques de sombres époques antérieures, et l'on vivait de nouveau une telle époque.

Il n'y avait aucune base d'impôts stable, aucune source disponible de revenus. Impôts et revenus étaient deux des graves préoccupations de Hsien, l'avaient toujours été. On pouvait parler de passion. Même les monopoles gouvernementaux – le thé, le sel, les denrées médicinales – devaient être rétablis. La Kitai était un empire fondé sur le commerce, et comment restaurer le commerce en des temps tels que ceux-ci ?

On avait perdu le contrôle du nord, mais les barbares ne le contrôlaient pas davantage, car ils avaient affaire à l'agitation furieuse de gens affamés qui écumaient la campagne. Ce n'était d'aucun secours à Hang Hsien dans son effort pour financer un empire et formuler une politique impériale. Ce qu'il essayait d'accomplir ici était réellement difficile.

Il affrontait aussi des défis qu'aucun conseiller impérial avant lui n'avait dû devoir affronter. Il ne pouvait certainement pas trouver de documents qui fissent écho à son dilemme.

Ces circonstances particulières étaient, pour autant qu'il pût en juger, uniques. Qu'elles fussent uniques ne lui donnait pas le sentiment qu'il était fortuné.

Mais la vérité, c'était que son empereur, l'exalté Zhizeng, régnait ici, gouvernait ce qu'on appelait déjà la Douzième Dynastie du Sud, siégeant sur un Trône du Dragon nouvellement façonné, *et que son père et son frère étaient toujours vivants.*

Était-il vraiment un empereur, dans ce cas ? Ou seulement un régent, le gardien de son trône tout neuf, obligé par le devoir envers sa famille et le mandat du ciel de libérer son frère et son père de n'importe quelle manière, à n'importe quel prix ? Et s'il y parvenait, ou si son premier ministre en trouvait une façon, que lui arriverait-il ? Et ce premier ministre serait-il apprécié pour ses accomplissements ? ou exécuté ?

Pour l'exprimer de manière délicate, comme le devait un conseiller en chef, même dans ses pensées intimes, il n'y avait eu que très peu d'affection entre Zhizeng et son frère Chizu – tous ceux qui comptaient à la cour le savaient.

Hsien parlait souvent à son père dans ces pensées. Il trouvait souvent des réponses à ses questions en imaginant les intonations brusques et familières de celui-ci, mais pas pour cette question spécifique.

Zhizeng, de toute évidence, aimait être l'Empereur de Kitai. Ne manifestait aucun désir évident de cesser de l'être. Un fils cadet, négligé, ignoré, considéré en fin de compte comme bon à jeter – n'avait-il pas été envoyé comme otage aux Altaï ?

Siégeant sur son trône, il parlait d'un infini chagrin concernant le triste sort en exil de son père et de son frère – et du reste de sa famille, bien entendu. Il menait prières et rituels avec une piété exemplaire. La Kitai, déclarait-il à sa cour, avait erré trop loin de la conduite correcte. Il se demandait tout haut, dans sa salle du trône de Shantong, avec une intonation mélancolique, si son père et son frère bien-aimés étaient toujours en vie.

Son Premier Ministre, qui avait reçu un excellent entraînement, comprenait très bien. Tout. Il comprenait davantage même, compte tenu de conversations privées d'une nature oblique mais au sens évident. « Dans mon cœur », lui disait parfois l'Empereur lorsqu'ils étaient seuls dans une salle ou sur une terrasse donnant sur le Lac de l'Ouest, au soir, « dans mon cœur, je crains qu'ils ne soient morts, ministre Hang. Comment une société civilisée pourrait-elle en attendre autrement de barbares ? Ils ont été emmenés si loin ! Hors de notre portée. Savez-vous quels titres les barbares leur ont donnés ?

— Oui, illustre seigneur », répondait Hsien chaque fois. Tout le monde le savait.

« Seigneur de la Vertu Confuse ! de la Vertu Doublement Confuse ! » s'exclamait l'Empereur (chaque fois) avec une étrange intensité, comme s'il goûtait la texture de ces terribles noms, songeait Hsien.

Et, invariablement, à un moment donné, dans ces conversations, l'Empereur Zhizeng disait : « Premier ministre, nous devons être *très* prudents avec notre armée du nord. Les armées et leurs commandants sont dangereux.

— Certes, serein seigneur », disait Hsien.

Leur armée et son commandant, en l'occurrence, leur gagnaient des batailles.

Ils s'étaient rendus si loin sur des chevaux prix aux Altaï qu'ils approchaient de Hanjin, selon le dernier rapport. La dernière lettre du commandant Ren Daiyan, qui menait leurs forces au-dessus du Wai, avait invité l'Empereur Zhizeng – en le saluant avec le respect approprié – à commencer à planifier le déplacement de sa cour pour revenir à Hanjin dès qu'elle serait reprise.

De manière stupéfiante, ils l'espéraient pour avant l'automne. Ren Daiyan l'avait écrit, avait envoyé des messagers ailés dans un long relais de vols depuis le sud. Ensuite, ils se rendraient à la Capitale Méridionale barbare, celle que la Kitai n'avait pas réussi à prendre auparavant, mettant en branle la calamité subséquente.

Le commandant Ren estimait qu'ils pouvaient reprendre quatre des Quatorze Préfectures perdues avant les festivités de la Nouvelle Année. Il terminait en exprimant son dévouement à la Kitai et au trône.

Hanjin ? Avant la fin de l'automne ! On était au milieu de l'été. Les nuits allaient bientôt rallonger. Hsien, les yeux clos, imaginait la vengeresse armée kitane faisant mouvement jour et nuit. C'était une image plaisante. On pouvait en ressentir de la fierté.

D'un autre côté, l'Empereur Zhizeng, si respectueusement salué fût-il, allait être extrêmement peu enclin à déplacer sa cour. Il n'allait pas se rapprocher des Altaï qui l'avaient tenu captif et l'avaient poursuivi lorsqu'il leur avait échappé. Ils l'avaient même rattrapé, avec en conséquence une terrible bataille nocturne dans un marécage. Ce genre d'expérience peut définir un homme.

Hsien entendait presque la voix de son père le dire.

Le Premier Ministre, exerçant judicieusement son rôle de principal conseiller, n'avait pas encore montré à l'Empereur la lettre la plus récente de son commandant sur le terrain. Hsien avait d'autres soucis, presque certainement en rapport avec ces nouvelles. Un émissaire altaï était en route par bateau, le long de la côte, ce qui était *très* inhabituel pour eux. Le vaisseau avait abordé deux fois, en portant un drapeau blanc. L'émissaire croirait devancer tout rapport de son arrivée. Il se trompait, bien entendu. Les cavaliers n'étaient toujours pas au courant pour les oiseaux-messagers. C'était une autre raison pour laquelle c'étaient des barbares, de l'avis de Hsien, si meurtriers fussent-ils lorsqu'ils fondaient dans un bruit de tonnerre sur la campagne, en incendiant des villages sans défense.

Si sauvage fût leur comportement à l'égard d'un vieil homme aveugle.

Le Premier Ministre de la Kitai avait le pressentiment que ses problèmes allaient devenir plus complexes. Leur armée se dirigeait vers Hanjin ? envisageait de la reprendre ? Ren Daiyan avait l'intention de pousser ensuite vers le nord ?

C'était extraordinaire. C'était impressionnant. C'était un problème. Le père de Hsien aurait su comment s'en occuper, comment négocier les rapides d'une rivière au courant impétueux, comment naviguer entre les rocs.

Ces rocs devinrent plus tranchants et plus meurtriers lorsque l'émissaire altaï et son traducteur arrivèrent pour demander une audience privée avec l'Empereur et son Premier

Ministre. On la leur accorda. Nul autre ne se trouvait dans la salle à part les gardes impériaux, hors de portée de voix. Certaines paroles furent prononcées dans cette salle, et sans discrétion. Les barbares ne sont pas discrets. On transmit à l'Empereur des propositions de Wan'yen, chef de guerre des Altaï.

On renvoya l'émissaire sans réponse mais avec la courtoisie appropriée. L'Empereur et son principal conseiller se rendirent de la salle de réception sur une terrasse estivale. L'Empereur regardait devant lui.

Il dit : « C'est très beau, Shantong. Le Lac de l'Ouest, les collines, la mer. Nous aimons beaucoup le palais que nous construisons ici. Il nous convient. Nous devrions agir comme nous le devons. »

Et ce fut tout. C'était assez. Des rocs aussi tranchants que des épées.

◆

Il n'y a plus de sentiment de danger à La Montée de l'Est alors que l'été s'achève, seulement de la tristesse et le temps qui passe. Le poète a pris bien soin de garder son chagrin aussi privé que possible, de ne pas le leur imposer. Ils le voient tous, néanmoins. Comment ne pas le voir ? Shan a l'impression que Lu Chen se meut avec plus de lenteur désormais, mais elle a conscience que ce sont peut-être ses propres émotions qui l'amènent à penser ainsi.

Il se promène encore, presque tous les jours, avec son frère, pour se rendre à leur banc près du ruisseau, il écrit encore dans son bureau, passe quelques nuits avec les saints hommes sur l'autre rive. Elle peut entendre la cloche du temple lorsque le vent vient de l'ouest. Les soldats de Ziji sont restés pendant de nombreuses semaines tandis que le printemps devenait l'été. Avec d'autres, en patrouille, ils ont trouvé et abattu nombre d'Altaï pris au piège de ce côté-ci du fleuve, la plupart sans monture.

Les Kitans ordinaires des alentours – non des bandits mais des fermiers, des villageois, des moines, des tisseurs de soie, et même un maître des esprits et son assistant, se sont joints à la chasse. Les enfants du district étaient heureux de servir d'espions et d'éclaireurs. C'était devenu une sorte de jeu. "Trouvez les barbares." Quelques enfants ont péri. Quelques fermiers et leurs familles ont été tués. Au milieu de l'été, une douzaine d'Altaï a essayé de traverser le fleuve de force, en contraignant le passeur. On les attendait, on surveillait la rivière à l'endroit où on la traverse. Les barbares ont été massacrés par une cinquantaine d'hommes. Cette fois, les bandits avaient opéré seuls. Le passeur est mort, avec deux de ses fils.

On a entendu des histoires du nord, où les Altaï s'étaient livrés à leur sauvagerie. Des histoires d'horreur venues de là où commence la Kitai, dans les plaines inondables du Fleuve Doré. Ç'avait été un peuple du nord, les Kitans. Shan se demande si cela va changer à présent.

Elle passe des nuits d'été agitées. Elle voit des lucioles, elle sent le parfum des fleurs nocturnes, elle observe les phases de la lune. Elle écrit à Daiyan sans savoir (elle ne le sait jamais) si des lettres peuvent arriver là où il se trouve, où qu'il soit, à travers des fleuves et une contrée fracassée.

Le parfum du lotus rouge s'est effacé.
Je cherche une lettre dans les nuages.
Des oies sauvages voleront vers le nord.
Elles formeront un caractère dans le ciel : Reviens.
La lune emplit la fenêtre de ma chambre.
Des fleurs voguent dans l'étang.
Mon corps est douloureux en ce lieu de silence,
Il désire être avec toi.
Mes yeux se ferment à la lumière de la lune
Mais mon cœur s'embrase tel un incendie.

◆

Il leur est impossible d'assiéger Hanjin.

Même en tenant compte de ceux qui se sont enfuis avant l'arrivée des Altaï, et de ceux qui ont péri, il y a encore plus d'un demi-million d'habitants dans la ville, avec les trente mille cavaliers qui la tiennent.

L'armée de Daiyan compte presque le double. Il a des archers, des fantassins et des chevaux, désormais, leur propre cavalerie, après la victoire sur le fleuve.

Les Altaï pourraient essayer d'effectuer une sortie. Ils échoueraient.

Mais les horreurs d'un autre siège s'étirant pendant l'hiver, famine après famine, cela retomberait sur les Kitans, leur peuple. Les barbares s'empareraient de toute la nourriture disponible, puis se livreraient au cannibalisme avant de tuer leurs chevaux. Daiyan s'est contraint à l'admettre. C'est déjà arrivé.

Il n'a donc pas pu mettre le siège et défaire ce qui était arrivé ici l'année précédente. Heureusement, ils n'en avaient pas besoin.

C'était risqué, mais ils n'auraient qu'une seule occasion, vraisemblablement. Il devait bien y réfléchir, choisir la bonne nuit, avoir des gens prêts à l'intérieur des murailles, leur faire parvenir le message. Mais c'était possible : on pouvait entrer dans la ville comme ils en étaient sortis la veille de la Nouvelle Année. Il y avait deux tunnels, et l'on pouvait les utiliser tous deux.

Il lui fallait les hommes adéquats pour se rendre avec lui sous les murailles et gravir en silence des marches menant dans des celliers. Puis jaillir dans les rues et tuer les gardes aux portes sud et ouest, les ouvrir – et l'armée de Kitai déferlerait pour racheter ce qui s'était passé plus tôt, le peuple de Hanjin se soulèverait pour les accueillir et se joindre à eux, les Altaï seraient pris au piège dans un espace où leurs chevaux ne leur seraient d'aucun secours, et ils périraient. Il avait l'intention d'en laisser une poignée retourner dans le nord avec la nouvelle, afin de créer la terreur dans les steppes, dans les cités qui s'y trouvaient.

Puis il galoperait sur leurs pas, rapide comme la vengeance doit parfois l'être, et avec tant de cavaliers morts, la Capitale Méridionale de ce nouvel empire de la steppe tomberait, et une partie des Préfectures perdues leur reviendraient de nouveau, enfin.

C'était un rêve, qui se déroulait telle une bannière dans le vent. Il était seul au milieu d'une armée et il était tout le temps las. Mais c'était ce à quoi sa naissance le destinait.

Ils attendaient la nouvelle lune. Dans trois nuits, maintenant. C'était peut-être un excès de prudence, mais n'importe quel soldat vous dirait qu'il est plus facile de se glisser dans une allée nocturne lorsque les gardes n'ont pas de lumière pour voir survenir leur trépas. Ils venaient de loin et ils étaient très près de leur but. Daiyan ne risquerait pas un échec en étant impatient au dernier moment.

Et Wan'yen, le chef de guerre, se trouvait dans la ville. On n'ajoutait pas délibérément des risques quand on savait qu'on allait affronter un homme compétent. On ne craint pas un ennemi, mais on doit respecter ce dont il est capable.

Il y avait des récits de généraux kitans victorieux se faisant amener des chefs barbares, pieds et poings liés, nus, afin de les tuer de leurs propres mains ou de regarder l'exécution en buvant du vin.

Daiyan n'aimait pas cela. Il ne ferait pas un tel honneur à un cavalier. Le chef de guerre pouvait bien mourir d'une flèche ou d'un coup d'épée là où le trouverait n'importe quel soldat kitan. On ne saurait peut-être pas qui il était lorsqu'on l'abattrait. Cela arrivait, surtout la nuit. Mais les Altaï le sauraient. Les cavaliers perdraient tout espoir, toute force, s'il tombait.

C'était tout ce que Daiyan accordait de réflexion à cet homme. Il s'agissait d'un empire et non de son propre conflit avec un quelconque cavalier sorti des marges de la steppe.

Les Altaï devaient se voir rappeler ce qu'avait été la Kitai, ce qu'elle allait être de nouveau. Ils devaient être terrorisés, sinon ils reviendraient.

Et c'était cela, il le savait, oh oui, il le savait ! les ténèbres qui marquaient ici leur route. Il s'obligea à en détourner ses pensées, à revenir aux murailles de Hanjin. Préparer les étapes suivantes, s'assurer qu'elles seraient exécutées comme elles le devaient. Il n'était qu'un soldat. Les officiels qui avisaient l'Empereur détermineraient ce qui se passerait ensuite, comme presque toujours.

Tôt dans la matinée suivante, on vit un drapeau blanc flotter au-dessus de la porte ouest. Deux Altaï sortirent. L'un d'eux parlait le kitan. Ils furent directs – ils l'étaient, en général. Ils proposaient la reddition de la ville et de se retirer au nord si on leur donnait des otages pour assurer que l'armée kitane ne les attaquerait pas lorsqu'ils arriveraient au Fleuve Doré et se prépareraient à le traverser. Une fois sur l'autre rive, ils pouvaient échapper à toute poursuite.

Daiyan jeta un coup d'œil à Ziji qui se tenait près de lui. Ziji l'observait avec une expression ironique. Ils s'y étaient attendus. Les cavaliers n'avaient aucun désir d'être piégés là pendant un autre hiver. Ils n'avaient pas prévu que Daiyan les suive si loin et si vite. Ils n'avaient pas pensé que rien de tout cela pût arriver, depuis le désastre sur le Grand Fleuve et ensuite. Ils voulaient retourner chez eux. Et se regrouper pour revenir.

Daiyan les voulait mort et brûlés sur des bûchers, et non chevauchant bien en sécurité vers le nord pour revenir ensuite. Il le fallait à la Kitai. Et cela nécessitait un massacre à Hanjin. On ne commandait pas des armées en guerre si l'on désirait que le monde fût aussi délicat que des fleurs de pruniers.

« Quels otages proposez-vous ? » demanda Ziji. Sa voix était terrifiante quand il le voulait.

Le cavalier qui parlait leur langue regarda l'autre, plus âgé, et traduisit. L'autre regarda Daiyan droit dans les yeux et répondit. L'interprète traduisit encore.

« Nous voulons seulement votre commandant. Il sera relâché dès que nous aurons traversé le fleuve.

— Je vois. Et pour l'assurer ? » demanda Ziji. Sa voix était glaciale, mais cette proposition n'était pas une surprise.

« Nous laissons notre chef de guerre, dit l'Altaï. Ensuite, ils seront échangés. C'est approprié.

— Non, répliqua Zhao Ziji. Mais nous considérerons ce que vous avez dit. Vous pouvez revenir au coucher du soleil pour notre réponse. Allez. »

L'intonation d'un homme commandant une armée qui avait l'avantage.

Les cavaliers tournèrent les talons et revinrent à Hanjin par la porte ouest. Celle que Daiyan avait l'intention d'ouvrir pour son armée deux nuits plus tard.

Ils les regardèrent s'éloigner. Ziji dit à voix basse : « Je crois toujours qu'ils te tueraient et le laisseraient mourir.

— Peut-être. Ce pourrait être un bon échange pour nous. Avec les deux frères morts, je ne suis pas sûr que les Altaï...

— Arrête ! intervint Ziji avec brusquerie. Assez. Tu te trompes. Ils ont une douzaine de chefs de guerre pour remplacer ces deux-là. Pas nous. »

Daiyan haussa les épaules. Il n'était pas d'accord, mais il ne désirait pas spécialement périr au bord du Fleuve Doré pour mettre son opinion à l'épreuve. Il avait des raisons de vivre, pour la Kitai, pour lui-même.

Shan venait de lui envoyer un poème dans une lettre expédiée par courrier depuis Jingxian. *Mon cœur s'embrase tel un incendie.*

Au coucher du soleil, les deux cavaliers revinrent. Ziji leur déclara qu'on avait besoin d'une autre nuit pour examiner leur proposition. Il demanda si n'importe qui d'autre pouvait servir d'otage jusqu'au fleuve. Le commandant Ren, expliqua-t-il, était très cher au cœur de l'Empereur Zhizeng, et lui assigner un tel rôle risquait de leur attirer l'ire impériale. Les Altaï, dit-il, le comprenaient sûrement. Après tout, l'auguste Zhizeng avait été un otage lui-même, libéré par Ren Daiyan.

Il s'était permis un sourire en prononçant ces paroles.

Les Altaï s'en retournèrent à Hanjin. L'intention de Ziji était de prolonger la discussion en retardant la conclusion jusqu'à la nouvelle lune. Il souleva l'idée de lancer l'assaut la nuit suivante ; le mince croissant de lune n'affecterait rien. Daiyan secoua la tête.

« Ils n'aiment pas la lune noire. Tu le sais bien. Dans deux nuits, nous mettrons fin à cette partie de la guerre.

— Et alors ? »

Daiyan haussa de nouveau les épaules. Ils se tenaient devant sa tente, le soleil se couchait rouge dans un ciel d'automne. « Selon nos pertes, et nous perdrons des soldats, nous partons directement pour le nord ou nous attendons le printemps et des renforts. Mais nous allons le faire. »

Ce fut peu de temps après, Ziji s'en souviendrait, qu'ils virent une petite troupe qui venait vers eux du sud, illuminée par le soleil bas, le long de la large route qui montait vers ce qui avait été la cité impériale de la Douzième Dynastie. La première étoile n'était pas encore apparue.

Il se rappellerait les avoir regardés approcher en ces derniers moments où, jusqu'à un certain point, il comprenait encore le monde.

Daiyan vit que c'était Fuyin. Leur ami, autrefois chef magistrat à Hanjin, et maintenant gouverneur de Jingxian. En route vers le nord, ils étaient passés près de sa cité, s'étaient arrêtés pour une nuit, Jingxian, comme l'avait prévu Daiyan, n'avait pas été attaquée pendant l'hiver. Les Altaï lançaient des raids contre des villages, des petites villes, des fermes, mais n'avaient nullement envie d'un autre siège. Après que les cavaliers se furent retirés vers le nord au printemps, on avait sorti Wang Fuyin de sa retraite pour retourner dans la cité où il avait été magistrat des années plus tôt. Les hommes honorables obéissaient lorsque leur Empereur les appelait. Daiyan leva une main pour le saluer, Fuyin leva la sienne avec un sourire.

On apprend à connaître un homme. Ce sourire n'était pas un sourire détendu. Le gouverneur arrêta sa monture devant eux. Son escorte resta à quelque distance, surveillée de près par les gardes de Daiyan.

« Vous montez mieux que la première fois que nous nous sommes rencontrés, dit Daiyan.

— J'ai perdu du poids, et j'ai eu de l'entraînement. » Fuyin désigna les murailles d'un geste : « Vous êtes allés très loin très vite.

— Nous allons la prendre. Vous pourrez être là pour le voir.

— Vous venez de loin aussi », remarqua Ziji ; il ne souriait pas. « Que s'est-il passé ? »

Une légère hésitation. « Pourrions-nous nous écarter un peu ? demanda Fuyin. Nous trois. »

Daiyan prit les devants en direction du bosquet où aboutissait le tunnel de la porte ouest. Il ne se rendit pas jusque-là. Il ne voulait pas attirer l'attention sur ce bosquet. Il s'arrêta sur une petite élévation, sous un pin. Le soleil était bas et sa lumière parait le paysage de couleurs intenses. À l'est, les murailles de Hanjin luisaient. Légère brise, avec la sensation du froid à venir.

« Que s'est-il passé ? » répéta Ziji.

Ils étaient seuls. Les gardes de Daiyan les avaient suivis mais gardaient leur distance, un large cercle autour d'eux. Leur commandant était trop important pour ne pas être gardé en terrain découvert.

Les cheveux de Fuyin étaient devenus gris depuis qu'il avait quitté la capitale, et il avait effectivement maigri. Son visage en portait les traces, des replis dans son cou, des rides sous ses yeux. Il mit pied à terre avec des mouvements raides. Il devait être en selle depuis longtemps. Et cela avait un sens, que le gouverneur, leur ami, soit venu en personne.

« Puis-je d'abord poser une question ? » demanda-t-il.

Daiyan hocha la tête. Il descendit aussi de sa monture, comme Ziji. « Bien sûr.

— Tu envisages vraiment de prendre la cité ?

— Dans deux nuits, dit Daiyan. Ils ont offert de se retirer, mais je n'ai pas l'intention de laisser trente mille cavaliers retourner dans le nord. Nous les avons pris au piège ici.

— Beaucoup de morts, remarqua Wang Fuyin.

— Oui, acquiesça Daiyan.

— Je veux dire parmi nos gens.

— Je sais que c'était ce que vous vouliez dire. »

Fuyin hocha la tête : « Et si vous les laissiez battre en retraite ?

— Trente mille cavaliers, avec ceux qu'ils recruteront en plus, seront de retour au printemps prochain. »

Fuyin inclina de nouveau la tête. Puis il regarda au loin, vers les murs étincelants dans le lointain.

« Dites-le, murmura Daiyan. On vous a envoyé parce que c'est difficile à dire. »

Fuyin se tourna de nouveau vers lui. « Notre existence à tous deux aurait été très différente, n'est-ce pas, si je ne t'avais pas envoyé chercher pour me garder ce jour-là.

— Telle est la vie, dit Daiyan. Parlez, mon ami. Je sais que vous êtes seulement le messager. C'est de la cour ?

— De la cour, acquiesça Fuyin à voix basse. On m'a envoyé le message, par oiseau, que je devais te trouver, aussi vite que je pouvais galoper.

— Et vous m'avez trouvé. »

Fuyin hocha la tête. Il prit une inspiration et déclara, d'un ton formel : « Le glorieux Empereur Zhizeng salue son commandant militaire Ren Daiyan et lui ordonne de retirer ses forces de Hanjin pour les mener immédiatement au sud du Wai. Vous-même êtes instruit de vous rapporter à Shantong pour expliquer à votre Empereur pourquoi vous avez emmené nos armées si loin sans ordre. »

La brise soufflait. Un chant d'oiseau s'éleva quelque part à l'ouest d'où ils se trouvaient.

« Pourquoi vous ? Pour ce simple message ? » C'était Ziji, de toute évidence très secoué.

La même détresse pouvait se lire sur les traits de Fuyin. « Ils craignaient que vous n'obéissiez pas. Je devais vous exhorter, vous persuader.

— Ils le craignaient vraiment ? » dit Daiyan. D'eux trois, il semblait le moins troublé, ou du moins le montrait le moins. « Et vous ? Que pensiez-vous ? »

Fuyin l'observa un long moment. « Je suis un mauvais serviteur de mon empereur. J'ai passé tout le temps de ma chevauchée à essayer de décider ce que je voulais vous voir décider.

— Ai-je un choix ? » murmura Daiyan.

Ses amis le dévisagèrent. Aucun des deux ne répondit.

Ce moment, en terrain découvert, près du coucher du soleil, pourrait être décrit de bien des manières différentes. Le fleuve des étoiles, dans les légendes kitanes, s'étend entre les mortels et leurs rêves. Il n'y avait pas encore d'étoiles visibles dans le ciel en ce jour d'automne, mais un poète aurait pu les y placer.

Daiyan répéta : « Ai-je un choix ? »

L'oiseau chantait toujours. Le vent soufflait dans le pin solitaire.

« Tu as soixante mille hommes qui t'adorent, dit Ziji.

— C'est la vérité », acquiesça Fuyin.

Daiyan lui jeta un coup d'œil. « Un traité a-t-il déjà été établi ? Vous en a-t-on parlé ? »

Fuyin détourna les yeux. Murmura : « Le Wai comme frontière. Nous reconnaissons leur statut supérieur. Notre Empereur est le frère cadet du leur. Nous payons tribut, soie et argent, il y a des marchés à quatre endroits le long du fleuve.

— Et l'argent revient par le commerce. » La voix de Daiyan était à peine audible.

« Oui. À l'ancienne manière. Ils veulent de la soie, du thé, du sel, des remèdes. Et même de la porcelaine, maintenant.

— Nous avons de tout cela en quantité.

— Et de la nourriture. Nous avons du riz à vendre, avec le nouveau système de cultures dans le sud.

— En effet, acquiesça Daiyan. Le fleuve Wai ? Nous leur donnons tout ce qui se trouve de l'autre côté ?

— Au nom de la paix, dit Fuyin.

— L'Empereur comprend bien qu'ils battent en retraite depuis que nous les avons écrasés au printemps ? Les Altaï proposent de se *rendre* ici, si nous leur permettons seulement de rentrer chez eux. »

L'expression de Fuyin était sombre. « Penses-y bien, Daiyan. Sois plus qu'un soldat. Que se passe-t-il s'ils offrent de se rendre ? Que pouvons-nous demander en échange ? »

Seulement l'oiseau, pendant un long moment, puis un autre se joignit à lui, du côté du nord cette fois.

« Ah, dit enfin Ren Daiyan. Évidemment. Je vois. J'ai été stupide, alors ?

— Non ! dit Fuyin. Non, pas du tout !

— Explique-moi », implora Ziji. En ajoutant : « Je t'en prie ?

— Son père et son frère, répondit Daiyan. C'est de cela qu'il s'agit. »

Il marcha un peu vers l'ouest, seul. Les deux autres lui en donnèrent le loisir. Ses gardes étaient visiblement inquiets, mais Ziji leur fit signe de rester où ils se tenaient. Le soleil était bas à présent, et Ziji chercha et trouva l'étoile du soir. Bientôt le crépuscule. Il se tourna vers Fuyin.

« Que serait-il arrivé si vous étiez venu trois jours plus tard ? Si nous étions déjà dans Hanjin ? »

Wang Fuyin secoua la tête : « Je l'ignore, mon ami.

— Ce n'est pas rien. Que vous arriviez maintenant.

— Non.

— Y a-t-il quelque chose que vous ne nous avez pas dit ? »

Fuyin secoua de nouveau la tête : « Il est bien des choses qu'on ne m'a pas confiées.

— Ne pourriez-vous prétendre ne pas être encore arrivé ? que vous avez été retardé… » Il ne finit pas sa phrase.

Fuyin eut un sourire plein de regret : « Pas à moins de tuer les hommes de mon escorte.

— Je le pourrais.

— Non, vous ne le pourriez pas », répliqua Wang Fuyin.

Ziji détourna les yeux. « Très bien. Si les Altaï se rendent et demandent la paix, l'Empereur est obligé de demander qu'on lui rende en retour son père et son frère. Je vois. Eh bien qu'il le fasse !

— Imaginez qu'il le fasse. Que se passerait-il ?

— Je l'ignore. Je suis juste un soldat. Dites-le-moi.

— Chizu le ferait tuer dès son retour.

— Quoi ?

— Un frère cadet qui s'est installé sur le trône ? Le fameux Prince Jen, qui a sauvé l'empire, secouru son frère impuissant et forcé les barbares à se rendre ? Bien sûr qu'il serait tué ! »

Ziji ouvrit la bouche, puis la referma.

« Notre ami doit prendre une décision, poursuivit Fuyin. Nous sommes en train de vivre une des plus anciennes histoires de la Kitai.

— Que voulez-vous dire ? La famille impériale ?

— Non. L'armée et la cour. S'il refuse de se retirer, il est désormais en rébellion ouverte. Vous l'êtes tous. Et voilà concrétisée la crainte que nous avons de nos propres soldats. »

Ziji le dévisagea : « Et s'il accepte, nous abandonnons la moitié de la Kitai.

— C'est de cela qu'il s'agit. Et il y a probablement davantage, que j'ignore. Estimez-vous heureux que nous ne soyons pas Daiyan. »

Daiyan se surprit à penser de nouveau à son père. C'était étrange, ou peut-être pas, de constater combien des chemins parcourus pouvaient vous ramener chez vous en pensée.

Il n'avait pas eu de nouvelles de Shengdu, de son père, depuis presque deux ans. Pas surprenant, compte tenu des temps où ils vivaient et de la distance. Il avait écrit. Il leur avait dit où il se trouvait, ce qu'il faisait, sachant que ce serait terriblement dépassé quand on lirait la lettre.

Dans la dernière qui l'avait rejoint, son père lui avait écrit qu'ils allaient tous bien et que lui-même était très honoré d'avoir conservé sa position d'employé au *yamen* sous les ordres d'un nouveau sous-préfet. C'était l'employé le plus ancien, Daiyan le savait, et le *yamen* se serait écroulé sans lui, mais son père ne l'aurait jamais écrit. Il ne se permettait sans doute pas même de le penser. Il devait avoir beaucoup changé maintenant. Un vieil homme ? Une seule année avait vieilli Fuyin, qu'aurait infligé à son père le tumulte des années ? Et à sa mère ? Il eut un brusque souvenir de la manière dont elle lui touchait la tête pour lui tirer les cheveux, avec impatience, avec amour.

Il avait été un adolescent lorsqu'il était parti. Plus loin de chez lui qu'il n'était jamais allé. Sur un cheval ! Jusqu'au lointain Village de la Famille Guan, où quelqu'un avait été assassiné ! Il pouvait se rappeler l'excitation ressentie, la crainte de se déshonorer, de déshonorer sa famille. Son père.

Dans les préceptes du Maître, on vit de manière à ne jamais déshonorer ses parents. Ren Yuan avait vécu ainsi, avec un sens de la responsabilité qui n'était pas forcé. Il avait espéré que son fils cadet deviendrait peut-être un lettré, leur apportant à tous bien de la fierté. Il avait dépensé de l'argent qui n'était pas aisément disponible pour payer un maître, de sorte que le jeune Daiyan pût avoir une chance de poursuivre un destin qui le mènerait peut-être – qui sait – aux examens de *jinshi*. À se tenir peut-être un jour, très à distance, en présence de l'Empereur. Un père peut être heureux en allant rejoindre ses ancêtres s'il sait qu'il a rendu cela possible à son fils.

Daiyan leva les yeux vers le ciel. Il était là depuis un moment, perdu dans ses pensées, le regard fixé sur l'herbe et quelques tardives fleurs sauvages, sans les voir. Le soleil se tenait tout au bord de l'horizon, prêt à descendre chercher les ténèbres. L'étoile de la Reine Mère de l'Occident se trouvait au-dessus de lui, éclatante, toujours, alors qu'elle se tenait sur la terrasse de sa demeure et contemplait le monde, étincelante.

Sa demeure à lui aussi était à l'ouest. Son père.

Il était tel qu'on l'avait élevé. Le chemin de la vie, à travers des marais, des collines, à travers tant de fleuves, peut amener des actes dont on ne tire pas fierté. Mais on connaît sa nature profonde, il savait ce qu'il était, ce que Ren Yuan désirait être jusqu'à la fin de ses jours.

Fuyin avait dit ne pas tout savoir du traité qui venait d'être conclu. Daiyan était sûr de pouvoir en deviner une autre partie. Il était surpris, parfois, de tout ce qu'il était capable de voir. Peut-être, après tout, n'était-il pas seulement un soldat avec son arc et son épée. Il se rappelait le vieux Premier Ministre, au Petit Mont d'Or, l'étincelle qui était passée entre eux. Une reconnaissance mutuelle ? Un aveugle pouvait-il vous reconnaître ?

Celui-là, oui.

Il fallait également être aussi froid que l'avait été Hang Dejin, dur, sûr de soi. Il fallait *vouloir* détenir le pouvoir, peut-être plus que tout, croire que nul autre que vous ne pouvait correctement le manier. On pouvait être ou non un homme de bien, vivre ou non de manière honorable, mais il fallait un extrême désir de se tenir derrière le trône.

Ou de siéger sur ce trône.

Toutes les dynasties, absolument toutes, avaient été fondées par un soldat, même cette Douzième Dynastie, qui craignait tant son armée et qui était tombée.

Elle pouvait se relever, bien sûr, on pouvait affronter les cavaliers et les vaincre. Il pensait en être capable. Il *savait* l'être.

Ou l'on pouvait tenter de créer une paix assez durable pour que des enfants naissent qui ne savaient rien de la guerre, dont les *pères* ne savaient rien de la guerre, qui

n'allaient pas se coucher la nuit en craignant le martèlement des sabots dans les ténèbres, et les incendies.

Il restait là, les yeux fixés sur l'occident. Le soleil se
coucha. Il y avait d'autres étoiles à présent. Il se demanda
s'il reverrait jamais son père.

Il retourna trouver les deux autres et dit à Ziji d'ordonner
à leur armée de s'apprêter à partir vers le sud dans la matinée. On avait reçu des ordres de l'Empereur. Honneur et
devoir les contraignaient à obéir.

Une nuit claire, en automne. Le fleuve des étoiles dans
le ciel. Quoi qu'il arrive sur terre parmi les hommes et les
femmes – vivants et morts, la gloire ou le bonheur, le chagrin
qui vient et qui cesse – les étoiles ne changent pas. Sauf si
l'on compte l'occasionnelle apparition d'une comète, parfois
très brillante pendant un bref moment, puis dont la lumière
faiblit et disparaît.

CHAPITRE 29

Il commence à faire plus froid, il y a eu des gelées nocturnes. Les feuilles sont tombées des paulownias qui bordent le sentier, de l'orme et des chênes. Le vent en souffle certaines, aux couleurs éclatantes, dans la prairie. Les enfants les ont rassemblées en piles et jouent dedans avec des sauts et des rires. Shan a du feu dans sa chambre, contre le froid qui l'accueille au matin, lorsqu'elle sort de sous son édredon de plumes de canard.

Il n'y a toujours ni ordre ni rythme aux repas à La Montée de l'Est, mais elle s'efforce de prendre son thé matinal avec Lu Chen s'il passe la nuit à la maison plutôt qu'au temple de l'autre côté du petit cours d'eau.

Au réveil, elle se rend au quartier des femmes, dans le corps principal du bâtiment, se livre à ses invocations devant l'autel, puis attend dans la bibliothèque en écoutant si elle l'entend arriver, et elle entre dans la salle à manger en même temps que lui, lorsque c'est le cas. Il n'est pas dupe de ces rencontres accidentelles, elle le sait ; elle sait aussi qu'il est heureux de la voir.

Elle peut le distraire et l'intéresser un peu. Ils discutent de la forme des *ci* ; elle pense toujours qu'il en nie l'essence profonde en essayant de les rapprocher davantage de la poésie. Il lui fait remarquer que c'est la première chose qu'elle lui a jamais dite. Comme si elle avait besoin qu'on le lui rappelle, réplique-t-elle.

Ce matin, elle l'interroge sur le Royaume de Chu, qui s'est brièvement créé dans l'ouest avant l'émergence de leur propre dynastie – l'un des nombreux petits royaumes combattants qu'a absorbés la Douzième Dynastie. À la bibliothèque, elle a lu des historiens qui blâment le dernier roi de Chu, et ses conseillers, bien entendu, pour avoir permis trop d'influence aux poètes et aux musiciens à sa cour, la rendant dissolue et mûre pour la chute. Il est une chanson de Chu qu'elle aime beaucoup, *Alors que la musique jouait encore, le chagrin nous assaillit...* Elle désire savoir ce que Lu Chen pense de tout cela.

Il boit son thé à petites gorgées et amorce une réponse lorsqu'un des vieux ouvriers de la ferme, Long Pei, se présente à la porte. Le protocole n'est pas strict à La Montée de l'Est, mais c'est inhabituel.

Un homme, semble-t-il, se trouve ce matin visiter les tombes. Pei ignore son identité. Non, il n'a pas abordé ni questionné l'intrus. Il est venu droit à la maison.

Cet homme porte une épée.

Shan sait que ce doit être Daiyan, et c'est lui. En aucune manière ne devrait-elle être aussi sûre, en aucune manière il ne peut être ici, seul ! alors qu'il commande leurs forces dans le nord. La rumeur venue de la cour parle d'une possible trêve, d'un traité, il n'y a pas encore de détails.

Le poète gravit la pente avec elle sous les arbres dépouillés de leurs feuilles. Elle marche à son pas en se forçant à ralentir. Un matin clair et éclatant, avec une petite brise. La flèche d'un vol d'oie dans le ciel. Plusieurs hommes de la maisonnée les suivent, avec les armes qu'ils ont pu trouver. Pei a dit "une épée", et Shan n'a pas commenté, même si son cœur bat follement.

Elle le voit debout près de la tombe de Lu Mah, sous le cyprès. Il se retourne à leur approche. Il s'incline devant le poète, puis devant elle. Ils en font autant tous deux.

« J'ai traversé le fleuve de nuit. Je craignais d'éveiller toute la maisonnée en venant aussi tôt, aussi ai-je pensé devoir d'abord présenter mes respects ici.

— Nous sommes une maisonnée qui se lève tôt, dit Lu Chen. Vous êtes des plus bienvenus, commandant Ren. Nous ferez-vous l'honneur de venir à La Montée de l'Est ? Il y a à manger et le thé du matin, ou du vin si vous préférez. »

Daiyan semble las. On dirait qu'il a changé. « Je suis navré pour votre fils. J'ai toujours le sentiment que c'était mon devoir de…

— Vous n'avez pas le droit de penser ainsi », intervient le poète avec fermeté. En ajoutant : « Et c'est son père qui le dit. »

Il y a un silence. Derrière eux, les hommes se sont détendus en voyant de qui il s'agit.

« Daiyan, pourquoi êtes-vous ici ? » demande Shan ; elle observait ses yeux. « Que s'est-il passé ? » Elle est impatiente, l'a toujours été. Certaines choses changent lorsqu'on prend de l'âge et d'autres non.

Il le leur explique, près d'une tombe à La Montée de l'Est, par un lumineux matin. Un complexe mélange d'espoir et de crainte envahit Shan. Les paroles de Daiyan semblent confirmer les rumeurs d'une paix prochaine. On peut à peine le croire, mais le regard de Daiyan lui dit qu'il y a davantage.

« Tout jusqu'au Wai ? demande le poète à voix basse.

Daiyan acquiesce : « C'est ce qu'on nous a appris.

— C'est abandonner beaucoup de monde.

— Oui.

— Et vous auriez… »

Daiyan a une expression angoissée, comme s'il ne pouvait se retenir. Mais il déclare enfin, une phrase stéréotypée : « Je ne ferai que ce que m'ordonnent l'Empereur et ses conseillers. »

Le poète l'observe un long moment. « Vous étiez devant Hanjin ? Et ils vous ont ordonné de battre en retraite ?

— Oui. »

L'expression de Lu Chen est surtout compatissante, à présent. « Venez, dit-il enfin, joignez-vous à nous, commandant. Pouvez-vous rester un peu avant de vous rendre à Shantong ?

— Je crois que oui. J'aimerais rester, merci. Je suis fort las. »

Il y a autre chose, Shan le perçoit. Quelque chose qu'il ne confie pas.

Il est peu vraisemblable, se surprend-elle à penser ce soir-là, qu'il y ait dans toute la Kitai, ou ce qui semble en rester, un endroit où plus d'intelligence soit assemblée que n'importe quelle pièce de La Montée de l'Est où sont présents les deux frères. C'est une idée extravagante, un trait d'esprit, mais elle en a bien parfois le droit, n'est-ce pas ?

C'est Chao qui déclare, en buvant un peu de vin après le repas : « Il y avait un émissaire à la cour, à la fin de l'été, venu par bateau.

— Nous le savons, acquiesce son frère.

— Mais ce que nous savons aussi, poursuit Chao, c'est ce qu'il aura dit en privé, pour élaborer cette trêve.

— Ah oui, en effet, répond le poète. Il y a parmi les Altaï quelqu'un d'ingénieux.

— Je ne sais pas, moi, remarque Shan. J'ignore ce que nous savons. Apprenez-le-moi. »

La Montée de l'Est, elle l'a souvent pensé, aurait aussi été un havre pour son père. Elle peut voir son visage alerte et curieux se tourner tour à tour vers chacun de ses interlocuteurs, dans le plaisir d'une conversation éclairée.

Chao leur adresse un regard circulaire. Il n'y a qu'eux quatre dans la salle, les autres femmes se sont retirées, et ses fils. Les femmes de La Montée de l'Est ont accepté le statut spécial de Shan. Mah aurait été là aussi.

« Dame Lin, dit Chao, les Altaï tiennent captifs le Père-Empereur et le fils qui lui a succédé. Si donc ils les relâchent tous les deux... » Il prend sa coupe, boit, en laissant à Shan le temps de comprendre. La lueur des bougies vacille sur la table.

Il lui faut un moment. Pourquoi les Altaï relâcheraient-ils leurs prisonniers ? Pourquoi serait-ce ingénieux ? Les captifs impériaux ne sont-ils pas une arme, une manière de menacer la Kitai et le nouvel Empereur ? L'Empereur Zhizeng n'est-il pas obligé de faire tout son possible pour...

« Oh », dit-elle. Puis : « Qui est vraiment l'Empereur si Chizu revient ? C'est cela ? »

Ce sont des paroles qui pourraient vous valoir d'être exécuté pour les avoir énoncées ou même entendues.

Lu Chao hoche la tête : « En effet, murmure-t-il. Et nous connaissons la réponse. Zhizeng aussi. »

Daiyan garde le silence, mais Shan peut voir qu'il a déjà compris tout cela. Probablement tout de suite, puis en y réfléchissant davantage sur la longue route qui l'a amené de Hanjin dans le sud. Il n'a pas voyagé seul, bien sûr. Seulement franchi le fleuve avec le traversier, de nuit, pour s'en venir ici. Son escorte est arrivée plus tard dans la journée. Ziji n'est pas là. Il commande l'armée, qui, ainsi que l'a ordonné l'Empereur, se trouve maintenant de ce côté-ci du Wai.

On abandonne tout au nord du fleuve. On trahit tout?

Elle croit comprendre l'expression de Daiyan, désormais. Il avait été sur le point de prendre Hanjin, apparemment. Il avait dit qu'ils étaient prêts à partir ensuite pour le nord, à porter la guerre chez les Altaï.

Encore des combats, encore des morts de soldats, et de civils pris entre les soldats des deux armées. Mais il avait voulu écraser les cavaliers, leur menace, afin de laisser la Kitai redevenir la Kitai d'autrefois. Être davantage que ce qu'elle avait été de leur temps.

Il vient la trouver plus tard, discrètement, même s'il n'y a désormais plus de honte ni de secret nécessaire. Pas à La Montée de l'Est.

Il est las, il porte un poids invisible. Ils font l'amour avec tendresse, avec lenteur. C'est comme s'il voyageait dans le corps de Shan, en créant une carte pour lui-même. Une façon de pouvoir y revenir? Sombre pensée. Shan la repousse.

Il est au-dessus d'elle, elle resserre ses doigts dans ses cheveux et l'embrasse, le plus profondément possible, l'attire en elle, en tout son être.

Ensuite, étendu près d'elle, une main sur son ventre, il dit: « Je vous verrais bien avec des perles et des plumes de martin-pêcheur.

— Daiyan, arrêtez, je ne suis pas une déesse. »

Il sourit. « Cette demeure est assurément la meilleure place au monde pour vous. »

Son intonation la remplit de crainte. « Oui, dit-elle, excepté tout endroit au monde où vous vous trouvez. »

Il tourne la tête vers elle, il est tout près. Elle a laissé une lampe allumée, pour le voir. « Je ne mérite pas une telle pensée. Je ne suis qu'un…

— Arrêtez, répète-t-elle. Avez-vous jamais vu comment vos amis et vos soldats vous regardent ? comment Chen vous regarde ? *Lu Chen*, Daiyan ! »

Il garde un moment le silence. Change de position pour poser sa tête sur ses seins. « Il est trop généreux. Je ne sais ce qu'ils voient tous en moi. »

Elle lui tire les cheveux, fort : « Arrêtez, dit-elle pour la troisième fois. Daiyan, ils voient la vertu, brillante comme une lanterne, ils voient l'honneur de la Kitai. Et il n'y a pas assez ni de l'une ni de l'autre en ce monde. »

Il ne réplique pas cette fois. Elle bouge un peu pour l'entourer de ses bras. « Je suis désolée si je vous ai fait mal », dit-elle en voulant parler de ses cheveux. « Je sais que vous êtes délicat comme de la soie. »

Il émet un rire léger : « Ma mère en avait coutume. » Puis, dans un souffle : « J'étais très près, quand Fuyin m'a apporté l'ordre de me retirer. J'étais très près, Shan.

— De quoi ? »

Il le lui dit.

« Pas tellement d'honneur chez un commandant qui se rebelle contre le trône, alors, hein ? » conclut-il. Elle entend son amertume. Puis : « Je le pourrais encore, Shan. Je pourrais me lever maintenant, chevaucher jusqu'au Wai, reprendre mon armée et la conduire dans le sud. À la cour. Un autre soulèvement mené par un chef militaire en Kitai ! Ne serait-ce pas là une lanterne de vertu ? »

Elle se rend compte qu'elle ne peut parler.

« Et c'est tellement *mal*, de laisser les cavaliers s'en aller, de tant abandonner. Oui, pour la paix, oui. Mais pas façonnée ainsi – pas pour cette raison-là ! »

Le cœur de Shan lui martèle la poitrine. Il y a de l'effroi dans cette chambre à présent, en elle, et elle comprend enfin, croit-elle, ce qu'elle voit dans l'expression de Daiyan depuis le matin.

Elle n'y est pas tout à fait, cependant.

Je crois que oui. J'aimerais rester, avait-il dit près des tombes. Il se trompait, apparemment.

Vingt hommes attendaient de l'autre côté de la porte et de la barrière lorsqu'il s'éveilla dans le matin froid pour quitter la chambre, laissant Shan endormie. Après être allé à eux, seul, à travers les herbes et les plates-bandes de fleurs argentées de givre, il reconnut leur livrée, puis il en reconnut un.

Daiyan arriva à la barrière. De l'autre côté, celui qu'il connaissait, le chef de la troupe, s'inclina. « Commandant Ren, déclara-t-il, nous avons été envoyés pour vous escorter à Shantong. J'espère que cela vous est acceptable. Le Premier Ministre Hang Hsien vous présente ses respects.

— Comment savait-il que je serais ici ?

— On nous a dit que vous y viendriez sans doute. »

Amusant, un peu. Et un peu troublant. Daiyan vit Junwen et deux autres hommes, armés, qui s'approchaient à pas pressés, un peu trop vite. Il leva une main pour les ralentir.

« Je vous connais, dit-il au chef des gardes. Vous étiez au service de Hang Dejin, au Petit Mont d'Or.

— En effet.

— C'est une grande tristesse, comme il est mort. »

L'homme releva la tête : « Oui.

— Vous servez son fils, à présent ? à la cour ?

— J'en ai l'honneur.

— Il est fortuné. Je suppose que votre présence signifie que je ne puis nullement m'attarder ici ? »

Une hésitation, un malaise. C'était une question injuste, songea Daiyan. « Peu importe, reprit-il. Je vais faire mes adieux et me joindre à vous. Je suppose aussi que mes hommes peuvent venir avec nous ?

— Bien sûr », dit le garde.

Daiyan se rappela brusquement son nom : « Merci, officier de la garde Dun. »

L'autre s'empourpra. « Vous êtes bien bon de vous souvenir de mon nom, commandant. » Il hésita de nouveau. Ouvrit la bouche, la referma.

« Parlez », dit Daiyan.

Dun Yanlu rougit davantage. « Est-ce vrai, dit-il enfin, que vous étiez devant Hanjin ?

— En effet.

— Vous auriez pu la prendre ? »

Daiyan hésita : « Je ne devrais point aborder ce sujet. »

Dun Yanlu, un homme plus âgé, un peu trapu, à la barbe grise, hocha la tête. Puis, comme s'il y était contraint « Mais… auriez-vous pu, vraiment ? prendre la cité ? les massacrer là ? »

Il y avait la retenue, mais il y avait autre chose. Ce que le peuple de Kitai devait savoir de son empire, de son armée, de lui-même. Il fallait que cela eût trait à la vertu, à la fierté. *Une lanterne*, avait dit Shan.

« Bien sûr que oui, répondit-il avec calme. La cité était à nous. Ils étaient pris au piège, ils étaient morts. »

Dun Yanlu jura alors, tout bas, mais longuement et avec une certaine éloquence. « Excusez-moi, dit-il ensuite.

— Inutile », dit Daiyan.

Près de la porte, entre les frères, Shan le regarde s'éloigner sur sa monture. Une escorte, envoyée depuis Shantong, de si loin, une marque d'honneur, sûrement ? Mais elle n'en a pas le sentiment.

Lu Chao a déclaré qu'il allait également se rendre dans le sud. Les événements se précipitent, bien des décisions se prennent. Des affaires de la plus grande importance. Un homme honorable a le devoir de mettre ce qu'il a de talent au service de l'État, et Chao, après tout, est le dernier émissaire envoyé aux Altaï. Il s'est entretenu avec le chef de guerre en personne ! Il ira, pour jouer le rôle qui lui sera permis, quel qu'il soit.

Il n'y a évidemment aucune place pour une femme en tout cela.

Elle vit suspendue entre deux mondes. Et Daiyan avait raison la nuit précédente. Il n'y a rien de mieux pour elle en Kitai que La Montée de l'Est.

Elle le regarde partir. *Tout endroit du monde où vous vous trouvez.*

La matinée a été fort agitée. Les hommes de Daiyan, la famille Lu, l'escorte qui attendait. Les petits-enfants de Chao étaient excités de voir autant de gardes au domaine. Ils n'ont eu aucune occasion d'être seuls, elle et Daiyan.

À la porte, en les regardant s'éloigner, elle se rend compte avec un serrement de cœur qu'elle ne lui a rien dit alors qu'il montait en selle. Elle attend. Il se retourne sur sa monture. D'un unique regard, elle dit tout ce qu'elle a besoin de dire. Ou presque tout.

La route s'incurve vers le sud, descend vers le pont qui traverse la petite rivière, et les cavaliers disparaissent.

◆

L'honorable Wang Fuyin est une de ces personnes auxquelles les dieux prêtent longue vie et bonne santé jusqu'à la fin (et qui, en toute honnêteté, peut demander davantage ?). Ses accomplissements lui méritent un profond respect, aussi bien son service de l'État que ses textes sur le comportement approprié des magistrats dans des enquêtes criminelles. Fuyin dirait toujours que, parmi tous les incidents de son existence, le jour d'automne où le commandant Ren Daiyan parut devant l'Empereur, à Shantong, est peut-être celui qui est gravé le plus clairement dans ses souvenirs, comme des mots gravés dans de la pierre. Des mots gravés dans la pierre, évidemment, s'ils ne sont pas détruits, survivent à celui qui les grave, mais les souvenirs meurent bel et bien.

Les protocoles, à Shantong, étaient moins rigides qu'auparavant à Hanjin, et infiniment moins que dans des dynasties antérieures, alors qu'un homme convoqué à la cour pouvait attendre une année avant d'être reçu. C'était une cour plus restreinte, un palais moins opulent. Les finances étaient un problème, et la sécurité aussi.

L'Empereur parlait beaucoup de sécurité.

Fuyin avait pris une décision qu'on pouvait seulement considérer comme téméraire. Il avait laissé Jingxian – sa propre ville à présent, où se trouvaient ses responsabilités – aux mains de son vice-gouverneur. Il avait trouvé un bateau sur la côte pour l'amener à Shantong, aussitôt après avoir regardé l'armée commencer à se retirer de devant les murailles de Hanjin.

À quel point la Kitai avait frôlé une rébellion ouverte, il en avait une conscience aiguë.

Le problème, pour lui, c'était qu'il ne connaissait toujours pas son sentiment à ce propos. À propos de la décision de Ren Daiyan d'accepter l'ordre qu'il lui avait apporté du sud.

L'ambivalence était de la trahison, mais des pensées ne pouvaient vous être fatales si nul ne les connaissait. Si aucune personne d'importance ne pouvait voir votre expression, déchiffrer votre regard. Il aurait été infiniment plus prudent de retourner tout droit à Jingxian et d'y rester. Jingxian se trouvait bien au sud de la frontière proposée. Elle était sise bien en sécurité dans la nouvelle Kitai, celle de la Douzième Dynastie du Sud. En la première année du règne de l'illustre Empereur Zhizeng.

Il n'était pas courageux, Wang Fuyin, et de son propre avis. Il avait quitté Hanjin avant le début du siège, car il avait anticipé ce qui pourrait se passer.

Oui, il avait œuvré avec Daiyan et l'ancien Premier Ministre à un plan visant Kai Zhen, mais choisir le camp d'un maître tel que Hang Dejin avait semblé un acte prudent, et non téméraire, et c'était avéré tel.

Cet acte-ci, par contre, se hâter vers le sud en bateau pour se rendre dans une cour nerveuse, sans y avoir été convoqué, puis choisir d'être présent pour défendre les actions d'un commandant dont on le savait ami… Cela comptait comme de la témérité, quelle que fût la manière dont on pouvait l'évaluer.

L'adolescent qu'il avait impulsivement choisi pour être un de ses gardes, si longtemps auparavant, était devenu un homme qui provoquait ce genre de comportement, ce genre de… eh bien, de loyauté, en vérité. L'épouse de Wang Fuyin, qui s'affairait toujours à installer la belle demeure du gouverneur à Jingxian, pour sa plus grande et croissante satisfaction, ne serait pas heureuse lorsqu'elle l'apprendrait, aussi ne lui en avait-il rien dit. C'était assez facile. Rien d'autre ne l'était.

Le général Shenwei Huang avait commandé les forces kitanes défendant les approches de Xinan, dans l'ouest. Il

n'avait pas commandé l'armée envoyée prendre la Capitale
Méridionale des Xiaolus puis pour défendre la cité impériale
quand les barbares s'en étaient venus là.

C'était pourquoi il était toujours en vie et toujours au
poste de commande. L'ouest avait été moins important, son
échec avait attiré moins d'attention – et moins de conséquences. La plupart des commandants, devant Hanjin, avaient
été exécutés.

Shenwei Huang était parvenu à rejoindre le sud en fuyant
son propre désastreux champ de bataille, se hâtant de dépasser Xinan, qui était destinée à tomber, et de traverser le
Wai. Il avait trouvé des baraquements de bonne taille ratta-
chés à une ville du nom de Chunyu, près du Grand Fleuve,
établi que son rang l'emportait sur celui de leurs officiers et
intégré ces soldats, assez harmonieusement, à sa propre petite
armée. Il n'y avait eu personne pour le contredire. Si quelque
chose importait, dans l'armée, c'était le rang.

Ses nouvelles troupes avaient patrouillé contre les hors-
la-loi jusqu'à l'hiver, quand les Altaï avaient commencé
leur campagne de revanche. Le commandant Shenwei choisit
alors d'abandonner Chunyu et de conduire ses hommes de
l'autre côté du fleuve, dans la région qui bordait les marais.

Ses soldats n'en furent généralement pas mécontents,
même si quelques-uns désertèrent pour rester dans la ville
ou ses alentours. Les Altaï avaient plus de cinquante mille
cavaliers. Ils se livraient à de terribles exactions, et ce n'était
pas comme si la petite armée de Shenwei allait les arrêter,
n'est-ce pas ? En l'occurrence, la ville et ses baraquements
s'avérèrent assez loin au sud-ouest pour ne pas avoir été en
danger, mais vraiment, à quoi aurait servi de prendre des
risques ?

Un peu plus tard, au printemps, après la stupéfiante défaite
des Altaï dans l'est, le général Shenwei se rendit à Shantong
– il était devenu évident que la nouvelle cour serait là. Il
renvoya ses soldats de l'autre côté du fleuve à leurs baraquements. Ils avaient rempli leur rôle.

Sa présence fut circonspecte dans la nouvelle capitale, au
début, de crainte qu'une personne d'importance ne pût connaître trop en détail ses actions dans le nord, ou simplement

ne guère éprouver de sympathie pour lui, il y en avait quelques cas. Mais, il s'en rendit compte bientôt, le chaos de l'arrivée de la cour, le couronnement d'un nouvel empereur, la constitution d'un semblant de bureaucratie fonctionnelle, tout cela signifiait qu'il y avait place pour un homme assez ingénieux dans certains domaines – même s'il n'était peut-être pas particulièrement doué pour la stratégie militaire.

Le commandant Ren Daiyan avait massacré un grand nombre d'Altaï sur le Grand Fleuve. Les barbares se retiraient vers le nord. Ren Daiyan, un individu pas tout à fait normal dans l'opinion de Shenwei Huang, les poursuivait.

On commença à parler à Shantong d'un traité de paix en voie de négociation. Quels qu'en fussent les termes, Shenwei comprit qu'il ne risquait guère d'affronter à nouveau les Altaï.

Il se sentait raisonnablement sûr de pouvoir s'occuper de brigands et de soldats vagabonds de leur côté de la nouvelle frontière – si on lui donnait assez d'hommes, bien entendu. En ce qui le concernait, une écrasante supériorité numérique était le grand secret de l'art de la guerre. Et choisir le bon moment la clé du succès à la cour.

Aussi, lorsqu'on sut qu'on avait ordonné à Ren Daiyan de revenir de son équipée sauvage, et de toute évidence non sanctionnée, dans le nord, et qu'il allait presque certainement perdre son poste – eh bien, quel homme ambitieux n'aurait vu la chance qui pendait devant lui tel un fruit sur une branche basse ?

Huang parvint à se ménager une audience avec l'Empereur et son Premier Ministre. Il lui en coûta de l'argent, mais c'était toujours le cas dans ce genre d'entreprise.

Il n'était pas sûr de ce qu'il pensait du nouveau Premier Ministre. Hang Hsien était le fils du plus inquiétant des ministres précédents, il méritait d'être surveillé, cela au moins était clair.

Shenwei Huang avait trouvé son jeune empereur à la fois anxieux et direct, et il avait essayé de répondre à ces deux humeurs. Son message était simple : l'imprévisible Ren Daiyan était un évident souci, mais ne le concernait en rien. Huang ne doutait aucunement que la cour s'en occuperait.

Les commandants, en Kitai, ne pouvaient se permettre d'être imprévisibles.

Il en allait autrement de l'armée du commandant Ren. Cette armée était très nombreuse et s'avérerait sans doute dangereusement loyale envers lui et ses sous-commandants, ses amis. Le général Shenwei proposait, humblement, d'être envoyé prendre le contrôle de cette force qui devait se trouver au bord du Wai, à présent – si l'on avait obéi aux ordres. Obéir aux ordres, avait-il ajouté, c'était ce qu'il avait fait toute sa vie au service de l'empire, même lorsqu'il avait affronté des forces en nombre écrasant.

Il proposait de diviser cette armée en quatre forces plus réduites (il y avait bien réfléchi). Une force unique trop vaste était dangereuse. Il posterait trois de ces armées sur le Wai, à l'est, au centre et à l'ouest, et changerait régulièrement leurs commandants. La quatrième lui serait assignée pour s'occuper des brigands où qu'ils se trouvent, ou des gouverneurs de province dotés d'ambitions inconvenantes en ces temps difficiles où la Kitai avait besoin que tous fussent d'une impeccable loyauté.

L'Empereur avait écouté, le Premier Ministre aussi.

Ils avaient suggéré qu'il reste à Shantong pendant qu'ils examinaient sa proposition "dans la lumière d'une plus vaste perspective". On l'avait rappelé deux jours plus tard, dans la salle du trône cette fois. En présence de conseillers importants. Devant le nouveau Trône du Dragon, Shenwei Huang se vit accorder trois rangs de plus et nommer Commandant de l'Aile Gauche de la Frontière Pacifiée.

On lui ordonna de se mettre en route sur-le-champ, avec des officiers de confiance, pour prendre le commandement à l'officier, quel qu'il fût, à qui Ren Daiyan, et non "le commandant Ren", nota-t-il, avait laissé le contrôle de cette armée. Il devait agir une fois sur place comme il l'avait suggéré à l'Empereur. On considérait ses idées comme valides, et l'on recommandait sa loyauté en exemple.

Shenwei en éprouva une grande gratitude, mais non une grande surprise.

Une époque turbulente offre des opportunités. L'Histoire l'enseigne à quiconque a des yeux pour voir.

S'il avait assisté à l'échange qui eut lieu entre l'Empereur et le Premier Ministre après sa première audience privée, une ombre serait peut-être tombée sur son plaisir.

« Si cet homme ridicule était gonflé de plus de vent, déclara l'Empereur de Kitai, des cerfs-volants pourraient prendre l'air à chacune de ses paroles. »

Le Premier Ministre éclata d'un rire surpris. L'Empereur eut un rapide sourire. Hang Hsien considérerait plus tard ce moment comme celui où il avait songé pour la première fois que le jeune homme nerveux et intense qu'il servait était perceptif et intelligent. Qu'ils pourraient accomplir quelque chose ensemble, soutenir une dynastie et la Kitai.

Ils s'accordèrent pour décider que Shenwei Huang serait promu et félicité, et qu'on l'enverrait commander – et diviser – l'armée de Ren Daiyan. Son ambition était d'une ridicule transparence et son incompétence comme soldat bien connue des deux hommes qui se trouvaient là. Mais rien de tout celà, pour le moment, n'était perçu comme une *menace*, et c'était critique. On vivait des temps précaires.

L'homme pourrait toujours être renvoyé et privé de tout rang quand le besoin s'en présenterait. C'était chose aisée, déclara le Premier Ministre à l'Empereur.

« Nous pourrions avoir besoin de prendre davantage de mesures à un moment donné », dit l'Empereur, pensif.

Ils avaient tous deux eu une rencontre très différente dans cette même salle avec l'émissaire des Altaï, au cours de l'été. On avait proposé des termes, certains par écrit, d'autres non.

Négocier une paix est une affaire délicate. On présente des exigences et on vous en présente, on accepte et on refuse, on donne et on reçoit, selon ses besoins, et son pouvoir.

Le Commandant de l'Aile Gauche Shenwei Huang quitta la cité sept jours plus tard. Il traversa le Grand Fleuve avec cinquante hommes et cent chevaux, en direction du Wai et du commandement d'une armée aguerrie forte de près de soixante mille hommes.

Il ne les atteignit jamais.

Dans l'extrême et violent désordre d'une année terrible, alors que tant de monde avait fui les Altaï, chassé de ses foyers, pour se réfugier dans les bois et les marécages ou pour errer dans la campagne, il y avait encore plus de hors-la-loi qu'il n'était coutumier en Kitai.

Certaines de ces bandes étaient très nombreuses. En vérité, c'était la tâche que Huang avait proposé de confier à un quart de l'armée positionnée sur le Wai : se débarrasser des brigands les plus dangereux, en commençant par ceux du sud-est, périlleusement proches de l'Empereur.

Son escorte de cinquante hommes incluait douze officiers de haut rang, choisis avec soin pour le peu de probabilité de les voir conspirer contre lui – ou y parvenir un tant soit peu s'ils s'y essayaient.

Les soldats, ses gardes personnels, étaient tout à fait compétents. Mais les hors-la-loi qui attaquèrent leur parti jouissaient d'une supériorité numérique significative et combattaient avec un talent surprenant. Shenwei Huang était doué pour exagérer le nombre de ses ennemis lorsqu'il avait à rapporter une défaite, mais en l'occurrence il y en avait vraiment deux cents pour les prendre en embuscade entre le Grand Fleuve et le Wai, avec une volée mortelle de flèches décochées depuis les arbres, tandis que d'autres jaillissaient pour bloquer la route devant et derrière la troupe.

Ce n'étaient point, néanmoins, des hors-la-loi.

◆

Ren Daiyan fut conduit devant son empereur le jour même de son arrivée à Shantong. Pas même la possibilité de changer de vêtement, de se reposer, de manger. Il était tout poussiéreux, il eut à peine le temps de se laver la figure. Il portait toujours ses bottes de monte. On lui prit arc et épée aux portes du palais.

La salle du trône était pleine, et il y résonnait un bourdonnement d'anticipation. La rencontre de cette après-midi, on en était généralement d'accord, serait probablement aussi divertissante qu'importante. Elle pouvait même constituer un moment clé de ce nouvel empire de la Douzième Dynastie du Sud.

Le Premier Ministre de Kitai se sentait mal à l'aise pour des raisons diverses. Il n'était pas sûr d'apprécier qu'il y eût foule, le nombre de témoins qui risquaient de répandre des informations différentes. Sa méthode habituelle pour résoudre ce genre de dilemmes – qu'aurait fait son père? – ne présentait aucune solution immédiate. Il avait proposé de rendre cette audience privée. L'Empereur avait refusé.

Il aurait bien aimé que le gouverneur de Jingxian n'eût pas pris sur lui d'être présent. Wang Fuyin était arrivé à Shantong avant le commandant. Il avait tout à fait le droit d'être là, en tant que membre distingué de la nouvelle fonction publique. C'était aussi un ami de Ren Daiyan.

Une phrase inquiétante était de plus en plus en usage, tirée d'une nouvelle chanson de Lu Chen: *De Hanjin à Shantong s'étire le chemin de notre peine.*

Ce n'était pas bon. Il devait s'en occuper. On pouvait bannir des chansons, des phrases, des poèmes, punir ceux qu'on prenait à les chanter ou à les énoncer. Ce n'était pas une bonne idée, en général, surtout si l'auteur était aussi célèbre que celui-là. Il valait mieux, en vérité, agir de sorte que ces mots devinssent une *non-vérité*.

Il lui fallait du temps pour cela. Et de l'aide. Il y avait une chance de réussite, il le croyait vraiment. Une paix qui durerait, le commerce rapportant davantage que ce qu'on donnerait au nord, les doubles récoltes des rizières pour nourrir la Kitai du Szechen à la mer. Une nouvelle Kitai pouvait devenir une réalité florissante et durable.

Il avait besoin d'une chance. Il avait besoin d'un bon empereur, d'un empereur qui n'était pas défini par ces craintes. Il regarda son empereur, celui qui lui était échu. Il abaissa son regard sur la salle bondée et l'homme qui marchait lentement vers le trône tel un soldat arrivé d'un champ de bataille.

Son père avait apprécié ce Ren Daiyan, l'avait dit au Petit Mont d'Or.

Le commandant avait l'air las, ce qui était prévisible, compte tenu de la distance parcourue et de leur décision de ne pas lui laisser le temps de se reposer, de se préparer, de consulter quiconque. En même temps, il y avait une ombre d'amusement sur ces traits, alors qu'il jetait un coup d'œil à Hang Hsien, comme s'il avait compris ces stratégies.

Ses prosternations devant l'Empereur furent précises et sans réticence. Trois, par trois fois. Quand il se releva sur un geste de Zhizeng, il se tourna vers Hang Hsien et s'inclina par deux fois. Il souriait.

Hsien aurait préféré qu'il ne le fît point. Il aurait préféré ne pas se sentir aussi mal à l'aise. Il doutait que son père eût jamais éprouvé ce sentiment dans une salle du trône. Ou bien, peut-être au tout début ?

Son père, aveugle, frêle, seul, avait mis fin à ses jours lorsque les Altaï avaient envahi sa demeure. Cet homme, Ren Daiyan, avait eu l'intention d'écraser les derniers envahisseurs de la Kitai et de reprendre la capitale.

On ne pouvait en aucune manière se sentir à l'aise ici, songea Hang Hsien.

Fuyin s'était placé dans la deuxième rangée des officiels, presque à portée du trône. Gouverneur d'une grande ville, précédemment magistrat en chef de Hanjin, il avait le droit d'être aussi proche, aurait même eu droit à la première rangée, ce qu'il avait choisi de décliner. Il voulait voir ce qui se passait, mais ne pas être trop visible. Il s'inquiétait de ses expressions, de ce qu'il pourrait révéler s'il n'était pas prudent. Quoique, s'il avait réellement été prudent, il n'aurait point du tout été là, n'est-ce pas ?

« Nous sommes heureux de vous voir répondre sans tarder à notre convocation, commandant Ren », dit l'Empereur de Kitai. Sa voix était trop ténue pour être vraiment majestueuse, mais elle était claire et précise.

« Le serviteur de la Kitai est très heureux d'être reçu, très haut seigneur. Et honoré de servir l'empire de toutes les manières possibles. »

Il aurait dû dire "l'Empereur" ou "le trône", songea Fuyin. Il essuya son front en sueur. À sa gauche, on lui adressa un regard curieux. Le Premier Ministre se tenait tout près du trône. Dans l'ancienne cour, les premiers ministres s'étaient plutôt placés à une certaine distance sur le côté. Le protocole avait changé, changeait. Le fleuve Wai était la frontière nord de la Kitai. Cette cité était maintenant la capitale. Cet homme-ci était leur Empereur.

Leur Empereur déclara : « Ce service inclut-il de mettre témérairement en danger la plus grande partie de notre armée ? en laissant cette cour complètement exposée ? »

Nous y voilà, songea Fuyin. Il n'y aurait pas d'approche subtile du sujet aujourd'hui. Et c'était le fait de l'Empereur en personne. Fuyin s'essuya de nouveau la figure avec un tissu de soie en ignorant l'homme qui se trouvait à sa gauche.

Il vit la réaction de Daiyan – le moment où son ami se rendit compte à quel point on serait direct en ce jour, ce qu'était exactement sa convocation. Il le vit prendre une inspiration, comme on le fait avant de soulever un fardeau, en l'acceptant. Daiyan releva la tête. Il dévisagea le Premier Ministre un instant, puis revint à l'Empereur. Et sourit. Arrête, eut envie de crier Fuyin, tu as affaire à un homme qui a peur ! Et puis, tout soudain, sans avertissement, une idée lui vint.

En l'occurrence, la même idée frappa le Premier Ministre de Kitai, au même moment, lui qui observait avec tout autant d'intensité : Ren Daiyan, devant son empereur et la cour, s'adressait peut-être à d'autres, au-delà de cette salle ou même de leur époque.

Bien longtemps après, Wang Fuyin dirait, sincère, qu'il avait eu cette pensée et en avait eu peur, comme on craint un fantôme irrité sur un chemin de campagne, une nuit sans lune.

D'une voix destinée à porter, Daiyan prit la parole : « Serein seigneur, tout ce que votre serviteur a fait l'a été pour sauvegarder la Kitai. Et son empereur.

— Vraiment ? En vous précipitant, sans ordre, sur les forces des Altaï ?

— En se précipitant au secours du malheureux peuple de l'Empereur, mon seigneur. »

Le Premier Ministre bougea, apparemment prêt à parler, mais ce fut Daiyan qui poursuivit : « J'avais une armée aguerrie, et nous avions détruit la moitié de la force barbare, comme l'Empereur le sait. Et comme eux le savaient. Ils battaient en retraite et ils étaient moins nombreux que nous.

— Ils étaient moins nombreux quand ils ont écrasé nos armées au-dessus de Xinan et devant Hanjin !

— Mais pas devant Yenling, gracieux seigneur. Comme l'Empereur sera assez généreux, je crois, pour s'en souvenir. »

Qui dans la salle – ou sur le trône – ne s'en souviendrait pas ? L'Empereur jeta un soudain regard sur sa gauche, vers son Premier Ministre, comme pour lui demander de l'aide. Fuyin eut le sentiment étrange que Daiyan prononçait des paroles qu'il n'avait pas eu l'intention de prononcer lorsqu'il était entré. Que quelque chose avait changé pour lui avec la première question de l'Empereur.

Hang Hsien se racla la gorge. « Les Altaï étaient *à l'intérieur* des murs, commandant Ren. » Il utilisait le titre de Daiyan, remarqua Fuyin. « L'hiver approchait. Si vous aviez tenté un siège, cela aurait causé à nos gens dans la cité… »

Il se tut, parce que Daiyan secouait la tête avec vigueur, une autre transgression. C'était un soldat, *un soldat* qui agissait ainsi envers le Premier Ministre de la Kitai !

Daiyan dit, avec assez de gravité : « Mon seigneur Premier Ministre, je vous remercie de vos commentaires. Pour avoir considéré de tels sujets. J'en suis d'accord. Nous n'aurions pu infliger un siège à Hanjin. Nous n'en avions pas l'intention.

— Vous auriez volé par-dessus les murs ? » L'Empereur, la voix un peu trop dure.

— Nous serions passés dessous, mon seigneur. » Daiyan s'interrompit. « Comme je suis sorti l'année dernière lorsque j'ai rescapé l'illustre Empereur du camp des Altaï. » Une autre pause. « Puis l'ai guidé jusqu'ici, en massacrant ses poursuivants. »

Un jeu *tellement* dangereux ! Mais Daiyan le devait, n'est-ce pas ? Leur rappeler à tous, de cette manière très publique, ce qu'il avait accompli pour la Kitai. Pour Zhizeng.

Ce fut Hang Hsien qui répondit : « La Kitai et le glorieux Empereur Zhizeng ont conscience de vos services passés. Ce n'est pas une réponse adéquate pour une erreur présente d'évoquer des faits antérieurs.

— Peut-être pas, dit Daiyan avec calme, mais ne serait-ce pas une réponse adéquate à des allégations de déloyauté ? »

Un murmure. Oh, Daiyan, je t'en prie, songea Fuyin, sois prudent.

« Nulle allégation de la sorte n'a été énoncée, commandant Ren, dit le Premier Ministre.

— Merci. Puis-je alors demander ce que je fais ici ? au lieu d'écraser les barbares qui rôdent dans la Kitai en massacrant nos gens ? Je devrais servir mon Empereur en nous libérant de leur oppression ! »

Pour la première fois, une intonation tranchante dans cette voix.

« C'est la tâche de l'Empereur et de ses conseillers de déterminer la course de la Kitai, commandant Ren. Pas celle d'un soldat. »

Et voilà. La vieille bataille, les vieilles peurs. Cet affrontement sans fin, cet abîme… le chagrin de la contrée.

Le fleuve du temps va vers l'orient pour ne jamais revenir, enseignent les sages. Mais il y a tant de ruines le long de ses rives. Des commandants rebelles, des millions de morts, la chute de dynasties. Des armées utilisées comme armes contre l'État, la cour, l'Empereur sous le ciel. Des chefs d'armées saisissant pour eux-mêmes ce mandat du ciel. Le chaos, la barbarie, la sauvagerie entre les murailles. Le cœur qui se désole de ce que voient les yeux.

« Bien sûr, il appartient à la cour de prendre de telles décisions, dit Daiyan, de nouveau calme. Mais les loyaux commandants de l'Empereur ne peuvent-ils accomplir correctement leur propre tâche sur le terrain ? quand les envahisseurs sont sur nous ? » Un nouvel éclat de passion. « Nous avions vaincu la moitié de leur armée, ils étaient las de se battre, et je savais comment entrer dans Hanjin ! Nous étions sur le point de détruire la dernière force barbare sur notre territoire. Dites-moi, mon seigneur Empereur, comment aurait-il été déloyal de ma part de le faire pour vous ? J'ai juré de donner ma vie au service de la Kitai. Auguste seigneur, mon corps est marqué de caractères qui le disent. »

Un silence absolu. Dans le cœur de Fuyin, une émotion trop vaste pour être contenue. Il avait suspendu son souffle et sentait qu'on avait fait de même autour de lui. Et il avait toujours le sentiment terrible que Daiyan était arrivé à une décision, qu'il avait *compris* quelque chose. Il ne leur parlait plus seulement à eux. À travers eux, peut-être, pour qu'on pût se souvenir et raconter.

Mais le jeune homme qui siégeait sur le trône n'était ni faible ni incertain de ses propres besoins et aspirations, de ce qu'il comprenait lui-même, même dans une telle situation. Cela aussi devait se savoir et le gouverneur Wang Fuyin l'apprit alors, comme la cour de Shantong.

« Non, déclara l'Empereur de la Kitai. Non. La loyauté est humble. Si vous vous étiez trompé, s'ils avaient eu des renforts, si votre plan de pénétrer dans la cité avait échoué, si vous aviez été défait dans cette bataille, nous étions exposé ici. Aucun soldat de la Kitai ne peut prendre sur lui une telle décision ! Et il y avait des informations que vous ne déteniez pas, n'avez pas attendu d'avoir. Nous avions accepté une paix, une frontière, le commerce. Empêcher le massacre de notre peuple bien-aimé, voilà qui est – toujours – le devoir éternel d'un empereur. »

Fuyin déglutit avec difficulté. Celui-là aussi, songea-t-il. Celui-là aussi a de la passion. Lui aussi…

« Et dans cette paix, répliqua Daiyan, qu'en est-il du peuple bien-aimé de Votre Seigneurie à Hanjin, à Yenling ? à Xinan ? dans la pauvre Shuquian abandonnée dans le nord ? Qu'en est-il de tous les villages et de toutes les villes au nord du Wai ? de toutes les fermes ? Ne sont-ils pas votre éternel devoir aussi, mon seigneur Empereur ? Ne sont-ils pas la Kitai ?

— Ils ne le sont plus », dit l'Empereur d'une voix claire et décisive.

Il sembla alors à Fuyin que toute la salle résonnait, comme après le son d'une grosse cloche.

Il vit l'Empereur parcourir calmement la foule du regard, puis revenir à l'homme qui se tenait devant lui. « Nous en avions ainsi décidé, poursuivit Zhizeng. Nous avions décidé que la Kitai a besoin de paix par-dessus tout. Et il y a des prix à payer, des échanges, dans n'importe quel traité. Nous avons été contraint, par des erreurs commises avant nous, de l'accepter. »

Il fit un geste de la main, un seul. Un renvoi.

Des hommes s'avancèrent. On emmena Ren Daiyan. Il était entré dans la salle du trône de son propre chef. Il en sortit escorté – encerclé – de six gardes.

On le conduisit à la prison de Shantong, un édifice proche du palais, dominant la ville et qu'on avait édifié à même la colline. On n'y gardait aucun autre prisonnier à ce moment-là. Elle était réservée à Ren Daiyan.

Depuis sa cellule, s'il se tenait sur un banc, il pouvait voir à travers les barreaux de fer la perspective du Lac de l'Ouest en contrebas, dans toute sa splendeur. De temps à autre, il pouvait entendre de la musique, une voix de femme qui chantait, parfois, montant des embarcations aux lanternes rouges, sur l'eau, même en automne, si la nuit était douce sous les étoiles.

À mesure que le temps passait, apportant des nuits plus froides, il n'y eut plus de bateaux de plaisance sur le lac après la tombée du soir. Ce qu'on entendait, en écoutant depuis la colline, c'était le souffle du vent dans les pins à l'approche de l'hiver.

CHAPITRE 30

Le premier magistrat nommé pour préparer le dossier officiel des charges de trahison établi contre le commandant Ren Daiyan se retira de son poste après un bref laps de temps, abandonnant le grand honneur de cette mission avec un extrême et abject regret – en évoquant ses devoirs envers sa famille dans le sud-ouest, qui l'obligeaient à prendre un congé prolongé de la cour.

Le deuxième officiel choisi par le Premier Ministre Hang Hsien ne dura aussi que quelques semaines. Apparemment, cette fois, des soucis préoccupants à propos de sa santé exigeaient qu'il prît une période de repos, en suivant un régime de remèdes ésotériques.

Le troisième magistrat, prouvé d'une impeccable santé et doté d'une famille qui vivait dans la capitale, n'avait pas encore complété ses enquêtes.

Il admit, au cours d'une rencontre privée avec le Premier Ministre, que présenter des arguments probants de trahison pouvait être assez difficile. Avec circonspection, il mentionna aussi l'admiration fort répandue dans le public pour le prisonnier. On rapportait des chansons, des poèmes, des conversations dans les maisons de thé et les districts de plaisirs, des conversations vagues de désœuvrés, se hâta-t-il d'ajouter, à propos de l'héroïsme et de la loyauté du commandant, comme de ses victoires bien connues. Il y avait même un poème – on le disait écrit par Ren Daiyan en personne, une allégation assurément absurde, s'empressa de remarquer le magistrat, sur la vengeance à exercer pour la Calamité de Hanjin.

On savait partout, apparemment, que les forces du commandant Ren avaient été sur le point de reprendre la capitale impériale – *l'ancienne* capitale impériale, rectifia le magistrat – grâce à un stratagème, quand on leur avait ordonné de se retirer.

Non, le magistrat n'avait pas la moindre idée de la manière dont cette information se trouvait disséminée. L'illustre Premier Ministre le savait peut-être ? Il n'y eut pas de réponse ; il n'en avait pas attendu.

Serait-il possible, s'enquit le magistrat, sans appuyer, comme s'il avait simplement pensé tout haut en buvant du thé, de simplement renvoyer Ren Daiyan de son commandement en lui ôtant son rang, avec honneur, en tant qu'homme ayant accompli davantage pour la Kitai qu'on ne peut en toute justice le demander ? de le laisser disparaître dans l'obscurité ? Ne venait-il pas de l'ouest ? Ne pouvait-il… ?

Le Premier Ministre de Kitai était intérieurement d'avis que c'était une idée tout à fait bonne. Il l'avait eue plus d'une fois, souvent tard dans la nuit. Il n'était toutefois qu'un serviteur de son empereur, lequel était d'un avis différent, et il y avait d'autres éléments en jeu dans cette affaire, des éléments importants.

Tout haut, il déclara qu'il y avait à l'affaire des dimensions dont ils ne pouvaient discuter, le magistrat le comprendrait.

Le magistrat comprenait, entièrement.

On le pressa, de manière calme mais impérieuse, de poursuivre le procès pour trahison. Il devait aussi se rappeler que l'Empereur se fiait à lui et que l'avenir de quiconque pouvait être brillant ou obscur. On l'avisa aussi, aimablement, qu'il ne serait pas acceptable pour lui de tomber malade ou de se découvrir des soucis qui le détourneraient de sa tâche.

Il se trouvait que le Premier Ministre avait lu le poème en question. L'un de ses espions dans la ville lui en avait apporté une copie, collée, semblait-il, sur un mur d'une des rues marchandes. Il pouvait y avoir des circonstances, songeait le Premier Ministre Hang Hsien, où les nouveaux outils à imprimer étaient davantage une source de troubles que de bénéfices.

Il avait entendu Ren Daiyan s'exprimer, plus d'une fois à présent. Il ne doutait pas un instant que ces vers fussent de lui. Il les avait déjà appris par cœur :

La pluie cesse comme je me tiens sur une vaste plaine.
Je regarde le ciel qui s'éclaircit et lance un cri de guerre.
Mes champs de bataille ont couvert huit mille li.
Nous ne devons pas rester oisifs ou nous vieillirons dans
le regret.
La honte de Hanjin demeure.
Quand cessera le chagrin du peuple de l'Empereur ?
Montons en selle avec nos arcs
Pour verser le sang des barbares.
Redonnons à la Kitai son ancienne gloire.
Retrouvons nos fleuves et nos montagnes,
Pour les offrir en loyal tribut au glorieux Empereur.

Plus tôt dans l'automne, avant même que le premier magistrat eût décidé qu'on avait besoin de lui ailleurs, un message était arrivé au Premier Ministre, depuis le Wai.

Il aurait dû, selon les convenances, être envoyé directement à l'Empereur, d'après les nouvelles règles instituées par Zhizeng, mais l'expéditeur pouvait être excusé d'ignorer ce changement protocolaire à la cour.

Le commandant Zhao Ziji, à qui était confié temporairement le commandement de la très grande armée kitane présentement en position sur la rive sud du Wai, offrait ses humbles et respectueux compliments au Premier Ministre de la Kitai et désirait l'aviser, avec regret, qu'un certain personnel militaire, évidemment envoyé dans le nord depuis Shantong, avait rencontré une des nombreuses bandes de hors-la-loi qui sévissaient entre le Grand Fleuve et le Wai.

C'était le lamentable devoir du commandant Zhao de rapporter que ces honorables soldats – une cinquantaine environ – semblaient avoir tous été massacrés, bien que le commandant Zhao ne pût le confirmer, certains s'étant peut-être échappés, et lui-même n'ayant reçu aucun message de la cour quant à l'identité et au nombre de ces soldats.

Il avait reconnu l'un d'eux, en uniforme de commandant, plutôt ce qu'il en restait, après que les brigands l'avaient presque entièrement dévêtu, pour l'avoir vu pendant la campagne occidentale contre les barbares : un homme particulièrement couard et incompétent nommé Shenwei Huang. Peut-être avait-il été envoyé à la frontière pour être discipliné par ses pairs, après ses échecs passés ? Le commandant Zhao demandait à en être avisé.

Il ajoutait qu'il avait derechef expédié de la cavalerie à la recherche des bandits assassins, mais la campagne était pratiquement revenue à l'état sauvage, comme le Premier Ministre le savait sans aucun doute, elle avait été plongée dans le chaos par la horde altaï qui l'avait balayée pendant l'hiver et au cours de sa retraite printanière. Il doutait que les coupables de cet acte horrifiant fussent jamais identifiés.

Il concluait en exprimant son désir fervent que le Premier Ministre jugeât bon de renvoyer le commandant Ren Daiyan à l'armée, afin d'appliquer la sagesse et le talent bien supérieur de celui-ci à l'apaisement d'une situation difficile le long de la nouvelle frontière. La dernière chose dont on avait besoin, écrivait-il, c'était de troubles dans cette région, incluant la possibilité que des brigands traversent le Wai et lancent des raids du côté altaï, en violation de tout traité !

Le Premier Ministre de la Kitai n'était pas enclin à souffrir de maux de tête, mais en lisant ce message, il avait senti poindre une migraine.

Il n'avait pas le moindre doute quant à la nature réelle de ce qui s'était passé. Il en avait de nombreux quant à la manière de procéder à partir de là. Il se rendait compte qu'il devait en apprendre davantage sur ce Zhao Ziji. L'homme était-il ambitieux ? Il ne le pensait pas, il se le rappelait du Petit Mont d'Or, mais les hommes changent, et le commandant de cette armée était emprisonné à Shantong, ce qui pouvait provoquer ce genre de changement.

Si le commandant Zhao et une force de soixante mille hommes sur le Wai décidaient que la procédure judiciaire en cours leur déplaisait, comment pourrait-on agir là contre ?

D'un autre côté, il avait un empereur dont les désirs, jamais exprimés à haute voix, étaient clairs, et l'on avait bel et bien un traité désormais, avec des termes et des conditions (pas toutes écrites), et l'armée barbare avait effectivement survécu en repartant de Hanjin pour rentrer chez elle. Les Altaï devaient sûrement être en train de recruter en ce moment même.

Entre-temps, les échanges avaient déjà recommencé aux endroits désignés le long du Wai. Le gouvernement commerçait, collectait des taxes. La vie normale reprenait – venait tout juste de reprendre. De l'argent rentrait, enfin. Les Altaï avaient besoin de riz, de denrées médicinales, ils voulaient du thé et du sel. Les barbares le comprenaient bien, sûrement ? Ce traité avait du bon sens pour eux aussi, sûrement ? Dans ce cas, son plan, le plan de l'Empereur, avait une chance de réussir. Mais il devait procéder correctement de tant de manières différentes pour en arriver là !

Rêver de son père ne lui était d'aucun secours.

Le Premier Ministre, assailli de doutes considérables, remit une certaine rencontre pendant très longtemps, cet automne-là. Mais il reçut enfin l'honorable Lu Chao – un homme qu'il respectait plus encore que son aîné, le poète.

Les frères Lu avaient été des adversaires de son père. Ils avaient tous deux été exilés au cours des guerres de factions de la génération précédente, et le père de Hsien avait été banni pendant le temps, heureusement bref, où ils avaient été au pouvoir. Mais c'était Hang Dejin qui avait ramené Lu Chen de l'île de Lingzhou et amorcé ainsi la chute de Kai Zhen.

L'homme emprisonné dans une cellule près du palais y avait participé. C'était sans doute de cet homme que Lu Chao désirait l'entretenir. Ce n'était pas une hypothèse difficile : on avait expédié des lettres de La Montée de l'Est.

Par moments, Hsien se disait que vivre tranquillement dans un quelconque domaine – comme Le Petit Mont d'Or, mais ici, dans le sud – serait pour lui une meilleure existence que celle qu'il menait présentement. Il était d'ordinaire à même d'écarter ce genre d'idées égoïstes. Il aurait été indigne d'un fils de se retirer, et ç'aurait été déloyal envers la Kitai.

Il reçut Lu Chao dans la salle qu'il réservait à ce genre de rencontre. Un serviteur versa du thé au chrysanthème dans des tasses de porcelaine d'une nuance rouge remarquable, puis se retira pour se tenir à la porte.

Hsien avait prévenu l'Empereur de cette rencontre ; il avait l'ordre de la rapporter ensuite. L'Empereur restait, cet automne, ce qu'il avait été depuis le début ici : attentif, direct, effrayé.

Lu Chao apprécia hautement l'élégance des tasses et la simplicité de la pièce. Il félicita Hsien de son accession à son poste et exprima l'opinion que l'Empereur était fortuné d'avoir un tel principal conseiller.

Hsien exprima quant à lui sa gratitude pour ces paroles, ses regrets concernant le décès du neveu de Chao, pour s'enquérir ensuite de la santé de Lu Chen.

Chao s'inclina pour l'en remercier et déclara que son frère était en bonne santé mais très silencieux, ces derniers temps. Il parla à son tour du chagrin éprouvé en apprenant le décès de Hang Dejin, une fin bien cruelle après une existence éminente.

« Il est bien des chagrins en ces temps que nous vivons », acquiesça Hsien. Il désigna deux fauteuils et ils s'assirent côte à côte, séparés par une petite table.

« La guerre provoque les chagrins, dit Lu Chao. La reddition aussi.

— La paix est-elle une reddition ?

— Pas toujours. C'est parfois un don. Dirons-nous, avec les sages, qu'elle dépend des termes imposés et acceptés ?

— Je le crois », dit Hsien. Son père aurait sans doute glissé une fine question à Lu Chao, en le pressant pour des définitions qui révéleraient ses opinions. Chao l'aurait probablement compris et lui aurait retourné la question.

Se surprenant lui-même, il déclara : « C'est le traité de l'Empereur, honorable sire. J'en fais du mieux que je peux. »

Lu Chao l'observa, un homme grave et réfléchi. L'autre, le poète, était un homme impétueux, téméraire, brillant. Ou l'avait été, peut-être, avant la mort de son fils.

« Je vois, dit Lu Chao. Y aurait-il, peut-être, des termes à ce traité qui n'ont pas été enregistrés et qui sont... d'une importance particulière pour l'Empereur ? »

Il était délicat, judicieux et discret.

« Je serais heureux, déclara soudain Hsien, de vous avoir avec moi ici à Shantong pour conseiller l'Empereur. »

Chao sourit : « Merci, vos paroles m'honorent. Votre père n'aurait pas été d'accord.

— Mon père a disparu, pour mon plus grand chagrin et celui de la Kitai. Beaucoup de choses ont changé. »

Un autre regard pensif. « Certes. Deux empereurs emprisonnés, otages, dans le nord le plus lointain.

— C'est pour l'Empereur Zhizeng un chagrin quotidien, remarqua Hsien avec circonspection.

— Bien sûr », dit Lu Chao. Et il répéta : « Bien sûr. »

Ils se comprenaient. C'était possible, avec la bonne personne, sans énoncer dangereusement les mots. C'était parfois *nécessaire*, songea Hang Hsien.

« Je ne parle pas à la légère, messire, reprit-il. Envisageriez-vous de venir à la cour pour créer une nouvelle Kitai ? »

Lu Chao inclina son long cou pour le saluer de son fauteuil. Il prit une gorgée de thé d'un air appréciateur. « Je ne le pourrais, dit-il, pendant que le commandant Ren Daiyan, à qui nous devons tant, demeure en prison, où il est puni pour sa loyauté. »

Hsien songea qu'il l'avait probablement mérité ; il avait assez l'impression d'avoir reçu un coup. Passer de cette compréhension tacite à cela...

Sa main ne tremblait pas alors qu'il buvait de son propre thé. Il avait été bien entraîné. Mais il lui fut difficile de parler pendant un moment.

La voix de Lu Chao s'éleva de nouveau dans le silence. « Vous n'avez nul besoin de me répondre, mais je pense, et mon frère aussi, que cette affaire se trouverait peut-être constituer l'un des termes de la paix qui ne pourra jamais être écrit ou énoncé. »

Hsien se rappela une autre rencontre dans ce palais, dans une salle plus vaste et plus élégamment décorée, l'émissaire altaï, lui-même et l'Empereur.

Il jeta un coup d'œil à l'homme assis avec lui. Des cheveux qui devenaient moins épais, une barbe grisonnante, une simple calotte, des vêtements sans prétention. Il se sentait trop jeune, trop inexpérimenté pour tout cela, même s'il savait en réalité ne pas l'être. Un monde transformé avait peut-être besoin d'hommes plus jeunes, et il n'était pas injuste de dire que la génération précédente avait détruit la dynastie.

Sans parler, mais en se forçant à regarder l'autre en face, il hocha la tête. Il devait au moins cela à Lu Chao.

« Voilà qui est bien triste », dit Lu Chao.

Et, après un silence, Hsien opina : « Voilà qui est bien triste. »

◆

Yan'po, qui avait été pendant longtemps le kaghan des Altaï puis, jusqu'à un certain point contre sa nature, un empereur seigneur de la steppe, était mort dans sa Capitale Centrale à la fin de l'été.

On l'enveloppa de linge rouge et on l'exposa hors des murailles de la ville sur l'herbe, au crépuscule, pour les loups, selon la coutume de son peuple. Il n'était pas jeune, Yan'po, sa mort n'avait pas été inattendue. Il n'avait jamais entièrement assimilé le changement, de khagan tribal à empereur de maintes tribus. D'une certaine manière, il avait simplement été emporté par le flot, lancé dans le monde par ses chefs de guerre.

La nouvelle de son trépas n'atteignit pas la cour kitane ni même la Capitale Méridionale altaï avant un moment. Il y en avait aussi qui désiraient retarder cette nouvelle à leur propre avantage, en espérant peut-être succéder à Yan'po. Dans ce cas, on fit obstacle à leur désir. Ils moururent, de manière déplaisante.

Au moment de la mort de Yan'po, Wan'yen, le chef de guerre, avait été pris au piège avec une armée de trente mille hommes, les meilleurs guerriers des steppes, dans la capitale kitane récemment conquise de Hanjin. Ses compatriotes du nord l'ignoraient aussi. L'information voyageait avec difficulté à cette époque.

Finalement, comme on l'expliqua ensuite dans la steppe, la réputation terrifiante de Wan'yen et de ses cavaliers poussa l'armée d'encerclement kitane à se retirer, comme les chiens qu'ils étaient, et à s'enfuir vers le sud. Wan'yen aurait pu se lancer de nouveau à la poursuite de ces couards, mais il était plutôt revenu triomphalement dans la steppe, où il avait alors appris le départ de Yan'po vers le Seigneur du Ciel.

Wan'yen accepta l'hommage de ceux qui lui avaient fait part de cette nouvelle. Il but du *kumiss* avec ses chefs de tribus. Informé de l'existence de stupides prétendants à la Capitale Centrale, il se rendit aussitôt dans le nord-ouest – avec la moitié de son armée. Le reste de ses soldats demeura à la Capitale Méridionale, dans l'éventualité peu probable d'une incursion kitane dans le nord. Dans ce cas, il faudrait les châtier comme les chiens peureux qu'ils étaient.

Le nouvel Empereur de la steppe fut couronné au début de l'hiver – on fabriqua une nouvelle couronne pour l'occasion, des artisans captifs, avec des joyaux pris dans le sac de Hanjin.

Au cours de rituels menés par les chamans avec leurs tambours et leurs clochettes, l'Empereur Wan'yen prêta serment d'accepter et de remplir ses devoirs envers toutes les tribus de la steppe et envers le Seigneur du Ciel.

Il ne vécut pas assez longtemps pour les accomplir d'une quelconque manière significative. Il mourut l'été suivant, encore jeune, encore vigoureux.

Ce ne fut pas dans une bataille, ce qui aurait été honorable, ou de vieillesse comme un ancien de son peuple. Une morsure d'araignée venimeuse avait nécessité l'ablation de sa jambe droite, et la pourriture verte s'ensuivit, comme c'est souvent le cas. Dans son ultime agonie, on entendit l'Empereur Wan'yen crier sans cesse le nom de son frère, et des mots sans suite ayant trait à une danse et à un brasier.

Son règne avait duré cinq mois. Il fut suivi d'une violente lutte de succession. La paix entre le nouvel empire et la Kitai, cependant, durerait plus de deux cents ans le long de la frontière du Wai, avec un commerce presque ininterrompu, des envois mutuels de diplomates, et même des présents échangés pour leur anniversaire entre les empereurs qui ne cessaient de se succéder, tandis que les fleuves s'écoulaient, et les années.

◆

La peur et la colère, c'est ce qui définit Shan, même
dans la tranquillité de La Montée de l'Est, et les nuits de
l'automne et de l'hiver sont pour elle des nuits d'insomnie.
Dans les matins froids, elle est épuisée et proche des larmes.

Ce n'est pas simplement qu'elle est une femme. Aucun
des hommes n'a été capable de faire quoi que ce soit. Elle
pense à Ziji, à Wang Fuyin, aux frères Lu. Chao s'est même
rendu à Shantong pour parler au Premier Ministre.

Daiyan est dans une prison qu'on lui a réservée à lui seul.
Quel honneur ! songe-t-elle avec amertume. Elle se sent impuissante et pleine de rage.

Lorsqu'on avait ordonné à son père de se rendre à
Lingzhou, elle s'était forcée à agir, pour des actes considérés
comme inconvenants de la part d'une femme. Elle avait écrit
à la cour. Elle se rappelle combien de fois elle avait révisé
cette lettre pour que les caractères en soient parfaits.

Et elle avait sauvé la vie de son père. Elle se rappelle
aussi avoir attendu dans les ténèbres l'assassin dont on lui
avait annoncé la possible visite. Elle peut se rappeler, et
revivre, la colère qui l'avait poussée lorsqu'elle avait frappé
cet homme de sa propre main. C'était elle qui avait été la
cible. Son corps, sa vie. Aucun représentant de la loi ne
frapperait ces premiers coups avant elle.

Si ce n'était pas une conduite convenable pour une
femme, elle s'en accommoderait, même si elle n'est pas
heureuse de se rappeler à quel point les hurlements de l'assassin avaient été satisfaisants. Il existe en soi des endroits
où il vaut parfois mieux ne pas jeter un coup d'œil.

Mais à présent, chaque jour se lève avec Daiyan toujours
emprisonné. Comment vit-on lorsqu'un être aussi proche
du cœur de votre existence se trouve où Daiyan se trouve
en ce moment ?

Tout le monde lui manifeste de la bonté, mais elle ne
veut pas de bonté ! Elle veut pouvoir changer ce qui se passe,
changer le monde, ou cette partie-là du monde. Peut-être,
après tout, ressemble-t-elle plus qu'elle ne l'avait cru au

poète défunt du temps jadis. Peut-être, comme Chan Du, veut-elle elle aussi réparer un monde brisé?

Ce n'est qu'une minime fêlure, un homme qui repose la nuit derrière des barreaux à Shantong. Elle veut les briser, ces barreaux. Elle veut qu'il revienne.

Lu Chao, des semaines plus tôt, à son retour, avait eu bien peu de réconfort à offrir. Les magistrats assignés à la tâche en étaient mécontents. Deux d'entre eux s'étaient désistés. Si l'on prisait en rien la justice, il n'y avait aucun moyen de trouver ou de fabriquer de la trahison dans aucun acte de Daiyan. Il avait vaincu un ennemi et poursuivi une armée en fuite pour la détruire.

Comment était-ce de la trahison? Quels ordres avait-il défiés en allant dans le nord? Il n'y avait pas eu d'ordres! Et quand il y en avait eu, quand était arrivé l'ordre terrible de se retirer, Ren Daiyan s'était retiré. Et il s'était présenté à son empereur.

Shan fait la seule chose en son pouvoir, même si c'est trahir une confidence. Parfois, c'est nécessaire. Au cours de sa dernière nuit à La Montée de l'Est, Daiyan lui avait montré un poème. Il avait dit – comme avant déjà: « Je ne suis pas un poète. C'est seulement pour vous, Shan. »

Elle l'avait lu, deux fois: « Vous le dites tout le temps, et ce poème vous fait mentir. J'aimerais le montrer à Lu Chen et...

— Non! avait-il dit, visiblement anxieux à cette idée. Pas lui! Ou quiconque! J'aurais honte. Qui suis-je pour écrire des mots qu'il serait forcé de lire? »

Elle se rappelle avoir tiré sur ses cheveux dénoués. « Ma mère en avait coutume », avait-il remarqué. Il le lui avait déjà dit aussi.

« Vous le méritiez sûrement! »

— Non, avait-il murmuré. Je crois qu'elle ne l'a jamais fait que par amour. »

Elle lui avait baisé les lèvres, alors, et peu après il s'était endormi d'épuisement.

Et maintenant, elle le trahit. Elle montre le poème à Lu Chen et à Lu Chao. Et davantage: ils l'envoient à Fuyin, à Jingxian. Il connaît quelqu'un qui possède une presse du nouveau genre. Ses propres ouvrages sur les devoirs des magistrats ont été imprimés là. On copie secrètement le poème de Daiyan. On en pose de nuit quelques-uns sur les murs de Jingxian. On en envoie d'autres ailleurs. Ils commencent à apparaître à Shantong. Bientôt il y en a bien davantage qu'ils n'en ont imprimé, et le monde entier semble savoir que ces mots, ces honorables mots, ces mots héroïques, ont été écrits par le commandant Ren Daiyan, prisonnier du nouvel empereur et de son Premier Ministre.

Restaurons la gloire ancienne de la Kitai,
Retrouvons nos fleuves et nos montagnes,
Et offrons-les en loyal tribut au glorieux Empereur.

Un tel traître, de toute évidence, dit-on moqueusement, en buvant du vin ou du thé, ou dans les rues.

La moquerie, dit le poète à La Montée de l'Est, peut être une arme en des temps tels que ceux-ci. Son frère, qui s'est rendu à Shantong, leur conseille à tous deux la prudence. « Ils ont négocié leur paix. Si le sort de Daiyan y est de quelque manière mêlé... »

S'il l'est, comprend Shan, la moquerie ne constitue pas une arme. Il ne s'en présente aucune autre. Ni arc ni flèche dans le pavillon de ce jardin hivernal.

Le matin des festivités de la Nouvelle Année, elle accompagne le poète à la petite rivière et franchit le pont pour se rendre avec lui au temple de la Voie. La cloche résonne à leur approche. Elle l'a souvent entendue depuis la maison, quand le vent apporte le son de l'est. Lu Chen ne l'a jamais amenée là auparavant. D'ordinaire les femmes ne sont pas les bienvenues dans les temples. C'est une déclaration de la part de Lu Chen, qu'il l'amène ici, aux moines ses amis.

Ils sont timides et aimables. Elle boit une coupe de vin avec eux et ils saluent tous la Nouvelle Année en offrant des prières aux défunts et à l'avenir de la Kitai.

Il y a un an aujourd'hui, songe Shan, elle était à Hanjin, consciente du désastre qui s'annonçait, se préparait à la fuite, avec Daiyan. Elle était allée trouver son époux, devant l'entrepôt qui contenait leur collection. Il avait refusé de l'accompagner. Elle l'en avait pressé. Elle avait vraiment voulu qu'il l'accompagne. Ils s'étaient inclinés l'un devant l'autre, et elle était partie dans le crépuscule enneigé. Elle demande encore un peu de vin et elle boit à la mémoire de Wai, à son nom.

Sur le chemin du retour à La Montée de l'Est, le poète refuse de lui laisser prendre son bras pour le soutenir, même si elle essaie de feindre que c'est pour elle. Ils s'arrêtent sur le pont en cherchant s'ils peuvent voir des poissons. Parfois les hommes de la ferme ou les moines pêchent depuis ce pont, dit-il. Parfois, ils ont de la chance.

Rien à voir aujourd'hui. C'est une après-midi froide et sèche, sous un pâle soleil d'hiver. Le courant est clair. Shan imagine comme l'eau serait froide à toucher, à goûter. Il y a presque là l'idée d'une chanson. C'est un peu une trahison d'avoir de ces images qui lui viennent. Lu Chen la gronderait de se le reprocher ainsi. Il aurait raison, elle le sait.

Ils approchent de la ferme, franchissent la barrière et là, dans le chemin, alors qu'elle regarde le corps principal du bâtiment à travers les arbres dénudés, avec les pins à l'arrière-plan, Shan voit deux fantômes sur le toit, dans la lumière déclinante du jour. Un homme et une femme, très proches, même s'ils ne se touchent pas. Ombre et fumée, comme s'ils pouvaient s'envoler si le vent soufflait plus fort. Ils semblent les regarder, la regarder.

Elle émet un son étranglé malgré elle. Le poète se tourne vers elle. Il suit son regard. Il sourit.

« Je ne les vois pas cette fois. Y en a-t-il deux ? »

Elle ne peut que hocher la tête, en regardant fixement le toit.

« C'est Mah, dit Lu Chen. Et la jeune fille de Lingzhou.

— Je n'ai jamais vu d'esprits, murmure Shan. J'ai peur.

— Ils ne nous veulent aucun mal, reprend le poète avec douceur. Comment pourraient-ils nous vouloir du mal ?

— Je sais », dit Shan. Ses mains tremblent. « Mais j'ai peur. »

Cette fois, il lui prend le bras tandis qu'ils entrent dans la maison.

Les demeures abritent des fantômes, et ils changent – les maisons, avec le temps, transforment ceux qui y vivent, et les esprits changent aussi. La Montée de l'Est n'était pas différente sur ce plan, même si la demeure des frères Lu resta longtemps un refuge pour bien des gens différents, comme une lumière brillant doucement dans la nuit à travers les arbres.

En temps utile, le commandant Zhao Ziji finit par quitter son poste dans l'armée de l'Empereur. Il se retira de la vie et du service publics. Il se rendit à La Montée de l'Est, où il fut le bienvenu, et il y vécut jusqu'à la fin de ses jours.

Assez tôt, il prit une épouse. Elle se nommait Shao Bian et venait d'une ville nommée Chunyu, située en amont sur la rive nord du fleuve, face aux marais qu'il connaissait si bien.

Elle avait les cheveux curieusement roux, Shao Bian – hérités de ses ancêtres venant d'au-delà des frontières et des déserts, disait-on. Ziji amena aussi à La Montée de l'Est le père âgé de sa femme, autrefois un enseignant, rendu infirme par sa dure vie de surveillant dans les mines après que son fils fut devenu un hors-la-loi. Ce fils avait péri, pour autant qu'on pût le savoir. En ce qui concernait le frère cadet de son épouse, qui s'appelait Pan, Ziji arrangea son éducation puis un entraînement d'officier dans la cavalerie kitane.

Son épouse était très intelligente, disait-on, et aussi d'une beauté peu ordinaire. La poète Lin Shan lui apprit la calligraphie et d'autres talents de lettrée, pendant l'époque où elle aussi vivait à La Montée de l'Est.

À son tour l'épouse de Ziji, avec l'approbation de celui-ci, enseigna ces mêmes talents à leur propre fille. Cette fille épousa un *jinshi* diplômé et honora ainsi sa famille. Leurs fils devinrent des soldats, tous deux, puis se retirèrent du service militaire honorablement, dotés de hauts rangs, après de nombreuses années.

Zhao Ziji fut enseveli dans le cimetière lorsque son temps fut venu, non loin de la petite rivière et, par beau temps, on voyait aussi le fleuve. Il gisait sous un cyprès à côté des frères

Lu Chen et Lu Chao, dont les tombes étaient proches l'une de l'autre, comme on l'avait jugé approprié puisqu'ils avaient été ensemble toute leur vie, toutes les fois que cela leur avait été permis.

Avec eux se trouvait aussi le fils du poète, Lu Mah, dont le nom était déjà devenu un symbole de loyauté et d'amour filial.

Enterrez-moi haut sur la verte colline,
Et dans la nuit de pluie pleurez pour moi seul.
Soyons frères dans les vies et les vies à venir,
Pour réparer alors les liens que le monde a brisés.

L'année où son époux mourut, l'épouse de Zhao Ziji et ses fils se virent offrir un présent du second empereur de la Douzième Dynastie du Sud, et ils l'acceptèrent. On leur donna un domaine de belle taille non loin de là, en échange de La Montée de l'Est.

De ce jour, La Montée de l'Est devint un lieu d'hommage et de pèlerinage ; on y venait de loin, avec des fleurs et des larmes. Le domaine fut entretenu par la Kitai et ses cours successives en l'honneur des frères Lu qui y étaient ensevelis, et du fils bien-aimé du poète, et il dura comme tel pendant des années et des années, tandis que s'écoulaient les fleuves.

Après la disparition des deux frères, plus personne n'aperçut les deux fantômes, un jeune homme et une jeune femme. Ni sur le toit du corps principal de la demeure, au crépuscule, ni dans la prairie ou les vergers de fruits, ni au-dessus de la ferme dans les cyprès ou les poiriers du cimetière. Ils étaient partis, disait-on, là où vont les esprits, là où nous allons lorsque nous traversons le fleuve des étoiles pour trouver le repos.

◆

Daiyan montait encore parfois sur le banc pour regarder à travers les barreaux depuis sa petite fenêtre haute. Il ignorait si c'était stupide, et si ce l'était, il s'en moquait. Il avait accompli sa part d'actes stupides. Mais il ressentait de temps à autre le besoin de regarder dehors, en contrebas, le lac, la cité. Il ne pouvait pas vraiment voir la mer d'où il se trouvait, mais certaines nuits il pouvait l'entendre.

Pas en cette nuit. C'était la veille de la Nouvelle Année, et Shantong résonnait de bruits joyeux en contrebas de la colline du palais. C'était bien, songeait-il. La vie continuait, une année finissait, une autre commençait, hommes et femmes avaient besoin de savoir qu'ils avaient survécu à ce passage.

Il se rappelait une autre veille de Nouvelle Année, pas seulement celle de l'année précédente à Hanjin. On ne pouvait s'attarder sur une seule fois, un seul souvenir. Il se rappelait les feux d'artifice, chez lui, les sous-préfets successifs supervisant les gardes qui les allumaient sur la place du *yamen*. Il se rappelait avoir été assez petit pour avoir eu peur des brillantes couleurs qui éclataient dans la nuit, alors qu'il se tenait tout près de sa mère, et rassuré seulement en voyant son père sourire au vert et au rouge et à l'argent qui s'épanouissaient dans le ciel sans lune.

Il se rappelait étonnamment bien le sourire de son père. Il est des images qui durent aussi longtemps que nous, se disait-il. Les fleuves s'écoulent éternellement vers l'est, leurs courants portent tout un chacun, mais de quelque manière, nous sommes encore dans le lointain occident et certains d'entre nous sont chez eux.

Il y avait ici de splendides feux d'artifice, avec des motifs qui pouvaient vous rendre enfant de nouveau. Il vit une pivoine rouge fleurir dans le ciel et il se mit à rire devant cette artistique beauté. Comment un homme se tenant là où il se tenait pouvait-il rire de quoi que ce fût ? se demanda-t-il. Qu'est-ce que cela signifiait, révélait, qu'il pût être heureux, même brièvement, grâce à des artisans qui jouaient avec la lumière et le feu, libres de ces barreaux ?

Les crépitements des feux d'artifice étaient maintenant continus et venaient de plusieurs endroits. Certains sur les terrains du palais, d'autres au Lac, depuis des embarcations sur l'eau. La nuit était pleine de vacarme et de lumière. On savait qu'il y avait la paix maintenant. La vie, et non la mort, peut-être, dans l'année qui s'en venait ? Mais qui pouvait réellement le savoir ?

Avec deux nuits de plus à l'automne, avec une nouvelle lune comme ce soir, il aurait pu reprendre Hanjin.

Les bruits étaient intenses, dehors, mais il avait survécu à son existence de hors-la-loi, puis de soldat, en partie parce qu'il avait une ouïe excellente, aussi entendit-il les pas dans le couloir, derrière lui. Il descendit du banc et il attendit pendant qu'on déverrouillait et ouvrait la porte.

Le Premier Ministre de la Kitai entra, seul.

Sans un mot, Hang Hsien déposa un plateau sur la petite table au milieu de la pièce. Il y avait un petit brasero sur le plateau. Un flacon de vin reposait sur le plateau, en train de se réchauffer. Il y avait deux coupes rouge sombre. Le Premier Ministre s'inclina devant Daiyan, qui lui rendit la pareille. La porte, vit Daiyan, avait été laissée entrouverte. Il médita ce détail.

Des bruits dehors. Le claquement de la détonation, et ensuite les lumières qui explosent.

« Je vous prie de m'excuser pour le froid, mon seigneur, dit Daiyan. Je n'ai pas de feu, je le crains.

— On pense que ce ne serait pas sécuritaire, je crois, répondit le Premier Ministre.

— Probablement.

— La nourriture est acceptable ?

— Oui, merci. Meilleure que l'ordinaire des soldats. Et l'on m'envoie des vêtements propres, et un barbier pour me raser, comme vous voyez. Il ne m'a pas tranché la gorge, non plus.

— Comme je vois.

— Voulez-vous prendre un siège, mon seigneur ?

— Merci, commandant. »

Hang Hsien s'assit sur le tabouret. Daiyan déplaça le banc pour qu'ils soient assis l'un en face de l'autre à sa table.

« J'ai apporté du vin, dit le Premier Ministre.

— Merci. Est-il empoisonné ?

— Je boirai avec vous », déclara Hang Hsien, imperturbable.

Daiyan haussa les épaules : « Pourquoi êtes-vous là ? Pourquoi suis-je là ? »

La pièce était mal éclairée. Une seule lampe. Il était difficile de déchiffrer les traits de son interlocuteur. Le fils de Hang Dejin devait être habile à dissimuler ses pensées. Il devait l'avoir appris.

Le Premier Ministre versa deux coupes avant de répondre. Il les laissa sur la table. Il déclara, très calme : « Vous êtes là parce que les Altaï ont exigé votre mort comme partie du prix de la paix. »

Ç'avait été dit, enfin.

Daiyan l'avait toujours su. C'était différent, cependant, un savoir intime, et puis l'entendre confirmé, concrétisé, planté dans le monde comme un arbre.

« Et l'Empereur l'a accepté ? »

Hsien n'était pas un couard. Il soutint le regard de Daiyan.

« Oui. En échange, il a exigé que son père et son frère soient retenus indéfiniment dans le nord, quelles que soient les demandes officielles qu'il pourrait présenter pour leur libération. »

Daiyan ferma les yeux. Une forte détonation retentit derrière lui, dehors, dans le monde.

« Pourquoi me le dire ?

— Parce que vous avez été un honorable serviteur de la Kitai. Et parce que je le sais. »

Daiyan se mit à rire, le souffle un peu court.

« J'ai conscience de l'étrangeté de cette déclaration, dit Hang Hsien, compte tenu de l'endroit où nous nous trouvons.

— En effet, acquiesça Daiyan. Vous ne craignez pas d'être seul avec moi ?

— Craindre que vous ne me mettiez à mal ? ne tentiez de vous échapper ? » Le Premier Ministre secoua la tête. « Si vous l'aviez voulu, vous auriez eu votre armée ici à l'heure qu'il est, nous menaçant de rébellion à moins que vous ne soyez libéré. »

Votre armée. « Comment aurais-je pu envoyer un message ?

— Sans difficulté. Je suis bien certain que vous leur avez ordonné de rester où ils étaient. Ils ne le voulaient peut-être pas, mais vos soldats obéissent toujours à vos ordres. »

Daiyan l'observa dans la lueur de l'unique lampe.

« L'Empereur est fortuné d'avoir un tel Premier Ministre. »

Hsien haussa les épaules : « Mon espoir est que la Kitai le soit. »

Daiyan le regardait toujours fixement. « Est-ce difficile, d'être le fils de votre père ? »

Une question inattendue, il le vit.

« Entraîné à penser ainsi ? »

Daiyan hocha la tête.

« Peut-être, dit Hang Hsien. C'est seulement la nature même de la tâche. Comme un soldat doit être prêt à combattre, je suppose. »

Daiyan hocha de nouveau la tête. Et murmura : « Ce que vous venez de me dire suggère que vous ne vous attendez pas à ce que je sois en mesure de répéter à quiconque ce que j'ai entendu. »

Un silence. Le Premier Ministre but une gorgée de vin. D'une voix dégagée, comme s'il s'était entretenu du temps qu'il faisait ou du prix du riz d'hiver, il déclara : « Mon père nous a graduellement immunisés tous deux contre les poisons les plus communs, jusqu'à des doses qui tueraient n'importe qui d'autre. »

Daiyan le regardait toujours. Il hocha la tête : « Je le savais. »

Ce fut le tour de Hsien de le regarder fixement : « Vous le saviez ? Comment… ?

— Wang Fuyin. Il est encore plus intelligent que vous ne le croyez. Il serait sage de l'utiliser autant que vous le pouvez. Vous devriez l'amener à Shantong. » Il ne tendait toujours pas la main vers sa coupe de vin. « Vous voulez que je vous facilite la tâche ? »

Un long silence. Hang Hsien dit enfin :

« Commandant, ils ont pénétré dans le bureau de mon père et sa vie a pris fin alors. Ils ont profané son corps et l'ont laissé pour les bêtes sauvages. Ils ne savaient pas que des gens viendraient l'ensevelir. Ce n'est pas ainsi qu'il aurait dû finir ses jours. Comprenez donc bien que rien de tout ceci ne sera jamais facile pour moi. »

Après un moment, il ajouta, en regardant les barreaux derrière Daiyan. « Il n'y a pas de soldats avec moi, les gardes à l'extérieur ont été relevés de leurs devoirs pour se joindre aux festivités, et les deux portes sont ouvertes – celle-ci, et celle qui donne dehors. »

Et cette fois, Daiyan fut surpris. On pouvait se croire préparé, on pouvait croire bien connaître le monde, mais certains hommes (certaines femmes, aussi) étaient encore à même de vous étonner.

« Pourquoi ? » demanda-t-il.

Hang Hsien, en face de lui, le dévisagea. C'était encore un homme jeune. Son père était mort aveugle et seul. « J'ai eu une idée, quand vous vous teniez devant l'Empereur », dit Hsien.

Daiyan attendit.

« Je crois que ce jour-là vous avez décidé qu'il serait peut-être nécessaire pour vous de mourir.

— Pourquoi en déciderais-je ainsi ? » Il se sentait soudain mal à l'aise, vulnérable.

« Parce que vous avez conclu, Ren Daiyan, que la Kitai avait besoin d'un exemple, l'exemple d'un commandant dont la loyauté l'a mené à la mort, plutôt que de résister à l'État. »

Et cela non plus Daiyan n'avait jamais pensé l'entendre énoncer par quiconque. Il ne l'avait pas formulé aussi clairement en esprit ou dans son cœur. C'était très dur de l'entendre maintenant, porté dans le monde par des mots.

« Je devais être d'une arrogance extrême, alors. »

Hsien secoua la tête : « Peut-être. Ou simplement comprendre pourquoi nous sommes tombés, pourquoi nous étions si peu préparés, si aisément vaincus. Dites-moi, fut-ce difficile d'accepter cet ordre de revenir ? »

Étrangement, Daiyan avait maintenant du mal à respirer. Il avait l'impression que son esprit était un livre ouvert pour cet homme.

« Je l'ai dit à l'Empereur, nous avions un moyen d'entrer dans la ville. Nous aurions ouvert les portes de l'intérieur et envahi Hanjin. Ce n'est pas un endroit pour des cavaliers. Ils étaient morts, là-dedans.

— Et pourtant, vous êtes revenu. En le sachant ? »

Une autre détonation dehors. Il tournait le dos à la fenêtre, mais il vit l'autre jeter un rapide coup d'œil de ce côté et la pièce fut brièvement baignée de lumière derrière lui.

« J'avais juré loyauté envers la Kitai et le Trône du Dragon. Quelle sorte de loyauté aurait-ce été si…

— Si vous étiez devenu un autre message, pour quatre cents autres années, disant que les chefs d'armées ne peuvent jamais être insoupçonnables d'aspirer au pouvoir ? Et de le saisir avec leurs soldats ? »

Après un moment, Daiyan hocha la tête. « Oui, en partie. Et aussi… le devoir ? Simplement le devoir. »

Le Premier Ministre le contemplait.

Daiyan se détourna. « Je ne suis pas un empereur. Bien sûr que non. Je n'en ai aucun désir. Si je refusais ces ordres, c'était de la rébellion. » Il jeta un coup d'œil à l'autre, posa à plat sur la table ses mains couturées de cicatrices.

« Et vous êtes donc revenu, sachant que votre propre vie était…

— Non. Pas cela. Je ne suis pas un héros à ce point. J'ignorais ce que vous venez de me dire. Nul ne connaissait ces termes de la paix.

— Je crois que vous le saviez, dit Hang Hsien, grave. Je crois que vous le saviez, d'une certaine façon, et que vous êtes revenu quand même. Pour donner un tant soit peu d'éclat à la loyauté d'un soldat. »

Daiyan secoua la tête : « Croyez-moi, je n'ai aucune envie de mourir.

— Je vous crois bien. Mais je crois aussi que vous entretenez… un lourd sentiment de devoir. Vos propres mots. Je le répète : vous êtes un honorable serviteur de la Kitai.

— Et vous m'apportez donc du poison ? » Il aurait dû rire, sourire à tout le moins, mais il n'en semblait pas capable.

« Et je laisse deux portes ouvertes derrière moi.

— On pourrait l'interpréter comme une courtoisie de votre part. »

Hsien sourit, lui. « Vous êtes encore plus observateur des formalités que moi.

— Mon père me l'a appris. »

— Le mien aussi. »

Ils se regardèrent.

« Si vous deviez partir cette nuit et aller quelque part, dit Hsien, changer votre nom, vivre inconnu, invisible aux hommes et aux chroniques des historiens, je serais heureux de savoir que je n'ai pas causé votre mort, Ren Daiyan. »

Daiyan battit des paupières, stupéfait. Son cœur battait plus vite.

« Inconnu ? Comment cela ? »

Hang Hsien avait une expression intense. On pouvait la discerner même dans la lueur vacillante de la lampe. « Changez la couleur de vos cheveux, laissez pousser votre barbe. Devenez un moine de la Voie, portez leurs robes. Faites pousser du thé au Szechen. Je ne veux même pas le savoir.

— Je suis mort pour tous ceux que je connais ?

— Tous. Ce serait comme si vous aviez quitté ce monde. Notre temps. Si vous tenez votre parole en cela.

— Et si l'on me découvre, d'une manière ou d'une autre ? Si un soldat reconnaît ma voix ? Ou un hors-la-loi que j'aurais connu ? Si quiconque voit jamais mon dos ? Si la nouvelle s'en répand et qu'on se rallie à moi ? Si l'on annonce que Ren Daiyan est vivant dans le sud tandis que vous imposez de lourds impôts, adjugez de nouveaux monopoles à l'État et agissez de manière haïssable pour les gens ? »

Hsien ferma brièvement les yeux à son tour. « Nous agissons toujours de manière haïssable pour les gens. Je suis prêt à accepter ce risque, je suppose.

— Pourquoi ? C'est insensé ! Votre père…

— Mon père ? Il vous aurait déjà arraché une confession sous la torture. Et pour mes paroles, il m'aurait dénoncé à l'Empereur et assisté à mon exécution.

— L'Empereur. Vous direz quoi à l'Empereur… ?

— Que vous avez été tué ici cette nuit et votre cadavre incinéré de sorte qu'il ne soit jamais enseveli ni honoré.

— Brûlé comme traître à la Kitai ? »

Hsien secoua la tête. « Je suis passé à travers plusieurs magistrats. Personne ne veut vous trouver ainsi coupable, Ren Daiyan.

— Il y aura toujours quelqu'un qu'on peut acheter.

— Toujours. Mais vous êtes trop important. J'ai besoin d'un homme qui soit connu comme honorable. C'est le tout début d'une Dynastie. Ces détails sont importants.

— Mais si je disparais aux yeux du monde, vous aurez assassiné un honorable commandant des armées kitanes ?

— Un héroïque commandant, oui. J'imagine que l'Empereur se désolera en public, manifestera de la colère et blâmera...

— Son Premier Ministre ?

— Plutôt la trahison de gardes, ici.

— Parce qu'il a besoin de vous ?

— Oui. Il en a besoin.

— Vous auriez à trouver quelques gardes traîtres à exécuter.

— Ce n'est pas difficile, commandant. Cela arrivera probablement de toute manière.

— Si je meurs dans cette pièce ? »

Le Premier Ministre hocha la tête : « On doit toujours tenir quelqu'un responsable. » Après une autre pause, il se leva, et Daiyan en fit donc autant. Hsien regarda la table, les deux coupes. « C'est sans douleur, me dit-on. Et plus rapide si vous buvez deux coupes. »

Il se détourna sans attendre de réplique. À la porte, il ôta son manteau à capuchon doublé de fourrure et le laissa tomber sur le lit.

Après une hésitation, il se retourna une dernière fois. « Voici aussi ce que je crois. Il y aurait eu du sang, la guerre et la famine si nous les avions combattus. Pendant des générations. Cette paix, tant d'abandons, est aussi dure que la mort, mais ce ne sont pas des enfants et des vieillards qui meurent. Notre existence n'appartient pas qu'à nous. »

Il sortit du cachot.

Il était seul, semblait-il. Il ignorait combien de temps avait passé. Assis sur le banc, le dos tourné à la fenêtre, les coudes sur la table. Les mains sur les yeux. Il se sentait ahuri, étourdi, comme après avoir reçu un coup sur la tête. Il en avait reçu maintes fois – de son frère chez eux, dans le marais, au combat. Il écarta ses cheveux de son visage et jeta un regard autour de lui. La porte était toujours ouverte, les deux coupes de vin reposaient sur la table, le flacon de vin sur le brasero, qui s'était éteint. Il y avait un vêtement doublé de fourrure sur le lit.

Les feux d'artifice étaient terminés, apparemment. Il doit être très tard, se dit-il. Il se frotta les yeux. Alla à la fenêtre avec le banc et grimpa dessus pour regarder en contrebas. Des bruits s'élevaient de la cité, mais le Lac de l'Ouest était sombre à présent sous les étoiles.

Il descendit du banc. Et frissonna. Il comprit alors qu'il devait être vraiment secoué, profondément bouleversé – parce qu'il semblait y avoir de la lumière dans la pièce, et ce n'était pas celle de sa lampe. Il songea aux fantômes, aux défunts.

Les esprits-renards, paraît-il, peuvent porter leur propre lumière, diffuser une luminescence s'ils le désirent, attirer ainsi les voyageurs nocturnes. Certains fantômes aussi ; leur lumière à eux est argentée comme celle de la lune, dit-on. Il n'y avait pas de lune cette nuit. Nouvelle Année, nouvelle lune. Il pensa à la *daiji* de Ma-wai. S'il était parti avec elle, il aurait peut-être survécu, après tout, pour revenir en un autre temps, pas celui-ci, pas à ces deux coupes de vin sur la table.

Il y avait des histoires, il se le rappelait soudain : pour certains, les hautes portes s'ouvraient, ils pouvaient voir la lumière de l'autre monde, celle vers laquelle ils allaient, après avoir traversé.

Des portes. Celle de la cellule était ouverte, et celle au bout du corridor, avait dit Hang Hsien. Il savait comment quitter une ville. N'importe quel hors-la-loi digne de ce nom le savait.

Il regarda les deux coupes. Plus rapide en buvant les deux, avait également dit Hsien. Notre existence n'appartient pas qu'à nous, avait-il dit.

Ce n'était pas un mauvais homme. Un homme de bien, on devait le penser. Daiyan en avait connu quelques-uns. Il songea à ses amis, au vent qui vous fouettait la figure sur un cheval au galop, à l'attente de la bataille dans l'aube, au battement du cœur, alors. Au goût du bon vin. Ou même du mauvais vin, parfois. Des bosquets de bambous, le soleil à travers les feuilles, une épée de bambou. La main de sa mère dans ses cheveux.

Pouvait-on vivre si l'on abandonnait tout de sa vie ? Et si, en s'y essayant, on était quand même découvert ? Qu'arrivait-il alors ? Tout s'écroulait ? Tout devenait un mensonge ? Mais un homme entraîné comme hors-la-loi ne pouvait-il se cacher dans une contrée aussi vaste que la Kitai, même aussi amoindrie ? Il eut une fugitive et vaste vision de l'empire, comme s'il volait au-dessus du pays, tel un dieu, parmi les étoiles, en le voyant loin en contrebas, les fleuves et les montagnes perdus, et qui seraient peut-être un jour retrouvés.

Il pensa à son père enfin. Loin, loin dans l'ouest, chez eux. Là où toutes les rivières avaient commencé. Il ne l'avait pas vu depuis si longtemps. Des rêves pouvaient emporter un homme loin de chez lui. L'honneur et le devoir, la fierté et l'amour, il y songea. On essaie de bien user de ses jours, se dit-il. Il souleva la coupe la plus proche.

◆

On ne trouva jamais le corps de Ren Daiyan. Ce doit avoir été pour empêcher toute possibilité d'un lieu sacré, d'une vénération qui aurait miné en l'occurrence les intentions de la cour.

Mais l'absence de corps aussi peut nourrir des légendes, des contes, nous avons nos besoins et nos désirs en ce qui concerne les héros. Il y eut donc bel et bien des lieux sacrés, des autels, finalement, dans toute la Kitai, avec des statues du commandant – certaines à cheval, d'autres debout, avec une épée. Souvent, devant ces temples, il y avait aussi une silhouette accroupie et menottée, à la tête basse : Hang Hsien, le vil Premier Ministre qui avait assassiné le héros en lui envoyant du poison ou la lame d'un assassin, contre le désir et la volonté de l'illustre Empereur Zhizeng, fondateur et sauveur de la Douzième Dynastie du Sud.

Pendant des générations, ceux qui visitaient l'un de ces temples, venus honorer le commandant Ren ou implorer l'intervention de son esprit dans leurs propres ennuis, cracheraient sur la figure agenouillée de Hang Hsien.

L'Histoire n'est jamais juste ni généreuse.

Au cœur des légendes concernant Ren Daiyan, il y a l'histoire suivante : le commandant avait rencontré une *daiji* et il lui avait résisté, par sens du devoir et dévotion à l'empire, et elle l'avait marqué des caractères signifiant sa loyauté envers la Kitai.

Certains crurent donc en conséquence, par la suite, qu'elle l'avait enlevé de sa cellule, sauvé de son trépas, et qu'il vivait toujours, dans un autre temps, pas même le leur. D'autres, sceptiques, soulignaient qu'il n'y avait jamais eu d'histoires de *daiji* venant au secours de mortels. Ce n'était pas ainsi qu'elles agissaient. Et on leur répliquait alors : Y a-t-il jamais eu un mortel marqué comme l'était Ren Daiyan ?

On savait aussi que la poète très aimée Lin Shan avait quitté le domaine de La Montée de l'Est où elle vivait, peu de temps après la mort de Lu Chen et de son frère ; elle était partie dans un chariot avec un seul compagnon. Ce n'était pas surprenant en soi, elle avait été leur invitée, la présence des frères l'avait soutenue, elle avait sans aucun doute illuminé leur existence.

Mais la rumeur voulait aussi que, lorsqu'elle était partie, elle se fût dirigée vers l'ouest, sur le long chemin jusqu'au Szechen, où elle n'avait aucune famille ; cela constituait une énigme, estimait-on. À moins, arguait-on triomphalement, de se rappeler qu'elle avait été liée de très près à Ren Daiyan, et qu'il était bel et bien natif de l'ouest.

Les détails de son existence ont disparu de la mémoire du monde. C'est ce qui arrive à ceux qui mènent des existences paisibles, et pourtant... Cela donnait à penser, n'est-ce pas ? Ses poèmes et ses chansons demeurèrent, furent rassemblés, largement imprimés, largement chantés, ils furent aimés, et ils durèrent, une autre sorte d'immortalité.

Lin Shan, bien sûr, est celle qui a écrit la chanson "Le Fleuve des Étoiles", que les mères chantent à leurs enfançons pour les endormir, que les enfants apprennent à l'école, que les hommes chantent derrière la charrue et le buffle d'eau, que les courtisanes offrent au son du *pipa* dans des salles illuminées de lanternes rouges, que des femmes se murmurent sur des balcons au-dessus de fontaines, ou des amants l'un à l'autre dans l'obscurité d'un jardin, se jurant que le triste sort décrit dans la chanson ne sera jamais le leur.

Il y a eu aussi des histoires à propos d'un fils. Nous avons tous nos désirs.

Le village de Shengdu, dans l'ouest, passé les gorges du fleuve avec leurs gibbons, devint aussi un temple, un lieu de destination, car c'est là que Ren Daiyan, loyal jusqu'à la fin, était né. On pouvait y trouver la tombe bien entretenue de son père et de sa mère.

Fleuves et montagnes peuvent être perdus, regagnés, perdus de nouveau. Essentiellement, ils durent.

Nous ne sommes pas des dieux, nous commettons des erreurs. Nous ne vivons pas très longtemps.

Parfois, quelqu'un gratte de l'encre, la mélange à de l'eau, arrange le papier et prend un pinceau pour chroniquer notre temps, nos jours, et l'on nous accorde une seconde existence à travers ces mots.

REMERCIEMENTS

Le Fleuve des étoiles est un ouvrage modelé par des thèmes, des personnages et des événements associés à la dynastie nordique des Song, en Chine, avant et après la chute de Kaifeng. C'est une période de mieux en mieux connue, même si causes et détails sont – c'est prévisible – sujets à débats.

J'ai, comme souvent dans ma fiction, resserré la chronologie. Même si certains personnages sont inspirés d'hommes et de femmes qui ont existé, leurs interactions personnelles sont de mon invention. J'ai écrit et parlé abondamment ailleurs de la raison pour laquelle je trouve libératrice cette fusion de l'Histoire et de l'imagination, aussi bien sur le plan de l'éthique que sur celui de la création.

Entre autres, je me sens bien plus à l'aise en formulant pensées et désirs de Lin Shan et Ren Daiyan, ou en développant les personnages de mes deux frères Lu, qu'en imposant des désirs et des réflexions, et des relations, à leur inspiration : Li Qingzhao, la poétesse la plus connue de l'histoire de la Chine, le général Yue Fei ou le magnifique Su Shi et son frère cadet si doué. Sans mentionner d'autres figures de la cour, incluant l'Empereur Huizong lui-même, pendant la période menant à la chute de la dynastie, et ensuite.

Il existe une réfutation standard voulant que les érudits dont les écrits ou les communications personnelles ont assisté un auteur ne doivent pas être tenus pour responsables de ce qui est accompli dans une œuvre de fiction. J'en ai usé, mais je la trouve légèrement déconcertante. Qui tiendrait jamais des érudits pour responsables de ce qu'un romancier commet en utilisant leurs travaux ?

Néanmoins, je dois m'ancrer dans d'abondantes lectures et d'abondantes questions. J'ai une dette envers bien du monde, et surtout ceux dont la patience avec mes questions en privé et le soutien pendant mon travail ont été considérables.

Anna M. Shields, auteure de *Crafting a Collection*, a été généreuse non seulement de son savoir de la culture et de l'Histoire, mais aussi dans nos échanges sur les théories qui me venaient en lisant d'autres auteurs. Je reconnais aussi avec gratitude l'aide d'Ari Daniel Levine, dont l'expertise couvre parfaitement la période et les événements abordés dans *Le Fleuve des étoiles*, et qui m'a envoyé nombre de monographies rédigées par d'autres érudits.

Ma traductrice en Chine, Bai Wenge, m'a fourni énormément d'informations. Mon vieil ami Andy Patton, profondément engagé dans des recherches sur la culture des Song, a été une source constante de soutien et de conversations stimulantes.

Quant aux textes, je commencerai par la poésie, à laquelle je suis venu par des traductions. Beaucoup s'en perd en route, bien entendu. En même temps, la créativité et la passion de bien des traducteurs des grands poètes Song ont été des inspirations.

Les poèmes qu'on trouve dans le roman sont essentiellement des variantes – se tenant parfois près de l'original et parfois s'en écartant. Il existe par exemple un poème attribué à Yue Fei, la source de mon Ren Daiyan. C'est presque certainement une création ultérieure, faisant partie de la construction de la légende (un des thèmes du roman), mais je m'en suis servi comme base pour les vers que j'attribue à Daiyan à la fin du roman.

J'ai lu les travaux de trop de traducteurs pour tous les citer sans paraître d'un zèle excessif, mais on me pardonnera, je l'espère, si je mentionne mon admiration pour Stephen Owen et Burton Watson, deux des géants dans ce domaine. L'intelligence et l'art de leur travail m'ont grandement aidé.

L'existence et les écrits de Su Shi, incluant son exil dans le sud, ont été bien étudiés par Lin Yutang. Les œuvres remarquables de Li Qingzhao ont été traduites en anglais par Kenneth Rexroth et Ling Chung (ils utilisent la forme Lin Ch'ing Chao pour le nom de la poétesse), et plus récemment, dans une approche très personnelle, par Wei Djao.

Pour l'histoire de la dynastie des Song, le meilleur survol, à mon avis, est celui de Diter Kuhn dans *The Age of Confucian Rule : The Song Transformation of China*. Ensuite, il y a la massive *Cambridge History of China,* volume 5, première partie. La partie importante de ce volume, en ce qui me concerne, est constituée par les deux chapitres d'Ari Daniel Levine sur les événements ayant mené à la chute de Kaifeng et à la Calamité elle-même. Le déplacement de la dynastie vers le sud, dans ses premières phases, est relaté dans un chapitre de Tao Jing-Shen.

L'ouvrage de F. W. Mote, *Imperial China 900-1800* a une section presque de la taille d'un livre sur les Song, et il présente avec beaucoup d'acuité les peuples de la steppe, les défis qu'ils avaient eux-mêmes à affronter et leurs propres tensions internes. Morris Rossabi a dirigé un volume d'essais intitulé *China Among Equals*, qui cherche à replacer les Song dans un plus large contexte, au-delà de leur simple préoccupation de contrôler les "barbares aux portes". Le grand historien français Jacques Gernet a écrit un petit livre très stimulant intitulé *La Vie quotidienne en Chine à la veille de l'invasion mongole*. Je me suis permis d'extrapoler rétrospectivement en utilisant certains de ses détails.

J'ai été aidé par Stephen West et James Harnett et leurs articles sur le jardin impérial, le Genyue, par celui de Suzanne Cahill sur le sexe et le surnaturel, et par celui de Peter J. Golas portant sur la vie rurale sous les Song.

Un livre de Patricia Buckley Ebrey m'a particulièrement stimulé : *The Inner Quarters*, sur la vie des femmes pendant la période des Song, est un ouvrage fascinant, incluant une hypothèse sur l'origine du bandage des pieds. Avec Maggie Bickford, Ebrey a dirigé une collection d'essais sur le règne de l'Empereur qui aimait tant les jardins, dont la calligraphie et la peinture étaient des merveilles de son époque, et qui régnait à la chute d'une dynastie : *Emperor Huizong and Late Northern Song China*. Les contributeurs assemblés ne sont pas loin de constituer un *Who's who* des principaux érudits dans ce domaine.

L'un d'eux, John W. Chaffe, a abordé les changements dans l'accès au pouvoir par l'entremise du système d'examens dans *The Thorny Gates of Learning in Sung China* (la graphie des noms de dynasties varie en anglais), ainsi que le sujet du clan impérial et de son statut ambivalent et dispendieux, dans *Branches of Heaven*.

Deux figures distinguées ont produit des ouvrages que j'ai trouvés excitants et éclairants : Ronald C. Egan, avec *Word, Image, and Deed in the Life of Su Shi*, examine cet écrivain et cet homme étonnant. Son *The Problem of Beauty* examine la réflexion et les idéaux esthétiques de la dynastie. *This Culture of Ours*, par Peter K. Bol, est une œuvre majeure sur la transition intellectuelle et culturelle entre la dynastie des Tang (l'inspiration de mon roman *Sous le ciel*) et celle des Song plusieurs siècles plus tard... Et cette transition est un des aspects sous-jacents de ce roman-ci.

Brian E. McKnight a donné dans *The Washing Away of Wrongs* (quel titre merveilleux !) une traduction annotée, avec introduction, du traité d'un magistrat de la dynastie Song sur la médecine légale, et son autre ouvrage, *Village and Bureaucracy in Southern Sung China*, a également été d'un grand secours.

Sur les divisions, rivalités et procédures des maîtres des rites, médiums de villages et prêtres taoïstes dans leurs relations avec des esprits malveillants, et à propos du surnaturel en général, Edward L. Davis m'a offert des détails et des réflexions dans *Society and the Supernatural in Song China*.

John E. Wills Jr. a rédigé un livre charmant, *Mountain of Fame : Portraits in Chinese History*, avec des chapitres consacrés à des profils de Yue Fei et Su Shi – sous une autre variante de son nom, Su Dongpo (je décline avec respect toute responsabilité pour les versions différentes des noms en anglais !). Qui est familier avec le merveilleux ouvrage du quatorzième siècle, *Outlaws of the Marsh* (souvent intitulé *Water Margin* en anglais, et il y a d'autres variantes de ce titre), reconnaîtra, en souriant je l'espère, une technique d'embuscade impliquant une louche, du vin et du poison.

Il y a bien d'autres livres. Je crains de n'être en train d'écrire un essai, ici, en lieu de remerciements. J'ajouterai que la recherche et la correspondance avec les chercheurs impliqués dans la période qui m'intéresse ont sans cesse été un plaisir pour moi, et c'est particulièrement vrai pour *Le Fleuve des étoiles*.

J'ai toujours été entouré de gens talentueux dévoués aux romans que j'écris. Mes agents sont des amis : Linda McKnight, John Silbersack, Jonny Geller, Jerry Kalajian. Mes directrices littéraires depuis longtemps le sont aussi, Nicole Winstanley et Susan Allison, et cet auteur est très conscient de la chance qu'il a de les avoir tous trouvés. Catherine Majoribanks a de nouveau été indispensable comme réviseuse, et Martin Springett a fourni l'également indispensable carte.

Dans un monde de plus en plus interconnecté, ma présence en ligne a été permise par Deborah Meghnagi Bailey, qui a créé www.brightweavings.com, et par Elizabeth Swainston, Alec Lynch et Ilana Teitelbaum qui l'ont maintenu et alimenté.

Enfin, et comme toujours, je me trouve meilleur que je ne suis grâce à certains êtres qui vivent au cœur de mon existence : Sybil Kay, Rex Kay (mon premier lecteur) et Laura, Sam et Matthew, pour qui et de qui naît toute cette histoire.

GUY GAVRIEL KAY...

... est né en Saskatchewan en 1954. Après avoir étudié la philosophie au Manitoba, il a collaboré à l'édition de l'ouvrage posthume de J.R.R. Tolkien, *Le Silmarillion*, puis terminé son droit à Toronto, ville où il réside toujours. Scénariste de *The Scales of Justice*, une série produite par le réseau anglais de Radio-Canada, il publiait au milieu des années quatre-vingts *La Tapisserie de Fionavar*, une trilogie qui devait le hisser au niveau des plus grands. Ont suivi *Tigane*, *Une chanson pour Arbonne* et *Les Lions d'Al-Rassan*, trois romans qui marquaient la naissance de la fantasy historique, puis *La Mosaïque sarantine*, *Le Dernier Rayon du soleil* et *Ysabel*, qui a remporté en 2008 la plus haute distinction mondiale en fantasy, le World Fantasy Award. Traduit en plus de vingt langues, Guy Gavriel Kay a vendu des millions d'exemplaires de ses livres au Canada et à l'étranger, ce qui en fait l'un des auteurs canadiens les plus lus de sa génération.

LE FLEUVE DES ÉTOILES
est le trente quatrième volume de la collection « GF »
et le deux cent dix-septième titre publié
par Les Éditions Alire inc.

Il a été achevé d'imprimer
en octobre 2014 sur les presses de

MARQUIS

Imprimé au Canada

Imprimé sur Rolland Enviro100, contenant
100% de fibres recyclées postconsommation,
certifié Éco-Logo, Procédé sans chlore, FSC
Recyclé et fabriqué à partir d'énergie biogaz.